마(魔)의 산

토마스 만

일신서적출판사

차 □ 례

제 4 장

제 5 장

── Ⅱ권으로 계속 ──

머 리 말

우리가 여기서 하고자 하는 한스 카스토르프의 이야기는, 한스 카스토르프를 중심으로 하는 것이 아니고(독자들도 곧 알게 되겠지만, 그는 호기심을 일으키긴 하지만, 단순한 젊은이에 불과하다) 상당히 말할 가치가 있어 보이는 이야기 그 자체를 중심으로 엮은 것이다(그러나 이 이야기는 한스 카스토르프의 이야기라는 것, 그리고 누구에게나 일어나는 그런 일이 아니라는 것은 그를 위해서도 역시 말해 두지 않을 수 없다). 이 이야기는 아주 옛날 이야기로서, 말하자면 가장 멀고 먼 과거의 시칭(時稱)으로 서술되지 않으면 안 될 정도로 역사에 의해 녹이 슬어 버린 그런 이야기이다.

이것은 이야기 그 자체를 볼 때 불리한 것이기보다 오히려 유리한 것이라 하겠다. 왜냐하면 이야기란 지나간 것이어야 하기 때문이다. 그리고 과거의 것일수록 그것은 이야기로서의 성질에 알맞고, 또 속삭이듯 과거를 일깨워 주는 작가에게도 좋기 때문이다. 그러나 우리들의 이야기는, 오늘의 모든 인간들 특히 작가들이 그러하지만, 실제의 연륜보다 훨씬 많은 연륜을 거쳐 와서 그 연륜의 숫자는 날짜의 수(數)로도, 지구 회전의 수로도 헤아릴 수가 없다. 이 이야기의 흐름은 사실 한마디로 말해 시간과는 관계가 없는 것이다. 시간이라는 묘한 현상의 문제성과 그 독특한 이중성을 겸하여 암시하기 위해서 이 기회에 미리 말해 두는 것이다.

그러나 이 말은 본래 명백한 사태를 일부러 애매하게 만들지 않기 위해서 하는 것이지만, 이 이야기가 아주 오래된 옛날 이야기라고 하는 까닭은 이 이야기가 어떤 전환점, 즉 우리들의 생활과 의식(意識)을 심각하게 분열시키는 원인이 되는 한계선 이전에 일어난 이야기이기 때문이다. 이 이야기가 일어나는 것은, 아니 현재성을 굳이 피해서 말한다면, 이 이야기가 일어났던 것은 옛날이나, 그 시작과 함께 또다른 많은 사건들이 발생했고, 지금까지도 그 여파가 끝나지 않고 있는 세계 대전이 발발하기 이전인 것이다. 세계 대전보다 훨씬 이전의 일은 아니라 할지라도 어쨌든 그것보다는 이전에 일어나는 이야기인 것이다. 그러나 이야기의 과거적 성격은, 그 이야기가 『옛날』 것일수록 더 깊고 완전하게 동화처럼 되는 것이 아닐까? 더욱이 우리의 이야기는 그 내면적 성질로 보거나, 그밖의 점으로 보거나 동화와 상통하는 점이 있을 것이다.

우리는 이 이야기를 자세하게 할 것이다. 면밀하고도 철저하게. 그 이야기가 필요로 하는 시간과 공간 때문에 그 이야기가 흥미있게 느껴지거나 지루하게 느껴진 적이 과연 언제 있었던가? 우리는 지나치게 면밀하다는 비난을 두려워하기보다는 오히려 철저한 화법(話法)이야말로 정말 유익하다는 견해에 찬동하는 바이다.

그러므로 나는 한스 카스토르프의 이야기를 간단하게 말해 버릴 수는 없다. 1주일도 부족할 것이고 7개월도 충분하지는 못할 것이다. 가장 좋은 방법은, 작가인 내가 이 이야기에 말려 들어가는 동안, 지상(地上)의 시간이 얼마나 오래 경과할 것인가를 미리 예정하지 않는 것이다. 설마 7년은 걸리지 않을 테지.

그러면 이야기를 시작해 보기로 하자.

제1장

도 착

어떤 젊은이가 한여름에, 고향인 함부르크를 떠나 그라우 빈덴 주에 있는 다보스플라츠(결핵 요양지로 유명하고 겨울 스포츠장으로 이름 높다. 1912년, 만의 부인이 폐병으로 이곳에 입원했었고, 그도 가끔 문병간 일이 있었다. —역주)를 향해 여행길에 올랐다. 3주일 예정으로 사람을 찾아가는 길이었다.

함부르크에서 이곳까지는 긴 여정이다. 3주일이라는 짧은 여행 기간에 비하면 사실 너무 먼 거리다. 여러 나라의 산을 오르내리고, 남부 독일의 고원에서 보덴 호숫가로 내려가, 넘실거리는 파도를 헤치며 그 옛날 끝없이 깊다고 느끼던 심연(深淵)을 배로 건너야 하는 것이다.

여기까지는 그래도 대범하게 직선적으로 진행되던 여행이 이제부터는 까다로워진다. 여러 번 기다려야 하고 귀찮은 일을 당하기도 한다. 스위스 땅인 로르샤하 마을에서 기차를 타지만, 그것도 알프스의 작은 역인 란트크바르트까지만 가기 때문에 다시 기차를 갈아타지 않으면 안 된다. 바람이 거세고 경치도 그다지 좋지 않은 그곳에서 꽤 오랫동안 기다리다가, 이번에는 협궤(狹軌) 철도를 타게 된다. 작지만 아주 힘이 세어 보이는 기관차가 움직이기 시작하는 순간부터 이제 정말 모험적인 여행이 시작된다. 즉, 끈질기게도 험한 오르막길이 시작되며, 그것이 언제 끝날지도 모른다. 왜냐하면 란트크바르트 역은 중턱쯤에 있는 곳인데, 여기서부터 점점 거칠고 험한 바윗길을 따라가다가 높은 산 깊숙이 더 들어가야 하기 때문이다.

한스 카스토르프는――이것이 이 젊은이의 이름이다――회색 쿠션이 있는 작은 객차에서 혼자 바둑판 무늬의 담요를 두르고 앉아 있었다. 옆에는 자기를 길러 준 분인 외종조부, 티나펠 영사가 선물로 준 악어가죽 손가방이 놓

여 있고, 옷걸이에는 겨울 외투가 걸린 채 흔들리고 있었다. 그는 닫혀진 창
가에 앉아 있었지만, 오후가 되어 날씨가 점점 차지자, 그는 비단으로 가공된
그즈음 유행하던 넓은 여름 외투의 깃을 세웠다. 그의 좌석 옆에는 《대양 기
선(大洋汽船)》이라는 가철(假綴)된 책이 놓여 있었다. 여행을 시작한 지 며칠
동안은 그 책을 이따금 읽어 보기도 했지만, 이제는 관심이 없어진 듯 그 책
은 거기에 그냥 놓여 있을 뿐이었다. 그리고 헐떡거리면서 올라가는 기관차가
뿜어 내는 매연이 날아 들어와 책의 표지는 그을음으로 더럽혀져 있었다.

여행을 떠나 이틀만 지나면, 인간은——아직 생활에 그 뿌리를 굳게 박지
못한 젊은 사람에게는 특히 그러하지만——자기가 여느때에 의무, 이해 관
계, 근심, 희망이라고 부르던 모든 것으로부터, 즉 일상 생활로부터 멀어지고
만다. 그것도 역으로 가는 마차 안에서 꿈꾸던 그 이상으로 멀어지고 만다.
인간과 고향과의 사이를 돌고 날면서 퍼져가는 공간도 보통, 시간만이 갖고
있으리라고 믿는 힘을 나타낸다. 즉 공간도 시간과 마찬가지로 인간에게 시시
각각 내적 변화(變化)를 일으킨다. 그리고 그 변화는 시간에 의해 일어나는 변화와
매우 비슷하지만, 어떤 의미로는 그 이상의 것이다.

공간도 시간과 마찬가지로 망각(忘却)의 힘을 가지고 있다. 더구나 공간은
인간을 갖가지 관계에서 해방시키고 자유로운 자연 그대로의 상태로 옮겨 놓
는 힘을 가지고 있다. 사실 공간은 고루한 속인(俗人)까지도 순식간에 방랑자
와 같은 인간으로 만들어 버린다. 시간은 망각의 물이라고 하지만, 여행중의
공기도 그러한 종류의 음료수인 것이다. 그리고 그 효력은 시간의 흐름만큼
철저하지는 못하더라도 그만큼 효력은 빠르다.

한스 카스토르프도 이와 같은 경험을 하였던 것이다. 그는 이번 여행을 특
별히 중요한 것으로 생각하지 않았고, 이 여행에 특별히 마음을 쏟을 생각도
없었다. 오히려 그의 생각으로는 이왕 끝내야 하는 것이라면 빨리 끝내 버리
고, 떠날 때와 똑같은 인간으로 돌아가서 여행 때문에 잠시 중지해야 했던 생
활을 다시 시작하자는 것이었다. 어제까지만 해도 그는 평소의 생각에 완전히
사로잡혀 있었다. 최근에 마친 시험과 눈앞에 다가온 툰더·빌름스 상
사——조선, 기계 제조, 보일러 제조 회사——에 실습(實習)차 입사하는 일
등으로 정신이 꽉차 있었기 때문에, 3주일 뒤의 일을 마음 조이며 기다리고
있었던 것이었다. 그러나 지금은 현재의 상황이 그의 모든 주의력을 요구하고
있는 듯 느껴지고 이제 적당히 해서는 안 된다는 기분이 들었다.

아직 한 번도 겪어 본 일이 없는, 더욱이 다른 곳과는 전혀 다른, 희박하고

빈곤한 생활 조건의 고지로 이렇게 올라오고 있다는 것, 이것이 그의 기분을 흥분시켰고 또 웬일인지 그의 마음을 불안으로 채우기 시작했다. 고향과 일상 생활은 멀리 그의 생각 뒤로 사라져 갔을 뿐 아니라 다리 밑 수천 길 아래로 떨어져 갔는데도 그는 계속 위로 올라가고 있었다. 고향과 일상 생활, 그리고 미지의 세계, 이 두 개의 세계 사이를 떠돌면서, 그는 위로 올라가면 대체 어떻게 될 것인가 하고 자문하였다. 겨우 해발 이삼 미터 되는 곳에서 호흡하게끔 태어나 거기서 익숙해진 그가 적어도 2,3일이라도 중간 높이의 지점에 머물렀다면 모르지만, 갑자기 이렇게 극도로 높은 곳에 간다는 것은 아마 현명한 일이 못 되며 몸에도 견디기 어려운 것이 아닐까. 그러나 일단 산 위에 도착해 버리면, 어디에서나 마찬가지의 생활이 기다리고 있어, 올라가는 현재처럼 자기에게 맞지 않는 곳에 있다는 것을 느끼지 않고 지낼 수 있을 것이라고 생각했기에, 빨리 목적지에 도착하고 싶었다.

창밖을 보니 기차는 좁은 계곡을 굽이치면서 달리고 있었다. 앞부분의 차량이 보인다. 헐떡이면서 갈색과 녹색과 흑색의 연기덩어리를 내뿜는 기관차와 그 덩어리가 바람에 펄펄 날아가는 것이 보인다. 오른편 골짜기에서는 물소리가 요란했고 왼편 바위 사이로는 거무스름한 가문비나무가 돌을 연상케 하는 회색 하늘로 치솟고 있었다. 캄캄한 터널이 몇 개 계속되다가 다시 밝아지면, 저 아래 깊숙이 촌락이 보이는 넓은 골짜기가 열리곤 했다. 얼마 안 가 그것도 닫히고 새로운 골짜기들이 나타나더니, 그 사이사이로 잔설(殘雪)이 번쩍이고 있었다.

초라한 작은 역에서 몇 번 정차했다. 이곳은 종착역이다. 여기서 기차는 정반대의 방향으로 떠났으므로, 이로 말미암아 기차가 어느 방향으로 달리고 있는지 이제는 방향조차 알 수 없고 머리가 혼란해졌다. 기차가 산 깊숙이 들어감에 따라, 장엄하고 기괴한 모습으로 겹겹이 싸인 알프스의 웅대한 전망이 열리기 시작했다. 그러나 선로가 구부러지자 알프스의 전망은 외경(畏敬)에 찬 눈앞에서 다시 사라져 버린다.

한스 카스토르프는 활엽수 지대는 이미 지나갔고 아마 새들이 사는 지대도 끝나지 않았을까 하고 생각하였다. 이렇게 모든 것이 사라지고 빈곤해지는 것을 생각하자, 가벼운 현기증이 나고 토하고 싶어져 2초 동안 손으로 눈을 가렸다. 그러나 이런 기분도 곧 회복되었다. 이제는 올라가는 것이 끝나고, 고개의 높은 곳을 다 넘어선 것도 알 수 있었다. 기차는 평탄한 골짜기의 밑바닥을 여유 있게 달리고 있었다.

8시가 가까웠지만 아직 해는 지지 않았다. 호수가 한 폭의 그림처럼 아득히 나타났다. 수면은 잿빛이다. 그 기슭을 따라 가문비나무숲이 주위의 산을 검게 기어 올라간다. 그것은 꼭대기로 갈수록 듬성듬성해지다가 마침내 없어져 안개낀 벌거숭이 바위만을 남기고 있었다. 작은 역에서 기차가 다시 멈추었다. 창밖에서 들려오는 소리로 그곳이 다보스도르프 역이라는 것을 알았다. 이제 얼마 있으면 목적지에 도착할 것이라고 생각했다.

그때 갑자기 한스 카스토르프는 어디에선가 사촌인 요아힘 짐센의 「야, 잘 왔구나. 자, 내리지.」 하는 차분한 함부르크 사투리의 목소리를 들었다. 밖을 보니 창 밑에 요아힘이 갈색 외투을 입고 모자는 쓰지 않은 채, 더할 수 없이 건강한 모습으로 플랫폼에 서 있었다. 사촌은 웃으면서 다시 말했다.

「자, 나와. 꾸물대지 말고.」

「그렇지만 아직 도착한 것은 아니잖아.」 하고 한스 카스토르프는 어리둥절해서 앉은 채 말했다.

「아니야, 다 왔어. 여기가 도르프 역이야. 요양원은 여기서 가는 편이 가까워. 마차를 가져왔으니 그 짐을 이리 줘.」

이리하여 한스 카스토르프는 도착과 재회의 기쁨에 흥분하여 웃다가 당황하다가 하면서 요아힘에게 손가방과 겨울 외투, 담요와 지팡이, 우산, 그리고 마지막으로 《대양 기선》이라는 책까지 내주었다. 그리고는 차안의 좁은 통로를 빠져 나와, 플랫폼으로 뛰어내려서 사촌과 정식으로, 말하자면 처음으로 다정하게 인사를 나누었다. 그러나 그것은 냉정하고 점잖은 사람들 사이에서 늘 그렇듯이 전혀 격정적인 데가 없는 그런 인사였다. 그렇다고 해서 이름이나 성을 부를 수도 없었으므로 서로 너라고만 불렀다. 이것이 이 사촌들의 오랫동안 몸에 밴 습관이었다.

두 사람이 빨리, 그러나 좀 멋쩍은 듯이 악수하는 것을——짐센 청년은 군대식으로 악수하였다——제복에 몰이 달린 모자를 쓴 한 사나이가 바라보더니, 가까이 다가와서 한스 카스토르프에게 수하물표를 달라고 했다. 이 사람은 국제 요양원 『베르크호프』의 문지기인데, 두 사람은 곧장 마차로 저녁 식사에 가도록 하고, 자기는 『플라츠』역에서 손님의 짐을 가지고 가겠다는 것이었다. 그 문지기는 몹시 심하게 다리를 절었기 때문에 한스 카스토르프가 요아힘 짐센에게 처음으로 물은 말은 다음과 같은 것이었다.

「저 사람은 전쟁터에 나갔다 온 군인인가, 왜 저렇게 다리를 절지?」

「그렇다면 좋게.」 하고 요아힘은 유감스럽다는 듯이 대답했다. 「그게 아니라 저 사람은 무릎이 나빠! 그래서 결국 무릎뼈를 뽑아 냈지.」

한스 카스토르프는 될 수 있는 대로 빨리 머리를 회전시켰다.

「아, 그렇군.」 그는 걸어가면서 고개를 들어 사방을 힐끗 둘러보면서 말했다. 「그러나 자네는 아직도 아픈 데가 있다고 나를 속일 작정은 아니겠지. 자네는 지금 술이 달린 긴 칼이라도 차고 기동 연습에서 방금 돌아온 것 같은 모습을 하고 있으니 말이야.」

이렇게 말하면서 그는 사촌을 곁눈으로 보았다.

요아힘은 한스보다 키가 크고 어깨도 떡 벌어져, 힘도 세어 보일 뿐만 아니라 군복을 입기 위해 이 세상에 태어난 것 같았다. 금발이 많고, 고향인 함부르크에서 흔히 볼 수 있는 짙은 갈색의 얼굴을 한 사람인데, 그렇지 않아도 검은 얼굴이 햇볕에 그을려 거의 청동색이 되어 있었다. 검고 큰 눈, 반듯하고 두꺼운 입술 위의 검은 수염 등은, 귀만 유별나게 크지 않았다면, 미남자의 부류에 들어갈 것이다. 어느 시기까지는 귀가 그의 유일한 고민거리였었다. 지금은 다른 걱정거리가 생겼지만. 한스 카스토르프는 계속해서 말했다.

「그런데 자네 나와 함께 곧 산을 내려가는 거지? 보아하니 괜찮은 것 같은데.」

「자네와 함께 간다고?」 사촌은 물으며 큰 눈을 한스에게 돌렸다. 그전엔 언제나 부드러운 눈이었는데, 다섯 달 사이에 좀 지친 것 같은, 아니 슬픈 듯한 표정을 띠고 있었다.

「곧이라니, 언제 말인가?」

「3주일 뒤에 말이야.」

「아, 그래. 자네, 벌써 집에 돌아갈 궁리를 하고 있는 게로군.」 하고 요아힘은 말했다. 「그러나 좀 기다리게. 자넨 이제 겨우 도착하질 않았나! 이 산 위에서 사는 우리들에게는 3주일 같은 건 그야말로 아무것도 아닌 짧은 시간이지만, 여기에 찾아와서 3주일만 있겠다는 자네에게는 역시 꽤 긴 시간이 될 거야. 무엇보다 기후에 익숙해져야 하는데 그것이 그리 쉬운 일은 아니니까. 이제 알게 될 거야. 그리고 우리들에게 이상한 것은 기후뿐만이 아니야. 자네는 여기서 여러 가지 새로운 것을 알게 될 걸세. 정신차려 보라고. 게다가 말인데, 이것은 자네가 말하는 것처럼 그리 간단하게 되는 것은 아니야. 『3주일 지나면 집으로 간다.』 이것은 저 아래 세상의 생각이야. 나는 물론 얼굴이 꺼멓게 탔지만 이것은 주로 눈에 그을린 것이고, 베렌스가 늘 말하듯이 별로 큰 의미가 없어. 요전 종합 진단에서도 베렌스는 앞으로 아직 반 년 정 도의 요양 기간이 더 필요하다고 했어.」

「앞으로 아직도 반 년이라고? 자네 제 정신으로 그런 말을 하는 건가?」 한스 카스토르프는 외쳤다. 두 사람은 창고처럼 생긴 역 건물 앞, 돌이 많은 광장에서 기다리고 있던 마차에 올라탔다. 두 마리의 밤색 말이 마차를 끄는 동안 한스 카스토르프는 성이 나서 딱딱한 쿠션 위를 이리저리 방향을 바꾸어 가며 앉았다.

「반 년이라고? 자네는 벌써 반 년 가까이를 이곳에서 지내지 않았나! 우리에게는 그렇게 많은 시간이 없어.」

「그래 그 시간 말인데,」 요아힘은 이렇게 말하고는, 사촌의 솔직한 분개에는 상관없이 앞을 똑바로 쳐다보면서 여러 번 고개를 끄덕였다. 「이곳 친구들은 세상 사람들이 말하는 시간 같은 것을 문제로 삼고 있지 않아. 자네는 상상조차 할 수 없는 일이겠지만, 그들에게 3주일쯤은 하루와 마찬가지야. 자네도 곧 알게 될 거야. 죄다 배우게 될걸.」 이렇게 말하고 그는 덧붙였다. 「이곳에 있으면 개념도 변하는 법이야.」

한스 카스토르프는 사촌을 물끄러미 바라보았다.

「그건 그렇고, 자네는 굉장히 몸이 좋아졌군.」 그는 머리를 흔들면서 말했다.

「자네도 그렇게 생각하나? 그럴 거야. 나도 그렇게 생각하고 있어.」 요아힘은 말하면서 쿠션 위에 똑바로 앉았으나, 곧 또다시 비스듬한 자세를 취했다. 「전보다는 좋아졌어.」 그는 설명하기 시작했다. 「그러나 아직 건강하다고는 할 수 없어. 전에 수포음(水泡音)이 들리던 왼쪽 윗부분은 지금은 좀 거슬리는 소리가 들릴 뿐 이제 거의 나았지만, 아래쪽은 아직도 거친 소리가 들리고, 그뿐만 아니라 둘째 늑골 사이에도 잡음이 있지.」

「꽤 박식해졌군.」 한스 카스토르프는 말했다.

「그래, 박식이라고 할 수 있겠지. 이러한 지식은 군복무라도 해서 말끔히 씻어 버렸으면 좋겠다.」 요아힘은 대답했다. 「그런데 아직도 담이 나오지 뭐야.」

이렇게 말하면서 자포자기한 태도로 심하게 어깨를 움츠려 보였는데, 이 몸짓은 그에겐 어울리지 않았다. 이윽고 그는 사촌 쪽으로 향해 있는 여름 외투의 옆주머니에서 무언가를 절반쯤 꺼냈다가 곧 도로 그것을 넣고 말았다. 그것은 납작하게 굽은 청색 유리병으로 금속 뚜껑이 달려 있었다.

「이 위에 살고 있는 우리들은 대부분 이것을 갖고 있지. 우리들 사이에서만
통하는 이름이 붙어 있다네. 하기야 별명이긴 하지만 아주 희한한 거야. 그런
데 이곳 경치는 어때?」
　한스 카스토르프는 경치를 보면서 대답했다.
「웅장하군.」
「그렇게 생각하나?」
　두 사람을 태운 마차는 선로와 평행으로 나 있는, 폭이 일정치 않은 길을
따라 골짜기 안으로 향해 달리다가 좁은 선로를 왼쪽으로 횡단한 다음 시냇물
을 하나 건너고, 숲으로 싸인 경사진 곳을 향해 이번에는 가파르지 않은 오르
막길의 차도를 달렸다. 이 경사진 곳으로부터 멀지 않은 곳에, 나지막하고 앞
으로 나온 잔디밭 대지 위에는 둥근 탑이 있는 건물 한 채가 남서 방향으로
길게 뻗어 있었다. 이 건물은 발코니뿐이어서 먼 데서 보면, 전체가 구멍이
뚫린 해면(海綿)처럼 보였다. 지금은 거기에 막 불이 켜지기 시작하는 참이
었다.
　어느덧 해가 저물기 시작했다. 사방으로 구름이 낀 하늘을 한동안 빛나게
하던 어스름한 석양이 이제는 사라지고, 완전히 밤이 되기 직전의 희고 생기
없는 슬픈 과도기 상태가 세상을 지배하고 있었다. 조금 구부려져 길게 뻗은
인가가 있는 골짜기에도 이제 곳곳에 불이 켜져 있었다. 골짜기 밑바닥에도,
양쪽 경사진 곳에도, 특히 인가가 계단식으로 올라간 경사면에는 많은 불이
켜져 있었다. 왼쪽 잔디밭 경사진 곳에는 오솔길이 나 있고, 그 끝은 울창한
침엽수숲 속으로 사라져서 보이지 않았다. 골짜기는 출구를 향해 좁아지고 그
너머로 멀리 보이는 산들의 절벽은 차디찬 슬레이트 색의 푸른빛을 띠고 있
었다. 바람이 불기 시작하자, 저녁의 찬 기운이 몸에 스며들어 왔다.
「아니야. 솔직히 말한다면 그렇게 압도적인 것이 못 돼.」한스 카스토르프
는 말했다. 「빙하라든가, 꼭대기에 만년설(萬年雪)을 인 산이라든가, 하늘을
찌르는 거봉들은 어디 있단 말인가? 저기 보이는 것들은 모두 그다지 높지
않은 것 같은데.」
「천만에, 저것들은 다 높은 것이야.」하고 요아힘은 대답했다. 「저렇게 식
물 지대의 경계선이 거의 도처에서 끝나 있는 것이 완연히 보이지 않나. 가문
비나무가 없어지면 모든 것이 따라서 없어지니 자네가 보는 바와 같이 바위뿐
이야. 저기 저쪽 말이네. 저기 보이는 슈바르츠호른이라는 뾰죽한 산 왼쪽에
는 빙하까지도 있어. 푸른 곳이 아직 보이지? 크지는 않지만 틀림없는 빙하

인데 스칼레타 빙하라고 하지. 그 틈 사이에 있는 피츠미헬과 틴첸호른은 여기서는 안 보이지만 사철 눈에 덮여 있어. 1년 내내 말이야.」

「영원히 눈에 덮여 있단 말이지?」

「그렇지, 영원이라고 말할 수 있지. 정말이야. 모두 높아. 그러나 우리들 자신이 굉장히 높은 곳에 있다는 것도 계산에 넣어야 해. 해발 천육백 미터니까. 그래서 높아도 높게 보이지 않는 거지.」

「그렇구나, 상당히 높이도 올라왔군. 사실 나는 불안하고 무서워졌어. 천육백 미터라니! 대충 환산하여 오천 피트로구나. 이렇게 높은 곳은 생전 처음이야.」

한스 카스토르프는 아직 익숙해지지 않은 공기의 희박함을 시험해 보듯 깊이 들이마셨다. 공기는 상쾌하였고 그 이상 아무것도 아니었다. 향기도, 내음도, 습기도 없이, 가볍게 흘러 들어와 마음속에 아무런 감명도 남기지 않았다. 「아주 좋은데.」 하고 그는 듣기 좋은 소리를 했다.

「그렇지, 소문난 유명한 공기니까. 그건 그렇고, 오늘 밤은 이 근방의 경치가 그다지 훌륭하지 않군. 가끔은 더 훌륭하게 보일 때가 있는데, 특히 눈이 내릴 때의 경치는 사람을 황홀경에 빠지게 하지. 그래도 역시 싫증이 나지. 이 위에서 사는 우리들은 모두 이제는 말할 수 없이 싫증이 나 있다고 할 수 있어.」

요아힘은 말하고, 싫어 죽겠다는 듯이 입술을 비쭉거렸으나, 이것도 과장같이 보일 뿐 자제력이 없는 것 같았고, 역시 그에게는 어울리지 않았다.

「자네는 정말 이상하게 말을 하는군?」

「내가 이상하게 말을 한다고?」 요아힘은 조금 걱정스러운 듯이 말하면서 사촌을 보았다.

「아니, 아니야. 미안해. 그저 그런 기분이 들었을 뿐이야!」

한스 카스토르프는 당황해서 말했다. 그러나 사실은 요아힘이 아까부터 서너 번 사용한 〈이 위에서 사는 우리들〉이란 말이 웬일인지 마음에 걸리고 이상하게 느껴졌던 것이다.

「우리 요양원은 동네보다 더 높은 곳에 있지.」 하고 요아힘은 말을 계속했다. 「오십 미터 더 높은 곳에 말이야. 안내서에는 백 미터라고 돼 있지만 사실은 오십 미터야. 가장 높은 곳에 있는 것이 저쪽 샤츠알프라는 요양원인데 여기서는 보이지 않아. 거기는 겨울이 되면 눈사태로 길이 막히기 때문에 시체를 쌍썰매로 운반해야 하네.」

「시체를? 아, 그런가. 난 또⋯⋯.」

이렇게 말하며 한스 카스토르프는 갑자기 웃음을 터뜨렸다. 그것은 억누를 수 없는 심한 웃음이었기 때문에 가슴이 흔들리고, 찬바람에 약간 굳어진 얼굴은 일그러지고 찡그려져 조금 얼얼해졌다.

「쌍썰매로 말이지! 그런 말을 자네는 그렇게 태연스럽게 할 수 있는가? 5개월 동안에 자네는 아주 시니컬한 사람이 되었군그래.」

「시니컬한 사람이 될 리 있나.」 요아힘은 어깨를 움츠리면서 대답했다. 「어떻게 내가 그렇게 되겠나? 시체에게는 그런 것쯤이야 아무래도 마찬가지 아니겠나 ⋯⋯ 아무튼 우리들이 있는 곳에서는 모두 시니컬한 사람이 되고 있는지 모르지. 베렌스 씨부터가 시니컬한 사람의 표본이니까 말이야. 그 사람은 또 아주 재미있는 사람이야. 학생 조합(결투를 좋아하고 학생 생활을 즐기는 민족주의적인 학생 단체)의 선배로 수술의 대가인 모양이야. 자네 마음에도 들게 될 거야. 그리고 또 크로코브스키라는 조수가 있는데 대단한 재사(才士)야. 안내서에서도 특히 이 사람이 하는 일에 관해서 선전을 하고 있지. 말하자면 환자들의 정신 분석을 한다네.」

「무엇을 한다고? 정신 분석을? 그건 기분 나쁜데.」

한스 카스토르프는 다시 웃음을 터뜨렸다. 그리고 이번만은 정말 우스워 죽을 지경이었다. 이제는 우스워서 견딜 수가 없었다. 여러 가지 이야기 끝에 정신 분석이 나와서 완전히 손을 들어 버린 것이다. 그는 너무 웃어서, 몸을 구부리고 눈을 가린 손 밑으로 눈물이 흘러내렸다. 요아힘도 마음껏 웃었다──웃는 것이 기분 좋았던 모양이다.

이리하여 마차가 성큼성큼 달려서 급경사진 등근 차도를 다 올라가 국제 요양원 베르크호프의 정면 입구로 두 젊은이를 싣고 왔을 때, 두 사람은 아주 기분이 좋아져서 마차에서 내렸다.

34 호 실

바로 오른편 현관문과 바람막이 사이에 수위실이 있었는데, 아까 도르프 역에 마중나왔던 절름발이와 같이 회색 제복을 입은 프랑스 사람처럼 보이는 사환이 전화 옆에 앉아 신문을 읽고 있었다. 이 사람이 두 젊은이를 맞이하여 조명이 밝은 홀로 안내했다. 왼쪽에는 담화실이 여러 개 나란히 있었다. 한스 카스토르프는 지나가면서 들여다보았으나, 어느 담화실도 텅텅 비어 있었다. 손님들은 대체로 어디에 있느냐고 묻자, 사촌은 대답했다.

「안정 요양중이야. 나는 오늘 자네를 마중하러 가기 위해서 외출 허가를 받았던 거야. 여느때는 나도 저녁 식사 뒤에는 발코니에 누워 지내지.」

한스 카스토르프는 하마터면 웃음을 터뜨릴 뻔했다.

「뭐라고? 자네들은 밤에도 안개낀 발코니에서 누워 지낸단 말인가?」

그는 웃음이 터져 나올 듯한 목소리로 물었다.

「그래, 규칙이야. 8시부터 10시까지는 그렇지. 그건 그렇고, 가서 자네 방을 보도록 하세. 그리고 손을 씻지.」

두 사람이 엘리베이터를 타자, 프랑스 인이 운전을 했다. 한스 카스토르프는 올라가면서 눈을 닦았다.

「너무 웃었더니 완전히 지쳐 버렸어.」 그는 이렇게 말하고 입으로 숨을 쉬었다. 「자네가 너무 이상한 말만 했기 때문이야……. 아까 정신 분석 이야기는 너무 지나쳤어. 그것만은 안 했으면 좋을걸 그랬어. 게다가 역시 여행으로 좀 피로해진 모양이지. 자네도 이렇게 발이 시린가? 그런데도 얼굴은 달아오르니 기분이 좋지 않은데. 식사는 곧 하는 건가? 어쩐지 배가 고픈 것 같아. 이 위의 자네들이 있는 곳에서도 정식 식사를 할 수 있나?」

두 사람은 좁은 복도의 야자수 융단 위를 소리없이 걸어갔다. 둥근 우유빛 유리갓이 천장에서 파리한 빛을 내고 있었고 니스 같은 도료를 칠한 벽이 희고 차갑게 빛나고 있었다. 흰 모자를 쓰고, 코안경을 코에 얹고, 그 끈을 귀 뒤로 끼운 한 간호사의 모습이 복도 한구석에 보였다. 그녀는 보아하니 직무에 그다지 전념하고 있지 않은 신교의 간호사로, 호기심이 강한데다 지루함에 견디지 못해 들떠 있는 것같이 보였다. 복도의 두 군데에 번호가 붙은 흰 페인트 칠을 한 문 앞에 플라스크 같은 것이 놓여 있었다. 그것은 배가 불룩하고 목이 짧은 큰 용기인데, 한스 카스토르프는 그때, 그 용기의 용도를 묻는 것을 잊고 있었다.

「여기야. 34호실이지. 오른쪽에는 내가 있고, 왼쪽에는 러시아 인 부부가 있어. 좀 너절하고 시끄러운 분들이지만, 달리 별도리가 없다네. 그건 그렇고, 이 방은 어떤가.」

문이 이중으로 되어 있고, 두 개의 문 사이에는 옷을 거는 못이 있었다. 요아힘이 천장 전등 스위치를 누르자, 떨리는 것 같은 불빛이 실용적인 흰 가구와, 마찬가지로 희고 튼튼하며 세탁할 수 있게 된 벽걸이와, 깨끗한 리놀륨의 마루, 근대적 취미의 간소하고 밝은 무늬로 자수를 놓은 린네르 커튼이 달린 방을 환하게 비추어 주었다. 발코니로 통하는 열린 문 사이로 골짜기의 전등불이 보이고, 멀리에서는 댄스곡이 흘러 들어왔다. 친절한 요아힘은 작은 꽃병에 서너 송이의 꽃을 꽂아 장 위에 놓아 두었다. 그것은 흔히 풀 속에서 볼 수 있는 꽃으로 톱풀꽃 몇 송이와 방울꽃 두세 송이였는데, 이것은 요아힘이 직접 경사진 곳에서 꺾어온 것이었다.

「정말 고맙네.」하고 한스 카스토르프는 말했다. 「참 기분 좋은 방이로군. 이 방 같으면 3주일쯤은 즐겁게 지낼 수 있겠어.」

「그저께 여기에서 미국 여자가 죽었어.」요아힘이 말했다. 「자네가 오기 전까지는 그 여자를 치울 수 있을 것이니 이 방을 자네가 쓰면 어떻겠느냐고 베렌스가 말했어. 그녀의 약혼자인 영국 해군 장교가 그녀 곁에 있었는데, 이 사람은 군인답지 못한 행동을 하더군. 줄곧 복도로 나와서 울었지, 어린애처럼. 그리고는 볼에다 콜드크림을 바르곤 했는데 그건 면도질한 자국에 눈물이 스며들어 따가워서 그랬던 거야. 그저께 밤에 그 미국 여자는 심한 각혈을 두 번 하고는 그것으로 그만 끝나 버렸지. 그러나 유해는 어제 아침에 벌써 치워졌지. 그 뒤 이 방은 물론 철저하게 소독을 했어. 포르말린으로 말이야. 소독에는 그것이 그만이야.」

한스 카스토르프는 이 이야기를 흥분하여 멍하니 듣고 있었다. 그는 소매를 걷어올리고, 니켈 마개가 전등빛에 빛나고 있는 큰 세면대 앞에 서서 깨끗한 시트가 덮인 흰 칠을 한 금속제 침대에 잠깐 눈을 돌렸다.

「소독했다고? 그건 잘했어.」그는 손을 씻고 닦으면서, 다소 앞뒤가 맞지 않는 말을 지껄였다. 「그렇지, 메틸 에테르 말이지. 그것만 있으면 아무리 강한 박테리아도 당할 수 없지? H_2CO야. 그렇지만 코를 찌르는데, 그렇지 않아? 하기야 엄중하기 이를 데 없는 소독이 근본 조건이니까.」

요아힘은 학생 시절부터 일반적으로 해오던 식에 따라「물론이지.」라고 말했지만, 한스 카스토르프는『물』과『론』을 떼어서 발음하며, 계속 유창하게 말했다.

「내가 말하고 싶었던 것은……, 아마도 그 해군 장교는 안전 면도기로 면도를 했을 거라는 생각이야. 그것으로 면도를 하면, 잘 드는 보통 면도칼로 하는 것보다 더 피부를 상하기 쉬우니까 말이야. 적어도 그것은 내가 경험한 바이지. 그래서 나는 두 가지를 번갈아가면서 사용하고 있어……. 그렇지, 자극

된 피부에 소금물이 따끔한 것은 당연하지. 그래서 그는 해상 근무의 경험에서 콜드크림을 사용했을 거야. 나는 그것이 이상하다고 생각지는 않아…….」

그는 계속 지껄이면서 애용하는 시거, 마리아 만치니를 가방에 이백 개를 넣어 가지고 왔지만 세관이 굉장히 관대하게 봐주었다는 것과 고향의 '이 사람 저 사람'의 인사를 전했다.

「여기서는 스팀을 때지 않나?」

그는 갑자기 이렇게 말하고 손을 대보기 위해 스팀관 쪽으로 다가갔다.

「그래, 우리들은 여기서 추위로 상당히 고생을 하고 있어. 8월부터 난방 장치에 불을 붙이게 되려면 기후가 달라져야지.」

「8월이라. 나는 추워 죽겠군. 추워 못 견디겠어. 몸이 말이야. 얼굴은 이상하게도 달아오르는데. 한번 얼굴을 만져 봐요. 얼마나 달아오르고 있는가를…….」

얼굴을 만져 보라고 요구하는 것은 한스 카스토르프답지 않은 일이다. 그는 자기로서도 참을 수 없는 기분이었다. 요아힘은 이런 일에는 개의치 않고 다음과 같이 말하였다.

「공기 탓이겠지. 아무것도 아니야. 베렌스도 하루 종일 새파란 얼굴을 하고 있어. 아무리 해도 익숙해지지 않는 사람이 있기는 해. 자, 가세. 빨리 가지 않으면 아무것도 얻어먹지 못하니까.」

복도에는 다시 아까 그 간호사의 모습이 보였다. 그녀는 근시의 눈으로 두 사람 쪽을 신기하다는 듯이 바라보고 있었다. 이층까지 내려왔을 때, 한스 카스토르프는 정말 무서운 소리를 듣고 발이 꼭 묶인 것처럼 서버렸다. 그 소리는 복도에서 좀 떨어진 굽이진 모퉁이에서 들려오는 소리로 높은 소리는 아니지만 몸을 오싹하게 하는 성질의 소리여서, 한스 카스토르프는 얼굴을 찡그리고 눈을 크게 뜬 채 사촌의 얼굴을 바라보았다. 기침 소리가 틀림없었다——남자의 기침 소리였다. 그러나 그 기침은 이때까지 들은 어떤 기침과도 같지 않았다. 이 기침에 비교한다면 이때까지 들은 기침들은 모두 건강하고 멋진 생명의 발로라고 할 수 있었다. 지금 들리는 기침 소리는 아무런 기분도 따스함도 느낄 수 없는 기침으로, 정상적으로 밀려 나오는 것이 아니고, 분해된 유기체의 끈적끈적한 죽 속을 무섭도록 힘없이 휘젓는 것처럼 울리는 소리였다.

「그렇구먼. 상태가 꽤 나쁜 모양이야. 그는 오스트리아의 귀족으로 단정한 사람이야. 문자 그대로 아마추어 기수로 태어난 것 같은 사람인데 지금은 저

모양이야. 그런데도 아직 돌아다니고 있지.」한스 카스토르프는 다시 걸어가
면서 아마추어 기수의 기침에 대해 심각하게 말했다. 「잊지 말아 주게. 나는
아직 저런 기침을 한 번도 들어본 일이 없어. 정말 처음이고 새로운 일이기
때문에 아주 강한 인상을 받았어. 기침에도 여러 가지가 있지. 마른 것도 있
고 약한 것도 있고 말이야. 그리고 일반적으로 말하지만, 약한 기침 쪽이 높
은 기침보다는 좋다는 거야. 나도 젊었을 때(그는 젊었을 때라고 말했다) 목
을 다쳐서 늑대처럼 높은 기침을 했지만, 그것이 약해지자 모두들 기뻐하더
군. 지금도 기억하고 있어. 그러나 방금 들은 기침은 처음인데. 적어도 내 생
각에 말이야…… 저것은 산 사람의 기침이 아니야. 마르지도 않고 약하지도
않은, 말로 표현할 수 없는 것이지. 마치 그 사람의 몸속이 어떻게 되었는지
들여다보는 것 같아. 모두 가죽같이 뒤범벅이 돼서…….」

「그렇지만 나는 저것을 매일 듣고 있기 때문에 자네의 설명은 잘 이해가 되
질 않아.」

그러나 한스 카스토르프는 여전히 방금 들은 기침이 마음에 걸려, 마치 아
마추어 기수의 몸속을 들여다보는 것 같다고 되풀이하여 여러 번 말하였다.
두 사람이 식당으로 들어갔을 때에도, 여행으로 피로한 그의 눈은 흥분된 빛
을 띠고 있었다.

레스토랑에서

레스토랑은 밝고 아늑하여 마음에 들었다. 그것은 홀의 바로 오른편에 위치
하여 담화실과 마주보고 있었다. 요아힘의 설명에 의하면, 막 도착해서 시간
외의 식사를 하는 사람이나, 방문객이 있는 사람들에게 주로 이용된다는 것이
었다. 그러나 탄생일, 임박한 퇴원, 종합 진찰의 양호한 결과 등도 여기서 성
대하게 축하되었다. 때로는 레스토랑에서 푸짐한 연회가 있고 샴페인을 터뜨
리는 일도 있다고 요아힘이 말했지만, 지금은 서른살 가량의 부인이 혼자 앉
아서 책을 읽고 있을 뿐이었다. 그녀는 읽으면서 계속 중얼거리고, 왼손의 가
운뎃손가락으로 식탁보 위를 가볍게 두드리고 있었다.

젊은 두 사람이 앉자, 그 부인은 좌석을 바꾸어 두 사람에게서 등을 돌리고
말았다. 그녀는 사람들과 얼굴을 마주 대하는 것을 꺼리는 성격으로, 언제나

레스토랑에서 책을 읽으면서 식사를 한다고 요아힘이 작은 목소리로 설명했다. 그녀는 아주 어린 소녀 때 요양원에 들어와서 그 뒤로는 바깥 세상에서 지내 본 일이 없다는 얘기도 덧붙여 주었다.

「그렇다면 자네의 5개월 정도의 병력은 아직 신출내기에 불과하군. 가령 1년 있다고 해도 역시 마찬가지겠지.」하고 한스 카스토르프는 사촌에게 말했다. 요아힘은 대답하는 대신, 전에는 볼 수 없었던 예의 어깨를 움츠려 보이는 버릇으로 그 말에 응하면서 메뉴를 집어들었다.

두 사람은 창가의 한 단 높은 가장 좋은 테이블에 자리를 잡고서 크림색 커튼 옆에 마주앉았다. 두 사람의 얼굴은 빨간 갓을 씌운 전기 스탠드 불빛에 밝게 빛나고 있었다. 한스 카스토르프는 방금 씻은 양손을 마주잡고 언제나 식탁에 앉을 때의 버릇대로, 즐겁게 몹시 기다려진다는 듯이 양손을 비비며 앉아 있었다. 이것은 아마 그의 조상들이 식사 전에 올린 기도의 잔재일 것이다. 콧소리로 상냥하게 이야기하면서 그들에게 서비스를 하는 아가씨의 혈색은 매우 건강해 보였다. 여기서는 웨이트리스를 『홀 아가씨』라고 부른다는 말을 듣고 한스 카스토르프는 매우 우스웠다.

두 사람은 그녀에게 그뤼오라로즈를 한 병 주문했는데, 한스 카스토르프는 그 온도가 적당치 않다고 하며 그녀를 또 한 번 돌려보냈다. 식사는 훌륭하였다. 아스파라거스 수프, 소금에 절인 토마토, 여러 가지를 곁들인 구운 고기, 특별히 고급으로 만든 푸딩, 치즈, 과일 등이 나왔다. 한스 카스토르프는 생각했던 것보다 식욕이 없었지만 열심히 먹었다. 그는 배가 고프지 않더라도 체면상 많이 먹는 습관이 있었다.

요아힘은 요리에는 별로 손을 대지 않았다. 그는 음식에는 진저리가 나 있다고 말했다. 이 위에서 사는 사람들은 모두 진저리가 나서 식사에 대해서 잔소리를 하곤 했다. 날마다 여기에 앉아 있어야만 하니 말이다…… 그 대신 그는 포도주를 맛있게, 아니 거의 황홀한 기분으로 계속 마셨다. 그리고 너무 감상적인 말투는 조심스럽게 피하면서, 이렇게 진실한 말을 나눌 수 있는 상대가 와준 것이 기쁘다고 되풀이하여 말했다.

「자네가 와주어서 정말 기쁘네.」

요아힘의 차분한 목소리는 감동에 넘쳐 있었다. 「정말이지, 나에게는 하나의 사건이라고 할 수 있네. 어쨌든 하나의 변화이니까. 즉 이 병원의 무한한 단조로움 속에서 하나의 모멘트, 단락이라고 할 수 있지……」

「그러나 여기서는 시간이 정말 빨리 지나가겠지?」

「빠르다고 할 수도 있고, 느리다고도 할 수 있지.」요아힘은 대답했다.
「대체로 시간은 흘러가지 않는다고 할 수 있겠지. 시간이라는 것은 전혀 없
고, 생활이라는 것도 없어. 그렇지, 생활이라고 할 수는 없어.」

요아힘은 머리를 흔들면서 다시 잔에 손을 대었다.

한스 카스토르프는 얼굴이 불처럼 달아올랐지만 계속 마셨다. 그러나 몸은
여전히 차고, 사지는 경쾌하였지만 그러나 어딘지 괴롭고 불안정한 느낌이
었다. 말이 무작정 빨라져서 가끔 틀리곤 했지만, 이것을 물리치려는 듯이 손
짓을 하면서, 개의치 않고 계속 말했다. 요아힘은 또 기분이 좋아져 있었다.
그리고 아까 중얼대며 손가락으로 테이블보 위를 두드리곤 하던 여자가 갑자
기 일어나 나가 버리자, 두 사람의 대화는 한결 자유롭고 명랑해졌다. 두 사
람은 식사를 하면서 포크로 손짓을 하기도 하고, 입 안에 음식을 가득 넣은
채 의미심장한 몸짓을 하기도 하였으며, 웃고, 끄덕이고, 어깨를 움츠리고,
음식을 제대로 삼키기도 전에 벌써 말을 계속하기도 했다. 요아힘은 함부르크
의 이야기를 듣고 싶어서, 지금 계획 중인 엘베 강의 개수공사(改修工事)에
화제를 돌렸다.

「획기적인 공사야!」한스 카스토르프는 말을 계속 이었다. 「우리 항운계
(航運界)의 발달에 획기적인 공사지. 이렇게 말해도 과언은 아니야. 시에서는
곧 긴급 임시 지출조로 5천 마르크의 예산을 세웠지만, 사실 거기에는 그럴
만한 자신이 있어서 한 일이라고 단언할 수 있지.」

그는 엘베 강의 개수 공사를 그렇게 중요시하고 있으면서도, 그 화제에서
곧 벗어나 요아힘에게 『이 위』의 생활과 손님들의 이야기를 더 들려 달라고
졸랐다. 요아힘도 이야기를 하여 기분을 가볍게 하는 것이 기뻤던 모양으로
사촌의 희망에 기꺼이 응했다. 그는 쌍썰매의 코스를 따라 아래로 운반되어
가는 시체 이야기를 되풀이하면서 그것이 사실이라는 점을 다시 한 번 분명히
단언하였다. 한스 카스토르프가 다시 배꼽을 쥐고 웃자 요아힘도 웃었고, 웃
는 것이 진심으로 즐거운 듯이 보였다. 그리고 그는 흥겨운 웃음을 더욱더 돋
우기 위해 다른 유쾌한 이야기를 여러 가지 했다. 가령 그의 식사 친구로 슈
퇴르 부인이 있는데, 그녀는 켄슈타트의 음악가의 아내로서 꽤 중환자인 것
같으나, 그렇게 교양이 없는 인간을 이때까지 본 적이 없을 정도라고 한다.
그녀는 소독이라는 것을 『구매(驅梅)』(^{매독을 몰아}
낸다는 말)라고 하는데, 이것도 제 정신으
로 말한다는 것이었다. 그리고 조수 크로코브스키를 『포물루스』(^{조수는 라틴 어로 Famulus}
라고 한다. 괴테의 《파우스
트》제1부
518행 참고)라고 부른다는 것이었다. 그래도 그것을 얼굴도 찡그리지 않고 듣고 있

어야 한다. 게다가 그녀는 가십광(狂) (이 위에서 사는 사람들은 거의 모두가 가십광이지만)으로 일티스라는 부인이 칼날을 숨겨 두고 있다고 험담을 한다고 했다. 그녀가 『단도』를 『칼날』이라고 한다는데 정말 어이가 없어, 두 사람은 반쯤 눕듯이 의자의 등받이에 몸을 기대고는 배의 근육이 떨리며 거의 동시에 딸꾹질이 날 정도로 웃었다.

이윽고 요아힘은 근심스러운 표정을 지으면서 자기의 운명을 하소연했다.

「우리들이 이렇게 앉아서 흥겹게 웃고 있지만,」 요아힘은 애처롭게 얼굴을 찡그리며 횡경막의 진동 때문에 이따금 숨을 크게 쉬며 말하였다. 「언제 여기에서 나갈 수 있을는지 전혀 가망이 없어. 베렌스가 앞으로 반 년이라고 한다면 그것은 빠듯한 계산이니까, 그보다 더 있게 된다는 것을 각오해야 해. 그렇지만 이것은 괴로운 일이야. 슬픈 일인지 어떤 건지, 내 입장이 되어 생각해 보아 줘. 이미 채용이 되어 다음달에는 장교 시험을 볼 수 있는데 지금 이런 곳에서 체온계를 입에 물고 빈둥거리면서 교양이 없는 슈퇴르 부인의 엉터리말이나 계산하면서 시간을 낭비하고 있으니 말이야. 우리들의 나이에 1년이라는 세월은 굉장한 것이야. 아래 세상의 생활이라면 여러 가지 변화와 진보를 가져오는 시간이지. 그런데도 나는 여기서 괸 물처럼 가만히 있어야만 하다니……. 그렇지, 썩은 물 그대로야. 절대로 극단적인 비유는 아니야.」

이상하게도 한스 카스토르프는 그 말에는 대답하지 않고, 여기서도 영국제 흑맥주를 마실 수 있느냐고 물었다. 요아힘은 어이가 없어 쳐다보았다. 상대방은 거의 잠이 들려 하고 있다고나 할까, 아니 벌써 잠이 들어 있었다. 「아니, 자고 있었군?」 하고 요아힘은 말했다. 「자, 가세. 인제 잘 시간이야.」

「시간이란 여기서는 없는 것이잖나.」

한스 카스토르프는 잘 돌지 않는 혀로 말했다. 그래도 그는 사촌의 뒤를 따라갔다. 피로로 인해서 문자 그대로 바닥에 쓰러질 것처럼, 약간 허리를 구부리고 간신히 발을 옮기면서. 그러나 침침한 전등 불빛이 비치는 홀까지 왔을 때, 요아힘이, 「저기 크로코브스키가 있군. 잠깐, 소개해 주겠어.」라고 하자 한스 카스토르프는 억지로 정신을 가다듬었다.

닥터 크로코브스키는 담화실의 난롯가에 앉아서 신문을 읽고 있었다. 그는 젊은이들이 다가오는 것을 보고 일어섰다. 요아힘은 군대식 자세로 말했다.

「의사 선생님, 함부르크에서 온 사촌 카스토르프를 소개합니다. 방금 도착했습니다.」

닥터 크로코브스키는 새로 온 손님에게 명랑하고 씩씩한 자세로 인사를 했다. 그 자세는 나하고 마주 대하면 딱딱해질 필요는 없고 다만 기쁜 마음으로 신뢰하면 된다고 말하는 것 같았다. 나이는 서른다섯 살 가량이고 어깨가 넓고 뚱뚱하지만, 앞에 서 있는 두 사람보다는 훨씬 작아서, 두 사람의 얼굴을 보기 위하여 머리를 비스듬히 뒤로 젖혀야만 했다. 그리고 혈색이 유난히도 나빠 투명한 것 같은, 아니 인광(燐光) 같은 창백함이, 검게 빛나는 눈, 검은 눈썹, 이미 백발이 조금씩 보이기 시작한 둘로 나누어진 꽤 긴 검은 구레나룻 때문에 더욱 두드러져 보였다. 그는 좀 낡은 검은 더블 양복을 입고, 두꺼운 잿빛 털양말에 샌들 같은 검은 단화를 신고, 부드럽게 뒤로 젖힌 칼라를 하고 있었다. 한스 카스토르프는 지금까지 단 한 번 단치히의 사진사가 그런 칼라를 한 것을 본 적이 있었는데, 그 칼라는 정말 닥터 크로코브스키에게 사진사와 같은 풍모를 느끼게 해주었다. 닥터 크로코브스키는 수염 사이로 노르께한 이빨이 드러나 보일 정도로 정답게 웃으면서, 젊은 카스토르프의 손을 잡고 바리톤의 목소리로 외국인처럼 좀 오래 끄는 억양으로 말했다.

「잘 오셨습니다, 카스토르프 씨. 빨리 이곳 습관에 익숙해져서 우리들과 함께 유쾌하게 지내시기를 바랍니다. 실례되는 말씀입니다만 이곳에는 환자로서 오신 거겠지요?」

한스 카스토르프가 예의를 지키면서 밀려오는 졸음을 이기려고 애쓰는 모습은 보기에도 측은하였다. 그는 예의가 바르지 않은 자신에게 화가 났고 젊은 사람에게 흔히 있는 믿지 못하겠다는 자존심에서, 조수의 미소와 격려하는 태도를 관대하게 대하는 조롱의 표시로 느꼈다. 그는 3 주일의 예정일과 시험까지도 말하고, 고맙게도 비할 데 없이 건강하다고 덧붙여 말했다.

「정말입니까?」 닥터 크로코브스키는 야유하듯이 머리를 비스듬히 내밀고, 미소를 더해 가면서 말했다. 「그러나 그렇다면 그것은 매우 연구할 가치가 있는 현상입니다. 나는 아직 완전히 건강한 사람을 만난 일이 없습니다. 실례지만, 무슨 시험을 쳤습니까?」

「나는 엔지니어입니다, 의사 선생님.」 한스 카스토르프는 겸손하나 위엄 있게 대답했다.

「아, 엔지니어!」 닥터 크로코브스키의 미소는 그 순간 사라지고 동시에 힘과 다정함도 잃었다. 「좋은 일입니다. 그렇다면 여기서는 어떠한 종류의 치료도 받지 않으시는 거죠, 육체면에서도 정신면에서도.」

「네, 그렇습니다.」

이렇게 한스 카스토르프는 말하고, 거의 한 걸음 물러서려고 했다.

그러자 닥터 크로코브스키는 다시 의기양양한 미소를 흘리며, 새삼스레 그와 악수하고 큰 소리로 말했다.

「자, 그러면 편히 주무십시오, 카스토르프 씨. 완전무결한 건강을 만끽하십시오! 그럼 또.」

크로코브스키는 젊은이들을 보내고 다시 앉아서 신문을 읽기 시작했다.

엘리베이터의 운행은 이미 중단되었으므로 두 사람은 걸어서 계단을 올라갔다. 두 사람 다 닥터 크로코브스키와의 대면으로 좀 마음이 산란해져 서로 말이 없었다.

요아힘은 한스 카스토르프를 34호실까지 바래다 주었다. 거기에는 절름발이 사나이가 새로 온 손님의 짐을 틀림없이 가져다 두었다. 두 사람은 15분 가량 잡담을 했는데, 한스 카스토르프는 그 동안 짐 속에서 잠옷과 세면 도구를 꺼내고, 굵고 연한 담배를 피웠다.

「아주 대단해 보이는데.」 하고 한스 카스토르프는 빨아들인 담배 연기를 토하면서 말했다. 「얼굴이 납처럼 창백하더군. 그런데 그 신발은 어울리지 않았어. 쥐색 털양말에 그 샌들 말이야. 결국 그는 기분이 상한 게 아닐까?」

「그는 신경이 예민하지.」 요아힘도 이것을 시인했다. 「자네는 그의 치료를 그렇게 잘라서 거절할 필요는 없었네. 적어도 정신면의 치료만큼은 말이야. 그것을 거절하면 그는 좋아하지 않아. 나도 별로 그에게 가서 상담을 하지 않으니까 나를 그다지 좋게 여기지 않지. 그래도 가끔은 꿈 이야기를 해서 분석의 재료를 제공하고는 있어.」

「그렇다면 나는 그의 기분을 상하게 했군그래.」

한스 카스토르프는 화가 나서 말했다. 남의 기분을 상하게 한 자기에게 화가 나서, 그로 인해 더 심한 피로를 느꼈다.

「잘 자게. 피곤해서 넘어질 것 같아.」

「내일 아침에는 8시에 아침 식사 마중을 오겠네.」

요아힘은 이런 말을 남기고 나갔다.

한스 카스토르프는 잠잘 준비를 빨리 끝냈다. 그리고 나이트 테이블의 전깃불을 끄자마자 잠에 빠지려 하다가, 그저께 이 침대에서 누가 죽었다는 것이 생각나자, 다시 한 번 놀라서 눈을 떴다.

「이번이 처음은 아닐 테지.」 하고 그는 안심시키듯이 자기에게 타일렀다. 「임종의 침대일 뿐이야. 이상할 건 없어.」

그리고는 잠들었다. 한스 카스토르프는 잠이 듦과 동시에 꿈을 꾸기 시작해서 다음날 아침까지 거의 쉬지 않고 계속 꿈을 꾸었다. 그것은 주로 이런 꿈이었다. 요아힘 짐센이 이상하게 사지를 비튼 자세로 경사진 코스를 쌍썰매로 내려갔다. 짐센은 닥터 크로코브스키의 얼굴처럼 인광 같은 빛을 내고 있었다. 썰매 앞에는 아마추어 기수가 앉아서 조종하고 있었다. 다만 기침 소리만 들었을 뿐인 인물이었기 때문에 자세가 매우 희미하게 보였다.

「우리들에게는 어떻든 매한가지야. 이 위에서 사는 우리들에게는……」

몸을 비틀며 요아힘이 말했지만, 그 몸서리쳐지는 죽과 같은 기침을 한 것은 기수가 아니라 요아힘이었다. 그래서 한스 카스토르프는 엉엉 울지 않을 수 없었다. 그래서 약국으로 뛰어가 콜드크림을 사와야겠다고 생각했다. 그런데 길가에 일티스 부인이 여우 같은 얼굴을 하고 손에다 무엇을 쥔 채 앉아 있었다. 틀림없이 『칼날』인 것 같았으나, 사실은 안전 면도날이었다. 그것을 보고 한스는 웃지 않을 수 없었다. 이렇게 한스 카스토르프는, 반쯤 열려진 발코니의 문으로 아침 햇빛이 그의 눈을 뜨게 할 때까지, 여러 가지 감정의 물결 속에서 한없이 출렁거려야만 했다.

제 2 장

세례반(洗禮盤)과 이중의 모습을 한 할아버지에 관해서

한스 카스토르프는 자기의 집안에 관해서는 희미한 기억밖에 없다. 부모님에 관해서 거의 기억을 할 수 없다. 두 분은 짧은 간격을 두고, 그가 다섯 살인가 일곱 살 때 세상을 떠났다. 처음에 어머니가 정말 뜻밖에 해산을 얼마 앞두고, 신경염으로 인한 혈관 폐쇄, 닥터 하이데킨트의 말을 빌리면, 전색증(塡塞症)으로 인한 심장마비로 갑자기 죽었던 것이다. 어머니는 침대 위에 앉아서 웃으며 죽었기 때문에, 너무 웃어서 굴러떨어진 것처럼 보였는데, 사실은 죽었기 때문에 굴러떨어진 것이었다. 아버지인 한스 헤르만 카스토르프에게는 이것이 쉽게 납득될 수 없는 일이었다. 아버지는 아내를 진심으로 사랑했고 그 자신도 그다지 건강하지 않았으므로 이 타격을 이겨낼 수가 없었다. 그 이후로 그는 정신이 이상해지고 쇠약해져 멍하니 방심 상태에서 상업상의 실수를 초래하여, 카스토르프 부자 상회는 이내 심한 손실을 입었다. 그 다음다음해의 봄에, 그는 바람이 몹시 부는 부둣가에서 창고의 재고품 검사를 하다 폐렴에 걸리게 되었다. 그렇지 않아도 약해진 심장은 높은 열을 견디지 못하고, 닥터 하이데킨트의 온갖 치료에도 불구하고 닷새 만에 죽어 버렸다. 그는 많은 시민들이 참가한 장례식의 행렬 속에서 성 카타리나 교회의 묘지, 식물원을 내려다볼 수 있는 카스토르프 가 대대의 아름다운 묘지에 아내의 뒤를 따라 묻혔다.

시 참의원이었던 할아버지는 비록 짧은 기간이었지만, 아들보다 오래 살았다. 할아버지 한스 로렌츠 카스토르프 역시 폐렴에 걸려 고생하였지만 아들과는 달리 생활력이 매우 강하고 끈기 있는 체질이었기 때문에, 심한 투쟁과

고통 끝에 죽었다. 할아버지가 죽기까지의 짧은 동안을——불과 1년 반의 사
이였지만——고아가 된 한스 카스토르프는 할아버지의 집에서 지냈다. 이
집은 전 세기 초에 좁은 대지에 북방의 고전적 형식으로 세워진 집으로 광장
쪽으로 면해 있고 둔탁한 색으로 칠해져 있었다. 땅 위에서 다섯 층계 올라간
일층의 중앙에 출입문이 있고, 이 문 좌우에는 반원주(半圓柱)가 여러 개 서
있고, 이층의 유리는 마룻바닥에까지 이르며, 쇠를 녹여 만든 쇠창살이 설비
되어 있었다. 이 이층 위에 또 두층이 더 있었다.
　이층은 거의 응접실이 차지하여 있었으나 그 가운데로 천장이 석회로 장식
된 밝은 식당이 있었다. 이 식당의 세 개의 창은 뒤뜰에 면해 있었고 포돗빛
의 커튼이 걸려 있었다. 할아버지와 손자는 이 식당에서 18개월 동안 매일 4
시에 하인인 피에테 노인의 시중을 받으며 둘이서 점심을 먹었다. 이 노인은
귀걸이를 걸고, 은단추가 달린 프록코트를 입고, 거기에 주인과 똑같은 삼베
목도리를 하고, 그 속에 말쑥하게 면도한 턱을 역시 주인과 똑같은 모양으로
파묻고 있었다. 할아버지는 피에테 노인에게 저지(低地) 독일어로 말을 걸고,
다정한 목소리로『자네』라고 불렀다. 이것은 농담으로 그렇게 부르는 것이 아
니라——할아버지에게는 유머가 없었다——진정으로 아끼는 마음에서 부르
는 것이었다.
　대체로 할아버지는 아랫사람들, 가령 하역 인부며 우편 배달부, 마부, 하인
들에게 이렇게 대했다. 한스 카스토르프는 그것을 듣는 것이 좋았고, 또 피에
테 노인이 시중을 들면서 주인의 뒤 왼쪽에서 상체를 구부리고, 왼쪽 귀보다
아직 훨씬 잘 들리는 시 참의원의 오른쪽 귀에 대고, 역시 저지 독일어로 대
답하는 것을 듣는 것도 아주 즐거워했다. 할아버지는 피에테 노인의 대답을
알아듣고는 고개를 끄덕이고, 마호가니로 만든 높은 팔걸이가 달린 의자와 식
탁 사이에 단정히 앉아, 접시 위로 거의 몸을 구부리지 않고 계속 식사를
했다.
　한스 카스토르프는 그 건너편에 앉아, 할아버지가 아름답고 긴 늙은 손으
로——오른쪽 집게손가락에 문장이 들어 있는 녹색 반지를 끼고 있었고, 손
톱은 타원형으로 항상 잘 다듬어져 있었다——고기, 야채, 감자를 한 입씩
포크 끝에 담아, 머리를 그쪽으로 살짝 내밀어 입으로 옮기는 면밀하고 세련
된 동작을 주의 깊게 바라보았다. 그리고 한스 카스토르프는 자기의 아직 서
투른 손놀림을 바라보며, 언젠가는 자기도 할아버지처럼 나이프와 포크를 쥐
고, 세련된 모습으로 그것을 움직일 수 있게 되리라고 느꼈던 것이다.

그에게 또 하나의 문제는, 뾰족한 끝이 할아버지 볼을 스치게 하는, 이상한 모양을 한 칼라가 달린 목도리에 자기도 언젠가는 턱을 파묻게 되리라는 것이었다. 그러나 이것은 의문이었다. 그렇게 되려면 할아버지와 같은 정도로 나이를 먹어야 하는 것도 있지만 이미 그 즈음에는 할아버지와 피에테 노인 말고는 그러한 칼라가 달린 목도리를 하고 있는 사람은 거의 없었기 때문이다. 이것은 유감스러운 일이었다. 왜냐하면 할아버지가 눈처럼 흰 목도리에 턱을 파묻고 있는 모습이 유달리 그의 마음에 들었던 까닭이다. 성인이 된 뒤의 추억 속에서도 그 모습은 특히 마음에 든 것으로, 거기에는 무언가 마음으로부터 동의(同意)할 수 있는 것이 깃들어 있었다.

할아버지와 손자는 식사가 끝난 뒤 냅킨을 접고 말아서 그것을 은고리에 끼워 놓는다. 냅킨은 작은 테이블보만큼이나 컸기 때문에, 이 일은 그 무렵의 한스 카스토르프에게는 그리 쉬운 일이 아니었다. 시 참의원은 피에테 노인이 뒤로 의자를 당겨 주면 일어나, 발을 끌면서 애용하는 여송연을 가지러 『작은 방』으로 간다. 손자도 가끔 거기에 따라갔다.

이 『작은 방』은 다음과 같은 사정으로 생긴 것이었다. 식당에 유리창 세 개를 만들어, 그 유리창이 집의 전체 폭을 점령하게 되었으므로, 이런 형태의 집에 흔히 있듯이 세 개의 객실을 만들 여지가 없어서 객실이 둘만 만들어지게 되었다. 그러나 그 두 개의 객실 중에서 식당에 직각으로 위치한 객실은 거리로 면하는 창이 한 개뿐으로, 깊이만이 불균형하게 깊어질 것 같았다. 그래서 그 깊이의 4분의 1만큼을 끊어서 그것을 『작은 방』으로 했던 것이다.

이것은 천장에서 채광(採光)한 어두운 작은 방으로 가구도 별로 놓여 있지 않아서, 시 참의원의 여송연 상자를 얹은 찬장과 서랍에 휘스트 놀이(트럼프놀이의 일종)의 카드와 셈패, 탁 소리를 내며 열리는 톱니바퀴 달린 작은 기호판, 석판과 석필, 종이로 된 여송연 파이프 등이 들어 있는 카드대 그리고 유리문 뒤에 노란 비단 커튼을 친 자단나무로 만든 로코코 양식(18세기 초 프랑스에서 일어난 예술 양식으로 독일에 들어와서 전성기를 이루었다)의 유리장이 방구석에 놓여 있을 뿐이었다.

「할아버지.」

어린 한스 카스토르프는 작은 방에서 노인의 귓전까지 발돋음을 하며 말했다.

「보여 줘요, 세례반을.」

할아버지가 부드럽고 긴 프록코트 자락을 위로 올리고, 바지 주머니에서 열쇠다발을 꺼내 유리창을 열면, 그 안으로부터는 이상하게 기분이 좋은 향내가 풍겨 나왔다. 장 속에는 이제 소용이 없는, 그러나 그 때문에 한층 더 매력적인 물건들이 보관되어 있었다. 휘어진 은촛대 한 쌍, 나무 상자에 암시적인 조각을 한 깨어진 청우계(晴雨計), 은판(銀板) 사진이 붙은 앨범, 삼목으로 만든 화주(火酒)를 담는 통, 화사한 비단옷을 입은, 뱃속에 들어 있는 기계 장치로 만지면 딱딱한 느낌을 주는, 옛날에는 테이블 위를 달렸으나 지금은 오래 전부터 움직이지 않는 작은 터키 인형, 게다가 옛날식 배의 모형, 그리고 맨 밑에는 쥐덫까지 들어 있었다.

노인은 유리장의 중간층에서 은제 쟁반에 얹힌 온통 흐려진 둥근 은반(銀盤)을 꺼내 접시와 반을 따로따로 하고 그 하나하나를 이리저리 돌리면서 소년에게 보이고는 지금까지 되풀이해 온 설명을 또 들려 주는 것이었다.

접시와 쟁반은 보면 알 수 있지만, 지금 소년이 또다시 들은 바대로 본래는 한 쌍이 아니었다. 그러나 할아버지 말에 의하면, 이 두 가지는 이미 꼭 백 년 동안, 즉 접시가 구입되던 때부터 함께 사용되어 왔다. 접시는 16세기 초의 엄격한 취미로 만들어져 있었는데 간소하고 고상한 모습을 한 아름다운 접시였다. 매끄럽고도 중후한 느낌을 주며 둥근 발판이 달려 있었다. 내부는 금으로 칠해져 있었지만, 이 금색은 오랜 세월이 흘러가는 동안 퇴색하여 누르스름한 빛을 띠고 있었다. 장미꽃과 톱니 모양을 한 잎을 배합하여 부각한 화환이 유일한 장식으로 접시 위의 가장자리를 둘러싸고 있었다.

쟁반이 접시보다 훨씬 오래된 물건이라는 것은, 내부에 새겨진 숫자로도 알 수 있었다. 거기에는 『1650년』이라는 연호가 당초(唐草) 무늬로 새겨져 있고, 그 연호를 여러 가지 소용돌이 모양의 조각이 둘러싸고 있었다. 이것은 그 당시 이른바 『참신한 수법』에 의한 자유분방한 아라베스크의 도안으로 별 같기도 하고 꽃 같기도 하였다.

쟁반 뒷부분에는 오랜 세월 동안 이 기물을 차례로 소유한 일곱 명의 가장(家長)의 이름이 각기 다른 서체로 새겨져 있고, 반을 상속한 연호도 첨가되어 있었다. 목도리를 한 노인은 반지를 낀 집게손가락으로 일일이 그 이름들을 손자에게 가리켜 보였다. 소년의 아버지의 이름도 있고 할아버지 자신의 이름도, 그리고 증조부의 이름도 있었다. 할아버지의 입에서 이 『증(曾)』이라는 접두어가 두 개가 되고, 세 개가 되고, 네 개가 되면 소년은 머리를 옆으로 기울이고 깊이 생각하는 듯한, 혹은 멍하니 꿈을 꾸는 듯한 눈으로 열중하여 입을 벌리고 이 『증―증―증―증』이라는 음에 귀를 기울였다. 그것은 무덤과 시간의 매몰(埋沒)을 의미하는 어두운 음이었지만, 또 먼 과거에 파묻혀 버린 시대와 현재 소년 자신의 생활 사이의 경건한 연결을 의미하며, 소년에게 아주 특이한 인상을 주었으므로 그 얼굴에 그런 표정을 떠오르게 하는 것이었다.

소년은 이 음을 듣고 있으면, 곰팡내나는 차가운 공기, 성 카타리나 교회나 성 미카엘 교회의 납골당(納骨堂)의 공기를 마시는 것 같은, 모자를 손에 쥐고 발끝으로 경건하게 걸어가게 되는 성스러운 장소의 입김을 느끼는 것 같은 기분이 들었다. 그리고 또 발소리가 울려오는 그런 신성한 장소의 고요하고 평화로운 정적 속에 몸을 두는 것 같은 느낌이 들었다. 이『증』이라는 허허로운 음에 종교적 느낌과 죽음의 느낌과 역사의 느낌이 섞여 있었다. 그리고 이러한 모든 것이 소년에게는 더없이 기분 좋았다. 소년이 세례반을 여러 번 보여 달라고 졸랐던 것도 그 음 때문이며, 그 음을 듣고 그것을 입 속에서 함께 흉내내어 보고 싶었던 까닭이었다.

이윽고 할아버지는 반을 쟁반 위에 얹고는 천장 유리창에서 흘러 들어오는 빛으로 희미하게 빛나는 연한 금색의 매끄러운 내부를 소년에게 보여 주었다. 「얼마 안 있어 8년이 된다. 우리들이 너의 머리를 이 위에 내밀어, 너를 세례한 물이 이 속으로 흘러들어간 뒤로 말이지……. 훌륭한 부겐하겐 목사가, 성 야곱 교회의 성물(聖物) 간수인인 라쎈에게서 손바닥에 물을 받아, 그것을 너의 머리에 부으면, 그것이 이 안으로 흘러 들어가는 것이었지. 우리들은 물을 미리 데워 두었어. 네가 놀라서 울면 어떻게 하나 하고 말이야. 시작할 무렵에 네가 울어 대서 부겐하겐도 설교하는 데 진땀을 흘렸는데, 막상 물을 부을 때가 되니 너는 울음을 딱 그쳤지. 그것은 네가 성수의 고마움을 느꼈기 때문이라고 생각한다. 그리고 이제 곧 44년 전의 일이 되지만, 그때 너의 돌아가신 아버지가 세례를 받고, 아버지의 머리에서 물이 이 속으로 흘러 들어갔지. 아버지가 태어난 이 집에서, 저쪽 홀 한가운데의 창 앞에서 말이야. 그 무렵에는 고령의 헤제키일 목사가 아버지를 세례해 주었지. 목사는 젊었을 때, 프랑스 군인들이 불을 지르고 약탈하는 것을 비웃는 설교를 해서 하마터면 총살을 당할 뻔했지. 그분도 벌써 하느님 곁으로 가셨지. 그리고 75년 전에는 내가 세례를 받았다. 역시 저쪽 홀에서였어. 내 머리를 이 반 위에 내밀고, 목사가 너와 너의 아버지 때와 마찬가지 문구의 설교를 했고, 역시 데워진 맑은 물이, 꼭 지금 남아 있는 만큼밖에 나 있지 않았던 내 머리에서 너희들 때와마찬가지로 이 금빛 반 속에 흘러 들어갔던 것이야.」

소년은 지금 들은 대로 이미 흘러간 옛날처럼, 다시 반 위에 내밀어진 할아

버지의 홀쭉한 백발머리를 쳐다보고, 이미 경험해 본 적이 있는 어떤 감정에
사로잡히는 것이었다. 그것은 전진과 동시에 머물러 있는 것 같은, 변천하면
서 정지하고 있어서 현기증을 일으킬 것 같으면서도 단조로운 되풀이를 하고
있는, 반쯤 꿈을 꾸는 듯하면서도 사람을 불안하게 하는 일종의 이상한 감정
이었다. 이것은 지금까지 세례반을 볼 때마다 경험하는 기분으로 사실은 소년
이 다시 그러한 기분에 잠기고자 바라고 있는 기분이었다. 정지하면서도 움직
이고 있는 이 전래품(傳來品)을 무던히도 보고 싶었던 것은 이러한 기분에 잠
기고 싶었기 때문이었다.

　뒷날 한스 카스토르프 청년은 자기 자신을 생각해 볼 때, 할아버지의 모습
이 양친의 모습보다도 깊이 새겨져 있음을 알았다. 이것은 아마 할아버지와
손자 사이의 공감, 그리고 생리적인 특수 동질성에서 기인한 현상일 것이다.
홍안의 소년이 윤기와 부드러움을 잃은 70세의 노인과 닮았다고 말할 수 있다
면, 손자는 할아버지를 많이 닮아 있었기 때문이다. 그러나 이것은 주로 할아
버지의 사람됨을 말하는 것으로 할아버지는 분명히 카스토르프 가의 사람들
을 대표하는 인물, 즉 전형적인 인물이었다.

　사회적인 면에서 볼 때, 할아버지 한스 로렌츠 카스토르프의 인물과 사고
방식은 이미 세상을 떠나기 오래 전부터 시대의 흐름에 뒤떨어져 있었다. 전
형적인 그리스도교적 신사로 칼빈 파(派)에 속한 극히 보수적인 사고에 굳어
져, 정치에 참여할 수 있는 사회층을 상류 사회에만 국한시켜야 한다고 완고
히 주장했다. 그러나 그 완고성은 장인 조합(匠人組合) 사람들이 정치권을 잡
아 상류 계급의 끈기 있는 저항을 배제하고 시의회에서 의석과 발언권을 쟁취
하기 전에 살고 있는 것처럼, 새로운 것에는 귀를 기울이려고 하지 않았다.
할아버지가 활약한 시대는, 사회 전반에 걸쳐 눈부신 발전과 갖가지 변혁이
있던 시대여서, 사회적 희생심과 모험심에 끊임없이 높은 요구가 과해진 비약
적 진보의 시대였다. 이러한 새 시대의 정신이 누구나가 다 알고 있는 것처럼
혁혁한 승리를 거두었어도, 그것은 카스토르프 노인의 관심사는 아니었다. 노
인은 모험적인 항만 확장(港灣擴張)이나, 벌 받아야 할 대도시 건설 계획의
바보짓보다는 조상에게서 물려받은 풍습과 옛날 그대로의 제도를 더욱 존중
하고, 힘이 닿는 한 변혁을 저지하고 진압하고자 했다. 모든 일이 노인의 생
각대로 되었다면, 시의 행정은 지금도 당시 그 자신의 회사 사무실과 같은 분
위기에서, 목가적(牧歌的)이고 고풍적인 취향 그대로 행해지고 있었을 것
이다.

노인은 살아 있을 때나 죽은 뒤에도 시민들의 눈에 그러한 인물로 비쳐졌다. 어린 한스 카스토르프도 정치에 관해서는 아직 아무것도 모르긴 하지만, 조용히 사물을 바라보는 어린 소년의 눈은 할아버지에 관해 본질적으로는 시민들과 똑같은 관찰을 하고 있었다──그것은 아직 말로써 표현되지 않는, 따라서 비평이 없는 오히려 신선하다고 할 관찰이었지만, 뒷날 의식적으로 회고하여 볼 때 역시 말과 분석을 싫어하고 오로지 긍정하려고만 하는 성질로 평가될 수 있다. 앞에서 말했지만, 여기에는 공감이 작용한 것으로, 한 세대를 뛰어넘는 유전적인 친근성과 동질적인 결합이라는 그다지 새로울 것이 없는 현상이 작용하고 있었다. 아들과 손자는 그저 노인을 관찰하고는 감탄하며, 자기 속에 유전적으로 준비되어 있는 것을 발견하고, 그것을 길러 가는 것이었다.

시 참의원 카스토르프는 여위고 키가 큰 편이었다. 고령으로 등과 목이 구부러져 있었으나 그는 이것을 완고하게 펴보려고 하였다. 그 때문에 그의 입은──식사 때 말고는 의치(義齒)를 사용하지 않았기 때문에 이빨의 지탱을 받지 못하게 된 입술은 바로 잇몸에 밀착되어 있었다──위엄을 담고는 있으나 괴롭게 오므라져 있었다. 게다가 머리가 흔들리는 것을 막으려고 엄숙하게 몸을 뒤로 젖히고 턱을 앞으로 당기는 자세를 하곤 했는데, 이것이 또 어린 한스 카스토르프 마음에 꼭 들었다.

할아버지는 코담배 상자를 애용했다. 그것은 별갑(鱉甲)에 금을 박아 넣은 갸름한 상자로, 할아버지는 그 상자에 어울리도록 붉은 손수건을 사용하였는데, 그 끝이 프록코트 뒤포켓에 언제나 나와 있었다. 이것은 그의 풍채에 익살스러움을 느끼게 하는 약점이었으나, 그것은 어디까지나 노인들의 특권이라는 인상을 주었다. 즉 노인들의 의식적인 애교에서인지 아니면 고령 때문에 자기도 모르게 그러는 것인지, 단정치 못한 느낌을 주곤 하였다.

아무튼 이것은 한스 카스토르프의 순진하고도 민감한 눈이 할아버지의 모습에서 인정할 수 있었던 유일한 약점이었다. 그러나 일곱 살인 소년에게나 또 뒷날 어른이 된 뒤의 추억 속에 나타나는 노인의 일상 모습은 할아버지의 진짜 모습은 아니었다. 사실 할아버지는 훨씬 더 아름답고 단정했다──즉 실물과 같은 크기의 유화로 그려진 할아버지의 모습이 할아버지의 진짜 모습이었다. 이 초상화는 전에는 양친의 안방에 걸려 있었는데, 뒤에 어린 한스 카스토르프와 함께 광장에 면해 있는 할아버지의 집에 옮겨져서 그곳 응접실의 붉은 비단을 덮은 큰 소파 위에 걸려 있었다.

이 그림에서 한스 로렌츠 카스토르프는 시 참의원의 제복을 입고 있는데,
이 제복은 이미 지나간 세기의 엄숙하고 경건한 시민복으로, 중후하고 과감한
공공 단체가 여러 세대에 걸쳐 이어받으며, 의식상으로 과거를 현재로, 현재
를 과거로 변하게 하고 사물의 쉬지 않는 연관성을 느끼게 하며 공공 단체의
행동을 보장하는 서명(署名)의 근엄한 확실성을 뒷받침하기 위해, 화려하게
사용하여 온 것이었다. 시 참의원 카스토르프는 분홍색 타일을 깐 마루 위에
전신을 보이면서 기둥과 고딕 식 아치를 배경으로 하고 서 있었다. 턱을 당기
고, 입술을 오므려 다물었으며 눈물주머니가 늘어진 맑고 푸른 빛을 띤, 생각
에 잠긴 시선을 멀리 던지며 무릎 아래까지 내려간 법관복 같은 길고 검은 외
투를 입고 있었다. 이것은 앞이 트여 있고 깃과 자락에는 폭이 넓은 털로 장
식되어 있었다. 선을 댄 넓은 겉옷 소매 속에서 간소한 천의 좁은 속옷 소매
가 보이고, 레이스를 단 소매끝은 손목까지 덮여 있었다. 늙어 여윈 발은 검
정 비단 양말로 싸였고, 은으로 된 버클이 달린 구두를 신고 있었다. 목에는
풀을 빳빳이 먹이고 주름이 많은 폭넓은 쟁반 모양의 목도리를 썼는데, 앞은
내려오고 좌우는 위로 젖혀져서, 그 밑으로 역시 주름을 잡은 모시로 된 가슴
부분의 장식이 조끼 위에 드리워져 있었다. 팔 밑으로 차양이 넓은 고풍의 모
자를 끼고 있었는데, 그 모자의 운두는 위로 올라갈수록 좁아졌다.
　이 그림은 정평이 있는 화가의 솜씨로 그려진 훌륭한 그림으로, 모델과 아
주 흡사하게, 고대 거장풍(巨匠風)의 고상한 취미에 따라 그려진 것으로 보는
사람에 따라 스페인 풍(風), 네덜란드 풍, 후기 중세풍의 여러 가지 인상을
불러일으켰다.
　어린 한스 카스토르프는 가끔 이 그림을 보았다. 물론 예술적 감상력을 갖
고 본 것은 아니지만, 소년에게는 이미 투시적(透視的)이라고도 할 수 있는
이해력(理解力)이 있었다. 소년이 이 그림에 그려진 자세의 할아버지를 실제
로 본 것은 할아버지가 의사당으로 위풍당당하게 마차를 타고 갈 때 꼭 한
번, 그것도 잠시 동안 본 것뿐이지만, 앞에서도 말한 것처럼 할아버지의 그
초상화에서의 자세를 할아버지의 정말 모습이라고 생각하고, 평상시의 할아
버지는 말하자면 가짜 조부, 임시 변통적이고 불완전하게 이 세상에 잠시 적
응하고 있는 할아버지로 느껴졌다. 평상시의 할아버지의 모습은 분명히 그러
한 불완전한, 아마 좀 잘못된 적응의 결과인 것이며, 따라서 그것은 순수하고
진실한 모습의 감출 수 없는 잔재이고 암시였다. 가령 평상시의 할아버지의
높은 칼라와 흰색의 불룩한 목도리는 확실한 구식이었고 가짜 자세에 지나지

않다고 생각했다. 할아버지가 외출할 때에 쓰는 매우 젖혀진 실크 모자도 가짜 모습에 속하는 것이다. 진짜 모습에 속하는 것은 그림 속의 차양이 넓은 펠트 모자였다. 어린 한스 카스토르프에게는 가장자리에 털이 장식된 법관복 같은 그림 속의 제복이 평상시의 프록코트의 원형이요 정복이라고 생각되었다.

이러한 까닭으로 드디어 할아버지와 영원히 작별할 날이 와서, 할아버지가 빛나도록 진실하고 완전한 자세로 누워 있는 것을 보고 소년은 그것을 마음속으로 이상하게 생각하지 않았다. 할아버지와 손자가 식탁을 사이에 두고 마주 앉았던 바로 그 홀이었다. 지금 한스 로렌츠 카스토르프는 그 홀 한가운데에서 화환에 둘러싸인 영구대 위의 은으로 장식된 관 속에 누워 있었다.

할아버지는 이 세상에는 다만 임시로 적응하고 있는 것처럼 보였지만 그래도 폐렴과는 끈기 있게 싸워 왔다. 그리고 그 싸움에서 이겼는지 졌는지 확실치 않지만, 아무튼 지금은 엄숙하고 평화로운 표정으로 화려한 영구대 위에 누워 있었다. 투병으로 얼굴은 온통 변했고 코는 뾰죽해졌다. 하반신은 이불로 덮여 있고, 그 이불 위에 종려가지가 하나 놓여 있었다. 머리는 비단 베개로 높이 받쳐져 그 때문에 턱은 화려한 스페인 풍 깃 장식의 주름 속에 아주 아름답게 감춰져 있었다. 레이스의 소매끝으로 반쯤 덮인 양손에는 상아 십자가를 쥐었고 그 손가락은 아주 자연스럽게 합장하고 있었지만, 차갑게 죽어 있다는 것을 숨길 수는 없었다. 할아버지는 눈을 내리깔고 그 십자가를 조용히 내려다보는 것같이 보였다.

할아버지가 처음 병에 걸렸을 때에는 한스 카스토르프도 가끔 할아버지를 만날 수 있었으나, 병의 막바지에는 만날 수가 없었다. 병의 고통이 주로 밤중에 일어났던 탓이기는 하지만, 그 병과 싸우는 할아버지의 모습을 어린아이에게 일절 보이지 않으려는 배려에서였다. 그래서 집안의 답답한 공기, 피에테 노인의 울어서 부어오른 눈, 의사들의 마차 출입 등으로 간접적으로 투병을 느꼈을 뿐이었다. 소년이 홀에서 대면한 할아버지의 투병의 결말을 한 마디로 표현하면, 할아버지가 이 세상에 잠시 적응하였던 자세로부터 지금 엄숙하게 해방되어서 할아버지 본래의 모습으로 영원히 돌아갔다는 것이었다. 피에테 노인도 계속 울면서 줄곧 머리를 흔들고 있었고, 한스 카스토르프 자신도 갑작스럽게 돌아간 어머니나, 그 어머니를 뒤쫓듯이 역시 조용히 낯선 사람처럼 누워 있던 아버지의 모습을 보았을 때처럼 울었지만, 아무튼 이것은 납득이 가는 결말이었다.

이렇게 죽음이 어린 한스 카스토르프의 정신과 감각에——특히 감각
에——작용한 것은, 이렇게 짧은 사이에 그리고 이렇게 어린 그에게 이것이
세번째였기 때문이었다. 죽음의 모습도 인상도 소년에게는 이제 새로운 경험
이 아니라서 이제는 완전히 익숙해져 버린 것이었다. 처음 두 번은 그도 어린
아이였기에 당연히 슬픔을 보이기는 했지만 아주 침착하고 훌륭한 태도로, 조
금도 정신을 차리지 못하거나 하지는 않았다. 세번째인 이번에도 마찬가지여
서 오히려 전보다 더 침착했다. 이러한 사건들이 소년의 생활에 어떠한 실제
적인 의미를 갖는지도 모르고, 또는 알고는 있어도 그것을 어린아이답게 괴로
워하지 않고, 주위의 사람들이 자기에 관한 것은 어떻게 해줄 것이라고 믿고
는 관 앞에서도 역시 어린아이다운 무관심과 실제적인 호기심을 나타냈을 뿐
이었다.

그러나 그것이 세번째가 되어서 경험을 쌓은 전문가라는 기분과 표정이 곁
들여져 특이하게 조숙한 분위기를 띠고 있었다——복받치는 감정에서, 그리
고 주위 사람들에게 감염되어 자주 나오는 눈물은 자연적인 반응이니까 그다
지 문제될 것이 안 된다. 아버지가 죽고, 서너 달 지나는 동안 그는 죽음이라
는 것을 완전히 잊어버렸지만, 지금 그 기억을 돌이켜 생각해 보니 그 무렵의
모든 인상이 비교를 초월한 독특한 형태로 뚜렷하고 예리하게 되살아남을 느
끼게 되었다.

이들 인상을 풀어서 표현한다면 대체로 다음과 같은 것이다. 죽음은 경건하
고 명상적이며 슬프고 아름다운, 즉 종교적인 성질을 갖고 있지만, 그러나 또
이것과는 전혀 다른 정반대의 성질, 극히 육체적이고 물질적인 성질, 아름답
지도 명상적이지도 경건하지도 아니한, 사실은 슬프다고도 할 수 없는 성질을
갖고 있다는 것이었다. 엄숙한 종교적인 성질은 유해의 화려한 안치에, 꽃의
화려함에, 천국의 평화를 상징하는 것으로 알려진 종려가지에, 나아가 가장
확실하게는 할아버지의 죽은 손가락 사이의 십자가, 관 머리맡에 놓여진 토르
발센(^{덴마크의 유명한 조}_{각가, 1768~1844년})의 축복하는 그리스도 상, 좌우에 세워져서 이런 경우 역시
종교적인 성격을 띠는 촛대 등에 나타나 있었다.

이 도구들은 엄밀한 의미에서 할아버지가 드디어 영원히 그의 본래의 진실
한 자세로 되돌아갔다는 것을 명백히 의미해 주었다. 그러나 어린 한스 카스
토르프가 느끼고 생각한 것을 말로 표현한다면, 이 도구들은 특히 많은 꽃,
그리고 그 가운데서도 특히 많았던 월하향(月下香)은 보다 넓은 의미와 냉정
한 목적을 갖고 있어, 즉 죽음이 가지고 있는 두 가지 성질 중에 아름답지도

않고 사실은 슬프지도 않은 오히려 거의 볼썽사납고 천한 육체적인 성질을 잊게 하든가, 의식하지 못하게 하는 목적을 갖고 있는 듯하다는 것이다.

죽음의 이러한 성질 때문에 죽은 할아버지는 그렇게 낯설게 느껴졌고, 더욱 이 시신은 할아버지 자신이 아니라, 할아버지의 몸 대신 끼워 넣은 실물 크기의 납인형처럼 생각되었다. 그리고 이 납인형을 중심으로 이렇게도 경건하고 장엄한 제사 소동이 벌어지고 있는 것같이 보였다. 저 홀에 누워 있는 사람, 더 정확하게 말하면 누워 있는 물건, 이것은 할아버지 자신이 아니라 하나의 껍질이었다. 어떤 특수한 물질만으로 만들어진 껍질이었다. 그것이 바로 볼썽사나워 사람으로 하여금 거의 슬프지도 않게 만드는 점이었다——육체에 관계된 것, 육체만에 관계된 것이 슬프지 않은 것과 마찬가지로. 어린 한스 카스토르프는 납처럼 누렇고 미끄러운, 치즈처럼 굳은 물질, 실물 크기의 죽음의 상, 이전에 할아버지였던 사람의 얼굴과 손을 바라보았다. 그때 한 마리의 파리가 이제는 움직이지 않는 이마 위에 내려앉아 주둥이를 이리저리 움직이기 시작했다. 피에테 노인은 그 이마에 닿지 않도록 주의하면서, 자기가 하고 있는 일의 의미를 알아서는 안 되고 또 알고 싶지도 않다는 듯이, 엄숙하고도 음울한 표정으로 살짝 파리를 쫓으려고 했다. 이 엄숙하고도 음울한 표정은 할아버지가 지금은 육체만으로 변해, 육체 이외에는 아무것도 아니게 되었다는 사실과 관계가 있었다. 파리는 잠시 빙 돌다가 이번에는 상아 십자가 가까이, 할아버지의 손가락 위에 살짝 앉았다. 파리가 그곳에 앉았을 때, 한스 카스토르프는 예전부터 잘 알고 있는 냄새, 희미하지만 그러나 이상하게 독특한 짙은 냄새가 조금 전까지보다 선명하게 느껴지는 듯하였다. 이 냄새는 그에게, 부끄러운 일이지만 그의 동급생 하나가 좋지 못한 병이 있어 모두가 멀리했던 일을 생각나게 했다. 월하향꽃 향기는 그 좋지 못한 냄새를 없애 버린다는 목적을 가지고 있었는데, 아름답게 수북히 꽂혀져 엄숙한 향기를 풍기고 있으면서도 그 냄새를 없애 버릴 수는 없었다.

한스 카스토르프는 몇 번이고 유해 옆에 섰다. 한 번은 피에테 노인과 단둘이서, 다음에는 포도주 장사를 하는 외종조부 티나펠과 외삼촌인 제임스와 페터와 함께, 그리고 세번째에는 카스토르프 부자 상회의 옛 사장에게 고별 인사를 하려고 정장을 하고 온 하역 인부 그룹이 뚜껑을 연 관 앞에서 잠시 동안 섰을 때였다.

그러다가 장례식 날이 되었고, 홀은 사람들로 꽉찼다. 한스 카스토르프에게 세례를 준 미카엘 교회의 부겐하겐 목사가, 스페인 풍의 목도리를 하고 추도 설교를 하였는데, 목사는 영구차 바로 뒤를 따르는 마차, 그 뒤로 길고 긴 행렬이 뒤따르는 마차 속에서, 어린 한스 카스토르프에게 아주 다정하게 말을 해주었다. 이리하여 그의 생애의 이 시기도 끝나고 한스 카스토르프는 얼마 안 있어 집과 환경이 바뀌었다. 이렇듯 어린 나이인데도 생활 환경이 바뀌게 된 것은 벌써 그에게 두번째 일이었다.

티나펠 집에서
그리고 한스 카스토르프의 정신 상태에 관해서

집과 환경은 바뀌었지만 한스 카스토르프가 불행하게 된 것은 아니었다. 그를 위임받은 집이 소년의 법정 후견인 티나펠 영사의 집이었기 때문에, 일신상의 일은 물론, 그 무렵에는 아직 몰랐던 그외의 이해 관계의 보호라는 점에서도 아무런 걱정이 없었다. 돌아가신 어머니의 삼촌인 티나펠 영사는 카스토르프 가의 유산을 관리하며 부동산을 팔아 버리고 카스토르프 부자 상회(수출입상)의 청산을 인수하여 주었기 때문이었다. 이리하여 남은 재산이 대략 40만 마르크로, 이것이 한스 카스토르프에게 상속된 재산이었지만, 티나펠 영사는 이것을 안전한 채권에 투자하여 3개월 초마다 그때그때 이자의 2 퍼센트를 친척이라는 점은 별도로 하고 수수료조로 떼었다.

티나펠 가는 하르베스테후더 거리에 면한 정원 속에 있었으며, 잡초 하나 없는 잔디밭과 장미 공원 그리고 강을 향해 조망(眺望)이 트여 있었다. 영사는 훌륭한 마차를 갖고 있었지만, 가끔 머리의 울혈(鬱血)로 고생했기 때문에, 조금이라도 운동을 하기 위해 구시가에 있는 사무실에는 매일 아침 걸어서 갔고 5시에도 역시 걸어서 돌아왔다. 그러면 티나펠 가의 호화스러운 오찬이 시작된다. 당당한 풍채를 하고 있었던 그는, 최고급 영국제 옷을 입고, 툭 불거진 물빛 눈에는 금테 안경을 썼으며, 코는 붉고, 희끗희끗한 턱수염은 네모지게 깎았으며, 몽똑한 왼손 새끼손가락에는 다이아몬드가 번쩍이고 있었다. 아내는 오래 전에 죽고 없었다.

페터와 제임스라는 두 아들이 있었는데, 한 아들은 해군에 들어가 거의 집에 있지 않았고, 다른 아들은 아버지의 포도주상일을 돕고 있어 상회의 후계자로 정해져 있었다. 가사는 몇 년 전부터 알토나(함부르크 시(市)에 교외에 있는 바율)의 금은 세공사의 딸인 샬렌이 돌보고 있었다. 그녀의 둥근 대롱 같은 손목은 가장자리가 주름으로 된 풀이 빳빳한 흰 커프스로 감싸여 있었다. 그녀는 아침 식사와 저녁 식사의 식탁에 냉육 요리, 게, 연어, ·장어, 거위 고기, 로스트 비프 용의 토마토 케첩 등이 풍부하게 준비되도록 신경을 썼다. 티나펠 영사 집에서 신사들만의 회식이 있을 때 임시로 고용하는 하인들을 감독하는 것도 이 샬렌의 일이고, 어린 한스 카스토르프에게 정성을 다해 어머니 노릇을 해준 것도 이 샬렌이었다.

한스 카스토르프는 우울한 날씨와 바람과 수증기 속에서 살았고, 그런 까닭에 누런 방수 외투 속에서 자랐지만, 대체로 건강했다. 처음부터 빈혈기가 좀 있어, 닥터 하이데킨트의 처방대로, 소년은 학교에서 돌아와 세번째 식사를 할 때면 매일 영국산의 흑맥주를 컵에 가득 따라 마시곤 했다. 닥터 하이데킨트의 말에 의하면, 이것은 자양분 있는 음료로 피를 만드는 힘이 있다는 것이다. 아무튼 한스 카스토르프의 생명력에 고마운 진정 작용을 주어, 티나펠 외종조부 말대로 〈멍〉하는 버릇——즉 입가의 근육을 풀고, 별다른 것을 생각하지도 않으면서 허공을 멍하니 바라보는 버릇——을 더욱 조장시켰다. 그외에는 건강하고 정상이어서 테니스와 보트 타기도 꽤 즐겼다.

물론 자기 스스로 노를 젓는 것보다, 여름 밤에 울렌호르스터(함부르크의 한 항구)의 나룻배집 테라스에서 음악을 듣고 맥주를 마시며, 불을 켠 보트와 보트 사이의 오색으로 비친 물 위에 떠다니는 백조를 보고 있는 것이 더욱 좋았다.

그리고 그가 좀 얼빠지고 단조로운 목소리로 저지 독일어 사투리를 섞어서 한가로이 알기 쉽게 말하는 것을 들으면, 아니 금발머리의 단정한 모습을, 그리고 눈코의 생김생김이 반듯하고 어딘지 고풍스러운 얼굴, 유전적으로 이어받은 차갑고 졸린 표정에 무의식적인 자부심이 드리워진 얼굴을 보기만 해도, 이 한스 카스토르프 청년이 순수한 이 지방의 진짜 토종이라는 것은 의심의 여지가 없다——청년 자신도 그것을 생각해 본 일이 있다면 그것을 조금도 의심하지 않았을 것이다.

큰 항구 도시의 분위기, 조상들도 맛본 국제 무역과 부유한 생활의 분위기, 이것에 그는 깊은 공감을 갖고 당연한 듯이 만족스럽게 받아들였다. 부두에 서서 물과 석탄과 타르의 냄새, 쌓아올린 식민지 화물의 자극적인 냄새를 맡으면서 거대한 기동 기중기가 잘 길들여져 유순한 코끼리 같은 영리함과 괴력을 갖고, 정박하고 있는 해안선의 선창으로부터 수 톤의 자루, 짐, 상자, 통, 병들을 화차와 창고로 운반하는 것을 보고 있었다. 또 상인들이 그와 마찬가지로 누런 방수 외투를 입고, 정오경 거래소로 밀려가는 것을 보았다. 그가 알고 있는 바로는, 그 거래소 안의 움직임은 활발하여 상인들이 신용을 얻으려고 서둘러 굉장한 오찬 초대를 베푸는 경우도 많았다. 한스 카스토르프는 또 군립(群立)하는 조선소(이것은 뒷날 그가 특별한 관심을 갖는 세계가 되었지만)를 보았고 선거(船渠)에 들어간 아시아 항로와 아프리카 항로의 배들이 탑처럼 높은 거대한 모습으로 뱃머리와 추진기를 드러내고, 지주에 의지한 채, 물을 떠난 괴물처럼 어쩔 줄을 몰라 하며 난쟁이 같은 직공들의 손에 씻기고 해머로 두들겨지고 칠해지는 것을 보았다. 그리고 지붕이 있는 조선대 (造船臺) 위에서 건조중인 배의 골격이 연기 같은 안개 속에 싸여 있는 것과 기사들이 설계도와 배수표(排水表)를 손에 들고 직공들에게 지시하는 것을 보았다.

어느 광경이나 한스 카스토르프에게는 친근감이 가는 풍경이었고, 평화스러운 침착함을 느끼게 하는 것이지만, 이 기분은 가령 일요일 오전에 제임스 티나펠, 또는 사촌인 짐센——요아힘 짐센——과 알스터 호반의 정자에서 오래된 포르트 포도주를 마시면서 삶은 쇠고기가 든 둥근 빵으로 아침 식사를 마친 후, 애용하는 여송연을 흡족한 기분으로 피우면서 의자에 기댈 때면 절정에 달하곤 하였다.

한스 카스토르프는 사치스런 생활을 좋아했을 뿐만 아니라, 겉으로 보아서는 빈혈로 약했지만, 인생의 있는 그대로의 향락에는 젖먹이가 어머니의 젖에 매달리는 것처럼 매달렸는데, 그것은 그가 순수한 함부르크의 토종이었기 때문이다.

상업을 본업으로 하는 자유 도시의 지배적 상류 계급이 그 자제들에게 물려주는 고도의 문명을, 한스 카스토르프는 유유히 꽤 알맞게 몸에 지녔다. 젖먹이 아이처럼 자주 목욕탕에 들어갔고, 같은 계급의 젊은이들이 단골로 가는 양복점에서 옷을 맞추었고, 그의 영국식 서랍에 든 속옷들은 가짓수는 적지만 모두 꼼꼼하게 표시되어 있었으며, 샬렌이 손수 알뜰하게 정리하고 있었다. 한스 카스토르프가 고향을 떠나 공부를 하고 있을 때에도 속옷들은 으레 세탁을 위해 집으로 보내졌다(전국에서 함부르크처럼 다림질을 잘 하는 곳이 없다는 것이 그의 신조였다).

색이 아름다운 셔츠의 소매에 보풀만 있어도 그는 매우 불쾌해 하곤 했다. 손 모양은 그다지 귀족적은 아니지만 손질이 철저하고 피부는 탄력성이 있으며, 손목에는 사슬형의 백금팔찌를, 그리고 손가락에는 할아버지의 기념품인

도장 달린 반지를 끼고 있었다. 이빨은 조금 약한 편이어서 몇 개의 충치는 금으로 씌워져 있었다.

서 있을 때나 걷고 있을 때에, 아랫배를 좀 내밀어서, 그다지 좋은 인상은 주지 않았지만 식탁 자세는 훌륭했다. 옆사람과 (알기 쉽게 저지 독일어의 사투리로) 말할 때면 상체를 예의바르게 그 사람 쪽으로 곧게 돌리고, 또 접시 위에 놓인 게를 자른다든지 몇 개의 식탁 용구로 왕게의 집게발에서 분홍빛 살을 익숙한 솜씨로 끄집어 낼 때면, 팔꿈치를 옆구리에 가볍게 붙이곤 했다.

식사가 끝난 후 곧 찾는 것은 향수가 든 손 씻을 물이었고, 다음으로는 러시아 제품 담배였다. 이 담배 다음으로는, 마리아 만치니라고 하는 여송연이다——아주 맛이 좋은 브레멘 상표의 여송연으로, 이에 관해서는 얼마 뒤에 나올 것이다——아무튼 이 향기 높은 니코틴은 커피의 향기와 섞이어 매우 기분을 돋우어 주었다. 한스 카스토르프는 담배의 저장품이 증기 난방 때문에 상하지 않게 하기 위해 언제나 지하실에 보관하여 두고, 매일 아침 직접 그곳에 내려가서 그날의 분량을 케이스 안에 넣곤 했다. 버터도 가느다란 선이 쳐진 작은 덩어리가 아니고 큰 덩어리째 나오면 마지못해 그것을 빵에 발랐을 것이다.

보는 바와 같이 우리들은 한스 카스토르프에 대해 호감을 가질 수 있는 것은 크거나 작거나 빠뜨리지 않고 소개하려 하지만, 실은 이것으로 그를 적당하게 비판하고 있는 것이므로 그를 실제 이상으로 그렇게 나쁘게 말하고 있지는 않는 것이다.

한스 카스토르프는 천재도 아니고 바보도 아니었다. 우리들이 그를 표현하는 데 〈평범하다〉는 문자를 피한다면, 그것은 지성과는 관계없고, 그의 단순한 사람됨과도 거의 관계없는 이유 때문인 것으로, 우리들이 어떤 초개인적(超個人的) 의의를 인정하려는 그의 운명에 대해 존경심을 느끼고 있기 때문이다. 그의 머리는 실과(實科) 고등학교의 과정 정도는, 그다지 노력하지 않아도 마칠 수 있었고——그가 어떠한 상황 아래서도 어떤 대상 때문에 노력한다는 것을 생각할 수는 없었다. 노력 때문에 괴로움을 당한다는 것이 무서워서라기보다 그럴 필요를 절대로 인정하지 않았기 때문이다. 더 정확히 말하면 그러한 것을 하지 않으면 안 되는 절대적인 필요를 인정하지 않았기 때문이었다. 그렇게 할 필요가 없다고 느끼므로 우리들은 그를 평범하다고 부르기를 싫어하는지 모른다.

인간은 누구나 개인 생활을 영위할 뿐만 아니라, 의식하든 아니하든 간에 그 시대에 사는 사람들과 같은 방식의 생활을 해나간다. 우리들이 우리 존재의 기초를 이루고 있는 초개인적이고 보편적인 기초를 절대적인 것, 자명한 것으로 생각하고 여기에 대해 비평을 가하는 것은, 선량한 한스 카스토르프와 마찬가지로 생각조차 하지 않는다 하더라도, 그러한 기초에 결함이 있을 경우, 우리들의 정신적 건강이 웬일인지 이로 인해 상하는 것처럼 느끼는 것은 당연히 있음직한 일이다. 개개인에 있어서는 여러 가지 개인적인 목표, 목적, 희망, 장래가 눈앞에 있어, 그것을 향하여 활약, 활동의 원동력을 얻어 낼 수도 있다. 그러나 우리 주위의 초개인적인 것, 즉 시대 그 자체가 외견상으로는 아무리 눈부시게 움직여도, 내부에 모든 희망과 장래가 결여되어 있어 희망도 장래도 없이 어찌할 바를 모르는 심정을 남몰래 인식하고, 우리들의 의식적이든 무의식적이든 어떠한 형태의 시대로 향한 질문, 우리들의 모든 노력과 활동의 궁극적인 초개인적이고 절대적인 의미에 관한 질문에 대해, 시대가 공허한 침묵을 계속 지키고 있다면, 그러한 사태로 인한 마비적인 영향은 사태에 대한 질문을 하는 사람이 진지한 인간인 경우 거의 피할 수 없을 것이다. 그리고 이러한 마비 작용은 개인 심정과 윤리적 부분으로부터 곧 육체와 유기체의 부분으로 미치게 된다.

『무엇 때문에』라는 질문에 대해 시대는 납득이 가는 대답을 해주지 않는데, 처음부터 제공되어진 영역을 넘어서는 일을 할 생각을 가지려면, 세상에 드문, 영웅적인 정신적 고독과 자주성, 또는 완강한 생활력을 필요로 한다. 한스 카스토르프는 이 어느 쪽도 가지고 있지 않았다. 이런 의미에서 그는, 정말 존경할 만한 의미에서이지만, 역시 평범했다고 말할 수 있다.

우리들이 여기서 말하고 있는 것은 한스 카스토르프의 학생 시절의 정신 상태뿐만이 아니라, 나중에 사회적인 직업을 선택한 뒤의 일에 관해서도 말하고 있는 것이다. 학교의 진급 상태에 관해 말하면, 1,2학년에서는 낙제를 했다. 그러나 대체로 그의 출생 환경과 세련된 예의범절, 그리고 마지막으로 열성은 없지만 괜찮은 수학과의 천분 덕분으로 이럭저럭 진급이 되어, 1년 지원병의 자격을 얻은 뒤에도 학교만은 끝까지 마치기로 했다. 그렇게 결정한 것도 사실은 그때까지 과도적인 미결정 상태를 연장할 수 있는 것과 자기가 무엇을 하고 싶은지를 생각하는 시간을 가지려는 것이 주된 이유였다.

왜냐하면 한스 카스토르프는 자기가 원하는 바가 오랫동안 확실하지 않았고, 최상급생이 되고 나서도 그것은 확실하지 않았으며, 그것이 결국 정해진 다음에도(정했다는 것도 거의 지나친 말이 될지 모를 정도이지만) 좀더 다른 결정 방법이 있었을 것같이 느꼈던 것이다.

그러나 그러한 그도 평소에 배에 대해서 깊은 흥미를 갖고 있었던 것만은 사실이었다. 어렸을 때 공책마다 돛을 단 어선(漁船)이나 야채를 실은 화물선, 또는 다섯 개의 돛을 단 배들을 연필로 가득 그려 넣곤 했다. 열다섯 살 때에는 프로펠러를 두 개 단, 새 우편선 〈한자 호〉가 블롬·보스 회사의 진수대(進水臺)에서 미끄러져 나오는 것을 특별석에서 보고, 그 배의 멋진 모양을 실물과 꼭 같이 정밀하게 수채화로 그린 일도 있었다. 티나펠 영사는 그 그림을 그의 전용 사무실에 걸어 두었는데, 특히 넘실거리는 파도의 투명한 암녹색은 작가의 재치 있는 솜씨를 나타내고 있었으므로 누구나 티나펠 영사에게, 「이 사람은 재질이 있어. 앞으로 틀림없이 훌륭한 해양화가가 될 거야.」라고 칭찬을 했을 정도였다. 영사는 이 칭찬의 말을 안심하고 그에게 전할 수 있었다. 한스 카스토르프는 그 말을 듣고 그저 웃었을 뿐, 굶어 죽어도 훌륭한 화가가 되겠다는 과대망상은 한 번도 해본 적이 없었다.

「너는 부자라고 할 수는 없어.」

티나펠 외종조부는 가끔 청년에게 일러 주었다.

「내 재산은 대체로 제임스와 페터의 것이다. 즉 모두 사업에 투자해 놓고 페터에게는 배당을 주고 있는 셈이다. 너의 재산은 물론 아주 유리하게 투자되어서 확실한 이자가 들어오고 있어. 그러나 오늘날 이자만으로 산다는 것은 여간해서 할 일이 못 되지. 네가 갖고 있는 재산의 다섯 배 정도를 갖고 있지 않는 한은 말이다. 네가 이 마을에서 큰소리치면서 지금까지의 생활을 계속하려면, 지금 갖고 있는 것에다 어지간히 벌지 않으면 안 돼. 이것을 잘 명심해 두어야 한다.」

한스 카스토르프는 이 말을 듣고, 세상이나 자기 자신에게도 부끄럽지 않을 직업을 물색했다. 그리고 일단 이것이라고 정해 버린 다음에는——이 선택은 툰더·빌름스 상회의 빌름스 노인의 제안에 의해 이루어진 것으로 이 노인이 토요일 밤 휘스트놀이 때 티나펠 영사에게, 한스에게는 조선학을 배우도록 하는 것이 좋을 거다. 그 후에 자기 회사에 들어오면 잘 봐주겠다고 한 말이 계기가 되어서 그렇게 된 것인데 일단 이렇게 정해지자——한스 카스토르프는 이 직업을 아주 훌륭한 직업이라 생각하고, 꽤 복잡하고 고생스러운 일이기는 하지만 그 대신 우수하고 중요한 일이기도 하여, 죽은 어머니의 이복 언니의 아들인 짐센이 무슨 일이 있어도 되고 싶어한 장교보다는, 아무튼 자신의 평화를 좋아하는 성질에 훨씬 알맞는 직업이라고 생각했다. 또한 사촌 요

아힘 짐센은 폐가 그다지 튼튼하지 않았다. 물론 이런 이유로 사촌에게는 정
신적인 일이나 긴장 같은 것을 거의 필요로 하지 않는 야외 직업이 알맞을 것
이라고 한스 카스토르프는 좀 멸시하는 기분으로 생각했다. 그는 개인적으로
는 일에 금방 피로를 느꼈지만, 관념적으로는 일에 대해서 마음으로부터 존경
하고 있었기 때문이었다.

우리들은 여기서 앞서 암시해 둔 문제, 즉 시대의 결함으로 인한 개인 생활
의 손상이 그 인간의 유기체에까지 미칠 수 있다는 문제로 되돌아간다. 어째
서 한스 카스토르프가 일을 존경하지 않았겠는가. 존경하지 않았다면 이것이
야말로 이상한 일이다. 모든 사정으로 미루어 그로서는 일이란 것을 무조건
존경하지 않을 수 없었다. 일 외에는 정말 존경할 만한 것이 없었다.

일은 그것에 견딜 수 있는지 없는지 알아보는 시금석과 같은 것이며 시대의
절대물, 말하자면 증명을 필요로 하지 않는 것이었다. 즉 일에 대한 그의 관
념은 종교적인 존경으로, 그가 아는 한 의심을 품을 여지가 없는 것이었다.
그러나 그가 일을 사랑할 수 있었는가 하면 이것은 또한 별도의 문제인 것으
로, 마음으로 존경은 하고 있지만 사랑할 수는 없었다. 그것도 극히 간단한
이유에서였다. 즉 일이 자기 성미에 맞지 않았기 때문이었다. 긴장되는 일은
신경을 소모하고 피로하게 만들었다. 그리고 그는 자신이 정말은 일보다도 자
유로운 시간을 훨씬 더 사랑하는 것을, 그리고 아무런 노고에도 구애받지 않
는 자유로운 시간 쪽을 훨씬 더 사랑하는 것을 솔직히 인정하고 있었다.

일에 대한 그의 기분과 실제와의 이 모순, 이것은 엄밀히 말하면 해결을 필
요로 하는 것이다. 그가 영혼의 깊이에서, 그 자신으로서도 알 수 없는 깊은
곳에서 일을 절대적인 가치와 자명의 원리라고 믿을 수가 있고 그것으로 안심
할 수가 있다면 그의 정신도 육체도——처음에는 정신이, 그리고는 정신을
통해 육체가——일에 대해 더 즐겁고 끈기 있게 마음을 돌릴 수 있다고 생각
하지 않았을까.

이것으로 다시 평범인가 평범 이상인가 하는 문제로 되돌아가지만, 우리들
은 그 어느 쪽으로도 간단하게 결정을 짓고 싶지는 않다. 우리들은 한스 카스
토르프의 찬미자로 자칭하지 않기 때문이다. 그리고 일이 그의 생활에서 마리
아 만치니를 무료히 맛보는 것에 좀 방해가 되지 않았나 하는 추측도 부정하
지 않기로 하자.

그는 군대 근무에는 흥미가 없었다. 군무는 성미에 맞지 않았고, 군대에 가
지 않아도 되는 방법을 알고 있었다. 그것은 하르베스터후더 거리에 있는 티

나펠 집을 드나들고 있던 본부 군의관, 닥터 에버딩도 어떤 이야기 끝에, 티나펠 영사로부터 카스토르프 청년이 군대에 가게 되면 지금 밖에서 막 시작한 공부에 막대한 지장을 초래할 것이라고 듣고 있었기 때문인지도 모른다.

한스 카스토르프는 밖에서 공부하는 중에도 진정 작용을 하는 흑맥주를 곁들인 아침 식사 습관을 계속한 덕분으로, 머리의 움직임이 완만하기는 하였으나 그 머리를 해석, 기하, 미분, 역학, 투영 화법, 도식 역학(圖式力學) 등으로 채웠고, 가끔 참을 수 없다는 생각을 하면서도 재화배수량(載貨排水量)과 공창배수량 (空艙排水量), 안정도(安定度), 중심 이동(中心移動), 경심(傾心) 등을 산출했다. 그의 전공 방면의 그림, 이를테면 늑재골(肋材骨), 흘수선(吃水線), 종단면(縱斷面)의 제도(製圖)는 바다 위에 뜬 〈한자 호〉의 회화적인 묘사만큼 훌륭하지는 않았지만, 그러나 추상적인 명료성을 감각적인 수법으로 높여, 음영을 주고 횡단면을 밝은 빛깔을 써서 재료별로 칠하는 일에는 대부분의 사람보다 뛰어났다.

그가 방학 때 아주 산뜻하고 훌륭한 복장을 하고, 젊지만 졸린 듯한 귀족적인 얼굴에 적갈색의 금발 콧수염을 기르고, 얼마 안 있어 좋은 사회적 지위로 올라갈 것 같은 모습으로 돌아오면, 시정(市政)에 관계하고 있어서 각 가정이나 개인 사정에 밝은 사람들——자치제의 도시 국가에서는 대부분이 그런 사람들이었다——즉 그의 동시민들은 한스 카스토르프 청년이 장차 어떤 역할을 할 것인가를 생각하며 음미해 보듯 그를 바라보는 것이었다. 그는 훌륭한 전통을 가진 명문 출신이었으므로 언젠가는 정치적으로 한몫을 담당할 것이라고 생각하였다. 그렇게 되면 그는 시회 아니면 시 참의회에 참석하여 법률을 정하고, 훌륭한 지위에서 주권적 정무에 참여하고, 어느 행정 부문 이를테면 예산 위원회나 건축 위원회의 위원 일을 맡아서 의견을 요청받고 또 존경받을 것이다. 또한 카스토르프 청년이 장차 어느 당파에 속하게 될 것인가도 흥미있는 문제였다. 사람은 보기하고는 다르다고 하지만, 아무튼 민주파가 기대할 만한 인물로는 보이지 않았다.

할아버지와 흡사한 것은 분명했다. 아마 그도 할아버지처럼 쟁쟁한 보수파로서의 제동기 역할을 하게 되는 것은 아닐까. 그렇게도 생각되었고 그 반대가 될 것도 같았다. 어쨌든 그는 엔지니어로서, 신진 조선가로서 세계 교통과 공학에 종사할 인물이었기에, 이렇게 생각할 때 그는 급진파의 한 사람이 되어 무모한 자가 되고 고대 건축물과 풍경미의 모독적인 파괴자가 되어, 유태인처럼 자유롭고 미국인처럼 신앙심이 없어져서, 자연의 생활 조건을 육성하지 않고 오히려 훌륭하게 전승된 것을 무모하게 단절시키거나 국가를 위험한 시험에 빠뜨리게 할 수도 있으리라. 그것도 생각해 볼 일이었다. 시청의 수위로부터 받들어총 경례로 영접받는 높은 사람들이 누구보다도 만사를 잘 알고 있다는 생각을 그도 핏속에 이어받고 있을 것인가. 그렇지 않으면 시회에서 야당을 지지하게 될 것인가. 청년의 다갈색 눈썹 밑의 푸른 눈에서, 시민들은 이러한 호기심에 찬 질문에 대해 아직 아무런 해답도 읽을 수 없었고, 백지 그대로의 한스 카스토르프 자신도 아직 아무런 대답도 갖고 있지 않았다.

우리가 이 청년을 만났던 그 여행길에 올랐을 때 그는 23세였다. 그 무렵 그는 단치히 공과 대학에서 4학기의 학업을 끝냈고, 다시 4학기를 브라운 슈바이그와 카를스루에 공과 대학에서 보낸 뒤, 오케스트라의 반주가 붙는 출중한 성적이라고는 할 수 없지만, 꽤 좋은 성적으로 제1차 본시험을 끝마치고 얼마 안 있어 툰더 · 빌름스 회사에 견습 엔지니어로 입사하여 그 조선소에서 실습생으로서 일하게 되었다. 그러나 여기에서 그의 진로는 우선 다음과 같은 방향으로 전환을 했다.

그는 본시험에 정신을 집중하고 계속 준비해야 했으므로 고향으로 돌아왔을 때에는 평소의 그보다 더한층 기운이 없어 보였다. 닥터 하이데킨트는 청년을 볼 때마다 잔소리를 하면서 전지 휴양, 그것도 철저한 전지 휴양을 권했다. 이번에는 노르데르나이(^{북해에 있는
해수욕장}) 섬이나 피에르(^{역시 북해에 있
는 해수욕장}) 섬에 있는 비크로는 충분하지 않고, 의사인 자기의 의견을 말하자면, 한스 카스토르프는 조선소에 들어가기 전에 2,3주일을 알프스에 가 있어야 한다는 것이었다.

그게 좋겠다고 티나펠 영사도 외손자뻘인 청년에게 말했다. 그러나 그렇게 되면 금년 여름에는 두 사람이 따로따로 지내게 된다. 티나펠 영사를 알프스에 끌어올리는 것은 네 마리의 말로도 할 수 없는 일이기 때문이다. 영사에게 알프스는 맞지 않는다. 영사는 꽤 정상적인 기압이 필요하다. 그렇지 않으면 예기치 않은 일이 생긴다. 알프스에는 한스 카스토르프 혼자서 가보도록 하고, 요아힘 짐센을 방문하는 것이 좋겠다는 것이다.

이것은 아주 좋은 제안이었다. 요아힘 짐센은 병을 앓고 있었다. 그것도 한스 카스토르프의 경우와는 달리 정말 걱정이 될 정도로 나빴고, 한때는 모두가 깜짝 놀랄 정도였다. 사촌은 평소 감기에 잘 걸렸고 열이 있었는데, 어느 날 정말 혈담을 토하게 되어, 서둘러 다보스로 가야만 했다. 바로 그 당시가 그의 숙원이 이루어지려는 순간이었는지라, 보기에도 불쌍할 정도로 요아힘은 슬퍼하고 괴로워했다. 사촌은 가족의 희망에 따라 2~3학기 동안 법률을 공부했지만, 억제할 수 없는 충동 때문에 도중에 지망을 바꾸어 사관 후보생을 지원하여, 이미 합격이 되어 있었다. 그러던 것이 현재는 국제 요양원인 『베르크호프』——원장은 닥터 베렌스 고문관——에 벌써 5개월 이상 있으면서, 엽서에 의하면 죽도록 따분하다는 것이었다. 이러한 관계로 한스 카스토르프가 툰더·빌름스 회사에 들어가기 전에 잠시 정양하려는 것이라면, 다보스에 가서 불쌍한 사촌을 위로해 주는 것이 가장 자연스럽고 두 사람에게도 좋은 일이라는 것이다.

한스 카스토르프가 여행하기로 결정한 때는 한여름으로 7월도 벌써 막바지에 접어든 때였다.

한스 카스토르프는 3주일 예정으로 여행길에 올랐다.

제3장

근엄하게 찌푸린 얼굴

매우 피곤했기 때문에 늦잠을 자지나 않을까 염려하였지만, 한스 카스토르프는 필요 이상으로 일찍 일어나 아침 몸치장을 천천히 끝마치고——고무제품의 대야와 녹색의 라벤델 비누가 든 나무 쟁반, 거기에 부속된 솔이 주요한 도구였다——짐을 풀고 정돈할 시간이 충분히 있었다. 라벤델 향기가 나는 비누 거품을 바른 볼에 은으로 도금한 안전 면도기를 갖다 대면서 어젯밤의 갖가지 꿈들을 생각했다. 그리고 이성(理性)의 빛 속에서 수염을 깎고 있는 사람의 우월감으로 관대하게 미소지으며 그 엉터리 같은 꿈에 머리를 흔들었다. 푹 쉬었다는 느낌은 없었으나 새 아침을 맞이하여 상쾌한 기분이었다.

볼에 파우더를 바르고, 스카치 바지를 입고, 모로코 가죽의 붉은 슬리퍼를 신고 손을 닦으면서 발코니로 나왔다. 여기의 발코니는 일렬로 되어 있어 난간까지 이르지 않는 젖빛 유리의 칸막이가 각 방을 갈라 놓았다. 싸늘하고 흐린 아침이었다. 좌우의 언덕 앞에는 안개가 움직이지 않고 길게 뻗어 있으며 멀리 보이는 연봉(連峰)의 창공에는 희거나 잿빛의 구름 덩어리가 드리워져 있었다. 여기저기에 푸른 하늘이 선이나 반점으로 엿보이고, 거기로부터 햇빛이 새어나오면 골짜기의 마을이 사면(斜面)에 우거진 가문비나무숲의 검은 빛에 대조되어 희게 번쩍여 보였다.

어디서인지 아침 음악이 연주되고 있었다. 아마 어젯밤에 연주회가 있었던 호텔에서 들려오는 것이리라. 성가의 화음이 희미하게 울려왔다. 잠시 쉬었다가 이번에는 행진곡으로 바뀌었다. 한스 카스토르프는 음악을 무척 좋아한다. 음악을 듣고 있으면 아침 식사 때의 흑맥주와 같이 신경이 부드러워지고 마비되어서 무조건 『멍』해져 버리기 때문이었다. 지금도 그는 머리를 옆으로 기울이고 입을 벌리고는 좀 충혈된 눈으로 기분 좋게 음악을 듣고 있었다.

눈 아래로 어젯밤에 올라온 꼬불꼬불한 차도가 한눈에 들어왔다. 줄기가 짧은 별 모양의 용담꽃이 사면의 젖은 풀 속에 피어 있었다. 대지의 일부분은 담으로 쌓아서 정원을 만들었고, 거기에는 자갈길과 화단이 있고, 거대한 가문비나무 뿌리께에는 인공의 동굴도 있었다. 양철 지붕을 한 홀이 남향으로 입구를 보이며 서 있고, 그 속에 침대 의자가 나란히 있었다. 그 옆에 적갈색으로 칠한 국기대(國旗臺)가 서 있고, 줄에 달린 기가 가끔 바람에 펄럭이고 있었다. 그것은 어느 나라의 국기도 아닌 녹색과 백색의 기로, 한가운데에 의학의 상징인, 뱀이 감긴 아스클레피오스(아스클레피오스는 그리스의 신으로 그의 모습은 뱀이 감긴 지팡이를 오른손에 쥔 자세로 표시되곤 하며, 이 지팡이가 오늘날에도 의학의 심볼로 되어 있다)의 지팡이가 염색되어 있었다.

여자 하나가 정원을 걷고 있었다. 참으로 비참할 정도로 우울한 느낌이 드는 중년 부인이었다. 검정색 옷차림을 하고, 백발이 섞인 흐트러진 머리에 검은 베일을 쓰고, 무릎을 굽히고 앞으로 딱딱하게 팔을 드리운 채, 규칙적인 바른 걸음으로 샛길을 성급하게 걸어가고 있었다. 그리고 이마에는 깊은 주름을 지으면서 눈 밑이 처진 검은 눈으로 앞을 응시하고 있었다. 큰 입을 꾹 다물고 슬픔에 잠긴 남국 사람 같은 창백한 얼굴을 보고, 한스 카스토르프는 언젠가 본 일이 있는 유명한 비극 여배우의 초상화를 기억했다. 이 검은 옷을 입은 창백한 여자는, 스스로 아는지 모르는지, 멀리서 들려오는 행진곡의 박자에 맞추어서 우수에 잠겨 성큼성큼 걷고 있었는데, 보는 사람으로서는 매우 기분이 언짢았다.

한스 카스토르프는 그 여자를 동정어린 눈으로 내려다보았다. 그녀의 슬픈 모습으로 아침 햇빛도 흐려지는 것 같았다. 그러나 그때 그는 다른 소리에 귀를 기울였다. 그것은 러시아 인 부부 방에서 울려오는 소리로, 역시 밝고 상쾌한 아침에 어울리지 않는 어쩐지 끈적끈적하여 아침을 더럽히는 소리였다. 한스 카스토르프는 어젯밤에도 이러한 소리를 들은 것이 생각났는데 어젯밤에는 피로해서 거기에는 그다지 주의를 기울이지 않았었다. 씨름을 하기도 하고 킥킥 웃기도 하고 헐떡거리기도 하는 소리로, 청년은 처음에는 선량한 마음으로 그 소리를 무고한 성질의 것으로 생각하려 했다. 그러나 그 소리의 음탕한 의미를 언제까지나 모른 체할 수는 없었다. 그의 이런 착한 성품을 사람들은 다른 이름으로 부를 수도 있을 것이다. 이를테면 영혼의 순결이라는 좀 고풍적인 이름이나 수치심이라는 성실하고 아름다운 이름, 현실 도피와 위선이라는 불명예스러운 이름, 또는 신비스러운 두려움과 경건심이라는 이름으로도. 이러한 기분이 모두 옆방의 소리를 듣는 한스 카스토르프의 태도에 조금씩 포함되어 있었다. 그것은 근엄한 얼굴 표정이 되어 나타났다. 귀에 들려오는 소리에 주의를 기울여서는 안 되며, 기울이고도 싶지 않다는 표정으로. 그다지 독창적인 것은 아니고, 그가 어떤 기회에 언제나 취하는 근엄한 표정이었다.

킥킥 하는 웃음으로 들리긴 하지만, 그에게는 엄숙하게 아니, 사람을 깜짝 놀라게 하는 옆방의 행실에 더 이상 귀를 기울이지 않으려고, 한스 카스토르프는 찌푸린 얼굴로 발코니에서 방안으로 들어왔다. 하지만 계속 가구 주위를 돌며 서로 쫓고 있는 모양으로 의자 뒤집히는 소리, 서로 잡고 찰싹 때리는 소리, 키스하는 소리가 났다. 또 바깥 멀리에서 이 보이지 않는 장면의 반주를 하고 있는 것은 왈츠곡의 멜로디로, 어딘지 낡아빠진 유행가의 가락이었다.

한스 카스토르프는 세수 수건을 양손에 쥐고 서서 듣지 않으려고 하면서도 옆방의 소리에 귀를 기울이고 있었다. 그리고 파우더를 바른 볼이 갑자기 빨개졌다. 곧 시작할 것이라고 느낀 것이 결국 시작되더니, 장난이 드디어 동물적인 행위로 변해진 것은 의심할 여지가 없었다.

『이거 참 큰일났구나.』

한스 카스토르프는 돌아서서 유달리 큰 소리를 내며 몸치장을 끝마치고는 생각했다. 하기야 뭐 두 사람은 부부간이니까 그 점에서는 탓할 것이 없다. 그러나 아침부터 좀 지나치지 않은가. 게다가 어젯밤도 밤새도록 가만히 있지 않은 것 같았는데. 두 사람 다 여기 있는 것을 보면 분명히 병을 앓고 있을 것이다, 적어도 둘 중의 한 사람은. 그러니 좀더 자중해야 할 것이다. 그러나 무엇보다 한심한 일은 벽이 이렇게 얄팍해서 무엇이든지 들린다는 것이다. 이것은 정말 견딜 수 없는 상태다. 날림공사다. 치욕적인 날림공사다. 나중에 두 사람을 만나게 될 것인가, 두 사람을 소개까지 받을 것인가, 그렇게 되면 정말 참을 수 없다. 한스 카스토르프는 여기까지 생각이 미치자 깜짝 놀랐다. 왜냐하면 아까 수염을 깎은 볼에 달아오른 흔적이 아직 없어지지 않고 거기가 다시 화끈거렸는데 그것이 좀처럼 가셔지지 않을 것 같았기 때문이다. 어젯밤에도 이 달아오른 볼로 괴로워했는데 지금도 어젯밤과 똑같고, 잠자는 동안에는 괜찮았던 것이 지금 또다시 시작된 것이었다.

이 때문에 청년의 기분은 옆방 부부에 대하여 다정스러워지기는커녕, 오히려 입을 삐죽거리며 무언가 심한 악담을 두 사람에게 중얼대고 다시 한 번 찬 물로 세수했지만, 이로 인해 달아오른 볼은 더욱 붉어지게 되었다. 그래서 요아힘이 벽을 두들기면서 말을 해 왔을 때, 이에 대답하는 그의 목소리는 불쾌하게 떨렸고, 요아힘이 방으로 들어왔을 때도 한스 카스토르프는 원기를 회복하여 신선한 아침 기분을 맛보고 있는 사람같이 보이지는 않았던 것이다.

아침 식사

「잘 잤나? 여기 산 위에서 지낸 첫날밤이 어때, 마음에 들었나?」

요아힘은 밖에 나가려고 운동복 차림에 튼튼한 편상화(編上靴)를 신고 엷은 외투를 팔에 걸치고 있었는데, 그 옆 호주머니는 납작한 병으로 불룩해져 있었다. 오늘도 모자는 갖고 있지 않았다.

「고마워.」하고 한스 카스토르프는 대답했다. 「그저 그래, 그 이상은 말하지 않기로 하지. 좀 종잡을 수 없는 꿈을 꾸었어. 그리고 이 집은 무엇이든 너무 잘 들리는 결점이 있어. 좀 곤란해. 바깥 정원을 거닐고 있는 검은 옷을 입은 여자는 도대체 누군가?」

요아힘은 누구를 말하는지 곧 알아차렸다.

「아, 『둘 다』 말인가. 여기서 누구나 모두 그 여자를 그렇게 부른다네. 그 여자는 그 말밖에 안 하니까. 멕시코 사람이지. 독일어는 전혀 모르는 데다 프랑스 어도 겨우 두세 단어만 아는데 그것도 엉터리야. 여기 있는 장남을 돌보기 위해 5주일 전부터 와 있는데, 이 아들이 아주 절망 상태여서 요즈음 특히 우울해 보이지. 몸 전체가 나빠져서 독이 전신에 퍼져 있다는 거야. 그런 상태에선 마지막에 거의 티푸스와 마찬가지 증세를 보이게 된다고 베렌스도 말하더군. 아무튼 우리에게는 끔찍스러운 실례(實例)야. 그리고 2주일 전에는 차남이 왔어. 형이 살아 있는 동안 한 번 만나보려고 말이지. 형도 그렇지만 동생도 그림을 그린 것처럼 미남자야. 두 사람 다 그린 것처럼 잘생기고 눈을 보면 불타는 듯이 빛나고 있어. 여자들은 반해 어쩔 줄을 모르지. 그런데 그 차남 말인데, 그는 아래 있을 때도 기침을 좀 하기는 했지만 그래도 퍽 건강했다는데 여기 오자마자 열이 올랐지 뭔가. 그것도 갑자기 39도 5부로 말이야. 곧 앓아 누워 버렸는데, 베렌스의 말을 빌리면, 그러고도 다시 일어날 수

만 있다면 천만다행한 일이라는 거야. 아무튼 베렌스의 말로는 그나마 때마침
잘 왔다는 거야……. 그래서 이런 일이 있은 뒤로, 저 어머니는 저렇게 걸
어다니면서 누군가가 말을 걸면 으레『둘 다』라고 한다네. 이 말밖에는 할 줄
을 모르고 더욱이 지금 이곳에는 스페인 어를 아는 사람이 한 사람도 없거
든.」

「그런 사연을 가진 여자로군.」한스 카스토르프는 침통한 표정을 지으며 말
했다. 「나에게도 그렇게 말할까? 서로 인사를 나누면? 이상한 일이야. 우
습고도 기분 나쁜 일이겠는데.」

이렇게 말하는 그의 눈은 어제와 같이 오랫동안 울고 난 뒤처럼 열에 들떠
무거워 보였으며 아마추어 기수의 이상한 기침을 듣던 때처럼 빛나고 있었다.
그리고 그는 이제야 비로소 어제와 연결이 되어 모든 것이 대체로 납득이
갔다.

그는 손수건에 라벤델 향수를 조금 뿌려 이마와 눈 밑을 가볍게 문지른 뒤,
준비가 다 되었다고 말했다.

「자네, 괜찮다면 지금 곧『둘 다』아침 식사하러 가지.」

한스 카스토르프는 매우 들뜬 기분으로 농담을 했으나 요아힘은 단순한 눈
으로 그를 바라보면서 우울하게 좀 빈정대는 듯한 이상한 미소를 지었을 뿐이
었다. 왜 이러한 미소를 지었는지는 요아힘밖에 모르는 일이다.

한스 카스토르프는 담배를 갖고 있는지 확인한 다음 지팡이와 외투와 그리
고 모자도 같이 손에 들었다. 3주일 정도 머무르면서 그렇게 쉽사리 낯선 사
람들의 습관에 따르기에는 자신의 생활 양식과 습관에 너무나 자신을 갖고 있
었기 때문이었다. 두 사람은 밖으로 나와 계단을 내려갔다. 요아힘은 복도에
서 여기저기에 있는 도어를 가리키면서 그 방 환자의 이름을 말하고는 환자의
성격과 병상에 관해 간단한 설명을 해주었다. 독일 이름도 있고 들어 보지 못
한 이름도 있었다.

가는 길에 두 사람은 아침 식사를 마치고 돌아오는 사람들을 만났다. 요아
힘이 그 중 하나에게「안녕하세요?」하고 말하자, 한스 카스토르프도 정중하
게 모자를 벗었다. 그는 자기가 흐려진 눈과 붉은 얼굴을 하고 많은 사람들
앞에 나가는 것이 꺼려져서 긴장이 되고 신경질적이 되어 있었다. 그렇지만
그 자신에 대한 그런 생각은 옳지 않았다. 왜냐하면 그의 얼굴은 오히려 창백
했으니 말이다.

「잊어버리기 전에 말해 두지만 말이야.」한스 카스토르프는 열을 올려 말

했다. 「정원에 있는 저 여자는 소개해 주어도 좋네. 그런 기회가 있으면 말이야. 그건 괜찮아. 『둘 다』라고 하든 안 하든 상관없어. 그건 아무렇지도 않아. 자네에게서 들어 그 의미를 알고 있으니까 적당한 얼굴로 대할 수 있어. 그러나 저 러시아 인 부부는 소개받고 싶지 않아. 알았나? 분명히 거절하겠어. 정말 행실이 나쁜 부부야. 3주일 동안 저 사람들의 옆방에 살아야 한다는 것은 어찌할 도리가 없겠지만 안면을 익히고 지내기는 싫어. 명백하게 거절하는 것도 정당한 나의 권리이니까……」

「좋아, 좋아. 그렇게도 괴로움을 당했나? 그렇지, 좀 야만인들이야. 한마디로 말해 아직 미개인이야. 그건 처음에 말했다고 생각하는데. 남자는 언제나 가죽 점퍼 차림새로 식당에 나타나지.˙ 그것도 다 떨어진 것이야. 왜 베렌스가 충고하지 않는지 나는 늘 이상하게 생각하고 있어. 게다가 여자도 깃털 장식이 달린 모자를 쓰고 있지만, 역시 그다지 깨끗한 여자가 아니야……. 그러나 걱정할 필요는 없어. 저 두 사람은 우리들과는 뚝 떨어진 『이류 러시아 인석』에서 식사를 하니까 말이야. 훌륭한 러시아 인만이 앉는 『일류 러시아 인석』도 있어. 그러니 만나고 싶어도 그 기회가 없지. 대체로 여기서는 서로 알게 된다는 것이 힘들어. 손님들 속에 이렇게 많은 외국인이 있으니 말이야. 나는 여기서 이렇게 오래 살면서도 개인적으로 알고 지내는 사람은 얼마 안 되지.」

「대체 저 두 사람 중 어느 쪽이 병을 앓고 있나?」하고 한스 카스토르프는 물었다. 「남자 쪽이야, 여자 쪽이야?」

「남자 쪽일 거야. 그래, 남자 쪽이야.」

요아힘은 식당 앞에 있는 옷걸이에 모자와 외투를 벗어 걸면서, 눈에 띄게 건성으로 대답했다. 이윽고 두 사람은 천장이 낮고 둥그스름한 밝은 식당 안으로 들어갔다. 거기는 이야기 소리와 식기 부딪치는 소리로 시끌시끌했고, 식당 아가씨들이 김이 오르는 식기를 들고 왔다갔다하고 있었다.

식당에는 일곱 개의 식탁이 있었는데, 대부분은 바로 놓여 있었고, 두 개만이 비스듬히 놓여 있었다. 꽤 큰 식탁으로 식기가 놓여 있지 않은 빈 자리도 있지만, 한 식탁에 열 사람씩 앉도록 되어 있었다. 비스듬히 몇 발짝 걸어가면, 거기에 한스 카스토르프의 자리가 있었다. 그의 자리는 비스듬히 놓여 있는 두 식탁에 끼여 있는 중간 전면 식탁의 좁은 쪽에 준비되어 있었다. 그는 의자 뒤에 차려 자세로 서서 요아힘이 예의상 소개하는 식탁 친구들에게 딱딱하기는 하나 그래도 상냥하게 인사를 했는데, 누구의 얼굴도 보지 않았고 이름 같은 건 전혀 귀담아 듣지도 않았다.

그러나 슈퇴르 부인이라는 인물과 이름, 그리고 그녀가 붉은 얼굴을 하고 잿빛 금발머리가 윤기 있는 것만은 눈에 들어왔다. 교양이 없다는 것을 잘 알아볼 수 있는 부인으로 아주 무지스러운 얼굴을 하고 있었다. 한스 카스토르프는 의자에 앉았다. 그리고 여기서 처음 하는 아침 식사가 제법 격식을 갖춘 제대로의 식단임에 만족했다.

식탁에는 마멀레이드와 꿀단지, 밀크에 쌀을 넣어 끓인 것과 오트밀 접시, 계란 찌개와 냉육(冷肉) 접시가 있었다. 버터는 풍성하게 나왔고 종 모양의 유리 뚜껑을 열고 축축한 스위스 산의 치즈를 자르고 있는 사람도 있었다. 이밖에 신선한 과일과 마른 과일을 담은 접시가 식탁 한가운데 놓여 있었다. 검은 옷에 흰 에이프런을 두른 식당 아가씨가 한스 카스토르프에게 음료수는 무엇으로 하겠는지, 코코아, 커피, 홍차 하고 물었다. 그 아가씨는 어린아이처럼 키가 작았지만, 길쭉한 얼굴은 나이가 들어 보였다. 『난쟁이구나.』하고 한스 카스토르프는 놀랐다. 그리고 사촌의 얼굴을 살폈지만, 사촌은 태연하게 눈썹을 찡긋하고 어깨를 으쓱했을 뿐, 『그렇다네, 그러나 그게 어떻다는 거지?』라고 말하려는 듯해서 한스 카스토르프도 단념하고, 상대방이 난쟁이였기에 한층 더 정중히 홍차를 주문하고, 밀크에 쌀을 넣어 끓인 것에 육계(肉桂)와 설탕을 쳐서 먹기 시작했다. 그러면서 먹고 싶은 요리에 눈을 보내며, 모두가 심한 병을 앓고 있으면서도 지껄이면서 식사를 하고 있는 일곱 개 식탁의 손님들을, 즉 요아힘과 같은 운명의 사람들을 천천히 바라보았다.

식당은 아주 실용적이고 간단한 스타일에 어떤 공상미를 가미할 줄 아는 근대적 취미로 지어진 것이었다. 길이에 비해 폭은 그리 넓지 않고, 그 주위는 일종의 로비였는데 거기에 상 보는 곳이 마련되어 있었고 큰 아치형 문을 통해 식당과 연결되어 있었다. 기둥은 상반부가 백단향을 입힌 판자로 덮였고, 벽의 상부와 천장과 마찬가지로 희고 미끈하게 빛나고 있었다. 그것은 갖가지 색의 무늬, 단순하고 경쾌한 그 모양은 작고 둥근 천장의 길게 뻗친 장식띠에 계속되어 있었다. 번쩍이는 유기의 샹들리에가 여러 개 식당을 장식하고 있었다. 그 샹들리에에는, 상하로 겹친 동그라미를 가느다란 편세공(編細工)으로 연결시키고 아래 동그라미에는 젖빛 유리의 방울갓을 작은 달처럼 두르고 있었다. 유리문이 네 개 있는데, 맞은편 옆에 있는 두 개는 식당 앞 베란다로 통하고, 세번째 문은 왼편 앞에 있는데 이것은 전방 홀로 곧장 통하며, 네번째 문은 한스 카스토르프가 들어온 문으로 요아힘이 어젯밤과는 다른 계단으로 안내하여 내려갔기 때문에 복도로부터 들어온 것이었다.

한스 카스토르프의 오른편 옆자리에는 얼굴에 솜털이 나고 볼을 약간 붉힌, 그다지 볼품이 없는 여자가 검은 옷을 입고 앉아 있었다. 한스 카스토르프는 재단사가 아닐까 하고 생각했는데, 이것은 아마 그가 이전부터 재단사에게는 으레 버터빵과 커피가 따라다니는 것이라고 생각하던 차에 오른편 옆자리의 여자가 버터빵과 커피만으로 아침 식사를 하고 있는 것을 보았기 때문이었다.

왼편 옆자리에는 영국 여자가 앉아 있었는데 이 사람도 역시 노처녀로 아주 못생겼고 손가락이 말라 있었다. 그녀는 고향에서 온 둥근 글씨로 쓴 편지를 읽으면서 핏빛같이 붉은 차를 마시고 있었다. 그녀의 옆자리가 요아힘이고 그 다음의 자리가 스카치 블라우스를 입은 슈퇴르 부인이었다. 그녀는 왼손을 불끈 쥐고 그 손을 볼 가까이에 대고 식사를 하다가, 지껄일 때에는 토끼처럼 가느다란 긴 이빨 위로 윗입술을 오므리며 교양이 있는 듯한 얼굴을 하려고 노력했다. 숱이 적은 수염을 기르고 맛없는 음식이라도 입에 넣은 것 같은 얼굴을 한 젊은 사람이 슈퇴르 부인의 옆에 앉아 한 마디도 지껄이지 않고 식사를 하고 있었다. 이 사람은 한스 카스토르프가 식탁에 앉은 뒤에 들어왔지만, 걸어가면서 누구의 얼굴도 보지 않고 인사 대신 턱을 가슴에 바싹 붙이고 새로 온 손님에게 소개되는 것을 단호히 거절하는 듯한 태도로 자리에 앉았다. 아마 이러한 형식적인 것에 흥미를 느낀다든지 주위의 일에 흥미를 갖는다든지 하는 것이 불가능할 정도로 병이 중한 때문이리라. 이 남자와 맞은편에 매우 말라빠진 옅은 금발의 젊은 아가씨가 잠시 앉아 요구르트 한 병을 접시에 붓고는 그 밀크 크림을 떠먹더니 곧 나가 버렸다.

식탁의 대화는 활기가 없었다. 요아힘은 슈퇴르 부인과 형식적으로 지껄였다. 그녀의 병이 어떠냐고 묻고, 좋지 않다는 말을 듣고는 진심으로 유감의 뜻을 표했다. 슈퇴르 부인은 몸이 나른하다고 불평을 했다.

「정말이지 몸이 나른해요.」

이렇게 마음이 내키지 않는 듯 말하고는 교양이 없는 이상한 시늉을 했다. 게다가 오늘 아침에는 일어날 때부터 열이 37도 3부이니 오후에는 얼마나 더 올라갈지 모르겠다고 말했다. 재단사도 마찬가지로 열이 있다고 했는데, 자기는 슈퇴르 부인과는 달리 흥분이 되어 무언가 특별하고 중대한 일이라도 일어날 것같이 마음이 진정되지 않는 긴박감을 느끼지만, 그런 일이 일어날 리 없기 때문에 정신적으로 근거 없는 생리적인 흥분에 지나지 않을 것이라고 설명하였다. 그녀는 역시 재단사는 아닌 듯싶었다. 말하는 것이 아주 정확하고 거의 학자 같았기 때문이었다. 또한 한스 카스토르프에게는 이러한 보잘것없는 부인이 흥분 상태를 입밖에 내는 것은 어딘지 어울리지 않는, 아니 거의 분수에 맞지 않게 느껴졌다. 그는 재단사와 슈퇴르 부인 두 사람에게 이곳에 온 지 얼마나 되느냐고 차례로 물어 보았다. 재단사는 5개월, 슈퇴르 부인은 7개월 된다는 것이었다. 다음으로 그는 알고 있는 영어를 총동원해서 오른편 영국 부인에게 그녀가 마시는 것이 무슨 차냐(그것은, 『들장미』의 열매를 달인 것이었다)고 묻고는, 맛이 좋으냐고 물으니 그녀는 신이 나서 맛이 좋다고 대답했다.

다음에 그는 사람들이 들락거리는 식당 안을 둘러보았다. 첫번째 아침 식사는 전원이 반드시 같이 할 필요는 없었다. 한스 카스토르프는 무서운 광경을 보게 되지나 않을까 하고 좀 두려워했는데 그렇지가 않아 실망했다. 식당의 분위기는 매우 명랑하여 비참한 곳에 있는 것 같은 기분이 들지 않았다. 햇볕에 얼굴이 탄 젊은 남녀가 콧노래를 부르며 들어와서 식당 아가씨와 지껄이더니 대단한 식욕으로 아침 식사를 해치웠다. 좀더 나이든 연배의 사람들도 있었고, 러시아 어로 말하는 아이들을 동반한 가족도 있었고, 아직 미성년의 소년들도 있었다. 부인들은 거의 예외없이 몸에 딱 붙는 털실이나 명주로 만든 재킷 또는 스웨터를 입고 있었다. 접힌 옷깃과 옆주머니가 달린 흰 것이 아니면 색깔 있는 스웨터로, 부인들이 그 주머니에 양손을 넣고 서서 이야기하는 모습은 아름다웠다. 어떤 식탁에서는 최근 자기가 찍었다는 사진을 돌려가며 보고 있었고, 어떤 식탁에서는 우표를 교환하고 있었다. 날씨, 어젯밤의 수면, 아침에 입 속에 넣어 보는 검온(檢溫) 결과 등이 화제가 되고 있었다. 대부분의 사람들이 즐거워하고 있었는데 여기에는 별다른 이유가 있어서가 아니라, 아무도 절박한 걱정이 없이 많은 사람들이 한데 모여 있기 때문이었다. 물론 식탁에 계속 앉아 턱을 괴고 멍하니 앞을 보고 있는 사람도 몇 명쯤 있었다. 그러나 모두 그러한 사람들에게 관심을 갖지 않았다.

갑자기 한스 카스토르프는 모욕을 당해 화가 난 듯이 몸을 홱 움직였다. 문 하나가 거칠게 닫혀졌던 것이다. 현관 홀을 곧장 통하는 왼편 전방 문이었다. 누군가가 손잡이에서 손을 놓았든가 아니면 뒤로 밀어 버렸든가 했겠지만, 한스 카스토르프는 이런 소리에 굉장히 민감했다. 이전부터 이걸 들으면 참을 수가 없었던 것이다. 이 혐오감은 아마 교육의 결과 아니면 천성에 의한 것이었겠지만 어쨌든 문을 거칠게 닫는 소리를 몹시 싫어해서 그의 귓전에서 이런 짓을 하는 이가 있으면, 그 사람이 누구이든지 그 사람의 뺨을 때렸을 것이다. 이번 경우에는 문에 작은 유리가 여러 개 끼워져 있으므로 충격이 심해 아주 요란했다.

「망나니 같으니라구!」하고 한스 카스토르프는 분개해서 소리쳤다. 「얼마나 칠칠치 못하면 문도 잘 여닫지 못한단 말인가!」

그러나 그 순간에 재단사가 말을 걸어와서 누가 그런 짓을 했는지 확인할 틈이 없었다. 그러나 재단사에게 대답을 하는 청년의 얼굴은 무참하게 일그러져 있었고 금발의 눈썹 사이에 깊은 주름이 새겨져 있었다.

요아힘이 의사 선생님들은 와 있느냐고 물었다. 여기에 이미 와 있었는데 두 사람이 여기에 들어온 것과 거의 같은 순간에 나가 버렸다고 누군가가 대답했다. 그렇다면 기다리지 말고 나가자고 요아힘이 말했다. 소개할 기회는 오늘 안으로 또 있을 테니까. 그런데 두 사람은 문 입구에서 닥터 크로코브스키를 동반하고 빠른 걸음으로 들어오는 베렌스 고문관과 하마터면 부딪칠 뻔했다.

「어이쿠, 조심해요, 두 양반.」하고 베렌스는 말했다. 「하마터면 우리 모두가 다칠 뻔했구려.」

그는 무엇인가를 씹는 것처럼 입을 움직이면서 심한 저지(低地) 작센 사투리로 말했다.

「아, 당신이군요.」그는 요아힘이 부동 자세로 소개한 한스 카스토르프에게 말했다. 「잘 오셨습니다.」

베렌스는 청년에게 손을 내밀었는데 삽만큼 큰 손이었다. 그는 뼈대가 굵은 사람으로 닥터 크로코브스키보다 머리가 세 개나 더 있을 정도로 키가 컸다. 머리칼은 이미 백발이고 목덜미가 툭 튀어나왔으며, 불거진 커다란 충혈된 푸른 눈에는 눈물이 괴어 있었다. 코는 사자코로, 그 아래 짧게 깎아 짤막한 수염은 삐뚜름했는데 그것은 한쪽 윗입술이 올라간 때문이었다. 요아힘이 베렌스의 볼에 관해 말한 것은 조금도 과장이 아니었다. 정말로 푸른 볼이었다. 입고 있는 수술복이 희기 때문에 볼은 한층 더 푸르게 보였다. 그 수술복은 밴드가 달린, 무릎 아래까지 내려오는 것인데 그 밑으로 줄무늬 바지가 보였고, 좀 낡은 누런 편상화를 신은 큼직한 발이 보였다. 닥터 크로코브스키도 수술복을 입고 있었는데, 그의 것은 광택 있는 검정 무명으로 만든 셔츠 비슷한 것으로, 손목에는 고무줄이 들어 있었으며 이 수술복 역시 창백한 얼굴빛을 적지 않게 강조하고 있었다. 또한 크로코브스키는 조수의 직분을 엄격하게 지켜, 인사에는 조금도 개입하려 하지 않았지만, 자기가 조수라는 종속적인 지위에 서 있다는 것에 대한 불만이 얼굴 표정에 역력히 나타나 있었다.

「사촌끼리군요.」 하고 고문관은 두 사람을 가리키면서 충혈된 푸른 눈을 위로 치켜뜨며 물었다. 「그러면 이분도 군대를 지원하나요?」 하고 요아힘에게 묻고는 한스 카스토르프를 턱으로 가리켰다. 「그렇지 않지요? 당신에게는 어딘가 문화인다운 데가 있어요. 어딘가 안정감을 주는 데가 있고요. 이 하사님처럼 칼을 쩔렁대는 데가 전혀 없어요. 당신은 이 사람보다 더 훌륭한 환자가 될 거요. 내기를 해도 좋아요. 나는 누구나 한 번만 보면 알 수 있어요. 그 사람이 환자로서 착실할 것인지 아닌지 말이오. 어쨌든 환자가 되는 데에도 재능이란 것이 필요하지요. 무슨 일에도 그렇기는 하지만. 그런데 이러한 대장부(Myrmidon, 고대 그리스의 맹장 아킬레우스가 이끌던 민병. 여기서는 전용되어 충실한 부하란 말로 쓰인다)로 말하면 조금도 천분이라곤 없어요. 군사 훈련에는 어떤지 모르지만, 환자 생활에는 전혀 천분이 없어요. 어떻게 생각하시오? 여기서 떠날 것만 생각하고 있어요. 늘 떠나가 버리려는 일념으로 나를 괴롭히고 난처하게 만들고 있지요. 산을 내려가 혹사당하는 것이 몹시 기다려지나 보죠. 정말 바보 같은 생각이에요. 단 반 년도 여기 있으려고 하지 않아요. 여기가 얼마나 훌륭한 장소입니까? 어떻소, 짐센 군, 여기가 홀륭한 곳인지 아닌지 직접 말해 봐요. 당신 사촌은 우리들을 높이 평가하고 이곳에서 즐겁게 지낼 것임에 틀림없어요. 여기는 여자도 많답니다. 꽃이 무색할 만큼 아름다운 여자들이 말이지요. 적어도 외모만은 그림처럼 아름다운 분들이 많아요. 그런데 당신은 안색이 좀더 좋아져야 되겠는데요. 잘 들으세요. 그렇게 하지 않으면 낙제 점수를 받습니다. 인생의 황금나무(괴테의 《파우스트》 제1부 2039행 참고)는 초록빛이겠지만, 초록빛 안색은 아무래도 좋지 않으니까. 물론 완전한 빈혈입니다.」

고문관은 느닷없이 한스 카스토르프에게 다가서서 둘째손가락과 가운뎃손가락으로 청년의 눈꺼풀을 뒤집었다.

「역시 완전한 빈혈이군요. 아까 말한 대로입니다. 당신이 사랑하는 함부르크를 잠시 동안 잊으려고 결심한 것은 아주 잘한 일이었지요. 정말이지 함부르크라는 도시는 고마운 단골입니다. 습기찬 기후 때문에 우리에게 늘 고마운 몫을 배당해 보내 주고 있지요. 그런데 이 기회에 당신에게 나의 개인적인 충고를 드린다면——무료로 말입니다——당신은 여기 있는 동안 사촌이 하는 것을 보고 그대로 하세요. 당신 같은 경우에는 잠시 동안 가벼운 폐결핵 환자 같은 생활을 하면서 몸에 단백질을 좀 섭취하는 것이 현명한 방법입니다. 여기서는 단백질의 신진대사가 조금 이상하니까요……. 전신의 연소 작용이 왕

성한데도 몸에는 단백질이 붙습니다……. 그런데 참 당신은 잘 잤습니까, 짐
센 군? 잘 잤다는 말이지요. 자, 그러면 이제 산보를 나가세요. 단, 30분을
넘어서는 안 돼요. 돌아오면 수은 시거 한 대를 입에 물어야지요. 그 결과를
언제나 착실히 기입해야 돼요. 짐센 군! 충실하고 양심적으로. 토요일에 체
온표를 보겠습니다. 사촌도 같이 검온하도록 하십시오. 검온은 절대로 몸에
해롭지 않습니다. 자, 그러면 두 분 다 즐겁게 지내십시오. 이따 봅시다. 안
녕…….」

베렌스 고문관은 뒤따르는 닥터 크로코브스키를 동반하고, 양팔를 흔들면
서 손바닥을 뒤로 돌리고, 좌우로 잘 잤느냐는 질문과 함께, 이구동성으로,
『잘 잤다』는 대답을 들으면서 저쪽으로 가버렸다.

농담 · 임종의 영성체(領聖體) · 중단된 명랑

「아주 호감이 가는 사람인데.」

한스 카스토르프는 수위실에서 편지를 정리하고 있는 절름발이 문지기와
다정스럽게 인사를 나눈 뒤, 현관 밖으로 나오면서 말했다. 현관은 흰 칠을
한 건물의 동남 측면에 있고, 건물 중앙부는 좌우 양 날개보다 한층 높았으
며, 그 위에 슬레이트 색의 양철로 덮인 낮은 시계대(時計臺)가 얹혀 있었다.
이 현관을 통해 요양원을 나오니 울타리를 두른 정원의 땅을 밟지 않고 밖으
로 곧 나갈 수 있었다. 앞에 보이는 산의 경사면은 목장으로 되어 있고 꽤 큰
가문비나무와 땅 위를 기는 해송(海松)이 군데군데 서 있었다. 두 사람이 택
한 길은 골짜기로 내려가는 자동차길을 제외하면, 그것만이 길다운 길이었다.
그 길은 요양원의 뒤편——지하실로 내려가는 계단 난간 곁에 철로 된 쓰레
기통이 놓여 있는 부엌과 요리사들이 있는 곳의 측면——을 따라 상당한 거
리를 왼편의 같은 방향으로 올라가다가 갑자기 구부러져 지금보다 더 급경사
진 듬성듬성한 숲으로 덮인 경사면을 오른편으로 올라가고 있었다. 길은 땅이
단단하고 붉은 기가 돌며 아직 축축했다. 길바닥 군데군데에 돌멩이가 굴러다
니고 있었다. 이 산책길을 이용하고 있는 것은 사촌 형제 두 사람뿐만은 아니
었다. 두 사람 바로 뒤에는 아침 식사를 마친 사람들이 따라 올라왔고, 내리
받이길을 걸을 때 한발 한발 다지는 듯한 걸음걸이로 산에서 내려오는 사람들

도 여러 쌍 마주쳤다.

「아주 호감이 가는 사람인데.」하고 한스 카스토르프가 되풀이했다. 「정말 경쾌한 말씨야. 듣고만 있어도 재미있어. 체온계를 수은 시거라고 하니 걸작이야. 나는 무엇을 말하는 것인지, 곧 알았지. 그건 그렇고, 이제 진짜를 한 대 피워야겠는 데.」한스 카스토르프는 멈춰 서면서 말했다. 「이제는 더 이상 참을 수가 없어, 어제 정오부터 제대로 피우지 못했으니 말이야……. 잠깐 실례하겠네.」

그는 은빛 이름자를 넣은 가죽 케이스에서 마리아 만치니를 꺼냈다. 그것은 최고급품의 시거로, 그 한쪽이 납작하게 되어 있는 것이 특히 마음에 들어 애용하는 것이었다. 시계줄에 달려 있는 작은 칼로 시거의 끝을 짧게 자르더니 라이터에 불을 붙여 앞이 뭉툭한 꽤 긴 시거를 두세 번 정신을 집중하여 뻑뻑 빨아 불을 붙였다.

「이만하면 됐어.」하고 말했다. 「이제 또 산보를 계속해도 좋아. 자네는 물론 피우지 않겠지?」

「나는 그전부터 피워 본 적이 없네.」하고 요아힘은 말했다. 「새삼스레 여기서 피우기 시작할 이유는 없지 않나.」

「그것을 나는 이해할 수가 없어. 담배를 피우지 않는 사람의 심정을 이해할 수 없어. 그런 사람은 인생의 엣센스, 적어도 인생의 가장 큰 즐거움을 말하자면 기권해 버리는 것이란 말이야. 나는 아침에 눈을 뜨고 오늘도 하루 종일 담배를 피울 수 있구나 하고 생각하면 흐뭇해지지. 식사를 하는 것도 역시 식후의 담배가 즐거워서, 요는 담배를 피울 수 있다는 기대 때문에 식사를 한다고도 말할 수 있지. 물론 이 말은 좀 과장이긴 하지만, 아무튼 나에겐 담배 없는 하루란 멋없기 짝이 없고 정말 쓸쓸한, 아무 매력도 없는 하루일 거야. 아침에 눈을 떴을 때, 오늘은 피울 담배가 없다고 생각해야 한다면, 나는 일어날 기운이 완전히 없어져 아마 누운 채로 그냥 있을 거라고 생각하네. 잘 타는 시거만 있다면——헛김이 샌다든가 막혀서 빨아지지 않는다든가 하면 물론 굉장히 화가 나는 일이지만——요는 좋은 시거만 있다면야 모두가 태평스럽고 그야말로 아무런 부족도 느끼지 않지. 바닷가에 누워 있는 것과 꼭 마찬가지야. 바닷가에 누워 있는 것은 그것만으로 아무것도 필요하지 않게 되지. 일도 오락도 말이야……. 다행히도 담배는 세계 어디에서도 피우고 있어서, 내가 아는 바로는 세계 어느 곳에 가더라도 담배 없는 곳은 없다는 거야. 극지(極地)를 탐험하는 사람도 피로 회복에 대비하여 담배만은 충분히 준비해

가지고 간다는데, 나는 그것을 읽고 정말 깊이 감동했었다네. 사실 어떤 고난
을 겪어야 할지 모르기 때문일세. 내가 비참한 일을 당한다고 한번 가정해 보
세. 그런 경우에도 나에게 시거가 있는 한 견디어 낼 수 있다고 생각하네. 반
드시 시거가 나를 극복할 수 있게 할 거야.」

「아무튼 좀 야무지진 못한 것 같군. 자네처럼 그렇게 빠져 버리면 말이야.
정말이지 베렌스가 말한 대로야. 자네는 문화인이라지. 그분은 자네를 칭찬하
려고 그랬을는지는 몰라도, 아무튼 자네는 구제할 수 없는 문화인이야. 그것
이 문제인 거야. 물론 자네는 건강하니 무엇을 하든 괜찮지만.」

이렇게 말하면서 요아힘은 피로한 눈빛을 했다.

「그렇지, 빈혈을 빼놓고는 말이야.」하고 한스 카스토르프는 말했다. 「그
러나 내 얼굴빛이 녹색이라고 말한 것은 똑바로 본 거야. 그가 말한 대로지.
나 자신도 여기에 사는 자네들에게 비하면 나의 얼굴빛이 유난히 녹색을 띤다
는 것을 알았어. 집에 있을 때는 그런 걸 조금도 몰랐는데 말이야. 게다가 베
렌스의 말대로, 무료로 충고해 준 것은 정말 고마운 일이야, 물론 나는 충고
해 주는 대로 자네와 무엇이든지 똑같이 생활을 할 작정이야. 그렇게 하는 수
밖에 여기서는 달리 어쩔 도리가 없을 테니 말이야. 그리고 단백질이 내 몸에
붙는다 해서 별로 해로울 것도 없을 테고. 듣기에 몸이 좀 오싹해지기는 해
도. 자네 역시 이것은 인정하겠지.」

요아힘은 올라가면서 두세 번 기침을 했다. 비탈길을 오르는 것이 역시 무
리인 것 같았다. 세번째로 기침을 했을 때, 그는 눈썹을 찌푸리고 멈추어 서
며 말했다.

「먼저 가주게.」하고 말했다. 한스 카스토르프는 그대로 계속 걸으면서 뒤
를 돌아보지 않았다. 요아힘과의 사이가 꽤 떨어졌을 거라고 생각했을 때 발
걸음을 늦추어 멈춰 설 듯이 하였지만 그래도 돌아보려고는 하지 않았다.

남녀 손님의 한 무리가 다가왔다. 한스 카스토르프는 조금 전에 그들이 저
쪽 경사면 중턱의 평탄한 길을 걸어가는 것을 보았는데, 지금 그들은 땅을 다
지는 듯한 걸음걸이로 내려오면서 여러 목소리로 지껄이며 그가 있는 쪽으로
가까이 왔다. 나이가 모두 다른 6,7명의 그룹인데 혈기왕성한 젊은이도 있었
고 상당한 연배의 사람도 두셋 있었다.

한스 카스토르프는 요아힘을 생각하면서 머리를 옆으로 갸웃거리며 그 사
람들의 동정을 살펴보았다. 그 사람들은 모두 모자를 쓰지 않아 햇볕에 얼굴
이 타서 갈색이 되어 있었다. 여자들은 각종 각색의 스웨터를 입고 있었고,

남자들의 대부분은 외투를 입고 있지 않았으며 지팡이도 들고 있지 않았다. 호주머니에 양손을 찌른 채 편한 차림으로 잠깐 집 밖을 거니는 것 같은 그런 모습이었다. 비탈을 내려오는 것뿐이었으므로 몸을 긴장하여 움직일 필요가 없이, 내달리거나 넘어지지 않게 양쪽 다리를 가볍게 디디고 버티기만 하면 충분했다. 다만 몸은 터덜터덜 내려만 가면 되었기 때문에 그 걸음걸이는 어딘지 하늘을 날아가는 듯한 가벼움을 느끼게 했고, 그것이 얼굴과 태도에 나타나 보고만 있어도 이 그룹에 끼여 들고 싶은 마음이 들 정도였다.

드디어 그들은 그의 옆을 지나가게 되었고 따라서 얼굴도 확실히 보게 되었다. 모두가 다 햇볕에 얼굴이 그을린 것은 아니었고, 두 여자는 얼굴이 창백하여 눈에 띄었다. 그 중 한 여자는 몸이 대나무처럼 가늘고 얼굴은 상아빛을 하고 있었으며, 또 한 여자는 매우 작고 뚱뚱하고 얼굴은 주근깨투성이였다. 그들은 모두 한결같이 한스 카스토르프를 보면서 대담하게 미소를 지었다.

텁수룩한 머리에 둔한 눈을 반쯤 뜬 키다리 아가씨가 녹색 스웨터 차림으로 한스 카스토르프의 옆을 팔이 서로 스칠 정도로 가까이 지나갔다. 지나가면서 이상한 소리를 냈다. 아니 이런 미친 짓이 있을까. 그러나 휘파람을 분 것은 아니었다. 입술은 조금도 뾰쪽하게 내밀지 않았고, 오히려 굳게 다물고 있었다. 그를 반쯤 감은 눈으로 보면서 몸으로부터 이상한 소리를 냈다──정말 불쾌한 소리로, 탁하고 날카로운 데다『피』하는 소리를 길게 끄는, 마지막으로 갈수록 낮아져서, 마치 장터에서 파는 고무 풍선이 안에 있는 가스를 흐느껴 우는 것처럼 내뿜으며 시들어 버리는 것을 연상케 하는 그런 이상한 소리였다. 그러나 그 소리가 어찌된 셈인지 이상하게도 그녀의 가슴에서 새어 나왔던 것이다. 그리고 그 아가씨는 일행과 함께 지나가 버리고 말았다.

놀란 한스 카스토르프는 잠시 멍하니 서 있었다. 그러다가는 급히 뒤를 돌아보고 지금의 그 무례한 짓이 미리 계획된 장난이었음을 알았다. 멀어져 가는 그들이 웃고 있는 것이 그 어깨의 느낌으로도 알 수 있었고, 양쪽 손을 바지 호주머니에 찔러서 웃옷자락을 아주 볼썽사납게 치켜올린, 입술이 두껍고 투실투실한 청년이 뻔뻔스럽게 얼굴을 이쪽으로 돌리고 웃었기 때문이다. 그러는 사이에 요아힘이 가까이 다가왔다. 그는 그 사람들에게 늘 하는 기사적인 예법으로 거의 몸을 정면으로 대하고 발꿈치를 딱 붙이고 인사를 하고는 사촌 곁에 부드러운 눈초리로 다가왔다.

「도대체 왜 그런 얼굴을 하고 있는 거지 ?」

요아힘은 이상하다는 듯이 한스 카스토르프를 물끄러미 바라보며 물었다. 「저 여자가 이상한 소리를 냈어.」하고 한스 카스토르프는 대답했다. 「내 옆을 지나가면서 배에서 이상한 소리를 냈는데 그게 대체 무슨 소리지?」 「아아, 그래?」요아힘이 말하고는 시시하다는 듯이 웃었다. 「배에서 나오 는 게 아니야. 천만에. 저건 클레펠트, 헤르미네 클레펠트라는 아가씨인데 그 소리는 기흉(氣胸)에서 나는 거야.」

「뭐라고?」

한스 카스토르프는 다시 물었다. 그는 매우 흥분하고 있었지만, 무엇 때문 에 흥분하고 있는지는 확실치 않았다. 웃어야 할지 울어야 할지 모를 이상한 기분으로 말했다.

「자네들의 그런 은어(隱語)를 내가 어떻게 아나.」

「아무튼 걷기나 하자구!」요아힘은 말했다. 「걸어가면서도 설명할 수 있 으니까. 자네는 마치 뿌리라도 깊이 내린 것처럼 움직이지 않는군. 『기흉』이 라는 것은 자네도 상상할 수 있겠지만 외과 방면의 것이야. 이 위에서 흔히 하는 수술의 하나지. 베렌스는 이러한 수술의 대가이지……. 어느 한쪽 폐가 완전히 못쓰게 돼도 다른 한쪽 폐는 무사하든지, 아직 비교적 무사하다고 할 때, 못쓰게 된 폐를 쉬도록 하기 위하여 그쪽 활동을 한동안 정지시키는 것이 야……. 즉 여기를 갈라서, 어딘가 여기 옆구리를 말이지, 나도 어딘지는 잘 모르지만. 베렌스는 이 방면에 대가이거든. 그리고 그 잘라 버린 곳에 가스를 넣는 거야. 질소를 말이지. 그래서 치즈처럼 된 폐엽(肺葉)의 활동을 정지시 켜 버리는 것이지. 물론 가스는 오래 지속하지 못하고 대략 보름마다 새로 넣 어 줘야 해. 이를테면 가스를 보충해 주는 거라고 생각하면 돼. 이러한 치료 를 1년이나 그 이상 계속해서 모든 것이 잘되어 가면 나쁜 쪽의 폐는 낫는다 는 이치야. 물론 이런 수술을 한 환자들이 다 낫는다는 것은 아니야. 오히려 모험적인 수술이라고 할 수 있지. 그러나 지금까지 기흉으로 훌륭히 성공을 거둔 예가 얼마든지 있다는 거야. 자네가 방금 만난 사람들도 모두 그런 분들 이야. 일티스 부인도 있었지. 주근깨의 여자 말이야. 그리고 레비 아가씨도 있었지. 마른 여자 말이야. 생각나지? 그녀만 해도 오랫동안 누워서 지냈어. 그들은 그리워서 한데 모인 사람들이야. 왜냐하면 기흉의 치료 단계에 이르 면, 사람을 결속시키는 힘이 있어. 그리고 이 사람들은 자기들을 『반폐(半肺) 클럽』이라 부르고, 그 이름으로 통하고 있어. 그러나 클럽의 스타는 역시 헤 르미네 클레펠트야. 기흉을 울릴 수 있으니 말이야. 어떻게 소리를 낼 수 있는지 나는 모른다네. 그 아가씨도 그 방법을 확실히 설명하지는 못해. 아무튼 급히 걸어갈 때 몸 속에서 소리가 나는데, 물론 그 아가씨는 사람을 놀라게 하는 데 그것을 이용하고 있지. 특히 여기에 새로 온 사람들만을 골라서 그런다네. 그러나 그런 일을 하면 질소가 낭비될 텐데……. 1주일마다 바꿔 넣어야 하니까 말이네.」

이 이야기를 듣고 한스 카스토르프는 마침내 웃고야 말았다. 흥분은 요아힘의 이야기로 드디어 웃음으로 바뀌었다. 걸어가면서 손으로 눈을 가리고, 앞으로 몸을 구부린 채, 어깨를 떨면서 경련적으로 낮은 소리를 내며 계속 웃었다.

「저 사람들은 클럽 이름을 등록하고 있나?」라고 그는 물었지만, 소리가 막혀 말이 잘 나오지 않았다. 필사적으로 웃음을 참고 있었기 때문에 목소리가 신음하는 것처럼 들렸다. 「회칙이라도 있나? 자네가 그 클럽의 회원이 아니라서 유감인데. 그렇다면 나도 명예회원 아니면 준회원이라는 자격으로 입회할 수 있을 텐데……. 자네도 베렌스한테 부탁해서 한쪽 폐의 활동을 정지시키도록 하면 어때. 그러면 자네도 소리를 낼 수 있을 거 아닌가. 노력해서 안 될 게 어디 있겠어……. 이제까지 이렇게 우스운 이야기는 처음 들어.」하고 깊은 한숨을 쉬면서 말했다. 「아니 실례했네, 이런 말을 해서. 그렇지만 모두들 명랑하더군. 자네의 기흉 친구들 말이야. 그들이 나를 향해 올 때의 모습이란……. 그 사람들이 『반폐 클럽』의 회원이라는 것을 생각하니 우스워서 그래. 내게 『피―』하고 소리를 내서 말이야……. 참 어처구니없는 아가씨이지만 아무튼 명랑해서 좋더군. 어째서 그들은 그렇게 명랑할 수 있는지 모르겠어.」

요아힘은 어떻게 설명할 것인가를 생각했다.

「그것은 모두가 자유롭기 때문이겠지. 요는 모두들 젊어서 시간 같은 건 문제도 아닌 사람들뿐이고, 또 자칫하면 죽을는지 모르기 때문이겠지. 엄숙한 얼굴을 해보았자 무슨 소용이 있겠나. 나는 가끔 생각하지만, 병과 죽음이란 사실은 엄숙한 것이 아니라 오히려 빈둥거리면서 지내는 그런 것이 아닌가 싶어. 엄숙한 일 같은 건 엄밀하게 말한다면 저 아래의 생활에만 있는 것이 아닐까. 자네도 이곳에 좀더 있어 보면 차차 그것을 알게 되리라고 생각하네.」

「그럴는지도 모르지.」한스 카스토르프는 말했다. 「틀림없이 알게 되겠지. 나는 벌써 이 위에 사는 자네들에게 큰 흥미를 갖게 되었으니 말이야. 흥미만 갖게 되면 이해는 저절로 되겠지. 그렇지만 도대체 어찌된 것일까? 시거 맛이 없어.」하고는 피우던 시거를 빨아 보았다. 「아까부터 웬일인가 하고 생각했는데, 이제 겨우 알았어. 마리아 시거가 맛이 없다는 것을 말이야. 사제 (私製) 담배를 피우고 있는 것 같아. 정말이야, 위가 상했을 때와 같네. 그렇지만 이상한데. 나는 아침 식사를 보통 이상으로 많이 먹었는데 그로 인한 것은 아닐 테고. 과식을 한 뒤의 담배 맛은 평소보다 특히 더 좋은 건데. 어젯밤 잘 자지 못한 탓이 아닐까? 아마 그 때문에 몸의 컨디션이 나빠졌는지도 모르지. 틀렸어. 버리도록 해야지.」

한스 카스토르프는 다시 한 번 피워 보고 말했다. 「피울수록 실망인데. 억지로 피우는 것도 바보 노릇이지.」그리고는 잠시 망설이다가 비탈 아래쪽의 축축한 침엽수 속에 시거를 던져 버렸다. 「자넨 이게 무엇과 관계가 있다고 생각하나?」하고 물었다. 「이건 아무래도 내 얼굴의 열기와 관계가 있는 모양이야. 오늘 아침에 일어날 때부터 이 달아오른 볼 때문에 애를 먹었어. 부끄러워서 얼굴이 벌개진 것 같아. 도무지 속이 상해 죽을 지경이야……. 자네도 여기 처음 왔을 때는 그랬었나?」

「그랬어. 나도 처음에는 좀 이상했어. 그러나 걱정할 필요는 없네. 처음부터 자네에게 말했지만 여기 생활에 익숙해지는 것은 쉬운 일이 아냐. 그렇지만 몸의 상태는 곧 좋아질 거야. 어때, 저 벤치가 좋아 보이는데, 저기 좀 앉았다가 돌아가도록 하지. 나는 돌아가서 안정 요양을 해야 하니까.」

길은 평탄해졌다. 여기서부터는 산보길 전체의 약 3분의 1 정도의 높이로 다보스 읍내 방향으로 통해 있었는데, 구부러진 가느다란 가문비나무 사이로 밝은 빛을 받아 희끄무레한 모습으로 가로놓여 있는 마을이 내려다보였다. 두 사람이 쉬려고 앉은 벤치는 험한 암벽(岩壁)에 기대어져 있었다. 그들의 옆으로는 물이 뚜껑이 없는 나무통 속을 지나 골짜기로 졸졸 흘러 내려가고 있었다.

요아힘은 남쪽에서 골짜기를 막고 있는 것처럼 보이는 알프스의 구름에 덮인 봉우리를 지팡이 끝으로 가리키면서 사촌에게 산 이름을 알려 주려고 하였다. 그러나 한스 카스토르프는 그쪽을 잠깐 보았을 뿐, 몸을 구부리고 앉아서 은장식이 달린 도회지식 금속 지팡이 끝으로 모래 위에 무언가 그림을 그리면서 다른 것을 알고 싶어했다.

「자네에게 처음부터 물어 보려고 했는데…… 내 방 환자는 내가 오기 바로 전에 죽었다고 했지. 그밖에 또 자네가 이곳에 온 뒤에 죽은 사람이 많은가?」

「대여섯 사람은 되지. 그러나 언제나 살짝 처리되니까, 아무도 그것을 전혀 모르거나 아니면 나중에 우연히 알게 될 뿐이지. 누군가가 죽어도 환자들에게 알려지지 않도록, 특히 발작을 일으킬는지 모를 여자들을 생각해서 극비리에 처리해 버린다네. 자네 옆방에서 누가 죽어도 자네는 전혀 모르게 될 거야. 관도 아침 일찍 자네가 자고 있을 동안에 운반되고, 시체도 때를 노려서, 이를테면 식사를 하고 있을 때에 운반해 버리곤 하지.」

「그렇겠군.」 한스 카스토르프는 말하고 무언지 땅바닥에다 계속 그렸다. 「즉, 그러한 것은 무대 뒤에서 처리한단 말이지.」

「음, 그렇게도 말할 수 있겠지. 그러나 최근 것은, 가만 있자……, 아마 8주쯤 전 일인 줄로 아는데…….」

「8주 전이 최근이라는 건 좀 이상하잖아.」 하고 한스 카스토르프는 무뚝뚝하게 틈을 주지 않고 말했다.

「응? 그러면 최근이란 말은 취소하지. 그러나저러나 자네는 정확하군. 나는 숫자를 어림잡아 말한 것뿐인데. 그러면 얼마 전에 말이네. 나는 그 무대 뒤를 엿보게 되었거든. 정말 우연이었어. 아직도 어제 일같이 느껴지는군. 후스라는 가톨릭 소녀——바르바라 후스라는 아가씨한테 비아티쿰, 즉 임종의 영성체를 주게 되었을 때지. 종부 성사 말이야. 그 아가씨는 내가 이곳에 왔을 때만 해도 아주 기운이 좋고 장난을 좋아하는 말괄량이였지. 그러던 것이 갑자기 악화되어 자리에 드러눕고 말았네. 내 방에서 셋째 번 옆방에 누워 있었는데 양친이 달려오고 급기야는 신부가 왔던 거야. 모두가 오후 차를 마시러 간 뒤라서 복도에는 아무도 없었어. 그런데 나만은 잠을 너무 자버렸어. 정오의 안정 요양을 하고 있는 동안, 깜박 잠이 들어 버려서 종이 울린 것을 듣지 못하고 15분 가량 지각을 해버렸지. 그리고 문제의 순간에 나만이 모든 사람들이 있는 곳에 있지 않고, 자네가 말하는 무대 뒤를 엿보게 된 셈인데, 내가 복도를 걷고 있자니까 저쪽에서 신부 일행이 레이스 달린 옷을 입고 오지 않겠어? 초롱을 여러 개 단 금색 십자가를 앞장세우고 말이야. 그것을 앞서가는 한 사람이 터키 군악대 선두의 쉘렌바움(Schellenbaum, 방울을 여러 개 단 횡목을 여러 층으로 연결한 후, 가운데에 대막대를 달아, 딸랑딸랑 소리를 내게 하는 터키 군 악대용 악기)처럼 세우고 오는 것이었어.」

「그런 비유가 어디 있어.」 하고 한스 카스토르프는 좀 준엄하게 말했다.

「그렇지만 그렇게 보였단 말이야. 나도 모르게 그렇게 연상했던 거야. 다음 이야기를 들어 줘. 아무튼 이런 모양으로 빠른 걸음으로 나에게 가까이 왔어. 확실히 세 사람이었어. 선두가 십자가를 든 사람이고, 그 뒤에 안경을 낀 신부, 마지막으로 향료를 가진 소년까지 말이야. 신부는 성체를 가슴에 들고 있었어. 거기에는 뚜껑이 덮여 있었고 그것을 신부는 머리를 공손히 옆으로 기울이고 들고 있었어. 그 사람들에게 성체는 무엇보다도 신성한 것이니까 말이네.」

「그러니까 말이야.」 하고 한스 카스토르프는 말했다. 「그러니까 난 이상하다는 거야. 자네가 쉘렌바움을 연상했다는 것이 말이지.」

「알았어. 그러나 만약 자네도 역시 거기 있었다면, 어떤 얼굴을 했을 것인지 알 수 없을 거야. 아무튼 꿈속에서나 볼 만한 일이었으니까……」

「그건 또 어떤 점에서 그렇지?」

「말하자면 이런 거야. 그런 경우에 어떤 태도를 취해야 좋을지 알 수 없다는 것이지. 벗고 싶어도 모자는 없지……」

「그것 말이야!」 한스 카스토르프는 재빨리 다시 한 번 말을 가로막았다. 「그러니까 모자는 쓰고 다녀야지. 난 이곳의 자네들이 모자를 안 쓰는 게 이상해서 견딜 수가 없었어. 모자라는 건 벗어야 할 때에 벗을 수 있게 반드시 쓰고 있어야 해. 그래서 어떻게 했어?」

「나는 복도 벽 옆에 붙어 섰어. 조심스럽게 서서 세 사람이 내 앞에까지 왔을 때, 가볍게 인사를 했지. 바로 후스 소녀의 28호실 앞에 왔을 때였어. 신부는 내가 인사한 것이 기뻤던 모양으로 그쪽에서도 정중하게 모자를 벗었어. 그러나 그때 세 사람은 벌써 발걸음을 멈추고, 향료를 든 소년이 손잡이를 돌려 문을 열고는 신부를 먼저 안으로 들여보냈지. 그런데 상상해 보게나, 내가 얼마나 놀랐을까를! 신부가 방안에 발을 들여 놓는 순간, 방안에서 비명 소리가 들려왔어. 쇳소리 말이야. 자네도 그런 소리는 아직 들어 보지 못했을 거야. 그 소리가 세 번인가 네 번 계속해서 나더니 그 뒤에는 숨도 쉴 겨를이 없이 울부짖는 거야. 입을 크게 벌리고 우는지 『앙앙!』 하고 말이야. 슬픔과 공포와 항의가 뒤섞인, 정말 말로는 뭐라고 표현할 수 없는 목소리였어. 그리고 그것이 가끔 몸이 오싹해지는 애걸로 변하는 거야. 그러다가 갑자기 그 소리가 땅 속으로 빠져들어 깊은 구덩이로부터 들려오는 것처럼 공허하고 희미하게 들려오는 것이었어.」

한스 카스토르프는 요아힘 쪽으로 홱 놈을 돌렸다.

「그것이 후스였단 말인가?」 하고 그는 흥분해서 말했다. 「그리고 그 구덩이로부터란 말은 무슨 뜻이야?」

「아가씨가 이불 속으로 파고 들어갔단 말이야! 그때의 내 심정은 이루 말할 수가 없었어! 신부는 문지방 바로 저쪽에 서서 무어라고 달래고 있는 거야. 아직도 그것이 눈에 선하게 보이는 것 같네. 위로를 하면서 머리를 줄곧 이불 속에 넣었다 뺐다 하는 것이었어. 십자가를 든 사람과 복사(服事)는 어쩔 줄을 몰라 방에도 못 들어가고 어중간하게 서 있었지. 그 바람에 나는 그들 사이로 방을 들여다볼 수 있었던 거야. 내 방이나 자네 방과 똑같은 구조인데 침대는 입구 왼편 벽에 붙어 있었고 그 침대 머리 쪽에 모두가 서 있었어. 물론 양친 말이지. 이 사람들도 침대 쪽을 향해 위로를 하고 있었지만, 침대에는 볼썽사나운 덩어리 같은 것이 보일 뿐이었는데, 그것이 이불 밑에서 애걸을 하고, 몸을 오싹하게 만드는 목소리로 항의를 하며 두 다리를 동동거리고 있었지.」

「다리를 동동거린다고?」

「있는 힘을 다해서 말이야! 그러나 그런 짓을 한다 해서 무슨 소용이 있겠는가. 역시 임종의 영성체를 받아야만 했지. 신부가 아가씨한테로 다가갔고, 다른 두 사람이 방에 들어가자 문이 닫혔지. 그러나 나는 그 바로 직전에 안을 들여다보았어. 후스의 머리가 순간 이불 속에서 나왔어. 연한 금발머리를 흐트러뜨린 채 눈을 부릅뜨고 신부를 쳐다본 거야. 총기도 윤기도 없는 푸른 눈으로 말이야. 그리고 아아, 우우 하고 외치고는 이불 속으로 다시 들어가 버렸어.」

「자네는 그런 말을 어째서 지금 하는 건가?」하고 한스 카스토르프는 침묵을 지키다가 말했다. 「왜 어젯밤에 그걸 말해 주지 않았지? 그건 그렇고, 그 아가씨가 그렇게 저항한 것을 보면 체력이 많이 남아 있었던 게 아닐까? 체력이 없으면 그렇게는 못 할 것이 아닌가. 그런데 신부를 불러온다는 건 너무하지 않나.」

「사실은 쇠약해져 있었던 거야.」하고 요아힘은 대답했다. 「아아, 이야기할 게 너무 많아서 어느 것을 먼저 해야 할지 곤란하군……. 그 애는 이미 완전히 쇠약해져 있었어. 그렇게 힘이 나온 건 무서워서 그랬던 거야. 죽어야 한다는 것, 그것이 무서워서 못 견디었던 거야. 아직 젊은 처녀였으니 무리도 아니지. 그러나 대장부도 흔히 그러는 사람이 있는데, 이건 물론 계집애같이 연약하기 짝이 없는 노릇이지. 하여튼 베렌스는 이런 사람들을 다루는 방법을 잘 알고 있다네. 말하자면 그런 경우에 하는 말을 말이지.」

「어떤 말인가?」

한스 카스토르프는 눈살을 찌푸리면서 물었다.

「『그 따위 짓은 하지 말아요!』라고 말한다네. 최근에 어떤 남자에게 이렇게 말했다는가 봐. 그 현장에서 임종하는 사람을 꽉 붙잡는 일을 도와 준 어떤 간호원장에게서 들었으니 이건 틀림없어. 그 남자는 죽음이 임박했을 때 무던히도 죽지 않으려고 기를 썼나 봐. 그래서 베렌스가 소리질렀던 거야. 『그 따위 짓은 하지 말아요!』라고. 그러자 환자는 곧 온순해지더니 아주 조용히 죽었다는 거야.」

한스 카스토르프는 한 손으로 무릎을 치면서 벤치에 등을 기대고 하늘을 쳐다보며 탄식했다. 「아무리 그렇더라도 너무 지나치군! 『그 따위 짓은 하지 말아요.』라니 그건 너무해. 죽어가는 사람에게 그게 뭐야! 상대는 죽어가고 있지 않나. 임종을 맞는 사람은 어떤 의미에서는 존경을 받아 마땅하다고 생각해. 그런 사람을 향해 그러다니……. 임종을 맞는 사람은 보다 신성해야 한다고 나는 생각해.」

「나도 그건 부정하지 않아.」하고 요아힘은 말했다. 「그러나 너무 약하게 행동하는 사람이라면 말이야…….」

「아니야. 그렇지 않아.」하고 한스 카스토르프는 사촌의 반론에 대하여 이상하리만큼 격한 어조로 고집했다. 「나는 누가 무어라 해도 내 생각을 굽히지 않겠어. 죽어가는 사람은, 사방을 뛰어다니면서 웃어 대고 돈을 벌고 배불리 먹고 지내는 천박스러운 사람보다는 훨씬 고상한 사람이야. 그런 사람에게 그렇게 대하다니, 안 될 말이야…….」

한스 카스토르프는 목소리가 이상하게 떨렸다.

「그런 사람에게 그렇게 하다니 안 될 말이야!」

한스 카스토르프는 이렇게 말하고는 어제와 똑같은 웃음——뱃속에서부터 치밀어올라와 온몸을 뒤흔드는 끝없는 웃음——에 빠져들어갔다. 때문에 눈은 감기고 눈꺼풀 사이로 눈물이 비어져 나오고 도무지 말문이 막혀 버렸다.

「조용히!」요아힘이 갑자기 소리쳤다. 「조용히!」요아힘은 다시 한 번 얘기하면서 쉬지 않고 웃고 있는 사촌 옆구리를 살짝 찔렀다. 한스 카스토르프는 눈물이 괸 눈을 들었다.

길 왼편에서 외국인 신사가 가까이 다가왔다. 갈색 머리의 날씬한 신사로 까만 콧수염은 아름답게 위로 뻗쳐졌으며, 밝은 빛의 줄무늬 바지를 입고, 두 사람 앞으로 가까이 와서 정확하고 유창한 말로 요아힘과 아침 인사를 나누었다. 그리고 신사는 다리를 꼬아 지팡이에 기대면서 우아한 자세로 요아힘

앞에 섰다.

악 마

그 신사의 나이는 쉽게 추측할 수 없었지만, 30세와 40세의 중간임에 틀림
없었다. 전체적으로 보아선 젊은 것 같았으나, 관자놀이 부근에는 백발이 보
이기 시작했고, 머리가 빠진 탓인지 머리숱이 상당히 적었다. 이마의 양 위쪽
머리가 벗겨져서 이마를 훤히 보이고 있었다. 밝은 황색의 굵은 줄무늬 바지
에, 칼라가 굉장히 큰 플란넬의 더블로 된 매우 긴 재킷을 입고 있었는데, 이
복장은 우아한 것과는 거리가 멀었다.

게다가 둥그스름한 스탠드 칼라도 거듭된 세탁으로 모가 서지 않았고, 검은
넥타이도 매우 낡았으나, 커프스는 전혀 사용하지 않은 것 같았다. 손목 둘레
의 소매가 축 드리워져 붙어 있는 것으로 한스 카스토르프는 그것을 알아차
렸다. 그런데도 그는 눈앞의 인물이 신사라는 것을 분명히 알 수 있었다. 그
외국인의 교양이 있어 보이는 표정, 자유롭고 아름답다고 말할 수 있는 태도
등에서 느낄 수 있었다. 그러나 낡아 버린 복장과 우아한 태도의 결합, 검은
눈과 부드럽게 위로 올라간 콧수염은 한스 카스토르프에게, 성탄절 때 고향집
뜰에서 연주를 하고는 검은 벨벳 같은 눈을 들고 모자를 내밀어, 창문으로 던
져지는 10페니의 돈을 받는 외국인 음악사를 곧 연상케 했다(슈페르만 악인인 Der
Leemann 참고).
『풍금 타는 사람이다.』 하고 한스 카스토르프는 생각했다. 그래서 요아힘과
벤치에서 일어나 좀 쑥스럽다는 듯이 소개한 그의 이름을 들어도 이상하게 느
끼지 않았다.

「사촌 카스토르프입니다. 이분은 세템브리니 씨.」

한스 카스토르프는 그때까지의 흥겨웠던 흔적이 없어지지 않은 얼굴로, 역
시 인사를 하려고 일어섰다. 그러나 그 이탈리아 사람은 그대로 있어 달라고
정중하게 말하고는, 자기는 우아한 자세 그대로 두 사람 앞에 계속 서 있
었다. 그는 서서 두 사람을, 특히 한스 카스토르프를 보고 미소지었다. 아
름다운 곡선을 그리며 위로 올라간 풍부한 콧수염 밑에서, 입가장자리를 약간
빈정대는 듯 씰룩거리며 만든 이 미소에는 타인에게 어느 정도의 냉정함과 경
계를 요구하는 것 같은 일종의 독특한 힘이 있어서, 들떠 있던 한스 카스토르

프도 곧 냉정해지고 쑥스러워졌다.

「여러분들, 퍽 기분이 좋으시군요. 당연하지요, 당연하고말고요. 멋진 아침이니까요. 하늘은 푸르고, 태양은 웃고 있습니다.」 세템브리니는 이렇게 말하고는 팔을 경쾌하고 우아하게 흔들면서 누런 작은 손을 하늘로 올리고, 밝은 눈으로 하늘을 올려다보았다.

「정말 우리가 지금 어디에 있는지를 잊어버릴 지경입니다.」

그의 발음에는 외국인다운 악센트가 전혀 없었다. 오히려 발음이 너무 정확하기 때문에 독일 사람이 아니라는 것을 알게 될 정도였다. 그의 입술 모양은 말을 형용하는 데 일종의 기쁨을 느끼고 있는 것 같아 듣고 있어도 기분이 좋았다.

「그래, 여기로 오는 여행은 즐거웠습니까?」 이렇게 세템브리니는 한스 카스토르프에게 말을 걸었다. 「판결은 이제 내려졌습니까? 말하자면 첫 진단의 음산한 의식(儀式)은 끝났습니까?」

이 질문에 대해 대답을 듣는 것이 그의 질문의 목적이었다면, 거기서 말을 끊고 대답을 기다려야 했을 것이다. 질문을 받은 한스 카스토르프는 이에 대해 대답하려고 했다. 그러나 이탈리아 사람은 질문을 계속했다.

「가벼운 판결로 끝났습니까? 당신의 좋은 기분으로 미루어 보건대 그렇게 짐작되는군요.」 하고 잠깐 입을 다물자 입가장자리 주름이 깊어 갔다. 「여러 가지로 상상이 되는군요. 우리의 미노스와 라다만트(전설에 의하면 전자는 크레타 섬의 왕으로 엄정한 왕이었기에 죽은 뒤 저승에서 최고 재판관이 되었다고 하며, 후자 역시 크레타 섬의 왕으로 그의 엄정성 때문에 죽은 뒤 미노스와 함께 저승의 최고 재판관이 되었다)는 당신에게 몇 개월을 선언했습니까?」

그는 이 『선언』이란 말을 특히 익살스럽게 발음해 보였다. 「맞춰 볼까요? 6개월? 그렇지 않으면 처음부터 9개월? 그분들은 아무튼 인심이 좋은 분이니까요…….」

깜짝 놀란 한스 카스토르프는 웃으면서 미노스와 라다만트란 누구를 말하는 건지 생각해 보았다.

「무슨 말씀이신지요. 아닙니다, 당신은 잘못 알고 계십니다. 제프템…….」

「아니, 세템브리니라고 합니다.」 하고 이탈리아 사람은 익살스럽게 허리를 굽히면서 정확하게 정정했다.

「세템브리니 씨, 실례했습니다. 당신은 잘못 알고 계십니다. 나는 아픈 데가 없습니다. 나는 사촌 짐센을 찾아 2,3 주일 예정으로 왔습니다만, 이 기회에 나도 좀 정양을 하려고 할 뿐입니다.」

「그런 줄도 모르고. 당신은 우리와 같지 않다는 말씀이군요. 당신은 건강하고, 여기는 단순히 청강생으로서 오셨다는 말씀이군요. 저승을 찾아간 오디세우스처럼, 참 대담하시군요. 죽은 자들이 취생몽사(醉生夢死)하고 있는 이 심연(深淵)에 내려오시다니요……」

「심연이라고요, 세템브리니 씨? 농담이시겠지요. 나는 당신들이 사는 이곳으로 오기 위해 약 오천 피트는 올라왔는 걸요.」

「그렇게 느끼고 있을 뿐이지요. 그렇지요. 그건 착각입니다.」 하고 이탈리아 사람은 손짓을 하면서 잘라 말했다. 「우리들은 심연에 떨어진 무리들입니다. 그렇지 않습니까, 소위님?」 이탈리아 사람은 요아힘을 돌아보며 물었다. 요아힘은 소위라고 불려 적지 않게 기쁜 모양이었지만, 그 기쁨을 감추려고 하면서 사려 깊게 대답했다.

「맞습니다. 우린 좀 형편없이 되어 있습니다만, 그러나 머지않아 분발 못한다고 할 것도 없겠지요.」

「그렇지요. 당신은 그렇게 할 수 있으리라고 믿습니다. 당신은 훌륭한 사람입니다.」

세템브리니는 이렇게 말하며 한스 카스토르프를 차분히 응시했다.

「그렇지, 그렇지, 그렇지.」

이탈리아 사람은 세 번 『그렇지』를 힘주어 말하고 나서 혀를 역시 세 번 입천장에 가볍게 붙여 『쯧쯧』 소리를 냈다. 그리고는 새로운 손님을 눈초리가 멍하게 될 정도로 빤히 쳐다보면서 역시 날카로운 발음으로 「그럼, 그럼, 그럼.」 하고는 다시 눈에 활기를 띠며 말했다.

「그렇다면 당신은 순전히 자유 의사로 이곳에 떨어져 있는 우리에게 올라와서, 한동안 같이 지내는 기쁨을 주시겠다는 것이군요. 거 참 좋은 일입니다. 그래 얼마쯤 지내시렵니까? 실례가 안 될지 모르겠습니다만, 그래 라다만트가 정한 것이 아니라, 이쪽이 정한다면 대체 얼마쯤의 기간을 자기에게 구형하려는 것인지 그것을 듣고 싶군요.」

「3주간입니다.」 한스 카스토르프는 이탈리아 사람이 자기를 부러워하고 있는 것을 느끼면서 의기양양하게 말했다.

「오, 신이여! 들었습니까, 소위님? 여기에 3주간의 예정으로 와서 그것이 끝나면 곧 출발한다고 말씀하시는 것이 다소 염치없다고 느껴지지 않습니까? 버릇없는 말투 같습니다만, 우리들은 주(週)라는 단위는 모르고 지냅니다. 우리들의 시간의 단위는 1개월이 최소의 단위입니다. 우리들은 큰 단위로 계산합니다. 이것은 망자(亡者)의 특권이지요. 그밖에도 망자의 특권은 있습니다만, 이거나 저거나 비슷한 특권입니다. 실례지만 당신은 아랫세상에서 어떤 일을 하고 있었습니까? 아니면 어떤 일을 할 계획이었습니까? 보시다시피 우리는 호기심을 조금도 억누르지 않습니다. 호기심도 특권의 하나로 계산되고 있으니까요.」

「실례라고 생각하실 것까지는 없습니다.」 하고 한스 카스토르프는 말했다. 그리고 자기 직업을 말해 주었다.

「조선가! 그것 멋진데요!」 하고 세템브리니는 외쳤다. 「나 자신의 재능은 그것과 다른 방면에 있습니다만, 당신의 직업이 멋진 것만은 인정할 수 있습니다.」

「세템브리니 씨는 문학가이시라네.」 요아힘은 좀 쑥스러운 듯이 설명했다. 「독일 신문에 카르두치(1906년에 노벨상을 받은 이탈리아의 시인)의 추도문을 기고하셨다네. 카르두치 말이야.」 그리고 그는 사촌이 자기를 의심스러운 듯이 바라보면서 「자네가 어떻게 카르두치를 알고 있나? 나와 마찬가지로 아무것도 모르지 않나?」 하고 말하는 듯하여 한층 더 쑥스러워졌다.

「그렇습니다.」 이탈리아 사람은 끄덕이면서 말했다. 「저 위대한 시인이며 자유 사상가였던 인물이 일생의 막을 내렸을 때, 나는 그의 일생에 관해 당신 나라 사람들에게 말씀드릴 영광을 가졌습니다. 나는 그를 알고 있었고 그의 제자이기도 했습니다. 나는 볼로냐에서 친히 그의 가르침을 받았습니다. 내가 교양과 명랑한 성질을 가지고 있다면 그것은 모두 그에게서 얻은 것입니다. 그러나 지금은 당신 이야기를 하고 있는 중입니다. 조선가! 당신은 내 눈에 점점 더 위대하게 보이기 시작하는군요. 거기에 앉아 있는 모습이 갑자기 일과 실제적 천재라는 세계 전체의 대표자로 보입니다……」

「그렇지만 세템브리니 씨, 나는 실은 아직 학생에 지나지 않습니다. 이제부터 시작하려는 것입니다.」

「그러시겠지요. 그러나 모든 일에 있어서는 제일보가 중요합니다. 대체로 일이란, 이름으로 보아 부끄러움이 없는 일은 모두 대단한 것입니다. 그렇지 않습니까?」

「그렇습니다. 그것은 악마라도 알고 있을 겁니다.」 한스 카스토르프는 이렇게 말했는데 이것은 그의 솔직한 심정이었다.

세템브리니 씨는 그 순간 눈썹을 치켜올렸다.

「악마까지 인용하시다니, 놀랐는데요.」 하고 말했다. 「진짜 악마까지를? 나의 위대한 스승이 그 악마에게 찬가를 부치고 있는 것을 아십니까?」

「실례지만 악마에게 말입니까?」하고 한스 카스토르프는 말했다.

「그렇지요, 악마에게 말입니다. 우리 나라에서는 축제가 있을 때면 가끔 잘 부르는 찬가입니다. 『오, 건강이여. 오, 악마여. 오, 반역이여. 오, 이성(理性)의 복수력이여……』 멋진 노래지요. 그러나 당신이 말씀하시는 악마는 이 악마가 아닌 것 같습니다. 이 악마는 일과는 사이가 좋은 악마이니까요. 그리고 당신이 말씀하신 악마는 어떤 이유로 일을 싫어하는 악마로서, 이것은 조금이라도 틈을 보여서는 안 된다고 세상에서 타이르는 악마인 것 같습니다.」

이 모든 이야기는 선량한 한스 카스토르프에게 매우 이상한 인상을 주었다. 그는 이탈리아 어를 몰랐지만, 그밖에도 호감이 가지 않는 것이 있었다. 농담 삼아 가벼운 잡담으로 이야기한 것이었으나, 어딘지 일요일에 듣는 설교와도 흡사했다. 한스 카스토르프는 사촌의 얼굴을 살펴보았지만, 사촌은 눈을 내리깔아 버렸다. 한스 카스토르프는 말했다.

「아닙니다, 세템브리니 씨, 당신은 내가 말씀드린 것을 문자 그대로만 받아들이고 있습니다. 내가 악마라고 한 것은 다만 제 말투에 불과한 것입니다. 정말입니다!」

「누군가가 재치 있는 말을 해야 하지요.」

이렇게 세템브리니는 말하고 하늘을 우울하게 쳐다보았다. 그러나 다시 활기를 띠고, 맑고 우아하게 앞서의 화제로 되돌아가면서 말을 이었다.

「아무튼 나는 당신이 노력은 요하지만 명예로운 직업을 선택한 것으로 생각되는군요. 유감스럽게도 나는 인문주의자이며 homo humanus(고대 그리스의 교양을 이상으로 하는 사람. 괴테·실러가 제창한 독일 문학의 고 시대로 고대 그리스 인의 인간상에 입각하여 개인유 순수 보편적인 인간상으로 높이려고 노력했다)이어서 당신에게 진심으로 존경을 느끼지만 기술 방면에 관해선 아무것도 모릅니다. 그렇지만 당신의 전문 분야는 이론 방면에서는 명석한 두뇌를 필요로 하고, 실기 방면에서는 착실한 인물을 필요로 하고 있다는 것은 나에게도 상상이 갑니다. 그렇지 않습니까?」

「사실 그렇습니다. 나는 당신 말씀에 무조건 찬성합니다.」

한스 카스토르프는 무의식중에 웅변조로 대답했다.

「오늘날 우리들에게 요구되는 것은 정말 많습니다. 따라서 우리는 요구되는 것이 얼마나 큰가를 조금도 의식하지 않도록 해야 합니다. 그것을 하나하나 의식한다면 정말이지 용기를 상실할 지경입니다. 정말입니다. 농담이 아닙니다. 게다가 우리가 그다지 건강하지 않은 경우에는 더더구나……. 나는 여기에 손님으로 온 것뿐입니다만, 역시 그다지 건강하다고는 말할 수 없는 사람입니다. 그래서 일하는 것이 아주 내 성미에 맞는다고 말한다면 그건 거짓

말이겠지요. 오히려 퍽 피곤하다는 것이 정직한 말일 것입니다. 정말로 건강하다고 느끼는 것은, 아무 일도 하지 않고 있을 때뿐이라고 말할 수 있습니다.」

「예를 든다면 지금과 같은 경우입니까?」

「지금요? 글쎄요, 아무튼 난 이곳에 막 도착했기 때문에……, 그래서 아직 어리둥절한 상태입니다.」

「아, 어리둥절하다는 말이지요?」

「그렇습니다, 게다가 그다지 잘 자지도 못했고 아침 식사도 과식했던 것 같습니다. 나는 잘 차린 아침 식사에 비교적 익숙해 있지만, 오늘 아침 식사는 지나치게 풍족했던 것 같습니다. 영국인들이 말하듯이 음식이 너무 많았습니다. 따라서 과식으로 인해 기분이 좀 무겁습니다. 오늘 아침은 시거가 웬일인지 맛이 없었습니다. 왜 그럴까요! 전에는 이런 일이 전혀 없었습니다. 병이 중한 경우에는 별문제이지만……. 그것이 오늘은 가죽이라도 피우고 있는 것 같았어요. 결국 내버릴 수밖에 없습니다. 무리해서 피워도 별도리가 없었기 때문이죠. 실례지만 당신은 담배를 피우십니까? 피우지 않아요? 그렇다면 이해 못 하실지도 모르지만 나처럼 젊어서부터 담배를 즐기는 사람에게는 이것이 얼마나 화가 나고 실망되는 일인지…….」

「나는 그 방면에 경험이 없습니다. 그리고 그 방면에 경험이 없는 사람들 가운데도 훌륭한 사람들이 상당히 많습니다. 훌륭하고 냉철한 인물 중의 몇 사람은 담배피우는 습관을 싫어했습니다. 카르두치도 그것을 좋아하지 않았습니다. 그러나 우리들의 라다만트 같으면 당신의 기분을 이해할 것입니다. 그도 당신과 마찬가지로 악습의 찬미자이니까요.」

「아니, 담배피우는 것이 악습이라니요. 세템브리니 씨…….」

「그렇지 않습니까? 우리들은 무엇이든 확실하게 말을 해야 합니다. 그럼으로써 우리들의 생활은 강해지고 고양되는 것이기 때문입니다. 나도 악습을 갖고 있습니다만 담배피우는 것도 악습이랄 수 있지요.」

「그러면 베렌스 고문관은 시거통(通)이란 말입니까? 아주 호감이 가는 사람이던데요.」

「그렇게 생각합니까? 그렇다면 그분을 만나 벌써 인사를 나누셨군요.」

「네, 아까 우리가 요양원을 나설 때였습니다. 마치 진찰하는 것 같았지요. 물론 무료였지만 말입니다. 고문관은 내가 빈혈이라는 것을 한눈에 알아차렸습니다. 그리고 내가 여기서 사촌과 똑같은 생활을 할 것과 발코니에 나가 열심히 잘 것을 충고해 주더군요. 그리고 곧 검온도 같이 하라고 했지요.」

「정말입니까? 이것 참 멋진데.」세템브리니는 웃으면서 몸을 뒤로 젖혀 하늘을 향해 외쳤다. 「당신 나라의 오페라에 이런 것이 있지요. 『나는 새 잡는 포수, 언제나 명랑, 에헤야, 에헤야.』(모착르트의 오) 아무튼 유쾌합니다. 그래, 당신은 그분의 충고대로 하실 작정입니까? 물론이겠지요. 묻는 내가 바보지. 그렇게 하지 않을 이유가 없으니까. 그 분은 악마이지요, 이 라다만트는 ! 그리고 가끔 억지로 가장할 때도 있긴 하지만『언제나 명랑』하답니다. 그런데도 가끔 우울해지는 버릇이 있지요. 그의 악습 덕택에 말이지요. 그렇지 않다면 악습이라고 할 수는 없겠습니다만, 아무튼 담배피우는 습관이 그를 우울하게 만드는 거지요. 그래서 우리들의 존경하는 간호원장은 담배를 보관해 두었다가 그에게 적은 양의 하루분씩만을 주고 있습니다. 그런데 그는 유혹에 못 이겨 그것을 훔치는 일이 있다는데, 그 때문에 우울해진답니다. 한마디로 말해 혼란된 영혼이라고 하겠지요. 당신은 우리 간호원장을 만났습니까? 아직 만나지 못했다고요? 그건 잘못인데요. 꼭 알아 두어야 합니다. 그녀는 폰 밀렌동크 일족의 출신입니다. 메디치(로마 초대 황제인 아우구스부스 때 만들어 진 비너스 상으로 현재는 플로렌스에 있다)의 비너스와 다른 점은 여신의 유방이 있는 곳에 원장은 언제나 십자가를 달고 있다는 것입니다.」

「하하하, 이건 걸작인데요 !」

한스 카스토르프는 웃었다.

「이름은 아드리아티카라고 하지요.」

「이름까지 그런 이름입니까?」하고 한스 카스토르프는 외쳤다. 「그건 정말 이상한데요. 폰 밀렌동크에다 아드리아티카라……. 어쩐지 오래 전에 죽어버린 사람 같은 느낌이 드는군요. 정말 중세 기분이 나는데요.」

「여기에는 당신이 『중세 같은 느낌』이 든다고 부를 것이 이밖에도 많이 있습니다.」하고 세템브리니는 대답했다. 「나로서는 라다만트가 저 화석(化石) 같은 여자를 그의 공포 전당(恐怖殿堂)의 감독장으로 임명한 것은 오로지 예술가로서의 그의 미적 감각에서 나온 것이라고 확신하고 있습니다. 그래뵈도 그는 예술가입니다. 잘 모르시겠지만 그는 유화를 그리고 있습니다. 물론 금지되어 있지도 않고 누구에게나 허용되어 있는 일이니까요. 아드리아티카 여사는 듣고 싶어하든 말든 누구에게나 이야기를 해 준답니다. 13세기 중엽 라인 강가의 본 여자 수도원에 밀렌동크라는 수도원장이 있었다는 걸 말입니다. 아마 여사 자신도 13세기 중엽에서 그다지 세월이 흐르지 않았을 때 태어난 모양이지요……」

「하하하, 농담이 좀 심하시군요, 세템브리니 씨.」

「험구라는 말입니까? 신랄하다는 것이지요? 그래요. 나는 좀 신랄하답니다……」하고 세템브리니는 말했다. 「다만 그 신랄함을 이런 시시한 이야기로 낭비해야 한다는 것이 유감스럽습니다. 그러나 신랄하다는 것 그 자체에는 당신도 반대하지는 않을 것입니다. 엔지니어 씨. 내 생각에는 신랄은 암흑과 추악의 힘에 대한 이성의 무기, 가장 빛나는 무기입니다. 신랄은 비평 정신이며 비평은 진보와 계몽의 근원입니다.」

그리고는 곧 페트라르카를 끄집어 내더니 페트라르카를 『근대의 아버지』라고 불렀다

「우리들은 이제 안정 요양을 하러 가야겠습니다.」요아힘이 사려 깊게 말했다.

문학자는 우아한 손짓을 해가면서 말했는데 요아힘 쪽을 가리키는 동작으로 그 손짓을 마무리짓고 있었다.

「우리 소위님의 근무 독촉입니다. 자, 그러면 갑시다. 나도 같은 길로 갑니다. 오른편은 『권세가 비할 데 없는 저승의 왕의 보루로 가는 길』입니다. 아, 베르길리우스, 베르길리우스! 여러분, 그는 고금무쌍입니다. 나는 진보를 믿습니다. 물론이지요. 그러나 베르길리우스는, 근대인이 아무도 갖고 있지 않는 형용사를 구사하고 있습니다……」

그리고 세템브리니는 그들과 귀로에 오르면서 라틴어의 시구를 이탈리아어 발음으로 읊기 시작했지만, 저쪽에서 동네 아가씨처럼 보이는 그다지 예쁘지 않은 젊은 아가씨가 가까이 오는 것을 보자 시구 읊은 것을 그만두고 호색가 같은 미소를 띠고는 『쯧쯧쯧』하고 혀를 찼다.

「야, 야, 야! 라, 라, 라! 예쁜 아가씨. 나하고 같이 지내요. 보세요. 『그녀의 눈은 이상한 광채로 빛나도다.』」

이렇게 괴상한 인용을 하면서 당황해 하는 아가씨의 뒷모습을 향해 키스를 보냈다.

『이거 대단한 말솜씨로군.』

한스 카스토르프는 생각했다. 이 생각은 세템브리니가 재치 있는 희롱을 던진 다음, 독설을 퍼붓기 시작한 뒤에도 변함이 없었다. 이번에는 주로 베렌스 고문관을 공격의 대상으로 삼고, 그의 발이 큰 것을 빈정댈 뿐만 아니라 결핵성 뇌막염을 앓은 왕자에게서 받았다는 『고문관』이라는 칭호에 관해 지껄여

댔다. 이 왕자가 얼마나 방탕했는가는 지금도 이 부근 일대에서 화제가 되고 있지만, 라다만트는 그것을 눈감아 주고, 아니 보고도 전혀 못 본 척하고 고문관다운 관록을 표시했다는 것이다. 「게다가 여러분들은 여름 시즌을 고안해 낸 것이 그 사람이라는 것을 알고 계십니까? 그렇지요, 그자이지요. 다른 사람은 아닙니다. 그 공적을 표창해야 마땅하지요.」

그 이전에는 여름이 되면 웬만한 다보스 애호가가 아니고는 이 골짜기에 버티고 있는 사람은 없었다. 그래서 『우리들의 유머리스트』는 이 악풍이 편견에 근거를 둔 것에 지나지 않는다는 것을, 그 공평무사한 현안으로 꿰뚫어보았던 것이다. 그는 학설을 내세워, 적어도 그의 요양원에 관한 한, 여름의 요양은 겨울 요양에 비해 손색이 없을 뿐만 아니라 특히 효과가 있고 절대 필요 불가결이라는 것을 주장했다. 그리고 이 학설을 세상에 퍼뜨리기 위해 빈틈없이 뛰어다녔고, 이에 관한 통속적인 선전문을 기초하여 신문에 싣기에 이르렀던 것이다. 그러자 영업은 여름이나 겨울이나 마찬가지로 번창했다. 『천재!』이렇게 세템브리니는 말하고 『직관!』이라고 외쳤다. 그런 다음 근방 요양원을 철저히 헐뜯기 시작하여, 그 경영자들의 장삿속을 신랄하게 비판했다. 카프카 교수라는 사람이 있다……. 해마다 눈이 녹는 위험기가 되어서 환자들이 퇴원 신청을 해올 때면, 카프카 교수는 갑자기 1주일 가량 어디로인지 여행을 해야 할 일이 생겼다고 하며, 퇴원 수속을 돌아와서 하자고 약속하고는 떠나가 버린다. 그리고 1주일의 예정이 6주일이 되며, 불쌍한 환자들은 카프카 교수가 돌아오기만을 학수고대하는데, 내 말을 덧붙인다면, 기다리고 있는 동안에 입원비는 더 올라가는 것이다. 언젠가 퓨메(당시는 형가리 영토의 마을.)에서 카프카 교수의 왕진을 청해 온 일이 있었는데, 교수는 스위스 화폐로 5천 프랑을 보증해 주기 전까지는 절대로 움직이지 않는다며 2주일을 버텼다.

그래서 대 선생께서 퓨메에 도착하여 하루가 지나자 그 환자는 죽어 버렸다. 닥터 잘츠만이라는 이도 있는데 이 선생은 카프카 교수가 주사기를 잘 소독하지 않아 환자들에게 혼합 전염을 일으키고 있다는 뒷공론을 하고 다녔다. 잘츠만의 말에 따르면, 카프카 교수는 그가 죽인 환자에게 발자국 소리를 들리지 않게 하기 위하여 바닥을 고무로 댄 구두를 신고 걸어다니고 있다는 것이다. 이에 대해 카프카는 잘츠만 요양원에서는, 환자들에게 『포도나무의 단 이슬』 너무 많이 먹여──이것도 환자들의 입원료를 더 올리려고 하기 때문이다──환자들을 파리처럼 죽게 만든다, 그런데 그것도 결핵으로 죽는 것이 아니라 알콜로 인한 간장경화라고 주장했다.

　세템브리니의 이야기는 이렇게 계속되고, 한스 카스토르프는 분류처럼 터져나오는 그 유창한 독설에 진심으로 즐겁게 웃었다. 이 이탈리아 인의 웅변은 전혀 사투리가 없는 멋진 순수성과 정확성 때문에 듣는 이에게 일종의 독특한 쾌감을 주었다. 부드럽게 움직이는 입술에서 둥글고 아름답게 금속을 녹여 만든 것처럼 말이 튀어나와, 당사자도 자기가 사용하는 세련된 싱싱하고도 신랄한 어법과 어형, 아니 문법상의 변화와 활용까지도 적이 즐겁게 맛보면서, 그 기쁨이 듣는 이에게도 전달되어 유쾌해지는 것이었다. 그의 명석하고 냉정한 정신은 단 한 번의 실수도 용서하려 하지 않는 것 같았다.

　「당신은 말씀을 아주 재미있게 하십니다. 세템브리니 씨.」하고 한스 카스토르프는 말했다. 「아주 생생한 데가 있는데 뭐라고 말하면 좋을지, 알맞는 말이 떠오르지 않습니다만.」

　「조형적(造形的)이라고 하면 어떻겠습니까?」하며 이탈리아 사람은 오히려 추운 날씨인데 손수건으로 부채질하는 시늉을 했다. 「찾고 있는 말은 이것이 아닙니까? 내 말투가 조형적이라고 말하고 싶은 것이지요? 한데 가만 계세요.」하고 외쳤다. 「아니, 저기 좀 보세요. 저기 염라대왕들이 산보를 하고 있군요. 이것 참 희한한 광경인데요!」

　세 사람은 이미 길 모퉁이를 돌고 있었다. 세템브리니의 말 때문인지 내리막길이기 때문인지, 그렇지 않으면 한스 카스토르프가 느낀 것처럼 요양원에서 사실은 멀리 떨어져 있지 않았든지(처음 걷는 길은 알고 있는 길보다 훨씬 멀게 느껴지는 법이다) 아무튼, 돌아오는 것은 놀랄 정도로 빨랐다. 세템브리니가 말한 대로 눈 아래 요양소의 뒤편 공지를 걷고 있는 것은 두 사람의 의사였다. 흰 수술복을 입은 고문관이 목을 잔뜩 빼고 양쪽 손을 노젓듯이 하면서 걸어가고, 뒤에 검은 가운을 입은 닥터 크로코브스키는 언제나 회진 때 그러는 것보다 더 거만스레 주위를 돌아보면서 원장의 뒤를 따라 걷고 있었다.

　「아, 크로코브스키!」하고 세템브리니는 외쳤다. 「저렇게 어슬렁거리고 있지만, 저 친구 요양원에 있는 여자들의 비밀을 모조리 알고 있답니다. 저 복장의 미묘한 상징성에 주목해 주십시오. 그는 가장 자랑할 수 있는 전문 분야가 밤의 세계라는 것을 암시하려고 검은 옷을 입고 있는 겁니다. 저 친구 머릿속에는 한 가지 생각밖에 없습니다. 그 생각이 또한 불결한 것입니다. 엔지니어, 그리고 보니 우리들은 아직 저 친구에 관해서는 전혀 이야기를 하지 않았군요. 그런데 인사는 하셨습니까?」

　한스 카스토르프는 고개를 끄떡여 보였다.

「그래, 감상은 어떻습니까? 아마 당신 마음에 드셨으리라 믿습니다만.」

「글쎄요, 무어라고 말해야 좋을지 아직 잘 모르겠군요, 세템브리니 씨. 잠깐 만났을 뿐이니까요. 그리고 나는 그렇게 빨리 비평하는 편이 아닙니다. 나는 모르는 사람을 만나도, 그 사람을 보면 그러그러한 사람이려니 생각하고는 좋아할 뿐입니다.」

「그것은 당신이 둔감하기 때문입니다. 비평하십시오! 자연은 그 때문에 당신에게 눈과 오성을 주었으니까 말입니다. 당신은 나를 신랄하다고 말씀하셨지만, 내가 신랄하다면, 거기에는 아마 교육적인 목적이 있기 때문입니다. 우리 인문주의자들은 누구나 모두 교육자적인 소질을 가지고 있습니다. 여러분, 인문주의와 교육학과의 역사적인 관계는 양자의 심리적 연관도 증명하고 있습니다. 인문주의자에게서 교육자의 임무를 빼앗아가서는 안 됩니다. 또한 빼앗을 수도 없습니다. 왜냐하면 인간의 존엄성과 아름다움은 인문주의자에게만 전승되었기 때문입니다. 한때 혼탁했던 반(反)인문적인 시대에는 주제넘게도 신부가 청년 지도의 임무를 맡았습니다. 그러다가 인문주의자가 그 임무를 이어받았습니다. 그 이후에도 여러분, 교육자의 새로운 형이 전혀 나오지 않고 있습니다. 나를 반동적이라고 불러도 좋습니다. 엔지니어, 원칙적이고 추상적으로 잘 들어 주십시오. 나는 인문 고등학교의 찬미자입니다⋯⋯.」

세템브리니는 승강기에 탄 후에도 그 말을 계속하여, 사촌들이 삼층에서 내릴 때에야 겨우 입을 다물었다. 그 자신은 사층까지 올라가야만 했다. 요아힘의 말로는 사층 뒤쪽 작은 방에 들어 있다고 하였다.

「아마 돈이 없는 모양이지.」 한스 카스토르프는 요아힘을 방까지 데려다 주면서 말했다. 요아힘의 방도 이웃 그의 방과 똑같았다.

「그럴 거야. 돈이 없을 거야. 있어도 여기의 비용을 지불하는 데 빠듯하겠지. 그의 아버지는 문학가였고 할아버지도 그렇다는 이야기니까 말이네.」

「그렇다면 그게 무리도 아니지.」 하고 한스 카스토르프는 말했다. 「그런데 몸은 아주 많이 나쁜 상태인가?」

「내가 들은 바로는 위험하지는 않지만 그러나 고질이라는 거야. 자꾸만 재발한다는군. 병이 난 지 여러 해째 되는 모양이야. 한때는 얼마 동안 퇴원도 한 모양인데 곧 도로 들어오게 되었다더군.」

「불쌍한 사람이로군, 저렇게 일을 하고 싶어하는데. 그런데 말하길 좋아하는군. 이 이야기에서 저 이야기로 정말 경쾌하게 넘어가던데. 아까 아가씨에게는 좀 지나쳤어. 나까지도 좀 어색하던걸. 그러나 그 뒤에 인간의 존엄성에 관해 이야기했을 때는 정말 멋있었어. 꼭 축하회의 연설 같더군. 자네는 저 사람하고 자주 같이 어울리나?」

두뇌 명석

그러나 요아힘은 하는 일이 있어서 애매하게 대답했을 뿐이었다. 테이블 위에 있던 벨벳으로 속을 댄 붉은 가죽 주머니를 열고 작은 체온계를 꺼내 수은이 든 앞끝을 입 안에 넣고 있었기 때문이었다. 그 유리 기구를 혀 왼편 아래에 넣고 입에서 비스듬히 위로 세우고 있었다. 그리고 요아힘은 옷을 갈아입고 구두를 신고 작업복 같은 짧은 윗도리를 걸치고는 인쇄된 체온표(體溫表)와 연필 그리고 러시아 어의 문법책을 들었다. 그는 군무에 무슨 도움이 되지나 않을까 생각하여 러시아 어를 공부하고 있었다. 이런 준비를 하고 나서 바깥 발코니의 침대 의자 위에 누워 낙타 담요를 가볍게 발에 걸쳤다.

담요는 거의 필요없었다. 15분쯤 전부터 구름층이 점점 엷어지더니 햇빛이 아름답고 따뜻하고 눈부시게 비치기 시작해서, 요아힘은 흰 린네르의 차양을 머리 위에 펴지 않으면 안 되었다. 그 차양은 간편한 장치로 의자의 팔걸이에 비치되어 태양의 위치에 따라 이동할 수 있게 되어 있었다. 한스 카스토르프는 그 구조를 칭찬했다. 그는 요아힘의 검온 결과를 기다리면서, 그 사이에 모든 처리법을 견학했다. 발코니의 한구석에 세워져 있는 가죽 주머니를 보기도 하고(요아힘은 추운 날씨에는 그 가죽 주머니 속에 들어가 잤다), 난간에 팔을 기대어 뜰을 내려다보기도 했다. 뜰의 요양 홀은 독서를 하거나, 글을 쓰거나, 이야기를 주고받으면서 누워 있는 환자들로 가득 차 있었다. 그러나 요양 홀의 내부는, 침대 의자가 다섯 개쯤 보일 정도로 일부분만 보일 뿐이었다.

「체온은 몇 분 동안이나 재는가?」

한스 카스토르프는 뒤돌아보며 물었다. 요아힘은 손가락을 일곱 개 세워 보였다.

「그렇다면 벌써 지났어.」

요아힘은 머리를 흔들었다. 얼마 지나서 체온계를 입에서 빼고 그것을 보면서 말했다.

「그래, 시간이라는 것은 감시하고 있으면 무섭게도 천천히 가는 거야. 나는 하루 네 번 체온을 재는 일이 아주 즐겁다네. 1분이라는 시간, 그리고 꼬박 7분이라는 시간이 사실은 얼마나 되는 시간인지 잘 알게 되기 때문이야. 정말이지, 여기 있으면 1주일이라는 날이 눈 깜짝할 사이에 지나가 버린다네.」

「자네는 『사실』이라고 말하는군. 그렇지만 『사실』이라고 말할 순 없어.」 하고 한스 카스토르프는 대답했다. 한쪽 넓적다리를 난간에 올리고 앉은 그의 눈 흰자위에 핏발이 붉게 서 있었다. 「그렇지만 시간은 대개 『사실』이라는 것이 없지. 시간은 길다고 생각하면 긴 것이고 짧다고 생각하면 짧은 것이야. 사실 얼마 만큼 길고 짧은가는 아무도 모르는 것이야.」 그는 여느때는 철학적인 투의 말버릇이 전혀 없었지만, 지금은 그런 충동을 느꼈다.

요아힘은 반박했다.

「왜 그렇다는 거지? 그렇지 않아. 우리들은 시간을 계산하고 있잖아. 그 때문에 시계도 있고 달력도 있고. 한 달이 지나가면 그건 자네에게나 나에게나 모든 사람에게 지나간 것이야.」

「자, 그렇다면 말이네.」 한스 카스토르프는 이렇게 말하고, 집게손가락을 흐릿한 양쪽 눈 사이에 갖다 대었다. 「그러면 1분 동안이란 자네가 체온을 잴 때 느낄 수 있는 길이의 시간인 거지?」

「1분간이란 초침이 한 바퀴 도는 데 필요로 하는 길이의 시간이야…… 거기에 필요한 만큼 계속되는 시간이야.」

「그러나 한 바퀴 도는 데 필요한 시간이란 정말 여러 가지야. 우리들의 기분에는 말이야. 그리고 실제에 있어서, 즉 실제 문제로서 생각하면 말이야.」 한스 카스토르프는 거듭 말하며 집게손가락으로 코를 세게 눌렀기 때문에 코끝이 완전히 옆으로 구부러져 버렸다. 「그것은 하나의 운동, 공간적인 운동이야. 그렇지 않나? 그럼 잠깐 기다려. 즉 우리들은 시간을 공간에 의해 계산하고 있어. 그러나 이것은 공간을 시간으로 계산하려고 하는 거나 마찬가지야. 그리고 이것은 어지간히 비과학적인 사람이 아니면 안 하는 일이야. 함부르크에서 다보스까지는 20시간이 걸린다고 하지. 그렇지? 기차를 타면 말일세. 그러나 걸어서 오면 얼마나 걸릴까? 그리고 머릿속으로는? 1초도 걸리지 않는다네.」

「자네,」 하고 요아힘은 말했다. 「대체 왜 그러는 거야? 우리들이 살고 있는 이곳이, 혹시 자네 몸에 해로운 것은 아닌가?」

「가만 있게. 난 오늘 머리가 아주 명석하네. 대체 시간이란 무엇인가?」 하고 한스 카스토르프는 질문을 내세우고는 코끝을 난폭하게 옆으로 누르자 끝이 펏기를 잃고 하얗게 되었다. 「자네 나한테 말해 줄 수 있겠는가? 공간은 감각으로 인식할 수 있네. 시각과 촉각으로 말이야. 좋아, 그러나 도대체 시간을 인식하는 기관은 무엇일까? 자네는 그것을 가르쳐 줄 수 있겠나? 봐요. 자네는 거기 앉아 있어. 그러나 우리들은 엄밀히 말해서 아무것도 모른다네. 단 하나의 속성도 말할 수 없는 대상을 도대체 어떻게 계산한다는 말인가? 우리들은 시간이 경과한다고 하네. 좋아, 시간이 경과한다고 하지. 그러나 시간을 계산하기 위해서는…… 기다리게나……! 시간이 계산될 수 있기 위해서는, 시간은 균등하게 경과해야만 하네. 그러나 균등하게 경과한다는 것이 어디에 씌어져 있는가? 우리들의 기분으로는 시간이 균등하게는 경과하지 않네. 의식적으로 그렇다고 가정하고 있을 뿐, 우리들의 시간 단위란 단순한 약속인 것이야. 실례지만 말이야.」

「좋아.」하고 요아힘은 말했다. 「그렇다면 내 체온계의 눈금이 다섯 개 더 많다는 것도 단순한 약속이란 말인가. 그러나 이 다섯 개의 눈금 때문에 나는 여기서 빈둥거리며 군대 복무에 종사하지 못하고 있어. 생각해 보면 참을 수 없는 사실이야!」

「37도 5부인가?」

「그래, 이러다가 곧 내려가 버려.」요아힘은 말하면서 체온표에 적어 넣었다.

「어제는 38도에 가까웠어. 자네가 왔기 때문이야. 손님이 오시면 누구든지 올라가기 마련이야. 그래도 누군가가 찾아와 준다는 건 기쁜 일이지.」

「나는 이제 방으로 가겠네.」하고 한스 카스토르프는 말했다. 「시간에 대한 생각이 머릿속에 가득 했었는데……. 우글거리고 있다고 말할 수 있지. 그러나 지금은 그런 생각으로 자네를 흥분시키지 않도록 해야지. 그렇지 않아도 자네는 열이 많으니까 말이네. 우리의 생각을 모두 기억해 두었다가, 나중에 다시 이야기하기로 하지. 아침 식사 뒤에라도 말이야. 아침 식사 시간이 되면 나를 불러 줘. 나도 지금부터 안정 요양을 해야지. 그건 아프지도 않으니 고마운 일이야.」

한스 카스토르프는 유리 칸막이 사이를 지나 자기 방의 발코니로 돌아와, 작은 테이블과 함께 놓인 침대 의자에 가서 자려다가, 자기 전에 깔끔하게 정리된 방에서 《대양 기선》과 연지색과 녹색의 바둑 무늬로 된 아름답고 부드러운 담요를 가지고 왔다.

그도 곧 차양을 펴야 했다. 침대 의자에 누워 보니 직사광선이 견딜 수 없었기 때문이었다. 그러나 잠자리는 이상할 만큼 그를 편하게 만들어줘서 한스 카스토르프는 곧 그것에 만족해 했다. 그는 지금까지 이렇게 쾌적한 침대 의자를 본 일이 없었다. 침대 다리의 모양은 고풍이었으나 이것은 구식 취미를 모방한 것뿐으로 의자 그 자체는 확실히 신품이었다. 적갈색의 윤기 있는 목재로 만들어졌고, 옥양목 같은 부드러운 커버로 씌운 쿠션, 사실은 세 개의 두꺼운 부분으로 된 쿠션이 발끝에서 등 기대는 데까지 펴져 있었다. 그리고 딱딱하지도 않고 너무 부드럽지도 않은 둥근 베개가 자수를 한 린네르 커버로 씌워져 침대 의자에 끈으로 매여 있었는데, 이 베개 역시 유달리 푹신한 것이었다. 한스 카스토르프는 널찍하고 매끄러운 팔걸이에 한쪽 팔을 기대고, 심심풀이로 읽어 보려 했던《대양 기선》에는 손도 대지 않고, 멍하니 눈을 깜박이면서 누워 있었다. 발코니의 아치를 통해서 보는 바깥의 엄하고 단조로운, 그러나 밝은 햇빛에 비친 경치는 마치 그림같이 액자에 들어가 있는 것 같았다. 한스 카스토르프는 생각에 잠겨 그 경치를 바라보고 있었다. 갑자기 그는 무슨 생각이 떠올라서 고요한 가운데 큰 소리로 말했다.

「아까 아침 식사 때의 급사는 난쟁이였지?」

「쉬!」하고 요아힘은 말했다. 「가만가만 말해. 그래, 난쟁이야. 그런데 그게 어쨌다는 거지?」

「아니 별다른 것은 아니야. 거기에 대해서 아직 우리가 말하지 않았으니까 말이야.」

그리고 한스 카스토르프는 꿈을 꾸는 듯한 기분으로 잠을 청하였다. 침대 의자에 누운 것이 10시였다. 한 시간이 지났다. 길지도 않고 짧지도 않은 평범한 한 시간이었다. 그 한 시간이 지나자 집과 뜰에 종이 울렸다. 처음에는 아주 멀리서, 얼마 안 있어 가까이 울려 오고 또 멀어져 갔다.

「아침 식사다.」하는 요아힘의 목소리가 들리더니 일어나는 기척이 들렸다.

한스 카스토르프도 일단 안정 요양을 중지하고 잠시 몸치장을 하기 위해 방으로 들어갔다. 그들은 복도에서 만나 함께 아래로 내려갔다. 한스 카스토르프는 말했다.

「참 멋지게 잤어. 도대체 그건 어떤 침대 의자일까? 여기서 똑같은 것을 판다면, 하나 사서 함부르크로 갖고 가고 싶은데. 천국에서 자고 있는 것 같아. 그렇지 않으면 베렌스가 특별히 주문하여 만든 의자일까?」

요아힘도 그것까지는 몰랐다. 두 사람은 옷을 갈아입고 또다시 식사가 한창인 식당으로 들어갔다. 이것으로 두번째 하는 아침 식사였다.

식당은 우유의 반사로 온통 희게 빛나고 있었다. 어느 좌석이나 반 리터의 우유가 든 큼직한 컵이 놓여 있었기 때문이다. 한스 카스토르프는 재단사와 영국 여자 사이에 있는 말석에 다시 앉아, 아까 먹은 아침 식사가 아직 소화되지 않아 배가 부르지만 순순히 냅킨을 펴며 말했다.

「이것 참 큰일났네. 나는 우유를 전혀 마시지 않는데. 흑맥주는 없나요?」

그는 정중하고 상냥하게 난쟁이 아가씨에게 물었다. 유감스럽게도 흑맥주는 없었다. 그러나 난쟁이 아가씨는 쿨름바하 산(產) 맥주가 있다고 말하고는 그것을 갖다 주었다. 그것은 진하고 검으며 갈색의 거품이 나는, 흑맥주의 대용품으로는 만점이었다.

한스 카스토르프는 그 맥주를 속이 깊숙한 컵으로 맛있게 마셨다. 그리고 냉육(冷肉)을 얹은 토스트를 먹었다. 이번에도 오트밀이 나왔고 버터와 과일도 풍부하게 나왔다. 한스 카스토르프는 그 어느 것도 입에 댈 용기가 없었지만, 적어도 눈요기라도 하려고 음식들을 보았다. 손님들을 쳐다보기도 했다. 이때까지는 몇 개의 덩어리로 보였던 손님들이, 이제는 나뉘어져서 그의 눈에 한 사람 한 사람 똑똑히 구별되기 시작했다.

그 자신의 식탁은 다 차 있었고, 그의 맞은편 상석만이 비어 있었는데, 이것은 의사가 앉는 자리라는 것이었다. 의사들은 시간 형편이 닿는 한, 환자들의 회식에 참석하고 있었고, 식탁을 차례로 바꾸어 앉기 때문에, 어느 식탁에도 상석을 의사의 것으로 남겨 두고 있었다. 지금은 두 의사 중 한 사람도 모습을 나타내지 않았다. 수술 중이라는 것이었다.

이번에도 콧수염이 있는 젊은 사람이 들어와서 턱을 한 번 가슴 위로 내리는 인사를 하고 걱정이라도 있는 듯한 우울한 얼굴로 자리에 앉았다. 또 엷은 금발의 마른 아가씨가 앉아, 먹을 것이 별로 없다는 듯이 요구르트를 먹고 있었다. 그 옆에는 원기가 좋은 작은 노부인이 앉아, 잠자코 있는 콧수염의 젊은 사람에게 러시아 어로 말을 걸었다. 젊은 사람은 노부인을 우울한 얼굴로 보고, 무언가 맛이 없는 것을 입에 넣은 것 같은 표정을 하면서 고개를 끄덕였을 뿐이었다. 이 젊은 사람의 맞은편에, 즉 노부인을 가운데 두고 요구르트 아가씨의 반대 좌석에 또다른 아가씨가 앉아 있었는데, 이 아가씨는 귀여운 아가씨로 좋은 혈색, 풍만한 가슴, 보기 좋은 웨이브를 한 밤색 머리, 둥글고 앳된 갈색 눈을 하고, 아름다운 손에 작은 루비 반지를 끼고 있었다. 이 아가씨는 줄곧 웃으면서 역시 러시아 어로만 말을 하고 있었다. 한스 카스토르프가 들은 바로는, 마루샤라는 이름의 아가씨였다. 또한 이 아가씨가 웃고 이야 기할 때마다 요아힘이 엄숙한 얼굴로 눈을 내리까는 것을 한스 카스토르프는 우연히 알아차렸다.

세템브리니가 측면 문으로부터 들어와서 콧수염을 치켜올리며 한스 카스토 르프의 식탁의 끄트머리 자리에 앉았다. 그리고 이 이탈리아 사람이 앉자마자 사람들이 와 하고 웃었다. 무언가 또 독설을 퍼부은 것 같았다. 한스 카스토 르프는 『반폐 클럽』회원들의 얼굴도 식별해 냈다. 헤르미네 클레펠트가 어리 석은 눈초리로, 베란다로 통하는 문 앞에 있는 그녀의 식탁에 가서, 오늘 아 침에 볼품없이 윗도리를 걷어올렸던 입술이 두꺼운 청년에게 인사를 했다. 안 색이 상아빛인 레비가 주근깨가 많은 뚱뚱한 일티스 부인과 나란히, 한스 카 스토르프의 오른편 옆으로 향한 식탁에, 한스 카스토르프와는 안면이 없는 사 람들 사이에 앉아 있었다.

「저기 자네 옆방 사람들이 오네.」요아힘은 앞으로 몸을 구부리고 사촌에게 살짝 귀띔했다. 러시아 인 부부가 한스 카스토르프의 바로 옆을 지나 식당 오 른편 끝에 있는 『이류 러시아 인석』으로 갔다. 그 식탁에서는 못생긴 소년을 데리고 있는 한 가족이 굉장히 많은 분량의 오트밀을 먹고 있었다. 러시아 인 부부의 남편은 여윈 편으로 볼이 쑥 들어간 얼굴은 회색빛이 돌았다. 갈색 가 죽 윗도리를 입고 버클이 붙은 보기 흉한 펠트 구두를 신고 있었다.

여자는 홀쭉하고 키가 작았으며, 모자에 단 새깃을 흔들면서 러시아 가족의 작은 하이힐로 아장아장 걷고 있었다. 목에는 더럽혀진 새깃 목도리를 하고 있었다. 한스 카스토르프는 그 부부를, 스스로 생각하기에도 잔인하다고 느껴 지는 눈길로 살펴보았다. 그러나 그 잔인한 눈길이 그에게는 뜻하지 않게도 웬일인지 기분 좋게 느껴졌다. 그의 눈은 멍해 보이기도 했고, 주제넘어 보이 기도 했다. 그때 왼편 유리문이 첫번째의 아침 식사 때처럼 쾅 하고 닫혔지 만, 한스 카스토르프는 처음처럼 몸을 움찔하지 않고, 단지 귀찮다는 듯이 얼 굴을 찌푸릴 뿐이었다. 그리고 얼굴을 그쪽으로 돌리려 하였지만 그것조차도 역겹고 별로 소용이 없는 것으로 느껴졌다. 그래서 누가 문을 그렇게 함부로 열어 젖히는가를 이번에도 알아내지 못하고 말았다. 사실을 말한다면, 심신에 적당한 마비 작용을 일으키는 흑맥주을 곁들인 아침 식사가, 오늘 이 젊은이 를 완전히 마비시켜 멍하게 만들었기 때문이다. 눈꺼풀이 천근이나 되듯 무거 웠고 옆자리의 영국 여자에게 예의상 말을 하려 해도, 혀는 간단한 말 한 마 디도 지껄일 수 없었다. 눈길을 돌리는 것조차도 대단한 노력을 필요로 했다.

게다가 그놈의 얼굴의 상기(上氣)가 다시 어제와 마찬가지로 심해져서 볼은 달아 부푼 것 같았고 호흡이 곤란하였으며, 심장은 천으로 감은 해머처럼 고동치고 있었다. 이러한 상태가 그다지 고통스럽게 느껴지지 않은 것은, 머리도 클로로포름을 몇 모금 마신 것처럼 멍한 상태였기 때문이었다. 닥터 크로코브스키가 뒤늦게 아침 식사를 하러 나타났다.

한스 카스토르프의 식탁 맞은편에 앉아 오른편에 나란히 앉은 여자들과 러시아 어로 말하면서——젊은 아가씨들, 특히 사랑스러운 마루샤와 요구르트를 먹는 마른 아가씨가 겁을 먹고 부끄럽다는 듯이 그의 앞에서 눈을 내리깔고 있었다——한스 카스토르프를 여러 번 날카롭게 쳐다보았다. 그러나 한스 카스토르프는 의사의 출현도 단지 꿈처럼 의식했을 뿐이었다. 그러나 여전히 한스 카스토르프는 필사적으로 꾹 참으며, 혀가 돌아가지 않으므로 말을 하지 않고, 나이프와 포크를 더한층 예의바르게 움직였다. 사촌이 그에게 눈짓을 하며 일어나자 그도 일어나 식탁 사람들을 향하여 누구에게랄 것도 없이 인사를 하고, 발을 힘차게 딛고는 요아힘을 따라 식당을 나왔다.

「이번에는 또 언제 안정 요양을 하는 거지?」

한스 카스토르프는 요양소의 밖으로 나와 물었다. 「내가 보기엔 그것이 여기서는 제일가는 걸작이야. 벌써 그 멋진 침대 의자에 눕고 싶어지는걸. 멀리까지 산보할 건가?」

한 마디 실언

「아니야, 나는 멀리 가는 것이 금해져 있어.」하고 요아힘은 말했다. 「이 시간에는 언제나 아래로 조금만 내려가게 되어 있지. 시간이 있으면 동네를 지나 읍내에까지 말이야. 가게를 들여다보고, 사람들을 보며, 필요한 물건을 사기도 하면서 말이야. 점심 식사 전에 한 시간 잘 수 있고 그 뒤에도 4시까지 잘 수 있기 때문에 걱정할 필요는 없다네.」

두 사람은 햇빛을 받으면서 차도를 내려가 골짜기 오른편 경사면의 산봉우리를 보면서 시냇물과 협궤(狹軌) 철도를 지나갔다. 요아힘은 그 산봉우리의 이름을『작은 쉬아호른』,『푸른 탑』,『도르프베르크』라고 가르쳐 주었다. 저쪽 조금 높은 곳에 돌담이 둘러져 있는 다보스 마을의 묘지가 보였다. 두

사람은 골짜기에서 조금 올라간 높은 곳의 계단식 경사면을 따라 뻗어 있는
한길로 나왔다.

마을이라고 불리는 것은 사실 어울리지 않았다. 어쨌든 마을이란 건 이름뿐
이었다. 요양지가 끊임없이 골짜기 입구 쪽으로 뻗어나가 마을을 잠식하고,
부락 중에서 마을이라고 불리는 부분은 다보스 읍내 부분에 어느새 흡수되어
구별이 없어져 가고 있었다. 길 좌우에는 지붕이 달린 베란다, 발코니, 요양
홀 등의 풍부한 설비가 있는 호텔과 아파트, 그리고 방을 빌려 주는 작은 민
간 하숙집이 들어서 있었다. 군데군데 집이 없는 곳도 있어서 한길에 서면 골
짜기의 넓고 넓은 초원이 보이기도 했다.

한스 카스토르프는 좋아하는 담배의 자극이 아쉬워 다시 시거에 불을 붙였
는데, 맥주를 마신 뒤라 그런지 기대했던 대로 향기 같은 것을 느낄 수가 있
어서, 말할 수 없는 만족을 느꼈다. 물론 이따금 희미하게 맛볼 뿐으로 쾌감
같은 것을 느끼는 데에도 굉장한 노력을 필요로 했고, 가죽을 씹는 것 같은
씁쓸한 맛이 훨씬 더 강했다. 그러나 한스 카스토르프는 헛된 노력을 단념할
수가 없어, 향내가 전혀 나지 않거나 조롱하듯이 아주 멀리에서 느껴지는 고
통을 참고, 한동안 계속 찾다가 마침내는 지쳐 버려, 시거를 던져 버렸다. 머
리가 몽롱하긴 했지만 애교 있게 무엇인가 이야기해야 한다는 의무감에 아까
『시간』에 관해 말하려 하였던 멋진 것을 생각해 내려고 했다. 그러나 아까의
생각더미들은 말끔히 없어져 버리고, 시간에 관해 추호의 생각도 머리에 남아
있지 않다는 것을 알았다. 그 대신 몸에 관해 이야기하기 시작했지만 그것은
좀 이상한 것이 되어 버렸다.

「도대체 이번에는 언제 또 검온을 하는 건가?」 그는 물었다. 「점심 뒤인
가? 그래 그건 좋아. 유기체가 일대 활약을 하고 있을 때니까 말이야. 잘 나
타날 거야. 베렌스가 나에게도 검온하라고 한 것은 역시 농담이겠지. 그렇지.
세템브리니도 그 말에 큰 소리로 웃던데, 사실 전혀 무의미한 일이야. 게다가
나는 체온계도 없잖아.」

「그것은 아무것도 아니지.」 요아힘이 말했다. 「하나 사기만 하면 되지. 여
기서는 체온계쯤은 어디서든지 구입할 수 있어. 어느 가게에서나 팔고 있으니
까 말이야.」

「그렇지만, 무엇 때문에? 물론 안정 요양 정도는 해도 좋아. 그 정도야 함
께 할 수 있지. 그러나 체온까지 잰다는 것은 청강생에게는 좀 지나쳐. 그건
이 위에 사는 자네들이나 할 일이야. 그건 그렇고 이상한데.」 한스 카스토르

프는 사랑이라도 하는 사람처럼 양쪽 손을 가슴에다 대고 계속 말했다. 「무엇 때문에 가슴이 이렇게 두근거릴까? 아주 불안하군. 이것이 벌써 아까부터 줄곧 마음에 걸렸어. 여보게, 가슴이 뛰는 것은 무언가 아주 기쁜 일이나 걱정스러운 일이 있을 때, 즉 신경이 흥분했을 때의 현상이지. 안 그래? 그런데 그런 이유도 없이 제멋대로 의미 없이, 말하자면 자주적으로 뛰어 댈 때면, 이건 아주 기분이 나빠. 들어 봐. 육체가 영혼과는 아무런 연관도 없이, 제 마음대로 활동하고 있을 때, 말하자면 죽은 육체가 되어, 그러나 사실은 죽어 있지 않고——죽은 육체란 존재하지 않지만 말이야——오히려 매우 생생하게 생활하고 있어. 즉 자주적으로 살고 있다는 걸세. 그러한 느낌이 들어. 이외에도 내가 들은 바로는 물리적, 화학적으로 아주 눈부신 회전이 계속되고 있다는 거야……」

「그건 또 무슨 말투야.」 요아힘이 신중하게 타이르듯이 말했다. 「눈부신 회전이라니 !」

아마 요아힘은 오늘 아침 『쉘렌바움』이라는 표현 때문에 얻어맞은 보복을 어느 정도 해버렸다고 생각하는 모양이었다.

「그러나 할 수 없지. 아주 눈부신 회전이야. 도대체 어디가 마음에 안 들어?」 한스 카스토르프는 말했다. 「그리고 그건 겸해서 말했을 뿐이야. 내가 말하고 싶었던 것은 육체가 자주적으로 영혼과 연관이 없이 이렇게 심장이 고동치면 기분이 나쁘고 불안해진다는 것이야. 아무튼 형식적으로만이라도 여기에 결부되는 원인——흥분, 기쁘다든가, 불안하다든가 하는 감정——말하자면 심장이 뛰는 것을 설명하여 주는 감정을 찾지 않을 수 없게 된다네. 적어도 내 경우는 그렇다네. 내 경우라고밖에 말할 수 없지만 말이야.」

「알겠어.」 요아힘은 한숨을 쉬면서 말했다. 「아마 열이 있을 때와 흡사한 상태가 아닐까? 열이 있을 때에도 자네가 말한 소위 『눈부신 회전』이 몸을 지배하니까 말이야. 그리고 이 경우 자네가 말하는 것처럼, 자기도 모르게 무언가 흥분의 원인을 찾아, 그것으로 회전에 어느 정도 그럴 듯한 의미를 부여하려는 기분이 된다는 것도 일리가 있는 거야……. 그러나 우리들은 지금 불쾌한 이야기를 시작하고 있군.」

요아힘은 떨리는 목소리로 말하고 입을 다물었다. 여기에 대해 한스 카스토르프는 어깨를 움츠려 보였을 뿐이지만, 이것은 어젯밤 요아힘이 해보였던 것과 똑같았다.

두 사람은 한동안 아무 말 없이 걷고 있었다. 이윽고 요아힘이 입을 열었다.

「그런데 자네는 이 위에서 사는 사람들을 어떻게 생각하나? 즉 우리들의 식탁 친구들 말이야.」

한스 카스토르프는 흥미없는 품평이라도 하고 있는 듯한 얼굴을 하였다.

「글쎄, 별로 이렇다 할 사람은 없는 것 같아. 다른 식탁에 더 재미있는 사람들이 있는 것 같더군. 물론 이것도 그저 그렇게 보일 뿐이겠지. 슈퇴르 부인은 머리를 감을 필요가 있어. 기름기가 많으니까. 그리고 마주르카라던가 뭔가 하는 여자, 그 아가씨는 좀 어리석다고 생각하네. 언제나 웃기만 하고, 줄곧 손수건을 입에 대고 있기만 하던걸.」

요아힘은 이름을 잘못 부르는 것이 재미있어 큰 소리로 웃었다.

「마주르카라니 걸작인데.」 그는 외쳤다. 「마루샤라고 불러. 마리아라는 의미 정도야. 그래, 정말 너무 웃지.」 하고 말했다. 「그러나 그 아가씨는 좀더 얌전하게 있어야 하는 건데. 왜냐하면 그녀는 가벼운 병을 앓고 있는 것은 결코 아니니까 말이야.」

「아주 건강해 보이던데, 특히 가슴이 나쁜 것처럼은 보이지 않아.」

이렇게 말하고 한스 카스토르프는 사촌과 명랑한 눈길을 주고받으려고 했지만, 순간 사촌의 얼굴이 핏기가 사라졌을 때 나타나는 얼룩덜룩한 빛을 띰과 동시에, 입이 무참히 비뚤어지는 것을 보았다. 젊은 한스 카스토르프는 그 얼굴을 보고 깜짝 놀라, 얼른 화제를 돌려 다른 사람에 대해 물어 보고 마루샤와 요아힘의 얼굴 표정을 곧 잊으려고 노력하였는데, 다행히도 성공하였다.

들장미를 달인 차를 마시는 영국 여자는 미스 로빈슨이라는 사람이었다. 재단사는 역시 재단사가 아니라, 쾨니스베그의 공립 여자 고등학교 선생으로, 말씨가 그렇게 정확한 것도 그 때문이었다. 이름은 엥겔하르트 양이었다. 원기 좋은 노부인에 관해서는 여기서 5개월이나 있은 요아힘도 그 부인의 이름을 알지 못했다. 요구르트를 먹고 있는 젊은 아가씨의 왕고모가 된다는데, 이 아가씨와 1년 내내 요양원에서 살고 있다는 것이었다. 그러나 사촌의 식탁 친구들 중에서 중환자는 닥터 블루멘콜, 오뎃사에서 온 레오 블루멘콜로 콧수염을 기르고 무뚝뚝하며 불쾌한 얼굴을 하고 있는 젊은 사람이었다. 이 사람은 이곳에서 벌써 여러 해를 지내고 있다는 것이다.

두 사람은 읍내의 보도를 걷고 있었는데, 그곳은 보기에도 국제적 요양지의 번화가였다. 요양객들은 대부분이 젊은 사람들로 스포츠 복장을 한 탈모 차림의 젊은 신사들과 역시 모자 없이 흰 스커트를 입은 여자들이었다. 그들은 러시아 어와 영어를 하고 있었다. 멋진 쇼윈도가 있는 상점이 양쪽으로 나란히 있었다. 한스 카스토르프는 심한 피로를 강한 호기심으로 억눌러 가면서 눈을 부릅뜨고 신사용품을 파는 상점 앞에 한참 서서 그 진열품이 유행의 첨단품이라는 것을 알아 냈다.

그리고는 지붕 덮인 회랑이 있는 원형 홀에서 악단이 연주하고 있는 장소로 나왔다. 거기는 요양 호텔이었다. 여러 개의 테니스 코트에서 테니스 시합이 벌어지고 있었다. 면도질을 한 다리가 긴 젊은이들이 또렷하게 줄이 선 플란넬 바지에 고무 바닥의 운동화를 신고 소매를 걷어올리고, 흰 옷을 입고 있는 햇빛에 그을린 아가씨들과 시합하고 있었다. 아가씨들은 뛰어가면서, 햇빛 속에서 몸을 뒤로 젖히듯이 뻗으면서, 희디흰 공을 머리 위 높이에서 쳐 넣고 있었다. 잔손질이 간 코트 위에는 가루 같은 먼지가 일고 있었다. 사촌들은 비어 있는 벤치에 앉아서 시합을 구경하며 비평하였다.

「자네는 여기서 테니스는 안 하는 모양이지?」한스 카스토르프가 물었다.

「해서는 안 돼.」요아힘은 대답했다. 「우리들은 언제나 누워 있어야 해. 세템브리니는 우리들이 수평으로 살고 있다고 언제나 말하고 있지. 수평 인종이라고 말이야. 그 사람의 시시한 재담이지. 저기서 운동하는 사람들은 건강한 사람이든가, 아니면 운동해서는 안 되는 것을 무릅쓰고 하고 있는 사람일 거야. 그러나 정말로 운동을 하고 있는 것은 아니야. 오히려 저런 옷차림을 하고 싶어서 그러는 거지……. 금지되어 있는 것이 여기에는 많이 있어. 그러나 남몰래 하고 있지. 가령 포커, 또 여기저기 호텔에서 유행하는 프티슈보 같은 거 말이야. 우리들이 있는 곳에서는 그것이 발각되면 쫓겨 나게 되어 있어. 몸에 가장 나쁘다는 거야. 그러나 밤 점호 뒤에 읍내에 내려와서 도박하는 사람이 몇 사람 있기는 있어. 베렌스에게 칭호를 주었다는 왕자도 상습범의 한 사람이야.」

한스 카스토르프는 거의 이 이야기를 듣고 있지 않았다. 그는 입을 멍청하게 벌리고 있었다. 코감기에 걸린 것도 아닌데, 코로 자유롭게 숨을 쉴 수 없었다. 심장은 음악과는 엇갈리는 박자로 고동치고 있어 그것이 웬일인지 고통스러웠다. 이러한 혼란과 흐트러진 기분으로 잠이 들려고 했을 때, 요아힘이 가자고 독촉했다.

두 사람은 거의 아무 말 없이 돌아왔다. 한스 카스토르프는 평탄한 길에서 두세 번 헛디뎠고 그때마다 머리를 흔들며 우울하게 미소지었다. 절름발이 문지기가 두 사람을 층계까지 엘리베이터로 보내 주었다. 두 사람은 34호실 앞에서 『또 만나』하고 헤어졌다. 한스 카스토르프는 방을 지나 발코니로 나와 옷입은 그대로 침대 의자에 몸을 던지고, 그런 자세로 빨리 뛰는 심장의 고동 속에서 무거운 수면 속으로 빠져들어갔다.

물론 여자지 !

얼마만큼 잤는지 알 수 없었다. 시간이 되자 종이 울렸다. 그것은 곧 식사 하러 오라고 부르는 것이 아니라 식당으로 가는 준비를 재촉하는 종소리였다. 한스 카스토르프도 그것을 알고 있었기 때문에 그 금속 소리가 다시 울려퍼져 그것이 멀어질 때까지 누운 채로 있었다. 요아힘이 데리러 왔을 때 한스 카스 토르프는 옷을 갈아입으려고 했지만 요아힘은 그것을 기다리려 하지 않았다. 요아힘은 시간을 엄수하지 않는 것을 싫어하고 멸시했다. 식사 시간도 지킬 수 없이 칠칠치 못해서야 어떻게 회복되어 건강한 몸으로 근무에 임할 수 있 겠느냐고 말했다. 물론 당연한 말이었으므로 한스 카스토르프도 이에 대해서 는 자기는 병이 없다는 것, 그 대신 잠이 와서 못 견디겠다는 것을 변명할 수 있을 뿐이었다. 그는 빨리 손을 씻고 사촌과 함께 세번째로 식당에 내려갔다.

양쪽 입구로부터 손님들이 쏟아져 들어왔다. 베란다로 통하는 문으로부터 쏟아져 들어와 얼마 안 있어 모두들 식탁에 아침부터 계속 앉아 있었던 것처 럼 일곱 개의 식탁을 거의 메웠다. 적어도 한스 카스토르프는 그러한 인상을 받았다. 물론 이것은 완전히 꿈과 같은 불합리한 인상이었지만, 그의 몽롱한 머리는 그 인상을 금방 털어 버리지 않았을 뿐만 아니라 거기에 만족감 같은 것마저 느끼고, 식사하는 동안 여러 번 그 인상을 상기하려고 했다. 그럴 때 마다 그런 착각에 사로잡혔다. 원기 좋은 노부인은 확실치 않은 모국어로 비 스듬히 마주앉은 닥터 블루멘콜에게 다시 말을 하고 있었고 블루멘콜은 근심 스러운 얼굴로 그것을 듣고 있었다.

노부인의 마른 손녀는 드디어 요구르트가 아닌, 식당 아가씨가 접시에 나눠 준 끈적끈적한 크림 도르쥬를 먹고 있었는데, 두세 숟가락 먹더니 그만두 었다. 귀여운 마루샤는 오렌지 향기 나는 손수건을 입에 대고 킥킥 웃고 있 었다. 미스 로빈슨은 오늘 아침에도 읽고 있던 둥근 글씨의 편지를 이번에도 읽고 있었는데, 이 부인은 독일어는 한 마디도 모르는 것 같았으나, 알려고 하지도 않았다. 요아힘이 기사다운 태도로 날씨에 대해서 영어로 말하니, 미스 로빈슨은 뭐라고 입을 오물거리면서 대답을 하고는 곧 또 아무 말도 하지 않았다. 스카치 블라우스를 입은 슈퇴르 부인은 오늘 오전에 진찰받은 얘기를 하고 있었는데 교양이 없는 태도로, 윗입술을 말아올려 토끼 같은 이빨을 드러내며 말하고 있었다. 오른쪽 위에 잡음이 있고 왼쪽 겨드랑이에도 또 단축음이 들린다면서 한탄했다. 『늙은이』가 앞으로 5개월은 더 있어야 한다고 말했다는 것이다.

교양이 없는 그녀는 베렌스 고문관을 『늙은이』라고 불렀다. 또한 그녀는 『늙은이』가 오늘 그녀들의 식탁에 동석하지 않은 것을 분개했다. 『순서』대로라면(그녀는 『순번』을 말하려는 것이리라) 늙은이는 오늘 점심 식사에는 그들의 식탁에 앉기로 되어 있는데도, 또다시 왼쪽 옆자리의 식탁에 앉아 있었다(정말 베렌스 고문관은 그 식탁에 앉아 접시 앞에 큰 손을 마주잡고 있었다). 그러나 그것은 이상한 일은 아니었다. 그 식탁에는 암스테르담에서 온 육체파 미인인 잘로몬 부인이 앉아 있어, 일요일이 아닌 날에도 어깨를 드러낸 옷을 입고 식탁으로 오기 때문에, 늙은이는 그것에 끌리고 있음이 틀림없었다. 그러나 늙은이는 진찰할 때마다 잘로몬 부인 몸의 어떤 부분도 다 볼 수 있을 텐데, 늙은이의 기분은 알 수 없다고 슈퇴르 부인은 말했다.

한참 있다가 부인은 흥분하여 소곤대는 목소리로 말했다. 어젯밤, 위에 있는 공동 요양 홀, 즉 옥상에 있는 요양 홀의 전등이 꺼졌는데 그녀의 말에 따르면 그 목적은 분명하다는 것이다. 늙은이는 그것을 발견하고 병원이 떠나갈 듯이 큰 소리로 고함을 질렀다. 늙은이는 물론 이번에도 범인을 발견할 수가 없었지만, 그러나 부카레스트에서 온 미클로지히 대위가 범인이라는 것은 대학에서 공부를 하지 않아도 알 수 있는 이라고 했다. 그 사람은 여자와 같이 있으면, 아무리 캄캄해도 캄캄하다는 것을 모르는 사람으로, 코르셋을 하고 있어도 교양의 『교』자도 모르는 사람이라고, 본성은 그야말로 짐승 같은 사람이라고 했다.

「그래요, 육식 동물이에요.」

슈퇴르 부인은 이마와 윗입술에 땀을 흘리면서 질식할 듯한 목소리로 되풀이했다. 비엔나에서 온 부름브란트 총영사 부인이 미클로지히 대위와 어떤 관계에 있는지는 마을에서도 읍내에서도 모르는 사람이 없다. 그것은 이제 『신비』한 관계의 영역을 넘어서고 있다. 왜냐하면 대위는 가끔 아침 일찍 총영사 부인이 아직 침실에 누워 있을 무렵부터 방을 찾아가, 그녀의 아침 몸차림이 끝날 때까지 그 곁을 떠나지 않는다. 요즈음은 그것으로 만족하지 않고 지난 화요일에는 아침 4시에 비로소 그녀의 방에서 나왔다. 기흉 수술에 실패한 19호실의 프란츠 청년을 돌보고 있는 간호사가 그 방에서 나오는 대위와 정면으로 마주쳐, 이쪽이 오히려 무안하고 당황한 나머지 방을 잘못 알고 도르트문트에서 온 파라반트 검사(檢事)의 방에 들어갔다는 것이다. 마지막으로 슈퇴르 부인은 그녀가 언제나 물치약을 사는 아래 읍내의 미성원(미장원을 잘못 말한 것이다) 이야기를 길게 지껄였다. 요아힘은 눈을 내리뜬 채 자기 접시만 들여다보았다.

점심 식사는 요리도 잘되고 분량도 많았다. 자양분이 만점인 죽까지 합하면 여섯 가지는 되었다. 생선 요리 다음에 채소를 곁들인 실질적이고 풍성한 쇠고기 요리, 다음에는 특제의 야채 요리와 구운 닭고기, 다음이 어젯밤 것의 맛에 떨어지지 않는 푸딩, 마지막이 치즈와 과일이었다. 어느 접시나 두 번씩 돌아갔는데 그때마다 다 없어졌다. 일곱 개의 식탁 사람들은 접시를 채워서 계속 먹었다. 식당에는 어디나 늑대 같은 식욕, 강렬한 식욕이 지배하고 있었다. 이 식욕이 어딘지 이상한, 아니 몸서리쳐지는 인상을 주지 않았다면 보고 있어도 즐거웠으리라. 강렬한 식욕으로 계속 먹는 것은, 지껄이면서 빵을 서로 던지고 있는 기운이 왕성한 사람들뿐만 아니라, 식사하는 동안에 가끔 손으로 머리를 괴고서 앞을 보며 음울하게 말이 없는 사람들도 마찬가지였다. 왼편 이웃 식탁에 나이로 보아 국민학교 학생 같은 발육부진의, 짧은 소매의 옷을 입고 둥글고 도수가 높은 안경을 낀 소년이 있었는데, 이 소년은 접시에 가득 담은 요리를 전부 잘라서 죽이나 잡탕처럼 만들고서는 그 위에 몸을 구부리고 가끔 냅킨으로 눈을 닦으면서——땀을 닦는지 눈물을 닦는지 모를 일이었지만——먹고 있었다.

이 중요한 식사중에 두 가지 사건이 생겨 한스 카스토르프는 심신이 허락하는 한에서 주의를 환기시켰다. 그 하나는 문이 또 난폭하게 닫힌 것이다. 마침 생선 요리 때였다. 한스 카스토르프는 부르르 경련을 일으켜 분개하면서 이번만은 범인을 알아 내고야 말겠다고 자신에게 다짐했다. 이렇게 생각했을 뿐만 아니라, 입밖으로 내어서까지 말했다. 그처럼 그는 열중한 것이다.

「알아 내고야 말 테니까.」

너무나 격정적으로 말했기 때문에 미스 로빈슨도 여교사도 놀라서 그를 쳐다보았다. 이렇게 말하면서 상반신을 왼편으로 홱 틀고, 핏대 올린 눈을 크게 떴다.

식당을 가로질러 지나가는 사람은 한 부인이었다. 아니 젊은 아가씨라고 할
수 있는 보통 키의 여자로 흰 스웨터에 빛깔이 다양한 스커트를 입고, 붉은
금발머리를 땋아서 시원스럽게 머리 둘레에 감고 있었다. 한스 카스토르프의
좌석에서는 옆얼굴이 조금 보일 뿐 거의 보이지 않았다. 그 여자는 식당에 들
어올 때의 요란한 소리와는 이상하게도 대조적으로 독특하게 발소리를 내지
않고, 베란다로 통하는 문과 직각으로 놓인 가장 왼편 끝 식탁, 즉『일류 러
시아 인석』에 가까이 갔다. 걸어가면서 몸에 꼭 맞는 스웨터 주머니에 한쪽
손을 넣고, 한쪽 손은 머리 뒤로 돌려 머리칼을 눌러 고치고 있었다. 한스 카
스토르프는 그 손을 바라보았다. 그는 전부터 손에 관한 감식안(鑑識眼)이 높
고 손에 깊은 이해와 비평적인 관심을 가지고 있어, 친지가 생기면 그 사람
몸의 그 부분에 먼저 눈을 돌리는 습관이 있었다. 머리칼을 누르고 있는 손은
그다지 숙녀의 손답지 않았다.

한스 카스토르프 청년이 속해 있는 사회의 부인들 손처럼 손질이 된 세련된
손같지 않았다. 꽤 넓적하고 손가락이 짧으며 어딘지 원시적이고 어린애 같은
여학생의 손 같은 데가 있었다. 손톱은 보아하니 매니큐어를 한 일이 없고 되
는 대로 깎아 역시 여학생의 손톱 같았다. 손톱 둘레의 피부가 조금 거친 것
은 손가락을 빠는 나쁜 버릇에서 온 것이 아닐까 하고 생각되었다. 물론 한스
카스토르프는 그것을 정말 보았다기보다 느껴서 안 것이었다. 너무나도 멀리
떨어져 있었기 때문에. 그 지각 상습범인 여자는 식탁 사람들에게 한 번 고개
를 끄덕여 인사를 하고는, 상석에 앉아 있는 닥터 크로코브스키의 이웃에, 식
당에 등을 대고 식탁 안쪽에 앉았다. 그러면서 머리칼을 누른 채 어깨 너머로
얼굴을 이쪽으로 돌리고 식당을 돌아보았다. 한스 카스토르프는 그 여자의 광
대뼈가 높고 눈이 가늘다는 것을 잠깐 보고 알았다. 그때 무언가, 또 누군가
에 대한 막연한 추억이 그의 마음을 스쳐 지나갔다.

물론 여자지! 하고 한스 카스토르프는 생각하고 이번에도 그것을 입밖에
내어 혼잣말로 중얼거렸기 때문에 여교사인 엥겔하르트 양이 그 혼잣말의 의
미를 알아차렸다. 볼품없는 이 노처녀는 감동하여 미소를 띠었다.

「저 사람은 쇼샤 부인입니다.」여교사는 말했다. 「저렇게 되는 대로 행동
하는 분이랍니다. 매력적인 분이지요.」그리고 그녀의 볼은 솜털 밑에서 붉은
빛이 더욱 진해졌다. 그녀가 말할 때는 언제나 그런 버릇이 있었다.

「프랑스 분입니까?」한스 카스토르프는 딱딱하게 물었다.

「아니오, 러시아 인입니다. 아마 남편이 프랑스 인이 아니면 프랑스 계 사

람일 것입니다. 나는 잘 모릅니다만.」

저쪽에 있는 저 사람이 남편이냐고 한스 카스토르프는 여전히 성난 채로 일류 러시아 인석의 어깨가 높은 신사를 가리켰다.

「아닙니다. 틀립니다. 남편은 여기에 없습니다.」 여교사는 대답했다. 그리고 남편을 아는 사람이 없다고 말했다.

「문을 닫으려면 똑바로 닫아 주면 좋겠는데⋯⋯. 언제나 큰 소리를 내며 닫으니 무례하기 짝이 없군요.」

여교사는 자기가 잘못한 것처럼 송구스러워하며 꾸지람을 미소로 받아들였기 때문에 쇼샤 부인의 이야기는 그것으로 끝이 났다.

또 하나의 사건은 닥터 블루멘콜이 잠시 동안 식당에서 자리를 떠난 일인데 다만 그것뿐이었다. 그의 언제나 기분 나쁜 듯한 얼굴빛이 갑자기 한층 더 나빠지고, 여느때보다 근심스러운 얼굴 표정으로 한 곳을 응시하다가, 살짝 의자에서 일어나 나가 버렸다. 그러나 이때에 슈퇴르 부인의 무교양이 여지없이 드러났다. 그녀는 자기는 블루멘콜보다는 중한 병이 아니라는 저급한 만족감에서 온 것이겠지만, 블루멘콜이 나가는 것을 불쌍해 하며, 반은 멸시하는 혹평을 했다.

「불쌍하군요. 머지않아 죽을 거예요. 또 『푸른 하인리히(환자가 담을 토해내는 푸른 유리병)』의 신세를 지겠지요.」

그녀는 눈썹 하나 까딱하지 않고, 『푸른 하인리히』를 입밖에 냈는데, 한스 카스토르프는 그녀가 이 말을 했을 때 몸이 오싹해지며 웃고 싶은 기분이 되었다. 또한 닥터 블루멘콜은 몇 분 뒤에 나갔을 때와 마찬가지로 조용한 태도로 돌아와 다시 자리에 앉아 식사를 계속했다. 그도 모든 요리를 두 번씩 집어서, 아무 말 없이 불쾌하고 우울한 표정으로 많이 먹었다.

그리하여 점심 식사는 끝났다. 익숙한 서비스 덕분으로――특히 난쟁이는 이상하게도 민첩한 아가씨였다――식사는 한 시간이 걸렸다. 한스 카스토르프는 어떻게 자기 방으로 돌아왔는지는 잘 모르지만 아무튼 다시 그의 발코니의 멋진 침대 의자에 힘들게 숨을 쉬면서 누워 버렸다. 점심 식사 뒤 오후의 차 시간까지는 안정 요양으로, 이것은 하루중 가장 중요하게 엄수해야 하는 요양 시간이었다. 불투명한 유리 칸막이로 한쪽은 요아힘, 다른 한쪽은 러시아 인 부부로부터 분리되어 있었는데 그는 누워서 입으로 호흡하며 심장의 고동 소리를 들으며 졸고 있었다. 손수건으로 코를 푸니 거기에 피가 묻어 나왔지만, 본래 자기 일에 신경질적이어서 걱정을 하는 그도 오늘은 그것을 생각할 기운이 없었다. 다시 마리아 만치니를 피웠지만, 이번에는 맛이 어떻든 관계없이 마지막까지 피웠다. 그리고 이 위의 요양원에서 얼마나 많은 것을 보고 듣고 했는가를 현기증이 나고 숨가쁘게 꿈꾸는 기분으로 생각했다. 그리고 슈퇴르 부인이 교양이 없기 때문에 말해 버린 끔찍한 명칭을 생각하고는 터져 나오는 웃음으로 가슴이 두세 번 흔들렸다.

알빈 씨

눈 아래 있는 정원에는 아스클레피오스의 지팡이를 그린 공상적인 깃발이 미풍에 가끔 흔들리고 있었다. 하늘은 또다시 흐려져서 태양이 숨어 버려 거의 쌀쌀할 정도로 추웠다. 아래에 있는 공동 안정 홀은 거의 만원인 모양으로 말소리와 껄껄거리는 소리가 연달아 들려 왔다.

「알빈 씨, 부탁이에요. 칼을 손에서 놓으세요. 어디에 넣으세요. 다치기라도 하면 어떻게 해요.」 여자의 높고 떨리는 목소리가 애원했다. 그리고 또, 「알빈 씨, 제발 부탁이에요. 우리를 애타게 하지 마시고 무서운 살인 도구를 어디다 치워 버리세요.」 하고 다른 목소리가 합세했다. 이에 대해 맨 앞줄 끝 침대 의자에 담배를 물고 앉아 있는 금발머리의 청년이 뻔뻔스러운 어조로 대답했다.

「그렇게는 안 되겠습니다. 칼을 장난감으로 여기는 정도는 부인들도 허락해 주실 텐데요. 그렇지요. 이것은 특별히 잘 드는 칼입니다. 나는 이것을 캘커타에서 눈이 먼 마술사에게 샀습니다……. 그자는 이것을 꿀꺽 삼켰습니다. 그리고 그자의 제자가 곧 이것을 오십 보 떨어진 땅에서 파냈습니다. 보시렵니까, 면도칼과 비교도 안 됩니다. 칼날에 손을 조금만 대도, 버터를 자르는 것처럼 살에 들어갑니다. 어떻습니까, 더 가까이에서 보여 드릴까요?」 이렇게 말하면서 알빈 씨는 일어났다. 헛소리 같은 비명이 났다. 「아니, 이번에는 권총을 가지고 오지요.」 알빈 씨는 말했다. 「권총 쪽이 더 흥미가 있을 겁니다. 대단한 것입니다. 굉장한 관통력을…… 방에서 가져 오지요.」

「알빈 씨, 알빈 씨, 제발 그만두세요.」 하고 여러 사람의 목소리가 외쳤다. 그러나 벌써 알빈 씨는 안정 홀을 나와 방으로 가려 하고 있었다. 건들거리는 아직 새파란 젊은이로 장미빛의 어린애 같은 얼굴을 하고, 귀 옆에는 약간의 구레나룻이 나 있었다.

「알빈 씨.」하고 어떤 부인이 그의 등 뒤에서 외쳤다. 「그것보다 외투를 가져와 입으세요. 제발 부탁이니 그렇게 해주세요. 6주일이나 폐렴으로 누워 있었으면서 외투도 담요도 걸치지 않고 여기 앉아 담배를 피우다니요. 이건 하느님을 감히 시험하려 드는 거나 마찬가지예요. 알빈 씨, 진정으로 하는 말입니다.」

그러나 알빈 씨는 걸어가면서 냉소지을 뿐 벌써 몇 분 뒤에는 권총을 가지고 돌아왔다. 부인들은 아까보다도 더 미친 듯이 쇳소리를 질렀는데 몇 사람은 의자에서 뛰어내리려다 담요에 다리가 감겨 넘어지기도 했다.

「어떻습니까, 작고 번쩍이지요.」하고 알빈 씨는 말했다. 「그러나 여기를 밀면 한 방 쾅입니다…….」

다시 쇳소리가 일어났다.

「물론 실탄이 들어 있습니다.」그는 계속했다. 「이 둥근 총신 속에 여섯 발이나 나란히 있습니다. 한 발 쏠 때마다, 총신이 한 구멍씩 돌아갑니다……. 그리고 나는 이것을 장난으로 갖고 있는 것이 아닙니다.」

알빈 씨는 극적 효과가 줄어든 것을 알고는 그렇게 말하고 권총을 안주머니에 넣고 다리를 꼬고 다시 침대 의자에 앉아 새 담배에 불을 붙였다.

「멋이나 장난으로 이러는 것은 아닙니다.」하고 되풀이하면서 입술을 깨물었다.

「그러면 무엇 때문이지요?」하고 불안하게 떨리는 목소리로 누가 물었다.

「아이구, 무서워요.」

어디선가 갑자기 한 사람의 목소리가 외쳤다. 그러자 알빈 씨는 고개를 끄덕였다.

「이제 알아들으셨군요. 그렇습니다. 그것 때문에 나는 이것을 가지고 있습니다.」하고 알빈 씨는 폐렴이 이제 겨우 나았다고 하는데도 담배 연기를 깊이 빨아들이고 그것을 뿜어 내면서 아무렇지도 않게 말했다.

「나는 여기에서는 이런 바보 생활에 싫증이 나요, 내가 순순히 이 세상과 작별해야 할 때를 위해 이것을 가지고 있습니다. 일은 아주 간단합니다……. 어떻게 하면 가장 잘 해치울 수 있을까(잘 해치울 수 있을까라는 말이 나오자 비명 소리가 울렸다)를 계속 연구했으므로, 이제는 완전합니다. 심장 부분은 안 됩니다……. 거기는 겨냥이 잘 맞지 않으니까요……. 게다가 나는 단숨에 의식을 없애는 쪽을 택하는 것입니다. 즉 이 사랑스러운 물건을 이 흥미있는 기관에 바로 사용하는 방법입니다…….」

이렇게 말하고 알빈 씨는 머리를 짧게 깎은 금발머리를 집게손가락으로 가리켜 보였다.

「여기에다 겨누는 게 상책입니다…….」알빈 씨는 니켈로 도금한 권총을 다시 안주머니에서 꺼내, 그 총구로 관자놀이를 탁탁 두들겼다. 「이 동맥 위를 말입니다……. 거울이 없어도 척척 해낼 수 있습니다…….」

몇 사람의 애걸과 항의하는 소리가 들렸고 거기에 또 격하게 우는 소리까지 섞였다.

「알빈 씨, 알빈 씨. 권총을 치우세요. 관자놀이에서 떼세요. 차마 볼 수가 없어요, 알빈 씨. 당신은 아직 젊어요. 건강해질 거예요. 그리고 실생활로 돌아가 누구에게나 사랑을 받게 될 거예요. 내 말을 제발 들어 줘요. 외투를 입고 누워, 담요를 덮고 조리하세요. 마사지 선생이 알콜로 몸을 닦으러 와도 쫓아 내지 마세요. 담배피우는 것도 그만두시고요. 알빈 씨, 알아들으셨지요. 우리들은 당신의 생명, 젊고 귀중한 생명을 위해서 부탁드리는 거예요.」

그러나 알빈 씨는 자기 생각을 굽히지 않았다.

「아닙니다, 아닙니다.」하고 그는 말했다. 「그냥 내버려 둬주세요. 괜찮습니다. 감사합니다. 나는 이때까지 부인들이 말씀하시는 것을 거절한 일은 없습니다만 그러나 운명에 거역을 해도 아무 소용이 없다는 것은, 여러분도 잘 알고 계실 겁니다. 나는 여기에 온 지 벌써 3년째입니다……. 이제는 싫증이 나서 어떻게 할 수가 없습니다. 그것을 옳지 않다고 말할 수 있을까요? 아무리 해도 병은 낫지 않습니다. 여러분, 나를 한 번 보십시오. 이렇게 앉아 있는 이 모습은 나을 수 없는 모습입니다. 고문관도 이젠 거의 체면상으로라도 감추는 것을 중지하고 있습니다. 이런 사태로부터 나에게 허락되는 조금의 자유를 여러분은 관대하게 봐주셔야겠습니다. 고등학교에서 낙제라고 정해지면, 선생에게 질문할 수도 없고 숙제도 할 필요가 없는 것과 똑같습니다. 그 행복스러운 상태에 나는 마지막으로 도달한 것입니다. 나는 이제는 아무것도 하지 않아도 좋고, 나는 고려의 대상도 되지 않는 인간입니다. 될 대로 되라죠. 초콜릿을 드릴까요? 자, 드세요. 걱정 마세요. 방에 아직 많습니다. 초콜릿 봉봉이 여덟 상자, 판초콜릿이 다섯 개, 소프트초콜릿 4파운드가 방에 있습니다……. 내가 폐렴으로 누워 있을 무렵 요양원의 부인들이 문병오셨을 때에 주신 초콜릿입니다…….」

어디서인지 낮고 투박한 목소리가 조용히 하라고 명령했다. 알빈 씨는 짧게

웃음소리를 내었다. 그것은 약해빠지고 닳아 떨어진 듯한 웃음소리였다. 그리
고 나서 안정 홀은 갑자기 조용해졌다. 꿈이나 귀신이 사라진 뒤처럼 조용해
져서 이때까지 들려 온 이야기가 이상한 여운을 남기고 있었다. 한스 카스토
르프는 그것이 완전히 사라져 버릴 때까지 귀를 기울였다. 그리고 알빈 씨가
웬일인지 멍청이처럼 느껴졌지만, 그러나 가엾은 생각이 드는 것도 어찌 할
수 없었다. 특히 학교 생활에서 택한 비유에는 감명을 받았다. 왜냐하면 한스
카스토르프도 제2학년의 하급에서 낙제한 적이 있었기 때문이다. 그는 마지막
3개월은 다른 학생들과 같이 공부하는 것을 단념해 버리고 『될 대로 되라』고
생각했지만, 그때 맛볼 수 있었던 굴욕적이며 동시에 유머러스하고 마음 편하
게 방임된 상태를 아직 똑똑히 기억하고 있었다.

　그것은 몽롱하고 혼란스러웠기 때문에 그것을 확실하게 소개하는 것은 곤
란하나 그가 느낀 것은 대체로 다음과 같은 것이다. 즉 명예는 중요한 특권을
주지만, 불명예도 이에 못지않게 중요한 것으로, 오히려 불명예의 특전은 무
제한의 성질의 것이라고 하겠다. 그리고 한스 카스토르프는 시험삼아 자기를
알빈 씨의 입장에 세워 놓고 자기가 명예라든지 체면의 무거운 짐에서 영원히
해방이 되어, 불명예의 특전을 영원히 맛볼 수 있다면 어떤 기분이 될 것인가
라고 상상하자, 카스토르프 청년은 그 방종한 쾌감에 깜짝 놀라서 심장이 한
동안 한층 더 격하게 뛰는 것이었다.

악마가 무례한 진언(進言)을 한다

　그 뒤 그는 잠이 들어 의식을 잃어버렸다. 왼편 유리 칸막이 저쪽의 말소리
에 눈을 떴을 때는 그의 회중 시계로 3시 반이었다. 이 시간에 베렌스 고문관
과 떨어져 회진을 하고 다니는 닥터 크로코브스키가 옆방의 무례한 부부와 러
시아 어로 말을 주고받고 있었는데, 남편의 용태를 묻고 체온표를 보여 달라
고 하는 것 같았다. 이윽고 그는 회진을 계속했지만 발코니를 지나지 않고 일
단 복도로 다시 돌아와 방 입구에서 요아힘의 방으로 들어가 한스 카스토르프
의 방을 우회하고 말았다.

　닥터 크로코브스키와 단둘이 있고 싶은 생각은 추호도 없었지만, 이렇게 경
원을 받으니 역시 좀 모욕을 당한 것 같았다. 물론 그는 건강해서 여기서는

문제 밖의 존재이긴 했다. 적어도 이 위에서 사는 사람들 가운데에서는, 하고 한스 카스토르프는 생각했다. 건강한 것에 자부심을 갖는 사람은 문제삼지 않고 상대를 하지 않기로 되어 있다는 것을 알고 있다. 그러나 젊은 한스 카스토르프에게는 어쨌든 그것이 불유쾌하였다.

닥터 크로코브스키는 요아힘의 방에 이삼 분 머물러 있다가 이번에는 또 발코니를 지나 회진을 계속했다. 한스 카스토르프는 요아힘이 일어나서 차 마시러 갈 준비를 하라고 소리치는 것을 들었다.

「좋아.」

한스 카스토르프는 이렇게 대답하고 일어났다. 그러나 오래 누워 있었던 탓인지 심하게 현기증이 났고, 불안정하게 꾸벅꾸벅 낮잠을 잤기 때문에 얼굴이 다시 매우 상기되고 그 대신 몸이 오싹오싹 추워졌다. 아마 담요를 덮는 것이 불충분하였기 때문이리라.

그는 눈과 손을 씻고 머리와 옷을 단정히 하고 요아힘과 복도에서 만났다.

「자네는 알빈 씨가 하는 이야기를 들었는가?」

그는 요아힘에게 계단을 내려가면서 물었다.

「들었어.」요아힘은 말했다. 「그 사람은 처벌받아야 해. 그런 쓸데없는 이야기로 낮의 안정 요양을 완전히 망칠 뿐만 아니라 부인들을 저렇게 흥분시키고 몇 주일이나 병세를 뒤로 돌리고 말았으니까 말이야. 괘씸한 반역죄야. 그러나 그를 고발하려는 사람은 아무도 없단 말이야. 게다가 저렇게 지껄이는 것이 대부분의 사람들에게는 재미로 환영을 받고 있으니 말이야.」

「자네는 그것을 있을 수 있는 일이라고 생각하나?」한스 카스토르프는 물었다. 「즉 저 사람의 소위 『척척 해 내는 일』을, 실제로 권총을 사용한다는 일 말이야.」

「그렇지.」요아힘은 대답했다. 「절대로 있을 수 없는 일은 아니지. 내가 여기에 오기 2개월 전에도 여기에 오래 있었던 대학생이 종합 진단을 받고 난 뒤, 저쪽 숲속에서 목을 매어 죽었거든. 내가 여기 왔을 때는 그 이야기로 한창이었어.」

한스 카스토르프는 흥분하여 하품을 했다.

「그렇군, 나는 솔직히 말해서 여기가 웬일인지 기분 나빠.」하고 그는 고백했다. 「사실이야. 어쩌면 오래 못 있고 도중에 떠나 버리게 될지도 모르겠어. 그렇게 되더라도 자네는 나를 나쁘게 생각하지는 않겠지?」

「돌아간다고? 무슨 소리야.」하고 요아힘은 외쳤다. 「바보 같으니. 온 지 얼마나 되었다고 그래. 와서 겨우 하루만에 어떻게 판단을 내릴 수 있어.」

「뭐! 이제 겨우 하루밖에 안 되었나. 나는 꽤 오랫동안 자네들과 함께 있었던 것처럼 느껴지는데.」

「또 시간론(時間論)을 펴는 것은 그만두지 그래.」 요아힘이 말했다. 「오늘 아침은 그것 때문에 머리가 완전히 혼란해져 버렸으니까 말이네.」

「그러지, 안심해도 좋네. 완전히 다 잊어버렸으니까.」 한스 카스토르프는 대답했다.

「복잡한 시간론은 다 잊어버렸단 말이네. 지금은 머리가 몽롱해졌어. 그것은 지나가 버린 일이야⋯⋯. 지금이 차 마시는 시간인가?」

「그래, 그러고 나서 오늘 아침에 갔던 벤치까지 또 산보를 가세.」

「좋아, 그러나 이번에도 세템브리니를 또 만나게 되지는 않겠지. 오늘은 고상한 이야기의 상대가 되어 줄 수 없어, 미리 말해 두지만.」

식당에서는 이 시간에 생각할 수 있는 음료수가 남김없이 나왔다. 미스 로빈슨은 전과 같이 들장미를 달인 핏빛처럼 빨간 차를 마시고 있었고 손녀는 요구르트를 먹고 있었다. 그밖에 밀크, 홍차, 커피, 코코아, 그리고 고기 수프까지 나와, 푸짐한 점심 식사를 한 뒤 두 시간을 누워 지낸 손님들은 이제는 건포도가 든 큰 케이크 조각에 버터를 바르는 데 열중하고 있었다.

한스 카스토르프는 홍차를 청하고는 비스킷을 그 속에 적셔 먹었다. 마멀레이드도 조금 먹어 보았다. 그는 또한 건포도가 든 케이크는 자세히 들여다보기만 했지, 그것을 먹는다는 것은 생각만 해도 싫었다. 간소하며 화려한 느낌이 드는 둥근 천장과 일곱 개의 식탁이 있는 이 식당이 웬지 낯설었다. 이것으로 그의 식당 출입이 네번째였다. 얼마 뒤 7시에는 다섯번째로 같은 곳에 앉아 있었는데 이번에는 저녁 식사였다. 네번째와 다섯번째 사이의 짧은 시간에 그는 산중턱 개울 옆 벤치까지 산보하였다. 이번엔 산보길이 환자들로 붐벼서 사촌 형제들도 가끔 인사를 하지 않으면 안 되었다. 그 다음이 발코니에서 안정 요양을 하는 시간인데 그 1시간 반은 눈 깜짝할 사이에 아무 실속도 없이 지나가 버렸다. 이때 한스 카스토르프는 심한 오한을 느꼈다.

한스 카스토르프는 저녁 식사를 위해 옷을 갈아입고, 미스 로빈슨과 여교사 사이에 끼여서 야채 수프, 반찬이 딸린 찐 고기와 구운 고기를 먹고, 버터 크림, 코코아, 잼, 마르찌빵 등 온갖 것이 들어 있는 케이크 두 조각과 고급 치즈를 얹은 흑빵을 먹었다. 이번에도 음료로는 쿨름바하 산의 맥주를 한 병 시켰다. 그러나 큰 컵으로 절반 가량 마셨을 때, 침대에 누워야겠다는 생각이 간절했다.

머리가 윙윙 울리고, 눈꺼풀이 납처럼 무겁고 심장은 작은 북처럼 뛰고 있어, 사람들의 웃음거리가 되지 않으려고 필사적인 노력을 했지만, 사랑스러운 마루샤가 앞으로 몸을 구부려 작은 루비 반지를 낀 손으로 얼굴을 감추고 있는 것을 보자, 자기를 비웃고 있는 것같아 신경이 쓰였다. 슈퇴르 부인이 무엇을 이야기하거나 주장하고 있는 것이 멀리에서처럼 들렸는데, 그 내용이 아주 기발한 것이어서 그녀가 정말로 그런 말을 하고 있는 건지, 자기 머리가 이상해져서 그녀의 말이 그렇게 어리석은 말로 들리는 것인지 몰라 서글픈 혼란에 빠졌다.

슈퇴르 부인은 생선에 사용하는 간장을 스물여덟 종류는 만들 수 있다고 주장했다. 그녀의 남편까지도 그런 거짓말을 하는 것이 아니라고 꾸짖었으나, 그녀는 그것에 관해 단언함을 주저하지 않았다.

「그런 말은 아무에게나 하면 안 돼요. 아무도 그것을 정말이라고 믿지 않을 것이고 설사 믿는다 해도 바보 같다고 생각할 테니 말이오.」하고 남편은 말했다. 그러나 그녀는 오늘 여기서 공언하지만, 정말로 생선 요리용 스물여덟 종류의 간장을 만들 수 있다고 자신 있게 말했다. 불쌍한 한스 카스토르프는 이 이야기가 끔찍하게 느껴져 놀란 나머지 손으로 이마를 누르고, 입에 넣은 체스터 치즈가 든 흑빵을 다 씹어 삼키는 것을 완전히 잊고 있었다. 모든 사람이 식탁에서 일어났을 때에도 그는 아직 흑빵을 입에 넣고 있었다.

사람들은 바깥 홀로 통하는 왼편 유리문, 언제나 요란한 소리로 닫혀 화가 치밀게 하는 유리문을 통해 나갔다. 거의 모두가 그 문으로 나갔다. 한스 카스토르프가 알아 낸 바로는 저녁 식사 뒤에는 바깥 홀과 이에 접해 있는 살롱에서 사교적인 모임이 있었다. 환자들의 대부분이 작은 그룹을 만들어 서서 이야기를 하고 있었다. 녹색 라사를 씌운, 접을 수 있게 만든 두 대의 카드 테이블에서는 카드 승부에 여념이 없었다. 한 테이블에서는 도미노, 다른 테이블에서는 브리지를 하고 있었지만, 브리지를 하는 팀은 젊은 사람들뿐으로 알빈 씨도 있었고 헤르미네 클레펠트도 있었다. 또 첫째 살롱에는 광학 응용의 오락 장치가 두세 개 있었다. 베니스의 곤돌라의 선두(船頭)가 딱딱하고 살아 있지 않는 선으로 보이는 입체경(立體鏡) 렌즈에 눈을 대고 달려 있는 바퀴를 가볍게 움직이면 갖가지 빛의 별 모양과 당초 무늬가 천만 가지의 변화로 보이는 망원경식 만화경이 있었다. 마지막으로 빙빙 도는 북 같은 통에 활동 사진의 필름을 넣고, 통 옆에 뚫려진 틈으로 보면, 굴뚝 소제부와 서로 싸우고 있는 방앗간 주인, 학생을 매질하는 선생, 풀쩍풀쩍 뛰다가는 달리곤 하는 줄타기 광대, 시골 춤을 추는 농민 남녀가 보이는 것이었다. 한스 카스토르프는 차디찬 손으로 무릎을 짚고 이들 기구 하나하나를 천천히 들여다보았다. 그리고 또 불치의 알빈 씨가 입가에 웃음을 띠고 사교가다운 솜씨로 카드를 만지고 있는 브리지 테이블 곁에 한동안 서 있었다. 한쪽 구석에는 닥터 크로코브스키가 슈퇴르 부인, 일티스 부인, 레비 양에 의해 반원형으로 둘러싸여, 기분 좋고 친밀하게 말을 나누고 있었다.

일류 러시아 인석의 멤버들은 커튼으로 카드 테이블과 나뉘어져 있는 이웃의 작은 살롱으로 들어가 다정한 그룹을 형성하고 있었다. 거기에는 쇼샤 부인 외에 가슴이 쑥 들어가고 눈이 툭 튀어나왔으며 금발 수염을 기른 기운 없는 신사가 있었고, 금귀걸이를 하고 진한 갈색 곱슬머리를 흩뜨려 독특하고 유머러스하게 보이는 아가씨가 있었고, 또 그 모임에 참가한 닥터 블루멘콜, 그리고 어깨가 축 처진 두 청년이 있었다. 쇼샤 부인은 흰 레이스 깃을 단 푸른 옷을 입고 있었다. 그녀는 이 모임의 중심 인물로 작은 살롱 안에서 둥근 테이블을 앞으로 하고, 얼굴은 카드실 쪽을 향해 소파에 앉아 있었다. 한스 카스토르프는 비난하고 싶은 기분으로 이 행실이 나쁜 부인을 보면서, 그녀를 보면 무언가가 연상되지만 그것이 무엇인지 모르겠다고 생각했다……. 30세 가량의 머리숱이 적은 키다리 사나이가, 갈색의 작은 피아노로, 멘델스존(1809~1847)의《한여름밤의 꿈》에서의 결혼 행진곡을 세 번 계속하여 연주했다. 여자들이 다시 듣기를 원하자, 그는 한 사람 한 사람의 눈을 아무 말 없이 물끄러미 바라보고는 음조가 부드러운 그 곡을 다시 한 번 연주하기 시작했다.

「실례합니다. 건강 상태는 어떻습니까? 엔지니어 씨.」

바지 주머니에 양손을 넣고 손님들 한가운데를 돌아다니고 있던 세템브리니가 한스 카스토르프의 옆으로 와서 말했다. 그는 전과 마찬가지로 깔끔한 감으로 만든 잿빛 저고리에 밝은 무늬의 바지 차림이었다. 말을 하면서 미소를 지었지만, 한스 카스토르프는 치켜 올라간 검은 콧수염 밑의, 사람을 깔보는 것처럼 구부러진 입가를 보고 이번에도 흥이 깨지는 듯한 기분이었다. 그는 얼빠진 얼굴을 하고 입을 힘없이 벌린 채 충혈된 눈으로 이탈리아 인을 보았다.

「아, 당신이었습니까? 오늘 아침 산보했을 때의 그분이시군요. 위에 있는 저 벤치에서……, 물이 흐르는 곳에서……, 물론 나는 곧 당신이라는 것을 알

왔습니다.」

한스 카스토르프는 이렇게 말해서는 안 된다는 것을 느끼면서도 말해 버렸다.

「그때 나는 순간적으로 당신을 손풍금장이라고 생각했습니다. 물론 전적으로 넌센스이지요.」하고 세템브리니의 눈이 차갑게 빛나는 것을 보고 한스 카스토르프는 당황해서 말했다. 「요컨대 바보 같은 착각입니다. 나로서도 정말 알 수 없는 일입니다. 도대체 어째서 내가……」

「걱정할 필요가 없습니다. 아무것도 아닌 일이지요.」하고 세템브리니는 젊은이를 아무 말 없이 한동안 쳐다보고 나서 말했다. 「그건 그렇고, 당신은 하루를 어떻게 지냈습니까? 이 환락경 체재의 첫날을 말입니다.」

「고맙습니다. 모두 규칙대로 했습니다. 당신이 즐겨 말씀하시는 『수평 생활』로 태반을 지냈습니다.」

세템브리니는 미소지었다.

「어떤 기회에 그런 말을 했는지도 모르겠는데요. 그건 그렇고 이런 생활 양식을 지루하다고 느끼지 않았습니까?」

「지루하지 않았다고도 지루했다고도 말할 수 있지요. 이 두 가지는 때때로 구별하기가 어렵습니다. 나는 조금도 지루하지 않았다고 말할 수 있습니다. 이 위에서 사는 당산들의 생활은 너무도 눈부신 회전을 하기 때문에 말입니다. 차례로 새로운 일, 희귀한 일을 보고 듣습니다. 그리고 단 하루가 이젠 아주 오래 있었던 것 같은 기분입니다. 이 위에서 이제 나이를 먹고 현명해진 것 같기도 합니다.」

「현명해졌다고요?」하고 세템브리니는 말하고 눈썹을 치켜올렸다. 「실례입니다만, 당신은 대체 나이가 몇입니까?」

그러나 어찌 된 일인지 한스 카스토르프는 그것을 말할 수 없었다. 자기의 연령을 생각해 내려고 열심히, 아니 필사적으로 노력했지만, 그것을 생각해 낼 수가 없었다. 시간을 벌기 위해 그는 상대방의 질문을 되풀이하고 난 다음 말했다.

「저 말입니까? 나이가 얼마냐고요? 물론 스물네 살입니다. 곧 만 스물네 살이 됩니다. 실례합니다. 아주 피곤해서요. 하지만 피곤해졌다는 말만 가지고는 아직 표현이 충분하지 않은 것 같습니다. 내 상태는 당신도 알고 계실는지요. 꿈을 꾸고 있습니다. 스스로도 꿈을 꾸고 있는 것 같아서 눈을 뜨려고 하지만, 아무리 해도 눈이 떠지지 않는 상태입니다. 내 상태가 바로 이러한

것입니다. 열이 있는 것도 같고요. 다르게는 전혀 설명할 수 없군요. 발은 무
릎 있는 데까지 찹니다. 그렇게 말할 수 있다면 말입니다. 왜냐하면 무릎은
사실 발이 아니니까요. 미안합니다. 정신이 완전히 혼란되어서……. 하지만
결국 이것도 이상한 일은 아닙니다. 아침부터 그 부분에서 울려나오는 괴상한
소리를 들었고 그 다음에는 알빈 씨의 연설을, 그것도 수평 상태에서 들었으
니까 말입니다. 정말이지, 나는 이제 나의 오관을 신용할 수 없는 느낌입니
다. 그리고 솔직히 말해서 이것이 상기된 얼굴이나 차가워진 발보다 훨씬
견딜 수 없습니다. 한 번 솔직한 의견을 들려 주십시오. 당신은 슈퇴르 부인
이 스물여덟 종류의 생선 간장을 만들 수 있다는 것을 가능하다고 생각합니
까? 나는 그녀가 정말로 그것을 만들 수 있는지를 묻고 있는 것이 아니
라——그런 것은 불가능하니까요——그녀가 아까 식탁에서 정말 그렇게 주
장했는지 그렇지 않으면 나에게만 그렇게 들렸을 뿐인지, 그것을 알고 싶은
것입니다.」

세템브리니는 한스 카스토르프의 얼굴을 물끄러미 바라보았다. 그는 말을
듣고 있지 않는 것 같았다. 이번에도 그의 눈은 계속 응시하면서 멍하니 공허
한 눈초리가 되더니, 오늘 아침처럼 세 번씩 「그렇지, 그렇지, 그렇지.」,
「그래, 그래, 그래.」라고 말했다. 조롱하는 듯한, 깊이 생각하는 듯한 어조로
날카롭게 그렇지 하고 발음하면서, 「스물넷이라고 했지요?」세템브리니는
잠시 사이를 두었다가 이렇게 말했다.

「아닙니다. 스물여덟입니다.」 하고 한스 카스토르프는 말했다. 「스물여덟
종류의 생선용 간장입니다. 일반 간장이 아닙니다. 생선용 특별 간장만 스물
여덟 종류 말입니다. 그것은 당치도 않은 것입니다.」

「엔지니어!」세템브리니는 성난 듯한, 핀잔을 주는 듯한 말투였다. 「마음
을 가다듬고 어리석은 헛소리를 하지 마십시오. 그런 것은 내가 알 바 아니고
알고 싶은 이야기도 아닙니다. 24세라고 하셨지요. 흠…… 그러면 한 가지 더
묻는 것을 용서해 주십시오. 만약 뭣하시다면 주책없는 진언이라고 생각하셔
도 좋습니다. 당신에게는 이 위에서의 체재가 몸에 좋지 않은 것 같습니다.
즉 육체적으로, 또 내 생각에 잘못이 없다면, 정신적으로도 우리들이 살고 있
는 이곳은 좋지 않은 것 같습니다. 그러니 어떻습니까, 더 이상 이곳에서 시
간을 보내는 것을 단념하시고, 분명하게 말씀드린다면, 오늘 밤 안으로 짐을
꾸려 내일 정기 급행 열차로 돌아가시는 것이 어떨까요?」

「나더러 이곳을 떠나라는 말씀입니까?」 하고 한스 카스토르프는 물었다.

「여기에 겨우 막 도착했는데요? 안 됩니다. 하루 가지고 무엇을 알겠습니까?」

한스 카스토르프는 이렇게 말하면서 우연히 이웃 살롱을 들여다보니, 이쪽을 향해 앉아 있는 쇼샤 부인의 가느다란 눈과 넓은 광대뼈가 보였다. 그녀는 대체 무엇을, 누구를 연상시키는 것일까 하고 생각해 보았으나, 피곤하여 잠시 생각한 것으로는 알아 낼 수가 없었다.

「물론 이 위에서 사는 여러분들의 분위기에 익숙해지기란 그렇게 쉬운 일이 아닙니다. 그러나 그것은 처음부터 예상하고 있었습니다. 처음 이삼 일 동안에 좀 혼란스럽고 얼굴이 상기된다고 해서 그 때문에 곧 예정을 변경한다면 그거야말로 부끄러운 일일 겁니다. 정말로 자신이 비겁하게 느껴지고 게다가 그것은 이성에 거역하는 것입니다. 그렇습니다. 당신도 마음속으로는……」

한스 카스토르프는 갑자기 고자세로 따지는 듯한 투로 이렇게 말하며 흥분한 나머지 어깨를 흔들었는데, 거기에는 이탈리아 인의 제안을 철회시키지 않고는 가만있지 않겠다는 낌새가 느껴졌다.

「나는 당신의 이성을 존중합니다.」세템브리니는 말했다. 「그리고 용기에도 경의를 표합니다. 당신이 말씀하신 것은 당연한 것으로, 이에 대해 이렇다 할 만한 반박을 하기란 어려울 것 같습니다. 그리고 나는 이곳에 동화된 훌륭한 실례를 여러 번 실지로 보고 있습니다. 이를테면 작년 여기에 크나이퍼 양——오틸리에 크나이퍼라는 양가 출신의 아가씨인데 고급 관리의 자녀였습니다. 그 아가씨는 여기에 아마 1년 반 가량 있었는데 이곳 생활에 익숙해져서, 완전히 건강해진 뒤에도——그런 일이 있습니다. 이 위에서도 가끔 건강해지는 일이 있습니다——완쾌되었는데도 절대로 이곳을 떠나려 하지 않았습니다. 이 위에 있게 해달라고 고문관에게 애걸했으니까요. 집에는 돌아갈 수 없고 돌아가기도 싫다, 여기가 자기 집이며 여기서야말로 행복하다고 하면서 말입니다. 그러나 그때 마침 손님들이 막 몰려들어 그 아가씨의 방도 비워야만 하게 되었기 때문에 그녀의 애걸을 들어 주지 않고, 아가씨는 완쾌했으므로 무슨 일이 있어도 퇴원하라고 했던 것입니다. 그런데 오틸리에는 열이 몹시 나게 되어 체온표의 곡선이 급상승했습니다. 그러나 보통 사용하는 체온계 대신 『무한정 체온계』를 사용한 것이 결국 발각되고 말았습니다. 당신은 『무한정 체온계』가 어떤 것인지 아직 모르시겠지만, 이것은 눈금이 없는 체온계를 말하는 것으로, 의사가 그것에 자를 대고 도수를 재어 체온계의 결과를 스스로 기입하는 식의 체온계입니다. 오틸리에는 36도 9부였습니다. 즉, 평열

이었습니다. 그래서 아가씨는 호수에 들어가서 수영을 했습니다. 5월 초의 일
로 아직 밤은 차가웠으나 호수는 얼음처럼 찬 정도는 아니었고, 엄밀히 말해,
이삼 도의 온도였습니다. 아가씨는 오랫동안 물에 들어가 있으면 병이 날 것
이라고 생각했던 것입니다. 그러나 그 결과는? 아무리 해도 나빠지지를 않
았던 것입니다. 그녀는 양친의 위로의 말에도 귀를 기울이지 않고 비탄과 절
망 속에서 떠나 버리고 말았습니다. 『저 밑으로 내려가서 무엇을 하라는 것
이죠? 이곳이 내 집인데요.』라고 부르짖으면서 말입니다. 그 아가씨는 그 뒤
에 어떻게 되었는지는 모르겠습니다. 그런데 당신은 내 말을 듣고 있지 않는
것 같군요. 엔지니어! 내 생각이 틀리지 않는다면 당신은 서 있는 것조차 힘
이 드는 것 같아요. 소위님, 사촌을 맡으십시오.」세템브리니는 그때 마침 가
까이 온 요아힘에게 말했다.

「침대로 데리고 가십시오. 이성과 용기를 겸한 사촌이지만 오늘은 다리가
이상하군요.」

「아닙니다. 천만에요. 나는 하신 말씀을 전부 다 듣고 있었습니다.」한스
카스토르프는 단언했다. 「『무한정 체온계』란 것은 눈금이 전혀 없는 수은주
란 말씀이지요. 어떻습니까, 모두 알고 있지요?」

그러나 한스 카스토르프는 요아힘과 다른 여러 사람과 함께 엘리베이터를
타고 위로 돌아갔다. 오늘 밤의 모임은 끝나, 사람들은 해산하고 밤의 안정
요양을 하기 위해 저마다 안정 홀과 발코니로 갔다. 한스 카스토르프는 사촌
방으로 따라 들어갔다. 복도를 걷는 발 밑에서 야자수 자리를 깐 마루가 천천
히 물결치는 것 같았으나 그것을 별로 기분 나쁘게 느끼지는 않았다. 요아힘
의 꽃무늬 있는 큰 안락의자에 앉아서――이웃 34호실에도 이것과 꼭 같은
의자가 있었다――마리아 만치니를 피웠다. 시거는 아교의 맛, 석탄의 맛 이
외에 여러 가지 맛이 났지만, 마리아 만치니의 맛만은 나지 않았다. 그러나
이에 구애됨이 없이 계속 피우면서, 요아힘이 안정 요양의 준비를 하기 위해
작업복 같은 실내용 저고리로 갈아입고 그 위에 좀 낡은 외투를 걸치고는, 작
은 테이블 용의 전기 스탠드와 러시아어 자습서를 가지고 발코니로 나가, 스
탠드에 불을 켜고 체온계를 입에 물고 침대 의자에 누운 다음 의자 위에 있던
두 장의 큰 낙타 담요를 놀랄 만큼 솜씨 좋게 펴서 덮는 것을 보았다. 한스
카스토르프는, 사촌의 능숙한 솜씨를 마음속으로 감탄하면서 보고 있었다. 요
아힘은 겹친 두 장의 담요를 한 장씩, 처음에는 왼편에서 가로로 겨드랑이까
지 덮고 다음에는 밑에서 발을 싸며 이어 오른편에서 같은 동작을 되풀이하

였다. 그래서 마지막에는 담요가 모두 균형이 취해진 납작한 보자기처럼 되고
그 보자기로부터 머리와 양어깨 그리고 양팔만이 나와 있었다.

「정말 잘하는군.」

「연습을 자꾸 하면 이렇게 된다네.」요아힘은 체온계를 이빨로 누르면서 말
했다. 「자네도 할 수 있게 되지. 내일은 꼭 자네가 쓸 담요를 두 장 사야겠
어. 밑에 내려가서도 쓸 수 있고, 이 위에서는 필수품이니까. 그리고 자네는
가죽으로 된 슬리핑백도 없잖아.」

「그러나 나는 밤중에 발코니에서 잘 수는 없어.」하고 한스 카스토르프는
선언했다.

「그건 할 수 없어. 지금부터 말해 줄게. 너무 이상한 기분이 될 테니까 말
이야. 모든 것에는 한계가 있는 법이지. 그리고 내가 이 위에서 사는 자네들
에게 다만 손님으로 와 있다는 것을 뚜렷이 해두어야겠네. 나는 잠깐만 더 여
기에 앉아 시거를 피우겠네. 맛이 형편없지만, 이것은 마리아가 나빠서 그런
게 아니라는 것을 알고 있기 때문에 오늘 밤은 이것으로 만족해야지. 얼마 안
있으면 9시로군. 아직도 9시 전이라니 유감스러운걸. 그러나 9시 반이 되면
침대로 들어가도 이럭저럭 괜찮은 시각이라고 말할 수 있지.」

그는 몸에 심한 오한을 느꼈다——한 번, 그리고 계속해서 여러 번. 한스
카스토르프는 벌떡 일어나, 현행범을 잡으려는 것처럼 벽에 걸린 한란계 앞으
로 달려갔다. 실내 온도가 섭씨 9도였다. 스팀관에 손을 대어 보니, 관은 꺼
져서 차가웠다. 한스 카스토르프는 8월이라고 해서 스팀을 안 땐다는 것은 괘
씸한 일이다, 그때그때의 달의 이름이 문제가 아니라 그때그때의 기온이 문제
인데, 그리고 이 기온은 인간을 개처럼 떨게 하고 있다는 의미의 말을 밑도끝
도없이 중얼거렸다. 그러나 얼굴은 타는 듯이 화끈거렸다. 그는 다시 앉았다
가 곧 또 일어나, 요아힘에게 침대의 담요를 빌려 달라고 하면서 의자에 앉아
무릎 아래에 담요를 덮었다. 그리고 열과 오한을 느끼면서, 맛이 전혀 나지
않는 시거 때문에 고생만 했다. 매우 비참한 기분이 그를 엄습했다. 이렇게
비참한 기분은 난생 처음이었다. 비참하구나, 하고 중얼거렸다. 그러나 그
러다가 갑자기 이상하게 방종한 기쁨과 기대의 감정이 그의 마음을 스쳐 지나
갔다. 한 번 그런 감정이 스쳐 지나가자, 그런 것이 다시 한 번 돌아오지 않
을까 생각하고, 가만히 앉아서 기다려 보았다. 그러나 그것은 이제 돌아오지
않고 비참한 감정만이 남았다. 그래서 마침내는 일어나, 요아힘의 담요를 침
대 위에 던져 주고는 입을 삐죽거리며, 잘 자 ! 얼어 죽지 말아, 내일도 아침

식사 때 불러 주도록 부탁해라는 의미의 말을 중얼거리고, 복도를 따라 자기 방으로 비틀거리며 돌아왔다.

그는 옷을 벗으면서 콧노래를 불렀지만 그것도 즐거워서 부른 것은 아니었다. 자기 몸치장의 세세한 순서와 문화적인 의무를 그다지 마음에 내키지 않는 것처럼 기계적으로 치르고 난 뒤, 여행용 작은 병에서 핑크색 물치약을 컵에 붓고 주의 깊게 양치질을 한 다음 질이 좋고 부드러운 자줏빛 비누로 손을 씻고 나서 안주머니에 『HC』라고 수놓은 얇은 삼베의 긴 잠옷을 입었다. 그리고는 침대에 누워, 혼란된 뜨거운 머리를 죽은 미국 아가씨가 쓰던 그 베개 위에 떨구고 스탠드를 껐다.

곧 잠이 들 것으로 생각했는데, 그것이 틀린 생각이라는 것을 알았다. 아까까지만 해도 뜨기 곤란했던 눈꺼풀이 이번에는 아무리 해도 감겨지지 않고, 모처럼 붙였다고 생각하자 안정을 잃고 다시 떠지고 말았다. 아직은 평소의 잠자는 시간이 아니니까, 하고 그는 스스로에게 타일렀다. 게다가 아침부터 누워만 있었지. 그리고 어디선가 옥외에서 융단을 두드리는 것 같은 소리가 났다. 이런 시각에 그것은 생각할 수 없는 일이었고 사실 또 그럴 리가 없었다. 그 소리는 한스 카스토르프의 심장의 소리였는데, 몸 밖의 어딘지 먼 옥외에서 등(藤)으로 엮은 먼지떨이로 융단을 두드리는 소리같이 들려왔다.

방은 아직 캄캄하지는 않았다. 발코니로 나가는 문이 열려 있어 거기에서 요아힘과 이류 러시아 인석 부부의 발코니 전기 스탠드 불빛이 흘러 들어왔기 때문이었다. 한스 카스토르프는 눈을 끔뻑이면서 반듯이 누워 있었는데 갑자기 그날 낮의 어떤 인상, 그날 낮의 여러 인상 중 한 가지, 그가 깜짝 놀라 델리케이트한 기분으로 곧 잊어버리려고 한 관찰이 마음에 되살아났다. 그것은 마루샤와 그녀의 용모에 관한 것이 화제가 되었을 때, 요아힘에게 나타난 표정——입술이 온통 이상하게 울 것같이 비뚤어지고, 햇빛에 그을린 볼이 얼룩져 푸르렀던 표정이었다. 한스 카스토르프는 그것이 무엇을 의미하는가를 이해하고 통찰했다. 매우 새롭고 심각하게, 절실히 이해하고 통찰했기 때문에 옥외에서 융단을 두드리는 먼지떨이 소리의 속도와 강도가 곱절로 되어, 『읍내』에서 들려 오는 소야곡의 울림을 거의 지워 버릴 정도였다. 아래에 있는 읍내의 요양 호텔에서는 오늘 밤도 음악회가 있어, 균형 잡힌 구조의 오래된 소가극(小歌劇)풍의 선율이 어둠을 타고 여기까지 들려왔다. 그래서 한스 카스토르프는 그 선율을 함께 휘파람으로 속삭이면서(휘파람으로 속삭이듯이 불 수 있다), 새털 이불 밑의 차가운 발로 박자를 맞추었다.

물론 이 상태에서 잠을 잘 수는 없는 일이었고 한스 카스토르프도 잠이 올 것이라고는 추호도 생각하지 않았다. 요아힘이 어째서 그렇게 얼굴이 파랗게 되었는지를 새롭고 생생하게 이해하고 난 뒤에는, 한스 카스토르프는 세계가 일변한 것처럼 느껴져, 아까의 방종스러운 기쁨과 기대의 감미로운 감정이 또다시 마음속 깊이 스쳐 지나갔다. 그리고 그는 무언가를 아직 기다리고 있었다. 무엇을 기다리고 있는지는 확실히 의식하지 않았지만, 그러나 좌우의 이웃 사람들이 밤의 안정 요양을 끝마치고 발코니의 수평 상태를 방안의 수평 상태로 바꾸기 위해 방으로 들어가는 것을 들으면서 한스 카스토르프는, 이웃의 야만스런 부부도 오늘 밤은 조용히 해주겠지, 하고 스스로에게 타일렀다. 오늘 밤 평안히 쉴 것이라 생각했다. 오늘 밤은 이웃도 조용히 해 주겠지, 나는 그것을 믿어 의심치 않는다, 하고 생각했다. 그러나 이웃 두 사람은 조용히 하지 않았을 뿐더러 한스 카스토르프도 결코 마음으로부터 그것을 믿지는 않았다. 사실대로 말한다면, 두 사람이 조용히 하고 있었다면 한스 카스토르프 쪽이 반대로 그것을 이상하게 여겼을 것이다. 그럼에도 불구하고 그는 들려오는 소리에 깜짝깜짝 놀라 몇 번이나 속으로「이럴 수가 있나.」하고 소리를 죽여 외쳤다. 「이건 너무한데. 못 견디겠는걸. 정말 너무하는군.」이렇게 외치는 사이사이에도 끈덕지게 들려오는 케케묵은 소가극풍의 선율에 맞추어 그는 속삭이는 듯하게 휘파람을 불고 있었다.

그러는 동안에 얕은 잠이 들었다. 이와 동시에 여기에 도착한 날 밤에 꾸었던 꿈보다도 더 종잡을 수 없는 꿈을 꾸기 시작했고, 무섭고 혼란된 상념을 쫓아 여러 번 잠을 깰 뻔도 했다. 베렌스 고문관이 양팔을 꼿꼿이 앞으로 드리우고, 무릎을 굽히고 뜰의 작은 길을 걸어다니면서, 거칠게 느껴지는 걸음 폭이 넓은 발걸음으로 멀리에서 들려오는 행진곡 박자를 맞추고 있었다. 고문관은 한스 카스토르프 앞에서 멈추었는데, 도수 높은 둥근 알의 안경을 끼고 알 수 없는 말을 중얼대었다. 「물론 문화인이지.」이렇게 말하고 허락도 구하지 않고 한스 카스토르프의 눈꺼풀을 큰 손의 집게손가락과 가운뎃손가락으로 뒤집었다. 「내가 추측한 대로 존경할 만한 문화인이군요. 그리고 재주도 있군요. 전신 연소 작용의 증진에 결코 재주가 없다고 할 수는 없어요. 이곳에서 이삼 년 햇수를 보내는 것을 아끼지는 않겠지요. 이 위에서 사는 우리들의 경쾌한 햇수 진행을 말이오. 그럼 자, 여러분, 이제 산보를 시작하십시오.」

베렌스가 이렇게 외치고는 두 개의 두툼한 집게손가락을 입에 넣고 묘하게 듣기 좋은 휘파람 소리를 내자 여교사와 미스 로빈슨이 각기 다른 방향으로부터 작게 오그라든 모습으로 공중을 날아와, 식당에서 한스 카스토르프의 좌우에 앉는 것처럼, 베렌스의 양쪽 어깨에 앉았다. 고문관은 두 여자를 앉힌 채 껑충껑충 뛰는 듯한 발걸음으로 저쪽으로 멀어져 가면서 안경알 속으로 냅킨을 집어넣어 눈을 닦았다. 무엇을 닦았는지, 땀이지 눈물인지 알 수 없었다.

꿈을 꾸고 있는 그는 다음엔 이런 꿈을 꾸었다. 그는 오랜 세월, 수업 시간 사이의 휴식 시간을 보낸 교정(校庭)에 있었다. 역시 그 교정에 있는 쇼샤 부인으로부터 연필을 빌리려 하고 있었는데, 그녀는 호감이 가는 쉰 목소리로, 「수업이 끝나면 꼭 돌려주셔야 해요.」하고 다짐하면서 절반 가량 남은 대가 빨갛게 칠해지고 은색 뚜껑이 씌워진 연필을 빌려 주었다. 그녀가 넓은 광대뼈 위의 회색과 녹색이 섞인 푸른 눈으로 그를 응시했을 때, 한스 카스토르프는 그녀가 대체 무엇을, 누구를 연상시키는가를 알 수 있어서 그것을 놓치지 않으려고 꿈의 세계로부터 있는 힘을 다해 몸을 떨쳐 나오려 했다. 그 귀중한 발견을 내일을 위해 성급히 머릿속에 새겨 넣었다. 왜냐하면 잠과 꿈에 휩싸여 들어가는 것을 느꼈기 때문이었다. 그는 곧 그가 어리석고 정말로 비상식적인 공포를 느끼고 있는, 정신 분석을 쳐들고 다가오는 닥터 크로코브스키에게 잡히지 않으려고, 안타까운 발걸음으로 유리 칸막이 옆을 지나 방이 여러 개 있는 발코니를 빠져 나와, 생명의 위험을 무릅쓰고 정원으로 뛰어내려 적갈색으로 칠한 깃대에 기어오르려고 했다. 쫓아온 의사에게 바짓자락을 붙잡힌 그 순간 땀에 흠뻑 젖어 눈을 떴다.

얼마쯤 진정을 하고 다시 얕은 잠 속에 들어간 순간, 상황은 다음과 같이 전개되었다. 한스 카스토르프는 그의 앞에서 미소짓고 있는——풍부한 검은 콧수염이 아름답게 곡선을 그리며 살짝 위로 올라간 밑에서 우아하나 냉정하게 빈정대듯 미소짓는——세템브리니를 그 장소에서 어깨로 떠밀어 내려고 안간힘을 썼다. 한스 카스토르프가 못 견디게 느낀 것은 그 미소였다. 「방해가 됩니다.」하고 꿈속에서 자기가 말하는 것을 분명히 들었다. 「가주십시오. 당신은 역시 손풍금장이에 불과합니다. 여기 있으면 방해가 됩니다.」

그러나 세템브리니는 그 장소에서 움직이려고 하지 않았기 때문에, 한스 카스토르프는 이제 어떻게 하면 좋을가 하고 생각하며 서 있는데 시간이란 대체 무엇이란 말인가에 대해 멋진 생각이 갑자기 머리에 떠올랐다. 시간이란 다름이 아닌 무한정 체온계에 지나지 않는다. 의사를 속여 보려 하는 환자들에게 주어지는 도수 없는 수은주인 것이다. 한스 카스토르프는 이 발견을 내일은 사촌인 요아힘에게 말해 주어야겠다고 마음에 굳게 맹세하면서 눈을 떴다.

이러한 모험과 발견을 하고 있는 사이에 밤이 지나갔다. 이들 꿈속에서 헤르미네 클레펠트, 알빈 씨, 미클로지히 대위가 각기 영문 모를 역할을 했다. 즉 미클로지히 대위는 슈퇴르 부인을 입에 물고 유괴하려다가 파라반트 검사의 창에 찔려 버렸다. 그러나 이러한 꿈 중의 하나를 한스 카스토르프는 그날 밤 두 번이나 꾸었다——두 번 다 똑같은 내용으로——두번째 새벽이 가까웠을 때 한스 카스토르프가 일곱 개 식탁이 나란히 놓여 있는 식당에 앉아 있으니, 유리문이 심한 소리를 내며 닫히면서, 쇼샤 부인이 한 손을 휜 스웨터 주머니에 넣고, 또 한 손을 머리 뒷부분에 대고 들어왔다. 그러나 이 버릇없는 여자는 여느때처럼 일류 러시아 인석에 가지 않고, 한스 카스토르프 쪽으로 소리도 내지 않고 다가와, 말없이 손을 내놓으며 거기에 키스하도록 했다. 그러나 손등이 아니라 손바닥을 내놓아, 한스 카스토르프는 쇼샤 부인의 세련되지 않고, 옆이 좀 넓은, 손톱 주위의 피부가 거칠고 손가락이 짧은 손바닥에 입술을 대었다. 그리고 그는 시험삼아 명예의 짐으로부터 해방되어 불명예의 무한한 특전을 상상해 볼 때 마음속에서 끓어오르던 방종한 감미로움이 다시 머리끝에서 발끝까지 스며들어왔다. 그것은 꿈속이 현실의 경우보다 훨씬 더 강렬하였다.

제4장

필요한 물건 사들이기

「이것으로 이곳 여름은 끝인가?」 한스 카스토르프는 사흘째 되는 날 야유하는 어조로 사촌에게 물었다.

날씨가 갑자기 변했다.

청강생이 이 위에서 하루를 보낸 이틀째 되는 날은 여름처럼 맑은 날이었다. 가문비나무 끝에서 창끝처럼 뻗어 있는 새싹 위쪽으로 새파란 하늘이 빛났고, 골짜기 마을은 쨍쨍한 햇빛으로 번쩍이고 있었다. 햇볕으로 따스해진 산중턱의 짧은 풀 속에서는 암소들이 풀을 뜯으며 돌아다니며 있었으며 그 방울 소리가 주위의 공기를 밝고 평화롭게 만들고 있었다. 여성 환자들은 벌써 첫번째 아침 식사 때부터 세탁이 잘 되는 얇은 블라우스 차림으로 나타났고 개중에는 레이스 소매를 하고 나타난 여자들도 있었지만, 이것은 누구에게나 다 어울린다고 할 수는 없었다. 가령 슈퇴르 부인에게는 전혀 어울리지 않았다. 그녀의 팔은 너무 뚱뚱하게 살이 쪄 있어서 그러한 경쾌한 복장은 어울릴 수가 없었다. 요양원의 신사들도 산뜻한 날씨에 경의를 표하여 복장을 각기 자기 나름대로 갈아입었다. 얇은 알파카의 저고리와 삼베옷도 보였다. 요아힘 짐센은 푸른 저고리에 상아빛 플란넬 바지의 가벼운 옷차림이었지만, 이 배합은 그의 모습에 완전히 군인 같은 느낌을 주었다. 세템브리니로 말하면, 그도 옷을 갈아입을 의사를 되풀이하여 말했다. 「이거 정말이지,」 하고 세템브리니는 점심 식사가 끝난 뒤 사촌 형제들과 읍내로 산보하러 내려가면서 말했다. 「햇빛이 강한데요. 나도 가벼운 옷으로 갈아입어야겠습니다.」

이런 듣기 좋은 표현으로 말하면서도 그는 여전히 깃이 큰 양복의 긴 윗도리와 바둑 무늬의 바지 차림이었는데, 그밖에 입을 옷은 갖고 있지 않은 것 같았다.

그런데 사흘째로 접어들자, 천지가 뒤집혀져서 모든 질서가 붕괴되어 버린 것 같았다. 한스 카스토르프는 자기의 눈을 믿을 수가 없었다. 가장 중요한 식사인 점심 식사가 끝나 안정 요양을 20분간 계속하였을 때, 태양이 허둥지둥 숨어 버리고, 동남쪽의 산꼭대기에 이탄(泥炭) 같은 갈색의 추악한 구름이 나오더니, 이상하게 살을 찌르는 듯한 차가운 바람이 일었다. 얼음이 쌓인 미지의 극지(極地)에서 불어 오는 것 같은 이 바람은 갑자기 골짜기로 불어 왔는데, 기온이 급격하게 내려가 주위의 상태가 확 바뀌고 말았다.

「눈이다.」 유리 칸막이 저쪽에서 요아힘의 소리가 났다.

「눈이 어떻게 됐다는 건가?」 하고 한스 카스토르프는 반문했다. 「설마 지금부터 눈이 온다는 것은 아니겠지?」

「틀림없이 눈이 올 거야.」 하고 요아힘은 말했다. 「이 바람은 우리들이 잘 알고 있지, 이 바람이 불면 썰매길이 생긴다네.」

「농담이겠지.」 한스 카스토르프는 대답했다. 「아직 8월 초가 아닌가 말이야.」

그러나 이 위의 사정에 밝은 요아힘의 말이 옳았다. 얼마 뒤 계속 우뢰 소리가 나면서 맹렬한 눈보라로 변하더니 모든 것이 흰 증기에 덮인 것처럼 보이고, 부락과 골짜기가 거의 보이지 않게 되어 버렸다.

눈은 오후 내내 내렸다. 스팀이 들어왔다. 요아힘은 슬리핑백에 들어가, 요양 근무를 계속하는 동안, 한스 카스토르프는 방안으로 들어가 따뜻해진 스팀관 옆에 의자를 놓고, 거기에서 바깥의 괴상한 날씨를 머리를 흔들면서 바라보았다. 다음날 아침에 눈이 멎고 바깥 기온도 2,3 도였지만, 눈이 일 피트나 쌓여 한스 카스토르프는 완전히 겨울 경치로 변한 풍경을 놀란 눈으로 둘러보았다. 스팀은 다시 꺼지고 실내 온도는 6도였다.

「이것으로 자네들의 여름은 끝이 난 건가?」 하고 한스 카스토르프는 성이 난 것같이 빈정대는 어조로 사촌에게 물었다.

「꼭 그렇다고만 할 수 없지.」 하고 요아힘은 사실대로 말했다. 「이제부터 또 여름 같은 날씨가 없다고는 할 수 없어. 9월에 들어가서도 그런 날이 아주 많으니 말이야. 그러니 여기서는 계절의 구별이 없다고 하는 거지. 정말일 거야. 말하자면 계절이 마구 섞여서 달력대로는 아니거든. 겨울에도 볕이 쨍쨍 내리쬐서 산보를 하다 보면 땀이 흘러서 저고리를 벗는 일이 있고, 여름에도,

아니 여기 여름이 가끔 어떤 것인지는 자네가 보는 대로야. 이렇게 눈이 오니 말이야. 이것이 모든 걸 엉망으로 만들어 버리고 말지. 1월에도 눈이 오지만, 5월에도 이에 못지 않게 오고, 8월에도 보는 바와 같아. 눈이 안 오는 달이 없다고도 할 수 있지. 이렇게만 생각하면 틀림이 없어. 요컨대 겨울 같은 날과 여름 같은 날, 봄 같은 날과 가을 같은 날이 있지만, 소위 사철이라는 건 없다네.」

「멋진 뒤범벅이로군.」

이렇게 한스 카스토르프는 말했다. 그는 오버슈즈를 신고 겨울 외투를 입고 안정 요양용 담요를 사려고 사촌과 함께 읍내로 내려가는 길이었다. 이런 날씨에 무릎덮개만으로는 견딜 수가 없었기 때문이었다. 기왕에 슬리핑백도 사는 것이 어떨까 하고 생각했지만, 곧 그것을 생각하는 것을 그만두었다. 아니, 그것을 생각하고는 깜짝 놀랐다.

「아니야. 담요만 사기로 하자. 담요 같으면 밑에 내려가서도 사용할 수 있고, 어떤 곳이든지 있는 것이니까 그렇게 이상할 것은 없지. 하지만 슬리핑백이라면 좀 특수한 것이니까 말이야. 안 그래? 그것까지 사게 되면 어쩐지 여기 주저앉아서 자네들과 한무리가 된 것 같은 꼴이 되니까 말이야. 요컨대 내가 말하고 싶은 것은 이삼 주일을 위해 일부러 슬리핑백까지 살 필요는 없다는 것이야.」

요아힘도 이에 찬성했다. 그래서 두 사람은 영국 거리의 물건이 많은 멋진 상점에서 요아힘이 가지고 있는 부드럽고 감촉이 좋은, 가로세로가 특히 긴 자연색 그대로의 낙타 담요 두 장을 사가지고 국제 요양원인 『베르크호프』의 34호실로 곧 보내 달라고 부탁했다. 한스 카스토르프는 곧 그날 오후부터 그것을 사용하려고 생각했던 것이다.

물론 이것은 두번째 아침 식사 뒤의 시간이었는데, 이 시간을 빼고는 읍내로 내려갈 기회가 하루 동안에 없었다. 지금은 비가 와서 길거리의 눈은 죽처럼 녹아서 질퍽하게 튀어올랐다. 돌아오는 길에 두 사람은, 모자는 쓰지 않았지만 우산을 받치고 있는 세템브리니가 역시 요양원으로 터벅터벅 걸어가는 것을 뒤쫓아갔다. 이 이탈리아 인은 누런 얼굴을 하고 있어, 우울한 기분인 것같이 보였다. 그는 이 추위와 습기에 정말 고생하고 있는 모양으로, 이것을 깨끗하고 격조 높은 독일어로 한탄하였다. 적어도 스팀은 넣어 주어야 할 것이 아닌가. 그러나 저 야비한 권력자들은 눈이 그치면 곧 스팀을 꺼버리는데, 정말 비인간적인 조치이며 이성을 무시한 규정이란 말이다. 이에 대해 한스 카스토르프가 실내 온도를 낮게 해두는 것은 아마 요양법의 하나이며 환자들이 추위하는 것을 예방하기 위한 것일 거라고 한 마디 하자, 세템브리니는 날카로운 조롱으로 여기에 대답했다. 요양법이란 말이지, 신성하고 침범할 수 없는 요양법이란 말이지. 한스 카스토르프가 요양법을 운운하는 말은 정말 적절한 말이라고 할 수 있으며, 정말로 경건하고 공손한 말이다. 단 한 가지 여기에, 아주 즐거운 의미에서이긴 하지만 이상하게 여겨지는 것은 요양법 중에서 신성시되어지는 것이 권력자들의 경제적 이익과 완전 일치하는 것에 국한되어 있고, 그렇지 않은 것에는 눈을 감아 버린다라고 세템브리니는 말했다. 사촌들이 웃고 있는 동안에, 세템브리니는 자기가 갈망하는 따뜻함과 관련지어서 죽은 아버지에 관해서 이야기를 했다.

「나의 아버지는 섬세한 사람이었습니다. 육체도 영혼도 민감한 인물이었습니다.」 세템브리니는 천천히 꿈꾸는 듯한 어조로 말했다. 「아버지는 겨울이 되면 그의 작고 따뜻한 서재를 얼마나 즐겨 애용했는지 모릅니다. 진심으로 그곳을 사랑하고, 빨갛게 불타는 난로로 언제나 섭씨 20도의 온도를 유지토록 했습니다. 차고 습기찬 날이나, 살을 에는 듯한 북풍이 부는 날에 집 현관에서 아버지의 서재로 들어가면, 따뜻함이 부드러운 외투처럼 어깨를 덮어 주었고, 눈에는 기분 좋은 눈물이 넘치는 것이었습니다. 서재는 책과 원고로 파묻혔고 그 가운데는 아주 가치 있는 것도 있었는데 아버지는 그 정신적 보물에 둘러싸여, 푸른 플란넬의 실내복을 입고 좁은 경사진 책상 앞에 앉아 문학에 정진하였습니다. 가냘프고 자그마한 몸집이어서 나보다는 머리 하나만큼 작았습니다. 여러분! 그러나 관자놀이에 백발이 섞인 풍성한 머리카락을 늘어뜨리고, 코는 콧날이 서서 아름다웠습니다. 아버지는 뛰어난 라틴어 학자였습니다. 여러분! 당시 권위자의 한 사람이고, 굴지의 국문학자, 어디에 비길 데 없는 라틴어 문장가, 그리고 보카치오의 말대로 이상적인 문학자였습니다. 아버지와 이야기를 나누려고 학자들이 먼 곳에서 찾아왔습니다. 어떤 학자는 하파란다(스웨덴 최북단의 도시)에서, 어떤 학자는 크라카우(폴란드 남부 지방의 도시)에서. 그들은 아버지에게 경의를 표하기 위해 우리들이 살고 있는 도시 파두아(이탈리아의 도시로 베니스와 밀라노의 교차점. 《파우스트》 베니스)로 일부러 왔습니다. 아버지는 또한 뛰어난 시인이어서 여가에는 유려하기 비길 데 없는 토스카나의 산문으로 이야기를 썼습니다. 아버지는 문학의 대가였습니다.」 세템브리니는 모국어의 음절을 헛바닥 위에서 천천히 녹이듯 하며, 머리를 이쪽저쪽으로 움직이면서 황홀하게 즐기는 듯이 말했다.

「아버지는 작은 정원을 베르길리우스의 예를 따라 만들었습니다. 그리고 아버지가 하시는 말씀은 모두 건전하고 우아했습니다. 그러나 서재는 따스하게 하는 것을 원했습니다. 서재가 따뜻하지 않으면 아버지는 춥고 화가 나서 눈물을 흘리기까지 했던 것입니다. 그러니 생각해 보십시오, 엔지니어, 그리고 소위님도 말입니다. 이러한 아버지의 아들인 내가 한여름에 추위에 온몸을 떨고 쉴새없이 굴욕적인 인상에 영혼이 들볶이는 이 저주스러운 야만 지대에서 얼마나 고생해야만 하는지를. 아아, 참을 수가 없습니다. 우리 주위의 사람들은 어떠한 타입의 사람들이겠습니까. 저 우습기 짝이 없는 악마의 종놈인 고문관, 크로코브스키!」그러면서 세템브리니는 혀를 잔뜩 비틀어 발음하면서 말했다. 「내가 인간의 존엄성으로써 그 종놈 같은 괴물의 실험대에 희생되는 것을 거절하기 때문에, 나를 미워하는 저 파렴치한 고해 청죄사······ 그리고 내 식탁에는······ 내가 함께 식사하도록 강요받고 있는 작자들은 어떤 사람들이겠습니까? 나의 오른편 옆에는 할레에서 온 양조자인 마그누스라는 사람이, 건초다발 같은 수염을 하고 앉아 있습니다. 이 사람은『문학 이야기는 하지 말아 주십시오. 문학은 무엇을 제공하여 줍니까? 아름다운 품성 말입니까? 그런 것을, 나는 실제가(實際家)입니다만, 이 세상의 실생활에서 아름다운 품성 따위는 본 적이 없습니다.』라고 말합니다. 이것이 마그누스 씨가 갖고 있는 문학관입니다. 아름다운 품성······. 아, 성모 마리아여! 이 사람의 맞은편에는 마그누스 부인이 앉아 있는데, 날이 갈수록 머리가 희미해지고 단백질을 잃고 있습니다. 불결하고 비참하기 그지없습니다······.」

요아힘과 한스 카스토르프는 세템브리니의 이 말에 대해 서로 약속한 것은 아니었지만, 두 사람 다 같은 생각이었다. 두 사람 다 이 이야기를 바보스럽고 불유쾌한 선동적인 말투라고 느꼈고, 물론 또 대담하고 신랄하며 반항적인 면에서 유쾌한 아니 유익한 이야기라고도 느꼈다. 한스 카스토르프는 〈건초다발〉이라든가『아름다운 품성』이라는 표현이나 그것을 말할 때의 세템브리니의 절망적인 몸짓을 보고 마음속으로 웃었다. 그래서 그는 말했다.

「하기야 이런 시설에서는 주위가 좀 잡다해지기 마련이겠습니다. 식탁을 둘러싼 사람들을 자유로이 선택할 수도 없고──그런 것을 허락하면 어떻게 되겠습니까? 우리들의 식탁에도 같은 부류의 여자들이 있습니다──슈퇴르 부인이라고 하는데, 당신도 알고 계시지요. 이 부인이 아주 교양이 없습니다. 이렇게 말할 수밖에는 없습니다. 이 여자가 지껄이면 우리가 어디다 눈을 돌려야 할지 모를 때가 가끔 있습니다. 그러다가도 그녀는 열이 있고 몸이 피곤하다는 불평을 늘어놓는데 유감스럽게도 병상이 절대로 가벼운 편은 아니랍니다. 정말이지 이상합니다. 병이 있는 데다 어리석으니 말입니다. 이렇게 말을 해서 옳은 건지 모르지만, 나는 어떤 사람이 어리석고 동시에 병에 걸려 있다는 것이 아주 이상하게 느껴집니다. 이 두 가지가 그렇게 짝이 될 수 있다는 것은 이 세상에서 무엇보다도 비참한 것이 아닐까요? 어떤 얼굴을 하고 그를 대해야 할지 정말 모르겠습니다. 병에 걸린 인간에게는 성의와 존경을 갖고 대하는 것이 인정이 아니겠습니까? 병은 어떤 의미에서는 존엄한 것이라고 말할 수 있으니까요. 그러나 그 병에 언제나 무지가 결합되어 있어 조수를 『파물루스』라고 말해야 할 것을 『포물루스』, 『미장원』이라고 말할 것을 『미성원』이라고 무식한 말을 연발한다면, 이쪽은 정말 울어야 할지 웃어야 할지 모르겠습니다. 정말 인간 감정에 있어서 딜레마를 의미하는 것으로, 이루 말할 수 없이 비참합니다. 즉 병과 어리석음은 역시 조화되지 않습니다. 우리들은 이 두 가지를 결부시켜서 생각하지 않습니다. 어리석은 사람은 건강하고 평범해야 하며, 병은 인간을 세련되게 하고 현명하게 하며 출중하게 한다고 생각하고 있습니다. 보통 이렇게 생각하는 것이 당연한 걸로 압니다만 틀렸을까요? 내가 좀 지나치게 수다를 떤 것 같군요. 우연히 이런 이야기가 되어 버려서요⋯⋯.」 하고 그는 우물쭈물 끝을 맺었다.

요아힘도 좀 쑥스러워졌다. 세템브리니는 눈썹을 치켜올리고 아무 말 없이 상대방이 끝나는 것을 예의상 기다리고 있다는 태도를 보였다. 사실은 한스 카스토르프를 완전히 손을 들게 하고는 서서히 공격해 가려고 마지막까지 듣고 있었던 것이다.

「이거 참, 엔지니어. 당신이 이렇게 철학적인 재능을 피력하실 줄은 꿈에도 생각하지 못했습니다. 당신의 설을 들어 보면, 당신은 보기보다 건강하지 못한 것 같군요. 당신은 확실히 훌륭한 지성(知性)을 갖고 계십니다. 그러나 실례지만 나는 당신의 설에는 찬성할 수 없을 뿐만 아니라, 그것을 부정하고, 아니, 거기에 대해서는 분명히 대립적인 입장에 서 있다는 것을 말씀드립니다. 보시다시피 나는 정신적인 문제에 대해서는 좀 예민해서, 당신이 전개한 생각과 같은 반박할 가치가 있는 생각을 반박하지 않고 지내느니보다는 궤변가라고 비난을 받더라도 반박하는 쪽을 택합니다.」

「그렇지만, 세템브리니 씨⋯⋯.」

「내 말을 들어 주시오. 당신이 말하려고 하는 것은 나도 알고 있습니다. 당신은 말하고 싶겠지요. 즉, 당신의 지금 견해는 그렇게 깊은 생각으로 말한 것이 아니라는 것, 당신이 대변한 생각은 그대로 당신 생각이 아니라, 말하자면 공중에 떠 있는 가능한 생각 중의 하나를 잡아서, 그 생각을 가벼운 기분으로 실험해 보려는 것이라고요. 당신 연령에는 있을 수 있는 일입니다. 남성으로서의 결단이 결여되어 있고, 한동안 갖가지 생각을 실험해 보려는 연령에는 말입니다. 실험 채택이지요.」

이렇게 세템브리니는 채택의 택을 이탈리아 식으로 부드럽게 발음하였다.

「좋은 말씀입니다. 내가 이상하게 느끼는 것은 당신의 실험이 특히 지금과 같은 방향으로 간다는 사실, 이것입니다. 이것이 단순한 우연이라고만 믿을 수는 없습니다. 지금 곧 교정해 두지 않으면 성격적인 것으로 굳어질 위험한 경향이 당신 마음속에 존재하고 있는 것이 아닌가 하고 걱정이 됩니다. 그래서 나는 당신의 생각을 교정하지 않으면 안 된다는 의무를 느낍니다. 당신은 병과 어리석음이 결합하는 것을 이 세상에서 가장 비참한 것이라고 말했습니다. 나도 거기에는 찬성입니다. 나도 폐병을 앓는 바보보다는 총명한 병자 쪽을 더 좋게 생각합니다. 그러나 당신이 병과 어리석음의 결합을 양식상(樣式上)의 오류, 자연의 도착적(到錯的) 취미, 당신의 말을 빌리면 인간적 감정에 대한 딜레마라고 생각했을 때에 나의 항의가 시작되는 것입니다. 당신이 병을 무언가 아주 고귀한 것, 아까 뭐라고 말했던가요? 존경할 만한 것으로 어리석음과는 근본적으로 조화될 수 없는 것이라고 생각하는 점에 나는 항의하는 것입니다. 조화되지 않는다는 것도 당신이 택한 표현입니다. 나는 여기에 대해서 아니라고 말하는 것입니다.

병은 조금도 고귀하지 않고, 존경할 만한 것도 아닙니다. 그러한 생각 자체가 병이며, 병으로 인도하는 생각인 것입니다. 그러한 생각에 대해 당신의 마음에 혐오감을 불러일으키는 가장 확실한 방법은 그 생각이 진부하기 이를 데 없는 불결한 생각이라는 것을 말씀드리는 것일 것입니다. 그러한 생각은 인간이라는 이념이 만화로 전락한, 미신이 성행하고 속죄가 한창이었던 시대에 생긴 생각입니다. 조화와 건강이 의심스럽고 악마적인 것으로 간주되며 병이 천국으로 들어가는 입장권처럼 생각되던 암흑 시대의 생각입니다. 그러나 이성과 계몽은 오늘도 암영(暗影)과 싸움을 계속하고 있습니다. 그리고 그 싸움은 바로 일인 것입니다. 현세기의 일, 이 세계를 위한 일, 인류의 명예와 복지를 위한 일인 것입니다. 이성과 계몽의 두 힘은 그 싸움에서 나날이 단련되어 언젠가는 인간을 완전히 해방하고, 진보와 문명의 길로 더욱 온건하고 순수한 광명에로 가까이해 줄 것입니다.」

『이건 정말이지,』 하고 한스 카스토르프는 놀라는 한편 부끄러워하기도 하

며 생각했다. 『이것은 마치 가극에 나오는 아리아와도 같구나. 내 이야기의
어디가 이런 식으로 유발시킨 것일까? 게다가 좀 뒷맛이 쓴 설교다. 도대체
일이 어떻게 되었다는 말인가? 언제나 일, 일이라고 말하니, 이 위에서는 어
울리지 않는 말인데.』

그래서 그는 말했다.

「아주 훌륭한 말씀입니다. 세템브리니 씨, 당신의 말씀은 정말 들을 가치가
있는 것입니다. 그 이상의 것은 원할 수 없을 정도입니다. 당신 이상으로, 즉
더 조형적으로 말하려고 해도 불가능할 것입니다.」

「반동은……,」하고 세템브리니는 옆을 스쳐 지나간 통행인의 머리 위로 우
산을 넘기면서 계속했다. 「즉, 저 음산하고 위축된 시대의 생각에 정신적으
로 복귀하는 것은…… 정말입니다, 엔지니어, 이것은 병입니다. 오늘날까지
연구되어 온 병으로, 과학은 이 병에 갖가지 이름을 붙이고 있습니다. 미학,
심리학의 술어, 그리고 정치의 술어에서 이름을 붙이고 있지만, 이것은 모두
대상 그 자체와는 아무 관계가 없는 학술적인 것으로 당신도 듣고 싶지 않을
것입니다. 그러나 정신 생활에 있어서는 모두가 서로 관계하고 있어, 서로 원
인도 되고 결과도 되고 있습니다. 또 악마에게 새끼손가락을 보이면 손을 모
조리, 아니 영혼까지도 빼앗긴다고 하지요. 또 그 반대로 건전한 원리는 어느
것을 최초의 것으로 해도 언제나 건전한 결과만을 촉진시키는 것입니다. 그러
니 당신에게 단단히 명심할 것을 부탁드리자면, 병은 어리석음과 절대로 양립
하지 않을 정도로 고귀하고 존경할 만한 것이 아니라, 오히려 인간의 오욕을,
그렇습니다, 인간이라는 이념을 상하게 하는 애통한 오욕을 의미하며, 개개의
경우에는 위로를 하고 소중히 하는 것도 좋지만 정신적으로 존경하는 것은 도
착으로—— 이 점을 명심해 주십시오—— 모든 정신적 도착의 시작입니다.
아까 말한 부인——이름을 기억하는 것은 단념합니다만——슈퇴르 부인인
가요? 대단히 고맙습니다. 요컨대 그 우스운 부인은 내가 볼 때, 당신이 말
한 인간 감정에 대한 딜레마는 아닌 것 같습니다. 병들고 어리석다! 그렇지
요. 이것은 결국 비참한 것으로, 일은 간단명료하게, 즉 연민과 멸시에 해당
할 뿐입니다.

딜레마는, 비극은, 자연이 참혹하게도 고귀하고 건전한 정신 생활에 적응하
지 못하는 육체에 머물게 하며, 인격의 조화를 파괴 또는 처음부터 불가능하
게 할 경우에 시작하는 것입니다. 당신은 레오파르디(1798~1837, 이탈리아의 시인으로 사상의 깊이와
表現의 아름다움에 있어서 이탈리아 서정시의 정
수라고 하는 시를 나겼다)를 알고 계시지요, 엔지니어? 소위님, 당신은? 이탈리아의 불행한

시인입니다. 꼽추인 데다 늘 몸이 아파, 그 비참한 육체 때문에 본래의 위대한 영혼은 늘 모욕을 당하고 얄궂은 진흙 속으로 끌려 들어갔으나, 그 시인의 영혼의 탄식은 듣는 이의 마음을 쥐어뜯지 않고는 그냥 두지 않습니다. 아무튼 들어 보십시오.」

세템브리니는 아름다운 음절을 혓바닥 위에서 녹이고, 머리를 이쪽저쪽으로 흔들면서, 가끔 눈을 감으며 이탈리아의 시구를 읊기 시작했다. 자기의 동반자들이 한 마디도 이해 못 한다는 것에는 전혀 개의치 않았다. 그는 자기의 기억력과 발음에 도취되어 듣는 이에게도 그것에 감동하도록 하는 것이 목적인 것 같았다. 마침내 그는 말했다.

「그러나 여러분들은 이해 못 하시군요. 꼽추인 레오파르디는, 여러분, 이것을 충분히 이해해 주십시오, 특히 여자의 애정과 인연이 없었습니다. 그리고 이것이 영혼의 위축에 저항하는 것을 불가능하게 한 최대의 원인이었습니다. 명성과 덕성도 그 빛을 잃고, 자연이 심술궂게 느껴졌던 것입니다. 사실 자연은 심술궂습니다. 어리석고 심술궂습니다. 나도 그 점에서는 그에게 찬성합니다. 이리하여 레오파르디는 절망했던 것입니다. 입에 담기도 무섭습니다만 그는 과학과 진보에 절망했습니다. 이것이야말로 비극입니다. 엔지니어, 이것이야말로 당신이 말하는 인간 감정에 대한 딜레마인 것으로, 아까 말한 부인의 경우와는 문제가 안 됩니다. 그 부인의 이름 같은 것으로 기억력을 번거롭게 하는 것은 질색입니다. 병으로 인해 초래되는 인간의 『정신화(精神化)』같은 것은 말씀하지 말아 주십시오. 제발 부탁입니다. 육체 없는 정신은 영혼 없는 육체와 마찬가지로 비인간적이고 무서운 것입니다. 물론 전자는 드문 예외인 것으로 후자가 보통입니다. 보통 육체가 만연하고 모든 의의와 생명을 독점하여 추잡하기 짝이 없는 독립을 꾀하는 것입니다. 병자로서 살고 있는 인간은, 이것이야말로 육체뿐인 것으로 비인간적이고 오욕입니다. 많은 경우 그러한 인간은 썩은 고기와 다를 것이 없습니다……」

「이건 이상한데……」 요아힘이 갑자기 몸을 앞으로 내밀며 세템브리니를 사이에 두고 걷고 있던 사촌을 보고 말했다. 「자네도 요전에 이와 똑같은 말을 했지.」

「그랬던가?」 한스 카스토르프는 말했다. 「같은 것이 머리에 떠오른 일이 있었을는지도 모르지.」

세템브리니는 말없이 몇 발짝 걸어갔다. 그리고는 말했다.

「그렇다면 더더욱 좋습니다, 여러분. 나는 여러분에게 독창적인 철학을 강의하려는 의도는 없었으니까요. 그것은 나의 직업이 아닙니다. 우리들의 엔지니어가 스스로 이미 이와 일치하는 생각을 말했다고 하면, 그것은 엔지니어가 정신적인 얘기를 즐기고 있고 천분이 있는 청년의 상례로서 모든 가능한 생각을 잠시 동안 단지 실험해 본다고 하는, 나의 추측을 입증하는 것입니다. 천분이 있는 청년은 백지인 것이 아니라 옳고 그릇된 것이, 말하자면 마술잉크로 이미 씌어져 있는 종이쪽지라고 할 수 있습니다. 그리고 교육자의 할 일은 옳은 것을 명백하게 현상시켜, 싹트려는 그릇된 것을 적절한 감화로 영원히 없애 버리는 일입니다. 그런데 여러분들은 물건을 사러 나온 것입니까?」 세템브리니는 완전히 달라진 어조로 경쾌하게 물었다.

「아니오, 아무것도 아닙니다.」하고 한스 카스토르프는 말했다. 「말하자면 은…….」

「사촌의 담요를 두 장 샀습니다.」하고 요아힘은 무심코 말했다.

「안정 요양용입니다. 이렇게 추워서는…… 이삼 주일, 같이 행동을 하려고 말입니다.」한스 카스토르프는 웃으면서 말하고 눈길을 땅 위로 떨어뜨렸다.

「아, 담요 말이지요, 안정 요양용으로.」세템브리니는 말했다. 「그렇지, 그렇지, 그렇지. 물론이지요, 물론이지요. 정말 실험 채택의 담요 말이지요.」하고 이탈리아 식 발음으로 말했다. 세 사람은 절름발이 문지기의 인사를 받고 요양소로 들어갔다. 세템브리니는 홀에서 담화실 쪽으로 꺾어져 들어갔다. 식사 전에 신문을 다 읽는다고 했다. 두번째의 안정 요양은 빼먹을 작정인 것 같았다.

「아니 정말이야.」한스 카스토르프는 사촌과 함께 엘리베이터를 타고 나서 말했다. 「정말 교육자로군. 그도 요 얼마 전에 그 방면에 소질이 있다고 스스로 말했어. 그와 함께 있으면 너무 장황한 설교를 하니깐 말이야. 그러나 그의 말재주는 정말 훌륭해. 어느 말이나 하나하나가 둥글둥글하고 멋있게 입에서 튀어나오거든. 그 사람의 말을 듣고 있으면 언제나 금방 구운 둥근 빵을 연상하게 돼.」

요아힘은 웃었다.

「그에게는 그런 말을 하지 않는 게 좋겠네. 그의 설교를 듣고 빵을 연상한다는 것을 알면 실망할 거야.」

「그렇게 생각하나? 아니, 그렇다고만 할 수는 없지 않아? 그의 설교를 듣고 있으면 그의 목적은 설교가 아니라, 그것은 아마 제2의 것일 테고, 제1의 목적은 말을 고무공처럼 탄력을 주어서 튀게 하고 굴리는 것──그런 말투

가 제1의 목적인 것 같아. 그래서 우리들이 그쪽을 주로 주의해서 듣고 있다
는 것은 결코 그의 기분을 나쁘게 하지 않을 거라는 생각이 들어. 양조자인
마그누스의 『아름다운 품성』은 물론 좀 우습지만, 그러나 그렇다면 도대체 문
학의 목적은 무엇일까? 세템브리니는 좀더 분명히 해두어야 하지 않았을까.
나는 약점을 보이지 않으려고 그것을 질문하지 않았지만, 나는 그것을 알고
있는 것도 아니고, 지금까지 문학자를 한 번도 만나 본 적이 없단 말이야. 그
러나 아름다운 품성은 문제가 안 되더라도, 아름다운 말이 문학의 목적이 아
닐까? 세템브리니와 함께 있으면 그런 인상을 받게 돼. 그뿐만 아니라, 얼마
나 훌륭한 말을 구사하고 있느냐 말이야. 조금도 주저하지 않고 『덕성』이라는
말을 쓰고 있으니 말이야. 그렇지 않아. 나는 그러한 말을 아직껏 한 번도 입
밖에 내본 적이 없어. 학교에서 책에 『덕성』이라는 것이 있어도 우리들은 언
제나 오직 『용감』 정도로만 번역하곤 했지. 정직하게 말해서 어쩐지 몸이 꽉
오므라드는 것 같아. 그리고 저렇게 무엇이든지 깎아내리는 것을 들으면, 조
금 안달이 날 지경이야.」 그는 다시 말을 이어나갔다.

「추운 것이 나빠, 베렌스가 나빠, 마그누스 부인의 단백질이 없는 것이 나
빠, 요컨대, 무엇이든지 나쁘다는 거야. 즉 그는 반항하는 것이 좋은 거야.
나는 곧 그것을 알아차렸어. 그는 현존하는 모든 것이 나쁘다는 거야. 이러한
태도는 어떠한 경우에도 건방지다고 하겠어. 역시 그래.」

「자네는 그렇게 말하지만 말이야……」 요아힘은 사려 깊게 말했다. 「그러
나 건방지다는 느낌보다도 오히려 그 반대의 느낌인 의연한 데도 있는 거야.
아무튼 그는 자기 자신을 비굴하게 하지 않는, 또는 인간 전체를 천하게 하지
않는 인물이야. 나는 그의 그러한 것이 좋은 거야. 어딘지 진지한 데가 있
어.」

「자네 말이 맞아.」 한스 카스토르프는 말했다. 「그에게는 어딘지 준엄한
데가 있어. 가끔 사람을 답답하게 만들 정도로 말이야. 무언지 모르게, 감독
을 받고 있다고나 할까? 아니, 이것은 결코 졸렬한 표현은 아니야. 어딘지
감독을 받고 있는 그런 느낌이야. 어떤가, 자네. 내가 안정 요양용의 담요를
산 것에 대해서 그는 어쩐지 석연치 않은 듯해. 그것이 불만이어서 공격하고
있어. 자네는 어떻게 생각하나?」

「그렇지는 않아.」 요아힘은 놀란 듯이 깊이 생각하면서 말했다. 「천만에,
그럴 리가 있나. 나는 그렇게 생각하지 않아.」

그리고 요아힘은 체온계를 입에 물고, 슬리핑백과 이에 필요한 것을 갖고

안정 요양에 들어갔다. 한스 카스토르프는 곧 점심 식사를 하려고 몸차림을 시작했다. 그렇지 않아도 점심 식사까지는 이제 한 시간 정도밖에는 남아 있지 않았다.

시간 감각에 대한 여담(餘談)

점심 식사에서 돌아오니 담요가 든 소포가 방 의자 위에 놓여 있었다. 한스 카스토르프는 그날 이 담요를 처음으로 사용했지만 숙련자인 요아힘이 이 위에서 사는 사람들이 누구나가 하고 있는, 그리고 신참자인 모든 사람들이 곧 배워야 하는 기술을 가르쳐 주었다. 두 개의 담요를 침대 의자에 한 장씩 펴 놓고 담요의 끝이 마루 위로 많은 부분이 드리워지게 한다. 다음에 침대 의자에 앉아, 왼쪽 담요를 몸 주위에 덮기 시작하는데, 처음에 가로의 선을 따라 겨드랑이까지 덮고, 다음으로는 밑에서부터 발을 덮는다. 이것은 앉은 채로 몸을 구부리고 접은 담요의 두 끝을 잡아야 한다. 다음엔 반대쪽으로부터 되풀이하는데, 될 수 있는 대로 균형 있게 하려면, 접혀진 두 겹의 끝을 가로의 선에 맞추어야 한다. 다음에 바깥쪽 담요를 같은 순서로 덮는 것인데 이 처리법은 좀 힘이 든다. 미숙한 초보자인 한스 카스토르프는 몸을 구부리고 일어나기도 하면서 사촌이 가르쳐 주는 순서를 연습하는 데 적잖이 애를 먹었다. 요아힘의 말로는 두셋의 노련한 사람들만이 익숙한 세 번의 동작으로 두 장의 담요를 동시에 감는다는 것인데, 이것은 모든 사람들이 부러워하는 특기로서 오랜 세월의 연습 외에도 소질이 필요했다. 한스 카스토르프는 소질이라는 말이 우스워, 연습으로 인해 아픈 등을 뒤로 젖히며 웃었다. 요아힘은 무엇이 그렇게 우스운지 몰라 사촌의 얼굴을 이상하다는 듯이 쳐다보았지만 그도 곧 웃었다.

「그것으로 됐어.」요아힘은 한스 카스토르프가 둥근 통처럼 되어 미끄러운 통베개에 머리를 얹고, 연습에 지쳐 침대 의자에 누워 있는 것을 보고 말했다. 「이만하면 영하 20도가 되더라도 무서울 것이 없어.」그리고 그도 담요에 감기기 위해 유리 칸막이 뒤로 돌아갔다.

영하 20도라는 것에 대해 한스 카스토르프는 생각해 볼 여유가 없었다. 나무로 된 아치 너머로 지금 당장이라도 눈이 내릴 것 같은, 가랑비로 흐려 보이는 바깥의 축축한 풍경을 보고 있는 동안 한스 카스토르프는 여러 차례 오한으로 떨었기 때문이다. 공기가 이렇게 축축한데도, 볼은 굉장히 더운 방에 있는 것처럼 상기되어 깔깔한 것은 정말 이상한 일이었다. 게다가 담요를 덮는 연습으로 우스울 만큼 지쳐 버려《대양 기선》을 눈에 가까이할 때마다, 책이 손에서 떨렸다. 본래 그다지 건강하다고는 할 수 없는 몸으로, 베렌스 고문관도 말했지만, 극심한 빈혈이기 때문에 그로 인해 이렇게 쉽게 몸이 얼어 버리는 것이리라. 그러나 그러한 불쾌감도 쾌적한 잠자리, 즉 분석할 수 없는, 거의 신비스러운 편안한 침대 의자 덕분으로 완화되었다. 쾌적한 침대 의자에 대해서는 처음에 누웠을 때 이미 마음으로부터 만족을 느꼈지만, 이 만족은 거듭 사용할 때마다 더해 갔다.

쿠션을 만든 방법 때문인지, 경사가 잘 진 때문인지, 팔걸이의 높이와 넓이가 적당하기 때문인지, 알맞게 달려 있는 베개 때문인지, 요컨대 사지를 느슨하게 휴식시키는 데에는, 이 훌륭한 침대 의자 이상으로 적당한 수단은 전혀 생각할 수 없을 정도였다. 이리하여 한스 카스토르프는 흐트러질 염려가 없는 자유로운 두 시간, 요양원의 규칙으로는 신성시되어 있고, 이 위에 손님으로 와 있는 것뿐인 그에게도 아주 고마운 제도로 생각하는 주요한 정오의 안정 요양의 두 시간을 맞이하여 만족을 느꼈다. 한스 카스토르프는 인내심이 강하여 아무 일도 하지 않고 장시간을 지낼 수 있었고, 머리가 마비될 정도의 일 때문에 어느 사이엔가 지나가 버리고, 낭비하고, 날려 보내는 일이 없는 자유로운 시간을 사랑한다는 것은 벌써 언급한 대로이다. 4시에는 케이크와 잼이 나오는 차 시간이 있다. 그 뒤에 야외를 조금 산보하고는 다시 침대 의자에 눕는다. 7시는 저녁 식사로, 식사 때에는 언제나 있는 일이지만, 저녁 식사도 즐겁게 기다릴 수 있는 긴장과 구경거리가 있다. 식후에는 입체경, 망원경식 만화경, 영사 기구를 잠시 들여다본다. 한스 카스토르프는 이 위에서의 생활에, 말하자면 『익숙』해졌다고 하기에는 아직도 요원한 얘기였지만, 매일 일과의 궤도에는 올라가고 있었다.

낯선 곳에 순응하며 살아간다는 것, 힘들기는 하지만, 거기에 순응하고 익숙해진다는 것——순응하고 익숙해지는 것만이 목적이고, 거기에 성공하든 안하든, 또는 성공한 순간 순응의 성과를 미련없이 내버리고 이전 상태에로 돌아가 버리는 것을 처음부터 분명히 예정하고 순응하려고 덤비는——이것은 사실은 이상하다고 말할 수 있다. 우리들은 그것을 일상 생활의 흐름 속에 막간 또는 에피소드라는 의미로, 더욱이 『휴양』이라는 의미로 삽입한다. 즉,

우리들의 유기체가 10년을 하루같이 단조로운 생활에 익숙해져서, 해이해지고 둔해져 버릴 염려가 있든지, 이미 둔해져 버리기 시작한 경우에, 유기체를 갱신하고 변화시키려고 하는 것이다. 그러나 정해진 생활을 오랫동안 계속하면, 유기체가 해이해지고 둔해져 버리는 것은 어디에 원인이 있는 것일까? 생활의 잡무로 인한 육체와 정신의 피로와 마멸에 원인이 있다는 것보다는(그렇다면 휴식하는 것만으로도 회복될 수 있다) 오히려 심적인 것, 즉 시간의 체험이 원인인 것이다. 시간의 체험이 똑같은 생활을 계속함으로써 마멸되어 버리려고 하지만, 시간의 체험은 생활 감정 그 자체와 깊은 관계와 연결을 갖고 있어, 그 어느 편의 퇴화도 필연적으로 다른 한쪽의 걱정스러운 위축을 가져오게 한다. 지루함의 현상에 대해서는 여러 가지 그릇된 생각이 퍼져 있다. 생활의 내용이 흥미 깊고, 참신하면 시간은 빨리 『흘러간다』, 즉 시간이 지나가는 것이 짧아진다.

단조로움과 공허는 시간의 걸음을 느리게 하고 방해한다고 일반적으로 믿고 있다. 이것은 반드시 옳다고 말할 수는 없다. 생활 속의 내용의 공허와 단조로움은 일 순간이나 한 시간 등은 연장시켜, 『지루하게』 하지만, 많은 시간량, 아주 많은 시간량은 단축하고 날아가게도 한다. 이와는 반대로 풍부하고 흥미있는 내용은 한 시간이나 하루 같은 시간은 그것을 단축하고 날려 보내기도 하지만, 많은 시간량인 경우에는 시간의 걸음에다가 넓이, 무게, 부피를 준다. 그러므로 사건이 풍부한 세월은 바람에 불려 날아가는 것 같은 빈약하고 공허한 세월보다 훨씬 천천히 경과한다. 따라서 우리들이 『지루하다』고 부르는 현상은, 사실은 오히려 생활의 단조로움으로 인한 시간의 병적인 단축인 것으로 많은 시간량이 단조로운 생활의 연속 때문에 심장이 얼어붙을 정도로 위축되고 만다. 어느 하루도 똑같은 나날의 연속이라면, 그것을 모두 모아둔 것도 하루와 같은 것이다. 매일이 똑같은 나날의 연속이라면, 가장 긴 일생도 아지랑이와 같은 일생처럼 체험되며, 눈 깜빡할 사이에 끝나 버리는 것이다. 습관이란 시간 감각이 잠들어 버린다는 것으로, 적어도 둔해진다는 것이다. 청춘의 나날이 더디게 느껴지는 데 반하여, 그 다음의 나날은 차차 빠르고 속절없이 지나가는 것도 역시 습관에 원인이 있음에 틀림이 없다. 우리는 생활에다가 새롭고 다른 습관을 삽입하는 것이 생명을 계속시키고, 시간 감각을 신선하게 하며, 시간 체험을 젊게 하고 강하게 하고 천천히 가게 하며, 따라서 생활 감정 그 자체를 젊게 하는 오직 유일한 수단이라는 것을 알고 있다. 장소나 환경을 바꾸고 온천 여행을 하는 것도 그것이 목적인 것으로, 변화와 에피소드의 회복력을 노리는 것이다. 새로운 곳에서 지내는 첫 며칠은 발랄하고 힘차고 육중한 걸음걸이를 다시 찾는다. 그러나 이것도 6일이나 8일 사이인 것이다. 그것이 지나가 버리면 『익숙』해짐에 따라 나날이 짧아진다.

생명에 집착하는 사람, 더 정확히 말하자면, 생명에 집착하고 싶은 사람은 매일이 다시 가벼워져서, 휙 스치고 지나가는 것을 보고 깜짝 놀랄 것이다. 예컨대 4주간의 마지막 주일은 불쾌할 만큼 빨리, 그리고 어이없이 끝나 버린다. 물론 시간 감각의 갱신은 삽입 여행이 끝난 뒤에도 효과가 남아 있어, 일상 생활로 돌아간 뒤에도 두고두고 효력을 갖는다. 집에 돌아온 며칠간은, 기분 전환을 한 뒤여서, 다시 신선해지고 폭넓고 발랄해지는 것을 체험한다. 그러나 이것은 며칠간에 불과한데, 일상 생활에 다시 복귀하는 것은, 평소의 생활 습관을 떠나는 것보다 빨리 순응되기 때문이다. 시간 감각이 노령 때문에 벌써부터 쇠약해지거나, 또는 처음부터 왕성한 발달을 이룩하지 못한 경우에 —— 이것은 본디 생활력이 빈약한 증거이지만 —— 시간 감각이 곧 또 마비되어 버리고, 24시간 뒤에는 집을 떠난 일이 없었던 것처럼 여행은 하룻밤의 꿈처럼 느껴져 버린다.

이러한 여담을 여기에 삽입한 것은, 한스 카스토르프가 며칠이 지나서, 붉게 충혈된 눈으로 사촌을 바라보면서 다음과 같이 말했을 때 이와 비슷한 것을 생각하고 있었던 때문이다.

「낯선 땅에서 처음에 시간이 길게 느껴지는 것은 아무리 생각해도 이상한 일이야. 그렇다고 해서…… 물론 내가 지루하게 느끼고 있다는 것은 아니야. 반대로 나는 임금처럼 유쾌하게 지내고 있다고 해도 좋아. 그러나 돌이켜 보면, 즉 회고적으로 말한다면 말이야. 나는 이 위에 얼마인지 모를 만큼 오래 있었던 것 같은 기분이 드네. 자네가 『자아, 내려가게.』하고 말해 주었어. 기억하고 있나? 그것이 나에게는 먼 옛날 일처럼 생각되네. 이것은 순전히 감정상의 문제이지, 계산한다든지 머리로 생각한다든지 하는 문제는 아니야. 『나는 여기서 벌써 두 달을 지낸 것 같은 생각이 드네.』하고 말한다면, 이것은 물론 바보같이 들릴 거야. 그것은 넌센스라고 할 거야. 『아주 오래』라고 말할 수는 없겠지.」

「그렇지.」요아힘은 체온계를 입에 문 채로 말했다. 「나도 덕분에 퍽 도움을 받고 있어. 자네가 여기 온 이래로 나는 어느 정도 자네에게 매달려 있는 셈이야.」요아힘이 이 말을 아무 설명도 없이 말했기 때문에 한스 카스토르프는 웃어 버렸다.

프랑스어의 회화를 시도해 본다

아니, 아직도 이곳 생활에 익숙해졌다고 말할 수 없었다. 이 위에서의 생활을 그 특이한 곳까지 남김없이 알아 낸다는 점에서도——이것은 이렇게 짧은 며칠간으로는 불가능한 것이었다. 한스 카스토르프가 생각한 것처럼 (그리고 요아힘에게도 말한 바이지만) 3주일이 지나도 유감스럽지만 불가능했을 것이다——『이 위에 사는 사람들』의 아주 색다른 분위기에 자신의 몸을 순응시킨다는 면에 있어서도 익숙해졌다고는 도저히 말할 수 없었다. 왜냐하면 이 순응이라는 것이 그에게는 매우 힘이 들고 비상한 노력을 요하는 일이어서 도무지 진척되는 낌새가 없었기 때문이다.

평일은 일과가 확실하게 분할되고, 세부에 걸쳐 조직되어 있어, 이쪽에서 그 진행에 보조를 맞추기만 하면 곧 함께 달릴 수 있고 익숙해질 수도 있었다. 그러나 1주일 또는 더 큰 시간 단위의 테두리 안에서는 평일도 주기적인 변화를 받는데, 그 변화는 한 가지 변화가 끝나고 나서 다른 변화가 일어난다는 식으로 차례차례로 되풀이되었다. 매일 눈에 접하는 개개 사물이나 얼굴만 하더라도, 한스 카스토르프는 한걸음 한걸음 배우는 것이 있었고, 주의하지 않고 본 것을 한층 더 주의하여 관찰한다든지 처음의 것을 신선한 감수성으로 흡수하지 않으면 안 되었다.

예컨대 복도의 군데군데 문 앞에 놓인 목이 짧고 배가 불룩한 용기에는——한스 카스토르프가 도착한 날 밤에 곧 주의를 끌었던——산소가 들어 있었다. 요아힘이 사촌의 질문에 대해 그것을 설명해 주었다. 순수한 산소가 들어 있어서 용기 하나에 6프랑이라고 한다. 이 활력 가스는 임종에 가까운 사람들의 생명력에 최후의 활력과 지속력을 주기 위해 흡입시키는 것으로, 환자는 그것을 관(管)으로 흡입한다는 것이다. 그 용기가 놓여 있는 문 뒤에는 죽어 가는 환자, 한스 카스토르프가 이층에서 만난 베렌스 고문관이 한 말을 빌리면 『위독 환자』가 누워 있다는 것이었다. 베렌스 고문관은 흰 수술복을 입고 파리한 볼을 하고 복도를 노젓듯이 달려와, 한스 카스토르프와 나란히 계단을 올라갔다.

「아이구, 국외자의 청강생.」베렌스는 말했다. 「어떻게 지내십니까? 당신
의 비평적인 눈에 우리들은 합격입니까? 영광입니다, 영광입니다. 그렇지요,
우리들의 여름 시즌은 이만하면 상당한 것입니다. 혈통이 좋습니다. 이것을
세상에 선전하는 데 나도 무척 고생을 했습니다. 그러나 당신과 여기서 겨울
을 함께 지내지 못한다는 것은 두고두고 유감일 것입니다. 이곳에는 8주 동안
만 계신다고 했지요? 그런 말씀이었지요? 뭐요, 3주일간이라고요? 그건 너
무 짧은 방문인데요. 외투를 벗을 여유도 없습니다. 그렇지만 좋으실 대로 하
십시오. 그러나 이 겨울을 함께 지내지 못한다는 것은 실로 유감입니다. 왜냐
하면 여기에 오는『호텔 손님들』, (그는 농담조로 형편없는 발음을 했다) 아
래 읍내에 각국에서 몰려오는 호텔 손님들은 겨울이 되어야 몰려드는데, 당신
도 이 사람들을 보아 둘 필요가 있습니다. 교양에 도움이 됩니다. 그 작자들
이 발바닥에 판자를 붙이고 날뛰는 광경은 정말 우습단 말입니다. 게다가 여
자들은 말입니다. 극락조처럼 울긋불긋하게 차려 입고는 요염하기 짝이 없답
니다. 그런데 나는 지금부터 위독한 환자 방으로 가야만 합니다.」

「여기 27호실입니다. 최종 단계에 들어서 있습니다. 중앙 출구에서 퇴장하
는 거지요. 어제와 오늘 산소병 다섯 다스를 먹어 버린 대식가랍니다. 그러나
정오까지는 조상한테로 갈 것입니다. 어때, 로이터 군.」27호실로 들어가면서
말했다. 「한 병 더 하면 어떨까요…….」고문관의 말은 문을 뒤로 닫았기 때
문에 사라져 버렸다. 그러나 문이 닫히기 전에 한스 카스토르프는 그 방 안쪽
에 있는 침대 베개 위에 엷은 턱수염을 한 젊은 사나이의 창백한 옆얼굴을 보
았다. 사나이는 굉장히 큰 눈을 천천히 굴리며 입구 쪽을 보았다.

이것이 한스 카스토르프가 생전 처음으로 본 위독 환자였다. 그의 양친도
할아버지도 그 당시 말하자면 한스 카스토르프에게서 숨어 죽었기 때문이다.
턱수염이 가슴에 눌려 위로 올려진 젊은 사나이의 옆얼굴이 베개 위에 얹혀
있는 장엄한 모습! 굉장히 커진 눈을 천천히 입구의 문으로 향할 때의 그 시
선의 의미심장함! 한스 카스토르프는 힐끗 본 장면에 완전히 정신이 팔려,
다음 계단으로 걸어가면서 위독한 환자의 의미심장하고 침착한 눈초리를 자
기도 모르게 흉내를 내보다가 그의 뒤 어느 방에선지 나와 계단 도중까지 그
를 뒤쫓아 온 부인을 그 눈초리로 바라보았다. 그는 그녀가 쇼샤 부인이라는
것을 곧 알아차리지 못했다. 쇼샤 부인은 청년의 눈초리를 보고 약간 미소를
짓고는 한 손으로 뒷머리의 많은 부분을 누르며, 그의 앞을 소리없이 그리고
조용히, 머리를 좀 앞으로 내밀고 계단을 내려갔다.

처음 며칠간 한스 카스토르프는 거의 친구가 없었는데, 그 뒤 한동안도 그
러했다. 매일의 일과가 대체로 친구를 만들기에는 적당하지 못했고, 한스 카
스토르프가 적극적인 성질이 아닌 탓이기도 했다. 게다가 그는 이 위에서는
자기를 손님이라고 느꼈고, 베렌스 고문관이 말했듯이 『국외자의 청강생』으로
요아힘과 말을 나누고 교제하는 것으로 대체로 만족하고 있었기 때문이었다.
물론 복도에 나와 있는 간호사는 언제나 사촌 쪽으로 목을 빼고 있었기 때문
에, 지금까지 짧은 말동무를 해준 일이 있는 요아힘은 사촌을 그녀에게 소개
해 주었다. 간호사는 코안경 끈을 귀 뒤에 드리우고 뽐내며 딱딱한 말투를 하
였는데, 자세히 관찰해 보니 그녀는 지루한 생활이 괴로워 머리가 좀 이상해
진 듯한 인상을 주었다. 말이 끝나는 것을 병적으로 무서워하여 청년들이 가
버리려고 할 때마다 말을 빠르게 하면서 눈을 분주하게 움직이고, 절망한 것
같은 미소를 띠면서 두 사람을 쫓아오다시피 하기 때문에, 청년들은 불쌍한
생각이 들어서 그녀 곁에 더 오래 머물러 있게 되므로 빠져 나가는 데 무척
애를 먹었다. 간호사는 법률학자인 아버지 이야기, 의사인 사촌에 대해서 자
세하게 이야기를 했는데, 이것은 그럼으로써 자신을 훌륭하게 보이게 하고,
자기가 교양 있는 가정의 아가씨라는 것을 알리고 싶어하는 것 같았다.

저 방안에 누워 있는 그녀의 담당 환자는 코부르크의 인형 제조 공장주의
아들로 로트바인이라는 청년인데, 최근 로트바인 청년은 장에까지 결핵의 침
해를 받았다고 했다. 이것은 두 분이 다 알고 계시겠지만, 관계자들에게는 견
딜 수 없는 일로, 특히 학자의 집안에서 태어나 상류 사회의 예민한 신경을
가진 인간에게는 견딜 수 없는 일이다, 게다가 잠시라도 눈을 뗄 수 없다⋯
⋯. 얼마 전만 해도 가루치약을 사려고 잠깐 외출하고 돌아와 보니 환자는 침
대에 앉아 흑맥주를 한 병, 소시지를 한 개, 큰 덩어리의 흑빵 한 개, 오이
한 개를 나란히 놓고 있었다. 이 고향의 진미는 집에서 그에게 정력을 붙이도
록 보내 온 것이었다. 그러나 로트바인 청년은 이튿날에는 살아 있다기보다는
죽어 있는 상태였다. 스스로 자기의 죽음을 재촉하는 것이었다. 그러나 그것
이 그에게는 해방을 의미할 뿐이지만, 그녀에게는―――그녀는 베르타 간호
사, 본명은 알프레다 쉴트크네히트였다―――해방을 의미하지 않았다. 왜냐하
면 로트바인 청년이 죽어도 그녀는 이 요양원 아니면 다른 요양원에서 더 가
볍든지 더 어려운 다른 환자를 간호해야 하기 때문이다. 이것이 그녀의 앞길
에 열려 있는 유일한 길이며, 이외의 길은 없다는 것이었다.

「그렇군요.」하고 한스 카스토르프는 당신의 직업은 확실히 괴로운 일이긴

하지만 그러나 보람을 느낄 수 있는 일이라고 생각된다고 말했다.

「물론 그렇습니다.」하고 간호사는 대답했다. 「보람을 느낄 수 있는 직업이긴 합니다. 보람은 느끼지만 아주 괴로운 일입니다.」

「그러면 로트바인 씨의 건강을 빕니다.」사촌들은 이렇게 말하고 떠나가려고 했다.

그러나 간호사는 말과 눈길로 두 사람에게 매달려, 젊은 두 사람을 조금만 더 붙잡아 두려고 필사적이었다. 그 모양이 너무나 불쌍했기 때문에 좀더 상대해 주지 않는 것은 잔인하다고 생각됐다.

「그는 지금 자고 있습니다.」그녀는 말했다. 「곁에 있지 않아도 괜찮습니다. 그래서 이삼 분간 복도에 나와 본 것입니다……」

그리고 베렌스 고문관에 대해 불평을 늘어놓기 시작했다. 고문관이 그녀를 취급하는 태도가 그녀의 출신을 안중에 두지 않는 안하무인격의 태도라는 것을 불평했다. 그녀는 고문관보다는 닥터 크로코브스키를 더 좋아하고 있으며, 그는 인정이 있는 사람이라고 말했다. 그리고 다시 아버지의 이야기를 시작했다. 그녀의 머리에는 그 이상의 화제는 들어 있지 않았다. 두 사람이 떠나려고 하니, 그녀는 갑작스레 어조를 높여 거의 부르짖는 것처럼 큰 소리로 두 사람을 붙잡아 두려고 안간힘을 썼지만, 이번에는 성공하지 못했다. 두 사람은 마침내 그녀에게서 벗어나 가버렸다. 간호사는 상체를 앞으로 내밀고, 눈으로 두 사람을 되돌리려는 듯이 빨아들일 것 같은 눈으로 두 사람의 뒷모습을 보고 있었다. 그리고는 깊은 한숨을 쉬고 나서 담당 환자 방으로 돌아갔다.

한스 카스토르프가 이 간호사 외에 그 당시 알게 된 사람은 정원에서 본 일이 있는 『둘 다』라고 불리는 멕시코 부인으로 머리칼이 검고, 얼굴이 창백한 부인뿐이었다. 한스 카스토르프도 그녀의 별명이 되어 버린 슬픈 입버릇을 드디어 본인의 입에서 듣게 되었다. 그러나 미리 마음의 준비가 되어 있었기 때문에 그 장면에 가서도 훌륭한 태도를 취할 수 있어서 뒤에 생각해도 스스로 만족할 수 있었다. 사촌들은 첫번째 아침 식사 뒤, 규정된 산보를 나갈 때 바깥 현관 앞에서 그녀를 만났다. 그녀는 캐시미어의 검은 외투를 입고 무릎을 굽히며 불안한 큰 걸음걸이로 그곳을 걸어다니고 있었다. 슬픔으로 여위고 입이 큰, 노쇠하기 시작한 얼굴은 백발 섞인 머리를 감싸 턱 밑에서 매듭을 지은 검은 베일과 대조적으로 윤기 없이 하얗게 빛나고 있었다. 오늘도 모자를 쓰지 않은 요아힘이 허리를 굽히고 인사를 하자, 그녀는 상대를 쳐다보며 좁

은 이마의 주름을 깊게 하며 천천히 답례를 했다. 그녀는 처음 보는 얼굴을
보자, 멈춰 서서 청년들이 가까이 다가오는 것을 머리를 가볍게 끄덕이면서
기다렸다. 처음 보는 청년도 그녀의 운명을 알고 있는지, 그렇다면 운명에 대
해서 말을 듣지 않고는 있을 수 없다고 생각하는 것 같았다. 요아힘은 사촌을
소개했다. 그녀는 짧은 외투 밑에서 손님에게 여위고 누렇고, 힘줄이 서 있으
며 반지를 여러 개 낀 손을 내밀어, 고개를 끄덕이면서 손님을 쳐다보았다.
그리고 예의 입버릇이 된 말을 했다.

「둘 다.」그녀는 말했다. 「둘 다입니다…….」

「알고 있습니다, 부인.」한스 카스토르프는 낮은 목소리로 말했다.

「그래서 매우 유감스럽게 생각하고 있습니다.」

그녀의 검은 눈동자 밑의 늘어진 피부는 그가 이때까지 본 일이 없을 정도
로 크게 늘어져서 무서워 보였다. 시들어 버린 것 같은 희미한 체취가 그녀에
게서 풍겨 왔다. 한스 카스토르프는 차분하고 엄숙한 기분을 느꼈다.

「고맙습니다.」

그녀는 또렷또렷한 발음으로 말했지만, 그것은 그녀의 쇠잔한 모습에 이상
하게도 잘 조화된 것이었다. 그녀는 큰 입의 한쪽 끝을 비극적으로 낮게 늘어
뜨렸다. 이윽고 그녀는 짧은 외투 밑에 손을 집어넣고 머리를 수그리고는 다
시 걷기 시작했다. 한스 카스토르프는 걸어가면서 말했다.

「자네, 어때. 나 잘해 냈지. 나는 저런 사람들하고는 인사를 잘 나눌 수 있
어. 아마 그 요령을 천성적으로 잘 알고 있는 것 같아. 그렇게 생각하지 않
나? 나는 기뻐하는 사람들보다 슬퍼하는 사람들 편이 대체로 교제가 잘 되거
든. 왜 그런지 잘은 모르지만 말이야. 아마 내가 고아로 양친을 일찍 여윈 탓
인지도 모르겠어. 누구든지 엄숙하고 슬픈 듯한 모습을 하고 죽음이 배후에
도사리고 있는 것 같은 경우에 나는 압박감도 느끼지 않고 당황하지도 않는다
네. 오히려 아주 나에게 어울리는 장소에 있는 것 같은 홀가분한 감을 느끼고
적어도 모두가 즐겁고 흥에 겨워 있을 때보다 안정된 기분이 되지. 즐거운 장
소는 어쩐지 내 성미에 맞지 않아. 요즈음 생각한 것이지만, 여기 여자들이
죽음을 무서워하고 죽음과 관련이 되어 있는 것은 무엇이든지 두려워해서 그
때문에 주위에서도 여자들에게 그런 것을 보이지 않으려고 벌벌 떨며, 임종
때의 성체(聖體)도 여자들이 식사하고 있을 때에 모시고 온다는 것은 말도 안
된다고 생각하네. 그렇지, 돼먹지 않았어. 어리석은 짓이야. 자네는 관을 보
는 것이 좋지 않은가? 나는 그것을 아주 좋아하지. 관은 아름답다고도 말할

수 있는 도구야. 빈 관일 때도 그렇지만, 그 안에 누군가가 들어 있으면 나에게는 정말 장엄하게까지 보이지. 장례식은 무언가 우리들의 마음을 높이는 것이 있어. 나는 이때까지도 여러 번 생각했지만 마음을 좀 높이고 싶으면 교회로 가는 대신 장례식에 가면 좋다고 생각하네.」 그는 다시 말을 이었다.

「모두 멋있는 검은 복장을 하고 모자를 손에 쥐고 관을 쳐다보며, 엄숙하고 경건한 태도로 인생의 다른 때처럼 쓸데없는 농담 같은 것은 입밖에 내지 않으니까 말이야. 나는 모든 사람들이 가끔은 좀 경건해지는 것이 좋네. 나는 목사가 되는 것이 어땠을까 하고 지금까지도 여러 번 생각했어. 어떤 의미에서 나는 그 방면에 맞지 않는 것도 아니라고 생각해. 아까의 프랑스어 말인데 틀린 데는 없었겠지?」

「없었어.」 요아힘은 말했다. 「아무튼 『대단히 유감으로 생각합니다.』는 그만하면 만점이었어.」

정치적 혐의(嫌疑)

평일의 주기적인 변화가 돌아왔다. 일요일, 그것도 테라스에서 요양 음악이 연주되는, 14일마다 돌아오는 일요일이었다. 즉, 2주일을 구분짓는 변화로서 한스 카스토르프는 이 2주일째 후반에 외부에서 이곳으로 온 것이었다. 그는 화요일에 왔기 때문에, 일요일은 그날 이후 닷새째였다. 저 모험적인 날씨의 급변과 겨울에의 복귀 뒤에 이날은 또 봄과 같은 하루였다. 온화하고 상쾌하며 푸른 하늘에는 맑은 구름이 떠 있었고, 비탈과 골짜기는 새로 온 눈까지도 말끔히 녹아 버려서 다시금 계절에 알맞는 여름의 푸르름을 되찾아 부드러운 햇빛을 받고 있었다.

모두가 일요일에 경의를 표해, 그것을 돋보이게 하려고 마음을 쏟고 있는 것이 확실하게 느껴졌다. 경영자측과 환자들이 이를 위해 힘을 합쳤다. 아침 차 시간부터 특별히 만든 케이크가 나왔다. 어느 좌석에나 산패랭이와 석남화(石楠花) 등을 꽂은 컵으로 장식되어 있었다. 남자들은 그것을 그들 옷깃의 단추 구멍에 꽂았다(도르트문트의 파라반트 검사는 반점 모양의 조끼에 검은 연미복 차림이었다).

여자들의 복장도 화려하고 경쾌했다──쇼샤 부인은 소매가 넓은 산뜻한 레이스의 마티네 모습으로 나타나서, 유리문을 탕 소리를 내어 닫고는 그 마티네 차림으로 우선 정면으로 모든 사람을 향해 서서 모든 사람들에게, 말하자면 우아하게 선을 보이고 난 뒤, 발소리를 죽여 가며 자기 좌석으로 걸어 갔다. 그 마티네가 그녀에게 아주 어울렸기 때문에 한스 카스토르프의 옆자리에 있던 쾨니히스베르크에서 온 여교사는 완전히 감격해 버렸다──이류 러시아 인석의 야만스러운 부부까지 오늘의 안식일에 경의를 표하여, 남자는 가죽 윗도리 대신 짧은 프록코트에 펠트 구두를 가죽 구두로 바꿔 신었고, 여자는 더러운 새털 목도리를 오늘도 둘렀지만, 그 밑에는 주름 잡힌 장식이 달린 녹색 비단 블라우스를 입고 있었다. 이 부부를 보았을 때 한스 카스토르프는 눈살을 찌푸리고 얼굴을 붉혔는데, 여기 온 뒤부터 그의 얼굴은 걸핏하면 금방 빨개졌다.

두번째 아침 식사 바로 뒤에 테라스에서 요양 음악이 시작되었다. 여러 가지 금관 악기와 목관 악기의 연주자들이 테라스에 와서 거의 점심 식사 시간 때까지 경쾌한 곡 또는 장중한 곡을 연주했다. 이 시간만은 요양도 엄격하게 강요받지 않았다. 그 동안에 자기 방 발코니에서 침대 요양을 하면서 귀의 향연을 즐기고 있는 사람들도 여럿 있었고, 뜰의 안정 홀의 의자도 두셋 점령되어 있었지만, 대부분의 환자들은 차일이 달린 테라스의 희고 작은 테이블에 앉아 있었다. 의자에 앉는 것이 거북스럽다고 느끼는 젊고 명랑한 무리들은 뜰로 내려가는 돌계단을 점령하고 거기서 한바탕 떠들어 대고 있었다. 거기에 있는 것은 젊은 남녀들로, 한스 카스토르프가 이름이나 얼굴을 거의 알고 있는 사람들뿐이었다. 헤르미네 클레펠트도 있었고 알빈 씨도 있었는데, 알빈 씨는 꽃무늬가 있는 큰 초콜릿 상자를 모두에게 돌려 먹이면서, 자기는 먹지 않고 인자한 아버지 같은 표정으로 금테 두른 담배를 피우고 있었다. 그밖에 『반폐 클럽』의 입술이 두꺼운 젊은 사람, 마르고 상아색 피부를 한 레비 양, 손목을 힘없이 굽힌 양손을 가슴께에 지느러미처럼 드리운 라스므셴이라는 회색빛 섞인 금발머리의 젊은 사람이 있었다.

빨간 옷을 입고 있는 육체파 미인인 암스테르담 출신의 잘로몬 부인도 젊은 사람 사이에 끼여 있고, 그녀의 뒤에는 《한여름 밤의 꿈》을 연주할 줄 아는 머리숱이 적은 키다리 사나이가 여위고 뾰족한 무릎을 양팔로 안고 앉아 잘로몬 부인의 햇빛에 그을린 목덜미를 음산한 눈으로 뚫어지게 바라보고 있었다. 그리고 머리털이 붉은 그리스 아가씨, 맥(貘)과 같은 얼굴을 하고 있는 국적 불명의 아가씨, 도수 높은 안경을 끼고 있는 대식가인 소년, 그리고 또 하나의 15,6세가 되는 소년이 있었다. 그 소년은 외알 안경을 끼고 기침을 할 때마다 소금 숟가락처럼 길게 기른 새끼손톱을 입에 댔는데, 이 소년은 슬쩍 보아 지독한 바보같았다. 그리고 이밖에도 많은 사람들이 있었다.

「새끼손가락의 손톱을 기른 저 소년 말이야.」 요아힘이 낮은 목소리로 말했다. 「저 소년이 여기 왔을 때는 별로 아프지 않았어, 체온도 보통이고. 의사를 하고 있는 아버지가 미리 예방하기 위해 여기로 보낸 것인데 고문관은 3개월 정도로 진단했던 거야. 그런 것이 3개월이 지난 지금은 정말로 나빠져서 열이 37도 8부에서 38도나 된다네. 생활이 얼마나 몰상식한지, 따귀를 때려 주고 싶을 정도야.」

사촌들은 다른 테이블과는 좀 떨어진 테이블에 단둘이 앉아 있었다. 한스 카스토르프는 아침 식사 때 식탁에서 가져온 흑맥주를 마시면서 시거를 피우고 있었다. 가끔 시거의 맛이 났다. 그는 맥주와 음악으로 인해 몽롱해진 기분이 되어서 여느 때처럼 입을 벌리고 머리를 기울인 채, 주위의 태평스러운 요양 생활자들의 광경을 충혈된 눈으로 바라보고 있었다. 주위의 사람들이 체내를 막을 수 없는 분해 작용에 침해를 받고 있어 대부분이 미열을 내고 있다는 의식은, 그의 기분을 조금도 산란하게 하지 않았고, 오히려 모든 것에 더한층 특이성을 부여하여 주었으며, 어떤 정신적인 매력까지도 주었다. 테이블에서는 거품이 나는 레몬을 마시고 있었고, 야외의 돌계단 위에서는 사진을 찍고 있었다. 붉은 머리의 그리스 아가씨는 스케치북에 라스므센 씨를 그리고 있었는데, 그 스케치를 라스므센에게 보여 주지 않으려고 틈이 벌어진 큰 이빨을 보이고 웃으면서 몸을 이쪽저쪽으로 돌렸기 때문에 라스므센 씨는 스케치북을 빼앗는 데 한참이나 걸려야 했다. 헤르미네 클레펠트가 눈을 반만 뜨고 돌계단에 앉아 둘둘 만 신문으로 음악의 박자를 맞추고 있었고, 알빈 씨가 들꽃다발을 그녀의 블라우스에 꽂아 주고 있었다. 입술이 두꺼운 젊은이가 잘로몬 부인의 발치에 앉아 머리를 돌려 그녀를 쳐다보며 이야기를 하고 있었고, 머리숱이 적은 피아니스트가 잘로몬 부인의 목덜미를 뒤에서 꼼짝 않고 바라보고 있었다.

의사들도 나타나 요양객들 사이에 끼어들었다. 베렌스 고문관은 흰 수술복, 닥터 크로코브스키는 검은 수술복을 입고 테이블의 열을 따라 지나갔다. 고문관은 거의 모든 테이블에 애교 있는 농담을 하면서 지나갔으므로 그가 지나간 뒤에는 명랑한 웃음이 배 지나간 뒤의 뱃자국처럼 남았다. 의사들이 젊은 사람들 있는 곳으로 내려가자, 아가씨들은 곧 몸을 비틀고 추파를 던지면서 닥터 크로코브스키를 둘러쌌다. 고문관은 일요일의 구경거리로 청년들에게 편 상화 신는 재주를 보여 주었다. 그는 긴 다리의 한쪽을 계단 위에 올려 놓고 구두끈을 풀어 그것을 특별한 방법으로 한 손에 쥐고, 또 하나의 손을 사용하 지 않고 날쌔게 끈을 십자로 매어 버려서, 모두들 감탄하였다. 몇 사람들이 그 흉내를 내보았으나 아무도 그것을 해낼 수가 없었다.

세템브리니도 뒤늦게 테라스에 모습을 나타냈다. 산보용의 지팡이를 짚고 식당에서 나왔는데, 오늘도 양복 윗도리에 약간 누런 바지를 입고 있었고, 섬 세하고 냉정하며 비판적인 얼굴 표정으로 사방을 둘러보고, 사촌들의 테이블 로 가까이 오며 「아, 브라보!」 하면서 두 사람 사이에 끼어들게 해달라고 했다.

「맥주와 담배와 음악.」 세템브리니는 말했다. 「이것이 당신의 나라입니다. 당신은 민족적 기분을 잘 아시는 모양이지요, 엔지니어. 물고기가 물을 얻은 것 같은 분위기군요. 기쁘게 축하드립니다. 나에게도 그 조화 있는 당신의 심 경을 좀 맛보게 해주십시오.」

한스 카스토르프는 얼굴 표정을 긴장시켰다. 이탈리아 인의 모습을 보았을 때부터 얼굴 표정이 긴장되었었다. 그는 말했다.

「늦으셨군요, 세템브리니 씨. 음악회는 이제 곧 끝날 것입니다. 음악을 듣 는 것을 싫어하십니까?」

「명령을 받고 듣는 것은 싫습니다.」 세템브리니는 대답했다. 「이런 식의 주간 행사로 듣는 것은 싫습니다. 위생적 견지에서 강제된 약국 냄새나는 음 악은 듣고 싶지 않습니다. 나는 나의 자유, 또는 우리들과 같은 인간에게 남 겨져 있는 자유와 인간의 존엄성을 어느 정도 소중히 여기고 있습니다. 당신 이 이 위에서 청강생으로서 지내고 있듯이, 15분 정도 얼굴을 내밀고 다시 자 기 생활로 돌아가기로 하고 있습니다. 이것이 나에게 자주성의 환상을 줍 니다. 그것이 환상 이상의 것이라고 말할 수는 없지만, 내가 그로 인해 어떤 만족감을 느낄 수 있다면 그것으로 좋은 것이라고 하겠습니다. 당신 사촌의 경우는 좀 다릅니다. 이 사람에게는 이것도 근무의 하나니까요. 그렇지요, 소 위님? 당신은 이것도 근무의 일부라고 생각하시지요? 잘 알고 있습니다. 당 신은 노예의 처지에 있더라도 자부심을 잃지 않는 방법을 알고 있습니다. 쉽 지 않은 재주로, 유럽 사람들 누구나가 터득하고 있는 것은 아니니까요. 음악 말입니까? 내가 음악 애호가가 아니냐고 물으셨지요? 『애호가』냐고 말씀 하신다면(사실 한스 카스토르프는 그런 말을 쓰지 않았다) 그 표현은 나쁘지 않은데요.」 세템브리니는 다시 말을 이어나갔다.

「부드럽고 경쾌한 느낌을 주는 말이니까요. 좋습니다, 이의 없습니다. 그렇습니다. 나는 음악 애호가입니다——그렇다고 해서 내가 특별히 음악을 존중하고 있다는 것은 아닙니다——가령 내가 정신을 담는 그릇이고, 진보의 수단, 빛나는 쟁기인 말을 무엇보다도 존중하고 사랑하고 있는 것과는 다릅니다. 음악…… 이것은 더듬거리는 듯하고 애매한, 무책임하며 방자한 것입니다. 아마 당신은 음악도 명석한 것일 수 있다고 반대하실 것입니다. 그러나 그런 의미로는 자연도 시냇물도 명석할 수 있습니다. 그렇다고 해서 그것이 어떻다는 것입니까? 그것은 참된 명석함이 아닙니다. 그것은 꿈 같은, 무의미하고 무책임한 명석, 시종 일관되지 않는 명석이어서, 사람을 그런 경지에 안주시켜 버리는 유혹력을 갖고 있기 때문에 위험하기도 한 것입니다. 이를테면 음악에다 이상한 몸짓을 하게 한다고 해봅시다. 좋습니다. 그로 인해 우리들의 감정은 불타오를 것입니다. 그러나 우리들의 이성을 불타게 할는지 아닐는지가 문제인 것입니다. 음악은 얼른 보아 움직임 그 자체처럼 보입니다. 그럼에도 나는 음악이 정적주의(靜寂主義. 기독교에 있어서의 신비주의의 일종)에 일견되는 것이 아닌가 의심을 품고 있습니다. 극단적으로 말한다면 나는 음악에 대해 정치적인 반감을 품고 있습니다.」

여기서 한스 카스토르프는 무릎을 치면서, 이런 말은 이때까지 들어 본 적이 없다고 외치지 않을 수 없었다.

「아무튼 생각해 보십시오.」 세템브리니는 미소를 지으면서 말했다. 「음악은 사람을 감격시키는 궁극의 수단으로서 최상의 것입니다. 즉, 정신에 음악의 힘을 받아들일 준비가 되어 있을 때는 위와 앞으로 끌고 가는 음악의 힘은 대단한 것입니다. 그러나 그러기 위해서는 문학이 음악에 선행해야 합니다. 음악만으로 세계를 진보시킬 수는 없습니다. 음악만으로는 위험합니다. 특히 당신에게는 엔지니어, 음악은 절대로 위험합니다. 나는 여기에 왔을 때, 당신의 얼굴을 보고 곧 그것을 느꼈습니다.」

한스 카스토르프는 웃었다.

「아니, 내 얼굴을 그렇게 보지 말아 주십시오, 세템브리니 씨. 이 위의 당신들의 공기가 얼마나 나에게는 힘겨운 것인지 도저히 이해할 수 없을 정도입니다. 여기의 환경에 적응한다는 것은 생각한 것보다도 훨씬 어렵습니다.」

「착각을 하고 계시는 게 아닙니까?」

「천만의 말씀입니다. 나는 여전히 몹시 피로해서 열이 나는 것 같은 기분입니다.」

「경영자측이 이렇게 연주회를 열어 주는 것은 역시 감사해야 한다고 생각합니다만.」 요아힘이 사려 깊게 말했다. 「당신은 문제를 한층 더 높은 견지에서, 말하자면 작가의 견지에서 생각하고 계십니다, 세템브리니 씨. 그런 점에서는 나도 반대하지 않습니다. 그러나 우리들이 여기서 조금이나마 음악을 들을 수 있다는 것에는 역시 감사를 해야 한다고 생각합니다. 나는 그다지 음악적인 인간이 못 되며, 여기에서 연주되는 곡들도 그다지 훌륭한 연주는 아닙니다——고전 음악도 아니고 근대적인 것도 아니고 단지 단순한 취주악에 불과할 뿐입니다. 그러나 아무튼 기분 전환을 위한 고마운 것이지요. 두 시간이나 세 시간을 착실하게 채워 줍니다. 즉, 시간을 몇 개로 나누어 그 어느 부분을 채워 주며, 이 하나하나에 무언가 내용을 갖게 합니다. 다른 때에는 여기서, 몇 시간, 며칠간, 몇 주일이라는 시간을 몸서리쳐질 정도로 싱겁게 보내고 있습니다. 그렇습니다. 지금 연주되고 있는 경쾌한 곡목은, 아마 7분 정도 계속하겠지만, 이 7분간은 그것만으로도 가치 있고, 처음이 있고 끝이 있어서 다른 것으로부터 구별되어 눈깜짝할 사이에 주위의 혼돈 속에 없어져 버리지 않도록 보호를 받고 있습니다. 그리고 이 7분간은 또 한 곡의 음형(音形)에 의해 여러 개로 나뉘어져 있고, 그 음형은 다시 박자로 나뉘어져 있습니다.

이렇게 해서 언제나 무엇인가가 시작되어, 일초 일초가 어떤 의미를 지므로, 우리들은 거기에 기대어 있을 수 없습니다. 보통은 그것이…… 그러나 내 생각이 올바른 것인지는 모르겠습니다.」

「브라보!」 세템브리니는 외쳤다. 「브라보, 소위님. 당신은 음악의 본질에 숨어 있는 확실히 윤리적인 일면을 정확하게 표현해 주었습니다. 즉, 음악은 시간의 흐름을 아주 특수하고 생생한 분할법에 의해 눈뜨게 하고 정신화하고 귀중한 것으로 합니다. 음악은 시간을 눈뜨게 합니다. 우리들이 아주 섬세하게 맛볼 수 있게 눈을 뜨게 합니다. 그런 점에서 음악은 윤리적입니다. 예술이란 눈을 뜨게 하는 한 윤리적인 것입니다. 그러나 그 반대의 경우에는 어떠할까요? 음악은 우리들을 마비시키고, 잠들게 하고, 우리들의 행동과 진보를 방해한다고 하면? 음악은 그것도 할 수 있습니다. 마취제의 작용에도 정통하고 있습니다. 악마적인 작용에도 말입니다. 여러분! 마취제는 악마적입니다. 왜냐하면 마취제는 둔감, 침체, 무위와 노예적 정지를 창조해 내기 때문입니다. 음악에는 의심스러운 데가 있습니다. 그래서 나는 음악엔 의심스러운 데가 있다는 나의 의견을 철회할 생각은 없습니다. 내가 음악에 정치적 혐의를 걸고 있다고 하더라도 그것이 과언이라고는 생각지 않습니다.」

세템브리니는 이런 식으로 말을 이어 갔다. 한스 카스토르프는 이 말에 귀를 기울였지만 피곤도 했고, 저쪽 돌계단 위의 근심 걱정 없는 젊은이들의 즐거운 행동에 정신이 팔려 세템브리니의 말에 제대로 따라갈 수가 없었다. 눈이 좀 이상해진 것일까? 아니면 이것은 또 어찌된 일일까? 맥 같은 얼굴을 한 아가씨가 외알 안경을 낀 소년의 스포츠 바지의 무릎 밴드에 단추를 꿰매어 주고 있었다. 아가씨는 숨이 차 괴로운 듯이 호흡하고 있었고, 소년은 소금 숟가락같이 길게 기른 새끼손톱을 입에 대고 기침을 하고 있었다. 두 사람 다 병자임에 틀림없었다. 그러나 이런 광경은 이 위의 젊은 사람들 사이의 이상한 교제 습성을 말해 주는 것이었다. 음악은 폴카를 연주하고 있었다.

히   페

이와 같이 일요일은 평일과 달랐다. 오후에도 몇 무리의 사람들이 떼지어 마차를 타고 나갔으므로 이 점에서도 평일의 오후와는 다른 느낌이 있었다. 차 마시는 시간 뒤에 두 마리의 말이 끄는 마차 여러 대가 차도로 올라와 바깥 현관 앞에 머물러, 손님들이 타기를 기다리고 있었다. 마차를 부르는 사람은 주로 러시아 사람들로 그것도 여자 손님들이었다.

「러시아 사람들이 곧 마차를 타고 드라이브를 한다네.」

요아힘이 한스 카스토르프에게 말했다. 두 사람은 바깥 현관 앞에 나란히 서서 재미삼아 출발 광경을 보고 있었다.

「이제부터 클라바델이 아니면, 호수, 플뤼엘라 계곡이 아니면 클로스터로 가려는 것이야. 그런 곳이 언제나 목적지라네. 자네도 생각이 있다면 자네가 여기 있는 동안 우리들도 한 번 드라이브를 해도 좋아. 지금 같아서는 자네는 생활에 익숙해지는 데 바빠서 어떤 계획도 필요하지 않을 것 같네.」

한스 카스토르프도 이에 찬성했다. 그는 양쪽 손을 바지 주머니에 넣고, 담배를 입에 물고 있었다. 그리고는 몸집이 작고 기력이 좋은 러시아 노부인이 마른 조카 손녀와 다른 두 부인과 함께 마차를 타는 것을 구경하고 있었다. 쇼샤 부인은 등에 벨트가 붙은 얇은 먼지막이 외투를 입고 있었지만 모자는 쓰고 있지 않았다. 그녀는 노부인과 나란히 마차 안좌석에 앉고, 두 소녀는 뒷좌석을 차지했다. 네 사람은 벌써 마음이 들떠 뼈가 없는 듯한 부드러운 러시아 어로 쉬지 않고 입을 놀렸다. 각기 좌석에 앉는 데 방해가 되는 마차의 낮은 포장과, 왕고모가 솜과 레이스 종이로 채운 나무상자 속에 넣어서 식량으로 준비해 와서 벌써부터 모두에게 권하고 있는 러시아 케이크에 관해 말하면서 웃고 있었다. 한스 카스토르프는 쇼샤 부인의 꾸민 말투를 주의를 기울여 분간해 듣고 있었다. 이 거친 여자의 모습을 볼 때마다 언제나 그러했지만, 오늘도 그녀와 어떤 인물과의 유사성을 새삼 느꼈다——그녀와 똑같은 그 인물이 누구인가를 기억하려고 해도 기억할 수 없는 날이 계속되어, 드디어 꿈속에서 기억해 낼 수가 있었지만——그리고 마루샤의 웃음소리, 입을 누르는 손수건 위로 엿보이는 어린아이처럼 둥근 잿빛 눈, 내부는 결코 가벼운 병이라고 할 수 없게 파먹힌 불룩한 가슴이, 한스 카스토르프에게 어떤 다른 일을, 얼마 전에 보고 마음 깊이 움직여진 일을 기억하게 했다.

그리하여 그는 머리를 움직이지 않고 옆에 있는 요아힘 쪽을 조심스럽게 보았다. 다행히도 요아힘은 그때처럼 얼굴에 반점은 없었고, 입술도 울려고 하는 것처럼 비뚤어지지는 않았다. 그러나 사촌은 열심히 마루샤를 쳐다보고 있었다. 그것도 군인이라고는 할 수 없는 태도와 얼굴, 오히려 쓸쓸하고 멍한 얼굴을 하고 있어, 평범한 사람이라고밖에는 부를 수 없는 태도였다. 물론 사촌은 곧 몸을 가다듬고 한스 카스토르프의 얼굴을 잠깐 보았다. 한스 카스토르프는 당황하여 사촌에게서 몸을 돌려 하늘을 쳐다보았다. 한스 카스토르프는 심장이 뛰는 것을 느꼈다. 이 위에 온 이후로 버릇처럼 되어 버렸지만, 아무 이유도 없이 자주 심장이 뛰는 것을 느꼈다.

그밖에는 일요일은 평일과 다를 것이 없었다. 물론 식사 때를 제외하고는. 식사는 평일보다 분량을 많이 할 필요는 없었기 때문에, 구태여 말한다면, 요리가 모두 멋진 것이 나왔다(점심 식사에는 게와 반으로 쪼갠 앵두로 꾸민 마요네즈를 덮은 닭고기가 나왔고 아이스크림에는 실설탕으로 엮은 작은 바구니에 넣은 파이를 곁들였으며, 신선한 파인애플도 나왔다). 한스 카스토르프는 저녁 식사 때 맥주를 마셨는데 어느 때보다 훨씬 피로와 오한, 그리고 사지가 노곤함을 느꼈다. 9시경에는 벌써 사촌에게 잘 자라고 말하고 새털을 넣은 이불을 황급히 턱 위까지 끌어올리고, 얻어맞은 사람같이 쓰러져 잠들어 버렸다.

그리고 다음날에는, 즉 청강생이 이 위에서 맞이한 첫번째 월요일에는 정기적으로 돌아오는 일과의 변화가 또 하나 찾아왔다. 닥터 크로코브스키가 2주일마다 식당에서 『베르크호프』의 위독 환자를 제외한 성년자 전원. 독일어를 이해하는 전원에게 들려 주는 강연 시간이 돌아온 것이다. 한스 카스토르프가 사촌에게서 들은 바로는, 그것은 연속 강연으로서 『질병 형성력으로서의 사랑』이라는 공통 연제를 가진 통속 과학적인 내용이었다.

이 계몽적인 행사는 두번째 아침 식사 뒤에 행해지는데, 역시 요아힘의 말에 따르자면, 이 강연에 출석하지 않으면 안 된다는 것이었다. 적어도 출석하지 않으면 바람직하지 않은 것으로 되어 있어, 따라서 누구보다도 독일어를 잘 하는 세템브리니가 이 강연에 한 번도 출석하지 않았을 뿐만 아니라, 이 강연에 대해 멸시하는 언사를 했다는 것은 정말 패씸한 일로 여겨지고 있었다. 한스 카스토르프로 말하면, 한편으로는 대접으로, 또 한편으로는 감출 수 없는 호기심에서 출석해 보려고 생각했다. 그러나 출석하기 전에 그는 아주 무모한 실수를 저질렀다. 자기 혼자서 멀리까지 산보하려고 생각했는데 이 산보가 뜻하지 않게 나쁜 결과를 가져온 것이다.

「이제 잘 들어 주게.」 한스 카스토르프는 그날 아침 요아힘이 방으로 들어오자 곧 말했다. 「이대로 가다간 나도 이 이상 어떻게 할 수 없겠어. 수평 생활에는 이제 진저리가 났네. 이대로 가다간 혈액까지 잠들고 말겠어. 자네 경우는 물론 달라. 자네는 환자니까 자네까지 유혹할 생각은 없어. 그러나 나는 아침 식사를 끝내면 곧 한 번 산보다운 산보를 하려고 생각하네. 자네만 나쁘게 생각하지 않는다면 두세 시간 발이 가는 대로 자연의 품속에 곧장 들어가 보려는 거야. 아침 식사 때에 식량을 호주머니에 슬쩍 좀 집어넣고, 새처럼 자유로운 몸이 되어서 말이야. 딴 사람이 되어 돌아오게 될 것인지 한 번 시험해 보겠네.」

「좋아.」 요아힘은 사촌의 욕구와 계획이 진지한 것을 보고 말했다. 「그러나 무리를 해서는 안 돼. 이것만은 말해 두어야겠어. 이곳은 우리 고향과는 다르니까 말이야. 그리고 강연에는 늦지 않게 나가야 해.」

한스 카스토르프가 이러한 계획을 생각해 내게 된 것은 신체적인 이유에서가 아니고, 사실은 다른 데에 이유가 있었다. 즉 얼굴이 상기되는 것이나, 거의 언제나 구미가 당기지 않는 것이나, 심장이 제 마음대로 뛰는 것은 여기 날씨에 익숙해지는 것이 어렵기 때문이라기보다 오히려 이 옆방의 러시아 인 부부의 무례함, 병들고 어리석은 슈퇴르 부인의 식탁에서의 지껄임, 매일 복도에서 듣는 아마추어 기수의 맥없는 기침, 알빈 씨의 언동, 젊은 환자들과의 사교에서 얻은 인상, 마루샤를 바라볼 때의 요아힘의 표정, 그밖에 이와 비슷한 견문 때문이라고 생각했던 것이다. 그래서 이러한 『베르크호프』의 마력에서 한 번 벗어나, 야외에서 마음껏 심호흡을 하고 마음껏 뛰어다니고 저녁때 피곤하여 돌아올 때, 적어도 그것이 무엇으로 인한 피로인지가 확실하다면 퍽 기분이 좋을 것이라고 생각했던 것이다. 그래서 한스 카스토르프는 아침 식사 뒤에 요아힘의 요양 근무상 거리가 제한된 물받이 홈통 옆 벤치까지 내려가, 발이 가는 대로 산보를 시작했다.

차고 흐린 아침 8시 반경이었다. 한스 카스토르프는 계획한 대로 아침의 맑은 공기를 깊이 들이마셨다. 가볍게 흘러 들어오는 습기찬, 냄새도 내용도 추억도 없는 상쾌하고 가벼운 공기였다. 한스 카스토르프는 시냇물과 협궤 선로를 지나 폭이 일정치 않은 길로 나왔는데, 그 길을 곧 벗어나 풀밭 속의 좁은 길로 들어섰다. 이 좁은 길은 한동안 평지를 달리다가 오른편의 비탈을 몹시 급하게 올라갔다. 한스 카스토르프는 올라가는 것이 즐거워 가슴이 확 트이는 것 같아, 지팡이의 끝으로 모자를 이마에서 젖히고, 조금 위로 올라가 돌아서서 이 위로 올 때 기차로 지나온 호수의 수면을 멀리 바라보며 노래를 부르기 시작했다.

대학생의 연회 가요집과 체조 가요집에 들어 있는 민속적이고 감상적인 여러 가지 노래를 생각나는 대로 불렀다. 예를 들면 다음과 같은 가사의 노래도 있었다.

시인이여, 사랑과 술을 찬미하라,
하나 미덕은 더욱더 찬미할지어다.

처음에는 낮게 중얼거리듯 불렀으나 차차 큰 소리로 힘껏 불렀다. 그의 바리톤에는 윤기가 없었지만, 오늘은 그것까지도 아름답게 느껴지고 음정이 너무 높은 경우에는 젖먹던 힘까지도 내어 째지는 듯한 소리가 되었지만 그것조차 아름답게 느껴졌다. 노래하고 있는 동안 차차 흥분되었다. 가사를 기억할 수 없게 되면 멜로디에 의미 없는 엉터리 말을 넣어 불렀고, 그것을 성악가 같은 입 모양을 하여 화려하게 과장한 구개음을 공중에 울리게 했으며, 마지막에는 가사도 음정도 모두 입에서 나오는 대로 부르고, 그 자작 노래를 오페라 가수 같은 팔 동작까지 곁들여 노래하기도 했다. 비탈을 오르면서 노래하는 것은 매우 힘이 들었기 때문에 얼마 안 가 호흡이 곤란해져 숨이 막혔다.

그러나 노래의 아름다움에 봉사하겠다는 이상주의에서 자기의 고통을 견디고 가끔 헐떡이면서 최후의 힘을 다했다. 드디어 극도로 숨이 막혔고, 눈이 캄캄해져서 눈앞에 불꽃 같은 것이 번쩍이며, 맥박도 빨리 뛰어 어둑한 소나무 뿌리에 주저앉아 버리고 말았다. 그렇게 기운이 왕성하게 계속 올라오다가는 갑자기 무기력과 절망 일보 직전의 파국을 맛보게 되었던 것이다.

이럭저럭 신경이 다시 가라앉아 산보를 계속하려고 일어섰지만, 목덜미가 심하게 떨렸다. 아직 이렇게 젊었는데도 한스 로렌츠 카스토르프와 마찬가지로 그의 목이 와들와들 흔들렸다. 한스 카스토르프는 이 현상으로 돌아가신 할아버지가 몹시 그리워져서, 이 떨림을 불쾌하게 느끼지 않고 할아버지가 머리 떨리는 것을 억누르기 위해 턱을 가슴에 위엄 있게 당기던 모습을——어렸을 때에 아주 그의 마음에 들었던 모습을—— 흉내내어 보았다.

한스 카스토르프는 다시 꾸불꾸불하게 위로 계속 올라갔다. 암소의 방울 소리에 이끌려 걸어가니 과연 가축의 무리가 있어, 지붕에 무거운 돌을 얹은 통나무 오두막집 근처에서 풀을 뜯어먹고 있었다. 수염을 기른 두 사나이가 도끼를 메고 이쪽으로 오고 있었다. 한스 카스토르프의 가까이까지 왔을 때 이 두 사람은 헤어졌다.

「자, 그럼 잘 가게, 고맙네.」 한 사람이 목에 걸리는 낮은 소리로 말하고는 도끼를 바꾸어 메고 길이 없는 곳을, 나뭇가지를 짓밟는 소리를 내면서 가문비나무 사이로 골짜기를 향해 내려갔다. 「자, 그럼 잘 가게, 고맙네.」 하는 말이 조용해진 사방을 이상하게 울려, 올라오는 것과 노래를 부르는 것 때문에 마비되어 있었던 한스 카스토르프의 마음을 꿈처럼 어루만져 주었다. 그는 산에 사는 사람들의 목에 걸린 둔중하고도 유치한 인사를 흉내내어 그것을 낮은 목소리로 중얼거려 보았다. 수목 한계 지대까지 가볼 작정이었기 때문에 오두막집에서 위로 올라갔지만 시계를 보고 그 계획을 중지하였다.

왼편으로 꺾어 부락으로 가는 방향을 취하면서, 좁은 길에 이르렀다. 좁은 길은 한동안 평탄하게 가다가 다음에는 내리막길이 시작되었다. 한스 카스토르프는 높은 침엽수숲으로 들어가 그 속을 빠져 나가며, 내려가자 무릎이 아까보다 이상하게 더 떨리는 것을 느꼈다. 조심하면서 다시 노래를 부르기 시작했다. 그러나 숲에서 나오자, 눈앞에 펼쳐진 멋진 풍경——평화롭고 웅대하고 그림과 같은, 치밀하게 정돈되어 있는——에 접하여 깜짝 놀라 우뚝 서 버렸다.

시냇물이 오른편 비탈에서 평탄한 돌 하상(河床) 위로 떨어져 테라스 식으로 위치한 바위 위를 거품을 내면서 흐르고, 거기에는 조잡한 난간이 있는 작은 다리가 그림처럼 걸려 있었다. 땅은 관목 같은 식물로 덮여 있고 그 종 모양의 꽃으로 사방이 푸르게 보였다. 균형이 잡힌 거대한 가문비나무의 고목들이 띄엄띄엄 또는 떼를 지어 골짜기로 비탈을 따라 서 있는데, 그 중 하나는 시냇물 옆 비탈에서 튀어나와, 그림 같은 풍경 속에 기괴한 모습으로 서 있었다. 물소리밖에 들리지 않는 고요가 이 아름답고 잠잠한 장소를 뒤덮고 있었다. 한스 카스토르프는 시냇물 저쪽편에 휴식용 벤치가 있는 것을 보았다.

그는 작은 다리를 건너서 급류와 요란한 물거품을 보며 눈을 즐기고, 단조롭지만 갖가지 변화를 간직한 목가적인 재잘거림을 하고 있는 물소리에 귀를 즐겁게 하기 위해 벤치에 앉았다. 그는 와글대는 물소리를 음악과 마찬가지로, 아니 음악보다도 더 사랑했다. 그러나 벤치에 기분 좋게 앉자마자, 갑자기 코피가 흘러내려 그만 옷을 더럽히고 말았다. 코피는 심하게 쉴새없이 흘러내려 30분 가량 벤치와 시냇물 사이를 계속 왕복하면서 손수건을 물에 담그고 그것을 짜서 코 위에 얹고는, 다시 하늘을 향해 벤치에 눕는 데 여념이 없었다. 겨우 코피가 멎은 뒤에도 그대로 누워 있었다. 두 손을 머리 뒤로 깍지 끼고 양 무릎을 높이 세우고, 눈을 감고 물소리에 귀를 기울이면서 누워 있었다. 대량의 출혈로 기분이 나쁘다기보다 오히려 기분이 침착해지고, 생활 기능이 이상하게 저하된 상태였다. 숨을 내뿜고 나서도 새로운 공기를 들이쉴 필요를 한동안 느끼지 않고 몸을 조용히 눕힌 채로, 심장을 천천히 여러 번 고동시키고는 뒤늦게 나른하고 가볍게 숨을 들이쉬는 것이었다.

그러자 갑자기 이삼 일 전날 밤에 꾸었던 꿈, 이 위에 온 다음의 인상을 모델로 한 꿈의 원형이 되었던 옛날의 한 장면에 끌려 들어간 것을 알았다. 그리고 그 당시와 그 장소로 꼭 그대로 끌려 들어가 그 사이의 공간과 시간이 소멸해 버려, 이 위에서 시냇물 옆 벤치에 누워 있는 것은 생명이 없는 육체에 불과하며 진짜 한스 카스토르프는 먼 과거의 시간과 공간에 끌려 들어가, 단순하기 그지없는, 그러나 마음을 마비시켜 버리는 모험적인 장면으로 끌려 들어가 있는 기분이었다.

한스 카스토르프는 13세의 소년으로 아직 반바지 차림의 제3학년 하급생이었다. 그리고 그와 거의 같은 나이 또래의 다른 학급 소년과 이야기를 하면서 교정에 서 있었는데, 이 대화는 한스 카스토르프가 꽤 임의로 시작한 대화로서 그 내용도 틀에 박힌 실질적인 성질의 내용이었기 때문에 아주 어이없이 끝나 버렸다. 그러나 이것은 한스 카스토르프를 몹시 기쁘게 했다. 마지막 시간과 그 전 시간 사이에 끼인 휴식 시간, 한스 카스토르프의 시간표에 따르면 역사와 미술 시간의 사이였다. 널빤지 담으로 거리와 구분되는 교정은, 출입 구가 두 개 있고 빨간 벽돌이 깔려져 있었는데, 여기에서 학생들은 열을 지어 걷는다든지, 몰려 서 있는다든지, 교사(校舍)의 반질반질한 벽 내닫이에 걸터 앉는 것처럼 기대기도 했다. 이야기 소리로 교정은 가득 차 있었다. 중절모를 쓴 교사가 햄을 넣은 빵을 먹으면서 학생들의 행동을 지켜보고 있었다.

한스 카스토르프와 말을 한 소년은 성은 히페, 이름은 프리비슬라프라고 했 는데, 이상하게 이름의 『ㄹ』을 『ㅅ』이라 읽어, 프쉬비슬라프라고 부르는 것이 었다. 그리고 이 이상한 이름은, 이것도 심상하다고 할 수 없는, 역시 좀 이 상하다고 하지 않을 수 없는 소년의 외모와 흡사했다. 히페의 아버지는 역사 학자로 고등학교 교사였다. 따라서 히페도 평판이 좋은 모범생이었고, 나이는 한스 카스토르프와 거의 다를 바 없지만, 벌써 한 학급 위로 올라가 있었다. 메클렌브르크 출생으로 히페 자신은 옛날 혼혈의 산물이라는 것이 언뜻 보아 도 확실했다. 게르만의 피에 벤덴슬라브의 피가 섞였거나 또는 그 반대의 혼 혈에서 태어났음이 틀림없었다. 금발로 둥근 머리는 짧게 깎고 있었다. 그러 나 눈은 푸르스름한 회색 또는 회색이 섞인 푸른색을 하고 있었고, 예컨대 좀 종잡을 수 없는 애매한 색, 먼 산과 같은 색이었으며, 눈의 모양도 가늘고, 엄밀히 말해, 비스듬히 올라간 특이한 모양을 하고 있었고, 눈 바로 밑의 광 대뼈가 두드러지게 튀어나와 있었다. 이러한 용모도, 히페의 경우는 조금도 밉지 않고 정말 매력적이었지만, 친구들로부터 『키르기즈 인』(중앙아시아 초원에 사는 터키 계 민족)이라 는 별명을 얻기에 충분한 얼굴이었다. 또한 히페는 벌써 긴 바지를 입었고, 등이 터져 있는 짧은 청색 저고리를 목까지 채워 입고 있었으며 깃에는 언제 나 비듬이 조금 붙어 있었다.

사실 한스 카스토르프는 이 프리비슬라프에게 오래 전부터 점을 찍어 놓고 있었다. 교정에서 알고 있는 학생, 모르는 학생 가운데서 그를 택해 그에게 흥미를 갖고, 그를 눈으로 쫓고, 그를 찬미했다고 할까, 아무튼 그를 각별한 관심을 갖고 바라보았다. 벌써 학교에 가는 도중부터, 히페가 학급 친구들과 교제하는 모양과 히페가 담소하는 모양을 보고, 히페의 통쾌하고 무엇을 입에 물고 있는 듯한 목쉰 소리를 멀리에서 들어 알아 내는 것을 낙으로 삼았다. 이 관심은 히페의 이교도적인 이름, 히페가 모범생이라는 것(그러나 이것은 그렇게 문제되는 것은 아니었다), 마지막으로 키르기즈 인 같은 눈이──가 끔 무의식중에 옆눈으로 볼 때면, 녹는 듯이 어스름하고 밤과 같은 빛으로 변하는 눈이 ──히페에 대한 관심의 이유라고 말할 수 있지만, 한스 카스토르프는 자기의 감정에 정신적 근거가 있는 것인지 없는 것인지에 관해서는 거의 생각하지 않았고, 그 필요에 접할 경우에 그 감정을 어떤 이름으로 부를 것인가 하는 것은 더욱이 생각하지 않았다. 왜냐하면 그는 히페를 『잘 알고 지낸』 사이도 아니었으므로, 우정이라고 부를 수 없었기 때문이었다. 그러나 그 감정을 언젠가 누구에게 고백할 일이 있으리라고는 생각하지 않았기 때문에, 그 감정에 이름을 붙일 필요도 없었다. 고백하기에 적합한 감정도 아니었고, 고백하고 싶은 성질의 감정도 아니었다. 게다가 또 이름을 붙인다는 것은 비평을 의미하지 않더라도 한정하는 것으로, 즉 이미 익숙해진 경험에 끌어넣는 것을 의미하는데, 한스 카스토르프는 이러한 정신적 재산은 이렇게 한정한다든지 끌어들이는 것으로부터 엄격히 보호해야 한다고 무의식적으로 확신하고 있었던 것이다.

이유야 있든 없든, 아무튼 이름을 붙이는 것과 남에게 이야기하기에는 아주 거리가 먼 이 감정은 강한 생명력을 갖고 있었다. 그래서 한스 카스토르프는 거의 1년 전부터──그것이 언제 시작된 것인지는 확실치 않지만, 약 1년 전부터──그 감정을 가슴에 품고 있었는데, 그 연령에 1년이라는 시간이 얼마나 긴 시간인가를 생각하면, 그것은 적어도 그의 성격이 성실하고 꾸준하다는 것을 말하는 것이 되리라. 성격은 모두 양면을 갖고 있지만 성격을 표현하는 명칭은 유감스럽게도 좋은 의미의 것이든 나쁜 의미의 것이든, 일반적으로 도덕적 비판이 포함되는 법이다. 한스 카스토르프의 『성실성』은 그가 이것을 자랑으로 생각하고 있었던 것도 아니며, 좋고 나쁘다는 판단을 떠나 있는 것이었지만, 그의 기질이 육중하고 완만하고 끈기 있는 점, 즉 보수주의적인 기질에서 나온 것으로 이 기질 때문에 그는 어떤 상태나 경우 같은 것이 오래 계속됨에 따라, 사랑하고 영속할 가치도 있다고 생각하는 것이었다. 게다가 지금 존속하고 있는 상태나 제도가 무한으로 계속되는 것으로 생각하는 경향이 있어, 그 때문에 그 상태와 제도를 존중하여 변화를 열망하지 않았다. 이런 기질이었기 때문에 프리비슬라프 히페에 대한 숨겨진, 멀리에서 바라보는 관계에도 익숙해져서, 그것을 언제나 변하지 않는 상태로 생각하고 있었다. 히페에 대한 관계에서 생기는 감정의 움직임, 가령 오늘도 히페를 만날 수 있을까, 히페가 자기 옆을 지나갈 것인가, 행여나 자기를 보아 주지 않을까 하는 긴장, 또 그의 비밀이 주는 고요하고 차분한 실현의 기쁨, 그런 비밀에 따르기 마련인 실망까지도 사랑했던 것이다. 더 큰 실망은 프리비슬라프가 『결석』

하는 날이었다. 그런 날에는 교정이 황량하고, 그날은 완전히 매력을 잃었지만, 다음날에 거는 기대는 남아 있었다.

이런 상태가 1년이나 계속되었고, 드디어 저 모험적인 절정에 도달하였다. 그리고도 한스 카스토르프의 보수적인 성실성 때문에 1년 동안 더 계속되었고 그리고는 끝이 났다. 그러나 한스 카스토르프는 자기를 프리비슬라프와 맺게 한 끈이 늦추어지고 풀어진 것을 그 끈이 처음에 맺어질 때와 마찬가지로 알지 못하였다. 게다가 히페는 아버지의 전근으로 인해서 학교와 도시에서 그 모습을 감추어 버렸다. 한스 카스토르프는 이제 그것도 거의 주의하지 않았다. 그 이전에 이미 히페의 일을 잊고 있었다. 키르기즈 인의 모습은 어느 사이에 안개 속에서 그의 생활로 들어와 조금씩 명료성과 선명성을 더해 가다가 드디어 교정에서 눈앞에 똑똑히 섰던 그 순간이 되었고, 그 이후에도 한동안 정면에 머물렀다가, 곧 또 조금씩 멀어져 가서 이별의 슬픔도 없이 안개 속으로 사라져 버렸다고 할 수 있었다.

그러나 벤치 위의 한스 카스토르프가 교정으로 되돌아간 순간, 저 모험적이고 과감한 장면인 프리비슬라프와의 대화, 즉 실제 회화는 다음과 같이 하여 시작되었던 것이다. 그림 시간이 시작될 무렵, 한스 카스토르프는 연필을 잊어버리고 온 것을 알았다. 동급생들은 모두가 각자의 연필이 필요했다. 다른 학급에도 연필을 빌려 줄 만한 친구가 두셋 있었다. 그러나 이렇게 오랫동안 숨은 유대를 가졌던 프리비슬라프가 누구보다도 깊은 친구 같은 생각이 들었다. 한스 카스토르프는 마음을 설레이면서, 이 기회를——하고 그는 외쳤다——이용하여 프리비슬라프에게 연필을 빌릴 것을 결심했다. 히페를 정말로 잘 알고 있는 것이 아니었기 때문에, 그것은 대단히 엉뚱한 행동이었지만 그는 상관하지 않았다. 상관했다 해도 이상하게 대담한 심정에 끌려서 그런 것은 생각하지도 않았다. 이리하여 그는 벽돌을 깐 교정의 혼잡 속에서 프리비슬라프 히페에게 말했다.

「미안하지만 연필 좀 빌려 줄 수 없겠니?」

프리비슬라프는 높은 광대뼈 위의 키르기즈 인의 눈으로 한스 카스토르프를 쳐다보더니 놀란 기색도 없이, 아니면 그러한 기색을 보이지 않고 쾌활한 목소리로 대답을 했다.

「좋아.」 그는 말했다. 「그러나 시간이 끝나면 곧 돌려주어야 해.」 그리고는 호주머니에서 연필을 꺼냈다. 은으로 칠한 캡에 들어 있는, 고리가 달린 연필이었다. 그 고리를 위로 밀면 캡 속으로부터 대를 빨갛게 칠한 연필이 나오게 되어 있었다. 두 사람은 연필 위에 몸을 구부리고, 히페가 간단한 구조를 설명했다.

「그러나 부러지지 않도록 해야 해.」

히페는 무엇을 생각하고 있는 것일까? 마치 한스 카스토르프가 연필을 안 돌려주지나 않을까, 난폭하게 취급하지나 않을까 하는 말투가 아닌가.

두 사람은 미소지으며 서로 얼굴을 쳐다보았지만, 다른 말은 할 것도 없었기 때문에 처음에는 어깨를 다음에는 등을 돌리고 서로 헤어졌다.

다만 이것뿐이었다. 그러나 한스 카스토르프는 프리비슬라프 히페의 연필을 쓸 수 있었던 그 그림 시간만큼 기뻤던 일은 난생 처음이었다. 게다가 나중에 연필을 소유주에게 돌려주는 기쁨이 남아 있었다. 이것은 빌린 행위에서 덤으로 자연스럽고 당연하게 생긴 의무이기도 했다. 그는 실례를 무릅쓰고 연필 끝을 조금 뾰족하게 했는데, 그때 떨어진 빨간 칠을 한 연필 깎은 부스러기 서넛을 거의 꼭 1년 동안 책상 서랍 안에 보관해 두었다. 누군가가 그것을 발견했다고 해도 그것이 얼마나 귀중한 것인가를 알아채지는 못했을 것이리라. 또한 연필을 돌려주는 일은 아주 깨끗하게 끝났지만, 그것은 한스 카스토르프의 기분에 꼭 맞았고, 그는 이것을 어느 정도 자랑스럽게까지 느꼈다. 히페하고 다정하게 말을 나누었다는 것만으로도 그의 마음은 마비되는 것 같은 쾌감을 맛보고 있었다.

「여기 있어.」 한스 카스토르프는 말했다. 「아주 고마웠어.」

프리비슬라프는 아무 말도 하지 않고 연필 구조를 조사해 보고는 호주머니에 넣었다.

이런 일이 있은 뒤, 두 사람은 한 번도 말을 나눈 일이 없었는데, 그 한 번도 한스 카스토르프의 용기 덕분으로 서로 말을 나눌 수가 있었던 것이다.

한스 카스토르프는 회상의 깊이에 당황하면서 눈을 떴다. 꿈을 꾸었구나 하고 생각했다.

『그렇다. 프리비슬라프였구나. 오랫동안 그의 일은 생각하지 않았어. 저 연필 깎은 부스러기는 어떻게 되었을까? 그 책상은 고향의 티나펠 종조부의 다락방에 있음에 틀림없다. 그 부스러기는 왼쪽에 있는 작은 서랍 안에 아직 들어 있을 것이다. 그 이후에는 한 번도 꺼내지 않았으니 말이다. 버려야겠다고 생각할 만큼 주의하지도 않았다. 조금도 다르지 않았다. 프리비슬라프하고 꼭 같다. 이렇게 선명하게 그를 다시 보리라고는 생각하지 못했다. 어떻게 이디 지 이상할 만큼 그녀하고 꼭 같을 수가 있을까──이 위에 있는 그녀하고 그래서 나는 그녀에게 이렇게 흥미를 느꼈을까? 그렇지 않으면 그래서 그에게 그렇게 흥미를 느꼈던 것일까? 넌센스다, 정말 넌센스다. 그건 그렇고 이제는 돌아가야지. 그것도 급히.』

그러나 아직 생각하기도 하고 추억에 잠기기도 하면서 누워 있었다. 그리고는 일어섰다.

「자, 그러면 잘 있어. 고마워.」 이렇게 말하고 미소지으면서 눈에 눈물을 머금었다. 걸어가려고 했지만 무릎이 말을 듣지 않아 모자와 지팡이를 손에 쥔 채 어쩔줄 몰라 또 벤치에 앉았다.

『아, 위험하구나.』 하고 생각했다. 「이거 안 되겠다. 11시 정각에는 강연을 들으러 식당에 가 있어야 하는데, 여기서의 산보는 좋은 점도 있지만, 그 대신 귀찮은 점도 있구나. 그렇지, 그렇지. 그렇지만 여기에 이렇게 있을 수만은 없어. 오래 누워 있었기 때문에 다리가 좀 말을 듣지 않는 거야. 걷기 시작하면 나아지겠지.」

그리고는 다시 한 번 일어서려고 했는데, 이번엔 힘껏 힘을 냈기 때문에 이럭저럭 걸을 수 있었다.

그러나 의기충천하여 외출했을 때와 비교하면 이것은 비참한 귀로였다. 얼굴이 갑자기 새파래지고, 식은 땀이 이마에 흐르며, 심장이 불규칙하게 뛰어 호흡이 곤란해짐을 느껴 여러 번 길바닥에서 쉬어야 했다. 이런 상태로 꾸불꾸불한 길을 악전고투하며 내려왔지만, 요양 호텔 가까이의 골짜기에 도착했을 때, 거기에서 『베르크호프』까지의 긴 거리를 자신의 힘만으로는 도저히 걸어갈 수 없다는 것을 통감했다. 전차도 없고 빌릴 수 있는 마차도 찾아 낼 수 없어서, 동네에 빈 상자를 싣고 가는 짐마차의 마부에게 부탁을 하여 타게 되었다. 마부와 서로 등을 대고 앉아, 마차에 양쪽 다리를 드리우고, 지나가는 사람들로부터 이상한 호기심에 찬 눈길을 받으면서, 반은 졸고, 마차의 진동으로 흔들리고 끄떡이면서 건널목까지 와서 내려서, 세어 보지도 않고 돈을 건네 주고는 차도를 빠른 걸음으로 걸어 곧장 위로 올라갔다.

「빨리 가십시오!」 프랑스 인 문지기가 말했다. 「크로코브스키 선생의 강연이 시작되었습니다.」

한스 카스토르프는 모자와 지팡이를 옷걸이에 던지고, 유리문을 살짝 열고, 혀를 아래위의 이빨로 누르며 조심조심 재빨리 식당 안으로 들어갔다. 요양객들은 가로로 열을 지어 의자에 앉았고, 오른편 좁은 쪽에 프록코트 차림의 닥터 크로코브스키가 테이블보를 덮고 물병을 올려 놓은 테이블 뒤에 서서 이야기를 하고 있었다.

정신 분석

다행히도 문 가까이의 빈 자리 하나가 그에게 손짓하고 있었다. 한스 카스토르프는 그 의자 옆에 살며시 미끄러져 들어가, 처음부터 거기에 앉아 있었던 것 같은 태도를 취했다. 청중은 닥터 크로코브스키의 입술에 정신이 팔려 그에게는 거의 주의하지 않았다. 그는 무서운 꼴을 하고 있었으므로 그것은 다행한 일이었다. 얼굴은 삼베처럼 창백했고, 옷에는 피가 묻어 있었다. 마치 지금 막 사람을 죽이고 온 것 같은 그런 모습이었다. 바로 앞에 앉아 있는 여자는 그가 앉았을 때, 뒤를 돌아보고 눈을 가느다랗게 뜨고 그를 조사하는 것처럼 보았다. 쇼샤 부인이었다. 한스 카스토르프는 그것을 알고 화가 치밀었다.

이거 정말 큰일났구나, 언제 안정을 되찾을 수 있단 말인가? 이제 겨우 여기서 좀 안정될 수 있다고 생각했는데, 그녀가 바로 코앞에 앉아 있다니……. 다른 때 같으면 기쁜 우연이었을는지 몰라도, 이렇게 피로하고 녹초가 되어서야 무슨 재미가 있단 말인가? 심장의 근육에 새로운 부담을 주게 되어, 강연 중에 숨만 막히게 할 뿐이다. 그녀는 프리비슬라프와 똑같은 눈으로, 나를, 나의 얼굴을, 옷에 묻어 있는 피를 보았어. 그것도 문을 탕 소리를 내면서 닫는 여자의 태도에 알맞게, 전혀 사정 없이 뻔뻔스럽게. 게다가 의자에 앉는 자세는 어떠한가? 내 고향 양가의 부인들이 등을 똑바로 하고 이웃 신사에게 머리만 돌리고 입술 끝으로 말하는 것과는 아주 다르다. 쇼샤 부인은 축 늘어져 단정치 못하게 앉아, 등을 구부리고 양쪽 어깨를 앞으로 처지게 하고 게다가 머리까지 내밀고 있어 흰 블라우스 사이의 목덜미의 뼈가 내다보였다.

프리비슬라프는 이렇게 머리를 내밀고 있었지만, 그는 칭찬을 받는 모범생이었는데(그런 까닭으로 내가 그에게 연필을 빌린 것은 아니지만) 쇼샤 부인의 무기력한 자세, 문을 탕 하고 닫는 버릇, 체면 없는 눈초리가 그녀의 병과 관련이 있는 것은 의심할 여지가 없다. 그렇다, 그녀가 예의바르지 못한 것은 알빈 씨가 자랑한 방종한 자유, 그렇게 명예롭지 못하지만 정말로 무한정한 특전의 나타남이었다.

한스 카스토르프의 상념은 쇼샤 부인의 축 늘어진 등을 보고 있는 사이에 혼란해져, 상념은 사라져 버리고 몽상으로 변해, 그 몽상에 닥터 크로코브스키의 느릿한 바리톤 목소리와 입천장에 부드럽게 혀를 치는 발음이 아주 먼 곳에서 들려오는 것처럼 흘러 들어왔다. 그러나 홀의 고요함, 주위의 모든 사람들이 숨을 죽이고 듣고 있는 긴장한 공기가 한스 카스토르프에게도 작용하여 꿈과 같은 상태로부터 완전히 그를 깨웠다. 그는 주위를 돌아보았다. 바로 옆에는 머리숱이 적은 피아니스트가 머리를 뒤로 젖히고, 입을 멍하게 벌리고, 팔짱을 끼고 경청하고 있었다. 저 앞에는 여교사인 엥겔하르트 양이 깊이 파고드는 눈을 하고, 양볼을 솜털 밑으로 붉히고 있었는데, 이런 홍조는 한스 카스토르프가 둘러본 모든 부인의 얼굴에서 나타나 있었다. 알빈 씨의 옆자리에 앉은 잘로몬 부인의 볼에도, 단백질을 잃고 있다는 양조업자 마그누스 씨 부인의 볼에도 나타나 있었다. 이 부인들보다 뒤에 앉아 있는 슈퇴르 부인의 얼굴은 정말 교양이 없는 도취 상태로 비뚤어져 있었고, 상아색의 레비 양은 실눈을 뜨고, 손바닥을 양쪽 무릎 사이에 놓고 의자에 기대고 있어 죽은 듯하였으나, 죽지 않았다는 증거로 가슴이 심하게 율동적으로 부풀었다 줄었다 하고 있어서, 한스 카스토르프에게 옛날 납으로 만든 모형 수집실(模型蒐集室)에서 본, 가슴이 태엽 장치로 늘었다 줄었다 하는 납인형을 연상시켰다. 손님 중의 몇 사람은 손바닥을 오므려서 귀에 대기도 하고, 대려고 하는 도중에 긴장한 나머지 굳어져 버린 것처럼 손을 그대로 쳐든 채 이야기를 듣고 있었다. 얼핏 보면 건강한 듯한 가무잡잡한 파라반트 검사는 더 잘 들리게 하려고 한쪽 귀를 집게손가락으로 후비고는 다시 그 귀를 닥터 크로코브스키의 웅변 쪽으로 돌리고 있었다.

닥터 크로코브스키는 도대체 무엇을 이야기하고 있는 것일까? 어떤 논리를 전개하고 있는 것일까? 한스 카스토르프는 말을 쫓아가려고 머리를 긴장시켰지만, 말의 첫시작을 듣지 않은 데다가 쇼샤 부인의 축 늘어진 등 때문에 몽상에 빠져 있었으므로 곧 쫓아갈 수가 없었다. 아무튼 어떤 힘에 관한 이야기였다……. 그 힘…… 한 마디로 말해, 사랑의 힘에 관한 이야기를 하고 있었다. 이것은 당연한 일이었다. 이 테마는 연속 강연의 공통연제 중에 밝혀져 있고, 또 이것이 닥터 크로코브스키의 전문 분야인 이상, 그밖의 무슨 이야기를 할 것인가? 그러나 언제나 이야기라고 하면 조선술(造船術)의 전동 장치 같은 것에 국한되어 있었는데, 갑자기 이렇게 사랑에 관한 강연을 듣는 것이 좀 이상하게 여겨졌다. 사랑이라는 수줍고 비밀스런 대상을 대낮에 신사 숙녀

앞에서 논한다면 어떤 방법을 쓰고 있을까? 닥터 크로코브스키는 그 대상을 혼합된 표현 방법, 즉 시적이기도 하고 학문적이기도 한 형식 또는 엄격한 과학적인 방법과 노래처럼 억양이 있는 어조로 말하고 있었다. 이러한 이야기 방법이기에 부인들이 볼을 붉히고, 남자들은 귀를 후볐을 것이지만, 한스 카스토르프에게는 좀 난잡하게 느껴졌다. 특히 강연자는 『사랑』이라는 말을 언제나 조금씩 뉘앙스가 다른 의미로 사용했다. 그래서 그가 말하는 사랑이 어떠한 성질의 사랑인지, 경건한 사랑인지 열정적이고 육체적인 사랑인지 확실치 않아 가벼운 배멀미와 같은 기분을 느꼈다. 한스 카스토르프는 이 말이 연속적으로 사용되는 것을 오늘 여기서 난생 처음으로 듣는 것 같아 생각해 보니, 이 말을 입밖에 내는 것도, 남의 입에서 이런 말을 듣는 것도 전에 없었던 것처럼 느껴졌다.

이것은 잘못된 생각인지는 모르겠으나, 어쨌든 이렇게 여러 번 되풀이되는 것은 그 말 때문에도 좋을 것이 없다고 생각했다. 사랑이라는 미덥지 못한 한 음절 반의 말, 한가운데의 가느다란 모음을 설음(舌音)과 순음(唇音)으로 끼운 한 음절 반의 말을 되풀이하여 듣게 되니 견딜 수 없게 되었다. 한스 카스토르프는 물을 탄 밀크, 즉 창백하고 칙칙한 것을 연상하였는데, 닥터 크로코브스키가 사랑에 관해 얘기하고 있는 내용이 엄밀히 말해 꽤 강렬한 내용이었기 때문에 한층 더 그 느낌이 깊었다. 닥터 크로코브스키처럼 말을 시작하면 아무리 대담한 말을 하여도, 청중이 홀에서 도망치지 않게 한다는 것은 확실한 일이었다. 그는 누구나가 알고 있으면서 입을 다물고 있는 것을 도취된 어조로 말하는 것으로는 만족하지 않고, 환상을 깨뜨리고 진실을 주저함이 없이 분명히 하고, 은발 노인의 존엄성과 어린아이의 순결성에 대한 감상적인 신앙에 한치의 여유도 주지 않았다. 또한 크로코브스키는 프록코트를 입고 오늘도 그 소프트 칼라와 쥐색 양말에 샌들을 신고 있어서 한스 카스토르프를 놀라게 했지만, 그 모습은 의사로서 이론가다운 이상주의자의 느낌을 주었다. 닥터 크로코브스키는 테이블 위에 놓인 책과, 철하지 않은 원고를 들여다보면서, 자기 주장을 여러 가지 실례로 보충하고, 가끔 시구를 인용하여 사랑의 무서운 형태를 말하고, 사랑의 여러 가지 양상과 위력의 불가사의하고 비참하며 무서운 변형에 관해 말했다.

그는 말했다. 모든 자연의 본능 가운데 사랑은 가장 불안정하고 위험한 본능으로, 본질적으로 혼미와 무서운 도착에 빠지기 쉽지만, 이것은 이상한 것이 아니다. 왜냐하면 그 강력한 본능은 단일물이 아니라, 본래는 여러 가지

복합물로서, 그것도 전체적으로 보면 정상적인 것이기는 하지만, 그 부분은 모두 도착뿐인 것이다. 그러나, 하고 닥터 크로코브스키는 말을 계속했다.

우리들이 개개 성분의 도착성에서 곧 전체의 도착성을 결론짓는 것을 거부하는 것은 당연하기 때문에, 전체의 정상성의 전부는 아닐지라도 그 일부분을 개개의 도착성에도 필연적으로 인정하지 않을 수 없다. 이것은 논리의 필연적인 요구로서, 청중은 이 점에 유의하여 주기 바란다. 이것이 심정의 저항과 조정인 것이다. 성실한 조정의 본능──거의 소시민적이라고 할 수 있는 본능으로, 이 본능의 조정과 억제력에 의해 도착적인 성분은 정상이고 유용한 전체로 통일되는 것이다──이것은 가끔 볼 수 있는 환영할 만한 과정이지만, 그 성과에는(닥터 크로코브스키는 좀 멸시하는 듯이 덧붙였다) 의사이고 사상가인 자는 더 이상 문제삼을 필요가 없는 것이다. 이와 반대로 다른 경우에 이 조정은 성공하지 않는다. 성공하려고 하지도 않고, 성공해서도 안 된다. 그리고 이 경우야말로 더욱 고상하고 심정적으로 귀중한 경우가 아니라고 누가 단언할 수 있겠는가? 하고 닥터 크로코브스키는 물었다.

이 경우에는 두 개의 힘의 그룹, 즉 사랑의 충동과 이에 대립하는 본능(이 가운데서도 특히 수치심과 혐오를 들 수 있지만)의 어느 것도 소시민적이고 일반적인 강도를 넘는 이상한 긴장과 정열을 품고 있기 때문에 영혼의 깊이에서 행해지고 있는 이 양자의 투쟁은, 도착적인 본능을 울 안에 몰아 넣어 얌전하게 순화시켜, 이로 인해 조정과 이상적인 애정 생활을 실현시키는 것을 방해한다. 순결의 힘과 사랑의 힘이라는 두 가지 힘의 투쟁──사실 그 투쟁이 문제되는 것이지만──이것은 어떠한 결과로 끝날 것인가? 외견상 이 투쟁은 순결의 승리로 끝나는 것처럼 보인다. 공포, 예의바름, 신중한 혐오, 소심한 순결이 사랑을 억누르고, 사랑을 암흑에 밀어 넣고, 사랑의 혼란된 욕구가 거의 부분적으로 의식 내에 들어오는 것을 허락할 뿐, 욕구의 전부가 전력을 다해 의식에 떠올라 활동하는 것을 허락하지 않는다. 그러나 순결의 이 승리는 외견적인 승리이고 희생이 많은 승리이다. 사랑의 욕구는 억제한다든지 억압할 수 있는 것이 아니기 때문이며, 억압된 사랑은 죽어 버린 것이 아니라 살아 있어서 영혼의 캄캄한 깊이에서 욕구 실현의 기회를 계속 노리고, 순결의 억압을 계속 배격하며, 다른 모습, 즉 그것과 식별할 수 없는 모습으로 다시 나타난다.

그러면 의식 속에 들어가는 것을 허용받지 못하고, 억압된 사람이 다시 나타나는 때의 모습과 가면은 도대체 어떤 것일까? 닥터 크로코브스키는 이렇게 물어 보고는 청중에게서 진정으로 해답을 기대하는 듯이 좌중을 둘러보았다. 물론 이것도 자기 스스로 말할 것임에 틀림없었다. 이때까지도 그런 식으로 여러 가지를 말했으니 말이다. 자기밖에는 그 해답을 알 사람이 없었지만, 그는 이것도 알고 있음에 틀림없었다. 그의 태도로 이것을 느낄 수 있었다. 게다가 쥐색 털실 양말에 수도사와 같은 샌들 모습의 닥터 크로코브스키는 지금 말한 순결과 정열 사이의 투쟁을 스스로 구현하고 있는 것처럼 보였다. 적어도 한스 카스토르프는 다른 청중과 함께 억압된 사랑이 어떻게 나타날 것인가 하는 대답을 극도로 긴장하여 기다리면서 그러한 인상을 받았다. 부인들은 거의 숨을 죽이고 있었다. 파라반트 검사는 중요한 순간에 귓구멍이 막혀서 확실하게 듣지 못하면 안 되겠다고 생각했는지 서둘러 다시 한 번 귀를 후볐다. 드디어 닥터 크로코브스키는 말했다. 병의 모습으로! 라고. 병의 증상은 가면을 쓴 사랑의 활동이요, 모든 병은 모습을 바꾼 사랑인 것이다.

아직 모든 청중이 그 해답을 이해할 수는 없었지만, 이것으로 해답을 알 수 있었다. 한숨 소리가 홀 안에 흘렀고, 파라반트 검사는 의미심장한 찬의의 표시로 고개를 끄덕였다. 그러는 동안 닥터 크로코브스키는 논지를 계속 전개해 나갔다. 한스 카스토르프도 머리를 수그리고 지금 들은 해답을 생각하고 그것을 이해할 수 있을까를 생각해 보려고 했다. 그러나 이러한 사고 과정에 익숙해 있지 않았고 힘에 겨운 산보로 머리가 잘 돌아가지 않았기 때문에 주의가 산만해졌고, 코앞의 등, 그 등에 댄 팔, 땋은 머리를 밑에서 손으로 누르려고 바로 눈앞에서 올려 뒤로 돌린 팔에 곧 주의를 빼앗기고 말았다.

이렇게 바로 눈앞에서 내밀어진 손을 본다는 것은 가슴이 답답해지는 것이었다. 보지 않으려고 해도 그 손을 보게 되고, 그 손의 모든 흠을 확대경으로 보는 것처럼 연구하지 않으면 안 되었다. 눈앞의 손은 손톱이 아무렇게나 깎여져 있었고, 전체가 통통하여 귀족적인 데가 조금도 없는 여학생과 같은 손으로 손가락 관절의 바깥 쪽이 더러워져 있지 않은지 어쩐지도 사실 의심스러웠다. 손톱 둘레의 피부가 거칠어져 있는 것은 손톱을 씹는 나쁜 버릇 때문임이 의심할 바 없었다. 한스 카스토르프는 얼굴은 찡그렸지만 그 눈은 여전히 쇼샤 부인의 손에 빨려 들어가고 있었다. 사랑을 억압하려는 소시민적인 저항에 관해 닥터 크로코브스키가 말한 것이 불완전하고 막연한 형태로 되살아났다. 머리 뒤로 살짝 돌린 눈앞의 팔은 손보다 아름다웠다. 소매의 감이 블라우스 감보다 더 얇았고, 아주 얇은 망사의 소매로 팔은 거의 다 드러나 있었지만, 그 망사 때문에 팔이 향기나는 변용(마태복음)17장 1~2절 참조)을 보였는데, 아무것도 걸치지 않았으면 이렇게 아름답게 보이지는 않았을 것이다. 그 팔은 날씬한 데다 통통했고, 거기다 아무리 보아도 차가운 느낌을 주었다. 이 팔에 대해서는 소시민적인 저항 같은 것을 생각할 수 없었다.

한스 카스토르프는 쇼샤 부인의 팔을 응시하면서 꿈 같은 생각에 잠겨 있었다. 여자들은 정말 옷을 잘 입을 줄 아는구나, 여자는 목과 가슴 등 여기저기를 드러내고, 투명하게 보이는 망사로 팔을 아름답게 보이게 한다……. 세계 어느 곳을 가더라도 여자는 우리 남성들의 욕망을 일깨우기 위해 그런 복장을 한다. 아! 인생은 아름답다. 인생은 여자들이 매혹적인 복장을 한다는 당연한 일에 의해 아름다운 것이다. 그것은 당연한 것이며 어디서나 행해지고 있고 알려져 있는 것으로, 아무도 그것을 새삼스레 생각해 보는 일 없이 무의식으로 선뜻 받아들이는 것이다. 그러나 우리들은 인생을 충분히 맛보기 위해 새삼 그것을 생각해야 할 것이라고 한스 카스토르프는 생각했다. 그리고 그것이 얼마나 즐겁고, 사실은 동화 같은 관습이라는 것을 생각해 볼 필요가 있을 것이다. 여자가 동화 같은 복장을 하고 그런데도 풍기에 어긋나지 않는 것은, 그것은 하나의 목적이며, 다음 세대와 인류의 번식을 위한 것이다. 그런데 가령 여자가 내부에 질환이 있어 어머니가 되는 것이 전혀 적당하지 않다면 그 경우에는 어떻게 될 것인가? 그때에도 망사의 소매를 입고, 남성들의 호기심을 그녀의 몸에——내부를 갉아먹히고 있는 몸에——향하게 하는 것은 의미가 있는 것일까? 이것은 분명히 아무 의미도 없고, 사실은 마땅치 않은 것으로 금지되어야 할 것이다. 남성이 병에 걸린 여자에게 흥미를 품는 것은 완전히 반이성적(反理性的)인 것이기 때문이다. 내가 일찍이 프리비슬라프 히페에게 남모르게 흥미를 품었던 것과 마찬가지이다.

어리석은 비교, 약간 괴로운 추억이다. 그러나 이 추억을 생각해 내려고 한 것이 아니고, 저절로 떠오른 것이다. 그리고 몽상적인 생각은 여기서 중단되었다. 닥터 크로코브스키가 이때 목소리를 한층 더 높게 한 것에 주의를 빼앗긴 것이 그 원인이었다. 닥터 크로코브스키는 테이블 앞에 양팔을 벌리고, 머리를 비스듬히 들고 서 있어서, 프록코트를 입고 있었지만 거의 십자가상의 그리스도처럼 보였다.

그는 강연의 마지막에서 정신 분석의 대선전을 하며 팔을 벌리고 청중에게 자기한테 오라고 촉구하고 있었다. 너희들, 괴로워하고 무거운 짐을 지고 있는 사람들이여! 나에게로 오라는 표현을 그는 다른 말로 하고 있었다. 그리고 모든 사람이 예외없이 괴로워하고 무거운 짐을 지고 있다고 확신하고, 그

것을 의심하지 않았다. 그는 숨은 괴로움에 대해 수치와 번민에 대해 분석의
구체적인 작용을 말하면서, 무의식적인 내용 해명을 찬미하며 병을 의식화된
감정에 환원시킬 것을 역설하고 신뢰를 권장하고 회복을 약속했다. 그리고 양
팔을 내리고 머리를 바로 들더니, 강연에 이용한 인쇄물을 한데 모아 그 보따
리를 선생처럼 왼손으로 어깨에 걸치고는 고개를 반듯이 하고 홀에서 퇴장
했다.

모두 일어서서 의자를 뒤로 밀치고 닥터가 홀을 나간 출구를 향해 천천히
움직이기 시작했다. 쥐 잡는 사람의 뒤를 따르는 무리들처럼(1284년 하멜른에 사는 사람들이 많
은 쥐떼를 때문에 고역을 겪고 있을
때, 어느 낯선 피리 부는 사나이가 피리를 불어 쥐떼들을 거리에서 끌어 내어 주었지만, 거리의 사람들은 그 사나이에게 약속했던 보수를 주지
않았기 때문에 이 피리 부는 사나이는 다시 피리를 불어 거리에 사는 아이들을 모조리 데리고 하멜른 근처의 산중으로 모습을 감추어 버렸다는 전설) 닥터
의 뒤를 쫓아 사방에서 구심적으로 모여서, 주저하면서 자기의 의지를 상실하
고 부화 뇌동하여 나가는 것같이 보였다. 한스 카스토르프는 그 물결 속에
서 의자등에 손을 얹고 서 있었다. 나는 여기에 손님으로 와 있을 뿐이라고
생각했다. 나는 건강하며, 고맙게도 전혀 문제가 되지 않는 인간이며, 다음
강연 때는 여기에 있지 않는다. 그는 쇼샤 부인이 발소리를 죽여 가며 소리
없이 머리를 앞으로 내밀고 걸어나가는 것을 보았다. 그녀도 분석을 해달라고
갈 것인가 하고 생각하니 심장이 뛰기 시작했다. 요아힘이 의자 사이를 누비
고 사촌에게 가까이 왔지만, 그는 이것을 알아차리지 못하여, 소리를 듣고야
비로소 깜짝 놀랐다.

「마지막 순간에 겨우 시간을 맞추었구나.」요아힘은 말했다. 「멀리까지 갔
었나? 그래, 어땠어?」

「아, 좋았어.」하고 한스 카스토르프는 대답했다. 「꽤 멀리까지 갔었지.
그렇지만 사실대로 말하면 결과는 기대한 것보다 좋지는 않았어. 아직 시기가
너무 일렀든지, 아니면 완전 실패였던가봐. 당분간은 장거리 산보는 안 할 작
정이야.」

강연이 마음에 들었는지에 대해서는 요아힘도 물어 보지 않았고, 한스 카스
토르프도 이에 대해서는 한 마디도 의견을 말하지 않았다. 그 뒤에도 두 사람
은 강연에 관해서는 묵계를 맺은 것처럼 한 마디도 언급하지 않았다.

의문과 고찰(考察)

화요일은 우리의 주인공이 이 위의 사람들이 사는 곳을 찾아온 지 1주일이 되는 날이었다. 아침 산보에서 돌아오니 첫 주말 계산서가 방에 와 있었다. 깔끔하게 작성된 상용문서(商用文書)와 같은 서류로 녹색 봉투에 들어 있었는데, 위쪽에는 그림이 인쇄되어 있고(베르크호프의 건물이 매력적으로 그려져 있었다) 왼편 옆에는 안내서의 발췌가 좁은 난에 인쇄되어 있었다. 『최신 원리에 의거한 정신 요법』에 관한 것이 특히 격자체(隔字體)로 선전되어 있었다. 달필로 씌어진 금액은 합하여 약 1백80프랑으로 되어 있었는데, 그 내역은 음식대와 의료비로 하루에 12프랑, 방값이 하루에 8프랑, 입원비의 항목에 20프랑, 방 소독비가 10프랑, 그밖에 세탁비며 맥주 값, 도착한 날 밤의 포도주 값 등등의 세목이 계산되어 총액으로 나와 있었다.

한스 카스토르프는 요아힘과 회계를 검산해 보고, 이의를 제기할 것이 하나도 없다고 생각했다.

「나는 치료 같은 건 받은 일이 없는데…….」하고 그는 말했다. 「그러나 이것은 내가 마음대로 받지 않았던 것이고 음식대에 포함되어 있으니, 치료비만을 감해 달라고 요구할 수도 없겠지. 그것은 불가능한 거야. 10프랑의 소독비는 폭리야. 미국 아가씨 하나를 소독하는 데 10프랑의 H_2CO가 들 리 없어. 그러나 전체적으로 볼 때, 비싸다고 하기보다 오히려 싸다고 할 수 있군. 봉사해 주는 것을 생각하면 말이야.」

두 사람은 두번째 아침 식사 전에 『사무국』으로 지불하러 갔다.

사무국은 일층에 있었다. 홀 저쪽의 의상실, 취사장, 조리실을 따라 복도로 나가면, 저절로 사무국 입구 앞으로 갈 수 있었고, 사기로 된 푯말이 붙어 있어 곧 그곳이라는 것을 알게 되어 있었다. 한스 카스토르프는 이 사무국에서 요양원 경영의 영업적인 중추부를 흥미를 갖고 좀 들여다볼 수 있었다. 작지만 사무소의 체재를 갖추고 있었다. 타이피스트가 한 사람 일하고 있었고, 세 사람의 사무원이 책상에 몸을 구부리고 있었으며, 이웃 방에는 관록이 있는 사무장 아니면 지배인 같은 풍채의 신사가 방 가운데 놓여 있는 둥근 책상에서 사무를 보고 있었는데, 두 손님에게 차갑고 사무적인 눈초리를 안경 너머로 던질 뿐이었다. 사무원이 창구에서 지폐를 바꾸어 입금하고는 영수증을 만드는 입금 사무를 끝내고 있는 동안, 두 사람은 관공서에 대해 존경심을 품는 독일 청년답게 진지하고도 겸손하게, 공손에 가까운 태도로 잠자코 서 있었다. 거기를 나와서 아침 식사 하러 가는 도중에, 그리고 그날 다른 때에도 베르크호프의 조직에 대해 서로 이야기를 했다. 베르크호프에 전부터 있어 여기 사정에 통해 있는 요아힘이 사촌의 질문에 대답했던 것이다.

베렌스 고문관은 이 요양원의 소유자이고 경영자인 것처럼 보이지만 사실은 그렇지가 않았다. 그의 상부와 배후에는 모습을 나타내지 않은 권력이 존재하고 있었는데, 그것이 이 사무소라는 형식에 약간 그 모습을 드러내 보이고 있었다. 감독 단체, 주식회사로서, 요아힘의 신용할 수 있는 확언에 의하면, 이 주식회사는 의사에게 고액의 봉급을 지불하고 가장 관대한 경영법을 채택하고 있는데도 매년 주주에게 고율의 배당을 지불하므로, 이 주를 가지고 있다는 것은 나쁘지 않은 투자 같았다. 따라서 고문관은 독립된 경영자가 아니고 단순히 대리인, 직원, 간부의 한 사람에 지나지 않았다. 물론 최고 간부이고 전체의 심장이라고 할 인물로서, 경영의 영업 방면에 관해서는 원장이라는 입장에서 전혀 관여하지 않아도 되었지만, 감사 단체를 포함한 전체 조직에 대해서는 결정적인 발언권을 가지고 있었다. 고문관은 독일의 서북부 태생으로 그의 의도와 계획과는 반대로 몇 년 전에 현재의 지위에 올랐다고 한다. 오른편 비탈진 길 위에 있는 그림같이 아름다운 동네의 묘지, 뒷골짜기 입구에 가까운 다보스 촌락 묘지에 몇 년 전부터 잠들고 있는 죽은 부인 때문에 이 위로 올라온 것이었다. 베렌스 부인은 베렌스 집안의 곳곳에 장식된 사진, 그리고 아마추어 화가인 베렌스의 손으로 그려진, 역시 집안 벽에 걸려 있는 유화를 보면, 눈이 너무 큰 선병질(腺病質)적인 미인이었지만, 아주 사랑스럽고 매혹적인 부인이었던 모양이다. 그녀는 고문관과의 사이에서 일남 일녀를 낳았으나 그 뒤 허약한 몸에 열이 나기 시작하여 이 위로 옮겼던 것인데 이삼 개월 사이에 완전히 쇠약해져서 체력을 깡그리 소모해 버리고 말았다고 한다.

사람들의 말로는 부인을 몹시 사랑했던 베렌스는 부인을 잃은 타격에 정신을 잃고 한동안은 우울증에 걸려 머리가 이상해져서 길거리에서도 혼자 웃고, 이상한 손짓을 하거나, 혼자 중얼거리기도 해서 사람들의 눈길을 끌었다는 것이다. 그 뒤부터 그는 이전의 생활로 돌아가지 않고 이곳에 정착해 버렸던 것이다. 물론 부인이 영원히 잠든 곳을 차마 떠날 수 없었기 때문이기도 했지만, 그가 이곳에 안착한 것은 그런 감정적인 이유에서가 아니라, 자기도 약간 가슴을 앓아서, 자기의 의학적 진단에 따르면 결국 그도 이곳을 떠날 수 없는 인간이었기 때문이었다. 이리하여 베렌스는 자기가 감독할 환자들과 같은 병에 걸린 의사로서 이 위에 정착해 버린 것이었다. 병에 대해 자유로운 입장에서 병을 퇴치하는 것이 아니라, 자기도 병에 예속되어 있는 의사, 이것은 특수한 경우이지만 실례가 없는 것은 아니고, 장점과 단점을 가지고 있다는 것은 명백하다. 의사가 환자와 같은 병에 걸린 자라는 것은 확실히 환영할 만한 일로, 괴로워하는 자만이 괴로워하는 자의 지도자와 구원자가 될 수 있다는 생각은 경청할 가치가 있는 생각이다. 그러나 하나의 힘에 예속되어 있는 인간이 그 힘을 정신적으로 정말로 지배할 수 있을까?

자기 자신도 예속되어 있는 자가 남을 해방시킬 수 있을까? 병을 앓는 의사는 우리들의 솔직한 감정으로는 모순이며 의심스러운 현상이다. 병에 관한 이러한 의사의 정신적 지식은 경험에 의한 지식으로, 풍부해지고 윤리적으로 강화되기보다는 오히려 흐려지고 혼란해지는 것이 아닐까? 병을 확실한 대립 관계에서 똑바로 보는 것이 아닐 뿐더러, 입장이 자유롭지 않으며 어느 쪽의 인간인가가 애매하다. 병의 진영에 속해 있는 인간이 과연 건강한 사람과 마찬가지로 환자의 치료, 또는 단순히 그 보호에만이라도 흥미를 가질 수 있을까 하는 것을 문제가 문제인 만큼 신중하게 생각해 보아야 할 것이다.

한스 카스토르프는 베르크호프와 그 원장에 관해 이야기를 나누었을 때, 위에 쓴 것과 같은 의문과 고찰을 이때까지와 마찬가지로 지껄였으나, 여기에 대해서 요아힘은 베렌스 고문관이 아직도 병을 앓고 있는지 어떤지는 전혀 알 수 없고, 아마 벌써 낫지 않았겠는가라고 말했다. 베렌스 고문관이 여기서 치료에 종사한 것은 오래 전의 일이었다. 이 위에 오기 전에는 한동안 독립하여 개업하였고, 청진과 기흉에 뛰어난 의사로서 순식간에 유명해졌다. 그러다가 베르크호프에서 자기 지위를 굳히고, 벌써 10년 가까이 이 요양원과 일심동체의 관계에 있었다. 베르크호프 건물 깊숙한 곳, 서북쪽 날개 끝에 살고 있는데(닥터 크로코브스키도 그 근처에 살고 있었다) 세템브리니가 조롱조로 말한 옛 귀족 출신의 부인, 한스 카스토르프가 이때까지 잠깐 보았을 뿐인 간호원장이 베렌스의 독신 생활에 필요한 작은 가사를 돌보고 있었다. 또한 베렌스는 혼자 지내고 있다. 아들은 독일 국내 대학에서 공부하고 있고, 딸은 스위스·프랑스 어 지대의 변호사와 결혼해서 살고 있는 주부였다. 베렌스 2세는 방학 때면 아버지한테로 가끔 놀러 왔다. 요아힘이 이 위에 온 이후로도 한번 돌아와 있었는데, 요아힘의 말에 의하면, 그럴 때면 요양원의 여자들이 흥분해 버려 체온이 올라가고 안정 홀에서는 질투 때문에 싸움이 벌어지며, 닥터 크로코브스키의 개인 진찰 시간에는 치료를 요구하는 여자 손님의 수가 여느 때보다 훨씬 많아진다는 것이다.

닥터 크로코브스키에게는 개인적인 치료를 위해 특별히 방 하나가 제공되고 있었고, 그 방은 큰 진료실, 실험실, 수술실, 뢴트겐 실과 마찬가지로 요양원의 채광이 좋은 지하실에 있었다. 지하실이라고 부른 것은 일층에서 돌계단을 통해서 거기로 내려가는 것이 정말로 지하실로 내려가는 인상을 주었기 때문이었는데, 이 인상은 거의 완전한 착각에 의한 것이라고도 말할 수 있었다. 첫째 일층이 꽤 높은 위치에 있었고, 둘째 베르크호프의 건물이 대체로 비탈길에 기대 있듯이 서 있었으며, 소위 『지하실』의 각 방은 전면의 정원과 골짜기로 향해 있었기 때문이었다. 그 때문에 돌계단의 인상과 의미도 좀 약화되고 사라져 버렸다. 일층에서 돌계단을 내려가면 마치 지상에서 지하로 내려가는 듯한 느낌이었지만, 지하로 내려가면 여전히 아직 지상으로, 기껏해야 지면에서 이삼 피트쯤 낮은 곳에 있을 뿐이었다. 한스 카스토르프는 어느 날 오후 마사지 선생에게 체중을 달아 보기 위해서 가는 사촌을 만나 이곳으로 내려와 보고 그와 같은 착각을 즐겼다. 이 지하도 모든 것이 병원처럼 밝고 깨끗했다. 모든 것이 흰색뿐으로, 문마다 흰 래커가 칠해져 희게 빛나고 있었다. 닥터 크로코브스키의 응접실 문도 흰색으로 칠해져 있었고, 그의 명함이 제도용 핀으로 박혀 있었다. 이 문은 특히 복도에서 두 단 더 내려간 데에 있어서 그 방은 창고같이 보였다.

문은 계단의 오른편 복도 끝에 있어서, 한스 카스토르프가 요아힘을 기다리면서 복도를 왔다갔다했을 때, 그 문에 특히 주의하고 있었다. 과연 거기로부터 누군가가 나오는 것을 보았다. 그것은 최근에 이곳에 온, 아직 한스 카스토르프가 이름을 알 수 없는 훌쭉하고 키가 작은 고상한 부인으로 이마의 머리칼을 곱슬곱슬하게 하고 금귀걸이를 달고 있었다. 깊이 몸을 구부리고 한 손으로 스커트를 들고 반지를 낀 작은 손으로 손수건을 입에 대면서 돌계단을 올라왔으나, 입에 댄 손수건 위로, 상체를 구부린 채 빛깔이 엷고 큼직한 어리둥절한 눈을 허공으로 보내고 있었다. 그리고는 살랑살랑 스커트 소리를 내면서 일층으로 올라가는 계단 쪽을 종종걸음으로 급히 가다가 무엇이 생각난 것처럼 갑자기 서더니, 다시 종종걸음으로 몸을 구부린 채 손수건을 입에 대고 계단 뒤로 모습을 감추었다.

그 부인이 문을 열고 나왔을 때, 그녀의 뒤로 보인 방안은 흰 복도에 비해

훨씬 어두웠다. 그 지하에 있는 방마다의 병원다운 깨끗한 밝음도 그 방까지
는 미치지 못하는 모양으로, 한스 카스토르프가 본 바로는 닥터 크로코브스키
가 정신 분석을 하는 개실(個室)은 은밀한 박명(薄明), 깊은 어둠에 싸여 있
었다.

식탁에서의 이야기

화려한 식당에서 식사를 할 때, 요아힘과 별도로 결행한 산보에서 비롯된
할아버지와 같이 목이 떨리는 증상이 아직도 남아 있어, 한스 카스토르프를
꽤 당황하게 만들었다. 즉, 식사 시간에 한해서 거의 규칙적으로 머리가 떨리
기 시작했는데, 그렇게 되면 좀처럼 멈출 수가 없었을 뿐 아니라 그것을 숨기
는 것도 어려웠다. 턱을 가슴에 끌어당긴 근엄한 자세가 언제나 계속할 수 있
는 자세는 아니었기 때문에 청년은 다른 방법으로 이 볼품없는 모양을 감추려
고 여러 가지 수단을 연구하여, 가령 좌우의 옆사람에게 말을 걸어 가능하면
머리를 움직인다든가, 수프의 숟가락을 입에 넣는 경우 왼팔을 테이블 위에
강하게 눌러 자세를 지탱한다든지, 요리와 요리 사이에 팔꿈치를 짚고 손으로
머리를 받치는 것이었는데, 이것 모두가 그 자신의 눈에도 무례하다고 생각되
는 것이었으나, 방종한 환자들과의 식사이니만큼 관대하게 보아 줄 수 있는
행동이었다. 그러나 이러한 노력은 번거롭기 짝이 없고, 전에는 이에 따르는
긴장감과 구경거리 때문에 그렇게 즐거웠던 식사도 이제는 완전히 재미없게
되었다.

사실대로 말하면——한스 카스토르프도 그건 잘 알고 있었지만——그가
괴로워하고 있는 부끄러운 현상은 이곳의 공기, 이곳에 익숙해지려는 노력에
의한 생리적인 원인 때문이 아니라 정신적인 흥분에서 오는 현상인 것으로,
식사 때의 긴장과 구경거리와 직접 관계가 있었다.

쇼샤 부인은 식사에는 반드시 늦게 왔는데 그녀가 모습을 나타내기까지는
한스 카스토르프는 앉아 있어도 안정할 수 없는 기분이었다. 그는 그녀가
왔다는 것을 알려 주는 언제나의 쾅 하는 유리문 닫는 요란한 소리를 이제나
저제나 하고 기다리다가 그 소리와 함께 몸을 떨고 얼굴에서 핏기가 가셔지는
것을 미리 느꼈는데, 사실 언제나 그 예상이 그때마다 적중하는 것이었다. 처

162

음에는 그럴 때마다 그쪽으로 성이 나서 몸을 돌리고, 눈을 곤두세우고, 이 지각 상습자를 『일류 러시아 인석』의 그녀의 좌석까지 눈으로 쫓아가, 그 뒷모습에 대고 잔소리를, 화가 치미는 비난의 외침을 이빨 사이로 들릴락말락하게 퍼부었다. 그러나 지금은 그것을 그만두고 입술을 깨물며 접시 위로 더 깊이 몸을 구부리고, 오히려 의식적으로 얼굴을 반대쪽으로 돌리게 되었다. 성낼 자격도 없어지고, 비난할 수 있을 정도로 자기가 결백하지도 않고, 주위 사람들에 대해서는 그녀의 무례가 자기의 책임인 것처럼 느끼어졌던 것이었다── 요컨대 그는 부끄러워했던 것이지만, 쇼샤 부인 때문에 부끄러워했다는 것이 아니라, 주위의 사람들에 대해 자기 자신이 부끄러워졌던 것이다── 물론 부끄러워하지 않아도 괜찮았을 것이다. 왜냐하면 식당의 아무도 쇼샤 부인의 무례와 한스 카스토르프가 그것을 부끄러워하는 것에 주의하지 않았기 때문이다. 오른편 옆자리의 여교사 엥겔하르트를 제외하면 그러했다.

이 눈에 잘 띄지 않는 여자는 한스 카스토르프가 문이 탕 닫히면 신경질을 부리는 것에서, 그와 러시아 부인 사이에 정서적인 관계가 생긴 것을 알아차렸다. 그리고 이러한 관계가 생기기만 하면 그것이 어떠한 성질의 관계인가는 문제가 아니라는 것, 더구나 청년이 배우의 소질과 천분이 부족하기 때문에 실로 서투르게 연출하고 있는 꾸민 무관심은 이 관계를 약화시키기는커녕 깊게 하는 것으로, 관계의 진보 발달을 의미하는 것도 간파하고 있었다. 자기의 매력에 자신도 없고, 희망도 갖고 있지 않은 여교사는 쇼샤 부인에 관해, 자신을 잊어버리고 황홀감에 젖어 말을 계속했는데, 이상하게도 한스 카스토르프는 여교사의 선동적인 언동의 의미를 즉시는 아니더라도, 차차 명백하게 느끼고 그것을 완전히 간파하고는 혐오까지 느끼면서도 일부러 선동되고 속아 넘어가려고 했다.

「탕탕탕!」하고 노처녀는 말했다. 「저 여자예요. 누가 들어왔는지 눈을 들지 않아도 알 수 있어요. 역시 그 여자예요. 저기 걸어가고 있어요. 그런데 참 귀여운 걸음걸이를 하고 있군요. 밀크가 든 접시에 살짝 다가드는 고양이 새끼 같네요. 당신에게 자리를 바꾸어 드리고 싶어요. 당신도 이렇게 다른 사람에게 신경을 쓰지 않고 천천히 구경할 수 있게 말예요. 당신이 저 사람을 돌아보지 않고 있는 것은 나도 이해할 수 있어요. 저 사람이 그것을 알아차리면 얼마나 우쭐해 할지 모르니까요……. 지금 식탁 사람들에게 인사를 하고 있어요……. 당신도 조금만이라고 볼 수 있었으면 좋을 텐데요. 저 사람을 보고 있으면 기분이 좋아요. 지금처럼 살짝 웃고, 말을 하면 한쪽 볼에 보조개가 생겨요. 언제나 생기는 것이 아니라 그렇게 만들려고 할 때뿐이랍니다. 정말 어린아이같이 귀여운 부인이에요. 그래서 저렇게 태도가 칠칠치 못하겠지요. 저런 사람에겐 무조건 끌려 들기 마련이랍니다. 칠칠치 못한 태도에 성을 내도 그것이 결국은 좋아지는 매력의 하나가 될 뿐이거든요. 성을 내면서도 좋아하지 않을 수 없는 건 아주 행복한 기분이지요.」

여교사는 손으로 입을 가리고 주위에 들리지 않게 속삭였지만 노처녀다운 볼의 솜털 밑에 일고 있는 홍조는 평열을 넘는 체온을 말해 주고 있었다. 올드미스의 요염한 수다는 한스 카스토르프의 골수에 젖어들어가 그의 피를 뒤흔들어 놓았다. 그는 어딘지 의지하고 싶은 기분에서 쇼샤 부인이 매력적인 여자라는 것을 제3자에게 보증받고 싶었고, 또 이성과 양심 때문에 방해의 저항을 받고 있는 감정에 몸을 맡기고 싶도록 외부에서 자극을 받았으면 했다.

그러나 이 회화도 구체적인 내용은 거의 담고 있지 않았다. 엥겔하르트 양이 아무리 열을 올려도 쇼샤 부인에 관해서는 구체적인 것을 아무것도 모르고 있으며, 이 점에서는 요양원의 누구와도 다를 것이 없었다. 그녀는 쇼샤 부인을 잘 몰랐고, 쇼샤 부인과 가깝게 지내는 친구라고 자랑할 수가 없었다. 그녀가 한스 카스토르프에게 자랑할 수 있었던 단 한 가지는 그녀가 러시아 국경에서 그리 멀지 않은 쾨니히스부르크에 집이 있고, 러시아 말을 몇 마디 알고 있을 뿐이라는 것으로 안타깝기 짝이 없는 재료였지만, 한스 카스토르프는 곧 그것을 쇼샤 부인과 먼 개인적인 관계를 가진 증거처럼 느끼려고 했다.

「그녀는 반지를 끼고 있지 않더군요.」 한스 카스토르프는 말했다. 「결혼 반지를 끼고 있지 않은 것 같아요. 도대체 어떻게 된 것일까요? 결혼한 걸로 듣고 있습니다만.」

여교사는 질문 공세를 받고 무언가 말을 해야겠다고 생각했으며, 그녀는 쇼샤 부인에 관해 한스 카스토르프에게 책임을 느끼고 있었다.

「그런 것은 너무 심각하게 생각하실 것 없다고 생각해요.」 하고 그녀는 말했다. 「결혼을 한 것만은 확실해요, 그것은 의심할 여지가 없습니다. 흔히 외국 아가씨들이 나이를 좀 먹으면 뽐내기 위해 마담이라고 부르는 모양입니다만, 저분은 그것이 아니고 우리들 모두가 알고 있듯이, 러시아의 어디엔가 남편이 정말 있어요. 이곳 누구나가 모두 그것을 알고 있어요. 사실은 다른 이름이 있지요. 프랑스 이름이 아니고, 러시아 이름이. 아노브 아니면 우코브로 끝나는 이름이에요. 그 이름을 잘 알고 있었는데 지금 갑자기 생각이

안 나는군요. 원하시면 알아 보고 오지요. 그것을 알고 있는 사람이 여기에
몇 사람 있을 테니까요. 반지 말입니까? 그래요. 끼고 있지 않아요. 나도 그
것이 눈에 띄었어요. 하지만 그건 어울리지 않기 때문이 아닐까요? 손이 넓
게 보이기 때문이겠지요. 그렇지 않다면, 결혼 반지를 끼는 것이 구식이라고
생각하는가 보지요. 그런 밋밋한 금반지 같은 것은……. 그 손으로 시장 바
구니라도 드는 날엔 영락없는 가정 주부지 뭐예요. 아니지요. 그런 것을 끼고
다니기에는 그녀는 스케일이 너무 큰가봐요.

나는 알고 있어요. 러시아 부인은 모두 저렇게 구애받지 않는, 스케일이 큰
성품을 태어날 때부터 갖고 있지요. 게다가 결혼 반지는 어딘지 박정하게 거
절하는 것 같은, 흥이 깨지는 듯한 데가 있지 않을까요? 예속의 상징 같아서
여자를 수녀 같은 느낌으로 만들어 버리니까요. 나에게 닿지 말지어다라는 꽃
말의 저 봉숭아처럼 만들어 버린답니다. 그런 것이 쇼샤 부인의 취미에 맞지
않는다고 해도 나는 조금도 이상하게 생각지 않아요. 저렇게 매력적이고, 꽃
이라면 지금이 한창이라고 할 사람인 걸. 아마 저 사람은 악수를 허락하는
신사에게 자기는 결혼으로 얽매여진 신분이라는 것을 느끼게 할 필요도, 기분
도 없을 거예요.」

여교사가 이렇게 열을 올리다니 정말 놀라운 일이었다. 한스 카스토르프는
깜짝 놀라서 그녀의 얼굴을 쳐다보았지만, 그녀는 당황하면서도 오히려 그를
마주 쳐다보았다. 그리고 두 사람은 숨을 돌리기 위해 한동안 가만히 있었다.
한스 카스토르프는 계속 먹으면서, 목이 떨리는 것을 누르고 있었다. 그리고
는 말했다.

「그러면 남편은? 남편은 그녀를 그냥 내버려 두고 있습니까? 한 번도 이
곳에 찾아오지 않았습니까? 도대체 무엇을 하는 사람입니까?」

「관리지요. 러시아 행정관으로 아주 벽촌인, 다게스탄이라고 코카서스 산맥
너머 동쪽에 있는 곳에 임명을 받고 가 있지요. 그렇지요. 아까도 말했지만,
이 위에서는 아직 아무도 그를 만나지 못했어요. 저이가 이번에 다시 이곳에
온 지 석` 달이 되어요.」

「그러면 여기에는 처음 온 것이 아니군요.」

「처음이 아니지요. 이번이 두번째예요. 그 사이는 어디 다른 곳에 있었겠지
요. 여기와 같은 곳에 말이에요. 그리고 반대로 저이 쪽에서 남편을 가끔 찾
아가는 모양입니다. 가끔이 아니라 1년에 한 번쯤 말이에요. 별거 생활이라고
할까요. 저이 쪽에서 가끔 남편을 찾아가곤 하는 모양이에요.」

「그렇겠지요, 저 여자는 병자니까요.」

「물론 병자임에는 틀림없어요. 하지만 대단한 상태는 아니예요. 언제나 요양원에서 살면서 남편과 별거해야만 할 정도로 중병은 아니거든요. 거기에 또다른 이유가 여러 가지 있는 모양이에요. 이곳 사람들은 모두 그렇게 상상하고 있답니다. 아마 저 여자는 코카서스 산맥 저쪽의 다게스탄과 같은 미개한 고장에서 사는 것이 싫은 모양이지요. 하지만 그렇더라도 그건 당연한 일이라고 생각해요. 그러나 남편과 같이 살지 않는다는 것은 역시 어느 정도는 남편에게도 책임이 있을 거예요. 주인은 이름만은 쇼샤라는 프랑스 인식의 이름이지만, 역시 러시아의 관리거든요. 러시아의 관리란 야만인이니까요. 정말이에요. 나도 언젠가 한 번 러시아의 관리를 본 적이 있어요. 붉은 얼굴에 쇳빛 같은 턱수염을 기르고 있었어요. 그들은 예외없이 뇌물을 좋아하고 보드카에 정신이 없지요. 브랜디 말이에요. 체면상 초장에 담근 버섯 두세 개나 상어를 얹은 빵 한 조각을 주문하지만 노리는 것은 그 보드카랍니다. 정말 목욕하듯 마시고도 그것을 한 잔이라고 하니 어처구니가 없지요.」

「당신은 모든 것을 남편의 죄라고 하는군요.」 한스 카스토르프는 말했다. 「그러나 두 사람이 함께 잘 살지 못하는 것은 그녀의 죄일는지도 모르지요. 공평하지 않으면 안 돼요. 저 여자를 보고 있으면, 그리고 문을 탕 하고 닫는 무례함을 보고 있으면…… 나는 아무래도 천사처럼 생각할 수 없어요. 부디 기분 나쁘게 생각하지 말아 주세요. 나는 그렇게 그녀를 믿을 수가 없습니다. 그런데 당신은 공평하지 않습니다. 그녀에게 온통 반해서 그녀의 편을 들고 계십니다.」

그는 때로는 이렇게도 말했다. 엥겔하르트 양의 쇼샤 부인에 대한 열광이 사실은 어떠한 성질의 것인지를 확실하게 느끼면서도, 본래 그의 성질에 없는 교활로 그 열광이 그것과는 다른 그녀만의 기분이므로 야유해 보고 싶은 대상으로 놓고 이것을 방관자인 한스 카스토르프가 냉정하고 유머러스한 거리를 두고 노처녀를 야유하는 듯이 행동했던 것이었다. 그러고도 자기와 한편인 엥겔하르트 양이 그의 뻔뻔스런 비꼼을 꾸짖지 않고 감수하리라는 확신이 있고 해서 조금도 위험할 것은 없었다.

「좋은 아침입니다.」 그는 말했다. 「잘 주무셨습니까! 아름다운 민카의 꿈이라도 꾸셨겠지요? ……아니 그녀에 관한 이야기만 하면 곧 얼굴이 붉어지는군요. 정말 녹아 버리셨군요. 이것만은 부정하지 마세요.」

여교사는 정말로 얼굴이 붉어져서 찻잔 위로 얼굴을 깊이 숙이고는 왼편 입가로 속삭였다.

「정말 나쁜 사람이군요, 카스토르프 씨. 그렇게 빈정대는 말을 해서 나를 괴롭히다니, 좋지 않아요. 우리들이 저 여자에게 눈독을 들이고 있고 그 일로 해서 당신이 내 얼굴을 붉히게 만든다는 것을 모두들에게 눈치채이고 말겠어요.」

식탁에서 이웃으로 앉은 이 두 사람은 사실 괴상한 짓을 하고 있었던 것이다. 두 사람은 자기들이 이중, 삼중으로 속임수를 쓰고 있다는 것을 잘 알고 있었다. 한스 카스토르프는 쇼샤 부인에 관한 것을 말하고 싶은 나머지 쇼샤 부인을 방편으로 이용하여 여교사를 야유하고, 이 노처녀와의 이런 장난에서 건강하지 못한 도착적 쾌감을 맛보고 있었고, 또 노처녀는 첫째 중매 역할을 연출할 생각에서, 둘째 청년의 환심을 사기 위해, 그리고 그녀 자신도 쇼샤 부인에게 조금은 반했기 때문에, 그리고 셋째 청년에게 농담을 듣고 얼굴을 붉히는 것이 즐거웠기 때문에 청년의 상대 노릇을 했던 것이다. 두 사람은 그것을 자신에 관해서나, 상대편에 관해서도 확실히 알고 있었고, 어느 쪽도 그것을 알고 있음을 상대방이 간파하고 있다는 것도 또한 알고 있었다. 참으로 복잡하고 불결한 일이었다. 한스 카스토르프는 이렇게 복잡하고 불결한 것이 싫었고, 이런 것에는 혐오감을 품고 있었지만, 그러나 이 위에는 손님으로 와 있을 뿐이며 얼마 안 있으면 떠나갈 것이니까 괜찮다는 식으로 마음에 위로를 하고는 불결한 진흙구덩이 속을 마구 철벅거렸다. 그는 공평한 태도를 꾸미고는 『칠칠치 못한』 부인의 외모를 유식한 사람처럼 비판하고, 그녀의 옆얼굴보다 정면 얼굴이 단연 젊고 아름답게 보인다고 하면서, 눈과 눈 사이가 너무 떨어져 있고 자세에 유감스러운 점이 많지만, 그 대신 팔이 아름답고 부드러운 모양을 하고 있다고 말했다.

그는 이렇게 비평하면서 목이 떨리는 것을 감추려고 했지만, 여교사가 그 헛된 노력을 알아차린 것을 느꼈을 뿐만 아니라, 그녀의 목도 마찬가지로 떨리는 것을 알고 참을 수 없는 기분이 되었다. 또한 그가 쇼샤 부인을 『아름다운 민카』라고 부른 것은 정략적이며 본래 그와는 인연이 없는 교활함에서 나온 것인데, 그렇게 하면 그는 계속하여 다음과 같이 물을 수 있기 때문이었다.

「민카는 농담이라고 해두고, 그녀의 정말 이름은 무엇이라고 합니까? 당신 같이 반한 분이라면 그 정도는 아시리라 믿습니다만.」

여교사는 생각하는 얼굴을 하였다.

「네, 알아요. 알고 있었어요. 타트야나라고 하지 않았나 모르겠네요. 아니야, 그렇지 않았어요. 나타샤도 아니지, 나타샤 쇼샤? 아니, 그렇지 않았어요. 알았어요. 아브도 트야라고 해요. 아무튼 이런 식의 이름이었어요. 카트엥카 또는 니노츠카라는 이름이 아닌 것만은 확실해요. 그만 깜빡 잊어버리고 말았군요. 그렇지만 꼭 아시고 싶으시다면 누구에게 물어 보고 오지요. 그런 거야 쉬운 일이니까요.」

다음날 그녀는 정말로 이름을 알아왔다. 점심 식사 때, 유리문이 탕 소리를 내고 닫히는 것을 들으면서 그녀는 그것을 가르쳐 주었다. 쇼샤 부인은 클라브디아라는 이름이었다.

한스 카스토르프는 그 이름을 곧 알아 듣지 못했다. 그 이름을 다시 한 번 묻고, 발음을 해본 뒤에 겨우 이해했다. 그리고는 충혈된 눈을 쇼샤 부인에게 돌리고 그 이름을 본인에게 맞추어서 시험해 보려는 듯이 되풀이하여 중얼거렸다.

「클라브디아.」 그는 말했다. 「정말 그렇겠군요. 잘 어울리는데요.」 그는 쇼샤 부인의 이름까지 알게 된 기쁨을 감추려고 하지 않고 그 뒤부터는 그녀를 「클라브디아」라고만 불렀다.

「당신의 클라브디아는 빵을 뭉치고 있어요. 그다지 고상하다고는 할 수 없겠는데요.」

「문제는 누가 그런 일을 하느냐에 달려 있지요.」 여교사는 대답했다. 「클라브디아라면 그것이 어울리지요.」

그렇다. 일곱 개의 식탁이 나란히 있는 홀에서의 식사는 한스 카스토르프에게 대단히 매력적이었다. 그는 식사가 끝날 때마다 섭섭함을 느꼈지만, 곧 또 두 시간이나 세 시간 반 뒤에는 거기에 다시 앉을 수 있다는 것을 생각하고 마음의 위로를 삼았고, 거기에 다시 앉아 있으면, 거기에 계속 앉아 있었던 것 같은 생각이 들었다. 식사와 식사 사이에는 무슨 일이 있었을까. 아무 일도 없었다. 산에 물이 흐르는 곳 아니면 영국 거리까지 가벼운 산보를 하고 난 뒤에 침대 의자에 잠깐 누워 있었을 뿐이었다. 이것은 중단이라고 할 정도의 것은 아니어서 문제가 될 만한 방해는 아니었다. 이것이 만약 머릿속에서 쉽게 예측할 수도 없고 무시할 수도 없는 무언가 근심이나 수고를 해야만 되는 일이었다면 사정은 달랐을 것이다. 그러나 베르크호프의 빈틈없이 교묘하게 짜여져 있는 생활에서는 그런 것은 생각할 수가 없었다. 한스 카스토르프는 식사를 끝내고 의자에서 일어서면, 곧 다음 식사를 낙으로 기다릴 수가 있었다.

그러나 그것도 그가 병든 클라브디아 쇼샤와 같은 홀에서 다시 함께 되기를 고대하는 심정을 낙이라는 말로 표현해도 좋다면 말이다. 그의 경우 이 말은 경박하고 단순하고 흔히 있는 말이 아니기 때문이다. 또는 독자는 한스 카스토르프의 인품과 내면 생활에는 이런 말, 즉 향락적이고 진부한 말이 꼭 알맞다고 생각하는지도 모른다. 그러나 그도 이성이나 양심이 있는 청년으로서 그렇게 함부로 쇼샤 부인을 바라보거나 부인과 함께 있는 것을 낙으로만 삼고 있지는 않았다는 것을 이해해 주기 바란다. 그래서 우리들은 누군가가 그에게 그런 말을 한다면, 그는 어깨를 움츠리며 그것을 거절하였으리라는 것을 여기서 분명히 해두고자 한다.

그렇다. 그는 어떤 종류의 표현에 대해서는 고자세로 나왔다──이것은 여기서 말해 두어야 할 필요가 있다. 그는 볼이 매우 상기된 상태로 돌아다녔는데 무심결에 혼자서 노래를 흥얼거리고 있었다. 그 노래는 언제 어디서 배운 것인지, 아무튼 어떤 사교 모임이나 자선 음악회 같은 데서 성량이 작은 소프라노 가수가 부른 것을 기억해 두었다가 지금 생각을 해 낸 것이리라──감미롭고도 보잘것없는 노래인데도 가사는 다음과 같은 문구로 시작이 되었다.

내 마음 세차게 뛰노네,
당신이 하신 그 말씀으로.

그는 다시 계속해서,

당신의 입술에 흘러나와
내 가슴에 스며드는 그 말씀!

이렇게 계속 노래부르려고 하다가 갑자기 어깨를 움츠리고, 시시하다고 말하고는 가련한 노래를 속되고 감상적인 노래로 느껴 중단하고 말았다. 좀 우울한 기분이 들었으나 깨끗이 중단하고 말았다. 저지(低地)의 건강한 아가씨에게 세속적이고 온화하고 유망한 방법으로 소위 마음을 바치고, 속되고 유망하고 상식적인, 즉 행복한 도취감에 만족할 수 있는 그런 젊은이에겐 이런 달콤한 노래가 어쩌면 환영될 지 모른다. 그러나 한스 카스토르프나 그의 쇼샤 부인에 대한 관계에(관계라는 말은 한스 카스토르프가 사용한 말로, 우리들은 그 책임을 지지 않는다) 그 노래는 전혀 맞지 않았다. 그는 침대 의자에 누워서 그 노래에 대해 시시하다는 심미적인 비판을 하고는, 대신 부를 수 있는 더 알맞는 노래도 없었지만, 코에 주름을 잡고 노래 도중에 입을 다물고 말았다.

그러나 그는 침대의자에 누워서, 심장이, 육체의 심장이 주위의 고요 속에서——하루 중에서 가장 중요한 낮잠의 안정 요양 시간에, 규칙에 따라 베르크호프의 구석구석까지 뒤덮고 있는 고요 속에서——성급하고 선명하게 뛰고 있는 것에 주의하면서 만족을 느끼는 것이 한 가지 있었다. 심장은 이 위에 온 뒤 거의 언제나 그러했지만, 지금도 집요하게 고동을 계속하고 있었는데, 한스 카스토르프는 최근에는 처음만큼 그것에 신경을 쓰지 않게 되었다는 점이다. 이제 심장은 자주적으로 이유도 없이, 영혼과 연관이 없이 고동친다고 할 수 없게 되어 있었다. 황홀해 있는 육체 활동에 대해 그것을 설명할 수 있는 정신적 흥분을 아주 자연스럽게 연결시킬 수가 있었던 것이다. 즉, 쇼샤 부인에 관해 생각하기만 하면——그리고 생각하지 않을 수 없었다——심장의 고동을 설명하기에 적합한 감정이 주어지는 것이었다.

더해가는 불안, 두 분의 할아버지와 황혼의 뱃놀이에 관해서

날씨는 정말 나빴다. 그 점에서는 한스 카스토르프의 이 위에서의 짧은 체제는 운이 좋지 않은 것이었다. 눈은 오지 않았지만, 하루 종일 비가 알밉게 억수같이 쏟아져, 깊은 안개가 골짜기를 덮었다. 게다가 이상하게도 천둥이——게다가 식당에 스팀을 땔 만큼 추웠다——자꾸 쳐서 그것이 사방의 산에 몇 번이나 산울림하여 울렸다.

「유감인데.」 요아힘은 말했다. 「아침 식사를 준비하여 한 번 샤츠알프 산에라도 가볼까 했는데 이래서는 말도 안 되지. 하다못해 자네의 마지막 주에는 날씨가 좋아졌으면 좋으련만.」

그러나 한스 카스토르프는 이렇게 대답했다.

「괜찮아. 나는 특별하게 해보고 싶은 것이 없어. 처음 계획이 그렇게 좋지 않았기 때문에 말이야. 나는 그다지 변화가 없이 나날을 보내는 것이 가장 휴양이 되네. 변화란 여기에서 오래 살고 있는 사람들에게나 필요하지, 3주밖에 안 있는 나에게는 변화 같은 것이 필요없어.」

사실, 그러했다. 그는 조금도 지루함을 느끼지 못했다. 희망을 가진다 해도, 그 희망을 실현하거나, 안 하는 것도 여기에서의 일이지, 샤츠알프 산에서의 일은 아니었다. 그가 괴로워하고 있는 것은 지루함 때문은 아니었다. 그가 걱정한 것은 체재 기간의 마지막이 너무 빨리 오고 있다는 것이었다. 2주일째도 남은 날이 며칠 안 되고, 예정일수의 3분의 2가 이제 곧 지나갈 판이다. 3주일째에 들어서면 이제는 짐 꾸리는 일을 생각해야 한다. 한스 카스토르프의 시간 감각은 첫무렵의 신선한 효과가 없어지고 매일이 다시 달음박질하기 시작했다. 하루하루는 그때마다 새로운 기대로 길어지고, 남모르는 체험으로 팽창되었지만, 매일매일은 쏜살같이 흘러갔다. 그렇다. 시간이란 정말 수수께끼여서, 정체를 알 수 없는 것이다.

한스 카스토르프의 나날을 괴롭히기도 하고 동시에 빨리 지나가게도 하는 경험을 여기서 더 자세히 설명할 필요가 있을까? 그 경험은 누구나가 알고 있는 그런 것이어서, 그것이 감상적이고 보잘것없는 요소를 가지고 있다는 점에서는 흔히 볼 수 있는 것과 전혀 다를 바가 없었다. 예의 저속한 『내 마음 세차게 뛰는데』라는 노래가 꼭 알맞을 것 같은 상식적이고 유망한 경우라 할지라도 이 이상으로 평범한 형태를 취할 수는 없었을 것이다.

쇼샤 부인이 어떤 테이블에서부터 자기 테이블에 걸려 있는 실을 전혀 알아차리지 못하고 있을 리는 없었다. 그리고 그녀가 조금이라도, 아니 될 수 있으면 많이 알아 달라는 것이 어리석은 일이긴 하지만 한스 카스토르프의 의도였다. 우리들이 이것을 어리석다고 한 것은, 그도 그 의도가 얼마나 몰상식한 것인가를 충분히 알고 있기 때문이다. 그러나 지금 빠져 있는, 혹은 빠져들어 가는 상태에 있는 인간은 그것이 매우 무의미하고 상식에서 벗어난 상태라 해도 상대방이 그것을 알아 주기를 바라는 것이다. 그것이 인지상정이라는 것이 아니겠는가.

쇼샤 부인은 우연히 감응 작용(感應作用) 때문이었는지, 식사 중에 테이블 쪽을 두세 번 돌아보았는데 그때마다 한스 카스토르프와 시선이 부딪치곤 하여 네번째에는 일부러 그쪽을 돌아보니 이번에도 역시 청년의 눈과 부딪쳤다. 다섯번째에는 현장을 직접 잡을 수가 없었다. 그가 부서에 붙어 있지 않았기 때문이었다. 그러나 한스 카스토르프는 그녀가 보고 있다는 것을 곧 알아차리고 당황해서 그녀를 쳐다보았기 때문에 그녀는 미소를 짓고, 눈을 다른 데로

돌렸다. 그 미소를 보고 그는 의혹과 기쁨으로 가득 찼다. 그녀가 그를 어린
아이와 같다고 생각한다면 그것은 잘못된 것이다. 그로서는 어디까지나 세련
된 몸짓을 바라고 있었던 것이다. 여섯번째에는 그녀가 이쪽을 보고 있는 것
을 알고, 느끼고, 깨닫자, 그는 예의 왕고모와 이야기를 하려고 그의 테이블
에 와 있던 여드름투성이의 부인을 불쾌해 죽겠다는 듯이 바라보는 시늉을 계
속했다. 저쪽 키르기즈 인의 시선이 그에게서 떠났다는 것이 확실해질 때까지
그는 그 상태를 이삼 분 동안 끈기 있게 계속했다——우스운 연극이었지만,
그것이 연극이라는 것이 쇼샤 부인에게 알려져도 하등 상관없을 뿐 아니라,
꼭 알려져서 그의 세련됨과 극기심에 관심을 가져 주었으면 싶었던 것
이다——이런 일도 있었다.

　음식이 나오는 사이사이에 쇼샤 부인이 아무 생각 없이 뒤를 돌아 식당을
둘러본다. 한스 카스토르프가 기다리고 있다가 두 사람의 시선은 부딪친다.
두 사람이——병든 여자는 애매하게 살펴보는 것 같은 냉소적인 태도였고,
한스 카스토르프는 흥분하여 필사적으로 상대의 눈을 보려고 한다(그것도 이
를 악물고 눈도 깜짝 않으려고 애썼다)——서로 쳐다보고 있을 때 그녀의 냅
킨이 무릎 위에서 마루로 미끄러져 떨어지려고 했다. 쇼샤 부인은 신경질적으
로 깜짝 놀라 그것을 누르려고 했는데, 그것이 그의 사지에도 전해져서 그는
자기도 모르게 허리를 반쯤 세우고, 냅킨이 마루에 떨어지면 큰일이나 날 것
처럼 팔 미터의 거리를 단숨에, 사이에 있는 테이블을 돌아서 그녀를 도우려
고 달려가려 했다. 마루와 닿을락말락하는 데서 그녀는 간신히 냅킨을 집을
수 있었다. 그러나 그녀는 몸을 구부린 자세로, 마루에 비스듬히 몸을 눕혀
냅킨의 끝을 집었다. 그녀는 자기가 보인 어리석은 당황에 좀 화가 나서, 이
것도 어쩐지 그의 탓이라고 하는 것 같은 사나운 표정으로 그의 쪽을 또 한
번 돌아보았는데, 그의 반쯤 세운 허리와 위로 치켜올린 눈썹을 보자 그녀는
웃으면서 눈길을 돌렸다.

　이 사건에 한스 카스토르프는 정신없이 기뻤다. 그러나 반격이 가해지지 않
을 리 없었다. 쇼샤 부인은 그 뒤 꼬박 이틀 동안, 식사로 치면 열 번에 걸
쳐, 식당을 둘러보는 것을 한 번도 하지 않게 되었고, 식당에 들어올 때 언제
나 하던 버릇도 하지 않게 되어 버렸다. 이것은 괴로운 일이었다. 그러나 이
중단 행위도 분명히 그에 대한 보복이었기 때문에, 소극적인 의미이긴 했지만
관계는 분명히 남아 있었다. 그래서 그에게는 그것으로 충분했다.

　요아힘이 여기서는 같은 테이블 외의 사람들과 친하게 되는 것은 쉬운 일이

아니라고 가르쳐 주었지만, 한스 카스토르프는 정말로 그렇다는 것을 알았다. 왜냐하면 저녁 식사 뒤 한 시간 가량은——그 한 시간도 20분으로 줄어드는 일이 여러 번 있었다——사교적인 모임 같은 것이 있었지만, 그 사이에 쇼샤 부인은 정해 놓은 것처럼, 식탁 친구인 가슴이 들어간 신사, 부드러운 머리칼을 한 유머러스한 아가씨, 조용한 닥터 블루멘콜, 어깨가 처진 청년들과 함께 일류 러시아 인석 사람들의 전용인 작은 살롱 안쪽에 들어가 있었고, 요아힘이 바삐 방으로 갈 것을 재촉했기 때문이었다. 요아힘의 말로는 밤의 안정 요양 시간을 짧게 해서는 안 된다는 것이었지만, 아마 그밖에도 그가 말하지 않는 극기적(克己的)인 이유에서였으리라. 한스 카스토르프는 이것을 알아차리고 그것을 존중했다. 우리들은 한스 카스토르프를 억제할 줄 모르는 사람이라고 비난했지만, 그러나 그의 염원이 어떤 것이든 간에 쇼샤 부인과 세속적으로 친한 것은 희망하지 않았다. 이것을 방해하고 있는 것에 그는 내심 동의하고 있었다.

그가 쳐다보고 능동적으로 움직임으로써, 그와 러시아 부인 사이에 생긴 긴장된 관계는 비세속적인 관계로 어떠한 의무도 지지 않고, 져서는 안 되는 성질의 관계였다. 그것은 한스 카스토르프가 세속적인 견지에서의 경원의 감정을 두 사람의 관계에서 느끼고 있는 까닭이었다. 한스 로렌츠 카스토르프의 손자인 한스 카스토르프는 심장의 고동의 원인을 『클라브디아』 때문이라고 설명하려 했으나, 남편과 별거하고, 손가락에 반지를 끼지 않고 여러 요양지에서 지내며, 자세가 엉망이고, 문을 요란하게 닫고, 빵을 뭉치고 손톱을 씹는 버릇이 있는 외국 부인과 현실적으로 지금의 남모르는 관계 이상의 교제를 가질 수 없다는 확신, 두 사람 사이에는 넘을 수 없는 심연이 가로놓여 있어서, 그녀와 함께 되면 그가 인정하고 있는 어떠한 비평에도 견딜 수 없으리라는 확신은 심장의 고동 정도만으로는 도저히 흔들릴 수가 없었다. 한스 카스토르프는 현명하게도 자기 자신에 관해서는 조금도 자부심을 갖지 않았지만, 조상 대대로 전해 오는 넓은 의미에서의 자부심은 이마에도 또한 어느 정도 졸린 듯한 눈 언저리에도 나타나 있었다. 그가 쇼샤 부인의 사람됨을 보고 금할 수 없었던, 금하려고도 생각지 않은 우월감은 이 자부심에서 온 것이었다. 이 넓은 의미의 자부심을 특히 강하게, 아마 처음으로 느낀 것은 어느 날 쇼샤 부인이 독일어로 말하는 것을 들었을 때였다.

그녀는 그날 식후에 스웨터의 주머니에 양손을 넣고 식당에 서서 안정 홀의 친구 같은 부인 환자와 이야기를 하고 있었는데, 거기를 지나가던 한스 카스토르프가 들으니, 그녀는 상냥하게 열심히 독일어로 말하고 있었다――그가 그 순간 이때까지 느끼지 못했던 자부심을 갖고 자기의 모국어라고 느낀 독일 어로. 그러나 그녀의 사랑스럽고 기우뚱거리는 듯한 불완전한 독일어에 황홀해져서 그 자부심을 버려도 후회하지 않을 것처럼 느꼈다.

한마디로 말해, 한스 카스토르프는 이 위에서 사는 사람들 중의 단정치 못한 이 여자에 대한 남모르는 관계를 휴가중의 로맨스, 이성의 비판, 즉 그 자신의 분별 있는 양심의 비판에 견디낼 수 없는 휴가중의 로맨스라고 생각했다. 무엇보다도 쇼샤 부인이 병자이고, 기력이 없고 열이 있어 몸의 내부가 침식되고 있는 것 때문이었지만, 그러한 사실은 그녀의 전 존재의 의심스러운 점과 깊은 관계가 있었고, 한스 카스토르프의 경계심과 경원에도 강한 영향을 주고 있었다. 그는 그녀와 현실적으로 친해지려고는 생각지도 않았다. 이 정도의 교제 같으면 1주일 반 뒤에 툰더·빌름스 상회에 견습하기 위해 입사하여 버리면, 결국 밑도끝도없이 끝나 버리고 말 것이었다.

물론 현재로서는, 병을 앓는 여자에 대한 미묘한 관계에서 생긴 흥분, 긴장, 만족, 실망을 이번 여름 여행의 중요한 의미 또는 내용이라고 느끼고 이에 전념하기 시작하고, 그 결과에 따라 기분이 좌우될 정도로 되어 있었다. 그리고 주위의 상황은 그것을 크게 촉진하기에는 그 이상 더없이 편리하게 되어 있었다. 모든 사람들이 일정하게 규정된 일과에 얽매어서 좁은 장소에 동거하고 있었기 때문이다. 쇼샤 부인은 다른 층에――이층에서――기거하고 있었지만(그리고 여교사에게서 들은 바로는 쇼샤 부인은 공동 안정 홀, 즉 최근에 미클로지히 대위가 전등을 껐다고 하는 옥상에 있는 안정 홀에서 안정 요양을 하고 있다는 것이었다) 하루 다섯 번의 식사 때뿐만 아니라, 그밖의 때에도, 그녀와 얼굴을 맞대는 아니 맞대지 않을 수 없는 기회는 아침부터 저녁때까지 얼마든지 있었다. 이렇게 기회가 풍부한 우연에 둘러싸인 것은 어쩐지 불안한 기분이 들지 않는 것도 아니었지만, 어떤 근심이나 고생도 전도를 막고 있지 않은 생활과 마찬가지로, 이것도 또한 한스 카스토르프에게는 다행한 것이었다.

한스 카스토르프는 기회를 실현시키려고, 자기 스스로도 방법을 연구하고 계산을 하면서 그쪽으로 머리를 썼다. 쇼샤 부인은 식사에 정해 놓고 늦게 왔기 때문에 그도 식사에 늦게 가려고 마음먹고, 도중에서 그녀와 함께 되려고 했다. 준비를 일부러 천천히 하여 요아힘이 데리러 올 때도 준비가 되어 있지 않아, 곧 따라가겠다고 하고는 사촌을 먼저 가게 했다. 그리고는 그와 같은 상태에 있는 인간의 본능에서 적당하다고 생각되는 순간을 기다려서 이층까지 달려 내려가, 내려간 계단의 다음 계단을 내려가지 않고, 복도의 거의 저쪽 끝의 계단으로 걸어갔다. 이 계단은 이전부터 알고 있는 방으로——7호실——가까이에 있는 계단이었다. 계단에서 계단까지의 복도를 걷는 사이에, 말하자면 기회가 한걸음 한걸음마다 기다리고 있어, 언제 그 문이 열릴는지 몰랐고——정말 여러 번 열렸던 것이었다. 쇼샤 부인의 뒤에서 문이 탕하고 닫히고 쇼샤 부인 자신이 나와 소리 없이 계단으로 미끄러지듯 걸어갔다.

그러다가 그녀가 그의 앞에 서게 되어, 머리칼을 손으로 누르면서 걸어갔고 어떤 때는 그가 그녀 앞을 걸어가게 되어, 그녀의 시선을 등에 느끼고, 사지에 끌어당기는 듯한 통증과 등골에 개미가 기어가는 듯한 가려움을 느끼면서도 그녀에게 약점을 보이지 않으려고, 그녀 같은 것은 안중에 없다는 것이, 태연하게 독립 독보의 길을 걸어가는 듯이 행동했다——양손을 저고리 호주머니에 넣고, 어깨를 아무 의미나 이유도 없이 흔들든지 심한 기침을 하고 주먹으로 가슴을 치면서 허심탄회한 것을 과시하는 것이었다.

두 번이나 그는 교활하게 굴었다. 식탁에 앉아서 양손으로 호주머니를 더듬으면서 당황하여 성난 태도로 말했다.

「아이구, 손수건을 잊어버렸네. 귀찮아도 다시 한 번 올라갔다 와야겠는걸.」 이리하여 클라브디아와 정면으로 만나기 위해 되돌아갔지만, 이것은 그녀의 앞이나 뒤를 걸어가는 것과는 달리 더 모험적이고 자극적이었다. 처음에이 계획을 행했을 때, 그녀는 조금 떨어진 곳에서 그를 염치없이 뻔뻔스럽게 머리끝에서 발끝까지 쳐다보았지만, 가까이까지 온 순간 얼굴을 박절하게 돌리고 지나가 버려 처음 결과는 그렇게 신통치 않았다. 그러나 다음번에, 그녀는 계속 쳐다보았다. 떨어진 곳에서가 아니라——처음부터 마지막까지 스쳐지나갈 때까지 계속 쳐다보았고, 그의 얼굴을 뚫어지게, 음울한 눈초리로 응시했고, 지나가면서 얼굴을 이쪽으로 돌리기까지 하면서——불쌍한 한스 카스토르프는 이것이 뼛속까지 스며드는 것 같았다. 물론 우리들은 그를 불쌍히여길 필요는 없다. 모두가 그가 희망했던 것이요, 그가 계획했던 것이었기 때문이다. 그러나 이 만남은 그때에도, 그리고 특히 그 뒤에 그의 마음을 뒤흔들었다. 모든 것이 끝난 뒤에 비로소 모든 것이 어떠했던가가 확실해졌기 때문이었다. 쇼샤 부인의 얼굴을 그렇게 가까이에서 그렇게 세부에 이르기까지 상세히 식별할 수 있게 본 것은 처음이었다.

머리 둘레의 아무렇게나 감아올린 좀 금속적인 붉은 빛을 띤 금발 머리칼에서 흐트러져 나온 잔털이 분간될 정도로 가까운 거리였다. 특이한 얼굴 모양이었지만, 한스 카스토르프에게는 먼 옛날부터 친숙하며, 이 세상에서 가장 호감이 가는 얼굴이었고, 이국적이고 개성적이며(우리들에게는 이국적인 것만이 개성적으로 느껴지는 것이다) 북방적인 이국성을 간직하고 있고, 신비스럽고, 그 특징과 관계가 간단하게 규명되지 않기 때문에, 연구욕을 불러일으키는 얼굴은 손을 뻗치면 닿을 만큼 그의 얼굴 가까이에 있었다. 이 얼굴의 가장 큰 특징은 두드러지게 높은 광대뼈 근방의 인상일 것이다. 이상하게 편편하고 떨어져 있는 눈이 이 광대뼈 때문에 어느 정도 눈꼬리가 치켜진 것같이 보였으며, 볼 역시 광대뼈 때문에 부드럽게 들어갔고, 그 들어간 데가 또한 간접적으로 입술이 약간 뒤집혀진 듯한 풍만한 모양을 만들고 있었다.

그러나 무엇보다 눈 그 자체가 문제였다. 가늘고 매혹적이라고 말할 수밖에 없는(이렇게 한스 카스토르프는 느꼈다) 키르기즈 인의 눈, 먼 산맥의 회색빛을 띤 푸른색, 또는 푸른색을 띤 회색을 하고 무엇을 보는 것도 아니며 곁눈질할 때, 가끔 녹는 듯이 희미한 검은 빛으로 완전히 흐려지는 눈——한스 카스토르프를 염치없이, 좀 음울하게 바로 가까이에서 본 눈, 위치도, 색깔도, 표정도 프리비슬라프의 눈과 이상하게도 깜짝 놀랄 만큼 닮은 눈, 아니〈닮았다〉고 해서는 맞지 않았다—— 똑같은 눈이었다. 그리고 얼굴 상반이 넓은 점도, 눌러 버린 듯한 코도, 피부의 불그스름한 흰 빛깔도, 볼의 건강한 색도(물론 이것은 쇼샤 부인의 경우에는 건강색이 아니라 이 위에서 사는 모든 사람들의 볼과 마찬가지로 옥외의 안정 요양에 의한 표면상의 건강색이었다), 모두가 프리비슬라프와 똑같았고, 프리비슬라프도 교정에서 스쳐 지나가면 똑같은 눈으로 쳐다보았던 것이다.

이것은 어떤 의미에서는 충격적인 일이었다. 한스 카스토르프는 그녀와의 만남으로 열광적이 됨과 동시에 불안이 더해감을 느꼈다. 좁은 장소에서 기회가 많은 우연에 에워싸여 있는 상태에서 느꼈던 것과 같은 종류의 불안이었다. 그리고 벌써 옛날에 잊어버렸던 프리비슬라프가 이 위에서 쇼샤 부인의 모습으로 다시 눈앞에 나타나, 키르기즈 인의 눈초리로 쳐다본 것도 피할 수 없는 운명, 또는 빠져 나올 수 없는 운명—— 행복한 의미에서나 불안한 의미에서나 피할 수 없는 운명——에 지배되고 있다는 것을 느끼게 했다. 이것은 희망에 참과 동시에 기분 나쁜, 아니 위협적인 것으로 젊은 한스 카스토르프는 구제를 받고 싶은 기분에 빠져, 구원과 조언을, 기댈 것을 찾아 돌아보며,

탐색하고, 귀를 기울이고 싶은 막연한 본능적인 동요를 느낀 나머지, 그는 도움이 될 만한 사람들을 차례로 생각해 보았다.

우선 선량하고 진지한 요아힘이 자기 곁에 있었다. 이 5개월 동안, 눈이 그토록 슬픈 빛을 띠게 되었고, 전에는 절대로 보인 적이 없는데 때때로 어깨를 심하게 으쓱거려 보이는 요아힘── 슈퇴르 부인이 몰염치하고 차디찬 얼굴로『창백한 하인리히』라고 언제나 부르고, 그럴 때마다 한스 카스토르프를 소름이 끼치게 하는 유리 용기를 호주머니에 감추고 있는 요아힘. 이곳을 떠나, 이 위에서 사는 사람들이 희미하지만, 그러나 명백하게 멸시하는 어조로, 『저지(低地)』 또는 『아랫 세상』이라고 부르고 있는 건강한 사람들의 세계로 돌아가 그리던 군복무에 들어가기 위해, 베렌스 고문관을 괴롭히고 있는 성실한 요아힘이 있었다. 요아힘은 그 갈망의 날을 하루라도 빨리 오게 하고, 이곳 사람들이 낭비하고 있는 시간을 절약하기 위해 이 위에서의 요양 근무를 오로지 한마음으로 이행하고 있었다. 빨리 완쾌하기 위함이라는 것은 물론이었지만, 한스 카스토르프가 가끔 느끼거나 생각하기에는, 차차 요양 근무 그 자체를 위한 근무로 되어 가고 있었다. 요양 근무도 결국은 근무인 것으로, 의무 수행이라는 점에서는 같은 일이었다. 요아힘은 밤의 사교 회합에 15분만 있으면 벌써 안정 요양에 돌아가자고 재촉했으나 이것은 고마운 일로 이렇게 재촉을 받지 않으면, 한스 카스토르프는 작은 살롱을 기웃거리면서, 아무 의미도 목적도 없는데도 회합에 더 오래 머물러 있을 것임에 틀림없다. 이와 같은 그의 시민적 기질에는 요아힘의 군사적인 근엄이 어느 정도 도움이 되었다. 그러나 요아힘이 밤의 회합을 끝맺을 것에 열을 올린 것은 다른 남모르는 이유가 있어서였다.

한스 카스토르프는 요아힘의 얼굴이 창백해지고, 입술이 어떤 순간에 기묘하게 울려는 표정으로 비뚤어지는 것의 의미를 확실하게 안 뒤로는 그 남모르는 이유도 확실히 알았던 것이다. 즉, 마루샤── 아름다운 손가락에 작은 루비 반지를 끼고 오렌지 향수 냄새를 풍기면서, 풍만한 침식된 가슴을 하고 웃기만 하고 있는 마루샤── 거의 매일같이 밤의 회합에 끼여 있기 때문이다. 이 사실이 요아힘을 무서울 정도로 강렬하게 끌어당기기 때문에, 요아힘은 도망치지 않을 수 없다는 것을 한스 카스토르프는 이해했던 것이다. 요아힘도『잡혀』 있는 것일까. 오렌지 향수의 손수건을 가진 마루샤는 친절하게도 하루에 다섯 번이나 사촌들의 식탁에 함께 앉기 때문에 요아힘은 한스 카스토르프보다 더 가슴이 답답하고 숨이 가쁘게『잡혀』 있는 것이 아닐까? 요컨대 요아힘은 자기 일에 분주하여, 곁에 있어 주었으면 하는 한스 카스토르프의 기분에 사실은 도움이 될 것 같지 않았다. 요아힘이 밤의 회합에서 도망치는 것은 근엄하다는 느낌이 들기는 하지만, 한스 카스토르프의 기분을 가라앉혀 주지는 못했다. 그리고 또 요양 근무에 열을 올리는 요아힘의 모범적 태도와 요양 근무에 관한 숙련된 지도에 있어서도 한스 카스토르프에게는 뭔가 염려되는 점이 있는 것처럼 느껴지는 순간이 있었다.

한스 카스토르프는 이 위에 와서 아직 2주일이 못 되지만 더 오래 있었던 것처럼 느꼈다. 요아힘이 이웃에서 열심히 지키고 있는 이 위에서 사는 사람들의 일과가 한스 카스토르프의 눈에도 신성하고, 자명한 절대적인 것으로 보이기 시작했고, 아래 평지의 생활이 이 위에서 보면 거의 이상하게 이색적인 것같이 느껴졌다. 추운 날의 안정 요양에는 납작한 미이라와 꼭 같이 되기 위하여 사용하는 두 장의 담요 취급법에도 한스 카스토르프는 완전히 익숙해져 버렸고, 담요를 규정대로 몸에 감는 수련과 기술도 거의 요아힘의 경지에 육박하게 되었다. 아래 평지에서는 이러한 기술과 규정을 아는 사람이 없는 것을 생각하고는 매우 이상하게 느꼈다. 아니, 정말로 이상했다. 그러나 이것을 이상하게 느끼는 것을 이상하게 생각하면서, 그의 마음에는 조언과 의지를 찾아 사방을 둘러보는 불안한 기분이 새삼스럽게 더해지는 것이었다.

한스 카스토르프는 베렌스 고문관이 무료로 들려 준 충고, 이 위에서 환자들과 같은 생활을 하면서 체온까지 재라고 한 충고를 생각하지 않을 수 없었다. 그러고도 그 충고를 웃어 넘기면서 《마적(魔笛)》의 어느 부분을 인용한 세템브리니도 생각하지 않을 수 없었다. 한스 카스토르프는 이 두 사람도 도움이 되지 않을까 하고 시험적으로 생각해 보았다. 베렌스 고문관은 머리칼도 희고, 한스 카스토르프의 아버지 정도의 연배였다. 더욱이 요양원의 원장이고 최고의 권위자이다. 젊은 한스 카스토르프가 불안한 심정에서 찾고 있었던 것도 아버지와 같은 권위였다. 그러나 자식과 같은 신뢰심을 갖고 고문관을 생각하려고 해도 그것이 불가능했다. 베렌스 고문관은 여기에 아내를 매장하고, 그 타격으로 한동안 머리가 이상했다. 그 이후에도 아내의 무덤에 결박되어, 그리고 자신도 좀 침식되었기 때문에 이 땅에 머물러 버린 것이었다. 그것은 이미 지나간 일일까? 이제는 건강하여 환자들을 하루라도 빨리 평지에 돌려보내 인생 근무에 취업할 수 있도록 건강하게 해주자고 진심으로 생각하고 있는 것일까? 그의 볼은 언제나 파랗고 사실은 평열 이상의 열이 있는 것처럼 보였다. 그러나 이것도 그릇된 판단으로, 파란 얼굴색은 단순히 여기의 공기 탓일는지도 모를 일이었다. 한스 카스토르프 자신도 체온계 없이 판단한 것이기는 하지만, 열이 없는데도 매일같이 이 위에서 얼굴이 상기되는 것을 느꼈다. 그러나 고문관이 이야기하는 것을 들으면, 역시 열이 있는 것처럼 가끔 느껴질 때가 있었다.

고문관의 말투는 어딘가 이상했다. 아주 경쾌하고 명랑하고 멋이 있지만, 어딘지 엉뚱하고 기묘한 데가 있어서, 파란 볼과 아내를 아직도 그리워하여 울고 있는 것처럼 눈물에 젖은 눈을 고려한다면, 기묘한 말씨에 대한 느낌은 한층 더해가기만 했다. 한스 카스토르프는 세템브리니가 고문관의 『말없는 벌레』 또는 『나쁜 버릇』에 대해서 말한 것, 고문관을 『혼돈된 영혼』이라고 부른 것을 상기했다. 이것은 그가 흔히 하는 독설과 과장된 말이었을는지 모르지만, 아무튼 한스 카스토르프는 베렌스 고문관을 고려에 넣더라도 그렇게 안심이 되지 않는 것을 알았다.

물론 또 이 세템브리니라는 사람이 있다. 반대파이고, 허풍선으로 자칭 『인문주의자』이며 한스 카스토르프가 병과 어리석음의 결합을 인간 감정에 있어서의 딜레마라고 부른 것을 날카로운 웅변으로 꾸짖던 세템브리니가 있었다. 이 인물은 어떨까? 그를 상기하는 것이 도움이 될 것인가? 한스 카스토르프는 이 위에 온 이후의 밤에 찾아온 이상하게 생생한 여러 꿈에서 이탈리아 인이 콧수염이 아름답게 삐쳐오른 밑으로 띤 섬세하고 냉정한 미소에 화가 나서, 이탈리아 인을 『손풍금장이』라고 욕하고, 여기 있으면 방해가 된다고 하면서 그를 밀어 내려고 했던 것을 생각했다. 그러나 이것은 꿈속에서의 일이고, 깨어 있을 때의 한스 카스토르프는 달리 자유롭게 행동할 수가 없었다. 눈을 뜨고 있을 때에는 사정이 조금 달라서 세템브리니라는 신기한 인물, 반항벽, 비평벽(감상적이고 수다스럽기는 하지만)을 생각해 보는 것도 나쁜 일은 아니었다.

세템브리니 자신도 교육자로 자처하고 있고, 사람에게 감화를 주고 싶어했다. 그리고 한스 카스토르프도 감화를 받는 것을 희망하고 있었다. 물론 요즈음 세템브리니가 진심으로 제안을 한 것처럼 짐을 꾸리고 예정을 앞당겨 돌아가라는 것까지 따를 필요는 없었다.

실험 채택이라고 한스 카스토르프는 웃으면서 생각했다. 그는 인문주의자라고 자칭할 수는 없어도 그 정도의 라틴어는 알고 있었다. 이렇게 생각하고 한스 카스토르프는 세템브리니를 주목하고 산중턱의 벤치나 읍내까지라고 규정되어 있는 요양을 위한 산책에서 우연히 함께 걷게 되었을 때, 그리고 또 그밖의 기회에, 이를테면 세템브리니가 식후면 먼저 일어나 예의 줄무늬 바지를 입고, 이쑤시개를 물고, 일곱 테이블의 식당을 누비며 규칙과 관습을 무시하고 사촌들의 식탁에 참관하러 오든지 할 때, 세템브리니가 들려 주는 말에 비평적인 주의를 게을리하지 않으면서 적극적으로 귀를 기울였다. 세템브리니는 우아한 자세로 다리를 꼬고 서서 이쑤시개를 쥔 손으로 제스처를 섞어 가면서 지껄인다든지, 의자를 끌어당겨 한스 카스토르프와 여교사 사이나 또는 한스 카스토르프와 미스 로빈슨 사이의 테이블 모퉁이에 자리를 잡고, 그 자신은 먹지 않고 온 것 같은 디저트를 아홉 사람의 식탁 친구들이 먹고 있는 것을 보곤 하였다.

「이 고상한 서클에 한몫 끼게 해주십시오.」 세템브리니는 사촌들과 악수를 하고, 다른 사람들에게는 머리를 한 번 숙이고 말했다. 「저기에 있는 맥주 양조자 말인데…… 맥주 양조자 부인의 절망적인 용모에 관해서는 말을 하지 않겠습니다. 그러나 마그누스 씨는 지금 막 민족 심리학적인 연설을 하였습니다. 들려 드릴까요. 『우리들이 사랑하는 조국 독일은 큰 병사(兵士)임에 틀림없습니다. 물론입니다. 그러나 이면에는 훌륭한 용감성을 소지하고 있습니다. 나는 이 용감성을 다른 민족의 바른 예의범절과 교환할 생각은 없습니다. 정면으로나 후면으로도 배반을 당한다면, 바른 예의범절이 무슨 소용이 있겠습니까?』 이런 식입니다. 나는 참을 수가 없습니다. 게다가 내 맞은편에는 볼이 불길한 장미색으로 상기된 지벤뷔르겐 출신의 노처녀가 앉아서, 아무도 모르고 알고 싶지도 않은 형부 이야기를 하는 것입니다. 요컨대 나는 손을 들고 도망쳐 왔습니다.」

「군기(軍旗)를 들고 도망쳐 왔단 말이군요.」 슈퇴르 부인이 말했다. 「이해할 수 있어요.」

「바로 그렇습니다.」 하고 세템브리니는 외쳤다. 「군기라, 역시 여기에는 다른 바람이 불고 있군요. 의심할 여지가 없습니다. 나는 찾고 있었던 항구에 닿은 것입니다. 즉, 나는 군기를 들고 도망쳐 나왔습니다……. 이런 명문구는 좀처럼 생각나는 것은 아니지요. 당신의 건강 회복 상태를 물어 보아도 좋겠습니까? 슈퇴르 부인.」

슈퇴르 부인의 잘난 체하는 모양은 민망스러울 정도였다. 「그것이 말입니다. 언제나 똑같은 상태예요. 당신도 알고 계시는 대로 일보 전진했다가는 일보 후퇴하는 거지요. 5개월간 꾹 참고 있었더니 또 늙은이가 와서 앞으로 반년 더 있으라지 뭐예요. 아 정말, 탄탈로스(소아시아의 프리지아 지방의 왕인 탄탈로스는 신들을 시험해 보려고 자기 자식을 죽여 그 고기를 신들에게 바친 별로 저승에서 목까

<small>지 물에 잠기어 머리 위의 과일에 손을 뻗치면 과일이 멀어지고, 물을 마시려고 하면 물이 없어지는 등 영원한 굶주림과 갈증 으로 고생했다. 괴테 작, 《타우리스 섬의 이피게니에》제1막 3장~제3막 1장 참고)</small>의 고통이에요. 밀고 밀어 올려서 겨우 꼭대기에 올라왔다고 생각했더니…….」

「이건 정말 친절하십니다. 당신은 불쌍한 탄탈로스에게 조금 기분 전환을 시켜 주신 겁니다. 영원한 굶주림과 갈증 대신 유명한 대리석을 한 번 굴리게 하십시오. 이것이야말로 참된 박애라고 부를 수 있습니다. 그건 그렇고, 부인, 당신에게는 이상한 현상이 일어나고 있습니다. 영혼의 유리(遊離), 육체 없는 영혼이라는 말이 있지요. ……나는 이때까지 그것을 믿지 않았습니다만, 당신에게 일어난 일로 내 생각도 의심스러워졌습니다.」

「나를 놀리시는 거군요?」

「천만의 말씀입니다. 당치도 않습니다. 당신이라는 존재에 얽혀 있는 이해할 수 없는 일면에 관해 나를 안심시켜 달라는 것입니다. 그리고 난 다음에 놀린다, 안 놀린다라는 말을 합시다. 나는 어젯밤 9시 반부터 10시까지 정원을 걸어 보았습니다. 걸어가면서 발코니를 돌아보았습니다. 당신 발코니에 전기 스탠드가 어둠 속에서 평화스럽게 켜져 있었습니다. 따라서 당신은 의무와 이성, 규칙이 명하는 대로 안정 요양을 하고 있었습니다. 『저기에 우리의 아름다운 가인(佳人)이 누워 있다.』고 나는 중얼거렸습니다. 『슈퇴르 씨의 팔에 하루라도 빨리 돌아가려고 의사의 분부를 충실히 지키고 있다.』라고 말입니다. 바로 몇 분 전에 내가 무슨 말을 들은 줄 아십니까? 그런데 당신이 어젯밤 그 시간에 시네마토그라포(세템브리니 씨는 이탈리아 식으로 제사음절에 악센트를 두었다), 즉 요양 호텔의 아케이드의 영화관에서 영화를 구경하시고 그 뒤에 제과점에서 달콤한 포도주와 크림이 든 과자를 드시는 것을 본 사람이 있다는 것입니다. 그리고…….」

슈퇴르 부인은 어깨를 흔들며 냅킨을 입에 대고 킥킥 웃고는 요야힘 짐센과 조용한 닥터 블루멘콜의 옆구리를 팔꿈치로 찌르고 두 사람에게 교활하고 다정하게 눈을 깜박여 보이며, 갖은 방법으로 몹시 아둔한 자기 도취를 나타냈다. 그녀는 밤이 되면 감시의 눈을 속이기 위해 발코니의 전기 스탠드를 켜둔 채 살짝 밖으로 나가서 아래의 영국 거리에서 기분 전환을 즐기고 있었다. 그녀의 남편은 켄슈타트에서 아내가 돌아오는 것을 고대하고 있었다. 그러나 이런 수를 쓰고 있는 환자는 슈퇴르 부인만이 아니었다.

「게다가……,」세템브리니는 말을 계속했다. 「이 크림이 든 과자를 누구하고 먹었을까요. 부카레스트에서 온 미클로지히 대위와 함께였지요. 그는 코르셋을 하고 있다고 누가 나에게 말한 일이 있습니다만, 아, 신이여, 이 경우 그것이 어느 정도의 의미를 가지는 것입니까? 부탁입니다. 부인, 당신은 어디에 계셨습니까? 당신은 두 사람이 있는 것입니다. 당신이 잠들어 당신의 육체적 부분이 혼자 외롭게 안정 요양을 계속하고 있는 동안, 영적 부분은 미클로지히 대위를 상대로 크림이 든 과자를 즐기고 있었습니다.」

슈퇴르 부인은 누구에게 간지러움을 당하는 것처럼 몸을 비틀었다.

「하긴 그 반대쪽이 마음에 드실는지 모르겠군요.」 세템브리니는 말했다. 「즉, 크림이 든 과자는 혼자서 드시고 안정요양을 미클로지히 대위와 함께….」

「히히히…….」

「여러분들은 그저께의 사건을 들으셨습니까?」

이탈리아 인은 느닷없이 말했다. 「누군가가 납치당했습니다. 악마에게, 아니 사실은 친어머니에게 말입니다. 실천력이 강한 부인으로 내 마음에도 들었습니다. 저 앞쪽 클레펠트 양의 식탁에 있던 슈네르만 소년, 안톤 슈네르만 군입니다. 보시다시피 그의 자리는 비어 있습니다. 뭐 인제 곧 다시 그 자리도 채워질 것입니다. 그것은 걱정할 필요가 없습니다만, 안톤은 바람을 타고 눈 깜짝한 사이에 홀연히 떠나가 버렸습니다. 그는 이곳에 1년 반 동안 있었습니다. 16세인데 최근에 다시 6개월 추가되었던 것이지요. 그런데 어떻게 된 줄 아십니까? 누구의 짓인지는 모르나 누가 슈네르만 부인에게 한 통의 편지를 썼던 모양입니다. 좌우간 어머니는 아들의 음주와 그밖의 행적을 알아채고 아무런 예고도 없이 나타났습니다. 당당한 노귀부인으로 나보다도 머리가 셋이 더 있을 정도로 키가 크고 머리가 백발인데, 성질이 급해서 아무 말도 하지 않고 안톤 군을 끌어당기더니 따귀를 두세 차례 때리고는 목을 휘어잡고 기차에 태워 버렸습니다. 『아무래도 죽을 거면 아래에 가서도 죽을 수 있다.』 하면서 말입니다. 그리고는 집으로 데려가 버렸지요.」

세템브리니의 말하는 모양이 우스워서 그곳에 있던 사람들은 모두 웃었다. 그는 이 위에서 사는 사람들의 단체 생활에는 언제나 비판적이고 빈정대는 태도를 보였으나, 최근에 일어난 뉴스는 무엇이든지 알고 있는 것 같았다. 사실 무엇이든지 알고 있었다. 새로운 환자들의 이름뿐만 아니라 그 사람들의 신상에 관해서도 알고 있었고 어제는 이러이러한 남자 환자, 혹은 여자 환자가 늑골 절개 수술을 했다고 말하고는 가을부터는 38도 5부 이상의 환자는 입원시키지 않을 방침이라는 것도 믿을 만한 소식통에게서 듣고 있었다. 그의 말에 의하면 어젯밤 미틸렌에서 온 카파술리아스 부인의 작은 개가 자기 여주인의 침실용 테이블 위에 있는 전기 경보기 버튼 위에 주저앉는 바람에 원내가 우

왕좌왕하고 일대 소동이 벌어졌는데, 유감스럽게도 카파슐리아스는 침실에
혼자 있지 않았고 프리드리히스하겐에서 온 뒤스토문트 판사와 함께 있었기
때문에 소동이 더한층 커졌다는 것이다. 이 말에는 닥터 블루멘콜도 미소를
띠었고, 아름다운 마루샤는 오렌지 향수의 손수건을 입에 대고 숨이 막힐 정
도로 웃었으며, 슈퇴르 부인은 양손으로 왼편 가슴을 누르고 째지는 소리를
냈다.

로도비코 세템브리니는 사촌들에게 자기 자신과 출생에 관해 이것저것 이
야기했다. 그것은 산책 도중이나 밤의 회합 때, 또는 점심 식사 뒤 환자의 대
부분이 이미 식당을 떠나 식당 아가씨가 치우고 있는 동안에 세 사람이 테이
블 한 구석에 한동안 남아서 한스 카스토르프가 3주째가 되어서야 조금 맛이
나기 시작한 마리아 만치니를 피우고 있을 때였다. 한스 카스토르프는 이상하
고 완전히 새로운 세계를 보여 주는 이탈리아 인의 말을 주의 깊게 음미하며,
묘한 느낌을 받으면서도 감화를 받으려고 경청했다.

세템브리니는 그의 할아버지에 관해 이야기했다. 밀라노의 변호사였는데
무엇보다 열렬한 애국자였고, 정치적 선동가, 웅변가, 잡지 기고가라고 할 수
있는 인물이었던 할아버지에 관해 이야기했다. 할아버지도 손자인 로도비코
와 마찬가지로 반항가였지만, 그러나 손자보다 대담하고 스케일이 크게 반항
했던 것이다. 손자인 로도비코는 그가 분통을 터뜨리며 말했듯이 국제 요양원
인『베르크호프』생활에 욕을 퍼붓고 이것에 조롱적인 비평을 시도하고, 아
름다운 행동적인 인간성의 이름으로 여기 생활에 항의하는 것만으로 만족하
지 않으면 안 되었지만, 할아버지는 여러 나라의 정부를 괴롭히고, 당시 분할
된 조국 이탈리아를 무기력한 노예 상태로 억눌렀던 오스트리아와 신성동맹(神聖
同盟, 1815년에 러시아 황제, 오스트리아 황제, 프러시아 왕 사이에 파리에서 체결된 동맹으로 여
기에는 유럽의 거의 모든 그리스도교국의 군인들이 가담하여 자유를 찾는 모든 운동을 탄압했다)에 대해 음모를 꾀했고, 이탈
리아 전국토에 파급되어 있던 비밀결사의 열렬한 당원이었다. 세템브리니가
갑자기 목소리를 죽이면서 지금도 그것을 입밖에 내는 것이 위험한 것처럼 설
명한 것에 의하면, 카르보나리 당원(숯굽는 당원, 이탈리아의 정치적 비밀결사원, 숯굽는 당은 프랑스가 나폴리를 지배하
고 있을 무렵 1806년에 국민의 독립과 자유주의적 국가 형태 수립을 기원했다. 숯굽는
일에서 관습을 채택했기 때문에 숯굽는 당원이라고 불렀다)이었다.

요컨대 할아버지인 쥬제페 세템브리니는, 손자의 이야기에서 두 사람이 받
은 인상에 의하면, 음산하고 정열적인 선동가이며 주모자, 음모자 같았다. 사
촌들은 예의상 감탄하고 있는 척했지만 경계적인 혐오, 아니 반발의 기색을
얼굴에서 아주 없앨 수는 없었다. 물론 사정이 특이하기도 했다. 즉, 사촌들
이 들은 이야기는 거의 백 년 전의 옛날 이야기였고, 이미 역사에 속해 있는

이야기였지만, 그 오랜 역사 속에서 광신적인 자유, 정신, 폭정에 대한 불굴의 적개심의 본질과 현상이 이야기형식으로 두 사람이 꿈에도 생각하지 못할 정도로 몸 가까이에 다가왔던 것이었다. 또한 사촌들은 통일과 독립을 기원하였던 조국 이탈리아에 대한 강한 애정이 결합되어 있다는 것도 그는 알고 있었다──아니 할아버지의 혁명적 활동은 이 존경할 만한 결합의 산물이고 발로여서 이 선동성과 애국심의 결합은 사촌들 중의 누구에게도 이상하게 여겨졌지만──두 사람은 조국애를 보수적인 질서애(秩序愛)와 같이 생각하였기 때문에──그러나 두 사람은 당시의 이탈리아의 일반 정세로는 반역은 시민 도덕을, 건실한 분별은 공공 단체에 대한 나태한 무관심을 의미했을 것이라고 마음속으로 인정하지 않을 수 없었다.

할아버지인 세템브리니는 이탈리아의 애국자였을 뿐 아니라, 자유를 갈망하는 모든 민족과 나라와 뜻을 같이한 인물이었다. 투린에서 계획된 습격, 쿠데타 계획이 실패했을 때 거기에 언론적으로뿐만 아니라 행동으로도 가담했던 할아버지는 메테르니히 공의 추격자들로부터 겨우 도망하여, 그 뒤로 망명의 몇 년간을 이용하여 스페인에서는 헌법의 제정에, 그리스에서는 그리스 민족의 자유 획득을 위해 싸웠고 피를 흘렸다. 이 그리스에서 로도비코의 아버지가 탄생했던 것이다. 이로 인해 아버지는 그렇게 위대한 인문주의자, 고전적 고대(古典的 古代)의 애호가가 되었을 것이다. 또한 아버지는 독일계 부인의 몸에서 태어났는데, 할아버지는 그 아가씨와 스위스에서 결혼하여, 그 이후의 파란 많은 생활을 언제나 함께 살았다. 그 뒤 10년의 망명 생활 끝에 다시 조국의 땅을 밟을 수 있게 되었다. 밀라노에서 변호사로 활동했지만 자유 획득과 통일된 공화국의 건설을 위해 필봉과 연설, 시와 산문을 써서 국민을 고무했고, 정열적이고 독재자적인 명문(名文)을 갖고 혁명적 강령을 기초했으며, 해방된 민족이 인류 행복의 확립을 위해 단결해야 될 것을 유려한 문장으로 예고하는 것을 그치지 않았다. 손자인 로도비코의 말 가운데 한스 카스토르프에게 특히 인상적인 사항이 하나 있었다.

그것은 할아버지인 주제페가 일생 동안 언제나 검은 상복 차림으로 동포 앞에 나타났던 것이다. 할아버지는 평상시에 자기를 일컬어, 이탈리아를 위해, 비참과 예속에 신음하는 조국을 위해 상복을 입는 자라고 말했다는 것이다. 한스 카스토르프가 이 말을 듣고 이때까지도 여러 번 비교해 보았지만, 자기 자신의 할아버지를 생각하지 않을 수 없었다. 한스 카스토르프의 할아버지도 손자가 기억하고 있는 한에서는 언제나 검은 옷을 입고 있었지만, 그러나 그

것은 이탈리아 인의 할아버지와는 전혀 다른 의미에서였다. 한스 로렌츠 카스
토르프는 본질적으로는 과거의 어떤 시대에 속한 인물이었지만, 구식 복장을
함으로써 자기는 현대에는 속해 있지 않은 것을 암시하면서 겉으로만 현대에
순응하였고, 죽을 때에 비로소 그의 본질에 알맞는 모습(스페인 식 접시 모양
의 목도리를 한 모습)으로 엄숙하게 되돌아갔던 것이다. 이 두 사람의 할아버
지들은 사실은 놀랄 만큼 다른 할아버지들이었다. 한스 카스토르프는 그것을
생각하면서 시선을 집중시키고 조심스럽게 머리를 흔들었으나, 이것은 쥬제
페 세템브리니에게 감탄하는 몸짓으로도 보였고, 의심스럽게 느껴져서 찬동
할 수 없다는 몸짓으로도 보였다. 게다가 그는 자기와 이질적인 것을 배격하
는 것을 삼가고, 단순히 비교한다든지 분류하는 것만으로 그쳤다.

그는 한스 로렌츠 노인의 홀쭉한 얼굴이 홀에서 저 전래(傳來)의 그릇, 세례
반의 엷은 금색의 내부를 들여다보던 때의 명상적인 얼굴 표정을 상기했다.
그때의 할아버지는 입술을 둥글게 오므리고 있었지만, 그것은 『증(曾)』이라는
접두어, 즉 저 공허하고 경건한 소리를 내기 위한 것으로, 그 소리는 사람들
이 공손하게 몸을 구부리고 걸어가는 신성한 장소를 연상시켰던 것이다. 그리
고 또 한스 카스토르프는 쥬제페 세템브리니가 삼색기(흰색, 푸른색, 붉은색의 삼색
가로 프랑스의 기를 말한다)를 옆에
끼고 칼등이 휜 군도를 한 손에 쥐고, 검은 눈으로 맹세하듯 하늘을 쳐다보면
서 자유 전사들의 선두에 서서 전제 정치의 진지로 쳐들어가는 것을 상기
했다.

이 두 사람 다 각각 아름답고 훌륭한 데가 있다고, 한스 카스토르프는 개인
적인, 혹은 반개인적인 이유에서 한쪽 편만 드는 것 같아 더한층 공평하려고
생각했다. 세템브리니의 할아버지는 정치상의 권리를 획득하기 위해 싸운 것
이지만, 한스 카스토르프의 할아버지나 선조들은 원래부터 모든 권리를 장악
하고 있던 것을 천민들이 4백 년 사이에 폭력과 변론으로 빼앗아 버렸던 것이
라고 한스 카스토르프는 생각하기 쉬웠기 때문이었다. 그리고 두 사람은, 북
방의 할아버지와 남방의 할아버지는 언제나 검은 옷을 입고 있었는데 그것으
로 두 할아버지는 모두 자신과 타락한 동시대 사이에 확실하게 거리를 두었던
것이다. 그러나 한쪽 할아버지는 그의 본성의 고향인 과거와 죽음을 위해 경
건한 심정으로 검은 옷을 입었던 것이다. 이와 반대로 한쪽 할아버지는 반항
에서, 무릇 경건과는 정반대의 진보를 위해 검은 옷을 입고 있었던 것이다.
정말로 이 두 사람은 두 개의 정반대의 세계 또는 방향이라고도 할 수 있다고
한스 카스토르프는 생각하고 세템브리니의 말에 귀를 기울이면서, 말하자면

두 개의 세계와 방향 중간에 서서 두 개를 번갈아 음미하며 바라보고 있었는데 전에도 언젠가 똑같은 심정을 경험한 것 같은 생각이 들었다.

몇 년 전 늦은 여름에 홀슈타인의 어떤 호수에서 저녁때쯤 뱃놀이를 했을 때의 일이 생각난다. 저녁 7시경으로 해는 벌써 서산에 지고, 만월에 가까운 달이 동쪽 기슭의 숲 위에 올라와 있었다. 한스 카스토르프가 고요해진 물 위를 배로 지나가니 햇빛과 달의 매혹적이고 몽상적인 관계가 하늘을 10분 가량 지배하고 있었다. 서쪽 하늘은 아직 낮으로, 유리같이 차고 선명한 낮의 빛이 퍼져 있었지만, 눈을 동쪽으로 돌리면 그쪽은 똑같이 선명하고 촉촉한 안개가 낀 아주 아름다운 달밤이었다. 이 이상한 관계는 10분 가량 계속되고 얼마 안 있어 주위는 달밤의 세계로 변하고 말았지만, 한스 카스토르프는 놀라움에 사로잡혀 넋이 빠진 눈을 이쪽의 빛과 풍경에서 저쪽의 빛과 풍경으로, 낮에서 밤으로, 밤에서 낮으로 옮겼다. 그것을 지금 기억하지 않을 수 없다.

세템브리니 변호사는 그러한 다방면에 걸친 활동적인 생활을 보낸 탓으로 훌륭한 법률학자가 되지 못했음에 틀림없다고 한스 카스토르프는 생각했다. 그러나 손자인 로드비코 세템브리니의 말로는 할아버지는 젊었을 때부터 죽는 날까지 법의 기본적 원칙에 정신을 집중시켰다고 했다. 한스 카스토르프는 그때 마침 머리가 멍해져 있었고 베르크호프의 여러 가지 점심 식사로 유기체가 활발한 활동을 요구하고 있었지만, 세템브리니가 법의 기본적 원리를 『자유와 진보의 원천』이라고 부른 의미를 이해하려고 노력했다. 한스 카스토르프는 그때까지 진보를 19세기에 있어서의 기중 장치(起重裝置)의 진보 같은 것으로 이해해 왔다. 그리고 그는 세템브리니 씨가 그러한 것을 멸시하지 않는다는 것, 할아버지인 세템브리니도 멸시하지 않는다는 것을 알았다. 이탈리아 인은 경청하고 있는 두 사람의 조국인 독일에 대해, 봉건 시대의 갑옷을 고물로 일변시켜 버린 화약과 사상의 민주적 보급, 환언하면, 민주적 사상의 보급을 가능케 한 인쇄술을 발명한 나라라는 점에서 경의를 표했다. 그러한 점에서, 즉 과거를 문제로 하는 한, 이탈리아 인은 독일을 찬양했지만 그러나 다른 민족이 미신과 노예 상태에 빠져 있는 동안, 최초로 계몽, 교양, 자유의 깃발을 휘날린 그의 조국 이탈리아에 영광이 당연히 주어져야 한다고 했다.

사촌들이 그를 산중턱 벤치 옆에서 처음으로 만났을 때 알았던 것처럼, 그는 한스 카스토르프의 전문인 공학(工學)과 교통을 중요시하고 있었는데 그것은 공학과 교통 그 자체를 중요시하고 있다는 것보다는 이 두 개가 인간의 윤리적 완성에 대해 갖는 의의를 중요시하고 있었던 것이다. 그는 두 가지에 그러한 의의를 인정하는 것을 주저하지 않는다고 언명했다. 그에 의하면 공학은 자연을 차례차례로 정복하고 연락하며, 도로망과 전신망을 완성하고, 이로 인해 풍토적 차별을 극복하고, 여러 민족을 서로 접근시키며 상호의 천목을 촉진시키고, 상호의 인간적 협조의 길을 열어, 여러 민족의 편견을 타파하고, 급기야는 인류 전체의 융합 통일을 실현시키는 데에 가장 신뢰할 수 있는 수단이라는 것이었다.

인류는 암흑, 공포, 증오에서 출발하여 빛나는 길을 전진하고 향상하여, 내면적 광명, 친선, 행복이라는 최후의 목표에 달하는 것인데, 이 도정에서 공학은 가장 유효한 추진력이라는 것이었다. 세템브리니는 이렇게 말하면서 한스 카스토르프가 이제까지 언제나 서로 떨어져 있는 것이라고만 생각해 온 두 가지의 카테고리를 한데 묶어서 공학과 윤리성이라고 했다. 그리고 그는 그리스도교의 구세주에 관해 말하기 시작했다. 그리스도가 처음으로 평등과 융합의 원리를 제시한 데 이어 인쇄술이 그 원리의 보급을 현저하게 촉진시켰고, 마지막으로 프랑스 혁명이 그것을 법률에까지 높였다고 했다. 세템브리니는 그것을 아주 명쾌하고 힘차게 말했지만, 한스 카스토르프는 막연한 이유에서였으나 이 말이 아주 혼란스런 말같이 들렸다. 세템브리니의 말로는, 그의 할아버지는 일생에 단 한 번, 장년기 초기에 마음으로부터 행복을 느낀 일이 있었는데, 그것은 파리의 7월 혁명(샤를르 10세의 폭정에 대해 1830년 7월 27일 파리에서 일어난 혁명으로서 부르봉 왕조가 무너지고 7월 왕정으로 되었다) 때의 일이라고 한다. 할아버지는 그 당시, 인류가 파리의 3일간을 천지창조(창세기 1장 참고)의 6일간과 함께 두는 날이 올 것이라고 소리 높여 공언했다는 것이다. 한스 카스토르프는 이 말을 듣자 놀라서 테이블 위를 손으로 치지 않을 수 없었다. 파리 사람들이 새로운 제도를 만든 1830년 여름의 3일간을, 하느님이 육지와 물을 나누고, 영원한 별, 꽃, 새, 나무, 물고기 이외의 모든 생명을 창조한 6일간과 같이 생각한다는 것은 너무 지나친 생각이었기 때문이다. 그는 사촌과 단둘이 있게 된 뒤에도 그것을 너무 엉터리 같고 모독에 가까운 말이라고 분명하게 이야기했다.

그러나 한스 카스토르프는 여러 가지로 실험을 해 보는 것도 좋다는 의미에서 영향을 받아 보자는 생각이었기 때문에, 세템브리니 식의 가치의 병렬(並列)에 대한 경건한 기분과 취미에서 느낀 불만을 참고, 자기에게는 모독이라고 느껴지는 것도 그에게는 대담이라고 할 수 있을는지도 모르며, 악취미라고 느끼는 것, 이를테면 세템브리니 할아버지가 바리케이드를 『민중의 왕좌(王座)』라고 부른다든지 『시민의 창(槍)을 인류의 제단에 바칠 때』라고 선언하는 것이 적어도 당시의 이탈리아에서는 시정(時情)에 넘친 고매한 정신의 표현으로서 통용되었는지도 모른다고 생각했다.

한스 카스토르프는 왜 자기가 세템브리니의 말에 귀를 기울이는가를 알고 있었다. 확실하게 알 수는 없었지만 그래도 알고는 있었다. 내일 아니면 모레에는 다시 날개를 펴고 원래의 질서 속으로 돌아갈 것을 의식하면서 어떠한 인상도 달게 받고 무슨 일에도 접근을 허용하려는 여행자와 청강생의 휴가중의 해방적인 기분도 있었지만, 이밖에 의무감과 같은 것도 있었다. 즉, 양심의 명령 같은 것, 자세히 말해서 무언지 모르게 양심의 가책에서 오는 명령과 권고 때문에 세템브리니의 말에 귀를 기울이고 있었던 것이다. 양 다리를 꼬고 마리아 만치니를 피우거나, 또는 세 사람이 영국 거리에서 베르크호프의 언덕길을 올라오거나 하면서.

세템브리니가 분류하고 표현하는 바에 의하면, 두 가지의 원리가 서로 지배하려고 싸웠다. 권력과 정의, 압제와 자유, 미신과 지식, 보수적 원리와 끓어오르는 운동의 원리, 즉 진보의 원리가 그것이다. 하나를 아시아적 원리라고 부른다면, 또 하나는 유럽적 원리라고 부를 수 있다. 유럽은 반항, 비평, 혁명적 행동의 땅인 데 반하여, 아시아는 부동(不動), 아무 일도 하지 않는 안정을 구현하고 있다. 두 가지의 힘 중에 어느 것이 최후의 승리를 얻을 것인가는 생각할 여지 없이 명백한 것으로, 계몽의 힘, 합리적인 완성력이 최후의 승리자이다. 인간성은 빛나는 발전 도상에 있어서 차례차례로 새로운 민족을 규합했다. 유럽 자신에서도 한층 더 지반을 넓혀 아시아로도 진출하기 시작하고 있기 때문이다. 그러나 완전한 승리는 아직도 앞길이 요원하다. 유럽의 여러 나라 중에서 18세기나, 1789년(프랑스 혁명의 해를 말한다)을 사실상 경험하지 못했던 나라들까지도 전제 군주제와 종교가 망하는 날을 맞이하기 위하여는, 광명을 본 동지들의 위대하고 고귀한 노력을 기다리지 않으면 안 되었다. 그러나 그날은 오고야 말 것이다.

이렇게 세템브리니는 말하고 나서 콧수염 밑으로 섬세한 미소를 띠었다. 그날은 비둘기의 날개를 타고 찾아오지 않으면 독수리의 날개를 타고 찾아와, 이성, 과학, 정의의 깃발 밑에 세계의 모든 민족이 단결하는 친목의 새벽을 의미할 것이다. 그날은 할아버지 쥬제페의 숙적이었던 파렴치하기 이를 데 없는 왕들과 정부 동맹과는 너무나 대조적인 시민적 민주주의 신성 동맹, 요컨대 세계 공화국이 실현될 것이다. 그러나 이 마지막 목표를 달성하려면, 아시아적이고 노예적인 부동 원리의 중심부로서 저항을 계속하고 있는 비엔나를 쳐부수는 것이 선결 문제인 것이다. 오스트리아의 머리 위에 철퇴를 내리고 분쇄하지 않으면 안 된다. 과거의 원한을 풀기 위해서도, 지상에 정의와 행복의 나라를 건설하기 위해서도.

한스 카스토르프는 세템브리니의 변론, 상쾌한 웅변의 결론이라고도 할 수 있는 이 말에 조금도 흥미를 가지지 못했다. 그것이 마음에 들지 않았다고나 할까. 그 결론이 되풀이될 때마다 개인적인, 또는 민족적인 욕을 듣는 것 같은 불쾌감을 느끼지 않을 수가 없었다. 요아힘 짐센 역시 마찬가지여서 이탈리아 인의 말이 그쪽으로 쏠리기 시작하면 그는 눈썹을 찌푸리며 고개를 옆으로 돌리고 듣는 것을 그만두고, 요양 근무를 재촉하거나 화제를 딴 데로 돌리려고까지 했다. 한스 카스토르프도 이러한 탈선된 말에까지 귀를 기울일 필요를 느끼지는 않았다. 그 이야기는 그의 양심의 소리가 시험삼아 영향을 받아 보라고 충고한 한계를 분명히 넘고 있었다. 그러나 양심의 소리가 확실하게 들릴 정도로 강했기 때문에 한스 카스토르프는 세템브리니가 사촌들의 식탁에 앉는다든지, 밖에서 함께 만났을 때에 이쪽에서 세템브리니에게 그의 이론을 들려 달라고 조르기까지 했다.

세템브리니는 그러한 이념, 이상, 경향이 그의 집 전통이라고 했다. 할아버지와 아버지, 그리고 그이 세 사람은 각기 나름대로의 이념에 생애와 정신력을 바쳤는데, 이 점에서는 아버지도 할아버지인 쥬제페에게 지지 않았으며, 아버지는 할아버지처럼 정치적 선동가나 자유의 투사가 아니라, 책상 앞의 조용하고 단정한 학자, 인문주의자였던 점이 조금 틀릴 뿐이었다. 그러나 인문주의란 무엇인가? 인간에의 사랑에 불과하며, 따라서 또한 정치이기도 한데 정치란 인간이라는 이념을 더럽히고 천대하는 모든 것에 대한 반항이다. 인문주의는 형식을 지나치게 존중한다고 비난받아 왔지만, 인문주의자가 아름다운 형식을 존중하는 것은 오로지 인간의 존엄 때문이며, 이 점에서 인문주의는 중세가 반인간성과 미신뿐 아니라, 멸시해야 할 무형식(無形式)에 빠져 있는 것과는 반대로 빛나는 대조를 이루고 있다. 인문주의는 시초부터 인간의 권리와 현세적 이해, 사상의 자유와 현세의 기쁨을 옹호하여 왔고, 천국 같은 것은 모름지기 어리석은 자에게 맡겨져야 하는 것이라고 생각해 왔다. 프로메테우스! (신들에게서 불을 훔쳐 인간에게 주어, 인류의 문 화를 발족케 했다. 괴테의 (프로메테우스) 참고) 그야말로 그는 인문주의자의 원조요, 카르두치가 찬가를 바친 저 악마와 동일한 것이다. 아, 볼로냐의 이 늙은 교회의 적대자가 낭만파 사람들의 그리스도교적 감상주의를 빈정대고 조롱하는 것을 사촌들에게 들려 주고 싶었다.

만조니(1785~1837, 이탈리아) 성가를 공박하고, 만조니가 『창백한 하늘의 수녀』에 비
유한 낭만주의의 그림자와 달빛의 시를 조롱했던 것이다. 정말이지 귀의 향연
이었다. 그리고 카르두치가 단테를 어떻게 해석했는지도 사촌들에게 들려 주
고 싶었다. 카르두치가 단테를 금욕과 현세 부정에 반대하여 혁명적, 세계 개
선적인 행동력을 옹호한 대도시 시민으로 찬양했던 것이다. 왜냐하면, 시인
단테는 베아트리체의 허약하고 비교적(秘敎的)인 그림자와 같은 존재에게 『우
아하고 경건한 여성』의 이름을 바치지 않고 이 이름을 오히려 시중에서 현세
적 인식, 실천적 근로의 원리를 구현하고 있는 단테 부인에게 바쳤기 때문이
었다.
　이렇게 하여 한스 카스토르프는 단테에 관해서도 이것저것 들을 수가 있
었다. 그것도 가장 신뢰할 수 있는 전거(典據)에 의거한 말을 말이다. 소개자
의 변설조를 계산에 넣어 어느 정도 깎아서 듣기는 했지만 단테가 각성한 도
시인이었다는 설은 좌우간 경청할 만했다. 한스 카스토르프는 또 세템브리니
가 자기 자신에 관해 이야기하면서, 가장 가까운 조상, 즉 할아버지의 공민적
경향과 아버지의 인문주의적 경향이 손자인 자기, 바로 로도비코 속에서 결합
하여 문학자이며 자유로운 문필가가 된 것이라고 설명하였다. 왜냐하면 문학
이란 인문주의와 정치와의 결합에 지나지 않으며, 이 결합은 인문주의가 이미
정치이고 정치는 인문주의이기 때문에 더한층 자연스럽게 실현되었다는 것
이다. 이것을 듣고 한스 카스토르프는 귀를 곤두세우고, 이야기를 더 잘 이해
하려고 노력했다. 맥주 양조자인 마그누스가 얼마나 무지스러운가를 이해할
수 있을 것 같았고, 문학은 대체로 『아름다운 품성』과는 역시 다른 것이라는
이유를 알 것 같았다. 세템브리니는 사촌들에게 1250년경 피렌체 시의 서기였
고, 덕과 악덕에 관한 책을 낸 부르네 토라티니 씨에 관해 들은 일이 있느냐
고 물었다. 이 대가가 피렌체 사람들에게 처음으로 광채를 주고 그들에게 화
술을, 또 피렌체 공화국을 정치 원칙에 따라 통치하는 방법을 가르쳤다는 것
이다.
　그리고 세템브리니는 말에 관해, 말의 예찬에 관해, 그의 말에 따르면, 인
간의 승리라는 웅변의 예찬에 관해 말했다. 말은 인간의 자랑이며 말만이 인
생을 인간이 살아갈 가치가 있도록 하는 것이기 때문이다. 인문주의뿐만이 아
니라 인간애 일반, 옛날부터의 인간의 존엄성, 인간의 자기 존중은 말과 문학
에 밀접하게 결합되어 있다.
　「들었나, 자네?」 한스 카스토르프는 나중에 사촌에게 말했다. 「문학에서

는 아름다운 말이 문제된다는 거야. 나도 그렇게 생각하고 있었어. 따라서 정치도 문학과 결합되어 있지. 왜냐하면 정치는 이 결합, 인간애와 문학의 결합에서 생기는 것이야. 아름다운 말은 아름다운 행위를 낳기 때문이야.」

「당신들 나라에서도……,」 세템브리니는 말했다. 「2백년 전의 시인으로, 멋진 화술의 대가가 있어서 아름다운 문자는 아름다운 문체를 낳는다고 생각하고 아름다운 문학을 예찬했습니다. 그는 한 걸음 더 나아가 아름다운 문체는 아름다운 행위를 낳는다고 말해야 했을 것입니다.」

아름답게 쓴다는 것은 아름답게 생각하는 것과 거의 같은 의미로, 거기에서 아름다운 행동을 하는 것까지는 매우 가깝다고 볼 수 있다. 모든 순화와 윤리적 완성이란 문학의 정신, 인간의 존엄성의 정신에서 생기지만, 이 정신은 인간애와 정치의 정신이기도 하다. 그렇다. 이것들은 원래 동일한 것, 동일한 힘, 동일한 이념인 것으로 하나의 명칭으로 묶을 수 있다. 어떠한 명칭으로 말인가? 그것은 흔히 듣는 음절로 조립된 것이지만, 사촌들은 그 의미와 위대함을 아직 한 번도 분명히 파악하고 있지 않았으리라.

그 명칭은 『문명』인 것이다. 세템브리니는 이 말을 입밖에 내면서 작고 누런 오른손을 건배하는 것처럼 들어올렸다.

한스 카스토르프는 이러한 이야기는 모두 경청할 가치가 있다고 생각했다. 구속받지 않고 시험삼아 하는 말들이었지만, 들을 가치가 있다고 느껴, 이러한 의미의 것을 요아힘 짐센에게도 말했으나 사촌은 체온계를 물고 있었기 때문에 애매한 대답만 했을 뿐, 그 뒤에도 체온계의 숫자를 읽고 그것을 체온표에 써넣는 데 바빠서, 세템브리니의 견해에 대해 비평을 내릴 만한 여유가 없었다. 그러나 한스 카스토르프 쪽은 이미 말한 대로 자기 쪽에서 적극적으로 세템브리니의 견해를 듣고 그것을 통해서 생각을 검토하려고 했다. 그리고 그러한 자기 음미에서 밝혀진 것은 우선 첫째로, 눈뜨고 있을 때의 인간은 잠을 자면서 꿈을 꾸고 있을 때의 인간과 확실히 구별된다는 고마운 사실이었다.

꿈속의 한스 카스토르프는 이때까지도 여러 차례 세템브리니를 『손풍금장이』라고 욕하고 「여기 있으면 방해가 됩니다.」하며 있는 힘을 다해 그를 뿌리치려고 했지만, 눈이 떠 있을 때의 한스 카스토르프는 세템브리니의 말에 정중하고 주의 깊게 귀를 기울이고, 대선생의 병렬법과 표현법에 반대하고 싶어도 공평을 제일로 생각하고 그 반항심을 달래면서 억제하려고 했다. 어떤 반항적인 기분이 일어났다는 것은 사실인데 이 기분은 이전부터 언제나 숨어 있던 것도 있고, 현재의 상태에서, 즉 이 위에 와서부터 간접적인 견문과 숨은 체험에서 비로소 생긴 것도 있었다.

그러나 인간이란 무엇일까? 인간의 양심이란 참으로 속기 쉬운 것이다. 인간이란 의무의 목소리 속에서조차 정열에 몸을 맡기기 위한 구실을 교묘하게 가려내는 것이다.

한스 카스토르프는 의무감에서 공평과 평형을 유지하기 위해 세템브리니의 이야기를 경청하고 거기서 감화를 받으려고 그의 이성이나 공화국이나 아름다운 문체에 관한 견해를 호의적으로 비판했다. 그러나 그 뒤로는 그것과는 다른 방향, 정반대의 방향으로 더한층 자유로이 자기의 생각과 상념을 돌리는 것이 허용되는 것처럼 느꼈다. 아니, 우리들의 의혹 또는 통찰을 솔직히 말한다면, 그는 양심으로부터 그냥 교부받을 성싶지 않은 면허장을 속여서라도 받기 위해 세템브리니의 말에 귀를 기울였을 것이리라.

이러한 애국심과 인간의 존엄성과 문학과는 다른 방향, 이것과 정반대의 방향에는 도대체 무엇이, 혹은 누가 있었던 것일까? 한스 카스토르프가 다시 상념과 행동을 더한층 서슴지 않고 향해도 괜찮다고 느낀 방향에는? 거기에는 클라브디아가 있었다. 축 늘어진 자세로 몸속을 침식당하면서, 키르기즈인의 눈을 한 클라브디아 쇼샤였다.

한스 카스토르프는 그녀에 관해 생각하니(생각한다는 표현은 그가 그녀에게 마음을 돌린 격정에 비하면 너무나 온건한 표현이긴 하지만), 다시금 홀슈타인 호수에서 작은 배를 타고 서쪽 기슭의 유리와 같은 낮의 빛으로부터 안개 낀 동쪽 기슭의 달밤으로 걷잡을 수 없이 눈을 옮기는 기분이 되는 것이었다.

체 온 계

한스 카스토르프가 이 위에 온 것은 화요일이었기 때문에, 그의 1주일은 화요일에 시작되어 화요일에 끝났다. 그가 사무소에서 두번 째의 주말 계산서를 지불한 것은 벌써 이삼 일 전의 일이었다. 전부 1백60프랑이라는 얼마 안 되는 계산은, 이곳 체재에 포함되어 있는 돈으로 평가할 수 없는 미점(美點)을 돈으로 환산 못 한다는 의미에서 전혀 고려에 넣지 않는다고 해도, 그리고 돈으로 환산 못 할 것도 없는 서비스, 이를테면 2주일마다 돌아오는 요양 음악이나 닥터 크로코브스키의 강연을 고려에 넣지 않고 단순히 일반 호텔식으로 여러 본래 의미에서의 서비스, 즉 쾌적한 방이라든가 하루 다섯번에 걸친 풍부한 식사만을 고려에 넣어도, 이 계산은 한스 카스토르프에게는 소액이요, 싸다는 생각이 들었다.

「비싸지 않아, 싸다고 할 수 있지. 여기서는 너무 비싸다고 불평할 수 없어.」 하고 청강생은 이곳의 정주자(定住者)에게 말했다. 「즉, 자네는 한 달에 방값과 식비로 6백50프랑을 지불하는 셈인데 그 가운데는 치료비도 포함되어 있어. 그러나 자네가 주위 사람들의 친절한 대접을 받기 위해 이밖에 팁을 한 달에 30프랑 쓴다고 치자, 그래도 합해서 6백80프랑이야. 그런데 또 이밖에도 자질구레한 잡비와 수수료 같은 것이 든다고 자네는 말하겠지. 마시는 것, 화장품, 시거의 지출이 있겠고, 가끔 하이킹도 하겠지. 원한다면 드라이브까지도 말이야. 그리고 가끔 구둣방 또는 양복점에서의 지출도 있겠지. 좋아. 그렇다 하더라도 한 달에 1천 프랑까지는 안 쓸걸세. 1년이라 해도 1만 마르크도 안 되네. 그 이상은 절대로 초과하지 않을 걸세. 그것으로도 살 수가 있으니 말이야.」

「자네 암산은 만점이라 하겠네.」 요아힘은 말했다. 「자네가 그렇게 암산을 잘하리라고는 꿈에도 생각 못 했어. 게다가 곧 1년분의 계산을 해내다니, 자네도 이 위에서 배운 바가 있었나 보군. 그러나 자네 계산은 너무 많아. 나는 시거를 피우지 않고, 양복도 여기선 맞추지 않을 생각이야. 그럴 생각은 없어.」

「그렇다면 너무 비싸게 쳤나?」 한스 카스토르프는 좀 당황하면서 말했다. 그가 어떤 심산으로 사촌의 비용에 시거비와 새 양복비를 더했는지는 그만두고라도, 그의 암산 속도에 관해 말한다면 이것은 속임수였고, 다만 가지고 있지 않은 천분을 가지고 있는 것처럼 보이려고 한 데에 불과했다. 만사에 그러했지만, 암산에 있어서도 둔한 편이어서 암산 같은 것은 열심히 하지도 않았었다. 지금 계산이 훌륭했던 것은, 미리 준비해서 그것도 종이를 사용하여 계산해 둔 결과인 것이다. 어느 날 밤 안정 요양을 하고 있을 때에(요즈음은 그도 이 위에서 사는 사람들과 마찬가지로 밤에도 발코니에서 자기로 하고 있었다) 갑자기 생각이 나서 멋진 침대 의자에서 일부러 일어나 방에서 계산용의 종이와 연필을 가지고 왔던 것이다. 종이와 연필로 계산한 결과 사촌이나 이 위에서 사는 사람들이, 1년에 합계 1만 2천 프랑을 필요로 한다는 것을 확인한 것이었다. 또 1년 수입이 1만 8천 프랑 내지 1만 9천 프랑이 되는 한스 카스토르프 자신은 경제적으로 보아 이 위에서의 생활이 무리없이 가능하다는 것을 심심풀이로 생각해 보았던 것이다.

　그의 두 번째의 주말 지불이 3일 전에 감사와 영수증을 맞바꾸어 끝났지만, 이 일은 이곳에서의 체재가 3주일째, 즉 예정의 마지막 주로 들어간 것을 의미했다. 다음 일요일에는 2주마다 돌아오는 요양 음악을 여기서 듣게 될 것이고 월요일에는 이것도 2주마다 돌아오는 닥터 크로코브스키의 강연에 또 한 번 출석하게 될 것이다 하고 한스 카스토르프는 자기에게도 말하고 사촌에게도 말했다. 그러나 화요일 아니면 수요일에는 다시 요아힘을 혼자 이곳에 남겨 놓고 떠나게 될 것이다. 라다만트에게 몇 개월 요양 기간을 더 연기당하고 만 불쌍한 요아힘은 날마다 성급히, 가까워오는 한스 카스토르프의 출발이 화제에 오를 때마다 정다운 검은 눈이 슬프게 흐려지는 것이었다. 정말 그랬다. 여름 휴가는 어디로 사라져 버렸는가. 흘러가듯, 날아가듯 도망가 버렸다. 어떻게 날아가 버렸는지 정말 모를 정도였다. 두 사람이 함께 지내기로 됐던 날은 21일간이라는 처음에는 까마득하게 많은 날수였는데, 그것이 이제는 갑자기 앞으로 3일이나 4일이라는 짧은 날수가 되어 버린 것이었다. 거의 문제도 되지 않을 정도의 날수이다. 하긴 평일의 두 가지 정기적 변화로 말미암아 어느 정도 무게가 가해졌다고는 하나 그 동안 짐꾸리기와 출발 인사 같은 것으로 필경 바쁠 것이다. 이 위에 오자마자 곧 모든 사람들에게서 들었던 것처럼 3주일은 이 위에서는 정말 없는 거나 마찬가지였다.

　여기서는 최소의 시간 단위가 1개월이라고 세템브리니가 말했지만 한스 카스토르프의 체재는 그 단위에도 미치지 못했기 때문에 체재라고 할 수는 없었고, 베렌스 고문관의 말대로 소위 짧은 방문에 불과했다. 이 위에서의 시간이 그렇게 성급히 지나가 버리는 것은 온몸의 연소 작용이 증진되는 때문일까. 이렇게 시간이 날아가는 것은 아직도 5개월 남아 있어야 하는(5개월로 끝이 나면 말이지만) 요아힘에게는 위안이 될 것이다. 그러나 이 3주일 동안, 두 사람은 시간에 더 신경을 쓰면서 지내야 했을 것이 아닌가. 가령 규정의 7분간이 그렇게 길게 느껴지는 검온(檢溫) 때처럼 말이다. 한스 카스토르프는 이삼 일 안으로 한 사람의 교제 상대를 잃게 될 슬픔을 눈에 나타내고 있는 사촌에게 마음으로부터의 동정을 느꼈다. 한스 카스토르프 자신은 다시 평지에서 지내면서 모든 민족을 결합하는 항운술을 위해 활동할 것인데, 불쌍하게도 사촌은 이제부터 언제나 혼자서 여기에 남아야만 할 것을 생각하고 한스 카스토르프는 사촌에게 깊은 동정을 느꼈다. 정말 울고 싶을 정도의, 어떤 순간에는 가슴이 메어질 듯한 깊은 동정을 느껴, 과연 자기가 이런 기분으로 요아힘을 혼자 여기에 두고 갈 수 있을까 하고 가끔 진지하게 생각해 보는 일도 있었다.

그토록 불쌍하다는 생각에 괴로워했던 것이다. 한스 카스토르프가 자기 쪽에서 출발에 관해 차차 말하지 않게 된 것도 역시 그러한 동정심에서 온 것이었다. 가끔 이 문제에 대해 언급한 것은 요아힘이었다. 한스 카스토르프는 지금 말한 것처럼 천성적인 섬세한 분별심과 염려에서 마지막 순간까지 출발에 관한 것을 생각하고 싶지 않다는 태도를 취했다.

「적어도 자네가 여기 와서……,」 요아힘은 말했다. 「다소 휴양이 되어서 말이야, 아래로 돌아간 뒤 원기를 회복했다는 것을 느낄 수 있었으면 좋겠어.」

「그래, 모든 분들에게 자네 인사를 전해 주겠어.」 한스 카스토르프는 대답했다. 「그리고 자네도 늦어도 5개월 안으로는 돌아온다고 말이야. 휴양 말인가? 이렇게 짧은 시간에 휴양이고 보양이고 있을 게 뭔가. 아무튼 휴양이 되었다고 해두지. 설사 기간은 짧았더라도 결국 휴양이 된 것만은 틀림없으니까 말이야. 물론 이 위에서의 여러 가지 인상은 참 진지한 것들이었어. 모든 점에서 새로워서 정신과 육체에 매우 자극적이었지만 그 반면 지치기도 했어. 그런 인상을 깨끗이 소화할 만큼 이 고장에 익숙해졌다는 생각은 아직 들지 않아. 익숙해진다는 것이 휴양의 전제 조건일 텐데 말이야. 마리아 시거는 다행히도 예전과 마찬가지로 며칠 전부터 다시 제맛을 찾게 됐어. 그러나 손수건에는 아직도 가끔 빨갛게 피가 묻어 나오고 얼굴이 기분 나쁘게 상기되는 것과 미친 듯이 뛰는 심장의 고동은 웬일인지 마지막까지 해방될 것 같지 않아. 천만에 말씀, 여기 생활에 익숙해졌다는 것은 농담으로도 말할 수 없어. 그리고 이렇게 짧은 시간에 익숙해질 수 있는 것도 아니니까 말이야. 여기 인상에 태연해지려면, 좀더 오래 머물러야 해. 그렇게 되어야 휴양도 시작될 것이고 살도 붙게 될 것이야. 유감이야. 유감이라고 말한 것은 좀더 오래 체재할 수 있게 하지 않았던 것이 역시 실패였다는 것이야. 결국 시간은 아무렇게나 처리되었을 거야. 나는 평지로 돌아가면 무엇보다 먼저 휴양을 취해 3주일가량 잠을 자야 할 것 같아. 그만큼 피로에 지친 것 같아. 그리고 이번에는 이 카타르까지 겹쳤으니 화가 날 지경이야……」

사실 한스 카스토르프는 심한 카타르를 선물로 받고 평지로 돌아갈 것 같다. 그는 감기에 걸렸다. 안정 요양 중에, 정확히 말하면, 밤의 안정 요양 중

에 말이다. 그는 축축하고 차디찬 날씨인데도 불구하고 약 1주일 전부터 밤에
도 안정 요양을 하고 있었다. 이 기후는 그가 출발하기까지 회복될 것 같지
않았다. 그러나 한스 카스토르프는 이런 날씨도 이 위에서는 나쁜 날씨라고는
할 수 없다는 것을 경험했다. 일반적인 나쁜 날씨라는 개념은 이 위에서는 통
용되지 않았다. 누구든지 날씨를 두려워하지 않았고 거의 거기에 주의를 쏟지
않았다. 한스 카스토르프도 젊은 사람이 그때그때에 따라 자기를 에워싸고 있
는 환경과 습관에 순응하는 유순성을 갖고 이 위에서 사는 사람들의 무관심에
젖어 버렸다. 비가 억수같이 쏟아져도 그로 인해 공기가 습도를 더해 갈 것이
라고는 생각하지 않았다. 그리고 사실 그렇기 때문에 너무 더운 방안에 있든
지, 포도주를 마시든지 했을 때와 마찬가지로 얼굴의 상기된 것이 없어지지
않았다. 추위에 대해 말한다면 이건 지독한 추위였지만 그렇다고 해서 방으로
들어가 봤자 별 수도 없었다. 눈이 오지 않는 한 방에 스팀은 때지 않았기 때
문에 방에 앉아 있어 봤자 겨울 외투를 입고 두 장의 고급 담요를 순서대로
두르고 발코니에 누워 있는 때보다 쾌적하다고는 할 수 없었기 때문이다. 오
히려 발코니에서 누워 있는 편이 비교가 안 될 만큼 기분이 좋고, 솔직히 판
단해 본다면 한스 카스토르프가 이때까지 경험한 경지 중에서 가장 기분이 좋
은 것이었다.

문필가이자 카르보나리 당원이라고 자칭하는 사람이 은연중에 악의를 담고
이 경지를 『수평 생활』이라고 했으나 그 즐거움은 조금도 동요되지 않았다.
특히 밤이 되어, 옆 테이블 위의 전기 스탠드 불밑에서 담요를 따뜻하게 두르
고 제맛을 찾게 된 마리아 시거를 입에 물고 침대 의자의 설명할 수 없는 장
점을 차분하게 향락하면서, 물론 코끝을 얼음처럼 차게 하고 얼어서 붉어진
손에 책을 ──여전히 《대양 기선》이었다── 쥐고 발코니의 아치 너머로 이
쪽에는 점점이, 저쪽에는 빽빽이 모인 아름다운 등불이 보이는 저물어 가는
골짜기를 바라보며 그 골짜기로부터 거의 매일 밤, 적어도 한 시간 가량 귀에
익은 선율의 아름다운 음악이 경쾌하고 부드럽게 들려 오는 것에 귀를 기울이
는 것은 기분 좋은 경지였다. 곡목은 《카르멘》, 《투르바도르》, 《마적의 사수》
등 오페라의 발췌곡에 균형이 잡힌 명쾌한 왈츠, 그리고 듣고 있어도 머리를
용감하게 흔들고 싶은 행진곡이 이어지고, 다음으로는 명랑한 마주르카가 들
려 온다. 그리고 이웃 발코니에는 두껍고 흐린 유리 뒤에 요아힘이 누워 있어
한스 카스토르프는 다른 동료들에게 충분히 신경을 쓰면서 가끔 요아힘과 낮
은 목소리로 말을 주고받았다. 요아힘은 음악에는 취미가 없고, 밤의 콘서트

를 그다지 즐거워하지 않았지만, 이웃인 그의 발코니에서 한스 카스토르프와 마찬가지로 행복에 젖어 있었다. 음악을 즐기지 못하는 것은 요아힘을 위해서 유감스러운 일이었지만, 그 대신 그는 러시아의 문법책을 읽고 있었을 것이다. 한스 카스토르프는 《대양 기선》이라는 책을 담요 위에 놓고는 음악에 정신이 팔려 곡 구성의 투명한 깊이를 만족스럽게 들여다보고 개성과 기운에 찬 선율의 영감에 진심으로 만족을 느꼈다.

음악에 관한 세템브리니의 비평이, 즉 음악이 정치적으로 귀찮다는 말을 할 아버지 쥬제페의 7월 혁명과 우주 창조의 6일간에 관한 말과 별반 다를 게 없는 폭언임을 생각하고는 가끔 적의를 느꼈다.

요아힘은 한스 카스토르프처럼 음악을 즐기지 않았고, 시거의 향기 높은 즐거움도 몰랐지만, 그밖의 점에서는 사촌과 마찬가지로 평온 무사하게 아무 걱정도 없이 평화롭게 발코니에 누워 있었다. 오늘 하루가 끝나고, 그 모든 것이 끝나 더 이상 오늘은 아무것도 없다. 깜짝 놀랄 일도 일어나지 않아서 심장의 근육에 무리한 요구가 가해질 걱정도 없다. 그와 동시에 이 좁은 세계 속에서 생활이 얼마나 원활하고 구체적으로 진행되어 가는가를 생각해 볼 때, 필경 내일도 오늘과 같이 처음부터 끝까지 똑같이 반복되리라는 확신에 도달하기도 한다. 이러한 이중의 확실성과 안심은 아주 기분이 좋고, 음악이나 맛이 돌아온 마리아 시거와 더불어 이것은 한스 카스토르프의 밤의 안정 요양을 정말로 행복한 것으로 만드는 데 중요한 일익을 담당하고 있었다. 이처럼 완벽한 경지에 있으면서 이 신참자인 청강생은 밤의 안정 요양중에(혹은 어딘가에서 어쩌다가) 심한 감기에 걸리고 말았던 것이다. 심한 코 카타르의 초기인 듯, 그것이 이마 뒤에 척 도사리고 있어 기분을 무겁게 할 뿐 아니라 목젖까지 따끔따끔하게 했다. 공기조차 자연이 마련해 준 대로 언제나의 통로를 지나오지 않고 차디차게 스며들어와서, 그 때문에 끊임없이 경련적인 기침이 났다. 목소리는 하룻밤 사이에 독한 술로 타버린 것같이 탁한 베이스로 변해 버렸다. 본인의 말에 의하면, 그날 밤은 숨이 막힐 것같이 목이 말랐고 침대에서 쉴새없이 일어나 아침까지 한잠도 잘 수 없었다고 한다.

「거참, 야단났는데.」 요아힘이 말했다. 「어쩔 도리가 있어야지. 여기서는 감기 같은 건 인정도 해주지 않는다네. 그런 것은 있을 수 없다는 거야. 공기가 건조해 있기 때문에 감기는 걸릴 수 없다고 일반적으로 알려져 있어. 감기가 들었다고 해봐. 베렌스에게 야단맞는 것이 고작이지. 물론 자네의 경우는 좀 사정이 다르지만. 자네는 감기에 걸릴 권리가 있으니 말이야. 빨리 카타르의 뿌리를 뽑아 버려야 할 텐데. 평지에서 같으면 그 처방을 받을 수 있을 텐데 여기서는 어떨는지……. 그걸 곧이들어 줄지 모르겠어. 여기서는 감기에 걸리지 않도록 해야 해. 아무도 관심을 가져 주지 않으니 말이야. 이건 새삼스러운 일은 아니지만 자네도 마지막 선물로서 이걸 경험하게 된 셈이야. 내가 여기 왔을 때, 여기 있었던 여자 중의 한 사람이 1주일간을 꼬박 귀를 누르고 아파했는데 그게 겨우 베렌스의 눈에 띄었지 뭐야. 그런데 베렌스가 뭐라고 말한 줄 아나? 『걱정할 필요는 없습니다. 결핵성이 아닙니다.』 그것으로 그만이었어. 물론 할 수 있는 데까지는 해보도록 해야지. 내일 아침 마사지 선생이 오면 내가 부탁해 보겠어. 그것이 순서니까. 그러면 틀림없이 그가 위에 전달해 줄 테니 무엇인가 해주겠지.」

요아힘이 말한 대로 절차는 밟아졌다. 금요일에 한스 카스토르프가 아침 산책을 끝마치고 방으로 돌아오니 누군가가 문을 두드렸는데, 말하자면 『부장(婦長)님』이라고 불리고 있는 폰 밀렌동크 양과 직접 알게 될 기회가 생겼던 것이다. 그는 이때까지 이 분주해 보이는 여자를 가까이서 본 일이 없었다. 다만 멀리에서, 즉 어떤 병실에서나 복도를 가로질러 반대쪽의 병실로 들어가는 것을 보거나 식당에 잠깐 나타났을 때 그 깩깩 거리는 목소리를 들었을 뿐이었다. 그러나 그러한 그녀가 지금 분명 그를 찾아온 것이다. 그녀는 그의 카타르 때문에 왔는데, 그의 방문을 뼈가 앙상한 손가락으로 성급하게 두드리고는 상대방의 대답도 채 기다리지 않고 들어와서는 문지방 위에서 다시 한 번 몸을 젖히고 방 번호를 확인했다.

「43호실!」 하고 그녀는 높은 목소리로 말했다. 「틀림없이 댁이 감기에 걸렸다지요?」 이렇게 프랑스 어로 말하고 다음에는 그것을 영어로, 러시아 어로 마지막엔 독일어로 했다. 「도대체 어느 나라 말을 해야 좋은가요. 독일어지요? 알았습니다. 아, 짐센 청년의 손님이지요. 알았습니다. 나는 이제부터 수술실로 가야 해요. 클로로포름으로 마취를 해야 할 사람이 있어요. 콩 샐러드를 먹었지요. 정말, 한시도 눈을 뗄 수 없어요. 그래 댁은 여기서 감기에 걸렸다는 거죠?」

한스 카스토르프는 이 옛 귀족 출신이라는 여자의 말씨에 넋이 빠져 버렸다. 그녀는 자기 말을 뛰어 넘어가는 것처럼 지껄이면서 무엇인가를 찾는 듯, 코끝을 들어 우리 속의 맹수처럼 머리를 빙빙 돌리며 이쪽저쪽을 보고 주근깨가 있는 오른편 손을 가볍게 쥐고, 그 엄지손가락만을 세워 몸앞에서 손목 위를 흔들면서, 「빨리요, 빨리요, 빨리. 내가 하는 말만 듣고 있지 마시고 당신도 무언가 말씀하세요. 빨리 나를 보내 주세요.」 이렇게라도 말을 하려는 것 같았다. 40대 여성으로서는 빈약하고 시들어 버린 체격인데 혁대가 붙은 흰 가운을 입었고 가슴에는 석류석의 십자가가 달려 있었다. 간호사 모자 밑으로 붉고 숱이 적은 머리카락이 내다보였다. 물같이 푸른 눈은 충혈되어 있었지만, 한쪽 눈에는 아주 큰 다래끼가 나 있었다. 눈초리가 한 곳에 머물러 있지 못하고, 코는 끝이 들렸으며, 입은 개구리의 입 같고 아랫입술이 비스듬히 나와 있어 그것이 말할 때마다 삽처럼 움직였다. 그러나 한스 카스토르프는 타고난 붙임성과 남을 신뢰하는 겸손하고 끈기 있는 태도로 그녀를 지켜보고 있었다.

「도대체 어떤 감기입니까?」 부장은 다시 한 번 묻고는 상대방을 날카로운 눈으로 보려고 했지만 눈길이 옆으로 빗나가 잘 되지 않았다. 「우리들은 그런 감기를 환영하지 않습니다. 가끔 감기에 걸립니까? 사촌도 가끔 감기에 걸리지요. 도대체 나이는 몇 살이지요? 24세? 위험한 연령인데요. 그래 여기에 올라와서 감기에 걸렸다는 거죠? 여기서는 『감기』라고 말하지 않는 것이 좋습니다. 그건 평지에서 흔히 하는 허튼 소리예요.」 아랫입술을 삽처럼 움직이면서 『허튼 소리』라고 한 말은 몸이 오싹해지는 이상한 느낌을 주었다. 「기관지염에 걸렸어요. 그건 인정해요. 당신의 눈을 보면 알 수 있어요.」 그리고 다시 그를 똑바로 쳐다보며 비상한 노력을 했지만, 이번에도 눈이 빗나가고 말았다. 「그러나, 카타르는 추위 때문에 일어나는 것이 아니라, 수용태세가 되어 있으면 어떤 전염병이 원인이 되어 생기는 것입니다. 다만, 전염병이 아무 해가 없는 것인지, 해가 있는 것인지가 문제가 됩니다. 이 외는 모두 허튼 소리입니다.」 또다시 몸이 오싹하는 『허튼 소리』가 나왔다. 「당신의 경우에는 그 전염도 대수로운 것이 아닐는지 모르겠군요.」 이렇게 말하고는, 아주 큰 다래끼가 난 눈으로 그를 쳐다보았지만, 이것이 무엇을 말하는 것인지 알 수 없었다.

「그럼 해가 되지 않는 소독약을 드리지요. 아마 효과가 있을 거예요.」 이렇게 말하고, 혁대에 달고 있던 검은 가죽가방에서 작은 보따리를 꺼내 그것을 테이블 위에 놓았다. 포르마민트였다. 「그런데 흥분한 얼굴을 하고 계시는군요. 열이 있는 모양이지요?」 그리고 얼굴을 쳐다보려는 시도를 그치지 않았지만 그럴 때마다 눈이 좀 옆으로 빗나가곤 했다. 「열은 재보셨습니까?」

한스 카스토르프는 검온은 하지 않았다고 대답했다.

「어째서요?」

부장은 이렇게 물으면서, 비스듬히 내민 아랫입술을 그대로 들고 있었다.

한스 카스토르프는 잠자코 있었다. 사랑스러운 청년은 아직 순진해서 국민 학교 생도가 대답을 할 수 없어 벤치 앞에 서서 잠자코 있는 것 같았다.

「전혀 검온을 하지 않습니까?」

「합니다, 부장님. 열이 있을 때는 말입니다.」

「검온을 하는 첫째 목적은 열이 있는지 없는지를 알기 위해서입니다. 그런 데 당신의 의견에 따르자면 지금은 열이 없다는 말입니까?」

「그것을 잘 모르겠습니다, 부장님. 확실하게 알아 낼 수가 없습니다. 조금 열이 있고 몸이 오싹오싹 추운 건 여기에 온 날 밤부터 그랬습니다만.」

「그래요, 그러면 체온계는 어디에 있습니까?」

「가지고 있지 않습니다, 부장님. 가질 필요가 없었습니다. 나는 손님으로 왔을 뿐이고, 건강하기 때문에 말입니다.」

「허튼 소리, 건강하기 때문에 나를 불렀습니까?」

「아닙니다.」 한스 카스토르프는 은근히 웃었다. 「나는 좀……」

「감기에 걸렸기 때문이지요. 우리는 이런 감기를 이미 여러 번 경험하고 있 습니다. 이것을 드리지요.」 이렇게 부장은 말하고, 다시 가방을 뒤져서 가늘 고 긴 가죽주머니 검은색과 붉은색 두 개를 꺼내어, 테이블 위에 올려 놓 았다. 「이쪽 것은 3프랑 반, 저쪽 것은 5프랑입니다. 물론 5프랑짜리가 물건 이 더 좋습니다. 잘 사용하면 한평생 쓸 수 있습니다.」

한스 카스토르프는 미소를 지으면서 테이블 위에서 붉은 주머니를 들고 열 어 보았다. 유리로 된 기구가 그만한 크기로 오목한 붉은 벨벳 속에 들어 있 었다. 그것은 장신구처럼 아름다웠다. 붉은 횡선은 도수, 검은 횡선은 분수를 나타내고, 숫자는 붉은 글자로 적혀 있고, 가늘어진 아랫부분에는 수은이 반 짝이고 있었다. 수은주는 포유 동물의 표준 체온보다 훨씬 낮은 온도를 나타 내며 빛나고 있었다.

한스 카스토르프는 그의 신분과 체면에 어울리는 방법을 알고 있었다.

「나는 이쪽을 가지겠습니다.」 그는 다른 주머니에는 눈도 보내지 않고 말 했다. 「이 5프랑짜리 말입니다. 대금은 곧 여기서……」

「알았습니다.」

부장은 꽥꽥거리는 목소리로 말했다.

「귀중한 물건에는 돈을 아껴서는 안 됩니다. 곧 주지 않아도 좋습니다. 계 산에 달아 두지요. 잠깐, 이리 줘보십시오. 좀더 내려 놓겠습니다. 훨씬 아래까지 내려 놓읍시다…… 이렇게요.」

부장은 그의 손에서 체온계를 받아들고 그것을 여러 번 허공에 대고 흔들어서 수은을 훨씬 아래로, 3도 이하로 내렸다.

「이래도 또 올라갑니다. 수은은 또 올라갑니다.」

「그러면, 여기 있습니다. 여기서 하는 검온 방법은 아시겠지요? 혀 밑에 7분간 넣습니다. 하루에 네 번, 그리고 혀로 꼭 싸도록 해야 합니다. 그러면 안녕히 계세요. 좋은 성과가 있기를 바랍니다.」

그리고 그녀는 방에서 나갔다.

한스 카스토르프는 인사를 하고는 테이블 옆에 그대로 서서 부장이 사라진 문을 쳐다보기도 하고, 그녀가 남기고 간 도구를 쳐다보기도 했다.

『저게 폰 밀렌동크 부장이구나.』하고 생각했다. 『세템브리니가 그녀를 좋아하지 않는데, 정말 여러 가지 점에서 그녀는 호감이 안 가는 여자다. 다래끼는 보기 흉하지만, 그건 언제나 붙어 있는 것은 아니겠지. 그러나 왜 나를 여러 번 댁(Menschenskind)이라고 부른 것일까? 게다가 댁이라는 글자 한가운데에 필요도 없는 S자를 넣다니, 학생 용어 같아서 이상한데. 체온계를 한 개 파는 것을 보면 언제나 가방 속에 두세 개 넣고 다니는 모양이지? 요아힘의 말을 들으면 여기서는 곳곳의 모든 가게에서, 그런 것이 있으리라고는 상상도 못할 그런 가게에서도 체온계를 팔고 있다는데, 내 경우에는 이쪽에서 사러 가지 않았는데도 체온계 쪽에서 내 품속에 날아든 셈이야.』

그는 예쁘장한 도구를 케이스에서 꺼내 바라보다가 그것을 손에 쥔 채 방안을 불안한 듯이 왔다갔다했다. 심장이 뚝딱뚝딱 소리를 내며 심하게 울렸다. 그는 열려 있는 발코니 쪽을 돌아보다가 요아힘을 찾아가 보고 싶은 충동을 느껴서 문 쪽으로 가다가 생각을 달리하고 다시 테이블 옆으로 돌아와, 목소리의 쉰 정도를 알아보려고 기침을 해보았다. 기침이 나왔다.

「그렇지, 감기 열이 있는지 어떤지 조사해 보아야지.」하고는 당황해서 체온계를 수은이 찬 앞끝부터 먼저 혀 밑에 넣고 입술에서 비스듬히 위로 올리고 바깥 공기를 입 안에 넣지 않으려고 입술로 그것을 꼭 덮었다. 그리고 손목시계를 보았다. 9시 36분이었다. 7분이 지나가기를 기다렸다.

『1초라도 더 있어도 안 되고 빨라도 안 된다. 나 같으면 신용을 해도 좋지. 올리지도 내리지도 않을 테니 말이다. 세템브리니가 언젠가 말한 오틸리에 크나이퍼처럼 『무한정 체온계』 같은 것은 필요없으니까.』

그리고 체온계를 혀로 누르면서 방안을 걸어다녔다.

시간은 천천히 지나가, 불과 7분간이 무한한 것처럼 느껴졌다. 그 순간을 잘못해서 지나쳐 버리는 것이 아닌가고 걱정이 되어 시계를 보니 이제 겨우 2분 30초를 경과했을 뿐이었다. 그는 이것저것으로 시간을 보냈다. 거기에 있는 것을 집어 보기도 하고, 그것을 다시 놓기도 하고, 사촌이 눈치채지 못하도록 발코니로 나와 바깥 풍경을 둘러보았다. 사방의 뾰족한 산봉우리와 산벽도 이를테면 그 등이 비스듬히 마을로 내려가 있고 산허리는 목장인 황량한 숲으로 덮여 있는 왼편의 브렘쉴 절벽과 그 이름을 지금은 전부 외우고 있는 오른편의 산들, 또 발코니에서 보면 골짜기를 남쪽에서 막은 것처럼 보이는 알타인 산벽 등, 지금은 모든 것이 친구처럼 되어 버린 고원의 풍경을 둘러보기도 했다. 또 대지 위에 만들어진 정원의 자갈길, 화단, 동굴, 가문비나무 등을 내려다보고 안정 요양을 하고 있는 안정 홀에서 들려오는 속삭이는 말에 귀를 기울이기도 했다. 그리고 방으로 돌아가면서 입안의 체온계의 위치를 고치고, 팔을 앞으로 내밀고 소매끝을 당겨올려 팔을 얼굴 앞으로 굽혀서 시계를 보았다. 이것저것 애를 쓰고 별짓을 다 했지만 이제 겨우 6분을 경과했을 뿐이었다. 그러나 그 뒤 그가 방 한가운데 서서 꿈이라도 꾸는 것 같은 기분으로 멍하니 생각에 잠겨 있는 동안 나머지 1분이 고양이 걸음으로 살짝 지나가 버려, 팔을 다시 한 번 올렸을 때에는 그 1분이 약간 지나가 버렸다. 그래서 그가 에이 귀찮아, 결과는 어차피 마찬가지겠지, 하고 생각하면서 체온계를 입에서 빼어 당황한 눈으로 조사해 보았을 때는 이미 늦어서 시간은 8분째의 3분의 1이 경과하고 있었다.

그는 체온계의 눈금을 금방 읽을 수가 없었다. 수은의 빛이 평평한 유리의 바깥 벽에 반사되어 수은주가 훨씬 위까지 올라간 것도 같았고, 전혀 올라가지 않은 것 같이도 보였기 때문이다. 한스 카스토르프는 체온계를 눈 가까이에 대고, 이쪽저쪽으로 돌려 보았지만 아무것도 보이지 않았다. 마침내 적당한 각도를 찾게 되어 수은주가 똑똑하게 나타나서 그것을 읽고 서둘러 그것을 머릿속에 넣어 두었다. 정말 수은은 상당히 높은 데까지 올라가, 표준 체온의 한계를 넘어 분선(分線)이 몇 개 더 올라가 있었다. 한스 카스토르프의 체온은 열이 37도 6부였다.

이제 겨우 오전 10시 안팎인데 벌써 37도 6부——이것은 너무 높다. 한스 카스토르프가 수용 태세였던 전염 결과의 열로서, 문제는 그 전염이 어떠한 종류의 것인가 하는 것이었다. 37도 6부——요아힘도 이것보다 높지 않았고 중환자나 위독 환자로 침대에 누워만 있는 사람들을 제외하고는 아무도 이

보다 더 높지는 않았다. 기흥의 클레펠트도…… 쇼샤 부인만 해도 그렇지 않
았다. 물론 한스 카스토르프의 경우는 진짜 열은 아니고 아래 평지에서 말하
는 감기 열에 불과한 것이리라. 그러나 그렇게 확실하게 구별하고 분류할 수
는 없었다. 한스 카스토르프는 그의 체온이 감기에 걸린 뒤에 비로소 그렇게
높아졌다고는 믿어지지 않았다. 그건 그렇고, 더 빨리 수은주의 신세를 지지
않은 것이 후회가 되었다. 고문관이 권고한 대로 곧 신세지지 않은 것이 말
이다. 고문관의 충고는 극히 당연한 것으로, 그것을 지금에 와서 알았다. 세
템브리니가 그것을 그렇게 조롱조로 일소에 부친 것은 큰 잘못이었다. 공화제
니 아름다운 문체니 하고 제멋대로 허풍을 떨던 그 세템브리니가 말이다. 한
스 카스토르프는 체온계의 수은주가 유리의 반사로 보이지 않게 될 때마다 체
온계를 이리 돌리고 저리 돌리고 하며 수은주를 찾아 내어 그것을 여러 번 고
쳐 보면서 공화제와 아름다운 문체를 멸시했다. 체온계는 여전히 37도 6부
였다. 그것도 아침부터 말이다.

한스 카스토르프의 흥분은 대단했다. 그는 체온계를 손에 쥔 채로——수
직으로 움직여 수은주에 차질이 생길까 봐 수평으로 쥐고 방안을 두세 번
돌다가 세심한 주의를 기울이면서 체온계를 세면대 위에다 놓고, 겨울 외투와
담요를 가지고 안정 요양에 들어갔다. 그는 앉아서 가르쳐 준 대로 담요를 좌
우에서, 다음에는 밑에서 한 장씩 익숙한 솜씨로 몸에 둘렀다. 그리고는 움직
이지 않고 누워 두번째 아침 식사 시간이 되어 요아힘이 데리러 오기를 기다
리고 있었다. 가끔 생각난 듯이 그는 웃었지만, 누구인지 보이지 않는 사람에
게 미소짓는 것 같았다. 가끔 가슴이 괴롭게 떨리면서 부풀고 그 때문에 기관
지염인 가슴에서 기침이 나왔다.

11시의 종이 울린 뒤, 아침 식사에 가려고 사촌을 데리러 방에 들어온 요아
힘은 사촌이 아직 누운 채로 있는 것을 보았다.

「어찌된 일이야?」

요아힘은 침대 의자에 가까이 오면서 의아한 얼굴로 물었다.

한스 카스토르프는 한참 아무 말 없이 앞을 바라보고 있었다. 그리고는 대
답했다.

「그래, 가장 새로운 뉴스는 내가 좀 열이 있다는 것이야.」

「그건 또 무슨 의미야?」 요아힘은 물었다. 「열이 있는 것같이 생각되니?」

한스 카스토르프는 이번에도 한참 동안 가만히 있다가 나른하게 대답했다.

「열이 있다고는 벌써 전부터 느끼고 있었어. 오래 전부터 말이야. 그러나

이번에는 그런 주관적인 느낌의 문제가 아니라, 정확한 단정에 기반을 두고 있다네. 검온을 해보았어.」

「검온을 했다고? 검온이라니, 무엇을 가지고?」

요아힘은 깜짝 놀라며 말했다.

「물론 체온계를 가지고 말이야.」한스 카스토르프는 냉소하듯이 단호하게 말했다. 「부장에게서 하나 샀어. 왜 그녀가 『댁』이라고 불렀는지는 모르겠어. 그건 문법적으로 옳지 않아. 그러나 상당히 고급 체온계를 눈 깜짝할 사이에 팔고 갔어. 몇 도 되는지를 알고 싶으면 저기 세면대 위에 있어. 약간 있는 미열이야.」

요아힘은 한 바퀴 돌아 방안으로 들어갔다. 이윽고 발코니로 도로 나와서 머뭇거리면서 말했다.

「정말, 37도 5부 반이로구나.」

「그럼, 좀 내려갔군.」한스 카스토르프는 조급히 말했다. 「6부였었는데.」

「오전 중임을 감안한다면 미열이라고 할 수 없어.」요아힘은 말했다. 「야단 났는데.」이렇게 말하고 양팔을 허리에 대고, 고개를 숙이고 야단났는데 하며 사촌의 침대 의자 옆에 계속 서 있었다.

「좌우간 누워 있어야 해.」

한스 카스토르프는 그 대답을 준비하고 있었다.

「나로서는 이해가 안 가. 왜 37도 6부인 내가 누워 있어야 하는지 말이야. 나보다 좋지 않은 자네와 다른 많은 사람들이, 자네들 모두가 여기서 자유롭게 뛰어다니고 있는데 말이야.」

「그것과 이것과는 사정이 달라.」요아힘은 말했다. 「자네 경우는 급성이어서 해가 없는 것이야. 자네 것은 감기 열이야.」

「첫째로 말이야.」한스 카스토르프는 자기 주장을 첫째와 둘째로 나누기까지 하며 대답했다. 「아무 해가 없는 열이라면——그런 열이 있는 것이라고 가정하고 말이다——누워 있어야 하고, 그렇지 않은 열이면 누워 있지 않아도 좋다는 것이 나에게는 이해가 안 가. 그리고 둘째로 말하고 싶은 것은 나는 감기에 걸리기 전부터 열이 있었던 것이지, 감기에 걸렸다고 해서 체온이 올라간 것은 아니야. 요컨대, 나의 37도 6부는 어디까지나 37도 6부란 말이야. 자네들이 그 체온으로 뛰어다닌다면 나도 뛰어다니지 못할 이유가 없잖아.」

「그러나 나도 여기에 왔을 때는 4주일간 누워 있어야 했어.」하고 요아힘은 반박했다. 「그리고 누워 있어도 체온이 내리지 않는다는 것을 알고야 비로소 일어나게 되었다네.」한스 카스토르프는 비로소 미소를 지었다.

「그런데 왜 그러지?」그는 물었다. 「자네 경우에는 사정이 좀 달라. 자네의 논리는 모순이 있어. 처음에는 다르다고 하고 이번에는 같다고 하니 말이야. 그건 허튼 소리야.」

요아힘은 발꿈치로 한 바퀴 돌았다. 그리고 다시 사촌에게 얼굴을 돌렸을 땐 햇빛으로 그을린 얼굴이 한층 더 검붉어졌다.

「그건 달라.」그는 말했다. 「나는 같다고는 하지 않아. 자네야말로 혼돈하고 있어. 나는 단지 자네가 심한 감기에 걸려 목소리도 그것을 알 정도이고, 게다가 내주에는 집으로 돌아가야 하기 때문에, 오래 끌지 않기 위해서도 누워 있어야 한다고 말을 했을 뿐이야. 그러나 자네가 그럴 생각이 없으면, 누워 있지 않아도 좋은 거야. 나는 자네에게 이렇게 하라고 명령하는 것은 아니니깐 말이야. 좌우간 지금부터 아침 식사에 가야 해. 자, 어서, 지각이야.」

「그렇구나, 서둘러야지.」한스 카스토르프는 이렇게 말하고 담요를 차 던지고 일어났다. 그가 방으로 돌아와서 머리를 빗고 있는 동안, 요아힘은 세면대 위의 체온계를 다시 한 번 보고 있었다. 한스 카스토르프는 좀 떨어진 곳에서 이것을 바라보고 있었다. 그리고 두 사람은 말없이 나와 식당 좌석에 앉았다. 식당은 언제나 이 시간에 그러한 것처럼, 온통 우유 천지로 그것이 희게 빛나고 있었다.

난쟁이 아가씨가 한스 카스토르프에게 쿨름바하 산의 맥주를 가지고 왔지만, 그는 이것을 단념하고 거절했다. 오늘은 맥주를 그만두기로 하자. 음료수는 일절 마시지 않기로 하자. 아니, 필요없어. 차라리 물을 한 모금 마셔 두자. 이렇게 말했다. 이것은 센세이션을 불러일으켰다. 왜 그럴까요. 정말 변했는데요. 왜 맥주를 안 마시지요 —— 한스 카스토르프는 아무렇지도 않은 듯이 말했다. 37도 6부, 정말 미열입니다.

그러자 모두들 집게손가락을 세우고 그를 나무라는 시늉을 했다. 정말 기묘한 광경이었다. 모두들 장난꾸러기처럼 목을 갸우뚱하고, 한쪽 눈을 감고, 귓전에서 집게손가락을 흔들었다. 마치 지금까지 순진성을 가장한 인간이 무언가 유별난 짓을 하다가 그것이 사람들에게 드러나기라도 한 것 같았다.

「아유, 아유, 당신!」여교사는 말하고 미소를 지으면서 위협하는 시늉을 하면서 솜털이 난 볼을 빨갛게 붉혔다. 「좋은 말씀이에요. 뜻하지 않은 이야기군요. 이제 두고 보세요.」

「아니, 아니, 아니, 방문객께서 열이 있다는 거군요. 굉장한데요. 훌륭해요. 믿음직한 동지예요.」

슈퇴르 부인도 말하고는 짧고 붉은 손가락을 코 옆에 대고, 그 손가락으로 위협을 했다.

테이블의 윗자리에 앉아 있던 왕고모도 뉴스가 거기까지 이르자, 역시 장난기가 섞인 교활하게 위협하는 시늉을 해보였다. 그때까지 한스 카스토르프를 거의 거들떠보지도 않았던 사랑스러운 마루샤도 이쪽으로 몸을 구부리고 오렌지 향수 냄새나는 손수건을 입에 대고 그를 둥근 회색 눈으로 쳐다보면서 위협하는 시늉을 했다. 닥터 블루멘콜도 슈퇴르 부인에게서 이야기를 듣자, 모두가 하는 대로 같은 시늉을 했다. 물론 그는 이 경우에도 한스 카스토르프의 얼굴을 보려고 하지 않았다. 미스 로빈슨만이 언제나와 마찬가지로 흥미 없다는 듯한 언짢은 얼굴을 하고 눈을 아래로 내리깔고 있을 뿐이었다.

한스 카스토르프는 그렇게 놀림을 받고 기분이 좋아져서, 부정을 하지 않으면 안 될 것같이 느껴졌다. 「아닙니다, 아닙니다.」하고 그는 말했다. 「그렇지 않습니다. 내 경우는 정말 아무런 해가 없습니다. 보시다시피 단지 감기일 뿐입니다. 눈에 눈물이 나오고 숨이 가쁘고 밤이면 반은 기침으로 보내는 등 아주 기분이 나쁩니다.」

그러나 아무도 그 변명을 들으려고는 하지 않고 웃고 손을 흔들면서 외쳤다.

「그래요, 그래요. 속임수, 구실, 감기 열, 알고 있어요. 알고 있어요.」

그리고는 모두 입을 모아 한스 카스토르프에게 곧 진찰을 받도록 권했다. 모두는 이 뉴스로 활기를 띠어, 아침 식사 동안 일곱 테이블 중에서 이 테이블이 가장 떠들썩했다. 특히 슈퇴르 부인은 동정 주름 위로 빨갛고 고집센 얼굴을 내밀고 볼에는 작은 홈을 보이면서, 거의 야만스럽게 계속 지껄이면서 기침의 쾌감에 대해 장광설을 늘어놓았다. 가슴속이 근질근질해지면서 그것이 점점 심해져, 이쪽에서도 그 자극에 응하려고 경련을 하고 참기도 하면서 숨을 깊이 들이쉬는 기분은 정말 무어라고 말로는 표현할 수 없는 즐겁고 멋진 기분이었다. 그것은 갑자기 재채기를 하고 싶은 자극이 심해지고 참을 수 없어, 황홀한 얼굴로 두세 번 크게 숨을 토하고 들이마시고, 드디어는 눈을 황홀하게 감고 감미로운 폭발에 전세계를 잊어버리게 되는 그런 쾌감과 똑같은 것이다. 그리고 이것은 가끔씩 두세 번 계속하여 찾아오곤 한다. 이것이야말로 인생에 있어서 공짜인 즐거움일 것이다. 이밖에 이것과 똑같은 예로는 이른 봄에 동상이 견딜 수 없이 가려워 그것을 정신없이 잔인하게, 피가 나올 만큼 포악하고 미친 듯이 긁어 대는 것과 마찬가지의 희열을 들 수 있는데, 그럴 때에 갑자기 거울을 보면 악마의 찡그린 얼굴이 비쳐지는 것이다.

교양이 없는 슈퇴르 부인이 이렇듯 몸이 오싹해질 정도로 자세히 이야기하고 있는 동안, 양은 많지만 원래 짧은 중간 식사가 끝나 사촌들은 오전의 두 번째 산책인 다보스 거리까지의 산책을 떠났다. 도중에서 요아힘은 생각에 잠겨 있었고, 한스 카스토르프는 감기 때문에 숨을 헐떡이면서 녹이 슨 듯한 가슴으로 기침을 했다. 돌아오는 길에 요아힘이 말했다.

「자네한테 한 가지 제안할 일이 있는데 말이야. 오늘이 금요일이니까, 내일은 식사 뒤에 내가 매월 하는 진찰날이야. 종합 진찰을 하는 날은 아니지만, 베렌스가 나를 조금 진찰해 보고 크로코브스키에게 두세 가지 적어 두게 하고 있지. 자네도 그때 함께 가서 이 기회에 잠깐 진찰을 받아 보도록 하지. 좀 거창한 것 같지만서도. 집에 있으면 하이데킨트 선생에게 왕진을 부탁할 터인데 말이야. 전문의가 두 사람이나 있는 이 위에서 자네는 뛰어다니면서 어디가 나쁜가, 어느 정도 나쁜가, 누워 있는 것이 좋은가 어떤가 그런 것도 모르고 있을 수 없지 않느냐 말이야.」

「좋아.」 하고 한스 카스토르프는 말했다. 「자네 말대로 하겠어. 물론이고 말고, 그렇게 하지. 그리고 진찰실을 한 번 견학해 두는 것도 흥미가 있겠지.」

이렇게 두 사람은 의견의 일치를 보았다. 그리고 두 사람이 언덕을 올라 요양원 현관 앞에 도착했을 때, 우연히 베렌스 고문관과 마주쳤기 때문에 이 기회를 놓치지 않고 그 장소에서 말을 꺼냈다.

몸집이 큰 베렌스 고문관은 목덜미의 살이 툭 튀어나온 머리에 실크 모자를 젖혀쓰고 시거를 입에 물고, 파리한 볼에 젖은 눈을 하고 현관으로부터 나왔는데, 그는 지금까지 수술실에서 일을 하다가 그것을 끝마치고 이제부터 사적(私的)인 환자를 왕진하러 읍내로 가는 길이라 아주 기분이 좋을 때였다.

「안녕하십니까, 두 분. 오늘도 산책하십니까? 넓은 세계는 훌륭한 것이지요. 나는 메스와 망치로 몹시 나쁜 격투를 끝내고 오는 길입니다. 큰 일이었지요. 늑골 절개 말입니다. 전에는 오십 퍼센트는 수술대 위에서 싸늘하게 굳어 버렸지요. 요즈음은 우리들도 요령이 좋아졌습니다만, 그래도 가끔 수술 도중에 죽은 자를 덮어 씌우는 경우도 있습니다. 그러나 오늘 환자는 말이 통하는 분이어서 마지막 순간까지 지쳐 버리지 않더군요. 흉곽이란 이름뿐인 흉곽이지, 정말 이상하더군요. 연한 부분 말입니다. 꼴이 흉하고 흉곽이라는 관

넘을, 말하자면 모호하게 해버리는 것이었지요. 그런데 당신들은, 당신은 어떻게 지냅니까? 아베크 생활은 훨씬 더 재미있습니까? 짐센 군. 그런데 당신은 왜 우십니까? 참관인 손님!」하고 갑자기 한스 카스토르프를 향해 말했다. 「여기서는 공공연히 우는 것은 금지되어 있어요. 병원 규칙이 허락하지 않아요. 모두가 흉내내고 싶어지거든요.」

「이것은 감기 때문입니다. 고문관님.」한스 카스토르프는 대답했다. 「어떻게 해서 이렇게 되었는지 알 수 없지만 심한 카타르에 걸렸습니다. 기침이 나고 가슴도 답답합니다.」

「그래요? 그렇다면, 용한 의사에게 진찰을 받아야지요.」

두 사람은 웃었다. 요아힘은 구두 뒤꿈치를 꼭 붙이고 대답했다.

「그렇게 하려고 생각하고 있습니다. 고문관님. 내일, 제가 진찰을 받는 날입니다만, 그때 사촌도 한 번 진찰을 받을 수 있을는지 부탁드리려고 생각하고 있었습니다. 화요일에 출발할 수 있을지가 문제이기 때문에 말입니다.」

베렌스는 말했다.

「좋습니다. 좋습니다. 진작 그랬어야 했을 텐데요. 여기에 계시니 그것도 함께 하는 것이 당연하지요. 이쪽에서 강권할 일은 아닙니다만, 그러면 내일 2시에 구유통을 떠나오는 대로 곧 말입니다.」

「열도 좀 있습니다.」

한스 카스토르프는 이것도 말했다.

「무슨 말씀!」베렌스는 외쳤다. 「내가 그것을 모른다는 말입니까? 나는 눈이 없는 줄 아십니까?」이렇게 말하고 꽤 굵직한 집게손가락으로 푸르게 젖은 충혈된 두 눈동자를 가리켜 보였다. 「그런데 체온은 얼마나 됩니까?」

한스 카스토르프는 얌전하게 체온을 보고했다.

「오전 중에 말입니까? 대단한데요. 처음으로서는 무시할 수 없는데요. 그러면 내일 2시에 두 분 다 함께 오십시오. 영광입니다. 그러면 축복받은 자양분 섭취를 하시도록 빌겠습니다.」

그리고는 안짱다리 걸음으로 공기를 헤치듯이 양손을 놀리며 시거의 연기를 뒤로 날리면서 언덕길을 천천히 내려갔다.

「이제 자네 희망대로 결정이 되었어.」이렇게 한스 카스토르프는 말했다. 「이 이상 더 잘될 수 없어. 나도 이것으로 신고를 필했어. 그도 아마 감초 달인 즙이나 기침을 멎게 하는 쓴 탕약을 처방해 주는 정도일 것이지만, 그러나 지금의 나와 같은 심정의 소유자에게는 의사한테서 이렇고 저렇다라는 말을 듣는 편이 기분도 안정될 거야. 그렇지만 왜 저렇게 야단스럽게 떠들어 대는 걸까.」

「처음에는 재미있었지만 언제나 저런 식이니 이제 싫증이 나는걸. 『축복된 식사를 하라』 하면 또 모르겠네. 『식사』라는 것은 『매일의 양식』과 마찬가지로, 말하자면 시적인 말로 『축복된』이란 말과 서로 통하지. 그러나 『자양분 섭취』라는 것은 순전히 생리 현상으로 이것에 대해 축복을 기원한다는 것은 모욕적인 언사야. 그리고 시거를 피우는 것도 좋지 않아. 시거가 그 사람의 건강에는 해롭다면서. 우울해진다니까 그러는 거야. 보기에는 어쩐지 불안해서 그래. 고문관은 억지로 쾌활한 척한다고 세템브리니가 말했지만 세템브리니는 누가 뭐라 해도 비평가로서 판단을 내리는 인간이니까 이것은 부정할 수 없는 거야. 나도 좀 비평하도록 노력을 해서 지금까지처럼 무엇이든지 그대로 받아들이지 않도록 해야 할 것 같아. 이 점은 세템브리니가 말한 것이 옳았어. 그러나 처음에는 비평이나 비난, 그리고 타당한 분개에서 출발한 것도 얼마 안 가서 비평과는 조금도 관계없는 전혀 다른 것이 들어오게 되어, 그렇게 되면 도덕적인 엄격성 같은 것이 어디로인지 날아가 버리고 공화제나 아름다운 문체도 매력 없는 것으로 느껴지는 일이 가끔 있단 말이야……」

한스 카스토르프는 뭔지 이해할 수 없는 이야기를 중얼거리고 있었으나 자기도 무엇을 말하는 건지 확실히는 알고 있지 않은 것 같았다. 요아힘도 사촌의 얼굴을 옆에서 잠깐 보고는, 「자, 그럼……」 하고 말하고 두 사람은 각기 자기 방으로 돌아가 발코니로 나갔다.

「몇 도야?」

요아힘은 사촌이 다시 체온계의 신세를 지는 것을 본 것은 아니었지만, 얼마 지나서 낮은 목소리로 물었다. 한스 카스토르프는 매우 평온한 어조로 대답했다.

「여전해.」

사실 그는 방으로 돌아가자 곧 오늘 아침에 산 작은 기계를 세면대 위에서 집어, 그것을 아래로 흔들어 소용이 없는 37도 6부를 없애고 유리로 된 시거를 익숙한 태도로 입에 물고 안정 요양에 들어갔다. 기대가 컸던 것과는 반대로 수은은 체온계를 혀밑에 8분간이나 두었는데 이번에도 37도 6부보다 위로는 오르지 않았다. 아침 나절에 있던 열보다 높지는 않지만 열임에는 틀림없었다. 점심 식사 뒤에 수은주는 37도 7부까지 올라갔고, 밤에 환자가 하루의 흥분과 사건으로 피로에 지쳤을 때에는 37도 5부에 머물렀으며, 다음날 아침에는 37도였을 뿐, 정오에 이르러서야 비로소 어제와 똑같은 높이에 도달했다. 이러한 오르내림 가운데서 다음날의 점심 식사 시간이 끝나고, 베렌스 고문관과 만날 시간은 점점 가까워 왔다.

한스 카스토르프는 나중에 쇼샤 부인이 이 점심 시간 때에 큰 단추가 달리고 가장자리를 장식한 주머니가 달린 황금색 스웨터를 입고 있는 것을 상기했다. 그 스웨터는 새것이고, 좌우간 한스 카스토르프에게는 새로운 스웨터였지만 그녀는 그것을 입고 보통 때와 마찬가지로 늦게 나타나 한스 카스토르프가 잘 알고 있는 모양으로 식당의 모든 사람들에게 잠깐 얼굴을 들어 보였다. 그리고 매일 다섯 번, 언제나 그랬듯이 그녀의 식탁으로 미끄러져 가는 것처럼 걸어가 상냥하게 앉아 지껄이면서 식사를 시작했다. 한스 카스토르프는 옆으로 향한 중간 테이블 끝에 앉아 있는 세템브리니의 등 너머로『일류 러시아 인석』을 넘겨다보고 매일 그러했지만 오늘은 특히 주의해서 그녀의 머리가 말할 때마다 움직이는 것을 쳐다보고 그녀의 목덜미의 둥근 점, 늘어진 등허리의 선을 새삼스럽게 관찰했다. 쇼샤 부인 쪽에서는 점심 식사 때 한 번도 식당을 돌아보지 않았다. 그러나 디저트가 끝나 식당의 짧은 쪽의 오른벽, 즉『이류 러시아 인석』옆의 벽에 걸려 있는 사슬이 달린 큰 추시계가 2시를 알렸을 때, 그녀는 이쪽을 돌아다보아 한스 카스토르프의 마음을 이상하게 흔들어 놓았던 것이다. 시계가 2시를──한 번, 그리고 또 한 번──알렸을 때, 우아한 부인 환자는 머리를 천천히 돌리고 상반신을 조금 비틀고 어깨 너머로 공공연하고 분명하게 한스 카스토르프의 테이블을, 그것도 단지 막연하게 그의 테이블 쪽이 아니라 정말 틀림없이 그만을 쳐다보았던 것이다. 그 다문 입술과 가느다란 프리비슬라프의 눈이「어떻게 하시겠어요. 이제는 가실 시간이에요. 당신, 가시지요.」라고 말하려는 듯한 미소를 머금고 있었다.

입으로는『당신』이라고 말한 적이 없는 사이라도 눈이 말할 때에는『당신』으로 건네는 것이다. 그리고 이 뜻하지 않은 사건이 한스 카스토르프의 마음을 완전히 혼란케 하고 깜짝 놀라게 했다. 그는 자기의 눈을 거의 믿을 수 없어, 멍하니 처음에는 쇼샤 부인의 얼굴을 쳐다보고, 다음에는 눈을 그녀의 이마로, 머리칼로 옮기고 마지막에는 허공으로 돌렸다. 쇼샤 부인은 그가 2시에 진찰을 받도록 돼 있는 것을 알고 있는 것일까? 그렇게밖에는 생각할 수 없다. 그러나 그런 일은 생각할 수도 없는 일로서 한스 카스토르프가 얼마 전까지 생각하고 있었던 것을 그녀가 알 리 없는 것과 마찬가지로 있을 수도 없는 일이었다. 요 얼마 전까지만 해도 한스 카스토르프는 감기가 이젠 괜찮아

지기 때문에 진찰을 받을 필요가 없다는 것을 요아힘을 통해 베렌스 고문관에
게 말하는 것이 어떨까 생각했지만 그녀의 질문하는 듯한 미소를 본 순간부터
그 생각은 매력을 잃고 불쾌한 지루함만을 느끼게 했다. 다음 순간 요아힘은
벌써 말아 둔 냅킨을 테이블 위에 놓고 눈썹을 위로 올리고 사촌에게 고개를
끄덕여 보이고 주위에 인사를 하고 테이블을 떠났다. 한스 카스토르프도 보기
에는 착실한 발걸음이긴 했으나 내심 동요해서 아까 그녀의 눈초리와 미소가
자기 위에 아직 머물고 있다는 것을 느끼면서 사촌을 따라 식당을 나왔다.

두 사람은 어제 오전부터 오늘의 진찰에 대해서 아무 말도 하지 않았으며,
지금도 계속 말없이 걷고 있었다. 요아힘은 걸음을 빨리했다. 약속 시간이 지
났고 베렌스 고문관은 시간에 대해 잔소리가 많았기 때문이었다. 식당을 나와
일층 복도를 사무국을 따라 걸어가 초로 닦은 리놀륨을 깐 깨끗한 계단을 따
라 지하로 내려갔다. 계단을 다 내려가면 곧 맞은편에 사기로 만든 푯말이 붙
은, 진찰실의 입구라는 것을 알 수 있는 문이 있는데, 요아힘은 이것을 노크
했다.

「들어오시오.」하고 베렌스는 『오』에 힘을 주어 외쳤다. 그는 수술복을 입
고 오른손에 들고 있는 검은 청진기로 허벅다리를 두드리면서 방 한가운데에
서 있었다.

「템포, 템포.」그는 이렇게 말하고 젖은 눈을 벽시계로 돌렸다. 「좀더 빨
리. 부탁드립니다. 여러분, 우리들은 당신들만 위해서 있는 의사는 아닙
니다.」

창앞 사무용 이중 탁자에 닥터 크로코브스키가 빛나는 무명셔츠 같은 검은
진찰복 때문에 더한층 창백하게 보이는 얼굴을 하고서 책상에 팔꿈치를 짚고
있었는데, 한 손엔 펜을 쥐고 다른 한 손은 수염 속에 넣고 있었다. 그리고는
카드 같은 서류를 앞에 놓고 들어온 두 사람을 조수로서 입회하는 것뿐이라는
무표정한 얼굴로 맞이했다.

「그러면 행상록(行狀錄)을 제출하시오.」

고문관은 요아힘의 사과에 대해 말하고는 체온표를 받아들고 그것을 눈으
로 훑어 보았다. 그 사이에 요아힘은 재빨리 상반신만을 벗고, 벗은 옷을 문
옆 옷걸이에 걸었다. 아무도 한스 카스토르프에게 참견하지 않았다. 그는 한
동안 선 채로 견학하다가 물이 든 플라스크가 있는 작은 테이블 앞의 팔걸이
에 술이 달린 작고 고풍스러운 안락의자에 앉았다. 두꺼운 의학서와 문서가
꽉찬 책장이 벽가에 서 있었다. 이밖에 가구로는 핸들로 높게도 낮게도 할 수

있는 긴 의자가 하나 밀칠을 한 흰 커버로 덮여 있었고, 머리를 얹는 베개에
는 종이 커버를 씌워 두었을 뿐이었다.

「콤마 7, 콤마 9, 콤마 8」하고 베렌스는 요아힘이 하루에 다섯 번씩 하는
검온 결과를 성실하게 기입한 주간 체온표를 넘기면서 읽었다. 「여전히 약간
취했군요. 짐센 군, 요전보다(요전이란 4주일 전을 말한다) 더 좋아졌다고는
말할 수 없어요. 독이 해소되어 있지 않아요.」이렇게 말했다. 「물론 오늘내
일 당장 좋아질 수는 없지요. 우리가 마법을 쓸 수도 없으니까요.」

요아힘으로서는 여기 온 것이 하루이틀이 아니라는 것을 항의할 수 있었지
만 그는 고개를 끄덕이고 벌거숭이 어깨를 으쓱했을 뿐이었다.

「언제나 날카로운 숨소리를 내던 오른편 폐문의 통증은 그 뒤 어때요, 괜찮
아요? 그러면 이쪽으로. 정중히 한 번 타진해 볼까요.」

그리고 진찰이 시작되었다.

베렌스 고문관은 다리를 벌리고 몸을 뒤로 젖히고 청진기를 옆구리에 끼고
요아힘의 오른쪽 어깨의 제일 상부를 타진했다. 오른쪽의 굵은 가운뎃손가락
을 해머 대신으로 하고 손목을 움직이면서 타진했다. 그 다음으로 등뼈 아래
로 내려가, 등의 중간과 하부의 측면의 타진을 끝내자 훈련이 되어 있는 요아
힘은 팔을 올려 겨드랑이 밑을 타진하게 했다. 계속하여 똑같은 일이 왼쪽에
서도 되풀이되고 그것이 끝나자 고문관은 『뒤로 돌아』라고 호령하여 가슴 타
진에 들어갔다. 목 바로 아래의 쇄골 근처에서부터 시작하여 가슴 위에서 가
슴 아래로 내려가 처음엔 오른쪽 다음엔 왼쪽을 타진했다. 타진이 완전히 끝
나자 이번에는 청진으로 들어가 청진기의 두 끝을 귀에 끼고 나팔을 요아힘의
가슴과 등에 대고 아까 타진한 곳을 남김없이 청진했다. 그 사이 요아힘은 깊
이 숨을 들이쉬고 일부러 기침을 해보이지 않으면 안 되었는데 이것은 상당히
피곤하게 만드는 것으로서 그는 숨이 막힌지 눈물이 글썽해졌다. 베렌스 고문
관은 요아힘의 체내에서 들은 모든 결과를 남김없이 사무용 책상에 앉아 있는
조수에게 간결한 용어로 기입시켰다.

한스 카스토르프는 그것을 견학하면서 양복점에서 양복 치수를 재는 광경
을 연상하지 않을 수 없었다. 단정한 차림새의 재단사가 손님의 허리와 팔다
리의 여기저기를 일정한 순서에 따라서 줄자를 대고, 옆에 몸을 구부리고 있
는 조수에게 줄자로 잡은 치수를 기입시키고 있는 광경이 머리에 떠올랐다.
『난음(難音)』, 『단축』 이렇게 베렌스 고문관은 말로 가르쳤다. 『정상』, 또
『정상』(이것은 결과가 양호함에 틀림없었다), 『거칠다』라고 말하고 이번에는

눈썹을 찌푸렸다. 『아주 거칠다』, 『잡음』. 닥터 크로코브스키는 이 모든 것을 재단사의 조수가 주인이 말하는 숫자를 기입하듯이 하나하나 기입했다.

한스 카스토르프는 고개를 옆으로 비스듬히 하고 요아힘의 상반신을 신중하게 보면서 견학하고 있었다. 크게 숨을 들이쉴 때마다 피부가 긴장하여 들어간 배 위에 늑골이(다행히도 요아힘에게는 아직 늑골이 있었다) 뚜렷이 나타났고 가슴과 억센 팔(한쪽 손목에 금사슬의 팔찌가 끼워 있었다)에는 꺼먼 털이 나 있는 밀빛의 날씬한 청년다운 상반신이었다. 이것은 체조 선생의 팔이라고 한스 카스토르프는 생각했다. 나는 그런 것에 조금도 흥미를 가지지 않았지만 요아힘은 평상시부터 체조를 좋아했는데, 그것은 군인이 되고 싶다는 희망과도 결부되어 있었다. 사촌은 언제나 나보다도, 다른 의미에서이긴 했지만, 몸에 관심을 갖고 있었다. 나는 평상시부터 문화인적이었고 목욕을 한다든지 고급 음식을 먹는 것에 마음을 쏟아왔지만 사촌은 남성적인 것을 요구했고 또 그런 일 하기를 좋아했다. 그런데 지금의 사촌의 육체는 이전과는 전혀 다른 의미에서 전면으로 나와 버리고 병 때문에 독립하여 제나름대로의 행동을 하게 되었다. 사촌은 약간 취한 듯 열이 있어서 독은 해소될 것 같지도 않고 언제 건강한 몸이 될지도 모른다. 불쌍하게도 평지에서는 군인이 되고 싶어했는데……. 보라, 아무것도 나무랄 데 없는 발육 상태가 아닌가.

이것으로 꺼먼 가슴털만 없다면 벨베데레의 아폴로(로마의 바티칸 궁정의 벨베데레라고 부르는 곳에 있는 아폴로 조각)와 똑같을 것이다. 그러나 가슴은 침식당하고 있고 외부도 병 때문에 너무 뜨겁다. 병은 인간을 완전히 육체적으로, 아니 단순한 육체로 만들어 버린다……. 한스 카스토르프는 이렇게 생각하고 깜짝 놀랐다. 그리고 당황하여 요아힘의 벌거숭이 상반신에서 눈을 돌리고 요아힘의 검고 다정스러운 큰 눈을 살피듯이 보았다. 일부러 기침을 하고 숨을 들이쉬었기 때문에 눈물이 글썽해진 눈, 진찰을 받으면서 견학을 하고 있는 한스 카스토르프의 머리 너머로 허공을 슬프게 쳐다보고 있는 요아힘의 눈을 보았다.

이윽고 베렌스 고문관은 진찰을 끝마쳤다.

「이젠 됐어요, 짐센 군.」 그는 말했다. 「모두 다 순조롭습니다. 나쁘기는 하지만 말입니다. 이 다음에는(그것은 4주 뒤의 이야기다) 어디든지 더욱 좋아질 것입니다.」

「고문관님 생각으로는 아직 얼마나 더…….」

「또 독촉인가요. 얼큰히 취한 상태로 당신의 부하를 혹사할 수는 없지 않습니까? 전날에도 앞으로 반 년이라고 말했을 텐데요. 그때부터 얼마나 지났는

지 손꼽아 보십시오. 그러나 반 년이 되는 것은 최소한도의 계산이라고 생각
해야 합니다. 여기서도 잘 지낼 수 있을 테니까, 조금은 점잖게 하고 계셔야
지요. 여기는 감옥이 아닙니다. 시베리아의 탄광도 아닙니다. 아니면 무슨 이
의(異議)라도 있습니까? 좋습니다. 짐센 군, 물러가십시오. 자, 다음 분.」
  이렇게 외치면서 허공을 쳐다보았다. 그리고 팔을 걷고 청진기를 닥터 크로
코브스키에게 넘겨 주었다. 조수는 그것을 받아 요아힘의 몸을 견습삼아 조수
로서의 간단한 진찰을 하기 시작했다.
  한스 카스토르프는 의자에서 벌떡 일어나 다리와 입을 벌리고 생각하고 있
는 것 같은 고문관으로부터 눈을 떼지 않고 서둘러 준비를 했다. 너무 당황하
여 반점 무늬의 와이셔츠가 머리에서 쉽사리 벗겨지지 않았다. 겨우 그는 고
문관 앞에 금발머리를 한 희고 가느다란 모습으로 섰다. 요아힘 짐센보다 문
화인다운 몸집이었다.
  그러나 고문관은 여전히 무엇인가를 깊이 생각하고 있어 앞에 서 있는 한스
카스토르프에게는 관심이 없었다. 닥터 크로코브스키가 다시 사무용 책상에
앉고 요아힘이 옷을 입기 시작하자 베렌스는 비로소 『다음 분』에게 눈길을 돌
렸다.
  「아, 그렇지, 다음은 당신 차례였지.」
  그는 이렇게 말하고 한스 카스토르프의 팔 위를 큰 손으로 잡고 청년의 몸
을 자기에게서 좀 밀어 내고 날카롭게 쳐다보았다. 그 눈은 사람의 얼굴이 아
니라 몸을 보고 있었던 것이다. 그는 어떤 물건을 돌리는 것처럼 청년의 몸을
돌리고 등을 보았다.
  「흠, 그럼 어떤 소리가 나는지 한 번 들어 볼까요.」
  그리고는 요아힘 때와 마찬가지로 타진을 시작했다.
  요아힘 짐센의 경우와 똑같은 곳을 전부 타진하고, 두세 군데 부분에서는
여러 번 되풀이 타진했다. 왼쪽 위의 쇄골 근처와 거기에서 조금 내려온 근처
를 번갈아가며 비교하는 듯이 한동안 타진했다.
  「들립니까?」
  베렌스는 그 부분을 타진하면서 닥터 크로코브스키에게 물었다. 다섯 발짝
가량 떨어진 사무용 책상에 앉아 있는 닥터 크로코브스키는 고개를 끄덕이며
들린다는 것을 알렸다. 그러나 너무 힘을 주어 고개를 끄덕였기 때문에 수염
이 아래로 밀려 수염 끝이 위로 구부러질 지경이었다.
  「깊게 숨을 쉬고…… 기침을 하고.」

고문관은 다시 청진기를 손에 쥐고 명령을 했다. 한스 카스토르프는 고문관이 청진을 계속하는 8분 내지 10분간 열심히 숨을 들이쉬고 기침을 하기도 했다. 의사는 그 동안 한 마디도 하지 않고 청진기를 이쪽저쪽에 대고 앞서 타진으로 시간이 걸린 곳을 특히 정성들여 여러 번 청진을 되풀이하였다. 그 것이 끝나자 그는 청진기를 겨드랑이에 끼고, 두 손으로 뒷짐을 지고 그와 한스 카스토르프 사이에 있는 마루로 눈길을 떨어뜨렸다.

「그렇지, 카스토르프 군.」하고 그는 말했다──한스 카스토르프를 성만 부른 것은 이번이 처음이었다. 「상태는 우리들이 상상하고 있었던 것과 대체로 일치하고 있어요. 지금이니까 말씀드립니다만, 나는 당신에게 점을 찍어 두고 있었습니다. 처음부터였지요, 당신과 가까이할 수 있는 과분한 영광을 얻은 뒤부터 말입니다. 그리고 당신이 사실은 여기에 속하는 인간이고, 얼마 안 가서 그것을 깨닫게 될 것이라는 것도 꽤 자신을 갖고 생각했던 것입니다. 이때까지만 해도 이곳에 놀이 삼아 올라온 사람들이 주위를 흘겨 보면서 콧대를 세우다가, 이런 방관적이고 호기심에 찬 태도를 깨끗이 버리고, 더 오래 체재하는 것이 현명하지 않을까──현명하지 않을까의 정도가 아니지요. 이 점을 잘 이해해 주셔야 합니다만──이렇게 홀연히 깨달은 실례가 얼마든지 있습니다.」

한스 카스토르프는 얼굴 빛이 변했다. 요아힘은 바지 멜빵의 단추를 채우려다가 그 손을 멈추고 그대로의 자세로 귀를 기울였다.

「당신은 이렇게 훌륭하고 호감이 가는 사촌이 있습니다.」고문관은 발가락과 발뒤꿈치로 몸을 앞뒤로 흔들면서 요아힘을 턱으로 가리키며 말을 계속했다. 「이 사람도 병에 걸린 일이 있다는 것을 옛날 이야기처럼 말할 날이 이제 올 것입니다. 그러나 아무리 그런 날이 오더라도 이 사람이, 즉 당신의 친사촌이 말입니다, 병을 앓았다는 것은 여전히 변함없는 사실인 것으로 이것은 당신에 관한 일도 어느 정도 설명을 해주는 것입니다. 카스토르프 군.」

「그러나 이 사람은 나와는 내외종간입니다. 고문관님.」

「무슨 말이오. 당신은 사촌이라는 것을 부인하려는 것은 아니겠지요. 내외종간이든 뭐든간에 이 사람과 당신은 역시 혈연 관계가 있는 것만은 확실하겠지요. 대체 어느 쪽의……?」

「외가 쪽입니다, 고문관님. 이 사람의 어머니가 우리 어머니의 올케지요.」

「그러면 당신 어머니는 건강하십니까?」

「아니오, 돌아가셨습니다. 내가 아주 어렸을 때 돌아가셨습니다.」

「그래요, 무슨 병으로요?」

「혈전(血栓) 때문입니다, 고문관님.」

「혈전으로요? 그것은 구식말입니다. 그러면 아버님은?」

「아버지는 폐렴으로 돌아가셨습니다.」한스 카스토르프는 말했다. 「그리고 할아버지도 마찬가지 병으로……」하고 덧붙였다.

「호, 할아버지께서도? 아무튼 조상 이야기는 그쯤 해두기로 합시다. 이번에는 당신에 관해서입니다만, 당신은 평상시에 위황병(萎黃病)의 경향이 상당히 있었을 텐데요, 없었습니까? 그러나 육체 노동과 정신 노동에도 곧 피로를 느끼지 않았습니까? 피로를 느꼈지요? 심장도 자주 뛰고? 요즈음처럼 말입니다. 좋습니다. 이 외에도 기관지염에 걸리는 경향이 많지요? 당신은 전에도 한 번 이 병을 앓은 것을 알고 있습니까?」

「내가 말입니까?」

「그렇지요. 지금은 당신에 관한 말을 하고 있는 거예요. 이 차이점을 알겠습니까?」

이렇게 말하고 고문관은 청년의 가슴 왼쪽 위와 그 아래를 번갈아 가면서 두들겼다.

「그쪽이 이쪽보다 탁음이 들립니다.」한스 카스토르프는 말했다.

「만점입니다. 전문의사가 될 수 있겠어요. 이것은 즉 탁음으로, 탁음은 벌써 석회질화한 옛날 환부, 유착된 데에서 나오는 소리입니다. 당신은 오래 전부터 환자입니다. 카스토르프 군. 그러나 당신이 그것을 모르고 지냈다고 해도 우리는 당신을 탓하지는 않습니다. 조기 진단은 곤란합니다. 특히 평지의 동료들보다 우리들이 더 훌륭한 귀를 가지고 있다는 것은 아닙니다. 물론 이 방면을 전문적으로 연습하고 있다는 것은 어느 정도 사실입니다만, 그러나 여기 공기가 우리들의 청각을 예민하게 해주고 있습니다. 이 위의 희박하고 건조한 공기가 말입니다.」

「그렇겠지요.」

한스 카스토르프가 말했다.

「좋습니다, 카스토르프 군. 그런데 잠깐만 들어 주십시오. 이제부터 격언을 두세 가지 들려 주지요. 당신이 지금 이 정도만이라면, 즉 체내의 바람주머니의 탁음과 유착, 체내의 석회성 이물 정도의 일로 끝난다면, 나는 당신을 고향으로 보내서 당신 일에는 이 이상 더 걱정 않기로 하겠습니다. 알아들었습니까? 그러나 사정이 현재와 같고, 진찰 결과도 확실해진 현재로서는 또 이

216

렇게 이미 여기에 체재하고 있는 형편이니, 고향에 돌아가는 것은 헛된 일입니다. 한스 카스토르프 군, 당신은 결국 여기에 되돌아오게 될 것이기에 말입니다.」

한스 카스토르프의 피가 다시 심장으로 거꾸로 흘러 들어가 그 때문에 고통이 심해지는 것을 느꼈다. 요아힘은 여전히 뒷단추에 손을 돌린 자세 그대로 눈을 아래로 깔고 있었다.

「왜냐하면, 탁음 외에 왼쪽 위에 소음이 있는데 이것은 거의 잡음에 가까워 분명히 생생한 환부인 것입니다. 나는 지금부터 벌써 연화병소(軟化病)를 운운하려는 것은 아닙니다만 적어도 침윤개소(浸潤個所)인 것만은 틀림없습니다. 당신이 저 평지에서 지금까지와 마찬가지로 지내면 폐엽(肺葉) 전부가 곧 못쓰게 될 것입니다.」

한스 카스토르프는 꼼짝도 않고 서 있었다. 입가가 이상하게 경련했고 심장이 늑골을 향해 툭툭 치고 있는 것이 분명히 보였다. 그는 요아힘을 보았지만 그 시선을 잡을 수 없었기 때문에, 다시 고문관의 얼굴을 쳐다보았다. 볼이 창백하고, 눈은 푸르게 젖어, 콧수염이 한쪽으로 치솟은 고문관의 얼굴을.

「이밖에 외적 증상으로서는……,」 베렌스는 말을 계속했다. 「오전 10시에 37도 6부라는 체온이 있는데 이것은 지금의 타진과 청진 결과와 대체로 일치하고 있습니다.」

「나는……,」 하고 한스 카스토르프는 말했다. 「카타르의 열이라고만 생각하고 있었습니다.」

「그러나 그 카타르 말입니다,」 고문관은 말했다. 「그것은 무엇 때문이겠습니까? 당신에게 이야기해 드리지요. 카스토르프 군, 잘 들어 주십시오. 내가 알고 있는 한, 당신은 뇌의 주름을 아주 많이 갖고 있는 것 같아요. 그런데 당신은 여기 공기가 병을 낫게 하는 데 좋다고 생각할 것입니다. 그렇지요? 사실 그렇습니다. 그러나 또한 여기 공기는 병을 유발시키는 데도 좋은 공기이지요. 처음에 병을 촉진시키고, 몸에 혁명을 일게 하고, 잠재하고 있는 병을 폭발시킵니다. 당신의 카타르도, 기분 나빠하지 마십시오, 그러한 폭발입니다. 아래 평지에 있을 때부터 열이 있었는지 모르겠습니다만, 적어도 이 위의 첫날부터 열이 났고 카타르로 말미암아 비로소 열이 난 것은 아닙니다, 나의 의견을 말씀드리면 말입니다.」

「그렇습니다.」 한스 카스토르프는 말했다. 「그렇습니다. 확실히 나도 그렇게 생각합니다.」

「당신은 아마 여기 도착하자마자 얼큰히 취해 있었을 것입니다.」고문관은 힘을 주어 말했다. 「이것은 박테리아를 발생한 가용성 독소에 의한 것으로, 이것이 중추 신경 계통에 도취 작용을 끼치는 것입니다. 알아들었습니까? 그렇게 되면 볼이 상기되는 것입니다. 당신은 우선 침대로 들어가야 합니다. 카스토르프 군, 이삼 주 지내는 동안 취한 것이 깨는가를 시험해 봅시다. 그리고 다음에 할 일은 또 그때에 가서의 일입니다. 우리는 당신의 멋진 내부 구조를 뢴트겐으로 사진찍어 두지요. 자기 신체 내부를 들여다보는 것도 재미있지요. 그러나 이것만은 지금부터 말해 두겠습니다. 당신과 같은 케이스는 오늘내일 낫는 성질의 것이 아닙니다. 선전 광고에 있는 것 같은 결과나 기적과 같은 치료는 바랄 수가 없습니다. 그러나 나는 한 번 보고 당신이 저기 있는 여단장 각하보다 훨씬 훌륭한 환자가 될 병자로서의 재능을 갖추고 있다고 직감했습니다. 이 여단장 각하는 체온계의 선이 두세 개 내리게 되면 곧 평지로 돌아가려고 합니다. 『쉬어』라는 호령은 『차려』라는 호령보다 좋지 않다고 생각하고 있으니까요. 안정은 공민 도덕의 첫째 의무입니다. 서두르는 것은 백해 무익입니다. 그러면 내 기대에 어긋나지 않도록 해 주십시오. 카스토르프 군, 나의 인간 감식력에 흠이 안 가도록 해주십시오, 부탁드리겠습니다. 그럼 앞으로 전진, 차고로 들어가도록.」

이렇게 말하고 베렌스 고문관은 이야기를 끝내고 다음 환자 진찰까지의 시간을 활동가답게 무엇을 쓰려고 책상으로 향했다. 그러자 닥터 크로코브스키는 의자에서 일어나 한스 카스토르프한테로 가까이 가더니 머리를 비스듬히 뒤로 젖히고 한쪽 손을 청년의 어깨 위에 얹고 수염 속의 누런 이빨이 드러날 정도로 뚜렷한 미소를 띠면서 아주 반갑다는 듯이 새로 온 환자의 오른손을 잡았다.

제5장

영원한 수프와 갑작스러운 광명

여기서 독자가 너무 놀라지 않게 하기 위하여 이 이야기를 엮어온 저자가 대신하여 놀라는 편이 좋을 사실이 한 가지 있다. 한스 카스토르프가 이 위의 사람들과 함께 지낸 처음 3주일(인간인 그의 예상으로 이번 여행의 총일수를 한여름의 21일로 잡았다)에 관한 보고는 우리들이 남모르게 생각했던 예측과 이상할 만큼 일치하는 공간과 시간의 넓이를 필요로 했다. 그러나 그가 이 위에서 지낸 그 뒤 계속된 3주일에 관해서 말한다면, 처음 3주일의 보고에 필요로 하였던 종이와 페이지와 시간과 날짜 수에는 도저히 미칠 수 없는 행과 말과 순간들을 필요로 할 뿐이다. 이제 우리들이 알게 되겠지만 그 뒤 계속되는 3주일간은 눈 깜짝할 사이에 지나가고 처리되고 말 것이다.

이것은 이상하게 느껴지겠지만 잘 생각해 보면 당연히 그렇게 되는 것으로, 이야기를 하고 듣는 경우의 법칙에 맞는 이치이다. 운명의 장난으로 뜻하지 않게 이 위에서 발이 묶여 버린 주인공 한스 카스토르프의 경우와 마찬가지로 우리들에게도 시간은 길게 되기도 하고 짧게 되기도 하며, 우리들의 시간 체험에 있어서도 시간의 폭이 넓어지기도 하고 줄어들기도 하는 것은 당연한 이치로 이야기의 법칙에도 맞는 것이다. 우리들이 한스 카스토르프와 함께 경험하는 시간의 불가사의한 현상에 대해 지금 주의를 환기하게 되는 것과 전혀 다른 현상에 대해서도 시간의 신비에 관해 독자의 주의를 환기시키는 것이 현명할지 모르겠다. 그러나 우리들이 환자로서 침대에서 보내는 나날이, 그것이 아무리 긴 나날의 연속이라 해도 얼마나 빨리 지나가 버리는가를 독자들이 상기해 준다면 지금으로서는 충분하다. 매일이 같은 나날의 되풀이이기는 하지만, 매일이 같은 나날이라고 한다면 『되풀이』라는 것은 사실은 옳다고 할 수 없을 것이다. 단조롭다든지 언제나 계속되고 있는 현재, 또는 영원이라고 불러야 할 것이다. 당신에게 정오의 수프가 어제 운반되었고 그리고 내일도 또 운반되게 될 것과 마찬가지로 오늘도 역시 운반되어 온다. 그리고 그것을 보는 순간, 영원의 호흡을 맛보게 된다.

그 호흡이 어떻게 어디서 불어오는 것인지 당신은 모른다. 아무튼 수프가 날라져 오는 것을 보는 순간 현기증을 느끼고, 시간의 구분을 모르게 되고, 그것이 녹아 당신의 눈에 삼라만상의 참된 모습으로 비쳐지는 것은, 베갯머리에 영원의 수프가 운반되어 오는 전후의 넓이도 없는 현재인 것이다. 그러나 영원에 관련해서 지루하다든가 지루하지 않다든가를 말하는 것은 큰 모순이라 하겠다. 우리들은 모순을 피하려고 생각한다. 특히 이 이야기의 주인공과 함께 있는 동안은 말이다.

한스 카스토르프는 우리들이 현재 머물고 있는, 세계 최고의 권위자인 베렌스 고문관의 명령으로 토요일 오후부터 침대에 누워 있었다. 가슴 주머니에 약자(略字) 이름을 실로 꿰맨 잠옷을 입고 양쪽 손을 머리 밑에 넣고, 미국 아가씨와 그밖에도 여러 사람이 그 위에서 죽었을 깨끗하고 흰 침대에 누워 현재의 이상한 생활 환경을 생각하면서, 감기 열로 흐려진 푸르고 단순한 눈을 천장으로 보내고 있었다. 만약 감기에 걸리지 않았더라면 그의 눈은 맑고 밝아 흐린 구석이 없었을까? 그러나 그것은 알 수 없는 일이다. 그의 마음이 아무리 단순하다 해도 그의 지금의 심정은 맑고 밝기는커녕, 몹시 흐리고 혼란되어서 멍해 있으며 어딘지 수상하고 애매했기 때문이다. 침대에 누워 있으면, 미친 것 같은 기쁨의 웃음이 치밀어올라 내부에서 가슴을 흔들었다. 이때까지 경험한 적이 없는 방종스러운 기쁨과 희망에 심장이 멎을 것같이 되기도 하고, 공포와 불안 때문에 얼굴이 창백해지고 심장이 황급히 늑골을 마구 두들기기도 했는데, 실은 그것이 양심의 고동이었던 것이다.

요아힘은 첫날에는 환자의 기분을 어지럽히지 않으려고 이야기를 일체 피하였다. 두세 번 병실에 조심스럽게 들어와서는 누워 있는 환자에게 고개를 끄덕여 보이고, 무언가 필요한 것이 없는가고 다정하게 물었다. 요아힘이 무슨 말이든 피하고 싶어하는 한스 카스토르프의 기분을 알고 존중하는 것은, 그 자신도 같은 기분이기 때문이었다. 그의 생각으로는 그가 사촌보다 더 괴로운 입장에 있었기 때문에 더욱 쉬운 일이기도 하였다.

그러나 일요일 오전, 사촌이 오기 전처럼 아침 산보를 혼자서 끝마치고 돌아온 요아힘은 지금 당장 필요한 일에 관해 사촌과 의논할 것을 주저하지 않게 되었다. 그는 환자의 베갯머리에 서서 한숨을 짓고는 말했다.

「인제 걱정한들 무슨 소용이 있겠나. 이렇게 된 이상 할 수 있는 데까지는 해 보도록 해야지. 집사람들이 자네가 돌아오는 것을 기다리고 있을 거야.」

「글쎄, 그럴까?」 한스 카스토르프는 대답했다.

「지금은 아직 별로 걱정 않겠지만, 그러다가 수요일이 되고 목요일이 되면 걱정하겠지.」

「뭘, 아무도 오늘내일 하고 기다리고 있지는 않아.」 한스 카스토르프는 말했다. 「내가 돌아가기 전부터 아무 날 돌아올 거라고 기다린다든가, 날짜를 세고 할 만큼 한가하지는 않거든. 내가 돌아가는 날이 돌아간 거지. 그러면 티나펠 종조부는 『오, 너 돌아왔구나.』하고 제임스 삼촌은 『그래, 재미있었나?』하면 그것으로 끝이야. 내가 안 오는 것을 깨닫게 될 때까지는 상당한 시간이 걸릴 거야. 정말이야. 물론 일간에 알려 드리긴 해야겠지만……」

「이번 일로 내가 얼마나 괴로운 생각을 하고 있는지 자네는 알아 주겠지.」 요아힘은 이렇게 말하고는 다시 한숨을 지었다. 「도대체 이제부터 어떻게 될 것인가. 물론 나는 책임 같은 것을 느끼고 있어. 자네는 나를 문병하러 여기에 올라왔고, 자네를 이 위에 소개한 것도 나였는데, 그런 자네가 여기에 붙들려 언제 다시 빠져 나가 자네의 직장에서 일을 하게 될지 아무도 모르니 말이야. 그것을 생각하면 나는 이루 말할 수 없이 가슴이 쓰리다는 것을 자네도 알아 주길 바라네.」

「잠깐만.」 하고 한스 카스토르프는 양쪽 손을 머리 밑에 넣은 채 말했다. 「무엇 때문에 번민한다는 거야. 자네답지 않게. 바보 같은 소리는 하지도 마. 자네를 문병하러 여기에 올라왔다고? 하긴 그렇지. 그러나 결국 첫째로는 하이데킨트의 명령으로 나도 휴양하기 위해 올라온 거야. 그런데 하이데킨트나 우리들 아무도 생각할 수 없을 정도로 휴양이 절대 필요하다는 것이 나타난 것뿐이야. 여기에 잠깐 예정으로 찾아왔다가 상황이 달라진 예는 내가 처음이 아니잖아. 가령 저 『둘 다』의 둘째 아들을 생각해 보게. 둘째 아들은 나와는 완전히 달리 얼마나 심한 꼴이 되었나. 아직 살아 있는지 어떤지는 모르지만, 아마 식사 중에 운반되어 나간 것이 아닐까. 내가 좀 몸이 나쁘다는 것은 나에게도 뜻밖이야. 지금까지처럼 여기에 손님으로서가 아니라, 환자의 한 사람, 정말로 자네들의 한 사람이 되기 위해서는 이제부터 그런 기분이 되어야 할걸세. 그러나 한편으로 나는 그것을 거의 조금도 뜻밖이라고 느끼지 않는다고

도 할 수 있지. 왜냐하면 나는 몸 컨디션이 아주 좋다고 느낀 적은 사실 한
번도 없었으니 말이야. 게다가 부모님이 저렇게 일찍 돌아가신 것을 생각하면
아주 좋은 건강을 희망하는 것은 무리지. 자네의 몸에 다소 흠이 있다는 것
도, 지금으로는 거의 나았다고 하겠지만, 우리들이 그것을 정직하게 인정하지
않을 수 없는 것은 우리들의 혈통에는 어딘지 그런 것이 다소 있기 때문이야.
적어도 베렌스는 그걸 말을 했어.」 그는 다시 말을 이어나갔다.

「나는 어제부터 이렇게 누워서 생각해 봤어. 도대체 나는 평소부터 어떤 심
정으로 살아왔을까, 그리고 전초에 대해, 즉 인생에 대해, 그리고 인생의 요
구에 대해 어떠한 태도로 살아왔는가 하고 말이야. 내 성질에는 평소부터 모
든 것을 엄숙하게 생각하는 것과 씩씩하고 소란스러운 것을 혐오하는 경향이
있었어. 이 점에 관해서는 얼마 전에도 둘이서 말을 나눈 적이 있지. 그리고
내가 슬프고 경건한 것에 흥미를 느끼는 것에서 성직자가 되어 보려고도 가끔
생각했다고 하는 거 말이야. 이를테면 관을 덮는 검은 헝겊이라든가, 은으로
된 십자가를 얹는다든가, R, I, P…… 즉 『평화롭게 쉬소서.』라는 것 말이야
……. 이 말은 다른 어떤 말보다도 아름다운 말로서 나에게는 『만세』라는 말,
어느 편인가 하면, 야단스러운 말보다 훨씬 호감을 주는 거야. 그것도 역시
내 자신이 흠이 있는 몸이고 처음부터 병과는 친숙했기 때문이 아닌가 싶어.
그것이 이번 기회에 알려진 것뿐이야. 그렇다고 하면, 내가 이 위에 올라와서
진찰을 받았다는 것은 운이 좋다고도 말할 수 있지. 자네가 그것 때문에 양심
의 가책을 받을 필요는 조금도 없어. 자네도 들었지? 내가 평지에서 계속 지
금처럼 살고 있었다면 나의 폐엽(肺葉) 전부가 영락없이 못쓰게 되었을지도
모른다는 걸 말이야.」

「그건 모를 일이야.」 요아힘은 말했다. 「정말이야. 그건 알 수 없는 일이
야. 자네는 전에도 좀 나쁜 데가 있었다지만 그건 아무도 모르는 사이에 저절
로 나아 버렸고 지금은 대단치 않은 탁음이 조금 남아 있을 뿐이라지 않아.
그러니 지금 나쁘다고 하는 침윤된 부분도, 자네가 우연히 이렇게 내가 있는
곳에 올라오지 않았더라면, 아마 이전의 경우와 마찬가지로 저절로 나아 버렸
을지 모를 일이잖아. 그러니 그건 모를 일이란 말이야.」

「그야 그렇지. 아직 뭐라고 말할 수 없는 것만은 확실해.」 한스 카스토르프
는 대답했다. 「그러니 또 최악의 경우를 예상할 권리도 없어. 가령 내가 요
양하기 위해 머무르지 않으면 안 될 일수에 대해서도 말이야. 자네는 내가 언
제 이곳을 빠져 나가 조선소에 들어가게 되는지 아무도 모른다고 했지만 자네

가 모른다는 것은 비관적인 의미에서 말하는 것이지. 내가 볼 때에 그렇게 생각하는 것은 너무 성급한 것 같아. 장차 어떻게 되는지 모른다고 하니 말이야. 베렌스는 언제까지라고 말을 하지는 않았지만 그는 생각이 깊은 사람이니까 예언자의 흉내를 내지 않은 것 뿐이라고. 아직 뢴트겐의 투시와 촬영이 남아 있어. 이것이 비로소 진상을 객관적으로 확실하게 해줄 것이지만, 그 결과, 예정 이상으로 열이 내려가게 되어 자네들과 작별 인사를 안 하게 된다고도 할 수 없잖아. 내 생각으로는 아직 아무것도 잘 모르면서 아는 체하고 집에다 엉뚱한 말을 전할 필요는 없다고 생각해. 형편을 보아서 편지를 쓰면 되는 거야. 몸만 조금 일으키면 이 만년필로 충분히 쓸 수 있어. 말하자면 내가 심한 감기에 걸려서 열이 있으니까 당분간 여행을 못 한다고 쓰면 되는 거야. 그 다음 일은 그때 가서 할 일이야.」

「알았어.」 하고 요아힘은 말했다. 「당분간은 그렇게 하는 게 좋겠어. 그리고 또 한 가지 일이 있는데 그것도 좀 기다렸다가 하기로 할까?」

「또 한 가지 일이라니 뭔데?」

「태평스러운 말을 하는군. 자네는 가방 하나만 들고 3주일 예정으로 여기 오지 않았나. 속옷과 셔츠 그리고 겨울옷도 필요하고, 구두도 말이야. 게다가 돈도 보내 달라고 해야잖아.」

「만일,」 하고 한스 카스토르프는 말했다. 「만일 그런 것이 모두 필요하게 된다면 말이지.」

「좋아, 그러면 기다리도록 하지. 그러나…… 아냐, 그래도 좋겠지.」

이렇게 말하고 요아힘은 흥분한 것처럼 방안을 왔다갔다했다.

「그러나 낙관은 금물이야. 나는 여기에 이만큼 있어 보아서 이곳 상황을 잘 알고 있어. 베렌스가 잡음에 가까운 거친 부분이 있다고 할 때는…… 그러나 물론 기다려 봐도 되지.」

이번에는 이것으로 말을 끝냈다. 그 뒤에 우선 평일의 1주일째와 2주일째 변화가 돌아왔다. 한스 카스토르프는 누워 있으면서도 그 변화에 참여할 수가 있었다. 현장에 직접 참여하지는 않았지만 요아힘이 방으로 찾아와 침대가에 15분 가량 앉아서 말해 준 보고에 의해 간접적으로 들을 수 있었다.

일요일의 아침 식사를 얹은 쟁반에는 화초를 꽂은 작은 꽃병으로 장식되어 있었고, 그날 식당에 나온 고급 케이크를 곁들이는 것도 잊지 않았다. 이윽고 아래 정원과 테라스는 활기를 띠고, 2주일마다 돌아오는 일요일의 연주회가 나팔 소리와 클라리넷의 비음으로 시작됐는데, 요아힘은 사촌 방에 와서 그것을 같이 들었다. 그는 발코니로 나가는 열린 문옆에 서서 방밖에서 들었고, 한스 카스토르프는 침대에서 몸을 반쯤 일으키고 고개를 들어 애정에 찬 경건한, 멍한 눈으로 들려오는 하모니에 귀를 기울이고 있었다. 그리고 음악이 『정치적으로 좋지 않다』고 말한 세템브리니의 말투를 마음속으로 생각하고 어깨를 으쓱했다.

그리고 또 아까도 말했지만, 한스 카스토르프는 방에서 지내는 동안의 현상과 행사 등에 관한 것들을 요아힘에게서 들었는데, 더욱이 일요일에 레이스로 된 아침옷, 또는 이와 비슷한 옷차림을 한 사람이 나타났는지(레이스로 된 아침옷을 입기에는 날씨가 추웠다), 오후에 드라이브가 있었는지(사실 두세 무리의 드라이브가 있었는데 『반폐 클럽』 회원들이 대거 클라바델로 갔다는 것이다) 하는 것도 요아힘에게 자세하게 물었다. 월요일에 요아힘이 닥터 크로코브스키의 강연에서 돌아와 정오의 안정 요양에 들어가기 전에 환자를 잠깐 문안하니, 환자는 강연 내용을 듣고 싶어했다. 요아힘은 입이 무거워 강연에 관해 이야기하려고 하지 않았다 —— 앞서의 강연에 관해서도 두 사람은 아무 말도 하지 않았다. 그러나 한스 카스토르프는 자세하게 그것을 들려 달라고 계속 졸랐다.

「나는 이렇게 누워 있지만 지불할 것은 다른 사람 못지않게 지불하고 있단 말이야. 그러니까 나도 좀 서비스를 받고 싶단 말일세.」 그리고 그는 2주일 전 일요일에 독자적으로 단행하여 그렇게 좋은 결과를 가져오지 못한 산책을 생각하고 그의 몸에 혁명적인 작용을 주어 잠재하고 있던 병을 폭발시킨 것은 사실은 저 산보가 아니었나 하는 추측에 대해 토론했다.

「그건 그렇다 하고, 여기 사람들이 말하는 건 말이야.」 하고 큰 소리로 말했다. 「단순한 보통 사람들인데도 아주 장중하고 위엄이 있어. 때로는 시처럼 들리더군. 그럼 잘 가게, 고맙네.」 그는 나무꾼의 말투를 흉내내 보였다. 「나는 그것을 숲속에서 들었는데 그건 한평생 못 잊을 거야. 그런 인상은 다른 여러 인상이며 추억과 함께 평생토록 귀에 남을 것 같아. 그런데 크로코브스키는 오늘도 사랑에 관해 말했는가?」 그는 물어 보고, 사랑이라는 말을 할 때 얼굴을 찡그렸다.

「물론이지.」 요아힘은 말했다. 「그밖에 무슨 말을 하겠나. 처음부터 그것이 그의 테마인데.」

「그래, 오늘은 무슨 말을 했나?」

「별것 아니야. 요전번에 자네도 들었으니 대강 짐작은 갈 거야.」

「하지만 뭔가 새로운 말을 했겠지.」

「별로 새로운 것은 없었어. 글쎄, 이번에 들려 준 것은 순전히 화학 강연이었어.」 이렇게 요아힘은 마지못하겠다는 듯이 말을 시작했다. 『이 경우』에는 일종의 중독 유기체의 자가 중독이 일어나는 것이라고, 닥터 크로코브스키가 말했다는 것이다. 이 중독은 인체에 퍼져 있는, 오늘날까지 아직 알려지지 않은 어떤 물질이 분해한 결과로 일어나는 중독인 것으로, 이 분해의 산물이 척추 신경 중추의 어떤 부분에 마취 작용을 끼치는 것이다. 그리고 이 마취 작용은 모르핀 또는 코카인 등의 외적 독소를 상용하는 경우와 똑같은 작용인 것이다.

「그 결과 볼이 상기된다는 거지.」 한스 카스토르프는 말했다. 「그것 보라지, 역시 들어 두는 것이 좋잖아. 무엇이든지 잘 알고 있는데. 그 사람은 아주 해박해. 두고 봐, 언젠가는 그는 몸에 퍼져 있다고 하는 그 미지의 물질도 반드시 밝혀 낼 것이고, 중추를 마비시킨다는 가용성 독소도 조합해 내게 될 테니 말이야. 그렇게 되면 그는 누구라도 특수한 방법으로 취하게 해버릴 수 있을 거야. 아마 옛날 사람들은 그것도 할 수 있었던 모양이지. 그의 말을 듣고 있으면 책에 있는 옛날의 미약(媚藥)이라든가 이와 비슷한 것도 뭔가 참말 같이 생각된단 말이야. ……벌써 가겠나?」

「그래.」 요아힘은 말했다. 「난 지금부터 좀 누워 있어야겠어. 어제부터 선이 또 올라가기 시작했거든. 자네의 일이 좀 영향을 준 것 같아.」

이것은 일요일과 월요일의 일이었다. 그리고 한스 카스토르프의 소위 『차고』 생활의 3일째가 밝았는데, 그것은 이렇다 할 특징이 없는 평일과 같은 화요일이었다. 그러나 화요일이라고 하면 그가 이 위에 온 요일이었고, 이것으로 여기에서 꼬박 3주일간을 지낸 것이 되어 그는 집에 편지를 써서 삼촌들에게 근황를 일시적이라도 보고 하지 않으면 안 되게 되었다. 이리하여 그는 새털 베개를 등에 대고 귀국이 예정보다 늦어진다는 것을 요양원의 편지지에다 썼다. 감기 열로 누워 있지만, 베렌스 고문관은 매우 양심적인 사람 같아서 이 감기를 단순한 감기로 처리하려고 하지 않고 그의 체질과 연관이 있다고 생각하는 것 같았다. 왜냐하면 원장은 처음 만났을 때부터 그가 심한 빈혈이라는 것을 주의시켜 주었기 때문인데 요컨대 요양원의 권위자들은 한스 카스토르프가 휴양을 위해 예정했던 일수를 충분한 일수라고는 생각하지 않는 것 같았다. 금후의 일은 알려지는 대로 보고할 작정이다—이만하면 되겠지 하고 한스 카스토르프는 생각했다. 한 마디라도 지나치게 쓰지 않고, 이것으로 한동안은

숨을 돌릴 수 있다. 편지는 요양원의 사환에게 넘어가 사환은 그것을 우편함
에 넣지 않고 직접 다음 정기 기차에 부탁해 주었다.

이 일이 있은 뒤 우리들의 모험가는 한결 가벼워진 기분으로 기침이 나고
카타르로 머리가 멍하니 괴로우면서도 매일을 한가로이 보내고 있었다. 몇 개
의 작은 부분으로 구분지어져 있어 언제나 변함없는 단조로움 때문에 길게도
짧게도 느끼지 않고 항상 똑같은 나날의 연속인 평일을 보내고 있었다. 아침
이 되면 마사지 선생이 방문을 힘차게 두드리고 들어왔다. 이 사람은 투른헤
르라는 이름의 골격이 우람한 대장부로서, 셔츠 소매를 걷어올린 팔에는 혈관
이 튀어 올라왔고 걸걸한 목소리로 말을 했다. 한스 카스토르프를 다른 모든
환자와 마찬가지로 방 번호로 부르고는 알콜로 몸을 닦아 주었다. 이 대장부
가 나가 버리면 얼마 안 있어 요아힘이 옷을 갈아입고 들어와서 아침 인사를
서로 나누고 사촌의 오전 7시의 체온을 묻고는 자기의 체온을 알렸다. 요아힘
이 아래 식당에서 아침 식사를 하고 있는 동안 한스 카스토르프는 새털 베개
를 등에 대고, 생활이 변했기 때문에 왕성해진 식욕으로 아침 식사를 끝마치
고, 이 시간에 침대에서 떠날 수 없는 환자와 위독 환자의 방을 식당을 지나
서 빠른 걸음으로 회진하고 다니는 의사들이 사무적으로 뛰어 들어오는 것에
도 거의 기분을 상하게 느끼지 않았다. 그는 설탕으로 볶은 과일을 입에 넣고
푹 잘 수 있었다고 보고하고, 고문관이 방 한가운데에 있는 테이블에 주먹을
짚고 거기에 놓여 있는 체온표를 빨리 조사하는 것을 찻잔 너머로 바라보며,
나가는 의사들의 인사에도 길게 끄는 목소리로 무관심한 대답을 했을 뿐이다.
그리고는 시거를 입에 물고 있으면, 산책나갔다는 것도 거의 모르고 있었던
요아힘이 아침의 규정된 산책에서 이제는 돌아와 있었다.

그리고 둘이서 다시 이것저것 이야기를 하였다. 두 번째 아침 식사까지의
시간은, 머릿속이 텅 비어 있어 정신적으로 빈약한 사람까지도 지루함을 느끼
지 못할 정도로 짧았다. 요아힘은 그 사이에 안정 요양을 했지만, 한스 카스
토르프는 이 위에서의 처음 3주일 동안의 인상으로 생각할 재료가 너무 많았
고, 더욱이 현재의 처지에 관해서, 그리고 또 그것이 앞으로 어떻게 전진할
것인가에 관해서도 생각을 해야 했기 때문에, 요양원의 도서실에서 빌려온 두
권의, 두꺼운 사진이 곁들여진 잡지는 침대 옆 테이블에 놓인 그대로인 채로
손에 들어 볼 틈도 제대로 없었다.

요아힘이 다보스 읍내까지의 두 번째 산책을 끝마치는 사이의 시간도 꼭 마
찬가지로 한 시간 가량 되는 시간이었다. 요아힘이 산책에서 돌아오면 다시

한스 카스토르프의 방에 와서 산책 도중 눈에 띈 것을 이것저것 이야기하여
들려 주며, 한동안 환자의 머리맡에 서 있든지 앉아 있든지 하고는 정오의 안
정 요양을 하러 나갔지만, 이 안정 요양 시간도 겨우 한 시간 정도였다. 양쪽
손을 머리 밑에 넣고 잠깐 천장을 쳐다보며 한 가지 생각에 몰두하고 있으면
벌써 종이 울려 침대에서 지내는 환자와 위독 환자들을 제외하고는 모두 점심
식사를 하러 오라고 준비를 재촉했다.

요아힘이 식사하러 나가면 병실에는 『정오의 수프』가 운반되어 온다. 운반
되어 온 실물에 비하면 『정오의 수프』라는 이름은 너무나 간소하고 상징적이
었다. 한스 카스토르프는 환자의 식사를 배당받지 못하였다. 더욱이 그러한
것을 배당받을 필요가 없었다. 그의 용태로서는 감식이나 절식은 어떠한 형식
으로든 요구되어 있지 않았다. 그는 침대에 누워 있으나 지불할 것은 다른 사
람에 못지 않게 지불하고 있고, 이 영원한 현재의 시각에 운반되어 온 것들도
『정오의 수프』가 아니라, 한 가지도 감해져 있지 않은 『베르크호프』의 정식
육품 요리였다. 평일에도 음식 분량이 많았지만 일요일은 호화판 연회석상처
럼 진수성찬으로 요양원의 완비된 호텔식 조리장에서 유럽 각국 요리에 통달
한 요리장에 의해 조리된 요리였다. 침대에서 지내는 환자 담당의 식당 아가
씨가 니켈로 도금한 뚜껑을 덮은 깊고 예쁜 큰 냄비에 넣어 날라 와서는 미리
준비된 병실용 테이블——다리 한 개로 서 있는 마법 테이블을 침대에 비스
듬히 환자 앞에까지 밀어 주어, 한스 카스토르프는 그 테이블에서 마치 그림
동화에 나오는 재단사의 아들(꺼내나온라)이 『요리상을 차려라』의 식탁을 앞에 둔
듯이 식탁을 향해 식사를 했다.

식사가 끝나자마자 요아힘이 돌아와 자기의 발코니로 들어갔다. 정오의 안
정 요양의 고요함이 베르크호프의 건물을 덮을 때면 대개 2시 반이었다. 아직
2시 반까지는 되지 않았을지 모른다. 정확하게 말하면 2시 15분이었다. 그러
나 시간 계산이 대범한 경우, 가령 여행길에 오랜 시간의 기차 여행을 하는
경우와 그밖에도 우리들의 노력과 생활을 다하여 시간 소비에 전념하고 기다
리고만 있는 공허한 상태 속에서는 15분이라고 하는, 한 시간에도 채 미치지
않는 짧은 시간은 계산에 넣지 않고 그냥 무시되어 버리는 법이다. 2시 15분,
이것은 2시 반과 마찬가지이다. 벌써 3시에 들어가기 시작했으니, 건너뛰어 3
시라 해도 상관이 없다. 아직 부족한 30분은 3시부터 4시까지 묶여진 한 시간
의 서곡이라고 생각하고 머릿속에서 뛰어넘어 버린다. 시간 계산이 대범한 경
우에는 이렇게 처리하는 법이다. 이렇게 하여 정오의 안정 요양 시간도 결국

한 시간으로 축소되어 버렸다고 할 수 있는데, 그 한 시간도 끝이 더 축소되고 잘리어 말하자면 생략 부호로 처리되고 만다. 그 생략 부호는 닥터 크로코브스키였다.

그렇다. 닥터 크로코브스키는 오후의 회진을 혼자서 할 때에 이제는 한스 카스토르프를 피하지 않게 되었다. 지금은 이 환자도 회진 환자 가운데에 넣어, 중간적 존재라는 간격이 없어진 환자의 한 사람으로서 용태를 물었다. 이 때까지 매일 되풀이되어 그럴 때마다 남몰래 한스 카스토르프가 좀 화가 났던 것처럼 빼돌림을 당하지는 않게 되었다. 닥터 크로코브스키가 34호실에 처음으로 나타난 것은 월요일이었다. 『나타났다』고 한 것은 한스 카스토르프가 그때에 물리칠 수 없었던 이상한, 좀 무서운 인상을 표현하는 데에 이것이 가장 적합한 말이었기 때문이다. 그때 한스 카스토르프는 꾸벅꾸벅 졸고 있었는데, 조수가 복도로 난 문이 아닌 바깥 발코니에서 방으로 들어와 발코니 쪽에서 침대에 누운 그에게로 가까이 오는 것을 알고 깜짝 놀랐다. 왜냐하면 닥터 크로코브스키는 복도를 따라서가 아니라 바깥 발코니를 따라 회진을 하고 발코니의 문이 열려 있는 곳으로 들어왔기 때문에 하늘에서 내려온 것 같은 인상을 없애 버릴 수가 없었다. 아무튼 시간의 생략 부호는 한스 카스토르프의 베갯머리에 검은 머리칼과 창백한 얼굴, 넓은 어깨와 당당한 모습으로 서서 가운데서 양쪽으로 가른 수염 사이로 누런 이빨이 보일 만큼 뚜렷하게 웃었다.

「내가 들른 것을 보고 놀라는 모양이군요, 카스토르프 씨.」하고 조수는 바리톤의 부드러운 목소리로 느릿느릿하니 점잔을 빼면서, r의 구개음을 굴리지 않고 혀를 위의 앞이빨 바로 뒤에 가볍게 한 번 치고 외국 사람처럼 발음하며 말했다. 「그러나 내가 이렇게 당신 방에도 용태를 물으려고 나타난 것은 나의 즐거운 의무를 다하는 것뿐입니다. 당신과 나와의 관계는 새로운 단계에 들어가 손님은 하룻밤 사이에 동료로 되었습니다.」『동료』라는 말이 한스 카스토르프를 좀 불안하게 했다.

「누가 오늘날을 예상했겠습니까.」크로코브스키는 동료답게 농조로 말했다. 「내가 처음으로 당신을 만나 인사를 하고 나의 그릇된——그때는 확실히 그릇되어 있었습니다——추측을 말씀드리자 당신이 완전히 건강하다고 대답한 밤에 누가 오늘과 같은 날이 있을 것을 예상했겠습니까. 그때 나는 당신이 말씀하신 것을 의심한다고 말한 것으로 기억합니다만, 나는 그러한 의미에서 말씀드린 것은 아닙니다. 정말입니다. 나는 실제보다 눈이 밝은 것같이 보이려는 생각은 없습니다. 그때에는 침윤 부분 같은 것은 생각하지 않았고 아주 다른 의미에서 더 일반적이고 철학적으로 말씀드렸을 뿐으로 『인간』과 『완전한 건강』이라는 두 말이 대체로 결합될 수 있는 말인지 아닌지 하는 의심을 말했을 뿐입니다. 그리고 당신의 진찰이 있었던 오늘도 나는 나의 원칙대로 존경하는 원장과는 달리 당신의 이 침윤 부분을……」 이렇게 말하고 손가락으로 한스 카스토르프의 어깨를 살짝 짚었다. 「흥미의 중심이라고 생각할 수는 없습니다. 이것은 나에게는 제이의적(第二義的)인 현상입니다. 유기체에 관한 것은 언제나 제이의적인 것입니다.」

한스 카스토르프는 제이의적이라는 말을 듣고 깜짝 놀랐다.

「이런 관계로 내가 볼 때 당신의 카타르는 제삼의적인 현상입니다.」 닥터 크로코브스키는 아주 시원스럽게 덧붙였다. 「그러면 그 카타르는 어떤 것일까요. 누워서 안정을 취하기만 하면 곧 좋아질 것입니다. 오늘의 검온 결과는 어떻습니까?」 조수의 방문은 이 뒤로는 보통 회진과 다를 것이 없었고 그 다음의 여러 날, 여러 주의 방문도 똑같은 것이었다. 닥터 크로코브스키는 3시 45분 또는 이보다 조금 전에 발코니에서 들어와 누워 있는 청년에게 씩씩하고 명랑하게 인사를 하고는 의사로서의 간단한 질문을 두세 번 한 뒤 탁 털어놓는 짧은 잡담을 꺼내고는 동료답게 농담을 하기도 했다. 이 모든 것이 어딘지 수상하다는 느낌이 없는 것은 아니지만, 이것도 도를 넘지만 않으면 결국 거기에 익숙해지는 것이므로 한스 카스토르프도 똑같은 날의 연속인 평일의 일과로 되어 버렸다. 그리고 정오의 안정 요양 시간에 생략 부호를 찍는 닥터 크로코브스키의 규칙적인 출현에도 익숙해져서 이것을 역겹게 생각하지 않게 되었다.

조수가 다시 발코니로 사라지면 4시가 되었고──말하자면 오후도 늦은 오후였다. 자기도 모르게 갑자기 오후도 늘어지고──그 오후는 곧 석양이 가까워왔다. 아래 식당과 위의 34호실에서 오후의 차를 마시는 동안에 5시가 가까워지고 요아힘이 세번째의 산보에서 돌아와서 사촌의 방을 찾아올 무렵에는 6시에 거의 가까웠다. 그래서 저녁 식사까지의 안정 요양을 좀 대범하게 계산하면 겨우 한 시간 가량 계속하는 것이 되고, 머릿속에서 무엇을 생각하거나 옆 테이블에 두꺼운 세계 사진 화보를 가지고 있는 사람에게는 간단하게 처리될 수 있는 시간이었다.

요아힘은 저녁 식사를 하러 떠나 버렸다. 식사가 방으로 운반되어 왔다. 골짜기는 벌써 어두워졌고 한스 카스토르프가 식사를 하고 있는 동안에 하얀 방안은 금방 어두워졌다. 그는 식사를 끝낸 뒤에도 새털 베개에 기댄 채 다 먹은 식탁을 앞으로 하고 계속 앉아 성급히 저물어가는 풍경, 어제도 그제도 1주일 정도 거의 변화가 없는 오늘의 황혼을 바라보았다. 밤이 되었다. 아까까지만해도 아직 아침이었는데, 작게 구분되어져 있어 지루함을 느끼지 않아도 되게끔 구성되어 있는 하루는 문자 그대로 어느 사이에 무너지고 사라져 버렸다. 한스 카스토르프는 그것을 알아차리고, 미소를 자아내는 놀람을, 또는 여러 가지의 의미에서 감개 무량한 기분을 느꼈다. 그의 젊은 나이로는 이러한 것에 깊은 공포감을 가지기에는 아직 거리가 멀었기 때문이다. 여전히 같은 석양을 보고 있다는 느낌뿐이었다.

한스 카스토르프가 침대에 누워 있게 된 이후 10일 아니면 12일이 지났을까. 어느 날 해질녘에, 말하자면 요아힘이 저녁 식사와 밤의 사교 모임에서 아직 돌아오지 않았을 무렵, 방문 두드리는 소리에 한스 카스토르프가 이상히 여기며, 「들어오십시오.」 하자 로도비코 세템브리니가 문지방 위에 그 모습을 나타냈다. 이와 동시에 순식간에 방안이 눈부실 정도로 환해졌다. 방문객이 방안으로 들어오면서 문도 채 닫기 전에 먼저 천장의 전등 스위치를 켠 때문이었다. 전등불은 천장과 가구의 흰색에 반사하여 방은 금방 밝은 빛으로 가득해졌다.

요양객 중에서 이 이탈리아 인은 한스 카스토르프가 요 며칠 동안 요아힘에게 이름을 분명히 말하고 소식을 물어 본 유일한 인물이었다. 요아힘은 사촌의 침대 가장자리에 앉는다든지 또는 침대 옆에 서서 10분 가량 말을 할 때마다―하루에 열 번이었다―요양원의 매일 생활의 작은 사건과 변동을 말해 주었지만, 한스 카스토르프 쪽에서 질문하는 경우에는 언제나 일반적이고 비개인적인 것에 관해서만이었다. 격리되어 지내는 청년의 호기심은 새로운 손님이 왔는가, 또는 얼굴을 잘 아는 환자 중에 누가 퇴원했는가 하는 것을 알고 싶어했는데, 전자는 있었지만 후자는 없었다는 말을 듣고는 만족해했다. 새 얼굴이 한 사람 왔는데, 이 볼이 여위고 창백한 얼굴의 젊은 사람은 사촌들의 식탁 바로 왼쪽 이웃 식탁, 상아색의 레비 양과 일티스 부인의 식탁에 앉게 되었다는 것이었다. 그렇다면 한스 카스토르프도 얼마 안 있어 이 사람을 보게 되겠지. 그러면 퇴원한 사람은 아무도 없다는 말인가? 이에 대해 요아힘은 눈을 아래로 깔고 그런 사람은 없다고 간단히 대답했다. 그리고 요아힘도 마침내는 짜증을 내는 목소리로, 자기가 알고 있는 한에는 아무도 퇴원하게 될 사람은 없고, 대체로 여기서는 그렇게 간단하게 퇴원할 수는 없다고 딱 잘라 말했지만, 그 뒤에도 여러 번, 사실은 하루 걸러씩 같은 질문에 대답을 해야 했다.

세템브리니에 관해서는 아까도 말했지만 한스 카스토르프가 이름을 들어 물어 보았고 세템브리니가 이번 일에 대해 어떻게 말했는지 듣고자 하였다.

「이번 일이라니?」

「즉, 내가 이렇게 병에 걸려 누워 있다는 것에 대해서 말이야.」

사실 세템브리니는 이번 일에 관해서 아주 간단하지만 자기의 의견을 말했다는 것이다. 한스 카스토르프의 모습이 보이지 않게 된 그날에 곧 세템브리니는 청년이 있는 곳을 물으러 요아힘 옆에 가까이 와서, 한스 카스토르프가 집으로 돌아가 버렸다는 대답을 기대했던 것이다. 요아힘한테서 사정 이야기를 듣더니 이탈리아 인은 두 마디의 이탈리아 말로 대답했다는 것이다. 처음에는 『Ecco』, 다음에는 『Poveretto』라고 말했다는데, 이것을 옮기면, 『그것 보라지』와 『가엾게시리』이다. 청년들의 이탈리아 어 지식으로도 이 두 가지 말의 의미 정도는 이해할 수 있었다.

「왜 내가 가엾다는 거야?」 한스 카스토르프는 말했다. 「그는 인문주의와 정치의 결합에서 생겼다는 문학을 내세우면서 이 위에 도사리고 앉아 현세의 복지를 조금도 증진시키지 못하고 있지 않느냔 말이야. 그러한 그가 나를 그렇게 위에서 내려다보고 불쌍하다고 하니 말도 안 되지. 이래뵈도 나는 그보다 더 빨리 평지로 돌아가게 될 거야.」

그 세템브리니가 갑자기 밝아진 방안에 서 있는 것이었다. 한스 카스토르프는 팔꿈치를 짚고 문 쪽으로 얼굴을 돌렸는데, 상대방을 눈을 가늘게 뜨고 보고 그것이 세템브리니라는 것을 알고 얼굴을 붉혔다.

세템브리니는 여느때와 마찬가지로 조금 낡은 색깔에 깃이 큰 두꺼운 저고리를 입고 바둑판 무늬의 바지를 입고 있었다. 저녁 식사를 마치고 돌아오는 터라, 늘 하는 버릇이지만, 이쑤시개를 입에 물고 있었다.

콧수염이 곱게 젖혀 올라간 밑으로, 입을 삐죽거리면서 점잖고 냉정한, 비판적인 미소를 띠고 있었다.

「안녕하십니까, 엔지니어? 어떻게 지내는지 보러 왔습니다. 역시 불빛이 필요하다고 생각하였기에……. 내 독단을 용서해 주십시오.」 세템브리니는 이렇게 말하고 작은 손을 힘차게 천장의 전등 쪽으로 올렸다.

「명상을 하고 있었던 모양이군요. 그다지 방해할 생각은 없습니다. 지금의 당신 처지로서는 생각을 하지 않을 수 없겠지요. 더욱이 이야기 상대로는 사촌이 계시니까 나 같은 사람이 필요없다는 것은 나도 잘 알고 있습니다. 그렇지만 말입니다, 우리들은 좁은 장소에서 이웃하여 살아가고 있고 인간으로서 서로 관심을 갖고 즉 정신적인 관심, 감정상의 관심을 갖고 살고 있습니다. 당신의 모습을 보지 못한 지 어언간 1주일 남짓이 되었습니다만, 나는 아래 레펙토리움(숙동휴)에서 당신 자리가 비어 있는 것을 보고, 틀림없이 당신은 고향으로 돌아간 줄로만 알았지요. 그런데 소위님이 그러한 나의 착각을, 좀 불손하게 들릴는지 모르겠습니다만, 나의 즐거운 착각을 고쳐 주었습니다. 그건 그렇고, 어떻습니까? 어떻게 지내십니까? 기분은 어떻습니까? 그다지 대단한 것은 아니겠지요?」

「아, 당신이군요, 세템브리니 씨. 찾아 주셔서 감사합니다. 하하하, 『레펙토리움』이라고요? 금방 재치 있는 말씀을 하시는군요. 그 의자에 앉으십시오. 방해라니요. 천만의 말씀입니다. 나는 그냥 누워서 무언가를 생각하고 있었지요. 생각을 했다면 좀 과장입니다만, 나는 어떻게 게을러빠졌던지 전등불을 켜지도 못했습니다. 정말 고맙습니다. 기분은 여느때와 거의 다를 바 없습니다. 감기는 침대에서 안정을 취한 탓으로 거의 다 나았습니다만, 이것을 일반적인 말로는 제이의적인 현상이라는군요. 체온이 역시 정상이 아니어서 37도 5부로 되었다가 37도 7부로 되기도 하는데, 이것은 누워 있어도 변함이 없군요.」

「시간을 정해 놓고 검온을 하십니까?」

「네, 하루에 여섯 번, 이 위에 사는 당신들과 똑같이 하고 있습니다. 하하하, 실례합니다. 당신이 우리들의 식당을 레펙토리움이라고 말씀하신 것이 아직 우스워서요. 수도원에서 식당을 그렇게 부르는 것이 아닙니까. 정말이지 여기도 그런 느낌이 좀 들기는 합니다. 나는 아직 수도원을 방문한 일이 없습니다만 이런 것이 아닌가 상상해 봅니다. 게다가 계율도 완전히 잘 외우고 있어 그것을 엄밀히 지키고 있습니다.」

「신앙심이 깊은 수도사처럼 말입니까? 당신의 수업 시대는 끝났습니다. 종단(宗團) 가입의 선서도 끝마쳤다고 할 수 있겠지요. 진심으로 축하드립니다. 당신은 『우리들의 식당』이라고 말할 정도로 되었으니 말입니다. 게다가──당신은 당신의 남성으로서의 자존심을 상하게 하려고 하는 것은 아닙니다만──수도사라고 하기보다는 오히려 젊은 수녀를 상기시킵니다. 머리를 지금 막 잘라 버린 순교적인 큰 눈을 한 수녀, 그리스도의 순결한 신부를 말입니다. 나는 전에 가끔 그런 어린 양을 보고 그때마다…… 웬일인지 감상적인 기분을 금할 수가 없었습니다. 아아, 그리고 사촌에게 다 들었습니다. 당신은 이곳을 떠날 때가 임박했을 무렵에 진찰을 받았다고요.」

「열이 있어서요. 그렇지만 세템브리니 씨, 이 정도로 감기에 걸리면 평지에 있어도 단골 주치의를 불렀을 겁니다. 하물며 전문 의사가 두 분이나 있는, 말하자면 이 본바닥에서 진찰도 받지 않는다는 것은 우스운 일이 아니겠어요?」

「맞습니다, 맞습니다. 한데 당신은 의사가 말하기 전에 검온을 하신 거군요. 하긴 처음부터 권고를 받으셨겠습니다만. 체온계는 밀렌동크에게 강매당했겠지요?」

「강매당했다구요? 필요했기 때문에 한 개 산 것뿐입니다.」

「딴은 합법적인 거래였군요. 그래, 원장은 당신에게 몇 달을 선고합디까? 그러고 보니 내가 언젠가도 당신에게 이런 말을 물어 보았지요. 기억하고 계십니까? 당신이 이곳에 와서 바로였습니다. 그때만 해도 당신은 씩씩하게 대답해 주었습니다만……」

「물론 기억하고 있습니다, 세템브리니 씨. 나는 그 이후 새로운 체험을 여러 가지로 쌓았습니다만 그때의 일은 아직 어제 일처럼 기억하고 있습니다. 그때부터 당신은 아주 재미나는 말씀을 해주셨지요. 베렌스 고문관을 염라대왕으로 간주하기도 하고 말입니다……. 라다메스…… 아니오, 조금은 틀렸군요…….」

「라다만트입니까? 말이 난 김에 내가 그렇게 불렀을지 모르겠습니다. 가끔 머리에 떠오르는 일을 모두 다 기억하고 있지는 않습니다.」

「라다만트, 물론 그렇습니다. 미노스와 라다만트, 그리고 카르두치에 관해서도 말씀해 주셨습니다.」

「실례입니다만 카르두치에 관해서는 언급하지 말도록 합시다. 지금 이 순간에 당신이 그 이름을 언급한다는 것은 너무나 어울리지 않습니다.」

「그것도 좋습니다.」 한스 카스토르프는 웃으면서 말했다. 「그러나 나는 당신을 통해 그 인물에 관해서도 여러 가지로 알 수가 있었습니다. 나는 그때는 아무것도 생각하지 않고 당신에게도 3주간의 예정으로 왔다고 말씀드렸습니다. 그렇게만 생각했던 것입니다. 그때에는 클레펠트 양에게 기흉으로 이상한 인사를 받았던 터이라 좀 기분이 이상하게 되어 있을 때였습니다. 그러나 그때부터 이미 열이 있는 것을 느끼고 있었습니다. 말하자면 여기 공기는 병을 고치는 데 좋을 뿐 아니라 병을 걸리게 하는 데에도 알맞아 가끔 병을 폭발시켜 놓습니다. 결국 이것은 병을 고치는 데 필요한 것입니다만.」

「속기 쉬운 가설이군요. 베렌스 고문관은 당신에게 독일계의 러시아 부인 이야기를 말하던가요? 작년, 아니 재작년에 여기에 6개월간 있었던 부인 이야기 말인데요, 아직 말하지 않았던가요? 이야기를 했어야 하는 건데. 그녀는 사랑스러운 부인인데, 태생은 독일계 러시아 인으로, 결혼을 해서 아기도 있는 젊은 어머니였습니다. 동방의 나라에서 이곳에 와서 임파선의 체질로 빈혈증에 걸려 있었습니다만 이 외에도 좀 염려스러운 병이 있었던 모양입니다. 그런데 여기에 와서 1개월이 지나자 기분이 좋지 않다고 호소하기 시작했지만 참으라는 것이었습니다. 2개월이 지났지만 여전히 좋아지지는 않고 나빠지기만 한다는 것이었습니다. 여기에 대해 의사는, 나빠지기만 할 뿐인지 아닌지는 의사만이 판단할 수 있는 것이고, 그녀가 말할 수 있는 것은 기분의 좋고 나쁨뿐이니, 이것은 중요한 것이 아니라고 했습니다. 그녀의 폐는 만족할 만한 상태에 있다는 것입니다. 그래서 그녀는 아무 말도 하지 않고 요양에 열중했습니다만 매주 체중이 줄어갔습니다. 4개월째에는 진찰중에 기절까지 했습니다. 아무렇지도 않다, 폐는 만족할 상태에 있다고 베렌스는 말했습니다. 그러나 5개월째에는 걸어다닐 수도 없게 되어 그녀는 동방에 있는 남편에게 편지를 써서 베렌스는 남편에게서 편지를 받았습니다. 겉봉엔 씩씩한 필치로 『지급』 그리고 『친전』이라고 써 있었습니다.」 그리고 다시 말을 이었다.

「나도 이 눈으로 그것을 보았습니다. 그래서 베렌스가 말하기를, 『그렇군요. 당신은 여기 기후에는 맞지 않는 것 같습니다.』하고는 어깨를 으쓱거렸습니다. 그녀는 대단히 분격했습니다. 그러면 그렇다고 더 빨리 말해 주었어야 할 게 아니냐고 외쳤습니다. 그런 것을 자기는 처음부터 알고 있었다, 덕택으로 완전히 몸을 망쳐 버렸다고 말했답니다⋯⋯. 아마 그녀는 동방의 남편 곁에서 이제 다시 원기를 회복했을 겁니다.」

「멋집니다. 당신은 어떻게 그렇게 재미있게 말씀을 하십니까, 세템브리니 씨. 말씀이 정말 모두가 조형적입니다. 언젠가 말씀해 주신 호수에 들어가 『무한정』을 억지로 받았다는 아가씨의 말씀만 해도 나는 지금도 혼자서 가끔 웃곤 합니다. 정말이지 여러 가지 이야기가 있어서 전부를 다 안다는 것은 바랄 수 없군요. 여하튼 나의 경우는 아직 아무것도 모르는 상태입니다. 고문관이 내 몸에 좀 나쁜 데를 발견한 것 같기는 합니다. 내가 모르는 가운데 병을 앓은 일이 있다고 하는 옛날의 환부를 타진할 때 나도 그 소리를 듣기는 하였습니다만, 이번에는 어딘지 이 근방에 신선한 환부의 소리가 난다는 것입니다. 하하, 이런 것을 『신선』이라니 이상한 말인데요. 그러나 지금까지는 청각상의 진단뿐인 것이니까 진짜 진단다운 진단은 내가 앞으로 일어날 수 있게 되어 뢴트겐 투시와 촬영이 끝나야 비로소 할 수 있을 것입니다. 그때 가면 비로소 확실한 결과가 판명될 것입니다.」

「그렇게 생각하십니까? 뢴트겐의 사진 원판에 가끔 반점이 나타나 그것이 단지 기술상의 반점에 불과한데도 공동(空洞)이라고 진단되는 일이 있고, 정말로 나쁜 데가 있는데도 불구하고 원판에는 반점이 전혀 나타나지 않는 일이 있다는 것을 알고 있습니까? 사진의 원판 같은 건 정말 믿을 수가 없습니다. 여기에 젊은 고전 연구가(古錢研究家)가 있었습니다. 열이 있었지요. 하루는 열이 있었는데 의사는 그의 원판에서 확실하게 공동을 발견했던 것입니다. 타진을 하면 공동의 소리까지 들린다는 것입니다. 그래서 폐병 치료를 받았는데, 그것이 원인이 되어 죽었습니다. 시체 해부 결과, 폐에는 아무런 이상이 없고 죽음의 원인은 구균(球菌)이 원인이었다는 것이 판명되었습니다.」

「잠깐 기다리십시오, 세템브리니 씨. 지금부터 벌써 시체 해부 이야기입니까? 나는 이래뵈도 아직 거기까지 가 있지 않다고 생각합니다만.」

「엔지니어, 당신은 보통이 아니군요.」

「그리고 당신은 골수에 젖은 비평가요, 회의주의자입니다. 그렇습니다, 정확한 과학까지도 믿지 않으니 말입니다. 당신의 원판에는 반점이 보입니까?」

「네, 조금은 보이지요.」

「그렇다면 정말로 나쁩니까?」

「네, 유감스럽게도 상당히 나쁩니다.」

이렇게 세템브리니는 말하고 머리를 수그렸다. 말이 잠깐 중단되더니 세템브리니는 가볍게 기침을 했다. 한스 카스토르프는 말이 없는 손님을 편안히 누운 자세로 보고 있었다. 지금 두 가지의 간단한 질문으로 모든 것을, 공화제와 아름다운 문체까지도 반박하고 말을 못 하게 만든 것 같았다. 이쪽에서 말을 다시 계속하려는 생각은 조금도 없었다.

얼마 안 있어 세템브리니 씨는 미소를 지으며 얼굴을 들었다.

「인제 말해 주십시오, 엔지니어.」그는 말했다. 「집안 사람들은 당신의 보고를 어떻게 듣고 계십니까?」

「다시 말해서 무슨 보고 말입니까? 내 귀가가 늦어진다는 것 말입니까? 우리 집 사람들이라 해도 가족이 전부해서 세 사람뿐입니다. 종조부와 그분의 두 아들, 그리고 이 두 분의 숙부와 나하고는 오히려 사촌끼리의 사이입니다.

그밖에는 가족이 없습니다. 나는 어렸을 때 부모님을 여의었으니까요. 집안 사람들이 어떻게 받아들이고 있는가 그 말씀이지요? 아직 자세한 보고는 보내지 않았습니다. 나도 자세한 것은 아직 모르니까요. 안정 요양을 처음 시작했을 때 심한 감기가 걸려서 그 때문에 못 돌아간다고 써보냈지만, 너무 오래 끌기 때문에 어제 또 한 통의 편지를 썼지요. 베렌스 고문관이 카타르의 일로 해서 가슴의 상태에도 눈을 돌리기 시작했는데 이 점이 분명해질 때까지는 출발을 연기해야 한다고 하더라는 내용을 보고해 두었습니다. 아마 집에서는 이 점을 아주 침착하게 양해해 줄 것입니다.」

「그러면 당신의 직장은요? 취직이 될 단계였다고 하는 것에 대해 들은 적이 있는데요.」

「네, 견습하는 일이지요. 그 조선소에는 일단 그만두기로 말해 두었습니다. 그 때문에 조선소가 곤란하게 되지는 않을 테니까요. 견습생 같은 건 몇 년을 안 와도 충분히 해나갑니다.」

「잘하셨습니다. 그럼 그 방면에서는 아무 지장이 없다는 거군요. 대체로 독일 사람들은 모두 냉정하군요. 그렇지요? 그리고 또 정력적이고요.」

「네, 그래요. 정력적이기도 합니다. 그뿐이겠습니까, 너무 정력적입니다.」 하고 한스 카스토르프는 말했다. 그리고 멀리 떨어진 고향 사람들의 생활 기풍을 생각하고, 이탈리아 친구가 참으로 정확하게 그 특색을 포착했다는 생각이 들어 맞장구를 쳤다.

「냉정하고 정력적, 정말 그렇습니다.」

「그러면,」 세템브리니는 계속했다. 「당신이 이제부터 여기 머무르게 되면 우리도 여기서 당신의 종조부님을 만나 뵐 수 있겠군요. 당신의 용태를 알아보려 문병하러 오실 테니 말입니다.」

「천만에 말씀입니다.」 한스 카스토르프는 외쳤다. 「무슨 일이 있어도 안 올라오십니다. 열 마리의 말이 끌어당겨도 여기에는 안 오십니다. 종조부님은 심한 고혈압입니다. 그리고 거의 목이 없을 정도로 비만하시지요. 아무튼 종조부께는 정상적인 기압이 필요합니다. 여기 올라왔다가는 그야말로 아까 말씀하신 동방에서 온 부인 이상으로 더 심하게 되어 큰일이 일어날 것입니다.」

「거 참 유감인데요. 고혈압이라는 말이군요. 그렇다면 냉정도 정력도 통용이 안 되겠군요. 종조부님은 부자지요? 당신도 그렇지요? 당신 나라 사람들은 모두 다 부자더군요.」

한스 카스토르프는 세템브리니 씨의 문필가다운 요약 방법에 미소를 지었지만, 편안한 자세 그대로 또다시 먼 세계, 멀리 떨어진 고향 하늘을 생각해 보았다. 그는 그것을 생각해 보고는 제삼자로서 공평하게 비판하려고 노력하면서, 떨어져 있는 거리에 용기를 얻어 공평하게 판단하는 힘을 얻었다. 그는 말했다.

「부자입니다. 그렇습니다. 그러나 부자가 아닌 경우도 있습니다. 부자가 아니면, 그거야말로 한층 더 불행한 것입니다. 나 말입니까? 나는 백만장자는 아닙니다만 내가 가지고 있는 것은 확실한 투자가 되어 있어 나는 누구의 신세도 지지 않고 지냅니다. 살아가는 데 부자유는 없습니다. 그러나 나의 이야기는 그만둡시다. 당신이 저 밑에서는 부자가 아니면 견딜 수 없느냐고 묻는다면 나도 당신에게 찬성했을 것입니다. 그렇습니다. 부자가 아니면, 또는 부자가 아니게 되어 버린 경우는 비참합니다. 『그자? 그자는 아직 돈을 가지고 있는가?』라고 누구나 말합니다. 이와 같은 말로, 이와 같은 얼굴로 말하는 것입니다. 나는 가끔 이런 말을 들었습니다만, 이것이 깊은 인상을 주었던 것 같습니다. 흔히 듣고 있어도 역시 이상하게 느껴졌으니까요. 그렇지 않았다면 마음에 남지 않았을 것입니다. 그래, 당신은 어떻게 생각하십니까? 그렇지요. 요컨대 인문주의자인 당신에게 독일이 호감을 주리라고는 생각지 않습니다. 그쪽 인간인 나에게까지도 지금 생각해 보면 가끔 거칠고 품위가 없게 느껴집니다. 나는 개인적으로는 그 쓰라림을 경험하지는 못했지만, 오찬에 제일 비싼 포도주를 내놓지 못하는 집과는 아무도 교제하려 하지 않고, 그 집 딸은 시집을 가지 못합니다. 그런 사람들입니다. 나는 여기 이렇게 누워서 멀리에서 그것을 생각해 보니 어쩐지 무서운 생각이 드는군요. 아까 뭐라고 그랬던가요? 냉정하고 그리고 정력적, 그렇습니다. 그러나 이것은 무엇을 의미하는 것일까요? 그것은 냉혹하고 무정하다는 말입니다. 그리고 냉혹하고 무정하다는 것은 무엇을 의미합니까? 그것은 잔인함을 의미합니다. 저 밑에는 잔인한 기풍이 있습니다. 무정한 기풍이 말입니다. 여기 이렇게 누워서 멀리서 그것을 생각해 보니 마음이 오싹해지는군요.」

세템브리니는 귀를 귀울이고 고개를 끄덕였다.

한스 카스토르프가 비평을 끝내고 입을 다물어 버린 뒤에도 이탈리아 인은 계속 고개를 끄덕였다. 그리고 그 다음에 한숨을 쉬고 말했다.

「인생에 따르기 마련인 잔인성이 당신 나라의 사회에서 취하고 있는 특수한 형태를 나는 변호하려고는 생각지 않습니다. 그건 그렇다 치더라도 잔인성이라는 비난이 꽤 감상적인 비난이라는 생각에 변함은 없습니다. 당신도 그곳에

살고 있으면 스스로 자기가 우습게 느껴지는 것이 두려워 그런 비난을 입밖에
내지는 않을 것입니다. 그런 비난은 모름지기 인생의 무능력자들에게 맡기고
있었을 것입니다. 당신이 지금 잔인성을 비난하는 것은 어떤 소외를 말하고
있는 것인데, 나는 그런 소외가 심해지는 것을 보고 싶지 않습니다. 인생의
잔인성을 비난하는 것에 길들어 버리면 인생으로부터, 타고난 생활 양식으로
부터 탈락해 버리게 됩니다. 엔지니어, 인생으로부터의 탈락이란 무엇인지를
알고 계시지요? 나는 그것을 알고 있습니다. 여기서 매일 그것을 보고 있습
니다. 여기에 올라오는 젊은 사람은——더욱이 여기에 올라오는 사람은 거
의가 젊은 사람뿐입니다——늦어도 반 년 뒤에는 아양 떨기와 체온 외에는
머리에 남는 것이 없게 됩니다. 그리고 늦어도 1년 뒤에는 이외의 것은 생각
할 수가 없게 되어 다른 것은 모두 『잔인』, 더 정확하게 말하면, 『오류』,
『무지』로 느껴지게 될 것입니다. 당신은 실화를 좋아하시는 모양이니 당신의
희망을 들어 줄 수 있을 것 같군요. 여기 11개월 묵고 있어서 나도 잘 알고
지내던, 아내까지 있었던 어떤 환자 이야기를 해드리지요. 그는 당신보다 나
이를 조금 더 먹었을 것입니다. 아니지요. 상당한 연배였더랬어요. 의사는 그
를 좋아졌다고 하며 시험삼아 퇴원시켜, 가족들의 품으로 돌려 보냈습니다.
　그의 경우는 숙부들이 아니라 어머니와 아내였지요. 그런데 그는 하루 종일
체온계를 입에 물고 누워 있을 뿐, 다른 것에는 전혀 관심이 없었습니다.
『당신들은 그걸 몰라요.』라는 것입니다. 『이것이 어떤 기분인지는 저 위에서
지내 본 사람이 아니면 몰라요. 이 아래에서는 근본 개념이 결핍되어 있으니
까요.』라는 것입니다. 그래서 드디어 어머니가 『위로 올라가도록 해라. 우리
로서는 어떻게 할 도리가 없구나.』 하는 식으로 결단을 내리고 말았습니다.
이리하여 그는 다시 위로 돌아왔습니다. 말하자면 고향으로 돌아온 셈이지요.
당신도 아시겠지만 여기서 한 번 살아 본 사람은 여기를 고향이라고 부르고
있습니다. 그는 젊은 아내를 완전히 소외시켜 버렸습니다. 그녀에게는 『근본
개념』이 결핍되어 있었으니까요. 그래서 그녀는 단념을 해버렸습니다. 그녀는
남편이 『고향』에서 같은 『근본 개념』을 가진 여성을 발견하여 이제 아래는 내
려오지 않을 것이라고 생각했기 때문이지요.」
　한스 카스토르프는 건성으로 듣고 있었던 것 같았다.
　그는 흰 방의 눈이 부신 빛을 여전히 멀리 바라보는 눈초리로 보고 있었
다.
　그러다가 한참만에야 웃으면서 말했다.

「『고향』이라고요? 아까 말씀하신 대로 그건 좀 감상적인데요. 정말이지 당신은 실화를 무진장으로 많이 알고 계십니다. 나는 아까 말한 냉혹과 잔인에 대해 서로 말을 나눌 것을 계속 생각하고 있었습니다. 나는 그것을 요즈음 곰곰이 생각해 보았습니다. 어떻습니까, 아래 평지에 사는 사람들의 사고 방식, 그리고『그자는 아직 돈이 있나?』라는 질문, 그때에 지어 보이는 얼굴 표정, 그런 것에 대해 조금도 잔인함을 느끼지 않는다는 것은 어지간히 둔한 신경을 가진 사람이 아닐까요? 나는 인문주의자는 아니지만, 그것을 아무렇지도 않게 들은 일은 한 번도 없으니까요. 지금에 와서 느낍니다만 나는 그 말을 들을 때마다 웬일인지 건성으로는 들을 수 없었던 것입니다. 그걸 예사로 들을 수 없었던 때에는 나도 몰랐던 나의 이병(罹病) 경향과 관계가 있었는지도 모르겠습니다. 나는 내 귀로 옛날 환부의 타진을 들었고 더욱이 베렌스 선생은 신선한 환부를 발견했다고 하니 말입니다. 나로서도 그것은 의외였습니다만 사실은 그렇게 놀라지도 않았습니다. 자신을 바위처럼 단단한 건강체라고 느낀 적은 한 번도 없었습니다. 더욱이 부모님도 모두 빨리 돌아가셨으니까요. 나는 아주 어릴 때 부모님을 모두 여의었답니다.」

세템브리니 씨는 머리와 어깨, 그리고 손을 같이 움직이면서 「그래서, 그리고는?」 하고 묻는 듯한 몸짓을 밝고 우아하게 해보였다.

「당신은 문필가이시니까,」 한스 카스토르프는 말했다. 「문학자이시니까 이런 점을 잘 이해해 주실 것이고, 또 나 같은 처지의 인간이 그렇게 둔감하지 않다는 것, 그러니까 세상 사람들의 잔인성을 당연한 것으로 느낄 수 없다는 것도 잘 이해해 주시리라 믿습니다. 즉 뛰어다니고, 웃고, 돈을 벌고, 배불리 먹고 지내는 일반 사람들의…… 아무래도 나는 내 생각을 그대로 잘 표현할 수가…….」

세템브리니는 점잖게 허리를 구부렸다.

「당신이 말씀하시고 싶은 것은,」 하고 그는 주석을 덧붙였다. 「어려서부터 여러 번 죽음과 가깝게 접촉한 사람은 무분별한 세상 사람들의 무정하고 잔혹한 언동, 다시 말해서 야비에 대해서는 신경질이 안 날 수 없다, 예민해지지 않을 수 없다, 이런 말이겠지요?」

「바로 그렇습니다.」 한스 카스토르프는 진심으로 감격하여 외쳤다. 「정말이지 아주 훌륭하게 말씀해 주셨습니다. 세템브리니 씨, 죽음과의 접촉……. 나는 알고 있었습니다. 문학인 당신 같으면…….」

세템브리니는 머리를 옆으로 갸우뚱하고 눈을 감고 한스 카스토르프 쪽으로 손을 들었는데, 그것은 상대방에게 잠자코 말하는 것을 더 들어 달라는 부탁을 아주 아름답게, 부드럽게 나타낸 몸짓이었다. 그는 한스 카스토르프가 벌써 말을 하지 않고 이제부터 무슨 말을 들을 것인가고 어느 정도 당황해하면서 기다리고 있은 뒤에도 몇 초 동안 그러한 몸짓을 계속하고 있었다. 그리고는 검은 눈——손풍금장이의 눈——을 뜨고 말했다.

「들어 주십시오, 엔지니어. 아무쪼록 마음에 새겨 두시기 바랍니다. 죽음에 대해서 건강하고, 고귀하고, 그리고 또——이것은 앞에서 언급했습니다. 만——종교적이기도 한 유일한 견해란 죽음을 생(生)의 일부분, 그 부속물, 신성한 조건이라고 생각하고 느낀다는 것입니다. 건강, 고귀, 이성적, 종교적인 것과는 정반대되는 관찰 방법, 말하자면 죽음을 정신적으로 어떤 형태로든 생으로부터 떼어 놓고, 생과 대립시키고, 그뿐만 아니라 유감스럽게도 생을 천하게 하여 죽음을 높이려고까지 하는 관찰 방법이 아닙니다. 고대 사람들은 죽은 자의 석관을 생과 생식의 우의화(寓意畵)로뿐만 아니라 음탕의 상징으로 장식했습니다. 고대의 종교심에서는 신성한 것과 음탕한 것은 가끔 동의어였던 것입니다. 고대 사람들은 죽음을 존경할 줄 알고 있었다고 말할 수 있습니다. 죽음은 생의 요람, 갱신의 모태라는 의미에서 존엄한 것입니다. 생으로부터 떼어 놓은 죽음을 생각하면 죽음은 괴물이요, 만화요, 그리고 가장 저주스러운 것으로 변합니다. 정신적으로 독립한 힘으로서의 죽음은 아주 방종한 힘으로서 그 마력적인 매력은 아주 큰 것임에 틀림없겠습니다만 그 힘에 인간 정신이 공명한다는 것은 가장 비참한 착오라는 것도 의심할 여지가 없습니다.」

이 말과 더불어 세템브리니 씨는 입을 다물어 버렸다. 이 일반론으로 입을 다물고는 말을 딱 끊어 버렸다. 그는 진지했다. 흥취를 돋우기 위해 이렇게 말한 것도 아니고, 상대방에게 말을 계속하게 한다든지 반박하게 하는 기회를 주려고 하지 않고 끝까지 말하고 나서는 목소리를 낮추어 종지부를 찍어 버렸다. 그리고는 입술을 꼭 물고는 양손을 무릎 위에 얹고 바둑판 무늬 바지의 다리를 포개고 허공에 뜬 발을 엄숙한 눈초리로 바라보면서 발을 흔들고 있었다.

한스 카스토르프도 잠자코 있었다. 새털 베개를 뒤로 하고 앉아 얼굴을 벽으로 돌리고 손가락으로 홑이불 위를 가볍게 두드리고 있었다. 그는 설교와 훈계를 받고 꾸지람까지 당한 것같이 느껴져, 잠자코 있는 그의 태도에는 어린아이처럼 토라진 데가 있었다. 대화는 꽤 오래 중단된 채로였다.

드디어 세템브리니 씨가 다시 얼굴을 들어 미소지으며 말했다.

「당신은 기억하고 있습니까, 엔지니어? 우리들은 언젠가도 이와 비슷한——꼭 같다고도 할 수 있는 토론을 교환한 적이 있었지요. 그때 우리들은 산책 도중이었다고 생각됩니다만 병과 어리석음에 관해 말을 했는데 당신은 그 두 가지의 결합을 모순이라고 말했습니다. 그것도 병을 존경하는 입장에서였습니다. 나는 그 존경을 인간이라는 이념을 더럽히는 음산하고 일시적인 감정이라고 불렀습니다만, 다행히도 당신은 내 항의를 한 번 생각해 보아 주는 것이 싫지 않은 것 같았습니다. 우리들은 또 젊은 사람들의 중립성, 그 정신적인 주저, 선택의 자유, 모든 가능한 입장을 실험해 보려는 성향 등에 관해서도 서로 말을 하고, 이러한 실험을 결정적인 최종 선택이라고 생각해서는 안 되며, 또 생각할 필요도 없다는 것에 관해 서로 이야기를 나누었습니다. 그러면 어떻습니까……」

이렇게 말하고 세템브리니 씨는 양쪽 발을 마루 위에 가지런히 하고 두 손을 무릎 사이에 포개고, 머리를 조금 비스듬히 내밀고 미소를 띠면서 의자 위에서 몸을 앞으로 내밀었다.

「금후에도……」 좀 감동된 목소리로 말했다. 「당신의 그와 같은 연습과 실험에 조금이라도 도움이 되어, 당신이 위험한 입장에 빠져 버릴 염려가 생길 경우에 당신에게 교정적(矯正的)인 영향을 끼칠 수 있는 것을 내게 허락해 주실 수 있겠습니까?」

「물론이지요, 세템브리니 씨.」 한스 카스토르프는 어찌할 바를 모르는, 약간 반항적인 태도를 서둘러 지워 버리고, 홑이불 위를 두드리는 것을 그만두고 갑자기 상냥하게 손님에게 얼굴을 돌렸다. 「사실 이쪽에서 그렇게 부탁드리고 싶습니다. ……과연 내가 정말로…… 말하자면 나에게 그만한……」

「완전 무료로입니다.」 세템브리니 씨는 의자에서 일어나면서 이렇게 말했다. 「어떻게 인색할 수 있겠습니까.」 두 사람은 웃었다. 입구의 이중문 가운데, 처음에는 바깥 문이 열리는 소리가 들리더니 곧 안쪽 문도 열렸다. 요아힘이 밤의 집회에서 돌아왔던 것이다. 그는 이탈리아 인이 있는 것을 알자 아까의 한스 카스토르프처럼 얼굴을 붉혔다. 햇빛에 그을린 그의 꺼면 얼굴빛은 한층 더 검붉어졌다.

「아니, 자네한테 손님이 오셨군.」 그는 말했다. 「마침 잘됐다. 나는 붙들렸었어. 브리지를 한 판 했지. 겉으로만 브리지라고 하지만 말이야.」 하고 고개를 흔들면서 말했다.

「사실은 전연 다른 거야. 나는 5마르크 땄어.」

「자네가 거기 빠지지만 않으면 그런 걸 가끔 하는 것도 좋겠지.」한스 카스토르프는 말했다. 「음, 나도 그 동안 세템브리니 씨 덕분에 시간을 아주 즐겁게 보낼 수 있었어. 그런데 즐겁게라는 말은 딱 들어맞는 말은 아니야. 자네들의 가짜 브리지에는 알맞는 말일는지 몰라도. 세템브리니 씨가 시간을 아주 유익하게 메꾸어 주셨거든. 적어도 진지한 사람이라면 여기서 도망쳐 나가도록 전력을 다해야겠어. 자네까지도 가짜 브리지에 손을 대게 된 이곳에서 말이야. 그러나 한편 또 나는 세템브리니 씨의 말씀을 더 많이, 여러 가지 참고가 될 이야기를 듣기 위해 좀더 오랫동안 열이 내려가지 않아 여기 머무르게 되었으면 싶어. 결국 나도 『무한정』을 사용하여 속임수를 쓰게 될는지 모르겠는데.」

「아까도 말씀드렸지만, 당신은 아주 보통이 아닌데요.」

이탈리아 인은 이렇게 말하고는 아주 정중하게 인사를 하고 나가 버렸다. 한스 카스토르프는 요아힘과 단둘이 되자 한숨을 쉬었다.

「대단한 교육자야…… 정말 인문적 교육자야. 실화와 이론을 교묘하게 섞어서 줄곧 교정적 간섭을 노리고 있으니 말이야. 그와 이야기를 하고 있으면 아무래도 이야기가 고상해지거든. 이런 고상한 이야기를 하거나 생각하게 될 줄은 꿈에도 몰랐어. 만약 그와 아래의 평지에서 만났더라면 나는 도저히 그런 이야기는 이해하지 못했을 거야.」

요아힘은 이 시간에는 언제나 사촌의 방에 한동안 머물러 있었다. 그 관계로 밤의 안정 요양을 30분 아니면 40분으로 단축했다. 한스 카스토르프의 식탁 위에서 장기를 둘 때도 있었다. 요아힘이 아래에서 한 벌 가지고 왔던 것이다. 그 뒤에 요아힘이 슬리핑백을 가지고 체온계를 입에 문 채로 자기 방 발코니로 돌아가면 한스 카스토르프도 밤의 장막에 싸인 골짜기의 가까운 데에서나 멀리에서 들려 오는 경음악에 귀를 기울이면서 하루의 마지막 검온을 했다. 10시에 안정 요법이 끝나면, 요아힘의 방과 이류 러시아 인석의 부부 방에서도 안정 요양을 마치는 소리가 들렸다. 그러면 한스 카스토르프도 옆으로 누워서 잠을 청했다.

밤은 낮과 비교가 안 될 만큼 가장 다루기 어려운 하루의 절반이었다. 한스 카스토르프는 체온이 좀 이상해서 잠이 안 오는 건지 한동안 수평 생활을 계속했기 때문에 잠잘 기력이 쇠약해진 탓인지 가끔 눈을 뜨고 여러 시간 잠을 이루지 못하는 일도 드물지 않았다. 그 대신 잠자고 있는 동안은 변화에 찬 아주 생생한 꿈을 꾸었고 잠을 자지 않고 누워 있는 동안도 그 꿈을 생각해 낼 수 있었다. 낮은 여러 부분으로 구분되어 있기 때문에 짧게 느껴졌지만 밤은 흘러가는 시간이 어느 것이나 구별 없이 용해되어 있어 역시 짧게 느껴졌다. 그러나 겨우 아침이 가까이 와서 방안이 서서히 밝아지고 주위의 것이 보이게 되고 모습을 나타내기 시작하는 것을 조용히 바라보고, 또한 바깥에서 새로운 하루가 흐리거나 활짝 개어 밝아 오는 것을 보는 것도 재미가 있었다. 그리고 자기도 모르는 사이에 마사지 선생의 힘찬 두드림 소리가 오늘 일과의 개막을 알리는 순간이 찾아왔다.

한스 카스토르프는 이번 여행을 떠날 때 달력을 가지고 오지 않았기 때문에 날짜를 언제나 정확하게 알 수가 없었다. 그래서 사촌에게 가끔 물어 보았지만 사촌도 이런 일에 있어서는 그때마다 자신 있는 대답을 할 수가 없었다. 그러나 일요일이 어느 정도 길잡이가 되었다. 특히 연주회가 있는 1주일 걸러서 2주일째마다의 일요일, 한스 카스토르프가 오늘같이 지낸 일요일이 어느 정도 길잡이가 되었다. 이에 따르면 9월도 꽤 깊어 벌써 중순이 가까워져 있었다. 바깥 골짜기에서는 한스 카스토르프가 눕고 난 뒤 그때까지 계속됐던 음산하고 찬 날씨가 한여름처럼 맑은 날씨로 변하여 여러 날 계속되는 바람에 요아힘은 매일 아침 사촌의 방에 흰 바지 차림으로 나타났다. 이런 좋은 날씨에 매일 누워만 있어야 한다는 것은 한스 카스토르프로서는 기분상으로나 또 젊은 근육을 위해서나 실로 유감스러운 일이었다. 이러한 나날을 누워 있어야만 하는 것을 작은 소리로 치욕이라고까지 말한 적이 있지만, 그러나 여기서 활발하게 돌아다니는 것이 위험하다는 것을 경험상 잘 알고 있었기 때문에 일어나 있어도 누워 있는 현재와 별로 다를 바 없을 것이라 생각하고 스스로를 달래었다. 더욱이 발코니의 큰 문을 활짝 열어 놓고 있으면 바깥의 따뜻한 햇빛을 조금은 맛볼 수도 있었다.

그러나 그에게 주어진 방안에서의 생활이 끝날 무렵부터 날씨는 다시 급변했다. 하룻밤 사이에 안개가 끼고 기온이 내려갔다. 골짜기는 싸락눈이 섞인 눈보라에 싸이고 스팀으로 건조해진 공기가 방을 채웠다. 그러던 어느 날, 한스 카스토르프는 아침 회진 때에 고문관에게 오늘로 자리에 누운 지 3주일이 된다는 것을 알리고 일어나게 해달라고 간청했다.

「허, 벌써 졸업입니까?」 베렌스는 말했다. 「한번 볼까요? 정말이군요. 말씀대로입니다. 벌써 이렇게 되었군요. 그러나 그 뒤 별 변화는 볼 수 없는데요. 뭐라고요. 어제는 평열이었다구요? 그렇지요. 오후 6시의 검온까지는

말입니다. 카스토르프 군. 그러면 나도 멋대가리없는 짓은 이제 그만하도록
하고 당신을 인간 세계로 돌려보내 드리지요. 『자, 일어나 가라(유가복음))』물론
규정된 범위와 정도를 넘어서는 안 됩니다. 일간에 곧 당신의 뢴트겐 사진을
찍도록 합시다. 미리 기입해 두시오.」

그는 방을 나오면서 닥터 크로코브스키에게 이렇게 명령을 하고 굵은 엄지
손가락으로 한스 카스토르프를 어깨 너머로 가리키면서 충혈된 새파란, 눈물
젖은 눈으로 조수의 새파란 얼굴을 쳐다보았다. 이렇게 하여 한스 카스토르프
는 차고에서 나왔다.

그는 외투의 깃을 세우고 고무 구두를 신고 침대를 떠난 뒤 처음으로 사촌
과 함께 개울 옆 벤치까지 왕복했는데 가는 도중 그는 3주일이 지나갔다는 것
을 이쪽에서 말하지 않았더라면 고문관은 도대체 얼마나 더 눕혀 두었을 것인
가를 문제삼지 않을 수가 없었다. 여기에 대해 요아힘은 눈을 멍하니 뜨고 입
을 절망적인 『아, 아』라는 한숨짓는 모양으로 벌리고 무제한으로 눕혀 두었겠
지 하는 몸짓을 허공에다 대고 해보았다.

아, 보인다

한스 카스토르프가 폰 밀렌동크 부장으로부터 뢴트겐 검사실로 출두하도록
명령받은 것은 1주일이 지난 뒤였다. 그는 재촉을 하지 않았다. 베르크호프의
사람들은 분주하여 의사도 직원도 일에 쫓기고 있는 것 같았다. 요 며칠 사이
에 또 새로운 손님들이 왔다. 더벅머리에 내의를 입지 않고 앞이 막힌 검정
블라우스를 입은 러시아 학생 둘과 세템브리니의 식탁에 앉게 된 네덜란드 인
부부와 꼽추인 멕시코 인들이었다. 이 멕시코 인은 무서운 천식 발작으로 식
탁 사람들을 놀라게 했다. 발작이 일어나면 남녀의 구별 없이 긴 손으로 이웃
좌석 사람들을 꽉 붙들고 기름틀과 같은 힘으로 죄어 댔다. 깜짝 놀라 저항
한다든지, 구원을 청하는 사람들을 그 자신의 공포 속으로 몰아 넣곤 했다.
말하자면 겨울 시즌은 10월부터라고 하는데도 식당은 지금부터 만원에 가까운
성황을 이루었다. 그리고 한스 카스토르프 정도의 증상과 병의 등급으로는 특
별 취급을 요구할 권리가 거의 없었다. 가령, 슈퇴르 부인이 아무리 어리석고
교양이 없는 부인이라 해도 한스 카스토르프보다 훨씬 중병인 것은 확실했고

닥터 블루멘콜은 더 말할 것도 없었다. 등급이라든지 차별이란 것에 전혀 무 감각한 사람이 아니면 한스 카스토르프의 증상으로는 공손하게 가만히 있는 것이 당연하였다. 특히 이러한 차별 정신이 베르크호프의 가풍이었으니 이것 은 더욱 말할 필요가 없었다. 베르크호프에서는 경환자는 경시당하고 있었고 한스 카스토르프는 주위 사람들의 말투로 가끔 이것을 느낄 수가 있었다. 경 환자는 여기서 통용되고 있는 기준에 따라 멸시하는 어조로 취급되었는데 그 경환자보다도 등급이 높은 사람들 또는 전반적으로 높은 사람들뿐만 아니라 같은 가벼운 사람들로부터도 그러했던 것이다. 물론 가벼운 사람들의 이러한 태도는 자기 스스로를 멸시하고 있다는 것을 고백하는 것이었지만 주위의 기 준에 따라감으로써 건강한 사람들에 대해서는 자기들의 자랑을 지킬 수 있었 던 것이다. 인간이란 이런 것이다.

「아, 그 사람 말인가!」하고 서로 말을 하곤 했다.

「저 사람은 실은 아무 데도 나쁜 것이 없어. 사실 여기에 있을 권리도 없는 거지. 공동 하나도 없으니까 말이야……」

이것이 베르크호프의 정신이었고 특수한 의미에서 귀족주의 정신이었다. 적어도 규칙이라든지 제도라는 이름이 붙는 것에는 어떤 것이든 경의를 표시 하는 한스 카스토르프는 베르크호프의 이 정신에도 경의를 표했다. 장소가 다 르면 풍습도 다르다는 말이 있다. 여행자가 행선지 민족의 풍습이나 기준을 비웃는 것은 자기의 무교양을 광고하는 것과 같은 것으로 어떤 민족에게도 타 민족을 능가하는 장점이 있는 법이다. 한스 카스토르프는 요아힘에 대해서도 어떤 존경과 관심을 느끼고 있었지만, 이것은 요아힘이 여기에 자기보다 더 오래 있었고 이 위 세계의 안내자, 지도자였기 때문이기보다는 요아힘이 자기 보다 분명히 중환자였기 때문이었다. 이 위의 사정이 이러했기 때문에 누구나 자기의 병을 될 수 있는 대로 중환자로 보이려고 했고 그것을 과장하여 귀족 층에 들어가든지 또는 거기에 가까이 가려고 하는 것은 이상한 일이 아니 었다. 한스 카스토르프도 식사 때에 누군가의 질문을 받으면 실제 검온 결과 에 횡선을 두세 개 더 올려 말했고 모든 사람들에게 보기와는 딴판으로 교활 하기 짝이 없다고 손가락으로 위협을 받으면 남몰래 득의양양해지는 것이 었다. 그러나 조금 올려서 말을 해도 그는 여전히 경시되는 급의 한 사람이었 고 따라서 인내와 체면을 차리는 것이 그에게 어울리는 태도였다.

한스 카스토르프는 처음 3주일과 똑같은, 요아힘의 이웃에서 완전히 익숙 해진 변화 없고 정확하게 맞추어진 생활로 돌아가 있었다. 이리하여 생활은 중단된 일이 없었던 것처럼 첫날부터 순조롭게 진행되었다. 사실이지, 이 중단은 없었던 것과 마찬가지여서 한스 카스토르프는 침대를 떠나 처음으로 식당에서 식사를 했을 때에 이것을 확실히 느꼈다. 생활의 이런 뚜렷한 선의 하나하나에 특별한 의미를 충실하게 두고 있었던 요아힘은 침대를 떠난 사촌의 좌석을 두세 송이의 꽃으로 장식하는 것을 잊지 않았다. 식탁의 다른 사람들의 인사는 떠들썩하지 않았다. 3주일 만에 얼굴을 맞댄 오늘도 앞서 세 시간 만나지 않은 뒤의 인사와 본질적으로 다를 것이 없었다. 단순하고 호감이 가는 그의 존재에 모두가 무관심했기 때문이라든가 누구나 각자의 문제, 즉 각자의 관심의 대상인 신체에 전념하고 있었기 때문이라기보다는 아무도 사이에 끼였던 3주일을 의식하지 못하고 있었기 때문이었다. 그리고 한스 카스토르프도 여교사와 미스 로빈슨 사이에 끼여 말석에 앉아 있으면, 거기에 마지막으로 앉은 것이 기껏해야 어제처럼 느껴졌고 주위의 태도에 순응하는 것이 곤란하지도 않았다.

그의 식탁 사람들까지도 그의 칩거 생활이 끝난 것을 떠들어 대지 않았으니 식당의 다른 식탁 사람들이 이것을 떠들어 댈 리는 없었다. 정말로 문자 그대로 어느 누구도 그것을 알아차리지 못했다. 세템브리니만은 예외로, 그는 식후에 가까이 와서 농담을 섞어 상냥하게 인사를 했다. 물론 한스 카스토르프로서는 이 외에도 세템브리니와 같은 예외가 있을 거라고 생각했겠지만 우리들은 그 생각이 맞는지 그렇지 않은지를 대답할 수가 없다. 그는 혼자 주장했다. 클라브디아 쇼샤는 그가 다시 모습을 나타낸 것을 알아차렸을 것이라고. 그녀는 언제나와 마찬가지로 늦게 들어와서 유리문을 탕 소리내어 닫은 뒤에 곧 가느다란 눈으로 그를 쳐다보았고, 그도 그 눈을 마주 쳐다보면, 그녀는 자리에 앉자마자 다시 한 번 어깨 너머로 그의 쪽을, 3주일 전에 그가 진찰을 받으러 갔을 때처럼 미소를 지으면서 돌아보았다고 그는 생각했다. 그 돌아보는 모양이 아주 노골적이고 단도직입적이어서, 그 자신과 거기에 앉아 있는 사람들은 전혀 고려에 넣지 않은 것 같았기 때문에 이것을 기뻐해야 할지, 또는 그는 안중에도 없는 증거라고 생각하여 분격해야 할지 알 수 없는 것이었다. 어느 쪽이든 간에 그녀의 눈초리는 이 부인 환자와 그가 사회적인 의미에서 친분이 있는 사이가 아니라는 사실을 그의 눈으로 볼 때, 무섭게 그의 마음이 마비될 정도로 부정하고 뒤엎어 버리는 것이어서 그의 심장은 꽉 죄어들었다. 더욱이 유리문이 탕 소리를 내는 순간을 숨가쁘게 기다리던 그의 심장은 그 소리를 들을 때부터 이미 아플 정도로 죄어져 있었다.

한 마디 부언할 것은 일류 러시아 인석의 부인 환자에 대한 한스 카스토르프의 정신적 관계, 즉 그의 관능과 단순한 정신이 중키이고 살금살금 걸어가는 키르기즈 인과 같은 눈을 한 그녀에게 품고 있는 관심, 다시 말해서 연정——이 말은 아래 평지의 말로서, 〈내 마음 세차게 뛰노네〉 하는 노래가 여기에서도 어느 정도 해당되는 인상을 주리라고 생각되지만 이 말을 사용하기로 한다——은 3주일의 칩거 생활 동안 현저하게 깊어졌다. 그가 아침에 눈을 뜨고 점차 밝아 오는 방을 바라보고 있을 때에도, 저녁에 짙어져 가는 황혼을 바라보고 있을 때에도 그의 눈앞에는 언제나 그녀의 모습이 떠오르는 것이었다——세템브리니가 뜻하지 않게 밝아진 방으로 들어왔을 때에도 그녀의 모습이 환히 떠올랐기 때문에 그는 인문주의자의 모습을 보고 그토록 얼굴을 붉혔던 것이다. 그는 작게 구분된 어느 시간에도 그녀의 입술, 광대뼈, 가슴을 파고 드는 눈의 빛깔, 모양, 위치, 축 늘어진 등, 머리의 자세, 블라우스 뒤의 파인 곳으로 보이는 목덜미, 엷은 망사포를 통하여 보이는 팔을 계속 생각했고, 이로 인해 그에게는 시간이 쉽사리 흘러갔던 것이다. 우리들이 이제까지 이것을 언급하지 않았던 것은 그의 이러한 환상의 무서울 정도의 도취 속에는 양심의 가책이 섞여 있어 우리들은 그것에 동정을 하고 있었기 때문이다. 그렇다. 이 도취에는 공포와 놀람이 결합되어 있고, 막연한 무제한의 꿈, 당치도 않는 꿈에까지 빗나가 버리려는, 말로 표현할 수 없는 희망과 기쁨, 불안이 결부되어 있어 이것이 청년의 심장을——본래 의미에서의 심장, 육체적 의미에서의 심장을 심하게 죄었기 때문에 한쪽 손을 심장에, 다른 손을 눈 위에 가리듯이 대고 속삭이는 것이었다.

「아아, 견딜 수 없어.」

왜냐하면 그의 머릿속에는 여러 가지 상념이라고나 할까, 상념의 씨앗이 가득 차 있었던 것이다. 이러한 상념이 방종할 만큼 감미롭게 그 환상을 에워싸고 있었는데, 그것은 쇼샤 부인의 소홀함과 주위에 대한 무관심, 병으로 인한 그녀의 육체의 앙진(昻進)과 강조, 의사의 말에 따르면 한스 카스토르프도 관계를 가지게 되었다는 병으로 인한 그녀 존재의 육체화 등을 대상으로 한 것이었다. 그는 머릿속에서 쇼샤 부인이 돌아보고 미소를 지음으로써 두 사람이 사회적인 의미로 전혀 관계가 없다는 사실을 무시하고 마치 그들은 사회적인 존재가 아니고 두 사람 사이에서는 말을 나눌 필요도 없는 사이인 듯이 행동한, 당치도 않은 자유로운 기분을 음미하고 있었다. 그가 깜짝 놀란 것도 그 때문이었다. 언젠가 진찰실에서 요아힘의 상반신으로부터 당황하여 눈을 돌리고 사촌의 눈을 쳐다보았을 때와 마찬가지의 의미에서 깜짝 놀랐지만, 그때에는 동정과 근심으로 깜짝 놀란 데에 반하여 이번에는 전연 다른 기분에서였다. 좁은 무대 위에서 기회가 풍부한 규칙적인 베르크호프의 생활은 다시 단조로운 걸음을 걷기 시작했고 한스 카스토르프는 몸속의 사진이 촬영되는 날을 기다리면서 선량한 요아힘과 다시 생활을 함께 하여 24시간의 어느 한 시간도 요아힘과 꼭 마찬가지로 지냈는데 이 이웃하는 생활은 한스 카스토르프 청년에게 행복한 것이라고 말할 수 있었다. 병을 앓는 이웃임에는 틀림없었지만 요아힘은 군대적인 진지함을 다분히 가지고 있는 이웃이었다. 물론 요아힘의 이 진지함은 자기 스스로는 그렇다고 알아차리지 못해도 요양 근무로 만족하려고 하고 있었다.

말하자면 요양 근무는 요아힘에게는 평지에서의 의무 수행의 대용물로 바뀌어졌고 천직으로도 되어 버렸다. 한스 카스토르프도 그것을 확실하게 이해하지 못할 바보는 아니었다. 그러나 한스 카스토르프는 이 이웃이 그의 문화인적인 기질을 견제하고 억제하여 주는 영향력을 충분히 느끼고 있었다. 이 이웃의 그 모범과 감독이 있었기에 한스 카스토르프는 극단적인 행동과 무분별한 의도를 삼갈 수 있었던 것이리라. 한스 카스토르프는 착실한 사촌이 둥근 갈색 눈과 작은 루비 반지, 너무 쉽게 나오는 웃음, 보기에 풍만한 가슴을 감싸는 오렌지 향수 냄새와 매일 얼마나 싸우고 있는가를 확실히 알고 있었고 그 오렌지 향수 냄새의 영향을 두려워하여 피하고 있는 요아힘의 이성과 착실함에 감명을 받았다. 이로 인해 자신도 절제하고 자제하여 가느다란 눈의 부인에게서, 말하자면 연필을 빌리는 것을 주저하고 있는 것이었다. 이 규율이 엄한 이웃이 없었더라면 이때까지의 모든 경험으로 보아 한스 카스토르프는 연필을 빌릴 우려가 많았을 것이다.

요아힘은 웃기를 좋아하는 마루샤에 대해서 한 번도 말하지 않았다. 그 때문에 한스 카스토르프도 클라브디아 쇼샤에 대해 요아힘과 말을 나눌 수 없었다. 한스 카스토르프는 그 보충으로 식사 때 왼편 이웃의 여교사와 소곤소곤 이야기를 하는 이 노처녀가 부드러운 환자인 쇼샤 부인에게 정신없이 열중하고 있는 것을 놀려 대면서 노처녀의 얼굴을 붉히게 하고 자기는 옛날 카스토르프 노인의. 턱을 위엄성 있게 가슴 쪽으로 당기는 방법을 흉내내고 있었다. 그는 또 쇼샤 부인의 가문, 남편, 연령, 용태 같은 개인적인 상황에 관해 새로운 소식을 입수해 달라고 그녀에게 졸랐다. 클라브디아는 어린 아이가 있는가 하는 것도 그는 알고 싶어했다. 천만에 말씀, 어린 아이는 없다. 클라브디아와 같은 부인이 어린 아이를 가져서 어찌할 것인가, 아마 어린 아이를 가지는 것이 엄격하게 금지되어 있을 것이다. 더욱이 어떻게 아이가 생길 것인가. 한스 카스토르프도 이 말에는 수긍하지 않을 수 없었다. 어린 아이를 가지기에는 이제는 너무 늦었을 것이라고 그는 지나치게 실질적인 억측을 하였다. 쇼샤 부인의 옆모습을 볼 때, 얼굴에 이제는 좀 뼈가 많이 나타나 있는 것을 보면 아마 30세를 넘었을까? 여기에 대해 엥겔하르트 양은 완강하게 항의를 했다. 클라브디아가 30세라고요, 아무리 많아도 28세 정도일 거예요. 그리고 옆모습에 대해서 엥겔하르트 양은 그런 이상한 말은 하지 말라고 청년을 나무랐다. 클라브디아의 옆모습은 특징이 있는 옆모습으로 흔히 볼 수 있는 건강하고 평범한 어리석은 여자의 옆모습과는 달리 가장 부드러운 젊음과 감미로움에 찬 옆모습이라고 그녀는 주장했다. 그리고 엥겔하르트 양은 말을 끊지 않고 곧 청년을 골려 주려고 말을 계속하여 쇼샤 부인한테로 가끔 남성 방문객, 읍내에 살고 있는 같은 러시아 인 방문객이 찾아오는데 쇼샤 부인은 그 사람을 오후에 그녀의 방에서 맞아들이고 있다는 것을 자기가 알고 있다고 했다.

이 말은 정말 적중했다. 한스 카스토르프는 아무렇지도 않다는 듯한 몸짓을 했지만, 그 얼굴은 완전히 일그러졌다. 그가 그녀의 보고를 흘려 듣는 것 같은 투로 말한 『아무리』라든가 『설마』라든가 하는 뜻의 말도 부자연스러웠다. 그는 처음에는 같은 나라 사람의 출현을 억지로 문제삼지 않는 것처럼 노력했지만 그것이 불가능해져서 입술을 떨면서 이야기를 줄곧 남성에게로 돌렸다. 아직 젊은 사람인가요──들은 바로는 젊고 훌륭한 사람인 것 같은데 아직 자기 눈으로 보지 않았으니까 뭐라고 말할 수 없다고 여교사는 말했다. 병을 앓는 사람인가요. 하는 질문에는 병을 앓는다 하더라도 가벼운 환자겠지요, 하는 대답이 돌아왔다. 그 사람은 아마 이류 러시아 인석의 동국인과는 달리 속옷을 입고 있겠지요, 하고 한스 카스토르프는 조롱하듯 말했다. 여기에 대해 엥겔하르트 양은 더욱 골려 주려고, 그것은 보증할 수 있다고 단언했다. 그래서 한스 카스토르프도 이것은 그냥 내버려 둘 수 없는 문제라는 것을 시인하고 쇼샤 부인 방을 출입하는 동국인이 어떤 사람인지 조사해 줄 것을 간청했다. 그녀는 여기에 대해 보고를 가지고 오는 대신, 이삼 일 뒤에 이것과는 전혀 다른 것을 듣고 왔다.

그녀는 클라브디아 쇼샤가 초상화를 그리게 하고 있다는 것, 즉 그 때문에 모델이 되고 있다는 것을 듣고 와서 한스 카스토르프에게 그것을 알고 있는가 물었다. 한스 카스토르프가 이 사실을 몰라도, 아주 확실한 출처에서 들고 온 말이기 때문에 믿을 수 있는 말이다. 쇼샤 부인은 얼마 전부터 이 요양원에 있는 어떤 사람의 모델이 되어 초상화를 그리게 하고 있었다. 그 사람은 누구일까? 바로 고문관인 것이다! 베렌스 고문관이 바로 그 사람으로서, 그래서 그녀는 거의 매일처럼 그의 사택에 드나들고 있다는 것이었다.

이 보고는 전 이야기보다도 더 한스 카스토르프에게 심한 충격을 주었다. 그는 그 뒤부터는 이 이야기에 관해 더 많은 억지를 부렸다. 그럴 테지, 고문관이 유화를 그린다는 것은 널리 알려진 사실로서 그렇게 떠들어 댈 것은 없다. 금지되어 있는 것이 아니고 누구나 해도 괜찮은 일이다. 그러면 고문관이 혼자 사는 집에서 말인가? 폰 밀렌동크 양 정도는 그 장소에 배석하는 것이 아닐까? 부장은 그럴 시간이 없을 것이라는 것이 그녀의 대답이었다.

「시간이 없는 점에서는 베렌스도 부장에 지지 않을 텐데요.」

한스 카스토르프는 잘라 말했다. 이것으로 이 문제에 관해서는 최종적인 결론이 내려진 것이었지만, 그는 여기서 그 이야기를 일단 그치지 않고 더 자세하고 새로운 것을 알려고 질문 공세를 폈다. 초상화에 대해, 즉 그 크기가 머리 부분만의 그림인가, 무릎까지의 그림인가에 대해서, 그리고 모델이 되는 시간에 대해서. 그러나 엥겔하르트 양은 이번에도 자세한 것은 알 수 없고 앞으로의 조사 결과를 기대하라고 청년을 위로하는 수밖에 없었다.

이 뉴스로 한스 카스토르프의 체온은 37도 7부로 올랐다. 쇼샤 부인이 하는 방문은 쇼샤 부인이 받는 방문보다 더한층 그의 마음을 괴롭히기도 했고 불안하게도 했다. 쇼샤 부인의 사적인 개인 생활, 그 자체가 즉 그 내용과는 관계없이 그에게 고뇌와 불안을 주기 시작하고 있었는데, 그 내용에 관해 여러 가지 의심스러운 것이 귀에 들어온 뒤로는 고뇌와 불안도 한층 더 심해 갔다. 러시아 부인과 그녀를 찾아오는 같은 나라의 남자 손님과의 관계는 아무 죄가 없는 깨끗한 성질의 것이라고 생각할 수 있는 것이겠지만, 한스 카스토르프는 얼마 전부터 아무 죄가 없는 깨끗한 관계라는 것은 허튼 소리라고 생각하기에 이르렀다. 그리고 명랑하게 지껄여 대는 독신 남성과 눈이 가느다란, 살금살금 걸어다니는 젊은 부인과의 관계를 유화만의 관계라고 생각하는 것도 허튼 소리라고 느끼지 않을 수 없었고, 그렇게 느끼지 않으려고도 할 수 없었다. 고문관이 모델 선택에 나타낸 취향은 그 자신의 취향과 너무도 일치하였기 때문에 깨끗한 관계라고는 도저히 생각할 수가 없었다. 고문관의 창백한 볼과 뻘겋게 충혈된 젖은 눈을 상기해도 별로 마음의 위로가 되지 않았다.

한스 카스토르프가 그 무렵에 자기 눈으로 우연히 발견한 사실도 그의 취미의 정당성을 확인하는 것이긴 했지만 이것도 역시 그에게 다르기는 하지만 충격을 주었다. 사촌들의 식탁의 좌측 측면의 유리문 가까이에 잘로몬 부인과 안경을 낀 대식가인 소년이 앉는 식탁에 한스 카스토르프가 들은 바로는 만하임 태생의 환자가 있었는데 그는 나이가 30세 정도이고 머리숱이 적고 충치가 있으며 머뭇거리면서 말하는 사람으로, 밤의 집회에서 가끔 피아노를, 그것도 거의 정해 놓고 《한여름 밤의 꿈》의 결혼 행진곡을 연주하는 사람이었다. 이 위의 사람들 사이에서는 이상한 일이 아니라고 한스 카스토르프는 들었고 수긍이 가는 일이기도 했지만 그 사나이가 상당히 신앙이 독실한 사람이었다는 것이다. 아래 읍내 교회 예배에 참석했고 안정 요양중에도 표지에 성배(聖杯)나 종려가지를 인쇄한 경건한 책을 읽는다는 것이다. 그런데 어느 날 한스 카스토르프는 이 사나이가 한스 카스토르프가 쳐다보고 있는 방향과 똑같은 방향에 눈을 돌리고 있는 것을 발견했다. 쇼샤 부인의 우아한 모습에 눈길을 쏟고, 그것도 머뭇머뭇, 그리고 야비할 만큼 뻔뻔스럽게 쏟고 있는 것이었다.

한스 카스토르프는 그가 저녁 식사 뒤 오락실에서 환자들과 어울려 저쪽의 작은 살롱의 소파에 앉아 있기는 하지만, 사랑스러운 쇼샤 부인이 부드러운 머리의 타마라(유머러스한 아가씨의 이름이었다), 닥터 블루멘콜, 납작한 가슴과 축 늘어진 어깨를 한 같은 식탁의 신사들과 이야기하며 앉아 있는 것을 멍하니 슬픈 듯이 바라보고 있는 것을 보았다. 또 그 사나이가 눈길을 딴 데로 돌려 사람들을 이리저리 돌아보다가 윗입술을 야비하게 치켜올리고 다시 어깨 너머로 부인 쪽으로 얼굴을 돌리는 것을 보았다. 또 유리문이 탕 하고 닫히고 쇼샤 부인이 자기 좌석으로 미끄러지듯 걸어가면, 그 사나이는 얼굴빛이 변해서 눈을 들지 않고 있다가도 역시 눈을 들지 않을 수 없다는 듯, 갈망하듯 바라보는 것을 보았다. 또 이 불쌍한 사나이가 식사 후 출구와 일류 러시아 인석 사이에 서서 쇼샤 부인을 지나가게 해놓고 바로 가까이에서 그를 거들떠보지도 않는 부인을 슬픔에 찬 눈으로 뚫어지게 바라보는 것도 보았다.

이 발견 역시 한스 카스토프에게 적지 않은 쇼크를 주었다. 물론 이 만하임 출신의 불쌍한 청년의 응시는 연령, 지위의 어느 것에도 한스 카스토르프가 도저히 맞설 수 없는 베렌스 고문관과 클라브디아 쇼샤와의 사적인 교제만큼은 그를 불안하게 하지는 않았다. 클라브디아는 이 만하임 출신을 거들떠보지도 않았다. 그렇지 않았더라면 한스 카스토르프의 민감해진 기분이 그것을 놓칠 리가 없었을 것이다. 이리하여 그가 느낀 것은 이 경우에는 질투의 역거운

감정은 아니었다. 그러나 그는 우리들이 자기와 똑같은 도취와 정열로 괴로
워하고 있는 남을 보았을 때에 느끼는 기분을 모두 느꼈던 것으로, 그것은 혐
오감과 공동체감이 결합된 가장 이상한 기분이었다. 그러나 이야기를 진행하
려면 여기서 세부에 이르는 것까지 규명한다든지 분석할 수는 없다. 좌우간
만하임 출신을 관찰한 뒤 불쌍한 한스 카스토르프가 경험한 기분은 그의 현재
의 상태로 보아 한꺼번에 너무 벅찬 것이었다.

이렇게 하여 한스 카스토르프의 뢴트겐 검사까지 1주일이 지나갔다. 그는 1
주일이 지나갔다는 것을 모르고 있었는데, 아무튼 어느 날 아침 식사 때에 부
장으로부터——부장은 이번에도 다래끼가 나 있었는데 이것은 앞서의 다래
끼와는 다른 것이었으므로 이 죄없는, 그러나 보기 흉한 종기는 그녀의 체질
적인 것으로 보아도 무방하겠다——오후에 검사실로 출두하라는 명령을 받
았으니까 그것은 1주일이 지났다는 것을 말해 주는 것이었다. 지정 시간은 오
후의 차 마시기 30분 전이었다. 그것도 요아힘과 함께 오라는 것이었는데, 그
것은 요아힘도 이 기회에 다시 한 번 뢴트겐 사진을 찍게 되어 있었기 때문
이다. 이전 것은 이미 너무 오래되었기 때문이다.

이리하여 두 사람은 오후의 장시간의 안정 요양을 오늘은 30분만으로 빨리
끝내고 시계가 시간을 알리자 돌계단을, 겉으로만 그렇게 보이는 지하실로 내
려가 진찰실과 뢴트겐 실 가운데에 낀 작은 대합실로 가서 앉았다. 요아힘은
이미 경험한 터이라 침착하게 앉아 있었지만 한스 카스토르프는 자기의 유기
체의 내부를 들여다본 일이 없었기 때문에 좀 흥분하여 가슴이 뛰고 있었다.
대합실에는 다른 환자들도 순번을 기다리고 있었다. 두 사람이 대합실에 들어
갔을 때, 벌써 몇 사람의 먼저 온 손님들이 찢어진 화보(畫報)를 무릎 위에
놓고 앉아 있었다. 사촌들은 이 사람들과 함께 기다리게 되었다. 그들 가운데
는 식당에서 세템브리니의 식탁에 앉는 거인처럼 키가 큰 젊은 스웨덴 사람도
있었다. 이 사나이는 4월에 여기에 올라왔을 때에는 상당한 중환자로 입원을
거절당했었는데, 지금은 체중이 팔십 파운드나 늘어 얼마 안 있으면 완쾌되어
퇴원할 수 있다는 것이었다. 이밖에 이류 러시아 인석의 부인이 한 사람 있
었다. 몸집이 빈약한 어머니인데, 사샤라는 사내아이는 더 빈상(貧相)이어서
코가 길고 얼굴이 미웠다. 이 세 사람이 사촌들보다 먼저 온 손님이었다. 그
들이 출두를 명령받은 순번이 사촌들보다 빨랐을 것은 틀림없었으므로 옆방
뢴트겐 실의 일이 늦어지고 있는 것 같았다. 그래서 따끈한 차는 마시게 될
것 같지 않았다.

검사실에서는 분주했다. 고문관이 지시하고 있는 소리가 들렸다. 검사실의 문이 열린 것은 3시 반 아니면 이 시간을 좀 지나서였다. 이 지하실에서 일하고 있는 전문 조수가 문을 열자 먼저 행운아인 스웨덴 거인만이 검사실로 들어갔다. 그의 바로 앞 환자는 다른 출구로 나가 버린 것 같았다. 그런 다음부터는 일이 잘 진전되었다. 10분 뒤에는 완쾌된 스웨덴 인, 이곳과 요양원의 이동 광고라고 할 수 있는 이 사나이가 억센 발걸음으로 복도를 떠나가는 것이 들렸다. 그러자 러시아 인 어머니와 사샤의 이름이 불렸다. 스웨덴 인이 들어갔을 때와 마찬가지로 이번에도 한스 카스토르프는 뢴트겐 검사실 속에 박명(薄明), 인공적인 박명이 퍼져 있는 것을 보았다. 이 박명은 반대쪽의 닥터 크로코브스키의 분석실에 퍼져 있는 것과 똑같은 것이었다. 검사실의 창문은 모두 닫혀져 일광이 차단되어 있었고 작은 전등이 두세 개 켜져 있었다. 사샤와 어머니가 불리어져 한스 카스토르프가 이 두 사람을 보고 있을 때, 그때 복도의 문이 열리더니 사촌들 다음으로 불린 환자가 아직 순번이 채 되기 전에——일이 늦었기 때문에——대합실로 들어왔다. 쇼샤 부인이었다.

뜻하지 않게도 작은 대합실로 들어온 것은 클라브디아 쇼샤였다. 한스 카스토르프는 그것을 알고 눈을 크게 떴다. 그 순간 얼굴에서 핏기가 싹 가시고 아래턱이 늘어졌다. 이 때문에 입이 열려지려는 것을 느꼈다. 클라브디아의 출현은 자연스럽게, 그리고 갑자기 이루어져서 지금까지 없었던 그녀가 불쑥 사촌들과 함께 좁은 장소에서 마주앉게 되었다. 요아힘은 한스 카스토르프의 얼굴을 힐끗 쳐다보고는 곧 눈을 아래로 깔았을 뿐 아니라 테이블에 놓았던 화보를 다시 집어들고는 그 뒤로 얼굴을 감춰 버렸다. 한스 카스토르프는 사촌과 똑같이 행동할 수 있는 결단력이 없었다. 그는 얼굴이 창백해진 뒤에 빨개지고 심장이 몹시 뛰었다.

쇼샤 부인은 검사실로 들어가는 문옆의 의자, 형태만 남은 팔걸이가 앙상하게 달려 있는 작은 원형 안락의자에 앉아서 몸을 뒤로 기대고 양다리를 가볍게 포갠 채 허공을 쳐다보고 있었다. 프리비슬라프와 똑같은 눈은 두 사람이 보고 있다는 것을 의식하고 정면으로부터 신경질적으로 방향을 바꾸어 약간 옆눈이 되었다. 흰 스웨터에 푸른 스커트를 입고 대출 도서관에서 빌린 것 같은 책을 무릎 위에 놓고 마루에 붙인 구두 뒤꿈치로 가볍게 마루를 치고 있었다.

그녀는 1분 남짓 지나자 벌써 자세를 바꾸고 주위를 돌아보고는 어떻게 하면 좋을는지 어느 쪽에 말을 걸어 볼까 하는 난처한 얼굴로 일어나서 말을 시작했다. 그녀는 무엇인가를 물었는데, 아무것도 하지 않고 앉아 있는 한스 카스토르프에게가 아니라 화보를 열심히 읽고 있는 듯한 요아힘에게 물었다. 그녀는 그 입술로 말을 만들고 그녀의 흰 목에서 소리를 냈다. 깊지는 않지만 날카로운 기분 좋은 목소리로서 한스 카스토르프가 오래 전부터 알고 있는 목소리 —— 한 번은 바로 귓전에서 「좋아, 그러나 시간이 끝나면 돌려 줘야 해.」 하던 그 목소리였다. 당시는 더 유창하고 또렷하게 말했었는데 지금은 다소 유치하고 서툰 말씨였다. 그 이유는 이야기하고 있는 부인에겐 원래 이 말을 사용할 권리가 없고 단지 그것을 차용하고 있을 따름이었기 때문이다. 한스 카스토르프는 전에도 그녀가 독일어로 말하는 것을 듣고 그때마다 우월감 같은 것을 느낌과 동시에 근엄한 황홀경에 빠지기도 했었다. 쇼샤 부인은 한 손을 스웨터 주머니에 넣고 다른 한 손으로는 후두부의 머리칼을 누르면서 물었다.

「실례지만 당신들은 몇 시에 호출을 받으셨나요?」

요아힘은 사촌의 얼굴을 힐끔 쳐다보고는 앉은 채로의 자세로 구두 뒤꿈치를 마주 붙이고 대답했다.

「3시 반입니다.」

그녀는 계속하여 말했다.

「나는 3시 45분이에요. 도대체 어떻게 된 것일까요. 인제 곧 4시가 되는데요. 아직도 누군가가 들어가 있나 보죠? 그렇지요?」

「그렇습니다, 두 사람.」 요아힘이 대답했다. 「우리들 앞에 불린 사람들입니다. 일이 늦어지고 있나 봅니다. 전체로 30분 가량 늦어진 것 같습니다.」

「아아, 불쾌한데요.」

그녀는 이렇게 말하고는 신경질적으로 머리를 만졌다.

「정말입니다.」 요아힘은 대답했다. 「우리도 30분 가량 기다리고 있습니다.」

두 사람이 이렇게 말하고 있는 것을 한스 카스토르프는 꿈처럼 듣고 있었다. 요아힘이 쇼샤 부인과 말하는 것은 한스 카스토르프 자신이 그녀와 말하는 것과 거의 마찬가지였다. 물론 전연 다른 것이기는 했지만, 요아힘의 「정말입니다.」는 한스 카스토르프의 마음에 들지 않았다. 현재의 상황으로 생각할 때 「정말입니다.」는 뻔뻔스럽고 적어도 놀랄 정도로 어이없는 대답으로 느껴졌다. 그러나 결국 요아힘은 그러한 대답을 할 수 있는 입장에 있었다. 요아힘은 대체로 그녀하고 말할 수 있는 입장에 있었고 지금의 뻔뻔스러운 「정말입니다.」도 아마 사촌에게 이걸 좀 보라고 하는 것이리라. 한스 카스토

르프 자신도 여기에 얼마만큼 묵을 작정인가 질문을 받았을 때 「3주일」이라고
대답하여 요아힘과 세템브리니에게 뽐내 보인 것과 꼭 마찬가지였다. 쇼샤 부
인은 요아힘이 화보로 얼굴을 감추고 있는데도 특히 요아힘을 택하여 말을 건
것이었다. 물론 그것은 요아힘이 한스 카스토르프보다 이 위에 오래 있었고
그녀와 전부터 얼굴을 서로 알고 있었기 때문이었다. 그러나 그것뿐만은 아니
었다. 요아힘과 그녀와의 사이에서는 문명 사회의 교제, 말로 인한 교제가 적
합하며 야성적, 심연적, 공포적, 신비적인 요소가 두 사람 사이에는 조금도
숨겨져 있지 않았기 때문이기도 했다.

루비 반지를 끼고 오렌지 향수 냄새를 발산하는 갈색 눈의 여성이 사촌들과
함께 대합실에서 기다리고 있는 것이라면 두 사람을 대표하여 「정말입니다.」
라고 말하는 것은 그 여성과 자유롭고 결백한 관계에 있는 한스 카스토르프가
할 일이었을 것이다. 「정말입니다. 불쾌하기 짝이 없습니다, 아가씨.」 자기
같으면 이렇게 말하고 주머니에서 곧 손수건을 꺼내 코를 풀기라도 했을 것
이다.

「조금만 참으십시오. 우리도 당신과 똑같은 상태이니까 말입니다.」

요아힘은 사촌의 거리낌없는 태도에 놀랄 것이지만 그녀와 말할 수 있다는
것만으로 사촌과 입장을 바꾸려고 진심으로 생각하지는 않을 것이다. 그렇다.
한스 카스토르프로서는 쇼샤 부인과 말한 것이 자기가 아니라 요아힘이었다
는 것 때문에 요아힘을 원망스럽게 생각하지는 않았다. 그녀가 요아힘을 택해
말을 건 것은 그녀도 현재의 상황을 고려했기 때문이며, 이로 인해 그녀도 현
재의 상황을 의식하고 있음을 고백한 것이다. 그의 심장은 요란하게 뛰었다.

쇼샤 부인은 요아힘에게 냉정한 취급을 받은 뒤에—— 한스 카스토르프는
같은 병을 앓는 부인에 대한 선량한 요아힘의 이 냉정한 태도에 가벼운 적대
감정을 느껴 기분이 격동하고 있는 가운데서도 미소를 짓지 않을 수 없
었다—— 대합실 안을 좀 걸어 볼까 했지만 그럴 만한 넓이가 아니었기 때문
에 그녀도 화보를 테이블 위에서 집어들고, 말뿐인 팔걸이가 달린 의자로 돌
아갔다. 한스 카스토르프는 할아버지의 턱을 당기는 자세를 흉내내면서 우스
울 만큼 할아버지와 똑같은 자세로 앉아 쇼샤 부인을 쳐다보고 있었다. 쇼샤
부인은 이번에도 양다리를 포개고 있어서 푸른 나사지의 스커트에는 무릎선
뿐 아니라 다리 전체의 날씬한 선이 드러나 있었다. 그녀는 중키로 한스 카스
토르프의 취미에 꼭 맞는 적절한 신장이었지만, 중키인데 비해 다리가 길고
허리도 굵지 않았다. 의자에 기대지 않고 몸을 구부리고 앉아 팔짱 낀 양팔을

포갠 다리의 허벅지 위에 얹고 등을 굽혀 양쪽 어깨를 앞으로 떨어뜨리듯 했기 때문에 목덜미뿐 아니라 등뼈까지 몸에 딱 붙은 스웨터 밑에서 보일 정도였다. 마루샤의 가슴처럼 불룩하게 풍만하지는 않았지만, 소녀 같은 작은 가슴이 양쪽에서 압박되고 있었다.

갑자기 한스 카스토르프는 클라브디아도 뢴트겐으로 투시를 받기 위해 대합실에 앉아 기다리고 있다는 것을 깨닫게 되었다. 고문관은 그녀의 모습을 유화구로 캔버스에 재현하고 있었다. 이번에는 그녀의 체내를 폭로하는 광선을 박명 속에서 그녀에게 비추려고 하고 있다. 한스 카스토르프는 그것을 생각하자 그 상상에 대해 진지하고 신중한 태도를 취함이 좋겠다고 생각하여 근엄한 찡그린 얼굴을 하고 눈을 돌렸다. 대합실에서 세 사람이 마주하는 시간은 오래 계속되지 않았다. 이웃 검사실에서는 사샤와 그 어머니에게 너무 시간이 걸리지 않게 하여 늦어진 시간을 만회하려는 기척이 있었다. 흰 작업복을 입은 조수가 다시 문을 열자 요아힘이 일어나면서 화보를 책상 위에 올려놓았다. 한스 카스토르프도 사촌의 뒤를 따라 문 쪽으로 갔으나 그는 속으로 주저하고 있었다. 왜냐하면 부인보다 먼저 가지 않으려는 기사적인 양보심을 느꼈을 뿐만 아니라 역시·문명 사회의 교제법에 따라 쇼샤 부인에게 말을 걸어 순번을 양보하려는 생각이 들었기 때문이었다. 될 수만 있으면 프랑스 어로 말을 걸려고 생각하고 머릿속에서 당황하여 프랑스 어의 단어와 문장 구조를 찾아보았다. 그러나 이런 예의범절이 여기서 존중되고 있는지 어쩐지, 그렇지 않고 일단 정해진 순번을 기사도보다도 더 존중해야 하는 것인지 그로서는 알 수 없는 일이었다. 요아힘은 그것을 알고 있음에 틀림없겠지만, 한스 카스토르프의 감동된 파고 드는 듯한 눈길에도 아랑곳없이, 눈앞의 부인에게 순번을 양보할 기색은 도무지 보이지 않았다. 그래서 한스 카스토르프도 사촌의 뒤를 따라 쇼샤 부인 앞을 지나 검사실로 들어갔다. 쇼샤 부인은 몸을 구부린 자세 그대로 눈을 힐끔 쳐들었을 뿐이었다.

한스 카스토르프는 뒤에 남기고 온 아까부터의 10분간의 모험에 마음이 빠져 있었기 때문에 뢴트겐 실에 들어가서도 기분을 곧 그곳으로 돌릴 수가 없었다. 인공적인 박명 속에 들어선 그의 눈에는 아무것도, 아니 대강밖에 보이지 않았다. 쇼샤 부인의 「도대체 어떻게 된 거예요? ……지금도 사람들이 들어 있지요……. 아이, 불쾌해요…….」라는 저 경쾌한 음성이 귓전에 남아 있어 감미로운 자극제로써 그의 등골을 울렸다. 그녀의 무릎선이 나사지의 스커트에 나타나 있는 것을 보았고 머리 둘레에 두른 많은 머리에서 풀어져 나온 불그스름한 금발의 짧은 머리칼 밑의 목덜미뼈도 보았다. 그리고 다시 전율이 등골을 스쳤다. 베렌스 고문관이 방안으로 들어온 두 사람에게 등을 돌리고 책장인지 서가인지 튀어나온 앞에 서서 팔을 뻗어 꺼먼 판을 천장의 컴컴한 전등빛에 들고 바라보고 있는 모습이 보였다. 사촌들은 그 옆을 지나 방 깊숙히 들어갔지만 뒤에서 조수가 두 사람을 검사하고 처리할 준비를 하기 위해 두 사람을 앞질러서 갔다. 방안은 이상한 냄새가 났다. 김이 빠진 오존 같은 냄새로 자욱해 있었다. 방의 돌출부가 꺼먼 헝겊으로 덮은 창과 창 사이에 튀어나와서 방을 대소 두 부분으로 나누고 있었다. 물리 기계가 보이고 오목 렌즈, 배전반(配電盤), 수직으로 서 있는 측정기, 작은 바퀴가 달린 대 위에 있는 카메라 같은 상자가 보이고, 벽에는 유리의 투명한 양화(陽畵)가 열을 지어 꽂혀 있었다. 사진사의 아틀리에 아니면 암실에 있는 것 같은 기분이 들었고 과학자의 마법실에 있는 것 같기도 했다.

요아힘은 상반신만 발가벗기 시작했다. 아직 젊은, 볼이 붉고 작달만한 키의 작업복을 입고 있는 이 지방 출신 조수가 한스 카스토르프에게도 사촌과 똑같이 하라고 지시를 했다. 곧 끝이 나 차례가 될 것이라고 말했다. 한스 카스토르프가 조끼를 벗고 있을 동안에 베렌스 고문관이 그때까지 서 있던 좁은 곳에서 넓은 곳으로 나왔다.

「어서 오시오.」그는 말했다. 「우리들의 쌍둥이 양반 카스토르프와 폴룩스 (주신 제우스와 레다 사이에 생긴 쌍둥이의 이름), 아무쪼록 비명을 지르지 않도록, 아시겠습니까? 잠깐만 기다리십시오. 두 사람을 다 즉시 투시해 보여 드릴 테니까요. 우리들에게 내부를 들여다보게 하는 것이 무섭지요. 카스토르프 군. 걱정할 것 없습니다. 극히 미학적으로 처리되기 때문에 말입니다. 보십시오. 우리들의 이 사설 화랑을 구경하신 적이 있습니까?」

그는 이렇게 말하고 한스 카스토르프의 팔을 붙들고 컴컴한 유리판이 열을 지어 있는 벽 앞에 세우고 유리판 뒤의 불을 탁 켰다. 유리판이 밝아지더니 그림이 나타났다. 한스 카스토르프는 인간의 사지를, 손을, 발을, 무릎뼈를, 윗허벅지를, 아랫다리를, 팔을, 골반을 보았다. 그러나 인체의 이들 부분의 상태는 안개처럼 윤곽이 희미해서 확실하게, 정밀하게, 선명하게 보이는 핵심, 즉 골격을 안개처럼 창백한 빛처럼 흐리게 싸고 있었다.

「정말, 흥미있는데요.」

한스 카스토르프는 말했다.

「물론이지요.」고문관은 대답했다. 「젊은 사람들에게는 유일한 실물 교육입니다. 광선에 의한 해부, 근대 과학의 승리이지요. 이것은 부인의 팔입니다. 이 사랑스러운 느낌으로도 알 수 있을 것입니다. 그녀는 즐거운 만남에서 누군가를 이것으로 껴안을 것입니다.」

고문관은 이렇게 말하고 웃었으나 윗입술이 짧게 깎은 수염과 함께 한쪽으로 쳐들렸다. 그림은 사라졌다. 한스 카스토르프는 그 옆에서 요아힘의 내면 사진을 찍을 준비가 되고 있는 장소로 돌아섰다.

뢴트겐 촬영은 돌출부를 사이에 두고 아까 베렌스 고문관이 서 있었던 반대편에서 행해졌다. 요아힘은 구둣방에서 사용하는 걸상 같은 데에 앉아 앞에 드리워 있는 판에 가슴을 대고 그 판을 양팔로 안았다. 조수가 고르게 되도록 반죽하는 듯한 손짓으로 요아힘의 자세를 고치면서 어깨를 더 앞으로 나오게 하고 등을 쓸어내렸다. 그리고 조수는 카메라 뒤로 가서 사진사와 마찬가지로 몸을 구부리고 양다리를 벌리고 비치는 모양을 조절하고 이만하면 됐다는 얼굴 표정을 했다. 그리고는 옆으로 비켜 요아힘에게 깊이 숨을 들이마시게 하고 다 끝날 때까지 숨을 내쉬지 말라고 주의했다. 요아힘의 둥그런 등이 펴지고 그대로 움직이지 않게 되었다. 그 순간 조수는 배전반에 필요한 조작을 하고, 물질을 투시하는 데에 필요한 거대한 에너지가 2초 가량 활동했다. 몇천 볼트 아니면 몇만 볼트의 전력이라고 한스 카스토르프는 들은 적이 있는 것같이 생각되었다. 에너지는 이제 한 줄로 묶여졌다고 생각하자 곧 옆으로 빗나가 방전(放電)하려고 마치 총이나 쏘는 듯 탕 소리가 났다. 계량기 있는 데가 팡 소리를 내고 푸른빛을 내자 전광이 소리를 내면서 벽을 따라 지나갔다. 어딘가에 붉은 빛이 눈알처럼 조용히 위협하듯 실내를 들여다보았고 요아힘의 등뒤에 있는 병이 녹색 빛깔로 가득 차 있었다. 그리고는 모든 것이 조용해지고 빛의 현상은 사라졌다. 요아힘은 겨우 숨을 내쉬었다. 이제 끝난 것이다.

「다음 범인.」 베렌스는 이렇게 말하고는 한스 카스토르프를 팔꿈치로 밀었다. 「피곤하다고 하여 달아나려고 하면 안 됩니다. 견본을 한 장 드리지요, 카스토르프 군. 그렇게 되면 당신은 아들이나 손자에게도 당신 가슴의 비밀을 벽에 비쳐 보일 수 있습니다.」

요아힘이 걸상에서 일어나자 기사는 건판을 갈아 넣었다. 베렌스 고문관은 손수 신참자에 어떻게 앉고 어떻게 하면 좋은가를 가르쳤다. 「껴안아요.」라고 말했다. 「판을 껴안아요. 이것을 다른 것이라고 상상을 해도 좋습니다. 그리고 황홀한 듯이 가슴을 딱 붙이십시오. 옳지, 됐어.」

숨을 빨아들이고 그대로 쉬지 말 것을 그는 호령했다. 그리고 「그럼!」 하고 조수에게 말했다. 한스 카스토르프는 가슴 가득히 숨을 들이쉬고는 눈을 끔벅이면서 기다렸다. 뒤에서 다시 방전이 시작되면서 탁탁 소리가 나고는 조용해졌다. 대물(對物) 렌즈는 한스 카스토르프의 내부를 들여다보았던 것이다.

한스 카스토르프는 광선에 관류된 것을 조금도 느끼지 못했지만 내부를 들여다보여진 것에 기분이 혼란되고 멍해져서 걸상에서 내려왔다.

「잘했습니다.」하고 고문관은 말했다. 「이번에는 우리들의 눈으로 들여다봅시다.」모든 것을 잘 알고 있는 요아힘은 벌써 다음 장소로 옮겨 가 출구 가까이에 있는 대 옆에서 복잡한 구조의 기계를 뒤로 하고 서 있었다. 그 기계의 키만큼 높은 곳에 절반 가량 물이 든 증류기가 붙어 있고 앞가슴 높이에 틀에 넣은 형광판이 활차(滑車)에서 내려져 있었다. 요아힘의 왼편 배전반과 계량기 사이에는 빨간 전구가 톡 튀어나와 있었다. 고문관이 활차에서 내려져 있는 형광판을 앞으로 하고 걸상에 걸터앉아 붉은 전구를 켰다. 천장의 불이 꺼지고 루비빛의 빛만이 그 위를 비추었다. 이윽고 전문의가 그 빛마저 간단하게 꺼버리자 깊은 어둠이 실험자들을 감쌌다.

「먼저 눈을 익히는 일입니다.」고문관의 말이 어둠 속에서 들려 왔다. 「이제부터 보려고 하는 것을 보기 위해서는 처음에 눈동자를 크게 떠야 합니다. 당신도 아시겠지만 낮의 보통 눈으로 간단하게 볼 수 있는 그런 것이 아니니까 말입니다. 밝은 낮과 낮의 화려한 여러 현장을 우선 머릿속으로부터 깨끗하게 쫓아 내야 합니다.」

「그렇겠군요.」고문관의 어깨 뒤에 서 있던 한스 카스토르프는 아주 캄캄하여 눈을 뜨고 있으나 감고 있으나 마찬가지였기 때문에 눈을 감아 버렸다. 「이런 것을 보기 위해서는 말하자면 눈을 암흑으로 씻을 필요가 있겠군요. 이건 당연합니다. 나는 처음에는 말하자면 무언의 기도를 드리는 식으로 정신을 좀 가다듬는 것이 좋다고 생각합니다. 그게 옳지 않겠습니까? 나는 여기에 서서 눈을 감고 있습니다. 졸음이 오는 듯한 아주 좋은 기분입니다. 그런데 이 냄새는 무슨 냄새입니까?」

「산소.」고문관은 말했다. 「공중에 떠 있는 것은 산소입니다. 실내 뇌전(雷電)의 대기적인 산물이지요. 자, 눈을 뜨십시오. 지금부터 기도가 시작됩니다.」한스 카스토르프는 얼른 눈을 떴다.

스위치를 바꾸는 소리가 들렸다. 모터가 움직이기 시작하자 무서운 힘으로 허공을 향해 으르렁대기 시작했다. 그러나 다음 조작으로 일정한 속도로 조절

되었다. 마루가 규칙적으로 진동했다. 붉은 빛이 가느다랗고 수직으로 조용히 위협하는 듯이 이쪽을 바라보고 있었다. 어디서인지 전광이 탁탁 소리를 냈다. 그리고 어둠 속으로부터 형광판의 창백한 사각형이 서서히 밝아 가는 유리창처럼 우유 빛깔로 떠올랐다. 고문관이 그 판 앞에서 구둣방 같은 걸상에 두 다리를 벌리고 앉아 넓적다리 위에 두 주먹을 짚고 인간의 유기체의 내부를 보이는 판에 사자코를 바짝 붙이다시피 하고 있었다.

「보입니까?」

고문관은 말했다. 한스 카스토르프는 고문관의 어깨 너머로 몸을 구부리다가 다시 한 번 얼굴을 들고 전날 진찰 때처럼 부드럽고 슬픈 빛을 띤 것 같은 생각이 드는 요아힘의 눈 주위의 어둠을 향해 말했다.

「보아도 괜찮은가?」

「암, 괜찮고말고.」 요아힘이 어둠 속에서 상냥하게 대답했다. 그리고 한스 카스토르프는 대지가 진동하고, 활동하는 에너지가 탁탁 소리를 내면서 으르렁대는 속에서 앞으로 몸을 구부리고 청백색의 유리창을 들여다보면서 요아힘 짐센의 발가숭이의 해골을 보았다. 흉골이 척추와 겹쳐져서 하나의 연골같이 꺼먼 기둥으로 보였다. 흉부의 늑골은 이것보다 더 희미하게 보이는 등부의 늑골과 교차해서 보였고, 윗부분에는 쇄골이 좌우로 궁형으로 갈라져 부드럽고 몽롱하게 보이는 살 부분에 덮여 요아힘의 견압골 상박골의 골단(骨端)이 선명하게 나타났다. 흉강(胸腔) 안은 밝고 투명하게 보였지만 그 안에 맥관(脈管), 거무스름한 반점, 꺼매진 파문이 보였다.

「선명한 상입니다.」 고문관은 말했다. 「단정하게 여윈 몸, 군인다운 청춘입니다. 나는 여기서 굉장한 배불뚝이의 배를 본 일이 있습니다만 광선이 침투되지 않아 거의 아무것도 식별할 수 없었습니다. 이런 지방층을 꿰뚫는 광선은 앞으로의 발명을 기다려야 합니다. 이 청년의 몸은 맑고 귀여운 모양을 하고 있습니다. 횡경막이 보입니까?」 이렇게 말하고 유리창 속에 오르내리고 있는 거무스름한 궁형(弓形)을 가리켜 보였다. 「이 왼편의 돌출부 융기가 보입니까? 이것은 그가 15세 때에 앓은 늑막염의 흔적입니다. 깊이 숨을 들이쉬십시오.」 이렇게 요아힘에게 호령을 했다.

「더 깊이, 더 깊이!」 그러자 요아힘의 횡경막은 떨면서 훨씬 위에까지 올라가 폐장의 상부가 밝게 되는 것이 보였다. 그러나 고문관은 만족하지 않았다. 「낙제.」 그는 말했다. 「폐문 임파선이 보입니까? 이 유착 부분이 보입니까? 이 공동이 보입니까? 그를 취하게 하는 독소는 여기서 제조되는 것입니다.」

그러나 한스 카스토르프의 주의는 중앙의 굵은 기둥의 뒷부분, 그것도 주로 오른편으로 향해 거무스름하게 보이는 주머니 같은 것, 흉한 동물과 같은 것에 빼앗기고 있었다. 그것은 떠다니는 해파리처럼 규칙적으로 신축하고 있었다.

「심장이 보입니까?」

고문관은 큰 손을 다시 허벅지에서 떼고 맥박치면서 드리워져 있는 물체를 집게손가락으로 가리켰다. 한스 카스토르프가 보고 있었던 것은 분명 심장이었다. 명예를 존중하는 요아힘의 심장이었다.

「자네의 심장을 보고 있어.」

한스 카스토르프는 짜내는 듯한 목소리로 말했다.

「좋고말고.」 요아힘은 이번에도 대답했는데 어둠 속에서 조용히 웃고 있는 것 같았다. 고문관이 두 사람에게 감상적인 대화는 하지 말고 입을 다물고 있도록 하라고 일렀다. 고문관의 흉강 속의 반점, 선, 꺼먼 파문을 조사하고 있는 동안 청강생도 요아힘의 무덤의 모습과 해골, 즉 드러나보이는 뼈와 물레 바늘처럼 가느다란 죽음의 모습을 쉬지 않고 보고 있었다. 경건한 기분과 공포의 기분이 마음을 어지럽혔다. 「보이고말고요.」, 「잘 보입니다.」 하고 그는 여러 번 감동어린 목소리로 말했다. 그는 티나펠 쪽의 친척으로 오래 전에 죽은 부인에 대해 들은 적이 있었다. 그 부인은 어떤 불행한 능력을 받고 있거나 짊어지고 있었는데 그 능력을 겸허한 기분으로 계속 짊어졌다는 것이다. 그 능력이라는 것은, 얼마 안 있어 죽을 사람이 그녀의 눈에는 해골로 보였다는 것이다. 그런데 지금의 한스 카스토르프에게도 선량한 요아힘이 그런 식으로 보였다. 물론 그의 경우는 물리적, 광학적 과학의 도움과 설비에 의한 것이니까 별로 문제삼을 것도 없었지만 그래도 그는 투시력을 가졌던 그 부인의 운명에 따라다니던 비애를 알 것만 같았다. 그는 지금 본 것보다도 자기가 그런 것을 보았다는 것에 마음이 감동되어 그런 것을 보는 것은 과연 의아스러운 것이 아닐까, 탁탁 소리를 내고 진동하는 어둠 속에서 그런 것을 보는 것이 허락되어도 좋은 것인지에 대한 이상한 의아심 때문에 마음이 꺼려지는 것을 느꼈다. 그의 마음속에서는 모독의 강렬한 쾌감과 경건의 정이 엇갈리었다.

그러나 몇 분 뒤에는 한스 카스토르프 자신이 전광을 받는 몸이 되고 요아힘은 다시 얌전한 몸으로 돌아가 옷입었다. 다시 고문관은 우유빛 판에서 이번에는 한스 카스토르프의 체내를 들여다보았다. 고문관의˙중얼대는 듯한 말, 띄엄띄엄하는 잔소리와 말투로 추측할 때 형광판에 나타난 결과는 그의 기대에 일치하는 것 같았다. 고문관은 조사를 끝내자 환자의 요망을 들어 주어 환자에게 자신의 손을 형광판으로 보게 해주었다.

한스 카스토르프는 보는 것을 각오해야만 했던 것, 그러나 정말은 인간이 보는 것을 허락받지 않은 것, 그 자신도 그것을 보는 일이 있으리라고는 꿈에도 생각지 않았던 것, 그 자신의 무덤의 모습을 보았던 것이다. 죽은 뒤의 분해 작용을 광선의 힘에 의해 생전에 보아 버렸던 것이다. 현재 달고 있는 육체가 분해되어 소멸하고 안개처럼 몽롱하게 사라지고 그 안개 속에 오른손의 정밀한 골격이 약손가락 밑바닥의 관절에 할아버지의 유물인 문장이 달린 반지를 검고 흐릿하게 부각시켜 놓고 있었다. 인체를 장식하기 위해 만들어진 이 세상의 비정한 물건 중의 하나인 반지는 육체로 옮겨 가 한동안 그 육체를 장식하는 것이다. 한스 카스토르프의 투시하고 예견할 수 있는 눈으로, 그 자신 육체의 늘 보는 부분을 보았다. 난생 처음으로 그는 자기가 언젠가는 죽는 날이 있다는 것을 이해했다. 그리고 그는 정말 얼빠지고 졸린 듯하고 경건한 얼굴을 하고, 입을 반쯤 벌리고, 머리를 옆으로 갸우뚱하고 있었다. 고문관은 말했다.

「무섭지요. 어떻습니까, 좀 괴상한 데가 있는 것은 부정할 수 없지요?」

그리고 고문관은 에네르기 활동을 정지시켰다. 마루는 떠는 것을 멎고 빛의 현상은 사라지고 마법의 유리창은 다시 어둠 속에 잠겼다. 천장의 불이 켜졌다. 한스 카스토르프가 서둘러 옷을 입고 있는 사이에 베렌스는 보통 사람도 이해할 수 있게 지금 본 결과에 관해 두 사람의 청년에게 몇 가지 설명을 해주었다. 특히 한스 카스토르프에 있어서 뢴트겐 투시 결과는 과학의 이름에 부끄럽지 않게 청진의 결과와 일치했다. 옛날 환부와 신선한 환부를 볼 수 있었고『줄』이 기관지에서 폐장의 꽤 깊은 곳에까지 들어가 있었다. 『매듭이 있는 줄』이. 아까도 말했지만 얼마 안 있어 투명한 양화를 증정할 터이니 한스 카스토르프는 그 양화로 그것을 몸소 보게 될 것이다. 그러면 안정과 인내, 규율을 지키고, 검온을 잘하고, 식사하고, 안정 요양을 게을리하지 않고, 지금부터 가서 차를 마시도록 하라고 고문관은 말하고 두 사람에서 등을 돌렸다. 사촌들은 검사실을 나왔다. 한스 카스토르프는 요아힘의 뒤를 따라가면서 출구에서 뒤를 돌아보았다. 쇼샤 부인이 기사에게 불려 검사실로 들어가고 있었다.

자 유

한스 카스토르프 청년에게는 도대체 어떻게 느껴졌던 것일까? 이 위의 사람들이 사는 곳에서 의심할 여지없이 확실하게 지낸 7주일이 그에게는 7일 간과 마찬가지로 느껴졌을까? 그렇지 않으면 그 반대로 이 위에 정말로 있은 것보다 훨씬 더 오래 있었던 것처럼 느꼈던 것일까? 그는 이것을 머릿속에서 생각해 보기도 하고 요아힘에게 물어 보기도 했지만 어느 쪽에도 결정을 내리지 못했다. 말하자면 이 어느 쪽이라고도 할 수 있는 것이었다. 이 위에서 지낸 일수를 돌이켜 생각해 보면 부자연스러울 만큼 짧게도 느껴졌고 길게도 느껴졌지만 실제 일수만큼은 아무리 해도 느낄 수가 없었다. 이런 것을 말하는 것도 시간이란 것이 대체로 자연 현상으로서 실제의 길고 짧음이라는 것을 말해도 괜챦은 것으로 가정한 뒤의 일이다.

좌우간 10월도 목전에 다가오고 내일이라도 올 것만 같았다. 그것을 산출해 내는 것은 한스 카스토르프에게도 쉬운 일이었고, 같은 환자들의 말을 들어 보아도 알 수 있었다.

「앞으로 닷새 지나면 또 초하루야. 알아?」그는 헤르미네 클레펠트 양이 같이 어울리는 두 젊은 남자들, 즉 학생인 라스무센, 갠저라는 예의 입술이 두꺼운 젊은 사람에게 말하는 것을 들었다. 이 세 사람은 점심 식사 뒤, 음식 냄새가 아직 남아 있는 식당에서 식탁 앞에 선 채로 안정 요양을 하러 돌아가지 않고 지껄이고 있었다. 「10월 초하루예요. 사무국의 달력을 보고 왔어요. 이것으로 이 놀이터의 10월을 두 번 맞이하게 되었어요. 할 수 없지. 여름은 끝났어요. 그것도 여름이라고 할 수 있다면 말이에요. 우리들은 여름을 속아 넘어갔어요. 크게 말한다면 일생을 속아 넘어간 거와 마찬가지요.」

그리고는 헤르미네 클레펠트 양은 머리를 흔들며 그야말로 무지스런 빛을 띤 눈을 천장으로 올리고 한쪽 폐로 한숨을 쉬었다. 「기운을 내세요, 라스무센.」그녀는 이렇게 말하고 동료의 처진 어깨를 두들겼다. 「재미나는 이야기라도 해보세요.」

「별로 아는 것이 없어.」라스무센은 이렇게 대답하고 두 손을 지느러미처럼 가슴에 드리웠다. 「내가 가지고 있는 것은 잘 나오지 않는데다가 나는 언제나 피곤하기 짝이 없어.」

「개도 안 할 거야.」하고 갠저가 이빨 사이로 중얼거렸다. 「이런 식으로만 살아간다는 건 말이야.」

그리고 세 사람은 어깨를 움츠리고 웃었다.

세템브리니도 이쑤시개를 입에 물고 그 옆에 서 있었는데 식당에서 나오면서 한스 카스토르프에게 말했다.

「그들이 말하는 것을 액면 그대로 받아들여서는 안 됩니다, 엔지니어. 그들이 뭐라고 투덜대더라도 액면 그대로 받아들이지 마십시오. 모두 여기서 아주 편안하게 지내고 있는 주제에 예외없이 투덜대고 있는 겁니다. 게으른 생활을 하고 있는데다 또 주위의 동정을 구한다든지, 빈정거림과 독설, 험구를 할 권리까지 있다고 생각하고 있습니다. 『이 놀이터』라고 했지요? 바로 그렇습니다. 나는 여기를 놀이터라고 보고 있습니다. 그것도 아주 얕보는 의미에서 말입니다. 『속아 넘어갔다』고 저 아가씨가 말했습니다. 『이 놀이터에서 일생을 속아 넘어갔다』고요. 그러나 저 아가씨를 시험삼아 평지로 돌려보내 봅시다. 평지에서의 생활도 이 위로 하루 빨리 돌아오고 싶다고 할 수밖에 없는 생활일 것입니다. 그렇습니다. 빈정대는 것 말입니다. 당신은 여기서 유행하고 있는 빈정거림에 대해 경계를 해야 합니다, 엔지니어. 무릇 빈정거림이라는 이 정신적 태도에 경계를 해주십시오. 빈정거림이 수사법의 솔직한 고전적인 수단이 아닌 이상, 또 건전한 감성을 한시라도 현혹시키는 일이 없는 빈정거림이 아닌 이상 빈정거림은 방종한 것으로 변하여 문명의 장애가 되고 침체와 반정신(反精神), 악덕과 불결의 장난터로 됩니다. 우리들을 둘러싸는 이 분위기는 이런 진흙의 식물을 번성하게 하는 데에 적절한 것입니다. 따라서 내가 말씀드리는 것이 당신에게 잘 이해가 되었으면 합니다만, 그것이 잘될 것인지 걱정이 되기도 합니다.」

정말이지 이탈리아 인의 말은, 7주일 전에 평지에서 들었다면 한스 카스토르프에게는 횡설수설이었을 것이지만 이 위에 7주일이나 있었기 때문에 그의 정신은 이 말의 의미를 이해할 수 있게 되어 있었다. 그것도 아직 머리로 이해되었다는 것뿐이지 아마 더 중요한 이해, 즉 기분으로 이해하기까지는 아직도 도달하지 못했다. 한스 카스토르프는 세템브리니가 두 사람 사이에 어색한 일이 있었음에도 그치지 않고 이렇게 말을 해주어 가르치고 경고하여 영향을 끼치려고 하는 것을 내심 기쁘게 느끼지 않을 수 없었다. 청년의 이해력도 이제는 스스로 이탈리아 인의 말을 비판하고 여기에 대해 적어도 찬성을 어느 정도 보류하기에 이르렀다. 이것 보라지, 하고 그는 생각했다. 빈정거림에 관해서도 음악에 관해서와 꼭 마찬가지 말을 한다. 빈정거림을 『정치적으로 의심스럽다』고 말하지 않을 뿐이다. 즉, 빈정거림이 『솔직한 고전적인 수사법의 수단』이 되어 버리지 않는 순간부터 그것이 귀찮다고 말하지 않을 뿐이다.

그러나 『한시라도 현혹시키는 일이 없는』 빈정거림이란 도대체 어떤 빈정거림이란 말인가? 나에게 한마디 말하라고 한다면 이렇게 말하고 싶다. 「이런 빈정거림은 무미건조하고 글방 선생식의 빈정거림일 뿐이야.」 성장 도상의 이 젊은이는 이렇게 은혜를 받으면서도 그 은혜를 모르고 그것을 헐뜯으려고 한다.

그러나 이런 반항적인 기분을 말로 표현한다는 것은 역시 너무 지나치다고 느껴졌으리라. 그는 세템브리니 씨의 헤르미네 클레펠트에 대한 비평에 관해 부당하게 느꼈다든가 또는 어떤 이유에서 그렇게 느끼고 싶었던 점에 관해서만 이의를 제창하기로 했다.

「그러나 그 아가씨는 병을 앓고 있습니다.」 그는 말했다. 「그녀는 정말 문자 그대로 중환자입니다. 절망적이 될 충분한 이유를 갖고 있습니다. 도대체 저런 아가씨에게 무엇을 하라는 것입니까?」

「병과 절망.」 세템브리니는 말했다. 「이것은 종종 방종의 한 형태에 지나지 않습니다.」

『그렇다면 레오파르디는 어떠한가.』 한스 카스토르프는 생각했다. 『과학과 진보에 공공연히 절망했다고 하는 레오파르디. 그리고 당신 자신은. 당신 자신도 병을 앓아 이곳으로 여러 번 다시 돌아왔으니 카르두치가 기뻐할 만한 제자라고 말할 수 없지 않은가?』

그는 소리를 내어 이렇게 말했다.

「당신은 좋은 사람이 아닙니까. 그런데도 그 아가씨가 언제 죽을지 모르는데 당신은 그것을 방종이라고 부르고 있습니다. 이것은 더 자세한 설명을 필요로 합니다. 병은 종종 방종의 결과라고 말씀을 하신다면 그것은 명백합니다만 ……」

「아주 명백합니다.」 세템브리니는 말했다. 「그러니까 내가 그것을 말씀드렸더라면 별로 의의가 없었겠군요.」

「혹은 병이 종종 방종의 구실에 이용된다고 말씀하셨더라면 나도 납득이 갑니다만.」

「그건 과분한 말씀입니다.」

「그러나 병이 방종의 한 형태라고 하셨지요? 다시 말해 방종했던 결과로가 아니라 방종과 똑같은 것이라고요? 이것이야말로 역설입니다.」

「아, 엔지니어! 제발 오해는 말아 주십시오. 역설은 빈정거림보다도 더 미워해야 할 것입니다. 역설은 정적주의(靜寂主義)의 독이 든 꽃, 퇴폐한 정신의 광채, 모든 방종에서 가장 큰 것입니다. 그건 그렇고, 당신은 또다시 병을 옹호하고 있는 것이 분명합니다.」

「아닙니다. 당신이 하신 말씀에 흥미를 느끼고 있습니다. 닥터 크로코브스키가 월요일에 들려 준 것을 여러 가지로 연상하게 합니다. 그 사람도 유기체의 병을 제이의적인 현상이라고 말하고 있습니다.」

「별로 순수한 이상주의자는 아니더군요.」

「그분의 어떤 점이 마음에 들지 않습니까?」

「지금 말씀드린 점 말입니다.」

「당신은 정신 분석을 부정하십니까?」

「그렇다고만 할 수는 없습니다. 절대적으로 반대하기도 하고 대찬성이기도 하여 양쪽 다입니다, 엔지니어.」

「그건 어떤 의미에서입니까?」

「정신 분석은 계몽과 문명의 수단으로서 훌륭한 것입니다. 완고한 미신을 타파하고 자연적인 편견을 해소시키고 권위를 뒤엎는 경우에는 훌륭한 것입니다. 다시 말해서 해방시키고 순화하고 인간화하고 노예가 자유를 획득하도록 하기 위해 노력하는 경우에는 말입니다. 그러나 정신 분석이 행동을 방해하고 생명 형성의 능력이 결여되어 있어 오히려 생명의 근원을 손상하는 경우에는 무서워해야 할 악입니다. 분석은 매우 불쾌한 것입니다. 분석은 역시 죽음을 모태로 하고 있는 것이어서 죽음과 마찬가지로 불쾌한 것으로 될 수 있습니다. 무덤과 그 추악한 해부와 흡사한 것이 될 수 있습니다.」

『정말 으르렁대는구나, 사자.』하고 한스 카스토르프는 세템브리니 씨가 교훈조의 말을 들려 줄 때처럼 이번에도 그렇게 생각하지 않을 수 없었다. 그러나 이렇게만 말했다.

「광선에 의한 해부는 우리들이 요 얼마 전에도 지하실에서 실험하여 보았습니다. 베렌스는 우리들을 뢴트겐으로 투시했을 때에 그것을 광선에 의한 해부라고 불렀습니다.」

「그래요, 당신은 그 단계에까지 벌써 이르렀습니까? 그래서요?」

「나는 내 손의 해골을 보았습니다.」한스 카스토르프는 그것을 보았을 때의 기분을 불러일으키고자 애쓰며 말했다. 「당신도 자신의 해골을 보셨습니까?」

「아니오, 나는 자신의 해골 같은 것에는 조금도 흥미가 없습니다. 그래서 의사의 진단은요?」

「줄이 보인다는 것이었습니다. 매듭이 있는 줄이 말입니다.」

「악마의 종놈 같으니라구.」

「당신은 언젠가도 베렌스 고문관을 그렇게 불렀지요. 그건 무슨 의미입니까?」

「꼭 들어맞는 별명이라고 믿어도 좋습니다.」

「아닙니다. 그건 좀 심합니다. 세템브리니 씨. 나도 그 사람에게 결점이 있다는 것은 시인하고 있습니다. 그 사람이 말하는 투를 한참 듣고 있으면 나도 불쾌하게 느껴지니까요. 가끔 부자연스러운 것을 느낍니다. 특히 이 위에서 부인을 잃었다는 큰 불행을 경험한 사람이라는 것을 생각하면 더욱 그렇습니다. 그러나 아무튼 존경할 만한 훌륭한 인물, 괴로워하는 인류의 은인입니다. 나는 요 전날에도 늑골 절개 수술을 끝마치고 나오는 그를 만났습니다. 죽느냐 사느냐의 수술을 끝마치고 나오는 그를 말입니다. 그 사람이 그토록 어렵고 유익한 일을 끝마치고 나오는 것을 보고 나는 깊은 감명을 받았습니다. 그 사람은 아직 흥분이 가시지 않은 얼굴로 담배를 피워 물고 있었는데, 아마 일을 끝낸 상으로 피운 것이었겠지요. 나는 정말 그 사람이 부럽더군요.」

「그것도 좋은 말씀입니다. 그런데 당신에게 내린 구형(求刑)은?」

「언제까지라고 확실한 날짜는 말씀하지 않았습니다.」

「그것도 나쁘지 않겠지요. 자, 그러면 이제 가서 자도록 합시다, 엔지니어. 각자의 자리로 돌아가도록 합시다.」

두 사람은 34호실 앞에서 헤어졌다.

「지금부터 옥상에 올라가시는 거죠, 세템브리니 씨? 혼자서 안정 요양을 하시는 것보다 옥상에서 모든 사람과 함께 하는 것이 더 즐거울 겁니다. 모두 함께 서로 말을 주고받습니까? 안정 요양을 같이 하는 사람들은 재미있는 사람들입니까?」

「모두가 파르타 인과 스키타이 인(원래는 이란 계 사람을 말함 지만 주로 몽고족을 말한다)뿐입니다.」

「러시아 사람 말입니까?」

「그렇습니다. 러시아 부인을 포함해서 말입니다.」 세템브리니 씨는 이렇게 말하고는 입 가장자리를 팽팽하게 했다. 「자, 그럼 또 만납시다, 엔지니어.」

그것은 분명히 저의가 있는 말이었다. 한스 카스토르프는 멍한 기분으로 방으로 들어갔다. 세템브리니는 한스 카스토르프의 현재 상태를 알고 있는 것일까. 아마 그는 교육자답게 탐정을 해서 한스 카스토르프의 시선 방향을 추적했을 것이리라. 한스 카스토르프는 이탈리아 인에게서 분노를 느꼈고 또 섣불리 쓸데없는 것을 물어 본 자기 자신에게 화가 났다. 그는 안정 요양에 가지고 갈 펜과 종이를 찾으면서——이제는 주저하고 있을 수가 없어서 고향에 세 번째 편지를 써야 했다——그는 여전히 화가 나 있었다. 자기는 길거리에서 아가씨에게 추파를 던지는 주제에 자기와 아무 관계도 없는 남의 일에까지 참견하는 이 허풍선이 궤변가에 대해 그는 투덜거렸다. 이제는 편지 쓸 기분조차 사라져 버렸다. 손풍금장이가 아까 비꼬는 말로 자기 기분을 완전히 잡쳐 버렸던 것이다. 그러나 기분이 깨지든 말든 겨울옷이 없이는 지낼 수가 없었다. 돈, 속옷, 구두도 필요했고 요컨대 한여름의 3주일뿐만 아니라, 아직 기한은 확실치 않지만 좌우간 겨울의 일부도, 아니 이 위 세계의 개념과 시간 관념으로 볼 때 겨울 전체에 걸쳐 체재하게 될 것을 처음부터 알고 있었으면 준비하고 왔음에 틀림없을 모든 것이 필요했다. 그런 것을 적어도 가능성이라는 의미로서 집에 알려 두어야 했다. 이번에야말로 아래의 사람들에게 모든 것을, 있는 그대로를 다 알려야 했다. 자기도 그렇고 그들에게도 계속 속이고 있을 수는 없었다.

이런 생각으로 편지를 썼다. 요아힘이 여러 번 하고 있는 것을 본 방법에 따라 침대 의자에 누워 두 무릎을 세운 위에 여행용 손가방을 얹고 만년필로 썼다. 책상 서랍에 들어 있는 요양원의 편지지를 사용하여 종조부와 두 숙부 가운데서 가장 친한 제임스 티나펠에게 쓰고 영사인 종조부에게도 말해 달라고 부탁했다. 뜻하지 않은 난처한 사건에 관해 쓰고, 그것이 사실이 되어 걱정스럽다는 것과 겨울의 일부 아니면 한겨울을 이 위에서 지내지 않으면 안 된다는 의사의 진단에 대해서 썼다. 자기와 같은 증세는 더 활발하게 발병하는 증세보다 종종 더 무서운 것으로 이맘 때에 근치하여 완전히 예방해 두는 것이 중요하다. 이 점에서 볼 때 우연히 이곳에 올라와 진찰을 받게 된 것은 다행이고 기쁜 우연이었다. 그렇지 않았다면 용태가 어떤 것인지 아직도 전혀 모르고 있어 나중엔 더 어쩔 수 없는 용태가 되었을 것이다. 요양에 예상되는 기한에 대해서 말한다면 아마 겨울도 여기서 지내게 될 것이며 사촌보다 더 빨리 평지에 돌아가지 못하게 될지라도 놀라지 말아 주길 바란다. 이 위에서의 시간 관념은 보통 온천 여행이나 휴양 여행에 예정되는 시간 관념과는 달라서 1개월도 그 하나하나로는 전혀 문제가 되지 않는다고 썼다.

추웠다. 한스 카스토르프는 외투를 입고 담요를 둘러쓰고 빨갛게 언 손으로 썼다. 그럴 듯한 이론, 정연한 말로 채워진 편지지에서 가끔 눈을 들어 이제는 완전히 익숙해져 거의 보지 않게 된 풍경, 길게 뻗쳐 있는 골짜기를 바라보았다. 골짜기의 출구에 있는 산들은 햇빛에 화창하게 빛났고 거치른 숲이나 목장이 있는 비탈로부터는 암소의 방울 소리가 들려 한스 카스토르프는 점점 붓끝이 가벼워져 이 편지를 쓰는 것을 왜 무서워했는지 이해할 수가 없었다. 글을 써감에 따라 이 문장보다 더 좋은 것이라고 생각되는 설명은 생각할 수 없게 느껴져 집에서도 완전히 알아 줄 것임에 틀림없다고 생각했다.

이 청년과 같은 계급과 환경에 있는 사람이라면 이것이 현명하다는 것이 확실해지면 어느 정도 사치를 하여 자기들을 위해 준비되어 있는 문화적 시설을 이용하는 것이 상례였다. 그것은 당연히 그래야만 했다.

그가 집으로 이대로 돌아가면 모든 사람들은 그에게서 사정을 듣고 그를 여기로 되돌려보냈을 것이다. 그는 필요로 하는 것을 보내 달라고 부탁을 했다. 필요한 돈은 정기적으로 송금해 달라고 마지막에 부탁했다. 그리고 1개월에 8백 마르크가 있으면 충분하다고 끝을 맺었다.

서명을 했다. 이것으로 끝났다. 집에 보내는 이 세번째의 편지 내용은 충분하여 한동안은 안심해도 좋았다. 그것도 아래의 시간 개념에 의한 한동안이 아니라 이 위에서 행해지고 있는 시간 관념에 의한 한동안이었다. 이 편지는 한스 카스토르프의 『자유』를 보증해 주었다. 이 『자유』라는 말은 그가 사용한 말이었다. 확실하게 머릿속에서 그 말을 철해 본 것은 아니지만 이 위에서 체재하게 된 이후로 느낄 수 있게 된 그 말의 가장 넓은 의미로 사용했던 것이었다. 세템브리니가 그 말에 포함시킬 의미와는 거의 관계가 없는 의미를 포함하여 사용했던 것이다. 그리고 전부터 경험이 있는 공포와 흥분의 파도에 몰려 한숨을 쉬자 가슴이 떨렸다.

편지를 쓰느라고 머리로 피가 올라와 볼이 상기됐다.

그는 전기 스탠드가 놓여 있는 테이블에서 체온계를 꺼내 이 기회를 놓치지 않고 검온을 했다. 수은은 37도 8부로 올라갔다.

『이것 보라지.』 한스 카스토르프는 생각했다. 그리고 추신으로 덧붙었다. 「이 편지를 쓰느라고 역시 피곤했던 모양입니다. 체온이 37도 8부로 올라갔습니다. 한동안 절대 안정을 계속해야 할 모양입니다. 편지를 자주 못 드리더라도 용서해 주십시오.」

그리고는 조용히 누워 형광판 뒤로 내밀었던 때처럼 손바닥을 밖으로 향해 하늘에 쳐들어 보았다.

그러나 일광은 손의 생태를 바꾸지 못하고, 그 밝은 빛으로 손의 근육이 보통보다 더 어둡고 불투명하게 되었으며 제일 바깥 끝만이 불그레하게 투명해 보였다. 그것은 언제나 보고 씻고 사용하는 살아 있는 손으로 형광판 속에서 본 미지의 골격은 아니었다. 그때에 들여다본 해부된 무덤은 다시 닫혀져 있었다.

수은(水銀)의 변덕

10월도 새로운 달이 늘 시작할 때와 같이 시작되었다. 그 자체로는 아주 근엄하고 정숙한 시작이었다. 기호가 있는 것도 아니고 표시도 없이 슬그머니 들어와, 시간의 변천에 눈을 부릅뜨고 주의하지 않은 사람들에게는 보고도 놓쳐 버리기 쉬운 것이 그런 것이다. 시간에는 사실 새겨진 눈금이 없다. 새로운 해나 달이 시작될 때도 천둥 소리나 나팔 소리가 울리는 것은 아니며, 새로운 세기가 시작될 때도 총을 쏜다든지 종을 울린다든지 하는 것은 우리 인간들뿐이다.

한스 카스토르프가 맞이한 10월 초하루도 9월의 마지막 날과 조금도 다를 것 없이 꼭 같이 춥고 음산한 하루였지만 이에 계속된 며칠도 같은 나날이었다. 안정 요양에는 밤뿐만 아니라 낮에도 겨울 외투와 두 장의 낙타 담요가 필요했다. 볼은 까칠까칠하고 화끈거렸지만 책을 든 손은 축축하여 곱았다. 요아힘은 털가죽의 슬리핑백을 끄집어 내고 싶은 유혹을 느꼈지만 일찍부터 추위를 타면 안 된다고 생각하고 단념했다.

그러나 며칠 뒤에는——월초와 월 중간의 사이였지만——모든 것이 달라져, 늦었으나마 여름이 놀랍게도 눈부시게 찾아왔다. 한스 카스토르프는 전부터 이곳의 달을 찬미하는 것을 듣고 있었지만 정말 그렇구나 하고 느꼈다. 2주일 반 가량 사이에 맑게 갠 하늘이 산과 골짜기 위에 퍼지더니 날이 갈수록 청명해졌다. 구름 한 점 없는 하늘에서 햇빛이 비쳤고 누구나 벗어 버린 가벼운 하복 모슬린의 웃옷과 린네르 바지를 다시 꺼내지 않으면 안 되었고, 구멍을 여러 개 뚫은 나뭇조각으로 침대 의자와 팔걸이에 달도록 되어 있는 돛배

로 만든 손잡이가 없는 큰 양산도 이 대낮의 태양의 직사광선에는 크게 도움
이 되지 않았다.

「새삼스레 이런 좋은 날씨를 만나게 되어 다행이야.」

한스 카스토르프는 사촌에게 말했다.

「여러 번 비참한 나날이 있었으니 말이야. 마치 겨울이 끝나 이제부터 좋은
계절이 시작되는 것 같은데.」

사실 그러했다. 가을을 고하는 것이 좀 있기는 했지만 그것도 눈에 별로 띄
지 않는 것이었다. 읍내에서 겨우 여명을 유지하고 있는, 나뭇잎들이 오래 전
에 떨어져 버린 두세 그루의 단풍나무를 제외하면 주위의 풍경에 계절감을 주
는 활엽수는 없었다. 겨우 가을같이 벌거숭이의 모습을 보이고 있는 것은 부
드러운 침엽을 넓은 잎사귀처럼 떨어뜨리고 있는, 암수가 한 나무에 접해져
있는 오리나무뿐이었다. 그밖의 이 근방의 나무들은 높이 올라간 것도 낮게
웅크린 것도 모두 상록의 침엽수뿐으로 1년 중 어떤 계절에도 눈보라치는, 한
계가 뚜렷하지 않은 이 위의 겨울에 이길 수 있는 것들뿐이었다. 여름과 같은
태양의 혹열(酷熱)을 모르는지 깊어가는 가을을 알리고 있는 것은 숲을 여러
층으로 짙거나 엷게 물들이고 있는 적갈색의 색조뿐이었다. 그러나 주의하여
보면 들꽃들도 마찬가지로 계절을 알려 주고 있었다. 한스 카스토르프가 이
위에 왔을 무렵 비탈을 장식하고 있었던 난초와 비슷한 손바닥 난초 관목 모
양을 한 매발톱꽃은 이미 보이지 않고 패랭이꽃도 자취를 감추었으며 용담이
나 줄기가 짧은 콜히쿰만은 아직 남아서 표면이 덥게 느껴지는 대기 어딘가에
냉기가 흐르고 있음을 설명해 주고 있었다. 한데 이 냉기는 피부를 거의 태울
만큼 그을려서 안정 요양을 하고 있는 청년의 뼛속에까지, 오한이 열병 환자
를 습격하듯 갑자기 느껴지게 하는 일이 있었다.

그런데 한스 카스토르프는 시간을 양심적으로 취급하는 사람들이 시간의
경과에 주의를 게을리하지 않고 시간을 작은 단위로 구분하여 세고 명명하고
정리하는 그런 수고를 머릿속에서 이행하는 것을 게을리했다. 10월이 살짝 찾
아온 것에 주의를 하지 않았던 것이다. 다만 10월의 감촉을 피부에 느꼈다고
나 할까. 내부와 저변에 상쾌한 냉기를 숨긴 태양의 더위만을 느끼고 있었다.
이 감촉을 이렇게 강하게 느낀 것은 처음 당하는 것으로 이것을 어떤 요리에
비교하여 볼 생각이 들었다.

그가 요아힘에게 말한 것에 의하면 이 냉기는 뜨거운 거품 밑에 찬 아이스
크림을 숨긴 『오믈레트 엉 슈르프리즈』를 상기시킨다는 것이었다. 그는 가끔

그런 것을 말했으나 피부에는 열이 있는데 오한을 느끼기 때문에 떠는 목소리로 빨리 지껄였다. 물론 그렇지 않을 때에는 깊은 생각에 잠겨 있었다고 할 수는 없지만 침묵을 지켰다. 왜냐하면 그의 주의는 외부로이기는 했지만 어떠한 점에 집중되어 있어 그밖의 것은 인간이든 사물이든 모든 것이 안개 속에 몽롱해져 있었기 때문이었다. 그 안개는 한스 카스토르프의 머릿속에 발생한 안개로 베렌스 고문관이나 닥터 크로코브스키는 아마 가용성 독소의 산물이라고 판단할 것임에 틀림없겠지만, 안개 속의 본인도 그렇게 생각하고 있었다. 그러나 그처럼 잘 알고 있으면서도 그는 그 도취에서 깨어나려는 분발심은 물론이고 깨어나고 싶다는 기분까지도 가지려 하지 않았다.

　도취하는 것이 목적이고, 거기에서 깨어나는 것을 무엇보다도 괴롭고 역겹게 느끼는 것이 도취의 참모습이다. 도취는 도취를 깨우려고 하는 인상에 대해 자기를 주장하고 그런 인상을 받지 않으려고 한다. 한스 카스토르프는 쇼샤 부인이 빈약하여 좀 뼈가 드러나보이고 이제 그렇게 젊게 보이지 않는다는 것을 알고 그것을 언젠가는 입밖에 낸 일도 있었다. 그래서? 그래서 그는 그녀를 옆에서 보는 것을 피하고, 멀리에서, 또는 가까이에서 우연히 그녀의 옆모습을 보게 되는 일이 있을 때면 문자 그대로 눈을 감아 버렸다. 보는 것이 고통스러웠다. 왜 그랬을까? 한스 카스토르프의 이성은 이 기회를 용감히 이용하여 세력을 만회해야만 했을 것이다. 그러나 그것은 무리한 주문이다. 클라브디아가 요즈음 맑은 날씨가 계속되자 언제나 따뜻한 날에 입기로 하고 있는, 그녀를 아주 사랑스럽게 보이게 하는 흰 레이스의 아침옷을 입고 두 번째의 아침 식사에 나타나, 늦게 들어와서 문을 탕 닫고 두 팔을 높이 올려 미소를 지으면서 식당의 모든 사람들에게 정면으로 얼굴을 내보일 때면 한스 카스토르프는 황홀하여 얼굴이 푸르게 됐다. 쇼샤 부인이 그렇게 사랑스럽게 보였기 때문에 황홀해졌다기보다는 사랑스럽게 보여 준 것에 황홀해진 것으로 그것은 머릿속의 안개, 도취하는 그것이 목적인, 외부로부터 고무받고 조장되는 것을 희망하는 감미로운 도취를 강하게 해주기 때문이었다.

　로도비코 세템브리니 식(式)의 사고를 하는 비평가가 이런 성실한 의식의 결여를 보았다면 방종 혹은 『방종의 한 형태』라고 말했을 것이다. 한스 카스토르프는 세템브리니가 『병과 절망』에 대해 말한 문필가다운 문구, 한스 카스토르프가 이해할 수 있다고 느끼거나, 느끼는 시능을 한 문구를 가끔 생각했다. 한스 카스토르프는 클라브디아 쇼샤를, 그녀의 축 늘어진 등을, 앞으로 내민 머리의 자세를 보았다. 쇼샤 부인이 이렇다 할 이유도 구실도 없이, 규율과 예의를 지키는 힘이 결여되어 있기 때문에 식사에 언제나 늦게 나타나는 것을 보았다. 또한 쇼샤 부인이 이와 마찬가지의 결함 때문에 출입하는 문이라는 문은 모두 난폭하게 닫고, 빵을 뭉치고, 손톱을 씹는 것을 보았다. 그리고 쇼샤 부인이 정말로 병을 앓는다면——정말로 병을 앓고 있음에 틀림없었다. 이렇게 오랫동안, 이렇게 여러 번 이 위에서 지내야만 하니까 거의 병이 나을 전망이 없을 정도로 나빴음에 틀림없었지만——그 병은 전부라고 말할 수는 없어도 거의가 윤리적 결함에 기인하는 것은 아닐까? 그리고 세템브리니가 말한 것처럼 그녀의 병은 방종의 원인도 결과도 아니고 이와 동일한 것이 아닐까? 이런 막연한 의혹이 떠올랐다. 한스 카스토르프는 지금도 안정 요양을 함께 하지 않으면 안 되는 『파르타 인과 스키타이 인』을 말할 때의 세템브리니의 경멸적인 몸짓을 상기했다.

그런데 그 몸짓은 이유를 파고들 것까지도 없는 자연스럽고 본능적인 경멸과 거부의 몸짓으로 한스 카스토르프도 전부터 알고 있는 기분이었다. 그가 식탁에서 아직 올바른 자세로 앉아 문을 탕 하고 닫는 것을 마음속으로부터 미워하고, 손톱을 씹으리라고는 꿈에도 생각한 일이 없고——그에게는 마리아 만치니가 있기 때문이다——쇼샤 부인의 예의범절이 좋지 않은 것에 화를 낸 때부터, 그리고 또 가느다란 눈의 외국 부인이 한스 카스토르프의 모국어로 말하려고 시도하는 것을 듣고 우월감 같은 기분을 금할 수 없었던 때부터 알 수 있게 되었던 기분이었다.

그러나 한스 카스토르프는 환경의 변화에 따라 이런 기분을 완전히 내버렸고, 지금 그가 화를 느낀 것은 오만하게 『파르타 인과 스키타이 인』이라고 말한 이탈리아 인에 대해서였다. 그리고 이탈리아 인은 머리칼이 텁수룩한 학생들이 속옷을 입지 않고 앉아서 다른 나라 말로는 생각을 입밖에 낼 수 없는지, 베렌스 고문관이 요전에 말한 것처럼 늑골 없는 흉곽을 연상시키는, 뼈 없는 느낌의 도무지 알 수 없는 자기 나라 말로 토론하고 있는 일류 러시아 인석의 회원들을 이렇게 부른 것은 아니었다. 이 사람들의 예의범절이란 인문주의자가 심한 차별감을 느꼈다고 해도 이상할 것은 없었다. 그들은 요리를 나이프로 먹었고 화장실을 말로 표현할 수 없을 만큼 더럽혔다. 세템브리니는 그들 중의 한 의과 대학 상급생은 라틴어를 전혀 모르며, 가령 『Vacuum(진공)』이라는 의미조차 모른다고 주장했다. 그리고 슈퇴르 부인은 32호실의 러시아 부부가 아침 마사지를 하러 방으로 들어오는 마사지 선생을 침대에 함께 누운 채로 맞이했다고 식탁에서 말했는데, 한스 카스토르프 자신의 매일 경험으로 생각해 보아도 슈퇴르 부인의 이야기가 거짓말은 아닐 것 같았다.

　그러나 이러한 말이 전부 참말이라 해도 『일류』와 『이류』의 확실한 구별은 장식으로 있는 것이 아니다. 한스 카스토르프는 이 두 식탁의 사람들을 오만스럽고 냉담하게 ── 자기도 열이 있어 다소 얼근하게 취해 있는데도 냉담하게 ── 『파르타 인』과 『스키타이 인』의 이름으로 한데 묶어 버린 사나이, 공화제와 아름다운 문체의 선전가에 대해서는 멸시만 있을 뿐이라고 마음에 맹세했다. 세템브리니가 이것을 어떤 의미로 말했는지를 한스 카스토르프는 잘 이해했다. 그도 쇼샤 부인의 병과 그녀의 『칠칠치 못한 행동』과의 관계를 이해하기 시작했기 때문이었다. 그러나 사정은 그가 언젠가 요아힘에게 말한 대로였다. 처음에는 분개하고 차별감을 갖는 것으로부터 출발했어도 도중에서 갑자기 비평과는 전혀 관계가 없는 다른 것이 섞여 들어와서 예의범절에 관한 엄격 같은 것은 어디론가 사려져 버렸다. 이렇게 되면 공화적이고 웅변적인 교육자의 영향은 경청될 리 없었다. 그러나, 하고 우리들은 로도비코 세템브리니 식의 의미를 포함해서 묻는데, 인간의 비판을 마비시키고 정지시켜 비판하는 권리를 빼앗든지 본인에게 자발적으로 비상식적인 기쁨을 갖고 그 권리를 포기케 하는 그 다른 기분, 그것은 대체 무엇일까? 우리들은 그 명칭을 묻고 있는 것이 아니다. 누구나 다 알고 있는 이름이기 때문이다. 우리들은 이 윤리적 성질을 묻고 있는 것이지만 정직하게 말해서 이것이라고 대답하는 걸 기대하지는 않았다. 아무튼 그 윤리적인 성질은 한스 카스토르프의 경우에는 절대적인 힘을 나타내어서 그는 비판하는 것을 그만두었을 뿐만 아니라 매혹적인 생활 양식을 자기 스스로도 시험해 보게 되었다.

　식탁에서 등을 구부정하게 축 늘어뜨리고 앉으면 어떤 기분일까를 시험해 보고 그것이 골반 근육의 부담을 현저하게 경감시켜 준다는 것을 알았다. 또 출입하는 문을 뒤로 살짝 닫지 않고 탕 소리내어 닫는 것도 시험해 보고 이것 역시 쉽고 편리하다는 것을 알게 되었다. 그 느낌은 어깨를 으쓱하는 것과 똑같은 느낌이었다 ── 요아힘이 언젠가 『마을』역에서 해보였고 그 뒤 이 위의 사람들이 하는 것을 여러 번 보아 왔다.

　말하자면 우리들의 여행자인 한스 카스토르프는 클라브디아 쇼샤에게 홀딱 반했다 ── 이 말이 불러일으킬 오해는 지금까지 충분히 예방했다고 생각하기 때문에 여기서도 이 말을 사용한다. 한스 카스토르프의 연정의 본질은 예의 노래의 정신인 온화하고 감미로운 감상은 아니었다. 오히려 연정 가운데서도 아주 모험적이고 방랑아적이며 변질적인 것으로 열병 환자의 용태나 고원의 10월과 마찬가지로 오한과 열기가 섞여 있는 상태였다. 그리고 이 양극단을 이어 주는 정서적인 중간 매개물, 이것이 결여되어 있었다. 한스 카스토르프의 연정은 한편으로는 쇼샤 부인의 무릎, 다리의 선, 등, 목덜미, 소녀와 같은 가슴을 양쪽에서 밀어붙이고 있는 팔, 한마디로 말해 그녀의 육체, 그녀의 더해 가는 병으로 지나치게 강조되고 더한층 육체화된 육체에 향해졌다. 그것도 청년을 창백하게 하고 얼굴을 일그러지게 할 정도로 관능적인 것으로 향하게 했다. 또 한편으로 이 연정은 어딘가 극단적으로, 순간적이고 막연한 상념, 아니 하나의 꿈이었다. 무의식적이긴 했지만 분명하게 제출된 『무엇 때문에?』라는 의문에 대해 공허한 침묵 외에 해답을 얻을 수 없었던 청년이 꿈꾸었던 무서운 꿈, 무한히 매혹적인 꿈이었다. 누구나 그렇게 하듯이 우리들도 진행중인 이 이야기의 도중에서 사견을 말하는 것을 허락받아 다음과 같은 억측을 들어 보기로 하자. 한스 카스토르프가 인생 근무의 의의와 목적에 관해 시대의 깊이에서 그의 단순한 영혼을 만족시킬 수 있는 해답을 얻을 수 있었다면 이 위의 사람들 곁에서의 체재에서 처음 예정했던 일수를 현재의 선까지 연장시키지 않았을 것이라고 우리들은 생각한다.

게다가 그의 연정은 이러한 정신 상태가 어떠한 장소, 어떠한 환경에도 동반하는 고뇌를 남김없이 그에게 맛보게 하고 기쁨도 남김없이 주었다. 괴로움은 도려내는 듯한 고통을 주었다. 모든 괴로움이 그러하듯이 굴욕적이었고, 신경 계통을 심하게 진동시켜 이로 인해 호흡이 곤란해졌고 대장부가 쓰라린 눈물을 흘릴 정도였다. 기쁨에 관해서도 한 마디 한다면, 기쁨도 역시 컸다. 눈에 띄지 않는 동기에서 싹튼 것이긴 했지만 괴로움에 못지않게 영혼을 진동시켰다. 베르크호프의 하루는 거의 순간마다 그러한 기쁨을 품고 있었다. 가령 한스 카스토르프는 식당에 들어가려고 할 때 동경하던 여성이 뒤에서 오는 것을 알게 된다. 그 결과는 처음부터 빤한 것으로 아주 단순한 것이긴 했지만 그러나 정신적으로는 기쁨의 눈물을 흘리게 할 정도로 심한 도취를 주었다. 두 사람의 눈과 눈이 바로 가까이에서 마주친다. 그의 눈과 그녀의 잿빛을 띤 녹색 눈이 마주치면 그녀 눈의 좀 아시아적인 눈매와 위치에 그는 골수까지 황홀하게 취해 버린다. 그는 방심 상태가 되지만 방심하면서도 옆으로 비켜서서 그녀를 문으로 먼저 들어가게 한다. 그녀는 미소를 던지면서 들릴락말락한 목소리로 『메르시』라고 하고는 남의 눈에는 부인에 대한 예의에 지나지 않는 그의 『먼저 들어가시지요』를 받아들여 옆을 지나 식당으로 먼저 들어간다. 그는 자기 옆을 지나가는 그녀의 향기 속에서 만남의 기쁨과 그녀의 입술에서 흘러나온 『메르시』가 자기에게로 직접 말해진 기쁨에 멍하니 서 있는다.

그리고는 그녀의 뒤를 따라 오른편의 자기 좌석에 비틀비틀 가까이 가서 의자에 넘어지듯 앉아, 저쪽 클라브디아도 의자에 앉으면서 문에서 그와 만난 것을 생각하고 있는——그는 이렇게 생각한다——얼굴 표정으로 이쪽으로 몸을 돌리는 것을 본다. 아, 믿을 수 없는 모험! 아, 환희, 승리, 한없는 기쁨! 그렇다. 이런 꿈과 같은 행복의 도취는 아래 평지에서 공개적으로, 목가적으로 희망에 찬 예의 노래의 의미로서 『심장』을 바친 상대방인, 건강하고 순진한 아가씨를 만났어도 맛보지 못했을 것이다. 한스 카스토르프는 이 모든 것을 보고 솜털 밑에서 볼을 붉히고 있는 여교사에게 열에 들뜬 것처럼 인사를 하고는 미스 로빈슨을 말도 안 되는 영어 회화로 공격해 대면, 이런 도취하고는 인연이 없는 노처녀는 놀라 뒤로 물러서면서 무섭다는 눈초리로 청년을 바라본다.

그리고 또 한 번은, 저녁 식사 때 빨갛게 저물어가는 광선이 일류 러시아 인석에 비친다. 베란다로 나가는 문과 식당 유리문에는 커튼이 쳐져 있지만 어딘가에 틈이 있어 거리로부터 붉은 광선이 날카롭고 눈부시게 들어와 바로 쇼샤 부인의 머리에 부딪친다. 그녀는 오른편 이웃의, 움푹 들어간 가슴을 한 동향인과 말을 하면서 손으로 그것을 막지 않으면 안 되었다. 이것은 번거로운 일이기는 하지만 참지 못할 정도의 것은 아니며, 아무도 이것을 주의하지 않고 쇼샤 부인 자신도 이것을 불쾌하게 느끼지는 않는다. 그러나 한스 카스토르프는 그것을 홀 이쪽에서 본다. 그는 한동안 그것을 주시하고 있다가 사태를 곧 알아차리고 광선의 진로를 더듬어 빛이 들어오는 장소를 알아낸다. 그 빛은 오른편 저쪽 뒤의 베란다로 나가는 문 하나와 이류 러시아 인석 사이 모퉁이의 반원형의 창에서 들어오고 있는데, 그 곳은 쇼샤 부인의 좌석으로부터도 멀리 떨어져 있지만 한스 카스토르프의 좌석 역시 거의 마찬가지로 떨어져 있었다. 그는 결단을 내린다. 아무 말 없이 일어나서 냅킨을 쥔 채로 식탁 사이로 비스듬히 식당을 가로질러, 안쪽 깊숙이 있는 크림빛 커튼을 꼭 붙게 닫고 뒤를 돌아보아 석양을 막아서 쇼샤 부인이 이제는 홀가분해진 것을 확인하고는 되도록 태연스러운 자세로 되돌아온다.

아무도 이런 일을 하지 않기에 해야 할 일을 한 주의가 깊은 청년, 이런 느낌이었다. 그의 세심한 배려에 주의한 사람은 거의 한 사람도 없었지만 쇼샤 부인은 해방된 것을 곧 느끼고 이쪽을 돌아본다. 한스 카스토르프가 자리로 돌아와 앉으면서 그녀 쪽을 볼 때까지 그녀는 쭉 돌아보고 그러고 나서는 상

냉하게 놀란 듯한 미소를 짓고 사의를 표한다. 즉, 머리를 수그렸다기보다 앞
으로 내밀었다. 그는 머리를 수그려 이에 답례를 한다. 심장이 멎어 버려 전
혀 뛰지 않는 것 같았다. 모든 것이 끝나고 비로소 심장이 뛰기 시작했지만
그는 그때가 되어서야 비로소 요아힘이 눈을 살짝 접시 위에 떨구고 있는 것
을 알아차렸고, 슈퇴르 부인이 닥터 블루멘콜의 옆구리를 찌르며 킬킬대면서
그녀의 테이블과 주위의 테이블에 이 사건을 본 사람이 있지 않을까 하고 찾
고 있는 것도 나중에야 알아차렸다.

우리들은 일반 다반사에 대해 이야기하고 있지만 일반 다반사도 특수한 환
경에서 일어나면 역시 특수한 것이 된다. 두 사람 사이에는 긴장이 있고 긴장
의 기분 좋은 해소가 있었다. 두 사람 사이라고 말할 수 없다면——쇼샤 부
인이 어느 정도로 이것을 느끼고 있었는지는 그대로 놔두기로 하자——한스
카스토르프의 공상과 감정으로는 그러하였다. 요즈음의 계속된 맑은 날씨로
요양객의 대부분은 점심 식사 뒤 식당 앞 베란다로 나와 거기서 떼를 지어 15
분 가량 햇빛을 쬐곤 했다. 그때는 14일째마다 오는 일요일의 관악기 콘서트
때와 마찬가지의 장면이 전개되었다. 아무 일도 하지 않고 고기 요리와 과자
로 배를 채웠고 미열이 있는 젊은 사람들은 지껄이고 수다를 떨고 추파를 던
지기도 했다. 암스테르담의 잘로몬 부인도 난간 옆에 앉아 있는 일이 있었다.
한편에서는 입술이 불룩한 갠저가, 또 한편에서는 키가 큰 스웨덴 인이 그녀
를 무릎으로 죄고 있었다. 스웨덴 인은 완쾌했지만 병후의 가벼운 요양을 계
속하기 위해 여기서 한동안을 지내고 있었다. 일티스 부인은 미망인 같았다.
왜냐하면 얼마 전부터 『신랑』의 에스코트를 즐기고 있었기 때문이다. 『신랑』
이라고 해도 우울한, 그리고 보잘것없는 『신랑』이었는데 일티스 부인은 이 사
나이와 어울리면서도 또 한편으로는 미클로지히 대위의 친절도 받아들이는
것을 서슴지 않았다. 그는 매부리코 밑의 콧수염을 포마드로 바르고 가슴을
쭉 펴고 매서운 눈을 하고 있었다. 그밖에 공동 요양 홀에 같이 지내는 국적
이 각각 다른 부인들이 있었다. 이 가운데는 10월 초하루부터 처음으로 얼굴
을 나타낸 새로운 얼굴도 있었는데 한스 카스토르프가 아직 이름을 잘 모르는
사람들이었다.

이 부인들 사이에 알빈 씨 타입의 신사들이 끼여 있었다. 외알 안경을 낀
열일곱 살 가량의 소년, 그리고 장미빛 얼굴을 하고 우표 교환에 광기에 가까
운 정열을 갖고 있는 안경을 낀 젊은 네덜란드 인이 있었다. 이 외에 각종 그
리스 인, 이들은 머리를 포마드로 바르고 도토리눈을 하고 식사 때에는 남의

요리에까지 손을 대는 버릇이 있었다. 그리고 언제나 둘이서 다니기 때문에
《막스와 모리츠》(시인이자 풍자 화가인 빌헬름 부시(1832~1908)의 대표적인 어린이 취향의 해미임: 그림책)라 불리며 탈출의 명수이기도 했다.
꼽추인 멕시코 인도 있었지만 이 사람은 여기서 오가는 말을 하나도 이해하지
못하기 때문에 귀머거리와 같은 얼굴을 하고 있었다. 그는 사진 기계의 삼각
(三脚)을 이상할 만큼 민첩하게 테라스의 여기저기로 끌고 다니면서 사진을
계속 찍고 있었다. 고문관도 한데 어울려 구두끈의 숨은 재주를 보일 때도 있
었다. 그리고 사람들이 모여 있는 어딘가에는 만하임의 신앙가가 처량하게 서
서 슬픔을 가득 담은 눈을 몰래 어느 한 점으로 돌려서 한스 카스토르프의 기
분을 거슬리게 하고 있었다.

　그러면 아까의 『긴장과 긴장 해소』에 화제를 돌려 두세 가지 그 예를 든다
면, 한스 카스토르프는 이런 경우 벽 옆에 있는 래커를 칠한 정원 의자에 앉
아, 싫어하는 것을 억지로 끌고 나온 요아힘을 상대로 지껄여 댔다. 그의 앞
에는 쇼샤 부인이 담배를 입에 물고 식탁 회원들과 함께 난간 곁에 서 있
었다. 한스 카스토르프는 그녀를 위해, 즉 그녀에게 들려 주기 위해 지껄이고
있었다. 그녀는 그에게 등을 돌리고 있었다. 보다시피 우리들은 여기서 특정
한 경우를 이야기하고 있는 것이다. 그는 자기의 열정적인 말상대가 사촌뿐인
것에는 만족하지 않고 특히 그 때문에 어떤 인물과 가까워졌다. 누구였을까?
헤르미네 클레펠트였다. 이 젊은 여성에게 우연인 것처럼 말을 걸어 자기와
요아힘의 이름을 소개하고 세 사람이서 더 효과적인 기세를 올리려고, 클레펠
트를 위해서 래커 칠을 한 의자를 끌어와 앉게 했다. 그리고 클레펠트에게 물
었다. 어느 날 아침 산보에서 처음으로 만났을 때 그녀가 그를 얼마나 놀라게
했는지를 아직도 기억하고 있는지요? 그렇다. 그때 그렇게 통쾌하도록 환영
의 피익 소리를 퍼부어댄 것이 그녀였던 것이다. 정직하게 고백하지만 그녀의
목적은 백 퍼센트 달성되어 그는 곤봉으로 머리를 얻어맞은 것 같았는데 이것
은 사촌에게 물어 보아도 좋다. 하하하, 기흉을 울려서 죄 없는 산책자를 깜
짝 놀라게 하다니요. 나쁜 장난입니다. 나는 그걸 죄 많은 남용으로서 크게
분개합니다. 요아힘은 도구로 이용되고 있는 것을 알고 눈을 아래로 깔고 있
었고 클레펠트도 한스 카스토르프의 안정이 없고 안절부절하는 눈초리에서
자기가 목적을 위한 수단으로 사용되고 있다는 굴욕감을 차차 가지게 되었는
데도, 한스 카스토르프는 성난 얼굴을 하기도 하고 진지한 척 알랑거리는 말
을 하기도 하면서 목소리에 윤기를 붙이려고까지 하였다.

　마침내 그 수고에 보답이라도 하듯 쇼샤 부인은 이상하게 지껄여 대는 사나

이에게 얼굴을 돌려 그의 얼굴을 쳐다보았다. 아주 짧은 순간이었다. 프리비
슬라프와 똑같은 눈은 다리를 포개고 앉아 있는 남자의 몸을 재빨리 훑어 내
려와 그의 누런 구두 위에 경멸에 가까운, 아니 경멸의 눈초리로 잠시 머물고
다음에는 나른하게, 아마도 미소를 지으면서 구두로부터 떠나갔다.

되게, 아주 되게 서리를 맞은 결과가 되었다. 한스 카스토르프는 한동안 열
에 들뜬 사람처럼 계속하여 지껄이고 있었지만 구두를 쳐다보던 눈길이 마음
속에서 뚜렷이 떠오르자 입에서 나오려던 단어가 도중에 갑자기 잠잠해지고
비탄에 빠져 버렸다. 클레펠트는 지루하고 모욕당한 듯이 떠나가 버렸다. 요
아힘도 급기야는 좀 마음이 조급해진 목소리로 이제는 안정 요양을 하러 가자
고 말했다. 이에 대해 얼빠진 사람처럼 핏기 없는 입술로 한스 카스토르프는
그러자고 대답했다.

한스 카스토르프는 이 사건으로 이틀 동안이나 괴로워했다. 이 이틀 동안
타오르는 상처의 아픔을 가라앉혀 주는 일은 아무것도 생기지 않았다. 어째서
그녀는 그런 눈초리를 했을까? 삼위일체의 신의 이름으로 말이지만 어째서
그에게 그렇게 멸시를 표시했단 말인가? 그를 아무렇지도 않은 일에 열을 올
리기 좋아하는 평지의 건강하고 평범한 녀석이라고 생각하고 있는 것이 아닐
까? 말하자면 평지의 순진한 사람처럼 뛰어다니고 킬킬 웃고 부화 뇌동(附和
雷同)하여 돈을 벌어 대는 속인── 명예의 지루한 특전만을 알고 있을 뿐인
인생의 모범생이라고 생각하고 있는 것일까? 그는 그녀의 영역과는 인연이
없는, 3주일만인, 불면 날아가는 청강생이란 말인가? 그러나 그도 침윤 부분
이 있어서 입문의 선서를 하지 않았던가? 그도 이제는 편입되고 소속이 되어
이 위 사람들의 한 사람이며, 2개월 남짓한 경력을 가지고 있고 어젯밤도 수
은이 또 37도 8부까지 올라가지 않았던가? 그렇다. 그것이었다. 그것이 그의
번민을 더 조장해 주었던 것이다. 수은이 더 올라가지 않게 되었던 것이다.
이 이틀간에 심했던 의기소침 때문에 유기체가 냉각, 침체, 해이해졌고 그것
이 훨씬 낮은 거의 평열에 가까운 검온 결과로 나타나 그를 번민하게 했다.
그리고 아무리 괴로워하고 슬퍼해도 그 결과는 점점 더 클라브디아의 존재와
세계로부터 멀어져 갈 뿐이라는 것을 알고 울고 싶어도 울 수 없는 심정이
었다.

그리고 3일째에는 부드러운 구원의 손길이 뻗쳐졌다. 그것은 이른 아침부터
였다. 화창한 가을 아침으로 맑고 상쾌하고, 풀밭은 은회색 베일로 덮여 있
었다. 청명한 하늘에 태양과 기울기 시작한 달이 거의 같은 높이에 걸려 있

었다. 사촌들은 아름다운 가을에 경의를 표시하기 위해 아침 산보를 규정된 도정보다 더 연장하여 통나무를 만들어 놓은 물줄기 옆 벤치의 숲속 길을 여느 때보다 더 멀리까지 걸어가 보기로 하고 아침 일찍 일어났다. 요아힘은 체온 커브가 내려가기 시작한 것을 기쁘게 생각하고 이런 기분 전환의 예외적인 조치를 제안하였고 한스 카스토르프도 여기에 반대하지 않았다.

「우리들은 나았으니까 말이야.」그는 말했다. 「열이 없어지고 독이 해소되어 평열로 돌아가게 되었으니까 이젠 망아지처럼 뛰어다녀도 괜찮을 거야.」

이리하여 두 사람은 모자를 쓰지 않고──이 위의 사람들이 모자 없이 걷는 습관에 대해, 처음에는 평지의 생활 양식과 예의범절을 그토록 자신만만하게 지켰던 한스 카스토르프도 선서식을 끝마치고부터는 이 위의 풍습에 그냥 따르고 말았다──지팡이를 흔들면서 떠났다. 그런데 황토길의 오르막 부분을 아직 다 오르기 전에 언젠가 초심자인 한스 카스토르프가 기흉의 회원들을 만났던 곳에 왔을 때에 조금 앞을 천천히 올라가는 쇼샤 부인의 모습이 보였다. 흰 스웨터에 흰 플라넬의 스커트, 흰 구두 등 모두 흰 옷차림의 쇼샤 부인이 불그스름한 머리칼에 아침 햇빛을 받으며 올라가고 있었다. 엄밀히 말하자면 한스 카스토르프가 그녀라는 것을 알아차렸고 요아힘은 동반자에게 억지로 끌려 가는 불쾌한 기분으로 비로소 사태를 알아차렸다. 옆에서 가던 사촌이 처음에는 갑자기 다리에 브레이크를 걸고 거의 멈추어서는 듯하더니 다음에는 급히 재촉하듯 빨리 걷기 시작했다. 요아힘은 이렇게 재촉받는 것을 도저히 참을 수 없어 화를 냈다. 곧 숨이 막히고 가벼운 기침이 나왔다. 그러나 목적에 맹진하는 한스 카스토르프는 모든 기관이 활발하게 운동을 시작하는 듯 요아힘의 기분 같은 건 문제삼지 않았다. 요아힘은 사태를 알아차리자 사촌만을 먼저 가게 할 수 없어 잠자코 눈살을 찌푸리면서 늘어지지 않게 걸어갔다.

한스 카스토르프는 아름다운 아침을 맞아 활기를 띠었다. 더욱이 의기소침해 있을 때 남몰래 원기도 축적되어 있어서 지금이야말로 머리 위에 낮게 감돌고 있는 검은 구름을 없애 버리는 절호의 기회라는 확신이 들었다. 그는 요아힘이 헐레벌떡하면서 또한 마음이 내키지 않아 하는 것을 끌다시피 하여 돌진해 길이 평평해지고 숲으로 덮인 언덕을 따라 오른편으로 꺾여지기 직전에 쇼샤 부인을 따라붙었다. 한스 카스토르프는 거기에서 다시 발걸음을 느릿하게 했다. 바삐 걸었기 때문에 흐트러진 모습으로 계획을 수행할 수는 없었기 때문이었다. 이렇게 길의 커브를 지나 비탈과 절벽 사이, 나뭇가지 사이에서 햇빛이 새어 나오는 청동색의 소나무 가운데서 계획은 수행되어 한스 카스토르프가 요아힘의 왼편을 걸으며 사랑스러운 부인 환자 옆을 지나가게 되었다.

청년은 그녀의 옆을 구두 소리를 높이면서 지나가 그녀의 오른편으로 나온 순간 모자 없는 머리를 숙이고 낮은 목소리로 「안녕하십니까.」 하고 공손하게——물론 공손하게——말했더니 그녀도 답례를 해주었다. 그녀는 그렇게 놀라는 기색도 없이 상냥하게 인사를 하고, 그것도 독일말로 「안녕하십니까.」라고 말하며 눈으로 미소를 지었는데, 모든 것이 구두를 쳐다본 눈초리와는 다른, 완전히 다른, 뛰어오르고 싶을 정도로 다른 것이었다. 이번에는 행운이었고 사태의 호전, 최대한의 호전, 비길 데 없는 호전, 멍해질 것 같은 호전이었고 이리하여 구원을 받았다.

어리석은 기쁨에 눈이 멀고, 지금의 인사, 안녕하십니까와 미소를 얼싸안고 한스 카스토르프는 발도 땅에 닿지 않는 심정으로 요아힘과 나란히 앞으로 발을 옮겼지만, 이용당한 요아힘은 잠자코 눈을 사촌에게서 돌려 비탈길을 내려다보고 있었다. 급습이었다. 대담무쌍한 모험이어서 요아힘의 눈에는 아마 배반과 간계같이 보였을 것이다. 한스 카스토르프는 이것을 잘 알고 있었다. 그러나 전혀 면식이 없는 상대방에게 연필을 빌려 달라고 간청한 것은 아니다. 오히려 몇 개월을 같은 지붕 밑에 살고 있는 부인 옆을 모르는 체하고 인사도 하지 않고 지나간다면 이것이야말로 무례한 일일 것이다. 요전날도 클라브디아와 대기실에서 둘이 이야기까지 나누지 않았던가? 그러기에 요아힘도 잠자코 있을 수밖에 없었다. 그러나 한스 카스토르프는 명예를 존중하는 요아힘이 여러 가지 의미에서 침묵을 지키며 얼굴을 돌리고 걷고 있는 이유를 잘 알고 있었다. 한스 카스토르프 자신은 성공된 모험에 이렇게도 얼빠진 사람처럼 기뻐하고 있는데 말이다. 평지에서 공공연하게 희망에 차 매우 유쾌한 방법으로 건강하고 순진한 처녀에게 자기의 심장을 바쳐서 일대 성공을 거둔 사나이라도 지금의 한스 카스토르프보다 더 행복하지는 못할 것이다. 아니 그러한 사나이라도 한스 카스토르프가 기회를 잡아 확보한 작은 성공으로 어쩔 줄 몰라 할 만큼 행복하지는 못했을 것이다. 그래서 한스 카스토르프는 한참 뒤에 사촌의 어깨를 툭 치고 말했다.

「이봐, 자네 어떻게 된 거야? 좋은 날씨 아닌가. 나중에 요양 호텔로 내려가 보기로 하지. 아마 음악을 연주하고 있을 거야. 멋들어진 《카르멘》 중에서 〈이 가슴에 깊이 숨겨져 있는 이 꽃, 아, 지난간 아침의 이 꽃〉을 연주할는지도 몰라. 자네, 무언가 걱정스러운 일이라도 있나?」

「아니, 별로 없어.」 요아힘은 말했다. 「그러나 자네는 열이 아주 심한 것 같은데. 모처럼 내려갔던 평열이 벌써 끝나 버린 거나 아닌지 모르겠군.」

사실 그러했다. 한스 카스토르프의 유기체의 굴욕적인 침체 상태는 클라브디아와 나눈 인사로 사라져 버렸다. 더 정확하게 말한다면 그것을 의식하고 만족을 느꼈던 것이다. 그렇다, 요아힘의 예언은 적중하여 수은은 다시 올라갔다. 산보에서 돌아와 검온을 하니 수은은 꼭 38도까지 올라갔다.

백과사전

한스 카스토르프는 세템브리니의 무엇을 넌지시 짚는 말에 성을 냈지만, 그는 이것을 이상하게 생각할 이유가 없었고 인문주의자의 교육자다운 탐정을 즐기는 것을 탓할 권리도 없었다. 한스 카스토르프가 현재 어떤 상태에 있는지는 장님도 알아차리지 않을 수 없을 것이다. 그 자신도 이것을 조금도 숨기려고 하지 않았고, 개방적이고 밝고 단순한 그의 성질이 그 기분을 감출 수 없게 하였다. 그 점에서 그는 애욕으로 괴로워하는 만하임의 머리숱이 적은 사나이의 그 음험성에 비해서 인간성이 좀 위라고도 말할 수 있었다. 우리들은 아까 말한 것을 생각하고 그것을 다시 한 번 되풀이하지만 현재 한스 카스토르프 같은 상태에 있는 자에게는 자기의 기분을 나타내지 않고는 배길 수 없는 충동, 고백과 자백의 본능, 맹목적인 자가 편중, 세계를 스스로 채워 버리는 충동이 따라다녔다──이것은 그 대상이 무의미하고 무분별하고 전망이 없다는 것이 분명하기 때문에 우리들처럼 냉정한 자들에게는 이상하게 여겨지는 일이다. 어째서 이러한 사람들이 자기들의 기분을 나타내지 않고 못 견디는가 하는 것을 설명하기란 곤란하다. 그렇게 하지 않을 수 없다는 것은 확실하다──특히 비평을 좋아하는 사람이 대체로 두 가지 일밖에는 머릿속에 없다고 비판한 그런 사회에서는 더욱 그러했다. 즉 하나에도 체온, 둘에도 체온 외에는 머리에 없는 사회, 가령 비엔나에서 온 부름브란트 총영사 부인은 미클로지히 대위의 바람기를 누구로 말미암아 아무 해를 입지 않고 메울 수 있을까, 완쾌한 스웨덴의 거인, 아니면 도르트문트의 파라반트 검사에 의해, 그렇지 않으면 두 사람에 의해서 등등의 문제 외에는 머리에 없는 사회에서는 더욱 그러하다.

파라반트 검사와 암스테르담의 잘로몬 부인과의 몇 개월 동안에 걸쳐 맺어진 관계는 두 사람의 우호적인 상의로 해소되었고, 잘로몬 부인은 연령의 취향에 따라 더 젊은 대학생에게 방향을 돌려 클레펠트 양의 식탁에 있는 입술이 두꺼운 갠저 청년을 자기 날개 안에 넣고 있었기 때문에, 즉 슈퇴르 부인의 관청식의, 그러나 실감 있는 표현을 빌린다면 갠저 청년을 『자기용으로 접어넣어 버렸다』는 것은 확실하며 주지의 사실이었기 때문에 검사는 총영사 부인 일로 스웨덴 인과 결투를 하거나 타협을 하거나 제마음대로 할 수 있는 일이었다.

베르크호프의 사회, 열이 있는 젊은 사람들 사이에서 일어난 이런 복잡한 일들——여기에는 발코니의 유리 칸막이를 지나 난간을 따라나가는 통로가 분명히 중요한 역할을 하고 있었다——이런 문제가 모든 사람들의 머리를 점령하고 여기의 생활 분위기의 주요한 성분을 이루고 있었다. 그러나 이것만으로는 지금 여기서 말하고자 하는 핵심을 언급한 것은 아니다. 즉, 한스 카스토르프는 세계 어디서나 진지한 태도로 또는 농담과 같은 태도로 비범한 관심을 보이고 있는 근본 문제가 여기서는 더한층 강조되고 중요성과 의의를 띠고 있다는 인상을 받았다. 그리고 그 때문에 그 근본 문제 자체까지 완전히 새로운 느낌, 무섭다고까지는 할 수 없지만 새로운 느낌을 주기 때문에 사람을 깜짝 놀라게 할 정도였다. 이렇게 말하면서 우리들은 정색을 하고 다시 한 번 다음과 같이 말해 둔다. 문제가 되고 있는 여러 가지 남녀 관계에 대해 지금까지 가벼운 농담조로 말했지만 이것은 세상에서 그런 말들이 보통 그런 어조로 말해지는 경우와 똑같은 은밀한 이유 때문이며 그렇다고 해서 대상 자체까지를 희롱할 것은 못 된다. 우리들이 현재 있는 이 위의 사회에서는 다른 어느 곳보다 그렇게 말할 수 있다. 한스 카스토르프는 이 농담의 대상이 되기 쉬운 그 근본 문제에 대해 남다른 지식을 가지고 있다고 믿고 있었으며 그렇게 믿어도 사실 무방했다. 그러나 이 위에 와보고 비로소 평지에 있었을 때의 이런 문제에 대한 그의 지식이 빈약하고 사실은 불충분하고 무지에 가까운 단순한 것이었다는 사실을 알았다. 그러던 것이 여기에 와서부터는 우리들이 지금까지 여러 번 암시하려고 노력한 성질의 경험, 어떤 순간 「아아, 견딜 수 없어.」하고 외치게 한 개인적 경험 덕분으로, 그 대상이 이 위의 사람들 사이에서 일반적으로나 개인적으로 띠고 있는 악센트, 대상의 터무니없이 모험적인 이루 말할 수 없는 성질을 강조하는 악센트를 느끼고 이해할 수 있게 되었다.

물론 이 위에서도 여기에 대해 야유를 퍼붓지 않는 것은 아니었다. 그러나 여기서는 농담의 정도가 평지에 있어서보다 더 부자연스러운 느낌을 갖고 이빨을 덜덜 소리내고 숨을 헐떡이게 하는 데가 있어, 그러한 농담 뒤에 숨어 있는 것이라기보다 숨기려 해도 숨길 수 없는 고민의 뻔한 위장에 지나지 않는 것을 너무도 분명히 느끼게 했다. 한스 카스토르프는 마루샤의 몸매에 대해 전후 꼭 한 번, 평지에서의 순진한 농담을 입밖에 냈을 때, 요아힘의 얼굴이 얼룩지고 파래졌던 것을 생각했다. 그리고 또 여러 기회에 여러 사람들의 얼굴에 똑같이 파란색이 퍼지는 것을 보아 왔다. 보통은 두 얼굴이 동시에 파래지는데 가령 슈퇴르 부인이 그렇게 관청 용어식으로 잘 표현했던 관계가 잘로몬 부인과 갠저 청년 사이에 시작되었을 무렵에는 이 두 사람의 얼굴도 동시에 파래졌던 것이다. 한스 카스토르프는 그것을 생각하고 자신의 현 상황에서는 자기 기분을 나타내지 않는다는 것이 극히 곤란할 뿐만 아니라 주위의 분위기에 어느 정도 힘입었기 때문이라는 것을 이해했다.

이곳을 방문한 초기에 요아힘은 여기서는 새로운 친구를 만드는 것이 어렵다고 말해 주었지만 이 곤란은 사촌들이 요양객 중에서, 말하자면 한 당, 작은 그룹을 둘만으로 만들고 있었기 때문이기도 했고, 또 군대식인 요아힘이 빨리 낫는 일만을 생각하고 다른 환자들에게 접근한다든지 교제를 갖는 것을 원칙적으로 싫어했기 때문이기도 했는데, 이 곤란이 없었다면 한스 카스토르프는 공공연히 사람들 가운데서 기분을 천진난만하게 나타낼 기회도 더 많이 있었을 것이고, 그 기회를 살릴 수도 있었을 것이다. 아무튼 요아힘은 어느 날 밤 살롱 모임에서 사촌이 헤르미네 클레펠트와 그녀의 식탁의 갠저나 라스무센, 외알 안경을 끼고 새끼손가락의 손톱을 길게 기르고 있는 소년 등 넷과 함께 서서 눈에 이상한 빛을 번쩍이며 쇼샤 부인의 특징 있는 이국적인 용모에 대하여 흥분한 목소리로 즉흥 연설을 하고 있는 것을 보았다. 네 사람의 청중은 서로 눈짓을 하기도 하고, 툭 치기도 하고, 킥킥 웃기도 하면서 듣고 있었다.

이것은 요아힘에게는 괴로운 일이었으나 구경거리가 되고 있는 당사자는 자기의 비밀을 나타내는 데에 태연해서 오히려 그것이 모든 사람들에게 알려지지 않고 감추어진 채로 있으면 자기의 당연한 권리를 포기하는 것이라고 생각하고 있었다. 모든 사람들에게 그것이 알려질 것을 확신했다. 그리고 이에 따른 심술궂은 웃음을 달게 받아들였다. 식사가 시작되어 유리문이 탕탕 소리를 내고 닫히면 한스 카스토르프의 식탁의 멤버뿐만 아니라 얼마 안 있어 주위의 다른 식탁의 멤버까지도 그를 쳐다보고 그의 얼굴이 파래졌다가 빨개지는 것을 흥겨워했지만 그는 이것까지도 만족해 했을 것이다. 그의 도취는 주위로부터 주목받음으로써 외부로부터 승인받고 보증되어 그로 인해 그의 문제는 촉진되고 그의 막연한 비상식적인 희망이 고무된다고 생각되었기 때문이다. 이것이 그를 행복하게까지 만들었다. 이렇게 사람들은 이 눈이 멀어버린 자를 구경하려고 문자 그대로 그의 주위에 모여들게 되었다. 가령 식사 뒤 테라스 위라든가, 또 일요일 오후에는 수위실 앞에서였다. 일요일에는 우편물이 각자 방에 배달되지 않고 요양객들은 수위실에서 이것을 받게 되어 있었다. 거기에서 몹시 기분이 좋은, 사랑에 도취되어 있는 사나이가 무엇이든지 구경시켜 주는 것이었다. 거기에 가령 슈퇴르 부인, 엥겔하르트 양, 클레펠트 양, 맥 같은 얼굴을 한 그녀의 친구, 불치의 형제인 알빈 씨, 새끼손가락의 손톱을 길게 기른 소년, 이밖에도 다른 환자들이 서서 입을 꾹 다물고 웃음이 터져 '나오려는 것을 겨우 참고 코를 벌름거리면서 구경하고 있었다. 한스 카스토르프는 이 위에 온 첫날밤에 그랬던 것처럼 볼을 빨갛게 상기시키고 아마추어 기수의 기침 소리를 들었을 때처럼 눈에 빛을 띠고 건성으로 미소를 지으면서 한 방향을 멍청하게 쳐다보고 있었다.

그럴 때에 세템브리니 씨가 한스 카스토르프에게 가까이 와서 말을 걸고 용태를 물어 봐준 것은 정말로 고마운 일이긴 했지만, 한스 카스토르프가 세템브리니 씨의 배려에서 온 부드럽고 구애받지 않는 기분을 감사하게 받아들일 수 있었는지는 의심스러웠다.

어느 일요일 오후 바깥 현관에서의 일이었다. 수위실에는 손님들이 서로 밀며 우편물을 받으려고 손을 내밀고 있었다. 요아힘도 앞으로 나와 있었다. 한스 카스토르프는 뒤에 남아서 앞에서 말한 것 같은 상태로 클라브디아 쇼샤──그녀의 식탁 친구들과 함께 옆에 서서 수위실 앞 사람들이 좀 덜 붐비게 될 때를 기다리고 있는 클라브디아 쇼샤의 시선을 잡으려고 했다. 이 우편물 시간은 요양객들을 한데 섞어 버리는 시간으로 기회가 풍부하기 때문에 한스 카스토르프가 좋아했던 대망의 시간이었다. 1주일 전에도 그는 창구에서 쇼샤 부인과 서로 닿을 정도였다. 그녀는 그를 좀 떠밀기까지 하고 이쪽을 힐끔 돌아보고『실례』하고 했지만, 이에 대해 그는 자기로서도 훌륭하다고 느낄 정도로 재빨리 프랑스 어로 대답할 수 있었다.

「천만에 말씀입니다, 부인.」

언제나 일요일 오후에 바깥 현관에서 우편물을 받는다는 것은 얼마나 멋진 습관인가 하고 한스 카스토르프는 생각했다. 그는 1주일이 지나 이 시간이 다시 돌아오기를 기다리면서 1주일을 보냈다고 할 수 있었다. 기다린다는 것은 앞질러간다는 것을 의미하며 시간과 현재를 귀중한 것으로 느끼지 않고 방해물로 느끼고 시간과 현재 그 자체의 가치를 인정하지 않고 그것을 무시하고 그것을 마음속에서 뛰어넘어 버리는 것이다. 기다리는 사람에게는 시간이 길다고 한다. 그러나 기다리는 사람에게야말로 시간은 짧다고 할 수도 있다. 기다리는 인간은 긴 시간으로 보내지 않고, 이용하지 않고 마구 삼켜 버리기 때문이다. 기다리기만 하는 인간은 소화 기관이 음식을 영양가로 바꾸지 않고 대량으로 그냥 지나가게 하는 대식가와 같은 것이라고 말할 수 있다. 한 걸음 더 나아가 말한다면, 소화할 수 없는 음식이 인간을 강하게 할 수 없는 것처럼 기다리기만 하고 지낸 시간은 인간을 늙게 만들지 않는다고 말할 수 있다. 물론 순수하게 기다릴 뿐, 이외에 아무것도 생각하지 않고 아무 일도 하지 않는 경우는 실제로 있을 수 없다는 것은 두말할 나위도 없다.

그런데 1주일이 마구 삼켜지고 일요일 오후의 우편 시간이, 1주일 전의 그 시간이 또다시 계속되어 있는 것처럼 찾아왔다. 역시 숨막히는 듯한 기회를 계속 품고 쇼샤 부인과 사회적인 관계가 맺어지는 기회를 늘 지니고 있어 한스 카스토르프의 심장은 죄어지고 뛰었지만 그는 이 기회를 살리려고는 하지 않았다. 거기에는 장애, 즉 군대식 장애와 문화적 장애가 가로막고 있었다. 하나는 근엄한 요아힘의 존재, 그리고 한스 카스토르프 자신의 명예와 의무에 관련된 장애였고, 또 하나는 클라브디아 쇼샤에 대한 세속적 관계, 즉, 『당신』이라고 부르고 인사를 하고 프랑스 어로 말을 서로 나누는 문명 사회의 관계는 필요하지 않고 소망스럽지도 않으며 어울리지 않는다는 기분에서 오는 장애였다. 그는 서서 옛날 프리비슬라프 히페가 교정에서 말을 하면서 웃은 것과 꼭 마찬가지로 그녀가 말하면서 웃는 것을 보았다. 그녀의 입은 웃을 때 굉장히 크게 벌어졌고 광대뼈 위의 약간 비뚤어진 녹회색의 눈은 실처럼 가늘어졌다. 이것은 결코 아름답지 않았지만 그것이 있는 그대로의 모습이었다. 더욱이 사랑하는 자에게는 도덕적 방면에서 냉정한 판단을 내릴 수 없는 것과 마찬가지로 심미적 방면에서도 냉정한 판단은 내릴 수 없는 것이다.

「당신도 우편 서류를 기다리고 있습니까, 엔지니어?」

이렇게 말하는 것은 방해자 이외는 없다. 한스 카스토르프는 깜짝 놀라 뒤를 돌아보고 눈앞에 미소를 지으면서 서 있는 세템브리니 씨를 보았다. 언젠가 통나무로 만든 물줄기 옆 벤치 있는 데서 초심자인 한스 카스토르프에게 첫 대면의 인사를 했을 때의 저 섬세한 인문주의자다운 미소였는데, 그 미소를 보자 한스 카스토르프는 그때와 마찬가지로 얼굴을 붉혔다. 그러나 꿈속에서는 이 손풍금장이를 「여기 계시면 방해가 됩니다.」하고 여러 번 밀어 내려고 했지만, 깨어 있을 때의 그는 꿈을 꾸고 있을 때의 그와는 달리, 그 미소를 수치와 홍이 깨어지는 기분으로 보았을 뿐 아니라 마침 잘 만났다는, 고마운 기분이기도 했다.

그는 말했다.

「우편 서류라니요, 세템브리니 씨? 나는 대사(大使)가 아닙니다. 우리 사촌 형제 중 누군가에게 엽서 정도가 와 있겠지요. 사촌이 지금 보러 갔습니다.」

「나는 벌써 저 절름발이에게서 약간의 우편물을 받았습니다.」세템브리니는 언제나 변함없는 단벌 라사지의 저고리 옆주머니에 손을 대보였다. 「흥미있는 우편물입니다. 문학적 의의와 사회적 의의가 있는 우편물이지요. 즉, 백과 사전에 관한 것인데 어떤 인문 단체가 나에게도 그 일부를 담당해 달라고 부탁해 온 것입니다. 요컨대 상당히 큰 일이지요.」세템브리니 씨는 여기서 말을 중단하고 「그런데 당신은?」하고 물었다. 「그 뒤 어떻습니까. 기후에 익숙해지는 일은 어느 정도 진전이 있습니까? 당신은 아직 이런 질문을 우습게 여길 정도로 우리들이 있는 곳에 오래 있었다고는 말할 수 없으니 말입니다.」

「고맙습니다, 세템브리니 씨. 웬일인지 여전히 잘되지 않고 있습니다. 마지막까지 이런 것이 아닐까고 생각합니다. 내가 여기에 왔을 때 사촌이 곧 말해 준 바에 따르면 여기 기후에 익숙해지려고 애를 써도 잘 안 되는 사람이 적지 않다는 것입니다. 그러나 익숙해지지 않는 것에 익숙해지는 경우도 있을 겁니다.」

「까다롭게 익숙해지는 방법이군요. 물론입니다. 젊은 사람에게는 무슨 일이라도 가능하니까요. 익숙해지지 않아도 뿌리는 박을 수 있습니다.」

「더욱이 여기는 결국 시베리아 광산은 아니니까 말입니다.」

「그렇지요. 아, 당신은 동방과의 비교를 즐겨 쓰십니다. 이해가 갑니다. 아시아가 우리들을 삼켜 버리려고 하고 있으니까요. 어디를 보아도 타타르 인의 얼굴뿐입니다.」그리고 세템브리니 씨는 어깨 너머로 살짝 뒤를 돌아보았다. 「징기스칸, 스텝 지대의 늑대의 눈, 눈(雪)과 보드카, 가죽 채찍과 감옥의 거리, 슐뤼셀부르크와 그리스도교. 우리들은 이 현관에 예지의 신 팔라스 아테네를 위해 제단을 세울 필요가 있겠습니다. 방위의 의미에서 말입니다. 보십시오, 우리 앞 저기서 속옷을 입지 않은 이반 이바노비치가 파라반트 검사하고 말다툼을 하고 있습니다. 두 사람 다 우편물을 받을 차례가 자기라고 주장하고 있습니다. 나는 어느 편이 옳은지는 모릅니다만 내 기분으로는 검사 편이 팔라스 아테네의 보호를 받고 있는 것 같습니다. 그는 어리석기는 하지만 라틴어를 알고 있기 때문에 말입니다.」

한스 카스토르프는 웃었다. 세템브리니 씨는 소리를 내어 웃는 일이 전혀 없었다. 그가 마음으로부터 웃고 있는 모습이란 상상할 수 없었다. 입가를 약간 냉정하게 긴장시켜서 띠는 미소 외에는 결코 웃지 않았다. 그는 청년이 웃고 있는 것을 바라보며 말했다.

「당신의 투명 양화는 벌써 받았습니까?」

「받았습니다.」한스 카스토르프는 무겁게 말했다. 「바로 최근입니다. 여기 있습니다.」이렇게 말하고 가슴 안주머니에 손을 넣었다.

「아, 당신은 그것을 지갑에 넣어 가지고 다니는군요. 말하자면 신분증명서, 여권, 회원증같이 말입니다. 아주 좋습니다. 잠깐 보여 주시겠습니까?」

이렇게 말하고 세템브리니 씨는 꺼먼 두꺼운 종이틀에 들어 있는 작은 유리판을 왼손 엄지손가락과 집게손가락으로 집고 햇빛에 비춰 보았는데 이것은 이 위에서 흔히 볼 수 있는 몸짓이었다. 세템브리니 씨는 꺼먼 사진을 검사하면서 편도같이 꺼먼 눈을 한 얼굴을 조금 찌푸렸지만 그것은 더 자세히 보기 위해 찌푸린 것인지 다른 이유 때문인지는 확실치 않았다.

「그렇군요.」그는 말했다. 「이것으로 신분증명서가 수중에 들어온 셈이군요. 고맙습니다.」그리고는 그 유리판을 옆으로 해서 거의 자기의 팔 너머로 얼굴을 돌리며 소유자에게 돌려주었다.

「줄을 보았습니까?」한스 카스토르프는 물었다. 「그리고 결절(結節)도 말입니다.」

「당신도 아시리라 믿습니다.」세템브리니 씨는 말을 길게 빼면서 대답했다. 「내가 이런 사진의 가치를 어떻게 생각하고 있는가 말입니다. 또 내부의 반점과 암영이 거의 어느 것이나 생리적이라는 것도 알고 계시리라 믿습니다. 나는 당신의 상과 대동소이한 상을 보아 왔습니다. 다만 그것이 과연 정말로 증명서가 될 수 있는지 어떤지는 다소 보는 사람의 임의에 맡겨져 있습니다. 물론 내가 말하는 것은 비전문가의 생각입니다만 아무튼 오랜 경험을 가진 비전문가의 생각입니다.」

「당신의 증명서는 더 나쁜 것입니까?」

「그렇습니다. 좀더 나쁜 것입니다. 더욱이 나는 우리들의 선생들도 이런 어린애 장난감 같은 것만을 가지고 진단을 내리지 않는다는 것도 알고 있습니다. 그건 그렇고, 당신은 우리들이 있는 이곳에서 겨울을 보낼 작정입니까?」

「아마 그렇게 될 것 같습니다. 나는 사촌과 함께 귀향하게 되지 않을까 하는 생각에 익숙해졌습니다.」

「즉, 익숙하지 않은 것에 익숙해진다는…… 당신은 아까 꽤 재미있는 표현을 했습니다만, 물론 벌써 준비는 다 되어 있겠지요. 따뜻한 옷이라든가 툭툭한 구두랑 말입니다.」

「전부 다 갖추었습니다, 세템브리니 씨. 집에 부탁했더니 가정부가 모두 속달 객차 편으로 보내 주었습니다. 이제는 견뎌낼 수 있습니다.」

「그 말을 들으니 안심이 됩니다. 그러나 잠깐 기다리십시오. 슬리핑백도 없어서는 안 됩니다. 가죽으로 만든 것 말입니다. 우리들은 우물쭈물할 시간이 없습니다. 이런 늦여름은 믿을 수가 없습니다. 한 시간 뒤에는 엄동이 올지도 모르니까요. 당신은 이 위에서 아주 추운 몇 개월을 보내게 될 것입니다.」

「네, 안정용 부대 말이군요.」한스 카스토르프는 말했다. 「그것도 일곱 가지 도구 중의 하나이지요. 나도 사촌과 함께 앞으로 읍내에 가서 하나 사야겠다고 생각하고 있습니다. 나중에도 쓸 수 있는 것은 아니지만, 결국 4개월 또는 6개월 동안은 도움이 될 것입니다.」

「도움이 되고말고요, 엔지니어.」세템브리니 씨는 청년의 코앞에 다가와서 목소리를 낮추어 말했다. 「당신이 여기서 시간을 낭비하고 있다는 것이 얼마나 몸서리쳐지는 무서운 것인지는 알지 못합니까. 그것이 부자연스럽고 당신의 본성에 위배되고 당신의 젊음에서 오는 순응성에 의거하는 것에 불과하기 때문에 몸서리가 납니다. 아, 젊은 사람들의 과도한 순응성, 이것은 교육자를 절망시킵니다. 왜냐하면 젊은 사람들은 나쁜 일에만 순응하려고 하기 때문입니다. 당신은 여기에 널리 퍼지고 있는 공기에 영향을 받지 말고 당신의 유럽적인 생활 양식에 적합한 말을 사용하십시오. 여기에는 특히 많은 아시아적인 것이 널리 퍼져 있습니다. 모스크바 계의 몽고인이 우글거리고 있을 뿐입니다. 저 사람들에게…….」

이렇게 말하고 세템브리니 씨는 턱으로 뒤를 가리켜 보였다.

「저 사람들에게 기분을 순응시켜선 안 됩니다. 저 사람들의 사고 방식에 감염되어서는 안 됩니다. 오히려 당신은 그들의 본성에 대해 당신의 본성, 더 고상한 본성을 주장하십시오, 그리고 서구의 아들, 신성한 서구의 아들, 문명의 아들이 민족적으로 갖고 있는 신성한 것, 요컨대 시간을 신성시하여 주십시오. 시간 소비의 이 기분 좋음, 야만적인 대담성, 이것은 아시아적입니다. 이것도 동방의 아들에게 여기가 기분 좋게 느껴지는 이유의 하나일 것입니다. 당신은 알아차린 일이 있습니까? 러시아 인이 『네 시간』이라고 하는 것은 우리들이 『한 시간』이라고 하는 것과 거의 같다는 것을 말입니다. 그들의 시간에 관한 무관심이 그들 나라의 미개한 넓이와 연관성이 있다는 것은 쉽게 생각할 수 있습니다. 공간이 많은 곳에는 시간도 많습니다. 그들은 많은 시간을 갖고 기다릴 수 있는 민족입니다. 우리 유럽 인들은 그것이 불가능합니다. 우리들의 고귀하고 섬세하게 분할된 대륙이 공간이 부족한 것처럼 우리들은 시간도 갖고 있지 않은 것입니다. 우리들은 공간과 시간의 어느 것도 면밀히 처리하고 이용하도록 강요받고 있습니다. 이용하도록 말입니다. 엔지니어, 우리들의 도시 문명의 중심과 초점, 사상의 이 도가니를 상징으로 하여 생각하여 주십시오. 도시에서 땅값이 오르고 공간의 낭비가 불가능하여 감에 따라 이것과 보조를 맞추어 도시에서는 시간도 날이 갈수록 귀중한 것이 되고 있습니다. 시간을 아끼라고 어떤 도시인(로마의 시인 호라티/우스, 기원전 65~68)은 이렇게 노래했습니다. 시간이란 신들의 선물로서 인간에게 이용하게끔 빌려 준 것입니다. 엔지니어, 인류의 진보를 위해서 이용하도록 말입니다.」

마지막 이 『인류의 진보』라는 독일어는 지중해 연안에서 태어난 세템브리니 씨에게는 정말 발음하기 어려웠을 텐데 그는 그것을 명확하고 명쾌하게, 유창하게, 조형적이라고 말할 수 있게 발음했던 것이다. 한스 카스토르프는 설교를 듣고 있는 학생처럼 멍하니 어색하게, 조금 부끄럽다는 듯이 인사를 했을 뿐 아무런 대답도 하지 않았다. 어떻게 대답할 것인가? 세템브리니 씨의 개인 교수는 다른 요양객 모두에게 등을 돌리고 살짝 거의 속삭이듯이 행해졌고, 너무나 실제적이고 비사교적이고 비대화적이었기 때문에 이에 대한 찬동을 표명하는 것까지도 무례하게 될 것 같았다. 교사의 설교에 대해 「정말 훌륭한 말씀이었습니다.」라고 대답하는 학생은 없을 것이다. 한스 카스토르프는 이전에는 말하자면 사교적으로 대등한 입장을 잃지 않기 위하여 그런 대답을 한 일도 가끔 있었지만 그러나 인문주의자가 이렇게 교육자적인 어조로 절실하게 말한 적은 없었기 때문에 그 훈계를 잠자코 듣는 수밖에 없었다──도덕 설교에 임한 국민학교 학생처럼 황송해 하면서.

더욱이 세템브리니 씨의 모습과 차림새는 그가 입을 다물고 있는 동안에도 그의 사상이 진전되고 있음을 느끼게 했다. 그가 한스 카스토르프의 코앞에 계속 서 있었기 때문에 한스 카스토르프는 몸을 좀 뒤로 젖히지 않으면 안 되었다. 그러나 이탈리아 인의 검은 눈은 생각에 잠긴 듯이 청년의 얼굴을 응시하고 있었다.

「당신은 고민하고 있습니다, 엔지니어.」세템브리니 씨는 말을 계속했다. 「길을 잃은 사람처럼 당신은 고민하고 있습니다. 누가 이것을 알아차리지 못하겠습니까? 그러나 고민에 대한 당신의 태도도 유럽 식이어야 합니다──부드럽고 병이 잘 걸리기 쉽기 때문에 이곳에 저렇게 많은 사람들을 보내고 있는 동방과 같아서는 안 됩니다──동정과 무한한 인종(忍從), 이것이 고뇌에 대한 아시아의 태도입니다. 그것은 우리들의, 당신의 태도는 아니며 그래서는 안 됩니다. 나의 이 우편물 말입니다만…… 보십시오. 이것은…… 아니 여기보다는…… 저쪽으로 갑시다. 여기서는 원, 저기로 물러 갑시다. 저기로 들어가기로 합시다. 당신에게 털어놓을 것이 있습니다. 다름이 아니라…… 저쪽으로 갑시다.」

세템브리니 씨는 뒤로 돌아서 한스 카스토르프를 현관 바로 옆에 붙어 있는 담화실로 데리고 갔다. 그것은 바깥 현관에 가장 가까운 담화실로, 무엇을 쓴다든지 독서용 방으로 배당되어 있지만 지금은 손님이 한 사람도 없었다. 천장은 밝은 느낌의 둥근 천장으로 벽은 참나무 판자로 되어 있었다. 책장이 나란히 있고 틀에 끼운 신문이 중앙 테이블 위에 놓여 있었다. 그 주위에는 의자가 나란히 있고 튀어나온 아치형의 창 아래에는 책상이 놓여져 있었다. 세템브리니 씨는 그 유리창 쪽으로 가까이 갔다. 한스 카스토르프도 그의 뒤를 따라갔다. 입구의 문은 열려 있었다.

「이 문서에는……」이렇게 이탈리아 인은 말하고 거친 라사지 옷이 부대처럼 불룩해진 옆주머니에서 개봉된 두툼한 큰 봉투를 재빨리 꺼내어 봉투 속의 여러 가지 인쇄물과 한 통의 편지를 한스 카스토르프의 눈앞에서 하나씩 내보였다. 「이 문서에는 프랑스 어로『진보 촉진 국제 연맹』이라고 인쇄되어 있습니다. 이 연맹의 지부 소재지인 루가노에서 보내온 것입니다. 당신은 연맹의 원칙, 그 목적에 관해 알고 싶지 않습니까? 나는 그것을 두 가지 말로 대답하겠습니다. 즉『진보 촉진 연맹』은 다윈의 진화론에서 인류의 가장 내재적 천직이 자기 완성에 있다고 하는 철학적 견해를 연역하는 것이 하나, 여기에서 결론지어 그 천직을 다하려고 하는 자는 누구나 인류 진보를 위해 적극적으로 힘을 다할 의무가 있다는 것이 두 번째입니다. 이 연맹의 깃발 아래 많은 사람들이 모여 프랑스·이탈리아·스페인·터키 그리고 독일에도 상당수의 회원이 있습니다. 나도 회원 명부에 이름을 얹는 영광을 가졌습니다. 인류라는 유기체에 대해 현재 개선이 가능하다고 생각되는 모든 면을 망라한 과학적인 대규모의 개혁안이 작성되었습니다. 그리고 인류의 건강 문제가 검토되고, 증진하는 공업화에 따르는 한탄할 만한 부차 현상으로 간주되는 인류 퇴화의 모든 방지책이 검토되고 있습니다. 또 연맹은 국립 대학의 설립, 유효 적절하다고 생각되는 사회적 개선에 의한 계급 투쟁의 극복, 마지막으로 또 국제법의 발달에 의한 민족 투쟁과 전쟁의 제거를 위해 고매하고 광범위한 노력을 합니다. 여러 개의 국제 잡지가 연맹의 활동을 말해 주고 있습니다.

삼 개국 아니면 사 개국의 세계어로 문학적 인류의 진보 발전에 대해 아주 흥미 깊은 보고를 하는 월간 잡지입니다. 여러 개의 지부가 여러 나라에 설치되어 토론의 밤과 일요일 대회를 통해 인류 진보의 이상과 정신이라는 표어 아래에서 계몽 교화에 전력을 다하고 있습니다. 특히 연맹은 모든 나라의 진보적인 정치 단체에 정보를 제공하여 그것을 원조하는 데 노력을 하고 있습니다……. 당신은 내 말을 듣고 계시는지요, 엔지니어.」

「물론입니다.」

한스 카스토르프는 당황하여 대답했다. 대답을 하면서 발이 미끄러졌는데 겨우 위태롭게 그대로 밟고 서 있는 것 같은 느낌이었다.

세템브리니 씨는 만족한 듯했다.

「이런 이야기는 아마 처음 듣는 일이라 깜짝 놀랐으리라 믿습니다만?」

「네, 솔직히 말해서 처음 듣는 이야기입니다. 그런…… 그런 노력에 대해 듣는 것은 말입니다.」

「이것이……,」세템브리니는 낮은 목소리로 외쳤다. 「당신이 이것을 더 일찍 들었더라면! 그러나 아마 지금부터라도 늦지 않을 것입니다. 그래서 이 인쇄물 말인데요. 당신은 이것이 어떤 인쇄물인지 알고 싶지요. 그러면 계속 들어 주십시오. 지난 봄에 연맹 총회가 바르셀로나에서 성대하게 거행되었습니다. 아시다시피 이 도시는 정치적 진보의 관념과 특별히 깊은 관련이 있는 도시입니다. 회의는 연회와 제전 속에 1주일 동안 계속되었습니다. 아, 나도 거기에 가고 싶었습니다. 회의에 참석하는 것을 열망했던 것입니다. 그러나 고문관 악당이 죽어도 괜찮다면 하고 위협을 하는 바람에 허가를 얻지 못하고 말았습니다. 그러니 별도리가 없지요. 나는 죽음이 무서워서 출발을 못 했습니다. 이해해 주시겠지만, 나의 좋지 못한 건강이 나에게 준 이 아픔 때문에 나는 절망할 뿐이었습니다. 우리들의 유기적 부분, 동물적 부분 때문에 이성에 봉사하는 것을 방해당하는 일처럼 비통한 것은 없습니다. 그런고로 루가노 지부에서 받은 이 편지가 나에게는 한층 더 기쁜 것입니다. 당신은 이 편지 내용에 흥미를 느끼시겠지요? 그러리라고 믿습니다. 그 요지를 간단하게 말씀드리지요. 진보 촉진 연맹은 그 임무로 하는 것이 인류의 복지 초래, 다시 말하면 조직 있는 사회 활동에 의한 인류 고뇌의 방지, 나아가서는 그 완전한 전멸에 있다는 진리에 비추어──또한 이 최고 임무는 완전한 국가를 궁극적 목표로 하는 사회과학의 조력에 의해서만 실현될 수 있다는 사실에 비추어──연맹은 바르셀로나에서 많은 권수로 된 《고뇌 사회학》이라는 표제에 의해 인간 고뇌의 모든 종별에 따라 면밀하고도 철저하며 체계적으로 취급하는 책 편찬을 결의했습니다.

당신은 여기에 대해 종별과 체계가 무슨 도움이 되겠는가 반박하실 것입니다만 나는 이렇게 대답할 것입니다. 정리와 분리야말로 극복의 제1보인 것이며, 참으로 무서운 것은 정체가 분명치 않은 적(敵)인 것입니다. 우리들은 인류를 공포와 인종적(忍從的)인 무감각한 원시 상태로부터 해방시키고 목적을 확실하게 의식한 행동의 단계에로 인도해야 합니다. 좋습니다. 이것이 『사회병리학』이 의도하는 바입니다. 이 병리학은 약 이십 권에 달하는 백과사전적인 총서로 적어도 생각할 수 있는 한의 인류 고뇌를 모두 열거하고 해부하기로 되어 있습니다. 극히 개인적이고 사적인 고뇌로부터 시작하여 큰 집단적인 갈등, 즉 계급 투쟁과 국제간의 충돌에서 생기는 고뇌에 이르기까지입니다. 요컨대 사회 병리학은 인간의 모든 고뇌를 구성하고 있는 화학적 성분을 여러 가지 혼합과 결합 이전의 상태로 환원하여 끄집어내 보이는 것입니다. 그리고 인간의 존엄성과 행복을 지침으로 하여 고뇌의 원인 제거에 유효 적절하다고 생각되는 수단과 방법을 모든 경우에 걸쳐 인류에게 제공하려고 하는 것입니다. 유럽 학계의 저명한 전문가, 의사, 경제 학자, 심리 학자들이 이 고뇌 백과사전의 편찬에 협력하여 루가노의 편찬 본부가 원고를 모으는 집수조(集水槽)가 될 것입니다.

그리고 이 작업에 내가 어떤 역할을 맡는가를 당신은 눈으로 묻고 계시는군요. 마지막까지 들어 주십시오. 이 일대 작업은 문학까지도 등한히 하지 않고 있습니다. 문학이 인간의 고뇌를 대상으로 하고 있는 한은 말입니다. 문학도 특히 한 권이 예정되어 있어 그 속에는 고민하는 사람들을 위로하고 교도하려는 목적 하에 세계 문학 가운데서 개개 갈등에 대해 참고가 될 수 있는 모든 걸작이 집대성되고 간결하게 분석하기로 되어 있습니다. 그리고 그것이 여기에 보시는 이 편지 속에서 당신의 충실한 하인인 나에게 명령되어 온 작업인 것입니다.」

「무슨 말씀입니까. 하인이라니요, 세템브리니 씨. 그러나 진심으로 기쁘다는 말씀을 드리고 싶습니다. 연맹이 당신에게 그것을 위촉하여 온 것은 조금도 이상하지 않습니다. 그리고 당신으로서도 인간의 고뇌 해소에 협력하신다는 것은 얼마나 만족스러운 일이겠습니까.」

「방대한 작업입니다.」 세템브리니 씨는 사려 깊게 말했다. 「여러 모로 섭렵하고 독서를 해야 합니다.」

특히 그는 작업의 방대함에 멍하니 들여다보는 눈초리로 덧붙였다.

「특히 문학은 거의 언제나 고뇌를 대상으로 하고 있고 이류, 삼류의 작품도 어떤 형태로든 고뇌를 취급하고 있습니다. 그러나 그런 것은 문제가 아닙니다. 아니, 그런 만큼 더욱 좋다고 생각합니다! 내 작업은 아무리 광범위한 것이라 해도, 아무튼 이런 역겨운 장소에서도 이럭저럭 처리할 수 있는 성질의 작업입니다. 이것은 당신이……,」 세템브리니 씨는 한스 카스토르프에게 더 다가오면서 목소리를 거의 속삭이듯 낮게 하여 계속했다. 「이것은 당신의 경우, 자연으로부터 과해진 작업에는 타당하지 않습니다, 엔지니어. 나는 그것을 당신에게 말하고 당신에게 주의해 주고 싶었습니다. 내가 당신의 천직을 얼마나 찬미하고 있는지는 당신도 알고 계십니다. 그러나 당신의 천직은 실제적인 것으로 정신적인 것이 아니므로 당신은 나와는 달리 아랫세상에서만 그것을 수행할 수 있는 것입니다. 당신은 평지에서만 유럽 인이 될 수 있습니다. 당신이 하는 방법으로 고뇌를 적극적으로 극복할 수도, 진보에 공헌할 수도, 시간을 이용할 수도 있습니다. 내가 나에게 부여된 작업에 대해 당신에게 말씀드린 것도 당신으로 하여금 반성하게 하고 생각을 달리 하게 하여 당신의 생각을 시정하게 하기 위함이었을 뿐입니다. 이곳 공기의 영향으로 분명히 혼란해지기 시작하고 있는 당신의 생각을 말입니다.

나는 당신에게 몇 번이고 말씀드립니다. 자기 자신을 비굴하게 하지 마십시오. 자부심을 가지고 전혀 다른 이 세계에 말려들어가지 말아 주십시오. 이 진흙구덩이에서, 이 마녀(魔女)의 섬에서 도망쳐 주십시오. 오디세우스가 아닌 이상 당신이 여기서 무사히 지내게 될 리가 없습니다. 머지않아 네 발로 걸어다니게 될 것입니다. 벌써 앞다리가 땅에 붙으려고 하고 있습니다. 얼마 안 있으면 엉엉 울기 시작할 것입니다. 주의하십시오.」

인문주의자는 낮은 목소리로 훈계하면서 심하게 머리를 흔들었다. 그리고는 눈을 내리깔고 눈썹을 찌푸리면서 입을 다물었다. 한스 카스토르프는 여느 때와 마찬가지로 농담을 하고 가볍게 도망치려고 생각했지만 이번에는 그것이 불가능했다. 그도 눈을 밑으로 내리깔고 서 있었다. 그리고는 그도 어깨를 으쓱하고 낮은 목소리로 말했다.

「나는 어떻게 하면 좋겠습니까?」

「지금 말씀드린 대로입니다.」

「즉 이곳을 떠나라는 것입니까?」

세템브리니 씨는 말이 없었다.

「내가 고향으로 떠나가야 한다는 말입니까?」

「그것은 첫날밤에 당신에게 곧 충고해 드렸습니다, 엔지니어.」

「그렇습니다. 그때에는 나도 그렇게 할 수 있는 입장에 있었습니다. 물론 여기의 공기가 다소 나에게 좋지 않다는 것만으로 예정을 바꾼다는 것은 이성에 반대된다고 생각했습니다. 그러나 그 이후 진찰을 받았는데 베렌스 고문관이 나에게 솔직하게 이렇게 말했습니다. 귀성해야 아무 소용이 없다, 얼마 안 있으면 다시 되돌아오게 될 것이다, 아랫세상에서 지금처럼 계속 살았으면 폐엽이 몽땅 없어져 버렸을 것이다라고 말입니다.」

「알고 있습니다. 그리고 이번에는 호주머니에 신분증명서까지 가지고 있습니다.」

「당신은 그것을 빈정대서 말씀하시지만…… 물론 옳은 이유, 일순간도 오해할 수 없을 뿐더러 수사학의 확실하고 고전적인 수단인 이유를 갖고 말씀하셨습니다. 보시다시피 나는 당신의 말씀을 전부 다 잘 알고 있습니다. 그러나 당신은 이 사진이 있는데도, 그리고 뢴트겐 검사의 결과와 고문관의 진단이 있는 현재에도 나더러 떠나가라고 말씀하시는 것의 책임을 지실 작정이십니까?」

세템브리니 씨는 순간 주저했다. 그리고 그는 몸을 일으키고 눈을 들어 한스 카스토르프를 검은 눈으로 응시하고는 연극적이고 기교적인 느낌이 드는 억양으로 대답했다.

「좋습니다, 엔지니어. 책임을 지겠습니다.」

그러나 한스 카스토르프의 태도도 긴장했다. 그는 발꿈치를 모으고 서서 세템브리니 씨의 눈을 똑바로 쳐다보았다. 이번에는 싸움이었다. 한스 카스토르프는 한치도 후퇴하지 않았다. 가까운 곳으로부터의 영향이 그를 강하게 했다. 이쪽에는 교육자, 방 바깥 저쪽에는 눈이 가느다란 부인이 있었다. 한스 카스토르프는 과격한 말을 사과하려 하지도 않고 「나쁘게 생각 말아 주십시오.」라고 덧붙이지도 않았다. 그는 대답했다.

「그렇다면 당신은 당신 일에는 주의 깊고 남의 일에는 신중하지 않은 분이라는 것이 됩니다. 당신은 의사의 금지를 무시해 가면서까지 바르셀로나의 진보 회의에 가려고 하지 않았습니다. 당신은 죽음을 두려워해서 여기에 머물러 계셨습니다.」

이 반박으로 세템브리니 씨의 자세가 어느 정도 흔들린 것만은 사실이었다. 그는 다소 괴로운 듯한 미소를 띠면서 말했다.

「당신의 논리는 다소 궤변 같다고 말할 수 있습니다만 나는 그런 빈틈없는 대답을 존중할 줄 압니다. 나는 여기서 유행하고 있는, 병을 중하게 보이려고 하는 좋지 않은 경쟁에 가입하는 것에 협오를 느끼기 때문에 잠자코 있습니다만 그렇지 않다면 내가 당신보다 훨씬 병이 무겁다는 것을 말할 것입니다. 유감스럽습니다만 정말 병이 무거워서, 언제 이곳을 떠나 아래 세계로 돌아갈 수 있을 것이라는 희망을 가진다 하더라도 그건 어딘지 기교적이고 자기 기만인 것입니다. 만약 그런 희망을 가지는 것이 완전히 무의미하다는 것이 알려지면 그 순간에 나는 이 요양원을 나와 골짜기에 있는 어떤 하숙집으로 옮기고 여생을 지내게 될 것입니다. 이것은 슬픈 일입니다만 내 작업의 세계가 아주 자유롭고 정신적인 세계이기 때문에 여기 있어도 숨이 붙어 있는 한 인류를 위해 노력하고 병의 정신에 반항할 수 있을 것입니다. 이 점에서 우리 두 사람 사이에 차이점이 있는 것은 아까도 말씀드린 대로입니다. 엔지니어, 당신은 당신이 갖고 있는 훌륭한 천분을 여기서 발휘할 수는 없는 사람입니다.

이것은 당신을 처음으로 만났을 때부터 알고 있었습니다. 당신은 내가 바르셀로나에 가지 않은 것을 비난하셨습니다. 나는 죽는 것을 스스로 재촉하고 싶지 않았기 때문에 의사의 말에 복종했습니다. 그러나 나는 이 불쌍한 육체의 횡포에 대해 극히 엄중한 조건, 정신의 아주 자랑스러운 비통한 항의로 거기에 가는 것을 단념했습니다. 이곳의 권위자들의 명령에 따라 여기에 머물러 있는 당신에게 과연 나와 같은 열렬한 항의가 불타고 있는지 어떤지, 오히려 당신이 너무나 쉽게 순종하는 것은 육체와 그 나쁜 본능 때문이 아닐까요.」

「당신은 육체의 어떤 점이 좋지 않다고 하시는 겁니까.」

한스 카스토르프는 상대방의 말을 재빨리 가로막으며 흰 자위에 빨간 혈관이 나와 있는 푸른 눈을 크게 뜨고 상대방의 얼굴을 보았다. 자기의 대담성에 그는 머리가 어지러워졌고, 태도에도 그것이 나타나 있었다. 『나는 무엇을

지껄이고 있는 것일까?』 그는 생각했다. 『이거 큰일날 것 같은데. 그러나
전쟁은 선포되었다. 궁지에 몰릴 때까지는 지지 말아야지. 물론 마지막으로
이기는 것은 그가 틀림없겠지만 그런 것은 문제가 아니다. 내가 패배를 당해
도 얻는 것이 있을 것이다. 그를 초조하게 만드는 것만으로도 만족이다.』

그래서 그는 항의를 계속했다.

「당신은 인문주의자이시죠? 그런 당신이 육체를 어째서 나쁘게 말하시는
것입니까?」

세템브리니는 이번에는 자연스럽게 자신 있는 미소를 지었다.

「당신은 정신 분석의 어떤 점이 좋지 않다고 말씀하시는 것입니까?」

세템브리니는 머리를 갸우뚱하고 한스 카스토르프가 언젠가 한 말을 흉내
냈다.

「『당신은 정신 분석에 반대하십니까?』 하고 전날 당신은 나더러 말씀하셨
습니다만, 나는 언제 어느 때라도 대답할 수 있습니다, 엔지니어.」 그는 손이
마룻바닥에 닿도록 내리고 절을 했다. 「특히 당신의 항의가 훌륭한 항의이면
더욱이 그러합니다. 당신은 꽤 훌륭하게 응수하십니다. 인문주의자, 그렇습
니다. 나는 인문주의자입니다. 나에게 금욕적인 경향이 있다고는 누구도 말할
수 없을 것입니다. 나는 형태를, 아름다움을, 자유를, 명랑을, 향락을 긍정하
고 존중하고 사랑하는 것처럼 육체를 긍정하고 존중하고 사랑합니다. 감상적
인 현세 도피에 대해 현세와 현세적 행복을 옹호하고, 낭만주의에 대해 고전
주의를 옹호하는 것처럼 말입니다. 나의 기치(旗幟)는 선명(鮮明)이라고 생각
합니다. 그러나 나의 최고의 긍정, 최고이고 최후의 존경과 사랑이 향해져 있
는 힘과 원리가 있습니다. 그 힘, 그 원리는 정신입니다. 나는 『영혼』이라 부
르는 귀찮은 월광(月光)의 환영과 요괴 때문에 육체를 천하게 다루는 것을 보
면 몸서리가 납니다만 그러나 육체와 정신과의 대립에 있어서는 육체는 사악
한 악마적 원리입니다. 육체는 자연이기 때문입니다. 그리고 자연은——정
신과 이성에 대해서는 말입니다. 되풀이해서 말씀드립니다——사악하기 때
문입니다. 신비롭고 사악합니다. 『당신은 인문주의자이시지요?』 물론 나는
인문주의자입니다. 왜냐하면 나는 프로메테우스가 그러했듯이 인간의 친구이
며 인류와 그 귀족성의 애호가이기 때문입니다. 그러나 이 귀족성은 그리스도
교가 말하는 영혼에 있는 것이 아니라 정신에, 이성에 있는 것입니다. 따라서
인류의 귀족성을 존중하는 인문주의가 정신의 육체와 자연에의 예속을 굴욕,
치욕이라고 느끼는 날이 있다고 해도 당신이 그것을 그리스도교적인 비개화

주의라고 비난하는 것은 전혀 번지수가 다릅니다.」

한스 카스토르프는 그렇지 않다는 몸짓을 했다.

「그 비난은……,」세템브리니는 되풀이했다. 「전혀 번지수가 다릅니다. 당신은 위대한 플로티노스가 육체를 가진 것을 부끄럽게 생각한다고 말했다는 것을 알고 계십니까?」

세템브리니는 이렇게 말하고 그 대답을 정말로 기다리고 있는 눈치였으므로 한스 카스토르프는 하는 수 없이 그것은 처음 듣는 말이라고 고백했다.

「포르피리오스가 이것을 전하고 있습니다. 비상식적인 말이라고도 할 수 있습니다. 그러나 비상식적인 것이야말로 정신적으로는 존경받을 만합니다. 정신이 자연에 대해 자신의 존엄성을 주장하고 자연에 굴복하는 것을 거부하는 것을 비상식이라고 비난하는 것처럼 불쌍한 것은 없습니다. 당신은 리스본의 지진 이야기를 들은 적이 있습니까?」

「아니오. 지진이 있었습니까? 나는 여기 온 뒤로는 신문을 보지 않아서…」

「아니오, 당신은 오해를 하고 계십니다. 그리고 곁들여 말씀드리지만 당신이 여기서 신문을 읽고 계시지 않는다는 것은 슬픈 일입니다. 그리고 여기가 어떤 장소라는 것을 말해 주는 사실이기도 합니다. 그러나 당신은 오해를 하고 계십니다. 내가 말하는 천지 이변은 요즈음 일이 아니라 지금으로부터 약 2백50년 가량 전의 일입니다.」

「아, 그렇습니까. 그렇지, 그렇지, 그렇지요. 어디선지 읽은 적이 있습니다. 당시 괴테가 바이마르에서 밤중에 침실에서 하인에게…….」

「아, 나는 그것을 말한 것이 아닙니다.」

세템브리니는 눈을 감고 햇빛에 그을린 작은 손을 공중에 흔들면서 상대방의 말을 가로막았다.

「더욱이 당신은 두 지진을 혼동하고 계십니다. 당신이 말하는 것은 메시나의 지진입니다. 내가 말하는 것은 1755년에 리스본을 급습한 지진입니다.」

「이거 실례했습니다.」

「그때 볼테르는 거기에 반항했습니다.」

「무슨 말입니까. 반항했다니요?」

「반항했습니다. 그렇습니다. 볼테르는 그 잔인한 운명과 사실을 감수하지 않았습니다. 거기에 굴복하는 것을 거부한 것입니다. 번화한 도시의 4분의 3과 몇 천의 인명을 앗아간 자연의 파렴치한 포악에 대해 그는 정신과 이성의 이름으로 항의했습니다. 놀라십니까, 웃고 계시는 겁니까. 놀라시는 것은 상관없지만 웃으신다면 실례지만 삼가해 주서야겠습니다. 볼테르의 태도는 하늘을 향해 활을 쏘았다고 하는 고대의 골 인(人)의 참된 후예에 어울리는 태도입니다. 아십니까, 엔지니어. 이것이야말로 자연에 대한 정신의 적개심, 자랑스러운 불신임, 자연과 그 사악한 비이성적인 힘에 대한 비평 정신의 고매한 주장입니다. 왜냐하면 자연은 폭력이기 때문입니다. 그리고 폭력을 감수하고 이에 굴복하는 것은, 정신적으로 이에 굴복하는 것은 노예적 행위이기 때문입니다. 볼테르의 태도는 육체를 사악한 악마적인 원리라고 생각하고 그러면서도 전혀 모순과 당착에 빠지지 않고 또 그리스도교적인 현세 도피에 빠지는 일도 없는 인문주의의 한 예입니다.

내가 인문주의자이면서 육체를 나쁘게 말하는 것을 당신은 모순이라고 말씀하셨지만 결국 그것은 언제나 같은 것에 대해 모순이라고 간주하고 있습니다. 요전에도 당신은 『정신 분석의 어떤 점이 나쁘다고 말씀하시는 것입니까?』하고 물었습니다. 아무 데도 나쁜 것이 없습니다. 분석이 교화와 해방, 진보를 지향하는 한에서는 말입니다. 분석이 모혈의 추악한 썩은 냄새를 동반하는 경우에는 좋은 데가 없습니다. 육체에 관해서도 이와 마찬가지입니다. 육체의 해방과 아름다움, 관능의 자유, 행복과 쾌락이 추구되는 경우에는 육체는 존중되고 옹호되어야 합니다. 그러나 육체가 둔감과 무기력의 원리로 되고 광명에로 향한 운동을 방해하는 경우에는 멸시되어야 합니다. 육체가 병과 죽음의 원인을 대표하고 육체 고유의 정신이 배리(背理)의 정신, 부패와 음탕, 파렴치의 정신인 경우에는 멸시해야 합니다.」

세템브리니는 말을 끝맺으려고 이 마지막 말을 한스 카스토르프의 코 앞에 서서 거의 목소리를 죽이고 빨리 말해 버렸다. 한스 카스토르프에게 구원의 손길이 다가왔기 때문이었다. 요아힘이 두 장의 엽서를 갖고 독서실로 들어왔다. 문필가는 말을 딱 끊고 사교적인 경쾌한 어조로 옮겼지만 그 경쾌함은 그의 제자에게 ── 이렇게 한스 카스토르프를 부를 수 있다면 ── 어떤 인상을 주지 않을 수 없었다.

「오셨군요, 소위님. 사촌을 찾으셨지요. 미안합니다. 우리는 여기서 열띤 대화를 했습니다. 내가 틀리지 않았다면 우리는 좀 언쟁을 벌였습니다. 사촌은 유사시에는 만만치 않은, 얕잡아 볼 수 없는 논적(論敵)입니다.」

고전 문학 연구

점심 식사가 끝난 뒤 한스 카스토르프와 요아힘 짐센은 푸른 저고리에 흰 바지 차림으로 정원 의자에 앉아 있었다. 이날도 역시 이 고장에서 찬미되는 10월의 어느 하루, 덥고 상쾌하며 화려하고도 준엄한 날이었다. 골짜기 위에는 남국과 같은 푸른 하늘이 펼쳐져 있고, 길은 여러 갈래로 줄달음치고 있었다. 인가가 들어서 있는 골짜기의 풀밭은 아직도 밝은 녹색을 띄고 있었고 거친 숲에 덮인 비탈에서는 암소의 단조로운 음악적인 방울 소리가 평화롭게 울려 퍼졌다. 그 소리는 희박하고 공허할 만큼 조용해진 공기 속을 선명하게, 흐트러지지 않고 흘러와서 고원을 지배하고 있는 휴일 기분을 짙게 해주고 있었다.

사촌들은 정원 한구석에 둥글게 심어져 있는 나무 앞에 있는 벤치에 앉아 있었다. 거기는 베르크호프 일대의 골짜기보다 오 미터나 높은 곳에 있는 울타리를 두른 대지의 서북단이었다. 두 사람 다 말이 없었다. 한스 카스토르프는 시거를 피우고 있었다. 그는 요아힘에게 내심 화를 내고 있었다. 요아힘이 식사 뒤 안정 요양을 하기 전의 베란다의 모임에 가담하려 하지 않고 자기를 이 조용한 정원으로 억지로 끌고 왔기 때문이었다. 이것은 요아힘의 횡포라고 할 수 있었다. 엄밀히 말하면 두 사람은 유합쌍생아(癒合雙生兒)가 아니므로 두 사람 취미가 서로 달라지면 언제라도 떨어질 수 있는 사이였다. 한스 카스토르프는 요아힘을 상대해 주기 위해 이 위에 머물러 있는 것이 아니라 그도 환자 중의 한 사람이었다. 그런 의미에서 시무룩해 있었지만 그에게는 마리아 만치니가 있었기 때문에 언제까지나 이렇게 시무룩하지는 않았다. 저고리의 옆주머니에 두 손을 넣고 다갈색 구두를 신은 두 다리를 앞으로 내밀고 이제 겨우 타기 시작해서 둥근 앞끝에서 아직 재를 털지 않은 회색의 긴 시거를 좀 밑으로 드리워 물고, 풍부한 식후에 완전히 옛 맛을 되찾은 시거의 향기를 맛보고 있었다. 이 위에서의 그의 순응 작용은 익숙해지지 않는 일에 익숙해졌을 뿐이라고 해도 위(胃)의 화학 반응이나 건조하여 출혈을 자주 하는 점막 신경에 대해서는 순응이 완료된 것 같았다.

교묘하게 만들어진 식물성 자극과 마비 수단에 대한 유기체적 쾌감은 날이 갈수록, 65일 또한 70일이 지나는 사이에 여러 번의 진척 상태를 알아차리지 못한 사이에 완전히 회복되어 있었다. 그는 회복된 기능을 기뻐했다. 그러고 이 정신적 만족도 생리적 쾌감을 가미해 주었다. 침대 생활을 하고 있을 동안 가지고 온 시거 이백 개를 절약할 수 있었기 때문에 아직도 남아 있었다. 그러나 속옷과 겨울옷과 함께 브레멘 제품 마리아 시거가 오백개 샬렌으로부터 보내졌다. 래커 칠을 한 아름다운 상자 속에 들어 있었는데, 그 상자는 지구의(地球儀)와 많은 상패와 깃발이 휘날리는 전람 회장이 금색으로 그려져 있었다.

두 사람이 벤치에 앉아 있으니, 우연히도 베렌스 고문관이 정원을 걸어 왔다. 고문관은 지금 홀에서 모두 함께 점심 식사를 하고 오는 길이다. 그들은 아까 잘로몬 부인의 식탁에서 그가 자기 접시 앞에 큰 손을 마주잡고 있는 것을 보았던 것이다.

아마 그는 그 뒤 테라스에 남아서 그 독특한 어조로 말하며 아직 본 일이 없는 사람들에게 구두끈의 묘기를 보이고 있었던 것이리라. 그러한 그가 지금 자갈길을 어슬렁거리며 이리로 가까이 오고 있다. 수술복을 입지 않고, 가는 바둑판 무늬 연미복 차림으로 실크 모자를 머리에 쓰고, 역시 아주 검은색의 시거를 입에 물고 흰 연기를 내뿜으면서 가까이 오고 있었다. 창백하게 상기된 볼, 납작코, 젖은 푸른 눈, 한쪽이 치켜 올라간 콧수염의 얼굴은 약간 구부정한 장신의 체구와 거대한 수족에 비해 작았다. 그는 신경 과민이라 사촌들의 존재를 알아차리자 눈에 보일 정도로 깜짝 놀랐다. 뿐만 아니라 당황한 듯이 발을 멈추기까지 했다. 그 이유는 그대로 걷다가는 사촌들 쪽으로 곧장 내닫지 않을 수 없었기 때문이다. 그는 여느때와 같이 상투적인 어조로, 마음이 매우 들뜬 듯이, 정해 놓은 문구로 「여기들 있었군요, 디모데우스.」라든가, 두 사람의 신진대사를 축복하는 말 등으로 인사를 하고 두 사람이 그에게 경의를 표시하며 일어서려 하는 것을 막으며 계속 앉아 있으라고 말했다.

「그대로, 그대로. 나 같은 서민에게 신경쓰지 마십시오. 그러면 오히려 미안합니다. 더욱이 두 분은 다 환자이니까요. 상관 마십시오. 지금 상태로는 아무 불만이 없습니다.」 고문관은 두 사람 앞에 계속 서서, 커다란 오른손의 집게손가락과 가운뎃손가락 사이에 시거를 끼고 있었다. 「그 시거는 맛이 어떻습니까, 카스토르프 군. 좀 보여 주십시오. 이래뵈도 나는 그 방면에 안목이 있고 애연가이기도 합니다. 잿빛은 좋습니다. 도대체 이 갈색의 연인(戀人)은 뭐라는 것입니까?」

「마리아 만치니라고 하는 브레멘 제품의 식후용 잎담배입니다, 고문관님. 값이 아주 쌉니다. 순품으로 19페니입니다만 보통 이런 값으로는 바라기 어려운 향기가 있습니다. 수마트라 하바나의 잎으로, 보시다시피 아랫잎입니다. 나는 이것에 젖어 버렸습니다. 혼합향이 아주 짙습니다만 혓바닥의 감촉은 부드럽습니다. 재를 오래 털지 않는 것이 좋기 때문에 나는 많아야 두 번밖에 재를 털지 않습니다. 물론 간혹 불량품도 있습니다만 제조할 때에 특히 세심한 주의를 기울이고 있어 마리아는 정말 신뢰할 수 있고, 더욱이 공기가 통하는 것도 언제나 고릅니다. 한 개비 피워 보시지 않겠습니까?」

「고맙습니다. 그럼 한 개 교환해 볼까요.」

두 사람은 담뱃갑을 꺼냈다.

「이것도 품질이 좋습니다.」 고문관은 잎담배 한 개를 꺼내면서 말하였다. 「질도 좋고, 맛도 좋고, 힘도 있습니다. 성 펠릭스 브라질이라고 하는데 나는 줄곧 이것을 피우고 있습니다. 정말이지 근심 걱정을 없애 주는 최고의 것입니다. 브랜디처럼 톡 쏘는 맛이 있는데 특히 마지막에 가까워질수록 더 세어집니다. 이것을 피우는 데는 다소 신중을 필요로 하기 때문에 계속적으로 피울 수는 없습니다. 남자의 힘으로도 당해 내지 못합니다. 그러나 하루 종일 같은 것을 피우기보다는 톡 쏘는 것을 한 대 피우는 것이 낫습니다.」

두 사람은 서로 교환한 시거를 손가락 사이에서 돌려 전문가다운 안식으로 시거의 날씬한 몸매를 바라다보았다. 가장자리가 조금 부풀어 있고, 여기 저기에 틈이 있으며, 평행으로 비스듬히 감긴 모양이 늑골 같았고, 달리고 있는 엽맥(葉脈)은 맥박을 치고 있는 것 같아 표면의 작은 기복은 인간의 피부를 느끼게 했고, 표면과 모난 곳에 광선이 흐르는 정도에 따라 모든 것이 생명이 있는 것 같은 느낌이었다. 한스 카스토르프는 이와 같은 그의 생각을 입밖에 내어 말했다.

「이런 시거는 마치 살아 있는 것 같군요. 버젓이 호흡을 하고 있습니다. 고향에서 나는 마리아에 습기가 차지 않도록 밀폐된 양철통을 생각해 내어 그 속에 넣어 두었습니다. 그런데 어찌 된 영문인지 마리아는 죽고 말았습니다. 숨이 끊어져 1주일 만에 죽어 버렸습니다. 가죽처럼 바삭바삭하게 되어 버렸습니다.」

그리고 두 사람은 시거를——특히 외국산 시거를 저장하는 최선의 방법에 관해 실험담을 주고받았다. 고문관은 외국산 시거를 좋아하여 될 수 있으면 독한 하바나만을 피우고 싶은 모양이었다. 그러나 유감스럽게 하바나는 고문관에게 너무 독하여 어떤 회합 석상에서는 사랑했던 두 개의 헨리 클레이 때문에 하마터면 저 세상으로 갈 뻔했다.

「나는 커피를 마시면서 아무 생각 없이 한 개 또 한 개를 연거푸 피우고 있었습니다.」 그는 또 말했다. 「그러나 다 피우고 나자마자 내가 어떻게 된 걸까 하는 의문이 들기 시작했습니다. 아무튼 보통과 전혀 다른 아주 이상한 기분으로, 난생 처음 맛보는 기분이었습니다. 집에까지도 간신히 돌아오긴 했지만 돌아와서야 비로소 이건 예삿일이 아니구나 하는 것을 처음으로 알았던 것입니다. 발이 얼음처럼 차가웠고, 온몸은 식은땀으로 흠뻑 젖어, 얼굴은 모시 같이 창백하고, 심장의 고동은 뒤죽박죽되어 맥박은 실오라기처럼 거의 느낄 수 없을 정도였다가 갑자기 세차게 뛰는 것이었습니다. 그리고 머리는 혼란하기 이를 데 없었습니다. 나는 훨훨 날아 저 세상으로 가버리는 것이 아닌가 하는 생각이 들기도 했습니다. 훨훨 날아 저 세상으로 퇴장하리라는 것은 그때 머리에 떠오른 말 그대로이며, 그때의 용태를 꼭 그대로 표현한 말일 것입니다. 더 정확히 말하자면, 너무나 무서워서 온몸이 모두 공포덩어리였습니다. 그러나 한편으로는 아주 마음이 들떠 정말이지 축제 기분이었습니다. 그러나 이러한 공포와 축제의 기분이란 아시다시피, 서로 상반되는 것이 아닌 것입니다. 난생 처음으로 아가씨를 껴안은 젊은이나 그 아가씨 또한 공포를 느끼며 동시에 두 사람 다 황홀해서 녹아 버릴 지경일 것입니다. 그렇습니다. 나도 녹아 버릴 지경으로, 높이 뛰는 가슴으로 훨훨 날아서 하마터면 이 세상과 작별하게 될 뻔했습니다. 다행히도 밀렌동크 여사의 간호가 좋았기 때문에 간신히 그 위험한 기분에서 깨어날 수가 있었던 것입니다. 얼음찜질, 브러시 마찰, 캠퍼 주사 등으로 나는 살아날 수 있었습니다.」

한스 카스토르프는 환자의 자격으로 벤치에 앉아서 무언가를 생각하고 있는 듯한 얼굴로 베렌스의 얼굴을 쳐다보고 있었다. 베렌스의 젖은 푸른 눈은 이야기하고 있는 사이에 눈물이 가득히 괴어 있었다.

「당신은 가끔 그림을 그리시지요, 고문관님?」 한스 카스토르프는 갑자기 이렇게 물었다. 고문관은 뛰어오르는 시늉을 하였다.

「아니, 젊은이. 갑자기 그게 무슨 생각에서 하는 말이오?」

「용서하십시오. 어떤 기회에 그런 이야기를 들었기 때문입니다. 지금 갑자기 그 생각이 났습니다.」

「그렇다면 나도 덮어놓고 부정하지는 않겠습니다. 우리들은 모두 허약한 인간이니까요. 그렇습니다. 그런 때도 있었습니다. 예의 스페인 사람처럼 입버

롯으로 하는 말은 아니지만, 나도 화가의 한 사람입니다.」

「풍경화가입니까?」

한스 카스토르프는 짤막하게, 좀 버릇없는 투로 물었다. 그때의 분위기가 그로 하여금 자기도 모르는 사이에 그런 어조로 말하게 하였다.

「무엇이든지 그립니다.」고문관은 계면쩍어하면서도 뽐내듯 말했다.「풍경, 정물, 동물, 사나이 대장부, 무서울 것이 없습니다.」

「그러면 초상화는요?」

「초상화도 한 번 주문받은 일이 있습니다. 당신 초상화도 한 번 그리게 해 주시겠습니까?」

「하하하, 아니오. 그러나 언제 한 번 고문관님의 작품을 구경할 수 있으면 참 고맙겠습니다.」

요아힘은 깜짝 놀라면서 사촌의 얼굴을 쳐다보았으나 자기도 구경할 수 있으면 참 고맙겠다고 다급하게 사촌을 따라 말했다. 베렌스는 너무 기뻐서 황홀할 정도였다. 기뻐서 얼굴이 빨개졌고, 눈에서는 눈물이 흘러나올 것 같았다.

「좋습니다.」그는 외쳤다.「이를 데 없이 기쁩니다. 괜찮으시다면 지금 곧 보여 드리지요. 이쪽으로 오십시오. 함께 갑시다. 내 집에서 터키 커피라도 끓이게 하겠습니다.」

그는 두 청년의 팔을 잡고 벤치에서 일으켜 세워 두 사람 사이에 매달리다시피 하면서 자갈길을 따라 두 사람을 그의 집으로 안내하였다. 고문관의 집은 두 사람도 알고 있었던 바와 같이 베르크호프 건물의 서북쪽 날개에 있었고 정원에서 그 날개는 가까웠다.

「나도 옛날에는 가끔 이 방면에 손을 대본 적이 있었지요.」하고 한스 카스토르프는 말했다.

「아니, 정식으로 유화를 그리셨다는 말씀입니까?」

「아닙니다. 천만에요. 수채화를 한두 장 그리다가 그 이상은 진전을 보지 못했습니다. 배를 그리고 바다를 스케치하였지만 모두 다 어린애 장난이었지요. 그러나 그림을 보는 것이 좋아서…… 그래서 이런 실례를…….」이 설명에서 특히 요아힘은 사촌의 이상한 호기심에 대한 이유를 이해할 수 있어 어느 정도 안심했다. 한스 카스토르프도 고문관에게라기보다도 요아힘에게 들려 주기 위해 그의 그림 수업 이야기를 끄집어 내었다.

세 사람은 고문관의 집에 이르렀다. 베르크호프의 이쪽에는 바깥의 주차장과는 달리 좌우에 가로등이 즐비한, 화려한 현관은 없었다. 몇 개의 둥근 계단을 올라가면 느티나무 옆에 들어가는 문이 있어 고문관은 열쇠가 잔뜩 달린 열쇠다발에서 하나를 골라 내어 문을 열었는데 그 손이 부들부들 떨리고 있었다. 신경 과민인 것만은 틀림없었다. 베렌스는 휴대품을 놓는 설비가 되어 있는 방에 들어가 그곳에 실크 모자를 걸었다. 그 방 뒤에는 짧은 복도가 있었는데, 이 복도는 건물의 주요 부분과 한 장의 유리문으로 격리되어 있었고, 양쪽에는 작은 사실(私室)이 나란히 있었다. 베렌스는 그 복도에서 하녀를 불러 용건을 일렀다. 그리고는 손님을 격려하는 듯한 명랑한 문구를 연발하면서 오른편 문 중의 하나로 두 사람을 맞아들였다.

평범한 소시민적 취미의 가구가 놓인 두세 개의 방이 바깥 골짜기를 내려다보고 있었다. 방과 방을 연결하는 문은 없고 커튼이 칸막이 구실을 하고 있었다. 고대 독일풍의 식당과 사무용 책상이 있는 거실 겸 서재와 터키 식으로 된 객실이 있었는데, 서재에 있는 사무용 책상 위에는 대학 모자와 두 개의 칼이 X 모양으로 걸려 있었고 모직 양탄자와 책장과 소파 세트도 있었다. 여기저기에 그림이, 고문관이 손수 그린 그림이 걸려 있었다. 사촌들은 들어가자마자 곧 감탄하는 자세를 취하면서 눈을 재빨리 그림 위로 보냈다. 이미 세상을 떠난 고문관 부인의 모습이 여기저기 보였는데, 유화 초상화도 있었으며 사무용 책상 위에는 사진도 있었다. 한들거리는 엷은 옷을 입은 어딘지 수수께끼 같은 금발머리의 부인으로 두 손을 왼쪽 어깨에 모으고——그것도 꼭 모으지 않고 손가락 끝을 가볍게 휘감을 정도로 모으고——눈은 하늘을 향하든지 아니면 깊이 아래로 내리깔았는데 눈꺼풀에서 비스듬히 나온 긴 속눈썹으로 덮여 있었다. 고인의 모습은 정면을 바라보고 있는 것은 하나도 없었다. 이밖의 그림은 거의가 산을 그린 풍경화로 눈이 아니면 전나무로 덮인 산, 짙은 안개로 덮인 산 등으로 날카롭게 그려진 선이 세간티니(이탈리아 화가 로 훌겨 이 탈리아 알프스 산지의 생활을 그렸다) 식으로 깊은 창공을 끊고 있는 산들이었다. 또 목동들의 오막살이집, 양지바른 풀밭에서 있거나 누워 있는 목 밑이 처진 암소들, 비틀어진 목을 야채 사이로 테이블에 드리우고 있는 날개 뜯긴 닭, 그리고 꽃과 산지 주민들을 그린 그림도 있었다. 어느 그림도 아마추어 화가다운 가벼운 터치로 그려져 있었으며 빛깔이 대담하게 칠해져 있고, 튜브에서 직접 캔버스에 바른 것같이 마르기까지 시간이 꽤 걸렸을 것 같은 그림도 여기저기 있었다. 확실한 실수로 보이는 곳도 있었지만 가끔 효과를 내고 있기도 했다.

사촌들은 이 집 주인의 안내로 전람회를 관람하고 다니는 것처럼 벽을 따라

서 걸어갔다. 주인은 가끔 그림의 동기를 설명하는 것 외에는 잠자코 있으면
서 예술가다운 자부심에 벅찬 심정으로 자기 작품을 남들과 함께 감상하는 기
쁨에 젖어 있었다. 클라브디아 쇼샤의 초상화도 거실 유리창과 창 사이의 벽
에 걸려 있었다. 이 초상화는 실물과는 거리가 먼 것이었지만 그래도 한스 카
스토르프는 거실로 발을 들여 놓는 순간 그것을 알아차렸다. 그는 일부러 그
장소를 피해서 다른 두 사람을 식당에 머물게 하고는 자기는 거기에 걸려 있
는 푸른 빙하를 배경으로 한 제르기 계곡의 녹색 풍경화에 감탄하는 척하면서
자기 마음대로 처음 들어왔던 터키 식으로 된 객실로 들어갔다. 거기에서도
찬사를 곁들이면서 샅샅이 보고 난 뒤에 드디어 거실 입구 가까이의 벽으로
옮겨 가, 요아힘에게 찬사를 여러 번 촉구하면서 감상하였다. 드디어 그는 뒤
로 돌아서면서 적당하게 놀란 표정을 지으며 말했다.
　「아니, 저기 낯익은 얼굴이 있었군.」
　「누군지 알겠습니까?」 베렌스는 듣고 싶어했다.
　「알고 있습니다. 틀릴 리가 없습니다. 일류 러시아 인석 부인으로 프랑스
인과 같은 이름의……」
　「그렇습니다. 쇼샤 부인입니다. 실물과 비슷하다니 기쁩니다.」
　「꼭 같습니다.」
　한스 카스토르프는 거짓말을 했다. 거짓말을 하려고 하지는 않았지만 그도
여교사에게서 예비 지식을 받고 있지 않았더라면 모델이 누구인지 전혀 알아
보지 못했을 것이라고 느꼈기 때문이다. 요아힘도 마찬가지로, 그도 한스 카
스토르프의 언급이 없었더라면 그 모델을 알아보지 못했을 것이다. 감쪽같이
당한 선량한 요아힘은 한스 카스토르프에게 끌려다닌 뒤, 이제 겨우 사실을
알 수 있게 되었다.
　「아, 그런가.」
　그는 중얼거리면서 초상화를 함께 바라보는 역할을 했다. 사촌은 베란다의
모임에 들어가지 못한 것을 여기서 메꾸었던 것이다.
　초상화는 실물보다 좀 작은, 비스듬한 옆모습의 흉상으로 목이 드러나 있었
고, 어깨와 가슴 둘레에는 망사를 걸치고 있었다. 캔버스에 접하는 곳을 금색
으로 꾸민 안으로 경사진 넓은 액자에 끼워져 있었다. 개성을 강조하고 싶어
하는 아마추어 화가의 솜씨 그대로 쇼샤 부인도 실제 연령보다 10세 가량 늙
어 보였다. 전체적으로 볼 때 얼굴에 붉은 빛이 너무 많고, 코도 서툴게 그려
졌으며, 머리칼도 실물과는 달리 짚같이 보이고, 입이 비뚤어지고, 얼굴의 특

별한 매력은 보지를 못했는지 표현할 수가 없었는지, 매력의 원인이 과장된 실패작으로 전체가 아주 서투른 작품이었다. 초상화로서도 모델과는 너무나 거리가 멀었다. 그러나 한스 카스토르프는 실물과 닮지 않았다는 것을 그리 문제삼지 않았다. 그 그림은 쇼샤 부인을 나타낸 것이고 쇼샤 부인은 이 방 어디에서 이 그림의 모델이 되었을 것이며, 이 그림과 쇼샤 부인과의 연관은 그것만으로도 다분히 깊은 것으로 느껴졌기 때문에 그는 그것으로 충분하였다. 그는 감동하여 되풀이해서 말했다.

「실물과 꼭 같습니다.」

「너무 그렇게 말씀하지 마십시오.」 고문관은 겸손해 했다.

「졸작입니다. 모델에게는 20회 가량이나 앉아 달라고 했습니다만 충분히 소화했다는 자부심은 갖지 못하고 있습니다. 더욱이 저렇게 복잡한 얼굴을 어떻게 소화할 수 있단 말입니까? 북극인 같은 광대뼈와 효모를 넣은 빵에 금이 간 것 같은 눈을 보면 그리기 쉬운 것같이 생각될지 모르겠으나 저것들은 꽤 어렵습니다. 세세한 부분을 충실히 그려 놓으면, 전체를 놓쳐 버리고 맙니다. 정말 수수께끼입니다. 그녀를 알고 있습니까? 아마 그녀는 모델로 앉혀 놓고 그릴 것이 아니라, 기억에 따라 그려야 할 인물일 것입니다. 당신은 그녀를 알고 있습니까?」

「알고 있다고도 할 수 있고, 알고 있지 않다고도 말할 수 있습니다. 여기서 서로 알고 있는 정도의 표면적인 것입니다.」

「나는 그녀를 오히려 내면적으로, 즉 피하적(皮下的)으로 알고 있습니다. 그녀의 동맥, 혈압, 조직의 활력, 임파 운동에 관해 꽤 자세히 알고 있습니다. 어떤 이유에선 표면적인 것이 더 어렵습니다. 당신은 그녀의 걷는 모습을 보셨습니까? 그녀의 얼굴은 걸음걸이와 똑같습니다. 살며시 다가오는 고양이의 얼굴입니다. 가령 눈을 보기로 합시다. 빛깔을 말하는 것이 아닙니다. 빛깔도 괴짜이긴 합니다만 내가 말하는 것은 그 눈의 앉음새…… 눈매 말입니다. 당신은 그녀의 눈매가 가느다랗고 비스듬하게 올라가 있다고 생각하지요? 그러나 단지 그렇게 보일 뿐입니다. 당신의 눈을 현혹시키는 것은 안으로 사팔뜨기이며 눈꺼풀에 살이 많은 것으로, 어떤 민족에서 볼 수 있는 변종(變種)의 하나입니다. 이것은 그들의 넓적한 콧마루 때문에 지나치게 과한 살이 눈꺼풀 위에 높게 안으로 덮고 있기 때문입니다. 시험삼아, 콧마루의 가죽을 팽팽하게 집어올려 보십시오. 우리들과 다름없는 눈이 됩니다. 일종의 속임수입니다. 물론 별로 명예스러운 일은 아닙니다. 분명히 말하면 안으로의

사팔뜨기는 격세 유전적(隔世遺傳的)인 발육 불완전에서 오는 일종의 기형이
라고 말할 수 있으니까 말입니다.」

「그런 관계이군요.」한스 카스토르프는 말했다. 「나는 그런 줄은 전혀 몰
랐습니다만, 그런 눈에는 전부터 흥미를 가지고 있었습니다.」

「야유이고 기만입니다.」고문관은 역설했다.

「저 눈을 그저 비스듬히 올라간 모양으로 실처럼 그려 보십시오. 그러면 영
마지막입니다. 저렇게 올라가 붙어 있는 실처럼 된 눈매는 자연히 저렇게 만
든 것처럼 그리지 않으면 안 됩니다, 말하자면 자기도 속아야 남도 속이는
것입니다. 그러기 위해서는 안으로 사팔뜨기인 눈에 관한 지식을 가지고 있을
필요가 있습니다. 모든 것을 알아 두어서 해로울 것은 없으니까요. 이 피부
좀 보십시오. 이 몸의 피부 말입니다. 실물과 닮았습니까? 아니면 별로 그렇
지도 않습니까? 당신 의견은 어떻습니까?」

「아주 생생하게 그려져 있습니다, 이 피부는. 이렇게 잘 그려진 피부는 이
때까지 본 적이 없다고 생각합니다. 털구멍까지 보이는 것 같습니다.」

한스 카스토르프는 초상화의 드러난 목 부분을 손바닥으로 살짝 만져 보
았다. 그 피부는 햇빛을 대한 일이 없는 몸의 부분처럼 매우 희어서, 얼굴의
지나치게 붉은 빛과 대조를 이루었다. 고의인지 우연인지는 몰라도 노출되어
있다는 느낌을 강렬하게 불러일으켰다. 좌우간 꽤 생생한 효과를 내고 있
었다.

그러나 한스 카스토르프의 찬사는 겉치레의 인사만은 아니었다. 푸른 망사
속에 가려져 있는, 날씬하지만 그러나 여위지 않은 가슴에 둔하게 빛나는 흰
피부색은 정말 살아 있는 느낌이었다. 분명히 감정을 들여 그렸지만, 그러나
화가는 그 피부가 발산하는 감미로운 느낌을 해치지 않고 피부에 과학적인 사
실성과 생생한 정밀성을 부여하는 데에 성공하고 있었다. 화가는 캔버스의 오
톨도톨함을 이용하여 피부 표면에 특유한 뉘앙스를 부여하고 있었다. 특히 부
드럽게 올라가고 있는 쇄골 근방에서 그 오톨도톨함을 피부면의 자연스러운
오톨도톨함으로서 유화물감만으로 생생하게 표현하고 있었다. 왼쪽 가슴 윗
부분에 있는 작은 주근깨도 빼놓지 않았고 유방의 두 융기 사이에는 희미하고
푸른 혈관이 투명하게 보이는 것 같았다. 보는 자의 시선을 느끼는지 노출된
피부 표면에는 보이지 않는 수치심의 전율이 달리고 있는 것 같았다. 과장하
여 말한다면, 육체의 발한, 눈에 보이지 않은 유기 발산물이 느껴지고, 입술
을 대면 물감과 니스 냄새가 아니라 체취가 풍길 것 같기도 했다. 이것은 모

두 한스 카스토르프가 받은 인상을 그대로 전한 것이다. 그가 이 그림에서 이런 인상을 받으려는 기분을 특히 강하게 가지고 있었을는지도 모른다. 좌우간 쇼샤 부인의 드러난 가슴을 그린 초상화가 그 방의 다른 어떤 그림보다도 훨씬 주목할 만한 작품이라는 것은 어느 모로 보나 확실한 것이었다.

베렌스 고문관은 두 손을 바지 주머니에 넣고 구두의 뒤축과 발끝으로 몸을 앞뒤로 흔들면서, 두 손님과 함께 자기 작품을 바라보고 있었다.

「기쁩니다, 동료분들.」 그는 말했다. 「당신들도 알아 주어서 기쁩니다. 그렇습니다. 피부의 표면 밑에 있는 것에 관해서도 어느 정도 지식을 가지고, 눈에 보이지 않는 것까지 함께 그릴 수 있다면 그것은 유익한 것이지 해롭지는 않을 것입니다. 다시 말해 자연에 대해 서정적 관계를 가질 뿐만 아니라 또다른 관계를 가져, 이를테면 화가 외에 의사이고, 생리학자, 해부학자가 되어 피부 밑의 것에 대해서도 남몰래 알고 있다면, 당신은 어떻게 생각하실는지 모르겠습니다만, 이것은 정말 마음 든든한 일로 단연 유리합니다. 이 그림의 피부는 과학을 내포하고 있습니다. 현미경으로 그 유기적 진실성을 조사해도 좋습니다. 표피의 점막층과 각질층이 보일 뿐만 아니라 그 밑에 진피 조직과 이에 따르는 지방선, 한선, 혈관, 소유두(小乳頭)까지 그려져 있습니다. 또 그 밑에는 지방막, 즉 조직이라고 불리는 쿠션, 많은 지방 세포에 의해 여성의 매력적인 형태를 형성하고 있는 쿠션도 그려져 있습니다. 의식되고 의도된 것은 저절로 밖으로 나타나게 되지요. 그것은 손끝으로 흘러 들어와서 그 나름대로의 작용을 하여 실재하지 않으면서도 어딘지 존재하는, 이것이 생생한 실감을 낳는 것입니다.」

한스 카스토르프는 고문관의 이 말에 흥분이 되어, 이마까지 빨개지고 눈이 빛났다. 이것저것 말하고 싶은 것이 많아, 어느 것부터 시작했으면 좋을지 몰랐다. 그는 우선 첫째로 이 그림을 창과 창 사이의 어스름한 벽에서부터 더 밝은 장소로 옮기고 싶었고, 둘째로 아주 흥미를 느끼게 된 피부 구조를 실마리로 해서 화제를 진행시키고 싶었다. 셋째로는 이것도 매우 중요하다고 느껴진 것으로 자기 자신의 철학적 일반론을 피력해 보고 싶었다. 그는 이미 초상화에 손을 대어 벽에서 떼내려고 하면서 빨리 지껄였다.

「그렇습니다, 그렇습니다. 말씀대로입니다. 그건 정말 중요한 것입니다. 내가 말하고 싶은 것은…… 즉 고문관님은 『다른 관계를 갖는다』고 말씀하셨습니다. 서정적 관계 외에도……라고 말씀하셨다고 생각합니다만 즉 예술가로서의 관계 외에 또다른 관계를 가지고 있어, 한마디로 말한다면 대상을 아주 다른 견지에서, 이를테면 의학적 견지에서 바라본다면 플러스가 된다고 말씀하셨습니다. 이것은 사실입니다. 용서해 주십시오. 이 그림을…… 고문관님…… 즉 그것은 정말은 근본적으로 다른 여러 가지 관계나 견지가 아니라 언제나 꼭 같은 보편적 관심사의 변화로 예술가의 작업도 그렇게 말할 수 있다면 그 일부분, 한 형태에 지나지 않기 때문에, 저는 당신의 설이 멋진 진리라고 생각합니다. 용서해 주십시오. 이 그림을 떼겠습니다. 여기서는 광선이 아주 부족합니다. 보면 아실 것입니다. 제가 이것을 저기 소파 있는 데로 옮겨 보겠습니다. 과연 전혀 다른 효과가 생기지 않을는지, 어떨는지요. 제가 말하고 싶었던 것은, 즉 의학은 무엇을 대상으로 하고 있을까요? 저는 의학에 관해서는 물론 아무것도 모릅니다만 아무튼 의학은 인간을 대상으로 하고 있습니다. 그리고 또, 많은 경우에 교육자의 일에 결부되어 있는 언어학은? 그리고 신학, 종교, 성직은? 그 어느 것도 인간을 대상으로 하고 있고 어느 것도 어떤 하나의 중요한…… 중요한 관심, 즉 인간에의 관심의 변화에 불과한 것입니다. 한마디로 말해, 어느 것이나 인문적인 작업으로 그 어느 것을 배우려고 해도 모든 기초로서 고대어를 배웁니다. 그렇습니다. 소위 형식적 교양 때문입니다.

제가 이 말을 하는 것을 이상하게 생각하실 것입니다. 실제 저는 기술자일 뿐이기 때문입니다. 그러나 저는 요즈음 안정 요양을 하면서 생각했습니다만 어떤 종류의 인문적 직업에도 형식적인 것, 형태 관념, 즉 아름다운 형태라는 관념이 기본이 되고 있다는 것은 멋진 일이며 인생에 있어서 놀라운 구조의 하나라고 생각합니다. 이것이 직업에 무언가 고귀한, 비실용적인 성질을 띠게 하고 또한 감정과 예의범절을 부여하고 그 때문에 관심이 거의 우아한 것으로 높여집니다. 제 표현은 아마 딱 들어맞지는 않을 것입니다만, 요컨대 그것으로 보아도 정신적인 것과 아름다움, 다시 말해 과학과 예술은 어떻게 혼합되며, 사실은 동일한 것이라는 것을 가르쳐 주고, 따라서 예술적 활동도 제 5분과에서는 확실히 그 일부분인 것으로, 예술의 가장 중요한 주제나 관심은 역시 인간이라는 점에서 볼 때——이것은 당신도 인정하시겠지만——인문적인 작업이며 인문적 관심의 한 변화에 지나지 않는다는 것을 가르쳐 줍니다. 제가 소년 때 그림 공부를 했다고는 하지만 단지 배와 바다를 그린 정도에 불과합니다. 회화에서 제일 그리고 싶은 것은, 역시 뭐니뭐니 해도 초상화입니다. 직접적인 대상이 인간이기 때문입니다. 그래서 아까도 고문관님께 초상화도 그리시냐고 물었던 것입니다. 그림을 여기에 걸어 두는 것이 훨씬 더 효과적이 아닐는지요?」

베렌스와 요아힘 두 사람 다, 제멋대로 지껄여 대는 한스 카스토르프를 부끄럽지도 않느냐고 묻는 듯이 쳐다보았다. 그러나 한스 카스토르프는 말하는 데 열중해 있어서 계면쩍어하지도 않았다. 그는 그림을 소파 위의 벽에 대고, 이것이 훨씬 광선받는 방향이 좋지 않느냐고 물었다. 그때 하녀가 쟁반 위에 더운 물과 알콜 램프와 커피잔을 얹어 가지고 왔다. 고문관은 그것을 객실로 가져 가도록 명령하고 그는 이어서 한스 카스토르프에게 말했다.

「그렇다면 당신은 그림보다도 조각에 흥미를 가졌어야 했습니다. 물론 그쪽이 광선을 잘 받습니다. 이 그림이 그렇게 밝은 곳으로 내놓아도 될 만한 작품이라면 말입니다. 즉 조형 미술이라면 말입니다. 왜냐하면 조형 미술이야말로 순수하게 전적으로 인간 일반에 관계되고 있으니까 말입니다. 자, 끓는 물이 증발해 버리기 전에 한 잔 드십시오.」

「그렇군요, 조형 미술.」하고 한스 카스토르프는 다른 두 사람과 옆방으로 옮겨 가면서 말했다. 그는 그림을 벽의 제자리에 거는 것도 아래로 내려 놓는 것도 잊어버리고 액자 아래쪽을 쥐고 옆방으로 가지고 갔다. 「그렇지요. 그리스의 비너스나 운동선수들의 조각에 인문적인 것이 가장 뚜렷이 나타나 있고 또 사실은 그런 것이 진짜이며 정말로 인문적인 예술일 것입니다, 잘 생각해 보면요.」

「그러나 저 아름다운 쇼샤에 관해 말씀드리면,」고문관은 말했다. 「그녀는 아무튼 그림에 보다 알맞는 대상이라고 하겠습니다. 피디아스도 그렇고, 이름 끝이 유태식으로 된 또 한 사람의 조각가도, 그녀와 같은 인상에는 코를 찌푸렸을 것입니다. 왜 그러십니까. 그렇게 하찮은 그림을 뭣하러 그렇게 들고 다니십니까?」

「고맙습니다. 나는 이 그림을 잠시 이 의자 다리에 기대어 두겠습니다. 잠시 동안만 세워 두겠습니다. 그러나 그리스의 조각가들은 얼굴에는 그다지 관심을 가지지 않았습니다. 그들에게는 육체가 문제였는데, 그것이 아마 바로 인문적인 것이었겠지요. 그런데 여성의 조형성, 이것은 지방입니까?」

「지방이지요.」

고문관은 벽장문을 열어 커피 상자를 꺼내면서 분명히 말했다. 그것은 터키식의 파이프 모양의 커피 분쇄기와 긴 자루가 달린 커피 주전자와 가루로 만든 커피와 설탕을 넣는 이중 용기로, 모두 놋쇠 그릇이었다.

「팔미틴, 스테아린, 올레인…….」고문관은 지방의 성분을 열거하면서 양철

통에서 커피알을 꺼내 커피 분쇄기 안에 넣어 핸들을 돌렸다. 「보시다시피 나는 처음부터 마지막까지 내가 직접합니다. 이렇게 할수록 맛은 그저 그만입니다. 당신은 이것을 무어라고 생각했습니까? 불로장수의 신선약이라고 생각했습니까?」

「아닙니다. 나도 알고는 있었습니다. 그러나 말씀을 들으니 역시 이상한 기분이 듭니다.」

세 사람은 객실문과 유리창 사이의 구석에 자리잡고 동양식으로 꾸며진 놋쇠판이 붙은 등나무 테이블에 둘러앉았다. 커피 도구와 담배 도구가 함께 그 위에 놓여 있었다. 요아힘은 비단 쿠션이 여러 개 놓인 터키 식의 긴 의자에 베렌스와 함께 앉았고 한스 카스토르프는 작은 롤러가 달린 팔걸이의자에 앉아 쇼샤 부인의 초상화를 거기에 세웠다. 마루에는 화려한 융단이 깔려 있었다. 고문관은 긴 자루가 달린 커피 주전자에 커피와 설탕을 떠넣고 거기에 끓는 물을 부은 뒤, 알콜 램프에 올려 놓고 끓였다. 이윽고 갈색 커피가 둥근 찻잔에 부어지고 거품이 올라왔다. 맛은 달고도 쌉싸름했다.

「그리고 당신의 조형성도 조형성이라고 말할 수 있다면, 이것도 물론 지방입니다. 여성의 지방만큼은 아닙니다만, 우리들 남성의 지방은 일반적으로 체중의 20분의 1에 지나지 않지만, 여성의 것은 16분의 1을 차지하고 있습니다. 이 피하 지방 조직이 없으면 누구든지 우산버섯과 똑같이 보일 겁니다. 나이를 먹음에 따라 지방이 없어지고 누구나가 다 알고 있는 그다지 아름답지 않은 주름이 생깁니다. 지방이 가장 많이 붙어 있는 곳은 여성의 가슴과 배, 그리고 허벅지로, 요컨대 우리들의 기분을 조금이라도 두근거리게 하는 부분입니다. 발바닥에도 지방이 많아 간지럽습니다.」

한스 카스토르프는 파이프 모양의 커피 분쇄기를 만지작거리고 있었다. 커피 분쇄기는 세트 전체가 그러했듯이, 터키 제라기보다도 인도 아니면 페르시아 제품 같았다. 놋쇠에 새겨진 조각 양식과 조각 표면이 둔한 바탕 색조에서 화려하게 부각된 점이 그것을 암시하고 있었다. 한스 카스토르프는 그 조각이 무엇을 나타내고 있는지 바라보고 있었다. 그것을 알자 자기도 모르게 얼굴을 붉혔다.

「그렇습니다. 독신자에게 알맞는 도구입니다.」 베렌스는 말했다. 「그래서 나는 열쇠를 잠그고 보관하고 있습니다. 하녀의 눈에 해가 될지 모르니까요. 당신에게는 그렇게 위험하지는 않을 것입니다. 나는 이것을 부인 환자에게서 선물받았습니다. 여기서 1년 가량 머물렀던 이집트의 왕녀로부터입니다. 보시다시피 어디든지 같은 모양이 되풀이되고 있습니다. 우습지요, 안 그래요?」

「그렇군요, 독특하군요.」한스 카스토르프는 대답했다. 「하하하, 물론 나는 걱정할 필요가 없습니다. 게다가 생각하기에 따라서 엄숙하고 장중하다고 할 수 있으니까요……. 커피 세트로 적합하다고 할 수는 없습니다만. 옛날 사람들은 이런 것을 관에 장식했다고 합니다. 옛날에는 음탕한 것과 신성한 것은 거의 같은 것이었으니까 말입니다.」

「그런데 그 왕녀는 말입니다. 그분은 역시 전자를 좋아했던 것 같습니다. 그리고 또 나는 그녀에게서 아주 최고급 담배를 받았습니다. 월등한 고급 담배로, 아주 특별한 경우에만 내놓지요.」

이렇게 말하고는 벽장에서 유별나게 현란한 색의 작은 상자를 꺼내어 두 손님에게 권했다. 요아힘은 두 발꿈치를 합치고 사양했다. 한스 카스토르프는 한 대 꺼내서 아주 길고 툭툭한 그 담배를 피워 보았는데, 금빛의 스핑크스가 찍혀 있는 그 담배는 정말 맛이 기가 막혔다.

「피부에 대해 좀더 말해 주십시오.」한스 카스토르프는 졸라 댔다. 「마음이 내키신다면 말입니다, 고문관님.」

그는 쇼샤 부인의 초상화를 다시 들어 무릎 위에 세워 놓고 의자등에 몸을 기대면서, 담배를 입에 물고 그림을 바라보았다. 「지방막에 관해서가 아니라도 좋습니다. 거기에 관해서는 지금 말씀만으로 어떤 것인지 대충 알았습니다. 그러나 당신이 이렇게 멋지게 그리는 우리들의 피부 일반에 관해 한 마디 부탁드리겠습니다.」

「피부에 관해서 말입니까? 당신은 생리학에도 흥미를 가지고 있습니까?」

「특히 그렇습니다. 나는 예전부터 생리학에 큰 흥미를 가지고 있었습니다. 인간의 육체에 언제나 특별한 흥미를 가져 왔습니다. 지금까지도 나는 내가 의사가 되어야 했을 것이 아닌가 하고 생각한 일이 여러 번 있습니다. 어떤 의미에선 내가 의사가 되었어도 나쁘지는 않았을 것이라고 생각합니다. 왜냐하면 몸에 흥미를 느끼는 사람은 병에도 흥미를 가질 수 있겠기 때문입니다. 더욱이 특히 병에 말입니다. 그렇지 않습니까? 이것은 그다지 의미가 있는 것은 아닙니다. 나는 이것도 저것도 다 될 수 있었을 테니까 말입니다. 요컨대 성직자가 되어도 좋았을 것이니까요.」

「아니, 이건 또 무슨 말이오?」

「그렇습니다. 가끔 그렇게 생각했습니다. 성직자가 되었으면 꼭 맞았을 것이라고 말입니다.」

「그러면 왜 엔지니어가 되었지요?」

「우연한 이유 때문입니다. 엔지니어가 되기를 정한 것은 다소 외부적인 사
정이었다고 말할 수 있습니다.」

「피부에 대해서였지요? 당신의 지각엽(知覺葉)에 대해서 무슨 말을 해야
할는지요? 피부는 당신의 외뇌(外腦)라고도 말할 수 있습니다. 좋습니까?
발생학적으로는 당신의 두개골 안에 있는 소위 고등 기관 장치와 동일한 성질
의 것입니다. 중추 신경도 표피층이 조금 변형한 것에 지나지 않습니다. 그리
고 하등 동물에 있어서의 중추와 말초 사이에는 대체로 아직도 구별이 되지
않으며, 이것들은 피부로 냄새를 맡기도 하고 맛을 보기도 합니다. 대체로 이
것들은 피부 감각을 가지고 있을 뿐이지요. 이런 간소한 생활은 생각하기만
해도 유쾌합니다. 이와는 반대로, 당신이나 나처럼 고도로 분화된 생물에 있
어서는 피부의 야심은 간지럼 정도에 그치고 보호와 전달 기관에 불과하지만
그러나 몸에 지나치게 접근해 오는 것에 대해서는 한시도 경계를 게을리하지
않습니다. 촉감의 장치, 즉 체모(體毛)를 전초로 하여 파견하는데, 이것은 각
막화한 피부 세포에서 생긴 것에 불과하지만 무엇이든 외부에서 피부에 접근
하면, 그것이 미처 피부에 닿기 전에 재빨리 전달하는 것입니다. 여기에서만
말입니다만, 피부의 보호와 방어의 작업이 생리적 방면에만 국한되어 있지
않다는 것도 생각할 수 있습니다. 당신은 얼굴이 창백해지거나, 빨개지는 이
유를 알고 있습니까?」

「잘 모릅니다.」

「그렇지요, 우리들도 정직히 말해 그렇게 확실하게는 모릅니다. 적어도 부
끄러워서 빨개지는 점에 관해서는 말입니다. 이 현상은 아직도 충분히 규명되
어지지 않고 있습니다. 맥관 운동 신경에 의해 움직여진다는 확장근이 오늘날
까지 맥관에서 아직도 확인되지 않았기 때문입니다. 수탉의 볏이 왜 빨갛게
부풀어오르는지, 그밖에도 여러 가지 현저한 예가 많이 있겠지만, 이것은 모
두 말하자면 신비에 싸여 있습니다. 특히, 심리적 작용이 개입하면 말입니다.
우리들은 대외 피막과 뇌수 속의 맥관 중추 사이에 연관 소통이 있는 것으로
가정하고 있습니다. 그래서 어떤 자극이 있는 경우에, 가령 아주 부끄러운 일
이 있는 경우에 이 연락이 활동하여 얼굴에 나와 있는 맥관 신경이 활동을 시
작하여, 안면 혈관이 퍼지고 부풀어져 당신의 얼굴은 칠면조의 얼굴처럼 되고
혈액으로 얼굴이 부풀어올라 눈도 보이지 않게 되는 수도 있습니다. 이와는

반대로 다른 경우에는, 가령 무언가 무서울 정도로 기쁜 일이 기대되는 경우에는 피부의 혈관이 수축하여 피부가 새파랗게 되고 차가워지고 위축되어, 당신은 이 격동으로 인하여 시체와 같은 얼굴이 되고 눈자위는 납빛으로 되며 코는 하얗게 됩니다. 그러나 심장만은 교감 신경의 작용으로 북을 두들기는 것처럼 마구 뛰게 되는 것입니다.」

「그렇게 되는 것이군요.」 한스 카스토르프는 말했다.

「대체로 그렇습니다. 이것이 반사 운동입니다. 그러나 어떤 반사 운동도 원래 목적을 가지고 있기 때문에 정신적 흥분에 동반되는 이들 현상도 사실은 목적을 갖는 방위 수단, 가령 소름의 경우처럼 몸의 자기 방위를 위한 반사 운동임에 틀림없다고 우리들 생리학자는 거의가 이렇게 생각하고 있습니다. 당신은 어째서 소름이 생기는지 알고 계십니까?」

「그것도 확실히는 모릅니다.」

「이것은 피지선의 작용 때문입니다. 즉 피지라고 불리는 단백 함유의 지방성 분비물을 분비하는 선입니다. 이 분비물은 별로 기분 좋은 것은 아니지만 이 놈이 피부를 미끄럽게 하고 말라서 금이 가지 않게 그리고 접촉할 때 기분 좋게 해줍니다. 이 콜레스테롤이 없으면 인간의 피부가 어떤 감촉을 줄 것인가는 생각만 해도 몸이 오싹해집니다. 피지선은 작은 유기적인 근육을 갖추고 있어 이것이 선을 일어나게 하는데 이 경우에 당신은 왕녀에게 미꾸라지(그림 동^{화 집에}

나오는 주인공으로 몸이 오싹하는 것을 경험한 일이 없어 이것을 경험하려고 여행길에 오르는데 마지막으로 신부에게서 미꾸라지가 든 물통을 세례받고 몸이 오싹해진다는 이야기)) 물통을 세례받은 동화 속의 젊은이처럼 피부가 강판처럼 됩니다. 자극이 강할 경우에는 모낭까지 일어섭니다. 머리카락도 몸의 털도 고슴도치처럼 거꾸로 서게 됩니다. 당신은 몸이 오싹하는 것이 어떤 것인지 인제 아셨겠지요?」

「네, 나는……,」 한스 카스토르프는 말했다.

「나는 벌써 여러 번 경험하고 있습니다. 나는 아무렇지 않은 일에도 몸이 오싹합니다. 정말 여러 가지 일 때문에 말입니다. 내가 이상하게 생각하는 것은 그렇게도 많은 선이 여러 가지의 일이 생길 때마다 일어난다는 것입니다. 석필로 유리를 문지르는 소리만 들어도 소름이 생기고 특별히 멋있는 음악을 들어도 그렇습니다. 견진성사 때에 성찬을 받게 되어도 느닷없이 소름이 나서 계속 떨리고 그치지 않습니다. 작은 근육이 무슨 일이 있기만 하면 곧 움직이기 시작하는 것은 이상합니다.」

「그렇지요. 자극은 자극입니다. 자극의 내용 같은 것은 문제가 되지 않습니다. 미꾸라지든 성찬이든 피지선은 상관없이 일어납니다.」

「고문관님.」한스 카스토르프는 이렇게 말하고 무릎 위의 그림을 바라보았다. 「나는 아까 얘기로 돌아가고 싶습니다. 당신은 아까, 체내의 현상 가운데 임파 운동에 대해 말씀해 주셨습니다. 그건 어떤 것입니까? 괜찮으시다면 이것에 관해 더 자세한 말씀을 듣고 싶습니다. 요컨대 임파 운동에 관해서 말입니다. 나는 아주 흥미를 느낍니다.」

「그러리라고 생각합니다.」베렌스는 대답했다. 「임파액, 이것은 인체의 모든 기능 중에서 가장 미묘하고, 가장 친밀한 것으로 섬세한 것입니다. 당신도 그런 것을 염두에 두고 물어 보시는 것일 것입니다. 세상에서는 혈액과 그 신비를 항상 이야기하면서, 혈액을 특별한 액으로 취급하고 있습니다. 그러나, 임파액이야말로 액 중의 액, 아주 중요한 혈유(血乳)입니다. 정말로 훌륭한 액으로서, 지방성의 음식물을 섭취한 뒤의 밀크와 꼭 같습니다.」

그리고 고문관은 신이 나서 문구를 써가면서 설명을 시작했다. 「이에 의하면 혈액이라는 것은 이 무대용의 외투처럼 빨갛고, 호흡과 소화에 의해서 제조되고, 가스 포화 상태가 되고, 노폐물을 함유한 지방과 단백, 철분, 당분, 그리고 염분으로 이루어져 있으며 38도의 온도를 갖고, 심장 펌프에 의해 혈관 속에 보내어져, 몸 안 곳곳에서 신진대사와 체온을, 한마디로 사랑스러운 생명을 유지하고 있습니다. 또 피가 세포에 직접 접근하는 일은 없고 심장에 보내진 압력에 의해, 혈관 속의 엑스, 즉 유미(乳糜)만이 맥관 벽에서 여과되어 조직 속으로 침투하여 조직을 샅샅이 씻어, 조직액으로써 모든 틈을 채우고 탄력성 있는 세포 조직을 확장하고 긴장시키고 있는 것입니다. 이 긴장이 조직 긴장, 즉 투르고르인데 세포를 부드럽게 씻고, 세포와 성분을 교환한 임파액은, 이번에는 반대로 조직 긴장에 의해 임파관 속으로 보내지며, 혈액 속으로 돌아갑니다. 그 양은 하루 1리터 반입니다.」

고문관은 또한 임파관의 관상 조직과 흡수관 조직을 설명하고, 두 다리와 복부, 흉부와 한쪽 팔, 두부의 반쪽의 임파액이 모여 있는 흉부 유미관에 대해서 이야기를 하고, 임파관의 여기저기에서 형성되는 임파선이라 부르는 기관——목과 겨드랑이와 팔꿈치, 그리고 무릎처럼 미묘하고 섬세한 체부에 존재하는 미세한 여과 기관에 관해 말했다.

「그 임파선이 부을 때가 있습니다.」베렌스는 설명했다. 「거기에서 우리들의 이야기가 시작되었었지요? 임파선의 비대라고나 할까요. 무릎과 팔꿈치에 종기가 나는 일이 있습니다. 여기에는 무언가 좋지 않은 원인이 반드시 있습니다. 경우에 따라서는 결핵성 임파관 폐쇄가 아닌가고 의심하기보다 틀림없이 이것이라고 단정해도 좋습니다.」

한스 카스토르프는 말이 없었다. 「그렇군요.」하고 한참 뒤에야 중얼거리듯 말했다. 「나도 좋은 의사가 될 수 있었을 것입니다. 흉부 유미관…… 다리의 임파액…… 실로 흥미진진합니다. 육체란 무엇일까요?」하고 갑자기 열광적으로 말했다. 「살이란 무엇입니까, 인체란 무엇일까요? 무엇으로 되어 있습니까? 오늘 이 기회에 우리들한테 말씀해 주십시오, 고문관님. 확실하고 자세하게 말씀해 주십시오, 알아들을 수 있도록 말입니다.」

「물로 되어 있습니다.」베렌스는 대답했다. 「당신은 유기 화학에도 흥미를 갖고 계시는군요. 인문적 인체를 구성하고 있는 거의 대부분은 물입니다. 이 이상의 것도 이 이하의 것도 아니며 이것에 분개할 이유는 없습니다. 고체 성분은 전체의 25퍼센트에 지나지 않으며, 이십 퍼센트는 보통의 난백, 좀더 고상하게 말씀드리자면 단백질입니다. 정말은 여기에 지방과 염분이 조금 더 가해집니다만 ·이것이 거의 전부입니다.」

「그런데, 그 난백 말인데요. 그것은 무엇이겠습니까?」

「그것은 여러 가지 원소로 되어 있습니다. 즉, 탄소, 수소, 산소, 유황입니다. 가끔 여기에 인(燐)도 들어가지요. 당신은 왕성한 지식욕을 가지고 있습니다. 단백질의 어떤 것은 함수탄소와 결합되어 있습니다. 즉 포도당과 전분과도 말입니다. 노인이 되면 살이 굳어집니다만 이것은 결체 조직의 교원질(膠原質), 즉 뼈와 연골의 가장 중요한 성분인 교질이 많아지기 때문입니다. 이밖에 무엇을 더 말해 드릴까요? 균장(筋漿) 중에는 미오지노겐이라는 일종의 단백이 있어서 죽으면 이것이 응결하여 근육 섬유소를 형성하고 사후경직(死後硬直)이라는 것을 만들어 냅니다.」

「그렇군요, 사후경직.」한스 카스토르프는 매우 들떠서 말했다. 「잘 알았습니다. 잘 알았습니다. 다음에 총분해(總分解), 즉 무덤의 해부를 할 차례군요.」

「두말할 것도 없지요. 그런데 그건 당신이 벌써 아주 멋지게 말했습니다. 이제부터가 복잡합니다. 말하자면, 녹아서 흘러가 버리는 것입니다. 무척 많은 물을 상상해 보십시오. 그리고 그밖의 성분도 생명이 없어진 뒤에는 서로 결합해 있을 수 없어서 부패로 인해 단순한 화학물, 무기 화학물로 분해되어 버립니다.」

「부패와 분해.」한스 카스토르프가 말했다. 「그것은 연소지요. 내가 알고 있는 한은 산소와의 결합입니다.」

「바로 그렇습니다. 산화 작용이지요.」

「그리고 생명이란?」

「그것도 마찬가지입니다. 그것도 산화 작용, 생명도 주로 세포 속의 단백의 산화 작용에 지나지 않습니다. 이것에 의해 그 아름다운 유기체에 열이 생기고, 이것이 가끔 도를 넘는 일이 있습니다만, 그렇습니다, 생이란 죽음입니다. 이것은 말로 얼버무릴 수가 없습니다. 어떤 프랑스 인(프랑스의 철학자인 베르그송의
 창조적 진화 서두에서 한 말) 이 타고난 가벼운 기분으로 말했듯이 유기적 파괴입니다. 확실히 생명에 그런데가 있습니다. 그렇지 않다고 생각하는 것은 판단이 옳지 못한 것입니다.」

「그렇다면, 생명에 흥미를 가지는 사람은 특히 죽음에 흥미를 느낀다는 것도 되겠군요. 그렇지 않습니까?」

「그러나 역시 일종의 차이점은 있습니다. 생명이란 물질이 교대되면서 형태는 그대로 유지하는 것입니다.」

「형태 같은 것을 왜 유지합니까?」 한스 카스토르프는 말했다.

「왜라니요? 들어보시오. 그 말은 결코 인문적이라고는 할 수 없습니다.」

「형태라는 것은 말이 안 됩니다.」

「당신은 오늘 대단한 기세를 부리는데요. 문자 그대로 저돌적이군요. 그러나 나는 이제 끝이 났습니다. 벌써 우울증이 왔습니다.」 이렇게 말하고 큰 손을 얼굴에 갖다 댔다. 「보십시오, 나의 우울증은 이렇게 찾아온답니다. 지금 나는 당신들과 커피를 맛있게 마셨는데 갑자기 이렇게 우울증이 오거든요. 그러면 오늘은 이만 실례해야겠습니다. 나로서는 더없이 기쁘고 유쾌하기 그지없었습니다.」

우리들은 당황하여 일어섰다. 그리고, 너무 오랫동안 고문관님에게 폐를 끼쳤다고 사과했다. 베렌스는 두 사람을 안심시키기 위해 천만의 말씀이라고 대답했다. 한스 카스토르프는 서둘러 쇼샤 부인의 초상을 옆방으로 가져가 본래의 벽에 걸었다. 두 사람은 자기들 방으로 돌아갈 때 이번에는 정원을 지나가지 않았다. 베렌스가 경계선의 유리창까지 배웅해 주면서, 건물 가운데의 길을 가르쳐 준 때문이었다. 베렌스는 우울증의 급습 때문인지 보통때보다 목덜미가 더 불룩 튀어나온 것같이 보였고 젖은 눈을 피곤한 듯이 끔벅였다. 입술 한쪽이 일그러졌기 때문에 비뚤어진 콧수염은 가엾은 느낌을 주었다.

요아힘과 함께 복도와 계단을 지나면서 한스 카스토르프가 말했다.

「어때, 내 착상이 좋았지?」

「아무튼 기분 전환은 되었어.」 요아힘은 대답했다. 「정말 오늘은 여러 가지 말을 많이 했어. 이야기가 어찌나 복잡한지 나는 머리가 띵 했어. 차 마시기 전에 적어도 20분은 안정 요양을 할 수 있도록 서둘러 돌아가야지. 내가 이렇게 고집하는 걸 보고 자네는 시시하다고 생각하겠지. 요즈음처럼 자네가 이렇게 저돌적이면 말이야. 그러나 결국 자네는 나처럼 요양을 필요로 하지 않는다는 걸 나는 알고 있어.」

탐　구

이렇게 하여 반드시 오기로 되어 있었던 것, 말하자면 여기서 그것을 맞이하리라고 한스 카스토르프가 최근까지 꿈에도 생각할 수 없었던 것, 즉 이곳의 겨울이 찾아왔다. 요아힘이 여기에 온 것은 작년 겨울이 한창일 때였으니 그에게는 이것이 두번째 겨울인 셈이었다. 그러나 이곳에서 겨울을 처음 맞이하는 한스 카스토르프는 준비가 완전히 되어 있다는 것은 알고 있으면서도 역시 좀 걱정이 되었다. 요아힘은 사촌을 안심시키려고 애썼다.

「너무 거창하게 생각하지 말게.」 요아힘은 말했다. 「북극은 아니니까 말이야. 공기가 건조해서 바람이 없기 때문에 거의 추위를 느낄 수가 없어. 몸만 충분히 잘 싸고 있으면 밤이 샐 때까지 발코니에 누워 있어도 몸이 어는 일이 없어. 안개가 끼는 고도 이상이 되면 온도가 내려간다는 말은 지어 낸 말이야. 사실은 높은 데일수록 따뜻해지지. 나도 여기에 와서야 그것을 알았어. 비가 오면 추위를 느끼기는 하지. 그러나 자네도 가죽 부대가 준비되어 있고, 어떻게 할 수 없는 심한 추위가 오면 스팀을 좀 넣어 줄 거야.」

아무튼 급습이라든가 강습이라는 느낌은 전혀 없이 겨울은 평온하게 찾아왔고, 한동안은 한여름에 가끔 경험한 추운 날과 별반 다름없는 날이 계속되었다. 이삼 일간 남풍이 불고, 태양이 비춰 골짜기가 좁아진 것처럼 보이고, 골짜기 출구의 알프스 절벽은 바로 가까이에 뚜렷하게 보였다. 그리고는 구름이 나타나 그 구름이 피츠 미헬과 틴첸호른으로부터 동북쪽으로 다가가 골짜기는 어두워졌다. 그리고는 드디어 맹렬한 비로 변했다. 그 비는 불투명한 흰 잿빛이 되더니 눈이 섞이기 시작하고 드디어는 눈만으로 되어 눈보라가 골짜기를 메웠다. 그 눈보라가 오래 계속되었기 때문에 기온이 쑥 내려가 버렸다. 이로 인해 눈이 축축한 채로 녹지 않고 남아 골짜기는 축축한 얼룩 눈옷을 입고, 비탈길의 침엽수의 숲을 검게 드러내게 했다. 식당에는 스팀관이 겨우 미지근하게 되었다. 이것은 11월 초의 만령절(萬靈節) 때의 일이었지만, 별로 새로운 것은 아니었다. 8월에도 이런 일이 있었고, 이제는 누구도 눈은 겨울만의 풍경이라고 생각하지는 않게 되었다. 언제 어떤 날씨에도, 비록 먼 곳이기는 하지만 눈을 볼 수 있었다.

골짜기의 입구를 막고 있는 것처럼 보이는 래티콘의 바위가 겹쳐진 연봉에도 그 틈새와 협곡은 언제나 잔설이 비치고 있었고, 남쪽의 가장 먼 고봉도 1년 내내 눈을 이고 이쪽을 보고 있었다. 그러나 이번만은 눈도, 그리고 기온의 저하도 오래 계속되었다. 하늘은 회색으로 낮게 골짜기 위에 드리워져 그것이 작은 눈 조각으로 용해되어 내리는 듯 눈은 소리도 없이 쉬지 않고 계속 내렸다. 다소 불안감을 느끼게 할 정도로 많은 양이 계속 내렸고, 기온도 시시각각으로 더 추워졌다.

어느 날 아침 한스 카스토르프의 방 온도는 7도가 되더니 그 다음날 아침은 5도가 되었다. 그야말로 혹한이었다. 그 이상 더 추워지지는 않았지만, 아무튼 그대로 계속되었다. 다른 계절에도 밤은 항상 얼어 있었지만 이번에는 낮에도 얼어 이것이 아침부터 밤까지 누그러지지 않고, 더욱이 눈은 4일째, 5일째, 7일째에 숨을 돌리고는 계속 내렸다. 드디어 눈이 높이 쌓여 점점 두통거리가 되었다. 홈통이 있는 벤치까지의 규정된 산책길과, 골짜기로 내려가는 차도는 통행할 수 있게 눈을 쳐서 길을 내었으나, 폭이 좁아서 도중에서 서로 피할 수가 없어 왕래하는 사람들은 좌우의 눈더미를 밟아, 무릎까지 눈 속에 빠지지 않으면 안 되었다. 아래 요양지의 거리에는 돌로 된 눈을 다지는 롤러를 단 말이 한 남자에게 고삐를 끌려 하루 종일 왔다갔다했고, 요양 호텔 거리와 『마을』이라 불리는 부락 북부 사이에는 옛날식 포장마차 같은 누런 썰매 마차가 앞에 단 눈쟁기로 눈의 흰 덩어리를 파내어 옆으로 던지면서 왕복하고 있었다. 이 위의 사람들의 세계, 좁고 높은 격절(隔絶)된 세계는 담요와 이불을 덮은 듯 어느 기둥이나 말뚝도 모두 흰 솜모자를 쓰고, 베르크호프의 바깥 현관으로 올라가는 계단도 눈 밑에서 사라져 편편한 비탈길로 변했고, 어떤 가문비나무 가지에도 유머러스한 모양을 한 쿠션이 무겁게 얹혀 있고, 그것이 여기저기에 미끄러져 떨어지고 흩어져, 구름이나 흰 안개처럼 나무 사이를 떠돌았다. 주위의 연봉도 눈에 덮였고, 산기슭은 거친 빙벽을 하고 있었다.

식물 한계선 위를 뚫고 나와 있는 다양한 모양을 한 산꼭대기는 부드러운 눈이불에 덮여 있었다. 주위는 희미하니 침침하고 태양은 구름층 뒤의 창백한 빛에 지나지 않았다. 그러나 눈이 온화한 간접의 빛을 반사하여 그 젖빛의 밝음 속에서 자연도 사람도 아름답게 보였다. 모두가 흰색과 여러 빛깔의 모자 밑에서 빨간 코가 되기는 했지만 말이다.

이 지방의 멋진 계절인 겨울이 시작되었다는 것이 식당의 일곱 테이블에서는 화제의 중심이 되었다. 많은 관광객과 스포츠맨들이 몰려 와서 마을과 읍내 호텔은 번창하고 있다는 소문이었다. 강설량은 육십 센티미터를 보였고, 눈의 질도 스키를 타는 사람들에게 이상적이라는 것이었다. 샤츠알프에서 저쪽 서북방의 비탈길을 내려오는 쌍썰매의 코스는 잘 손질되고 있어, 남풍이 불어 예정대로만 간다면 근일중에 코스 개시가 된다는 것이었다. 누구나 금년에 여기서 전개되려는 아래에서 오는 손님들의 축제 소동, 스포츠 대회나 활주 대회를 즐겁게 생각하고, 안정 요양을 빼먹고 살짝 빠져 나가, 금지를 무릅쓰고 구경하려고 마음먹고 있었다. 한스 카스토르프가 들은 바로는, 금년에는 무언가 새로운 경기, 북극에서 고안한 스키죠링이라는 경기가 행해질 것이라는데, 경주자가 스키를 타고 말에 끌려 가는 종목이라는 것이었다. 환자들은 그것을 살짝 가보려고 계획하고 있었다. 그리고 크리스마스도 화제에 올랐다.

크리스마스에 관해…… 한스 카스토르프도 여기까지는 아직 생각하지 않고 있었다. 그는 집에다가 의사의 진단에 의해 이 위에서 요아힘과 함께 겨울을 지내게 되었다고 가벼운 마음으로 쓰기도 하고 말하기도 했다. 그러나 지금 생각하면, 그것은 크리스마스를 여기서 맞이하지 않으면 안 될 것이라는 것을 의미하는 것으로, 이것은 확실히 좀 놀라게 하는 데가 있었다. 이때까지 크리스마스를 고향의 가족 곁에서 보내지 않은 경험이 한 번도 없었던 것도 그랬지만, 그러나 그것 때문만은 아니었다. 좋다, 이것도 할 수 없는 일이다. 이제 어린아이도 아니고, 요아힘도 그것을 별로 이상하게 생각지 않는 모양으로 울상을 짓지 않고 단념하고 있는 것 같았다. 더욱이 세계 어디에서도, 어떤 환경에서도, 크리스마스는 축하되어 왔던 게 아니었던가.

그건 그렇고, 강림절의 첫날이 찾아오기 전부터 크리스마스 이야기를 하는 것은 좀 너무 빠른 것같이 느껴졌다. 아직 6주일은 충분히 있는데 말이다. 그러나 식당에서는 그 6주일이 뛰어 넘어지고 삼켜져 버렸다. 이 정신적 곡예를 한스 카스토르프도 자기 힘으로 해치우는 방법을 배웠다. 물론 그의 곡예는 이 위에 훨씬 더 오래 있었던 같은 선배 환자들처럼 대담한 것은 아니었지만 말이다. 이 사람들에게는 1년 여정의 일단락인 크리스마스는 그 사이에 걸쳐 있는 공허한 시간을 훌쩍 뛰어넘기 위한 발판이 아니면 목마 같은 것이었다. 누구나 몸에 열이 있고, 신진대사가 왕성하고, 육체 생활이 강조되고 촉진되어 있어서, 시간을 그렇게 성급하게 큰 단위로 그냥 지나치게 된 것도 이런 육체 생활과 연관이 있는 것이리라. 그들이 크리스마스를 이젠 지나간 것으로 하고 이제부터는 신년이나 카니발 이야기를 서로 주고받았다고 해도, 한스 카스토르프는 그다지 놀라지 않았을 것이다. 그러나 베르크호프의 식탁에서도 사람들은 그렇게까지 경솔하고, 마음이 들떠 있지는 않았다. 누구나 크리스마스에 머물렀고, 크리스마스 일로 머리와 마음을 쓸 일들이 많았다. 베르크호프의 연중 행사의 하나로 원장 베렌스 고문관에게 크리스마스 성야에 드리기로 되어 있는 공동 선물, 벌써 이 때문에 전부에게서 돈 거출이 시작되고, 줄 선물에 관해 상담이 있었다.

여기에 1년 이상 있는 사람들의 말에 의하면, 작년에는 여행용 가방을 선사했다는 것이다. 이번에는 새로운 수술대, 화가(畫架), 털가죽 외투, 흔들의자, 상아에 상감을 박은 청진기 등이 물망에 올랐다. 세템브리니는 의견을 묻자, 목하 완성 중인 《고뇌 사회학》이라는 백과사전 같은 책을 추천했지만, 이 안에 찬성한 사람은 얼마 전부터 클레펠트 양의 식탁에 앉게 된 출판업자뿐이었다. 모두의 의견이 한 가지로 모아질 것 같지 않았다. 러시아 인 환자들과의 의견 절충은 어려웠다. 돈 거출이 두 갈래로 갈라졌다. 모스크바 인들은 베렌스에게 자기들끼리 선물을 하겠다고 성명을 했다. 슈퇴르 부인은 돈을 거출함에 있어서 일티스 부인 몫을 빌려 주었다가, 일티스 부인이 돌려주는 것을 깜박 잊어먹은 10프랑 때문에 며칠 동안 부산을 떨었다. 이 『잊어먹었다』는 말의 슈퇴르 부인의 악센트는 아주 미묘한 뉘앙스를 품고 있어, 상대편의 건망증에 대해 믿을 수 없다는 것을 보이려고 한 것이었다. 슈퇴르 부인이 역설하는 바에 의하면, 그녀는 일티스 부인에게 완곡하고 교묘하게 암시를 주고 생각이 나게 야단을 부렸지만, 상대방은 고집을 부려 기억하지 않으려는 것 같다는 것이다. 슈퇴르 부인도 여러 번 단념할 결심을 하고, 일티스 부인에게 빌려 준 10프랑을 주어 버리겠다고 발표했다.

「그렇게 되면 내 몫과 그녀의 몫, 두 사람분을 내는 결과가 되지만 좋아요. 나의 수치는 아니니까요.」

그러나 급기야 그녀는 묘안을 생각해 내 그 결과를 식탁 회원들에게 말해서 일동을 웃게 하였다. 그녀는 사무국에서 10프랑을 돌려받고, 그것을 일티스 부인 앞으로 지출하게 했다. 이렇게 하여 이 태만한 채무자는 역습을 받아 이 일은 이럭저럭 해결이 되었다.

눈이 멈추었고, 하늘이 여기저기 얼굴을 나타냈다. 청회색의 구름이 갈라지고, 그 사이로 햇빛이 비쳐 사방 풍경을 푸르게 물들였다. 그러다가 활짝 날씨가 개었다. 화창하고 찬기가 도는 11월 중순의 맑고 안정된 겨울의 쾌청함이 되어, 발코니의 아치 저쪽에 보이는 파노라마, 눈으로 화장한 숲, 부드러운 눈에 덮인 협곡, 푸르게 빛나는 하늘 밑에서 밝고 희게 빛나는 골짜기는 멋있었다. 특히 밤이 되어, 만월에 가까운 달이 비치면, 세계는 마법에 걸린 것처럼 반짝이고 있었다. 어느 숲도 흑백의 대조를 이루고 있었다. 달에서 먼 하늘에는 어스름하게 별이 빛나고 있었다. 반짝이는 눈 위에는 인가와 수목, 전주의 실물보다 더 선명하게 짙은 그림자가 똑똑히 나타나 있었다. 해가 지고 두세 시간이 지나면, 온도는 영하 7도 내지 8도가 되었다. 세계는 얼음처럼 청명하게 변하고, 본래의 더러움이 감추어지고, 죽음의 요사스러운 악몽에 얼어붙어 있었다.

한스 카스토르프는 마술에 걸린 겨울 골짜기가 눈 아래 보이는 발코니에서 밤 늦게까지 머물러 있었다. 옆방의 요아힘이 10시경에 방에 돌아간 뒤에도 오래 거기에 머물러 있었다. 세 부분을 이루고 있는 쿠션과, 통베개가 붙은 멋진 침대 의자는 눈으로 된 요를 얹고 일직선으로 뻗은 마루 난간까지 옮겨졌다. 옆에 있는 흰 테이블 위에는 전기 스탠드가 켜져 있었고, 높이 쌓인 책 옆에는 지방이 많은 밀크잔이 놓여 있었다. 이 밀크는 베르크호프 환자들에게 밤 9시에 방에 배급되는 밀크였는데, 한스 카스토르프는 마시기 수월하게, 거기에 소량의 코냑을 탔다. 그는 동원할 수 있는 방한구와 장비를 모조리 마련하였다. 요양 거리의 전문 상점에서 솜씨 있게 사들인 단추 달린 슬리핑백에 목을 내놓고 들어가서 그 주위에 두 장의 낙타 담요를 규정대로 둘렀다. 그밖에 겨울옷 위에 가죽으로 된 짧은 저고리를 입고, 머리에는 털모자를 깊숙이 쓰고, 발에는 펠트 장화를 신고, 손에는 두껍게 안을 받친 장갑을 끼었지만, 아무리 무장을 해도 손가락이 어는 것을 막을 수는 없었다.

한스 카스토르프를 이렇게 늦게, 밤 12시 가까이까지, 그리고 12시 지나서까지——이류 러시아 인석의 부부가 옆 발코니로부터 방으로 물러간 뒤에도——바깥에 머물게 한 것은, 겨울밤의 아름다움, 특히 11시까지는 골짜기의 여기저기에서 들려 오는 음악이 수놓는 추운 겨울밤의 매력 때문이기도 했지만, 주로 나른함과 흥분 때문이었고, 이 두 가지가 동시에 맺어져 그를 습격했다. 즉 몸의 나른함, 움직이는 것이 귀찮은 나른함이었고, 또 요즈음부터 시작한 새로운 흥미있는 연구로 안정되지 않은 정신의 흥분도 조금 있었다. 한스 카스토르프는 허기진 것처럼 먹었고, 로우스트 비프에 거위 불고기가 따라나오는 베르크호프의 꽤 많은 분량의 식사를 맹렬한 식욕으로 먹어 치웠다. 이러한 식욕이 여기서는 보통이었고 여름보다 겨울에 이것이 발휘되는 것을 알았다. 한스 카스토르프는 식욕과 함께 줄곧 졸음이 와 낮에도 달밤에도, 책을 뒤지면서—— 어떤 책이었는지 나중에 소개하겠지만—— 가끔 잠이 들어 몇 분 동안 꿈나라에서 놀다가, 다시 연구를 계속하는 것이었다. 이 위에 온 뒤로, 그는 한때 평지에 있을 때보다 더 말을 빨리, 주저하지 않고 대담하게 지껄여 대는 버릇이 생겼지만, 눈길을 산책하면서 요아힘을 상대로 계속한 열변은 그를 완전히 피로하게 만들어, 현기증과 몸의 떨림, 마비감과 도취감에 빠져 머리에 불타는 듯이 열이 났다. 겨울이 옴과 함께 그의 체온 커브가 올라가, 베렌스 고문관은 주사를 놓게 되었다. 이것은 집요하게 열이 날 때 놓는 주사로서, 요아힘을 포함한 환자의 3분의 2가 정기적으로 맞고 있었다. 한스 카스토르프 생각으로는, 그의 체온 상승은 눈이 반짝이는 추운 겨울밤 늦게까지 침대 의자에서 계속한 정신의 흥분과 활동에 관련이 있었다. 그를 열중시킨 독서가 그런 해석을 하게 해주었다.

국제 요양원 베르크호프의 안정 홀과 각 방의 발코니에서는 독서를 하는 사람이 많았다. 특히 신참자인 환자와 단기간의 입원 환자가 그러했다. 몇 개월을 있은 사람들, 하물며 몇 년을 있은 사람들은 머리를 쓰지 않고도 시간을 보낸다든지, 정신적인 기교로써 시간을 보내는 방법을 터득하고 있어서, 책에 매달리는 것은 초심자의 미숙한 점이라고 공언하고 있었다. 기껏해야 한 권의 책을 무릎 위 아니면 옆 테이블 위에 놓아 두면, 그것으로 큰 배에 올라탄 기분이 될 수 있는 것 같았다. 삽화가 풍부하고 각국어로 씌어진 요양원의 책은 치과 의사의 대합실에 비치되어 있는 많은 수의 오락책의 범위를 넓힌 정도의 것으로 자유로이 열람하는 것이 허락되어 있었다. 읍내의 대본점에 있는 소설책도 서로 교환하여 읽고 있었다. 모두가 앞을 다투어 읽고 싶어하는 책이 가끔 나타나 독서열을 잃어버린 사람들까지도 냉담을 가장하지만 손을 내미는 것이었다.

우리들이 지금 여기서 말하고 있는 것은 알빈 씨가 입수한 《유혹술》이라는 제목의 인쇄가 나쁜 소책자인데, 그것이 다투어 읽혀지고 있었다. 프랑스 원문에서 직역된 것으로 원문의 구조까지 그대로 번역문에 옮겨져 있어 그 때문에 번역문이 아주 품위를 띠어, 매혹적이고 우아한 맛을 주고 있었다. 그 내용은 육욕과 쾌락의 철학을 사교인답게 향락적이고 이교적(異敎的) 정신으로 진술한 것이었다. 슈퇴르 부인은 곧 이것을 읽고, 황홀해진다고 비평했다. 단백질을 잃고 있다는 마그누스 부인도 슈퇴르 부인의 의견에 무조건 찬성했다. 맥주 양조자인 마그누스 씨는, 그로서는 이 책자에서 계몽받은 것이 적지 않지만 마그누스 부인이 이것을 읽은 것은 유감이라고 말했다. 이런 독서물은 부인들로 하여금 응석부리는 것을 조장시켜 불손한 생각을 품게 할 것이라고 말하는 것이었다. 마그누스 씨의 이 말은 이 책자에 대한 열을 높이게 했다. 10월에 입원하여 아래 안정 홀에서 요양을 하고 있는 두 부인, 폴란드 공업가의 아내인 레디쉬 부인과 베를린의 헤센펠트 미망인은, 두 사람 다 그 책자의 열람을 상대방보다 먼저 신청했다고 주장하며 양보하지 않아, 점심 시간 뒤에 천하다고 하기보다도 야만스럽다고 할 장면을 벌였다. 한스 카스토르프도 그 장면을 발코니에서 듣는 입장이 되었지만, 이 싸움은 두 부인 중의 한 사람이——레디쉬 부인이었는지 헤센펠트 미망인이었는지 모를 일이었다——히스테릭하게 울부짖는 발작을 일으켜, 그 히스테릭한 부인을 그녀의 방으로 운반하는 것으로 막을 내렸다.

젊은 사람들은 연장의 사람들보다 한걸음 빨리 이 책자를 점령했다. 이들은 저녁 식사 뒤, 이쪽저쪽 방에 모여서, 함께 이것을 부분적으로 연구했다. 한스 카스토르프는 새끼손가락의 손톱을 길게 기르고 있는 소년이, 신참자로 가벼운 환자인 프랜츠헨 오베르당크라는, 최근 어머니와 함께 와 있는 금발머리를 기른 아가씨에게 식당에서 그 책자를 건네 주는 것을 보았다.

아마 예외도 있었을 것이다. 안정 요양 시간을 무언가 진지한 정신적인 공부, 무언가 유익한 공부에 이용하는 사람들도 있었을 것이다. 이 공부를 통해서 평지에서의 생활과 연관을 유지하기 위해서도, 또 시간이 순수한 시간이 되어 그밖에 아무것도 남기지 않는 것이 되지 않게 하기 위해, 시간에 조금이라도 무게와 깊이를 주기 위해서라도 말이다. 인류의 고뇌 해소에 정진하고 있는 세템브리니 씨, 러시아 어의 공부를 하고 있는 진지한 요아힘, 이 두 사람 외에도 그런 착한 사람들이 몇 명이 있었을 것이다. 식당 사람들 가운데에 없더라도——이것은 정말 있을 것 같지 않았다——아마 침대에서 사는 사람과 위독한 사람들 가운데에 오히려 그런 사람들이 많이 있을 것이다. 한스 카스토르프는 그렇게 믿고 싶었다.

그 자신으로 말하면, 이제는 《대양 기선》에서 배울 것이 없었기 때문에, 겨울옷과 함께 집으로부터, 그의 전문 서적, 공학 관계의 교과서와 조선 기술 방면의 책을 여러 권 받았다. 그러나 이 책들은 한스 카스토르프 청년이 요즈음 관심을 갖기 시작한 방면, 전혀 분야가 다른 학과에 속하는 학술 서적 때문에 등한시되었다. 독일어, 불어, 영어 그리고 여러 가지 언어로 씌어진 해부, 생리, 생물학의 서적들로, 어느 날 요양 거리의 서점에서 보내온 것이었다. 물론 주문했기 때문에 보내온 것이었다. 그것도 요아힘이 주사 아니면 마사지하러 가 있는 동안, 읍내로 산책하러 내려간 기회에 자기 혼자 결정하여 아무 말 없이 주문했던 것이었다. 요아힘은 사촌이 그 책을 들고 있는 것을 보고 깜짝 놀랐다. 과학서의 예에 따라 어느 것이나 비싼데, 값이 표지의 안과 덮개에 아직 씌어져 있었다. 요아힘은 사촌에게, 그 방면의 책을 읽고 싶으면 그 방면의 문헌을 갖고 있음에 틀림없는 고문관에게서 왜 빌려 보지 않는가 물었다. 이에 대해 한스 카스토르프는 자기의 책을 갖고 싶었다고 대답하고, 자기의 책이 되면 읽는 기분이 전혀 다를 수 있다, 게다가 연필로 써넣는다든지, 줄을 긋고 싶기 때문이라고 말했다. 요아힘은 사촌이 옆 발코니에서 몇 시간이고 대형의 가철본(假綴本)의 페이지를 페이퍼나이프로 끊는 소리를 들었다.

그 책은 무겁고, 취급하기가 곤란했다. 한스 카스토르프는 누워서, 책의 아래끝을 가슴 위에 얹고 읽었다. 무겁고 숨이 가빴지만 그것을 참았다. 입만 절반 벌리고, 난해한 페이지의 행을 위에서 아래로 눈으로 좇으며 턱이 가슴에 닿기까지 읽어 내려갔고, 다음 페이지를 읽기 위해 얼굴을 들 때, 한참 동안 턱을 가슴에 댄 채로 있으면서, 무언가를 생각하며 끔벅이든지, 끔벅이며 생각하든지 했다. 옆에 갓을 쓴 램프의 희미한 붉은빛이 페이지 위에 떨어졌지만, 그 빛은 거의 필요없을 만큼 달빛이 밝았다. 한스 카스토르프는 수정처럼 번쩍이는 알프스의 고원 창공을 달이 궤도를 따라 지나가는 밑에서 연구에 몰두했고, 유기 물질에 관해, 원형질의 속성에 관해 읽었다. 또 생성과 분해의 중간에서, 이상한 생존부유(生存浮游)를 계속하는 민감한 물질에 관해 읽고, 그 물질이 원시의, 그러나 언제나 현존하는 원형에서 형태를 만들어 내는 과정에 관해, 생명과 그 신성하고도 불결한 비밀에 관해 흥미를 갖고 읽었다.

생명이란 무엇인가? 아무도 그것을 몰랐다. 생명은 생명으로 된 순간부터 자기를 의식하고 있음에는 틀림이 없지만, 자기가 무엇인가는 알고 있지 않다. 자극 감성이라는 의미의 의식은, 생명 발생이 가장 낮은 미발달의 단계에서도 어느 정도까지 눈뜨고 있다는 것은 의심할 수 없었다. 따라서 의식 현상의 최초의 발현을 생명의 일반적인 또는 개별적인 역사의 어느 시기에 결부시켜, 가령 신경 계통의 출현을 의식의 선행 조건으로 하는 것은 불가능했다. 최하급의 동물 형태는 신경 계통을 소유하고 있지 않다. 하물며 대뇌 같은 것은 소유하고 있지 않지만, 아무도 그들이 자극 감성을 갖고 있지 않다고 단언할 수는 없었다. 또 우리들은 생명이 형성하는 자극 감성의 특수 기관, 가령 신경뿐만 아니라 생명 그 자체까지도 마비시킬 수 있다. 식물계와 동물계에서 생명을 부여받고 있는 모든 물질의 감성을 잠시 동안 없앨 수도 있다. 가령 난자와 정충은 클로로포름과 수화클로랄, 모르핀으로 마비시킬 수가 있다. 이렇게 생각할 때, 생명의 자의식이란 결국 생명을 구성하고 있는 물질의 한 기능에 불과하다. 그러고 이 기능은 강해지고 커짐에 따라, 주인인 생명에 대항하여 자기를 낳은 생명 현상을 해명하고 설명하려고 한다. 이것은 생명이 자기 자신을 인식하려고 하는 희망에 찬, 그러나 덧없는 욕구인 것으로, 자연의 자기 발굴이지만 결국은 헛된 노력이다. 자연이란 인식되는 것이 아니며 생명이라는 것 역시 결국은 알 수 없는 것이다.

생명이란 무엇일까? 아무도 이것을 몰랐다. 생명이 발생하고, 생명이 불타오르는 자연적 시점은 아무도 모른다. 이 시점 이후에는 생명 세계에서 우발적인 또는 우발적인 것에 가까운 현상은 하나도 존재하지 않지만, 생명 그 자체는 역시 우발적인 것이라고밖에는 볼 수가 없다. 생명에 관해 기껏해야 말할 수 있는 것은, 생명이 극히 고도로 발달된 구조를 갖고 있어, 무생물계에는 이것과 조금이라도 비견할 수 있는 것은 하나도 존재하지 않는다는 것뿐이다. 생명의 가장 단순한 형태와 무기(無機)이기 때문에 죽어 있다고 말할 가치조차 없는 자연물, 이것을 생명의 가장 간단한 현상과의 사이의 거리에 비유하면 척추 동물과 위족(僞足) 아메바와의 거리는 문제가 되지 않았다. 왜냐하면 죽음은 생의 논리적 부정에 불과하지만, 생명과 생명이 없는 것 사이에는 과학이 노력을 해도 다리를 놓을 수 없는 심연이 입을 벌리고 있기 때문이었다. 사람들은 이 심연을 여러 가지 이론으로 막아 보려고 했지만, 심연은 그 이론들을 모조리 삼켜 버려, 깊이와 넓이를 조금이라도 덜게 하지는 않았다. 사람들은 생물계와 무생물계를 연결하는 연쇄를 발견하기 의해, 결정(結晶)이 모액(母液) 속에서 응고하는 것처럼, 단백액 속에서 자연히 응고하는 무구성(無構成)의 생명물, 즉 무기적 유기물을 가정하는 모순까지도 감행했다.

그러나 유기적 분화성이야말로 모든 생명의 선행 조건이고, 발현인 것으로 동종 생식(同種生殖)에서 탄생하지 않는 생명은 하나도 존재하지 않는다. 심해(深海)에서 원형질을 떠내어 환호성을 질렀지만, 얼마 안 있어 얼굴을 붉히고 말았다. 원형질로 생각되었던 것은 석고의 침전물에 지나지 않는다는 것이 확실해졌기 때문이다. 그러나 생명을 기적이라고 생각하지 않게 하기 위해——무기 자연과 동일하게 구성되어 있어, 동일한 물질에 분해되어 버리는 생명은 그것이 또한 이상 기적이라고까지 하지 않을 수가 없기 때문에에——사람들은 우연 발생, 즉 무기물에서 유기물이 발생한다고 믿지 않을 수 없었지만, 이것도 하나의 기적을 믿는 것과 다름이 없었다. 이렇게 하여 사람들은 중간의 단계나 과정을 계속 생각하여, 이미 알려진 모든 유기체보다는 하등이긴 하지만, 그 밑에도 또 자연의 가장 원시적인 생명의 선행자가 존재한다고 생각되는 유기체의 존재를 가정했다. 어떠한 현미경의 확대를 가지고서도 볼 수 없을 만큼 미소한 원충류가 그것이고, 이 원충류가 발생했다고 생각되기 이전에, 단백질의 합성이 행해졌음에 틀림없었다고 하는 것이었다.

　그렇다면 생명이란 무엇인가? 그것은 열이었다. 형태를 유지하면서, 한순간도 동일한 상태에 있지 않는 것이 만들어 내는 열, 동일한 상태를 유지하는 것이 불가능할 정도로 정교한 구성을 가지는 단백 분자가 쉬지 않고 분해, 신생하는 과정에 따르는 물질열이다. 따라서 원래 존재할 수 없는 것의 존재이고, 분해와 신생이 교착하는 열 과정에 있어야만 더욱 감미롭고, 고달프고, 겨우 생명선상에 균형을 보전하고 있는 존재인 것이다.

　생명은 물질도 아니고, 정신도 아니었다. 양자의 중간 물질로서 폭포수에 걸린 무지개처럼, 또는 불길처럼 물질을 소재로 하는 한 현상이다. 생명은 물질은 아니지만, 그러나 쾌감과 혐오를 느끼게 할 정도로 관능적이고, 자기 자신을 감지할 수 있을 만큼 민감해진 물질의 음탕한 모습, 존재의 음란한 형식이었다. 만물의 순결한 냉기 속에 있어서의 민감한 비밀스런 운동이며, 영양 섭취와 배설의 음탕한 불결이며, 탄산가스와 혈통과 성질도 확실치 않은, 의심스러운 물질에서 성립한 배설물적 호흡인 것이었다. 생명은 살이라 부르는 뭉클뭉클한 것, 물과 단백, 염분과 지방으로 되어 있는 물질로서 수없이 변하는 생활의 잉여를 자본으로 하여, 주어진 조성 법칙에 얽매이면서 행하는 증식(增殖), 발전, 형태의 조성이었다.

　그것은 형을 얻어서 고귀한 형상과 아름다움으로 될 수 있지만, 또 관능과 욕망의 덩어리이기도 하다. 생명이 도달할 수 있는 형태와 아름다움은, 시나 음악 작품처럼 정신을 소재로 하는 것이 아니고, 또 조형 미술 작품의 형태와 아름다움처럼 중간적이며 정신에 침투된 물질, 정신을 순결하게 관능화하고 있는 물질을 소재로 하고 있는 것도 아니기 때문이었다. 오히려 생명의 형태와 아름다움은 어떤 미지의 과정에 의해, 육욕에 눈이 뜬 물질, 분해하면서 계속 존재하는 유기 물질, 냄새나는 살을 소재로 하고 있었다.

반짝이는 골짜기를 눈 아래로 하고, 슬리핑백과 털실로 발산이 막아진 체온에 따뜻함을 느끼면서 누워 있는 한스 카스토르프에게는, 생명이 서식하지 않는 천체의 빛을 받는 아주 추운 밤, 생명의 모습이 선명하게 떠올랐다. 그 모습은 눈앞 공간의 어디엔가에 멀리 그러나 역력히 떠올라 체취를 발산하고, 땀을 흘리고, 축축한 흰 젖 빛깔의 육체를 갖고, 특유한 모든 오점과 얼룩이 있는 피부, 반점과 젖꼭지, 황달과 균열, 발육이 불완전한 솜털의 부드러운 유선(流線)과 소용돌이가 표면을 달리고 있고, 콩 같고 비늘 같은 부분이 있는 피부들이 보이고 떠올랐다. 그 모습은 무생물의 냉기 속에 떠올랐고, 자기의 발산물에 포근하게 덮여 머리를 피부의 소산인 차고 각질이 인 빛깔이 있는 털로 덮고, 두 손을 목덜미에 두르고, 약간 젖혀진 입술을 절반 열고, 눈꺼풀 피부의 이상한 형성 때문에 비뚤어져 보이는 눈으로 한스 카스토르프를 찬찬히 보고 있었다.

한쪽 다리에 체중을 모으고 서 있기 때문에 힘이 들어가 있는 요골(腰骨)은 살 속에 드러나 보이고, 힘이 빠져 있는 다리는 발끝으로 세웠는데, 가볍게 굽혀진 무릎이 체중을 받은 안쪽에 붙어 있었다. 이런 자세를 하고 미소를 지으면서 몸을 비틀어 아름다운 자세로 쉬고, 희게 빛나는 팔꿈치를 앞으로 내밀어 사지의 구조와 체구의 밀모부(密毛部)와의 대조에서 나온 균형미를 보이고 서 있었다. 즉, 강하게 냄새나는 좌우 겨드랑이의 흑색은 다리 사이의 꺼먼 부분과 신비스러운 삼각형을 이루고, 두 개의 눈은 표피 세포로 된 빨간 입술과 마주 하고 있으며, 가슴의 빨간 두 개의 젖꼭지는, 세로로 긴 배꼽과 대응하여 각기 삼각형을 이루고 있었다. 어떤 중추 기관과 척추에서 나와 있는 운동 신경의 작용으로 복부와 흉부가 늘어나거나 줄어들고, 흉막과 복막 사이의 낮은 곳이 부풀고 오그라들어, 숨은 폐장기포(肺臟氣胞) 속에서 산소를 안으로 호흡하기 때문에 혈액 속의 헤모글로빈에 결합시켜 내부 호흡을 영위하여 그 뒤에 기관의 점막에서 온기와 습기를 받고, 노폐물로 채워진 것은 입술 사이로 토해 나오고 있었다.

한스 카스토르프는 이 생체(生體), 즉 혈액에 의해 길러지고, 신경·정맥·동맥·모세관이 그물처럼 달리고, 임파액에 의해 속속들이 씻겨지며, 신비스러운 균형미를 보이고 있는 눈앞의 생체는, 본래의 지지 물질(支持物質)인 교

양 조직(膠樣組織)이, 칼슘염과 교질의 힘을 빌려 만들어진 지탱뼈, 즉 골수
가 든 관상골(管狀骨), 견갑골(肩胛骨), 추골(椎骨), 부골(跗骨)로 성립한 내
부 기구를 갖고 있는 것을 배우고, 관절의 피막, 축축한 구멍, 인대(靭帶),
연골(軟骨), 이백 개 이상의 근육, 영양과 호흡, 자극 전달의 역할을 하는 중
추 여러 기관, 보호 역할을 하는 피부, 장액(漿液)이 가득 찬 구멍, 분비물이
풍부한 선, 입을 벌리고 몸 밖의 자연에 접하고 있는 복잡한 내벽의 관 조직
과 틈새를 갖고 있다는 것을 배웠다. 이러한 육체 조직을 갖는 자아(自我)가
한층 높은 생명 단위로서, 몸의 전 표면에서 호흡하고 양분을 취하여 사고하
는 가장 단순한 생명과는 전혀 달리, 어떠한 원형에서 출발하여 여러 번 분열
을 되풀이함으로써, 몇 배로 증가하고, 여러 가지 직책과 연락을 위하여 체제
와 분화를 행하여 각기 독자적 발달을 이루고 성장 조건인 동시에 결과이기도
한 가지각색의 형태를 만들어 낸 미세한 유기체의 무수한 접합이라는 것을 배
웠다.

눈앞에 떠오르는 육체, 개체, 살아 있는 자아는 호흡하고 영양을 취하는 무
수한 개체의 복합체이며, 그 무수한 개체는 유기적 체제와 분업(分業)으로 인
해 각자의 존재, 독립, 자유성을 완전히 잃어 해부학적인 요소로 변하고, 그
어떤 것의 기능은 빛, 음향, 접촉, 온도를 느끼는 것만으로 국한되고, 다른
것은 수축으로 인해 형태를 변화시키고, 소화액을 만드는 것 외에는 능력이
없어지고, 또다른 것은 보호, 저지, 체액 운반, 생식 방면에 기울어져 발달하
여 거기에만 숙달되어 버렸다. 이 고도의 자아를 구성하고 있는 유기적 복합
은 해이해져 있는 경우가 있고, 구성 개체의 다수가 해이해진 불확실한 결합
에 의해 상위의 생명 단위를 구성하고 있는 경우가 이것이었다.

우리의 젊은 연구자는 이런 세포 군체(細胞群體)의 현상에 관해 명상을 하
고, 준유기체(準有機體)인 해초(海鞘)에 관해 읽었다. 이것은 개개 세포가 교
질의 외피에 싸여 있을 뿐으로 자주 서로 멀리 떨어져, 세포의 집합적 형성물
에는 틀림없지만, 단세포의 군체(群體)로서 생각할 것인가, 단일물로 생각할
것인가가 문제되는 그런 것으로, 『자기』를 자아라고 부를 것인지, 『우리』라
고 부를 것인지와 같은 이상하게 주저되는 그런 존재였다.

자연은 이 해초에 의해 무수한 원시적 개체가 집합하여 상위 자아의 조직과
기관을 구성하고 있는 고도의 사회적 통일체와 원시적 개체의 자유로운 개체
적 생활과의 중간물을 나타내고 있었다. 다세포 유기체는 생식에서 생식으로
의 한 순환인 순환 과정──생명은 이 과정 속에서 영위되는 것이다──의

한 발현(發現)에 지나지 않았다. 두 개의 세포체의 성적 융합인 수태 행위는 단세포 원시 생물의 각 세대의 처음에 존재하고 있다가 마지막에 다시 출현하지만, 이것은 모든 다세포 개체의 구성 초기에도 존재한다. 쉬지 않고 분열을 되풀이함으로써 번식하고, 따라서 수태 행위를 필요로 하지 않은 몇 세대의 사이에도 수태 행위는 잊혀지지 않고 있어, 무성 생식(無性生殖)에 의해 발생한 자손이 성적 행위에 다시 복귀하는 수밖에 없고, 이렇게 한 순환이 완료하는 순간이 찾아오는 것이었다. 이렇게 다세포 개체는 두 개의 양친 세포의 합체에 근원을 가져, 무성 생식에 의해 발생한 세포 개체의 몇 세대가 공동 생활을 영위하고 있는 생명 국가로서, 이 생명 국가의 번영이란 무성 세대의 수의 증가이다. 생식의 목적 때문에 발달한 요소인 생식 세포가 체내에 형성되어, 생명 쇄신의 성적 행위에 다시 도달한 순간에 생식환(生殖環)이 완결하는 것이었다.

우리의 젊고 대담한 모험가는 태생학(胎生學) 한 권을 명치 위에 얹고, 유기체의 성장을 추구했다. 많은 정충의 하나만이 다른 정충의 선두에 서서, 꼬리의 털 운동으로 전진하여 머리 앞끝을 난자의 교질 피막에 부딪쳐 정자를 맞이하여 난막의 원형질이 영합하도록 부풀어 있는 수태(受胎) 언저리를 돌입하는 순간부터 시작했다. 자연은 이 단조로운 과정에 변화를 주기 위해 모든 희극과 익살도 마다하지 않았다. 수컷이 암컷의 아가리에서 체내에 팔을 넣어 거기에 씨를 주면 그 팔은 잘라진다. 그 팔이 곧 토해지면 팔만이 손가락으로 서서 허둥지둥 도망치는 동물도 있는데, 과학은 감쪽같이 여기에 속아, 그 팔에 그리스 어와 라틴어의 학명(學名)을 붙이고 오랫동안 독립한 생물로 취급해야 된다고 생각했다.

한스 카스토르프는 두 학파, 즉 난원론자(卵源論者)와 정충론자의 논쟁을 읽었다. 난원론자는 난자 그 자체가 작은 개구리나 개, 인간으로 되며, 정충은 그 성장을 자극할 뿐이라고 주장한다. 이에 반대하여 정충론자는 머리, 팔, 다리를 가진 정충을 미래 생물의 원형이라고 생각하고, 난자는 정충의 배양기(培養基)에 지나지 않는다고 주장한다. 그러나 결국 양자는 타협하여 난세포도 정세포도 원래 구별할 수 없는 생식 세포에서 발생한 것이라고 하여, 두 파의 어느 쪽에도 공적을 인정하기로 했다. 한스 카스토르프는 수정한 난자의 단세포 유기체가, 난할(卵割) 분열로 다세포 유기체로 바뀌려는 과정을 추구했다. 세포체가 융합하여 점막엽(粘膜葉)이 되고, 이 배포(胚胞)가 빠져들어가, 하나의 술잔 같은 공동(空洞)을 만들고, 이 공동이 영양 섭취와 소화 작업을 시작하는 것을 추구했다. 이것이 장용(腸蛹), 즉 원생 동물 또는 가스틀라라고 부르는 것으로, 모든 동물의 생명의 원형이고, 삶을 소재로 하는 아름다움의 원형이었다. 이 가스틀라의 내외의 표피층, 즉 내배판(內胚板)과 외배판(外胚板)은 원시 기관으로 이것이 함입(陷入)과 외번(外翻)에 의해 선, 조직, 감각 기관, 체돌기(體突起)로 되는 것이었다. 외배엽(外胚葉)의 하나가 응고하여 도랑 모양의 주름을 만들고, 이것이 닫혀서 신경관을 형성하고 척추가 되고 뇌수가 됐다.

한스 카스토르프는 교질 세포가 점액소(粘液素) 대신 교질 물질을 만들기 시작하고, 이로 인해 태막 점액(胎膜粘液)이 응고하여 결체 조직(結締組織)과 연골로 되고, 또 어떤 부분의 결체 조직 세포가 주위의 체액에서 석회염과 지방을 흡수하여 뼈로 화하는 것을 보았다. 인간의 태아는 어머니의 태내에서 둥글게 웅크리고 앉아, 꼬리를 갖고 돼지의 태아와 조금도 다를 것 없이 긴 복강경(服腔莖)을 갖고 있으며 그루터기 같은 보기 흉한 사지를 달고, 추악한 얼굴을 큰 배 위에 엎드리고 있었다. 진리(眞理)에 대해 진지하고 음울한 태생학에 의하면 이 태아의 성장은 계통 발생사(系統發生史)의 소규모적인 반복이었다. 태아는 한동안 가오리처럼 아가미주머니를 갖고 있었다. 태아가 지나가는 성장 단계에서, 원시 시대에 완성한 인간이 보여 준 그다지 인문적이라고 할 수 없는 면모를 상상하는 것이 허용되고 그것이 당연하기도 했다. 당시의 인간의 피부는 곤충류를 막기 위해 경련성 근육이었으며 이것은 밀모(密毛)에 덮여 있고, 후각(嗅覺) 점막의 면적이 아주 넓고, 귀가 꼿꼿이 서서 활발히 움직였으며, 그것이 얼굴 표정에도 밀접한 관계를 가져서 현재 인간의 귀보다 음향을 잡기에 적합했다. 눈은 드리워진 제3의 눈꺼풀에 보호되어 머리의 측면에 붙어 있었지만, 현재 송과선(松果腺)이라 해서 흔적을 남기고 있는 제3의 눈만은 창공을 감시할 수 있었다. 그리고 당시의 인간은 극히 긴 장관(腸管)과 많은 구치(臼齒)를 갖고 있었으며 후두에는 포효용((砲哮用)의 음향주머니가 있었고, 복강(腹腔) 내에는 남성 생식선을 갖고 있었다.

해부학은 우리의 연구자에게 인체 사지의 껍질을 벗겨 보였다. 허벅지, 발, 특히 팔, 상박과 전박의 표면과 내부의 근육, 건(腱), 인대를 보이고 일종의 인문 정신의 변화인 의학이 이것들을 품위 있고 재치 있게 칭하여 분류한 라틴명을 가르치고 또 골격을 가르쳐 주었는데, 골격의 형성은 모든 인간적인 것의 단일성과 모든 학과의 일원성을 생각하게 하는 새로운 견지를 제공하고 있었다. 즉, 한스 카스토르프는 이러한 골격의 구조가 이상하게도 그의 전부터의── 전부터라고 말할 수 없을는지 모른다── 전문 분야, 그가 이 위에 처음 왔을 때에 만났던 사람들에게── 닥터 크로코브스키와 세템브리니 씨에게── 그가 소속한 과학적 직장으로 소개한 공학을 연상케 하는 것이 었다. 그는 무언가 습득하기 위해 ── 무엇을 습득할 것인가는 전혀 문제되지 않았다── 대학에서 정력학(靜力學), 가요성 지주(可撓性支柱), 가중(加重), 기계재(機械材)의 활용으로서의 구조학에 관해 배웠다. 공학의 입장에서 역학의 법칙이 유기 자연에도 적용된다고 생각하는 것은 유치할 것이며, 역학의 법칙이 유기체에서 도입되어진 법칙이라고 할 수도 없을 것이다. 그러나 역학 법칙은 유기체 속에서 되풀이되고 뒷받침이 되었다. 중공원통(中空圓筒)의 원리는 긴 관상골(管狀骨)의 구조에도 완전히 지켜져 있고 경물질(硬物質)의 최소량을 가지고 정력학의 법칙이 살려지고 있었다.

장력(張力)과 압력에 의해 부여된 부담을 고려하여 기계적으로 사용할 수 있는 재료로 만들어진 줄기와 판으로 구성된 물체는 동일한 재료로 만들어진 거대한 물질과 동일한 가중에 견딘다고, 한스 카스토르프는 대학에서 배웠다. 이와 마찬가지로 관상골의 생성에 있어서도 뼈의 표면에 경물질이 형성됨에 따라 역학적으로 불필요해진 중심 부분이 지방 조직의 황색 수질(髓質)로 변하는 것이 보였다. 대퇴골은 기중기에 비할 만했다. 유기 자연은 대퇴골을 조립함에 있어서, 한스 카스토르프가 옛날 같은 용도의 기계를 제도할 때에 정밀하게 기입해야 했던 것과 꼭 같은 장력과 압력의 곡선이 각 골재(骨材)에 할당된 방향에 그려져 있다.

한스 카스토르프는 그것을 알고 유쾌했다. 그는 이것으로 대퇴골, 아니 일반 유기자연에 대해서 이미 세 가지의 관계──서정적, 의학적, 공학적 관계──를 갖게 되었기 때문이며, 그의 흥미도 그만큼 강해졌다. 그리고 이 세 가지 관계는 인간 속에서 통일되어 세 가지 중 어느 것도 하나의 절실한 관심의 변화이며 인문적 학과에 불과하다는 것을 알았다.

그런데 원형질의 작업은 여전히 완전한 수수께끼로, 생명은 자기 자신을 아는 것이 거절되어 있는 것 같았다. 생화학(生化學)의 대부분의 현상은 해명되어 있지 않을 뿐만 아니라 대체로 인식할 수 없는 성질의 것이었다. 『세포』라는 생명 단위의 구조와 합성에 관해서도 거의 알려져 있지 않았다. 죽은 근육의 성분을 명백히 했다고 해서 그것이 무슨 소용이 있는가? 살아 있는 근육의 화학을 조사할 수는 없다. 죽은 뒤의 경직이 가져 오는 변화만도 모든 실험을 무의미하게 하는 데 충분했다. 신진대사도 신경 작용의 본질도 아무것도 이해하지 못하고 있었다. 맛이 나는 물체는 어떤 속성에 의해 맛이 나는 것일까? 어떤 지각 신경(知覺神經)이 향료에 의해 여러 가지로 흥분하는 것은 무엇 때문일까? 그리고 대체 냄새가 나는 것은 무엇에 의한 것일까? 동물과 인간의 특수한 체취는 어떤 물질의 발산에 의한 것이기는 하지만 이 물질의 정체는 아무에게도 알려져 있지 않았다. 땀이라 불리는 분비물의 성분도 거의 해명되어 있지 않고 있다. 땀을 분비하는 선은 향료를 만들어 내고, 그 향료는 포유 동물에 있어서는 분명히 중요한 의의를 갖고 있지만, 인간의 경우에 있어서 어떠한 의의를 갖고 있는가는 분명치 않다고 한다. 분명히 중요하다고 생각되는 부분에 대해서도 그 생리적 의의는 완전히 수수께끼였다. 맹장은 당분간 문제삼지 않는다 하더라도 이것 역시 신비에 싸여 있다. 토끼의 맹장은 보통 죽 같은 것으로 가득 차 있는 것이 보이지만 이것이 어떻게 해서 외부에 배설되고 또 어떻게 해서 새로이 보충되어지는 것인가는 수수께끼였다. 그리고 뇌수의 백색과 회색의 물질은? 시신경(視神經)에 연락되고 있는 시신경상(視神經狀)은? 그리고 뇌교(腦橋)의 회색 부착물은? 뇌수와 척수의 성분은 아주 부서지기 쉽기 때문에 그 구조를 규명한다는 것은 영원히 불가능했다.

　수면중에 대피막의 활동이 정지하는 것은 무엇에 기인하는 것일까? 죽은 시체에 가끔 일어나는 위(胃)의 자가 소화(自家消化) 현상은 살아 있을 때에는 무엇에 의해 방지되고 있는 것일까? 그것은 생명, 즉 살아 있는 원형질의 특수한 저항력 때문이라고 사람들은 대답할 것이다. 그리고 그 대답 자체가 이미 신비스러운 설명이라는 것을 모르는 척한다. 발열이라는 흔히 있는 현상에 관해서도 이론은 모순에 가득 차 있다. 신진대사 증진의 결과는 열 제조의 증진으로 나타난다. 그러나 이 경우, 왜 다른 경우처럼 열의 소비도 조정적으로 증진하지 않는 것일까. 발한(發汗)의 감퇴는 피부의 수축 작용에 원인이 있는 것일까? 그러나 피부의 수축은 열성오한(熱性惡寒)의 경우에만 볼 수 있고 다른 경우에는 피부는 오히려 열을 내고 있다. 『열에 취(醉)함』이라는 말로 본다면, 중추 신경 계통에서 신진대사 증진의 원인을 찾아야 하며, 또 달리 표현할 수가 없기 때문에, 이상(異常)이라고 부르는 것만으로 만족하고 있는 피부 상태의 원인도 찾아야 할 것이다.

　그러나 이런 모든 무지(無知)도 기억이라는 현상, 아니 그것보다는 더 광범위하고 놀랄 만한 기억인 획득 형질의 유전이라는 기억 현상에 관한 곤란에 비한다면 문제삼기에는 불충분한 것이다. 세포 조직의 이러한 작용을 기계적으로 설명할 수 있는 실마리마저도 전혀 잡을 수 없는 것이다. 부친(父親)의 무수히 복잡한 종목 형질과 개인 형질을 난자(卵子)에 전하는 정충은 현미경에 의해서 나타나지만, 아무리 강한 현미경을 가지고서도 정충이 등질체(等質體)라는 것 외에 그 이상을 알 수가 없을 뿐더러 그 본성을 결정할 수도 없다. 어떤 동물의 정충도 모두 같은 형상을 하고 있기 때문이다.

정충의 조직 상태로 보아, 하나의 세포는 그것이 구성하는 상위의 유기체와 성질을 달리하는 것은 아니라는 것과 또 세포 자신이 이미 상위의 유기체이며, 그 자체가 산분열체로서 개체적 생명 단위로서 구성되어 있는 것이 아닌가 생각되었다. 이렇게 하여 가장 미소적(微小的)인 것으로부터 시작하여 가장 미소한 것으로, 원시적인 것을 더욱 원시적인 것으로 분해하는 필요성을 강요당했다. 동물계가 여러 종류의 동물로 구성되고, 또 동물과 인간의 유기체가 많은 세포 종족으로 구성되어 있는 것처럼 세포라는 유기체도 원시적인 생명 단위의 다양한 집합으로 구성되어 있음이 틀림없었다. 물론 이 생명 단위의 크기는 현미경으로 밝혀지는 크기보다는 훨씬 작고 독력(獨力)으로 성장하며, 모든 생물은 같은 종류의 생물만을 낳을 수 있다는 법칙에 의해 자력으로 번식하고, 분업의 원칙에 따라 일단 상위의 생명 단계인 세포를 공동으로 구성하고 있었다.

이것이 유전 인자, 원생자(原生子), 생원체(生原體)였다.

한스 카스토르프는 어느 추운 밤에 그 이름들을 알아 낸 것을 기뻐했다. 그는 그의 흥미에 따라 자기 마음대로 생각했다. 이런 원시물의 성상(性狀)을 더 정밀하게 규명한다면 어떻게 될 것인가. 그것도 생명을 가지고 있는 이상 유기체임에 틀림없었다. 생명은 유기 조직에 기반을 두고 있기 때문이다. 그러나 유기체라면 이미 원시적이라고는 할 수 없었다. 유기체는 원시물이 아니고 복합체였기 때문이다. 이들 유전자는 공동으로 유기적으로 구성하고 있는 생명 단위인 세포보다 하위의 생명이었다. 그렇다면 그것들은 상상할 수 없을 정도로 미소하긴 하지만, 자신도 『구성되어』 있고, 생명의 일단계(一段階)로서 유기적으로 구성되어 있음에 틀림없었다. 왜냐하면 생명 단위라는 개념은 미소한 하위의 생명 단위에서, 즉 상위의 생명 단위를 조직하고 있는 생명 단위에서 구성되고 있는 것을 의미하고 있기 때문이었다. 분해의 결과로 생명의 특성인 동화(同化), 성장, 번식 능력을 갖는 유기적 단위가 나타나는 동안만은 원시적 단위라고 부르는 것은 옳지 않았다. 『생명』 단위라는 개념은 하위의 구성 단위라는 내재 개념을 무한으로 내포하고 있기 때문이었다. 원시적

생명, 다시 말해서 이미 생명이면서 아직 원시적이라고 하는 것은 존재할 리
가 없기 때문이다.

그러나 논리적으로는 존재할 수 없어도 그런 것은 결국 어떤 형태로든 존재
하고 있음에 틀림없었다. 왜냐하면 우연 발생, 다시 말해 무생물에서의 생명
의 발생이라는 생각은 통틀어 배격할 수 없기 때문이다. 사람들이 외적 자연
에 있어서 메우려고 헛되이 노력했던 심연, 즉 생명과 무생물 사이의 심연은
자연의 유기적 내부에서는 어떤 형태로 채워지고 다리가 놓여진 것임에 틀림
없었다. 분해가 계속되고 있는 동안 합성은 되어 있지만 아직 조직되어 있지
않다는 『단위』 생명과, 무생명의 중간 『단위』는 생명 단계와 단순한 화학과의
중간을 차지하는 분자군에 도달함에 틀림없었다. 그러나 이 화학적 분자에 도
달한 순간 유기 자연과 무기 자연의 심연보다 더 신비스러운 물질과 비물질
사이의 심연이 가까이에 입을 벌리고 있는 것이 보였다. 왜냐하면 분자는 원
자로 합성되어 있고 원자는 극히 미소하다고 할 수 있을 정도의 크기도 갖고
있지 않기 때문이었다. 원자는 극히 미소하며, 비물질적인 것, 즉 아직 물질
은 아니지만 이미 물질에 가까운 것으로 에너지의 극히 조기(早期)의 미소한
중간적인 집합이고, 아직 물질이라고 할 수 없고, 오히려 물질과 비물질의 중
간물, 경계점이라고 생각해야 했다. 유기물의 우연 발생과는 다른 또 하나의
우연 발생, 더 신비롭고 모험적인 자연 발생의 문제, 물질의 비물질에서의 발
생이라는 문제가 등장하는 것이었다.

사실 물질과 비물질 사이의 심연을 메우는 것이 유기 자연과 무기 자연 사
이의 심연과 마찬가지로, 아니 더 절실하게 문제되고 있다. 유기체가 무기적
결합에서 생기는 것처럼 물질이 비물질적 결합에서 발생하는 비물질의 화학
이 필연적으로 존재하지 않으면 안 되었다. 그리고 원자는 물질의 원충류(原
虫類)와 단충류의 성질로 보아 물질적인 것과 물질적이 아닌 것을 의미할 것
이다. 그러나 『작다고 말할 수 없는』 단계에 도달하면 표준이 없어져 버린다.
작다고 말할 수 없다는 것은, 이제는 『무섭게 크다』는 것을 의미했다. 그리고
원자까지 내려가는 것은 극히 모험적인 탐험이라 해도 과언이 아니며, 물질을
최후까지 분해하고 미분하여 갔을 때에 홀연히 천문적인 우주가 눈앞에 열리
는 것이었다.

원자는 에너지에 찬 한 우주로서, 그 체계 속에는 태양계에서처럼 중심체의
주위를 많은 천체가 자전과 공전을 하고 있고, 혜성이 중심체의 인력에 의해
외심적(外心的) 궤도상에 만류되면서, 광년적 속력으로 천체를 비행하고 있

었다. 이것은 다세포 생물의 신체를 『세포 국가』라고 부르는 것처럼 단순한 비유는 아니다. 분업의 원리에 따라 조직된 사회적 단체인 도시와 국가는 유기 생명에 비할 수 있을 뿐만 아니라, 그것은 유기 생명의 반복이지만, 이와 마찬가지로 두터운 옷을 입은 우리 청년 연구자의 머리 위에서 추위 속에 반짝이는 골짜기 상공의 무수한 집단과 군단과 형상이 월광에 창백하게 떠돌고 있는 대우주의 별세계는 자연 깊숙이 존재하고 있는 원자 속에도 아주 광대한 반영으로 되풀이되고 있었다. 원자의 이 태양계——물질을 구성하고 있는 모든 태양계의 군성과 은하——속의 어떤 유성, 이 내계적(內界的) 천체는 지구를 생명의 서식에 적합한 상태에 있다고 생각해서는 안 되는 것일까? 신경 중추가 취하고, 피부가 이상한 상태에 있고, 금지된 사항의 세계에서도 이미 여러 가지를 겪고 있는 청년 연구자에게는 그런 상상이 황당무계한 것이 아니라, 집요하게 붙어다니는 상상이며, 아주 자명한 논리적 진실성을 가진 상상이었다.

내계적 천체의 미소를 왈가왈부하는 것은 아주 부당한 반론이며, 크다든지 작다든지 하는 표준은 적어도 최소 분자의 우주적 성질이 분명해진 순간에는 통용하지 않게 되고, 바깥과 안이라는 개념도 점점 그 근거를 잃게 될 것이다. 원자의 세계도 외계라고 할 수 있을 것이고, 이와는 반대로 우리가 살고 있는 지구도 유기적으로 생각하면 아마 깊은 내계(內界)라고 말할 수 있을 것이다. 어떤 탐구자는 대단한 상상력으로 살과 뼈, 뇌수도 모두 태양계에서 구성되고 있는 우주적 괴물로 공상하여, 그것을 『은하동물(銀河動物)』이라고 부르지 않았는가? 그러면 한스 카스토르프가 생각한 것처럼 궁극까지 내려 갔다고 믿는 순간에 모든 것을 처음부터 또다시 시작해야 하는 것이었다. 그리고 한스 카스토르프라는 인간의 내부 가장 깊숙한 곳에 또 하나의 몇백 사람의 한스 카스토르프 청년의 따뜻하게 옷을 입고, 달 밝은 알프스 고원의 추운 밤이 내려다보이는 발코니에 누워, 손가락을 얼리고 얼굴을 상기시키며, 인문적·의학적 흥미를 갖고 인체의 생활을 연구하고 있는 것이 아닐까?

빨간 불빛이 도는 탁상 램프 옆에 앉아 읽고 있던, 삽화가 많이 들어 있는 병리해부학 책은 한스 카스토르프에게 기생성 세포 합체와 전염성 종기의 본성에 관해 가르쳐 주었다. 이것은 다른 종류의 세포가 자기들에게 준비 체상(準備體狀)을 나타내고 자기들의 번식에 어떤——역시 방종스러운 방법이라고 말하지 않을 수 없다——형태로 수용 태세를 갖춘 것으로 나타난 유기체 속에 들어가서 생기는 조직의 비대, 그것도 극히 왕성한 비대였다. 이 기생물은 주위의 조직에서 영양을 빼앗을 뿐만 아니라 모든 세포의 예에 따라 신진 대사를 영위하는데, 그것의 산물인 유기 합성물은 주인인 유기체 세포에게 아주 해로워 주인의 파멸을 불가피하게 만드는 것이었다. 이미 생물의 두셋에서 독소를 유리시켜, 그것을 농축시키기에 성공했는데 단백질 화합물의 일종에 불과한 이 물질의 동물의 혈관 속에 주사하여졌을 때, 극히 소량으로도 놀랄 만큼 위험스러운 중독 작용, 심한 부작용을 일으켰던 것이다. 이 부식 작용(腐蝕作用)의 외적 특징은 조직의 비대, 병적인 종기인 것으로 이것은 주인 세포들이 자기들 사이에 기생한 세균에 의한 자극에 반응한 결과였다. 점막 조직 세포 가운데 박테리아가 살게 되면 어떤 세포는 원형질이 증대하여 아주 거대하게 되고, 많은 핵이 생기고 서로 결합하여 좁쌀만한 결절(結節)을 형성한다. 이 비대는 곧 파멸로 이끈다. 즉 이 괴물 세포의 핵은 위축하여 붕괴되고 그 원형질이 응고하여 이 때문에 사멸하기 시작하는 것이다.

주위의 다른 조직 부분도 이 종기 세포의 자극을 받아 염증 현상이 확산 작용을 일으키게 되어 이웃 혈관에도 누가 끼쳐지는 것이었다. 백혈구가 구원하러 달려온다. 응고에 따른 사멸이 촉진된다. 그 사이에 세균의 가용성 독소는 신경 중추를 마비시켜 버리고, 유기체는 높은 체온을 띄고, 말하자면 가슴을 파도치면서 비실비실 파멸 일로를 걸어가는 것이었다.

이것이 병리학, 육체의 고뇌 증대에 관한 학문이었지만, 고뇌 증대는 육체 방면의 강도를 의미하기 때문에 쾌감의 강조이기도 해서 이렇게 볼 때 병은 생명의 방종한 형태였다. 그러면 생명 그 자체는? 생명은 아마 물질의 전염성 질환에 불과한 것이 아닐까? 물질의 우연 발생이라 부르는 현상은 아마 비물질의 질환 자극에 의한 비대에 지나지 않는 것과 마찬가지로 악과 쾌감, 죽음에의 제1보는 어떤 미지의 침윤에 의한 쾌감 때문에 정신적인 것, 즉 에너지의 밀도가 비로소 증대하고, 그 조직이 확실히 병적으로 비대하는 순간에 시작되는 것은 분명하다. 이 비대는 비물질이 물질로 변하는 현상——물질이 비로소 출현하는 현상으로 쾌감과 고뇌가 반반씩 유지되는 현상이었다. 이것이 인간의 타락이었다. 제2의 우연 발생, 즉 유기의 무기로부터의 탄생은 물질성이 증대함에 따라 의식을 띄게 되는 것이었다. 유기체의 질병이 육체의 도취적 증대, 그 방종한 강조임과 같이 이렇게 하여 생명이란 순결성을 잃은 정신의 모험 도상에 있어서 필연적인 일보에 지나지 않으며, 자극에 의해 의도된 것에 대해 준비 태세에 있던 물질이 감성에 눈뜬 결과인 수치열(羞恥熱)의 방사에 지나지 않았다.

여러 책들이 램프가 켜진 작은 탁자 위에 쌓여 있고, 책 하나는 침대 의자 옆의 마룻바닥, 발코니의 매트 위에 놓여 있었다. 한스 카스토르프가 마지막으로 읽고 있었던 책은 배 위에 얹혀진 채로 눌려 있어 호흡을 곤란하게 했지만, 뇌의 피막에서 소속 근육에 그 책을 내려 놓으라는 명령을 하지 않았기 때문에 얹혀진 채로였다. 한스 카스토르프는 페이지를 읽어 내려가다가 턱이 가슴에 닿아 푸른 눈 위에 눈꺼풀이 내려졌다. 그는 생명의 상(像)을 보았던 것이다. 아름다운 사지를, 살을 소재로 한 아름다움을 보았다. 그녀는 목덜미에서 잡고 있던 두 손을 풀고 두 팔을 폈다. 그 팔의 안쪽, 특히 팔꿈치의 엷은 피부 밑에 혈관이, 두 개의 대정맥이 푸르고 투명해 보였다. 그것은 말로 표현할 수 없을 정도로 감미로운 느낌의 팔이었다. 그녀는 그의 위에 몸을 구부렸다. 그는 유기체인 그녀의 냄새를 맡았고, 그녀의 심장의 고동을 느꼈다. 그녀의 달아오른 부드러운 팔이 그의 머리를 껴안았다. 그는 쾌감과 공포 때문에 정신이 희미해져서 그녀의 상박의 바깥쪽, 즉 삼두근(三頭筋)을 싼, 단단한 피부가 기분 좋게 싸늘한 부분에 두 손을 대었다. 그리고 입술 위에 그녀의 입술이 촉촉히 닿는 것을 느꼈다.

망자(亡者)의 춤

크리스마스가 지난 뒤 얼마 안 있어 아마추어 기수가 죽었다. 물론 그 전에 크리스마스를 축하하였다. 이 이틀간의 축제일, 크리스마스 전야일도 계산하면 3일간의 축제는, 한스 카스토르프가 여기서는 어떻게 축하하는 것일까 하고 다소 두려워하기도 하고 기대하기도 했지만, 아침, 낮, 밤으로 계절답지 않은 날씨——눈이 좀 녹았다——를 동반한 다른 평범한 날과 마찬가지로 왔다가는 지나가 버렸다. 물론 이 이틀간은 외관상 다소 장식이 되어 있어 눈에 띄었고, 그 일로 모든 사람들의 머리와 마음을 지배하여 평일과 다른 인상을 남기면서, 우선은 가까운 과거로 되고, 점점 먼 과거로 되어 버렸다.

고문관의 아들인 크누트 청년이 방학이 되어 돌아와 요양원 옆에 있는 아버지의 집에서 함께 지냈다. 아주 호남이기는 했지만 아버지를 닮아 벌써 목덜미가 많이 나와 있었다. 이 베렌스 2세의 체류는 주위의 분위기에서도 느낄 수가 있었다. 부인들은 아무렇지도 않은 일에도 웃고, 화장을 하고, 신경을 곤두세우고, 정원·숲·요양 호텔 거리 등에서 크누트를 만났다는 말로 열을 올렸다. 더욱이 크누트한테는 손님들이 와 있었다. 대학 친구 육칠 명이 골짜 기에로 올라와서, 읍내에 머무르며 고문관 집에 식사 초대를 받기도 하고, 동료인 크누트와 함께 어울려 사방을 걸어다니기도 했다. 한스 카스토르프는 이 학생들과 얼굴을 마주치지 않으려고 했다. 이 위의 한 사람인 한스 카스토르프와, 노래를 부르고 사방을 걸어다니고 지팡이를 흔들어 대는 이런 학생들과는 서로 다른 세계의 인간으로, 그는 이 학생들과는 어떤 교제도 갖고 싶지 않았다. 그들의 대부분은 북부 독일 출신 같았으므로 동향 사람도 있을는지 몰랐다. 한스 카스토르프는 여기서 동향인과 만나는 것을 몹시 두려워하였다. 함부르크의 어떤 사람이 베르크호프에 올지도 모르겠다는 생각만 해도 반감이 앞섰다. 특히 베렌스의 말에 의하면 함부르크 시는 해마다 이 요양원에 상당한 몫의 단골 손님들을 보내고 있다는 것이었다. 아마 아직 보지 않은 중환자와 위독 환자 가운데에는 동향인이 있을 것이다. 그러나 얼굴을 마주하는 사람들 가운데에서 동향인은 이삼 주일 전부터 일티스 부인의 식탁에 앉아 있는, 볼이 쑥 들어간 상인 한 사람뿐이었다. 이 사나이는 쿡스하펜에서 왔다는 것이다. 한스 카스토르프는 이 사나이를 볼 때마다 여기서는 식탁을 같이 하는 사람 외에는 친구로 사귀는 것이 곤란하다는 것을 다행으로 생각했고, 자기 고향이 크고 넓은 것을 기뻐했다. 이 위에서 함부르크에서 온 사람을 만나는 것이 두려워 걱정했던 한스 카스토르프는 이 상인이 있어도 아무렇지도 않다는 것으로 아주 기분이 홀가분했다.

크리스마스 전날 밤, 그것이 눈앞에 임박했고 다음날에는 현실로 되었다. 이 위의 사람들이 벌써부터 크리스마스에 관해 말하는 것을 듣고, 한스 카스토르프가 놀란 것은 벌써 6주일 전의 일이었다. 산술적으로 생각할 때 그가 처음 체재할 예정이었던 3주일에 그가 침대에서 누워 지냈던 3주일만큼을 합쳤던 일수가 크리스마스까지는 아직 있었던 것이었다. 그러나 수학적으로는 같다고 해도, 처음의 6주일은 막대한 시간량으로, 특히 전반 3주일은 지금 생각해도 긴 3주일이었다. 이와는 반대로, 후반의 3주일은 아주 짧아서 거의 없는 것 같았다. 사람들이 시간량을 아주 사소한 것처럼 간주하였다는 것은 당연한 노릇이었다. 6주일이 1주일의 일수도 안 되는 것처럼 느껴졌는데 그것이 어느 만큼의 길이인가는 월요일에서 일요일이 지나 다시 한 번 월요일로 돌아오는 1주일의 작은 회전이 대체 어느 정도의 길이에 해당되는가 하는 또 하나의 문제를 생각해 보면 대체로 짐작이 간다. 시간의 단위를 차차 작게 해서 그 단위의 가치와 의미를 생각해 나가면, 그 단위를 합해도 대수로운 양밖에는 되지 않는 것을 알 수 있다. 더욱이 이러한 합계는 시간을 현저하게 단축시키고 소멸시키는 힘을 가지고 있다. 가령 하루를 점심 식사 식탁에 앉는 순간부터 24시간 뒤에 다시 같은 순간으로 돌아올 때까지의 시간이라고 계산한다면 이 하루란 무엇일까? 24시간이라는 시간임에는 틀림없지만 없는 거나 마찬가지였다. 그렇다면 한 시간이란 어떤가? 가령 안정 요양, 산보, 식사——이것만으로도 한 시간이라는 단위를 보낼 가능성은 충분히 구비된 것이다——에 소비되는 한 시간이라는 것은? 이것도 없는 거나 마찬가지였다.

그러나 무(無)를 합계해도 그 성질로 볼 때 역시 대수로운 것이 되지 않았다. 오히려 최소 단위로 내려갔을 때, 비로소 큰 것이 되었다. 가령 체온계의 곡선을 중단하지 않기 위해 체온계를 입에 물고 있는 60초의 일곱 배라는 시간은 정말 강인하고 묵직하여 작은 영원이라고 할 정도로 확대되어서, 대량의 시간이 그림자처럼 덧없이 날아가 버리는 데에 반하여 아주 중후한 층을 만들고 있었다.

크리스마스도 베르크호프 사람들의 생활 양식을 어지럽히는 일은 거의 없었다. 모양이 아름다운 전나무가 이삼 일 전부터 식당의 오른쪽 옆인 이류 러시아 인석 가까이에 세워졌고, 그 향기가 풍부한 요리 냄새 사이로 흘러, 식사를 하는 사람들의 코에 가끔 흘러 들어와, 일곱 식탁의 여기저기 사람들의 눈에 생각에 잠기는 표정을 띄게 했다. 12월 24일의 저녁 식사 때, 전나무는 금은의 테이프, 유리알, 금색으로 칠한 전나무 솔방울, 그물에 넣어 걸어놓은 작은 사과와 갖가지 과자들로 화려하게 꾸며졌고 채색한 양초가 식사가 끝날 때까지 계속 타고 있었다. 침대를 떠날 수 없는 환자들의 방에도 크리스마스트리가 장식되는 것 같았다. 그리고 며칠 사이에 우편물이 아주 많아졌다. 요아힘 짐센과 한스 카스토르프도 저 아래 먼 고향으로부터 소포를 받았다. 정성들여 꾸려진 선물이었다. 두 사람은 그것을 자기 방에서 펴 보았다. 사치스러운 옷, 가죽과 니켈로 만든 장식품, 많은 크리스마스용 비스킷, 호도·사과·편도가 든 과자였는데 그 양이 아주 많아서 사촌들은 이것을 언제 다 먹을 수 있을까 하고 서로 고개를 갸웃거리며 물어 볼 정도였다. 한스 카스토르프는 자기의 소포가 샬렌의 손으로 꾸려졌고, 그녀가 숙부들과 구체적인 의논을 한 뒤에 선물을 혼자 준비해 보낸 것임을 알았다. 제임스 티나펠의 편지가 한 통 들어 있었다. 편지지는 사신용의 두꺼운 종이였지만 타자기로 친 편지

였다. 숙부는 이 편지에서 종조부의 안부와 더불어 자기의 크리스마스 인사와
병문안 등의 말을 쓰고, 수고를 덜기 위해 앞으로 다가올 새해 인사도 요령
있는 솜씨로 덧붙였는데, 이 요령은 한스 카스토르프가 어느 때인가 크리스마
스 편지 겸 병상 보고를 티나펠 영사에게 누워서 썼을 때에 실행한 방법이기
도 했다.

식당의 전나무는 촛불에 타서 바삭바삭 소리를 냈고, 그 향기와 더불어 사
람들의 머리와 마음속에 오늘 밤의 의의를 일깨워 주었다. 사람들은 몸치장을
했다. 남자들은 예복을 입고 여자들은 평지의 각국에 사는 남편으로부터 보내
온 것 같은 장신구를 달고 있었다. 클라브디아 쇼샤도 여기서 유행하고 있는
털스웨터를 야회복으로 갈아입었는데 그 옷은 좀 아류(我流)라고 할까 민족적
인 느낌을 주는 것으로, 전체의 느낌이 러시아의 농민적인, 또는 발칸 식이라
고도, 아마 불가리아 식이라고도 할 수 있는, 색이 밝고, 자수가 있는 장식띠
가 달리고, 섬세한 금실수가 놓인 것이었다. 주름이 많은 그 옷은 그녀의 얼
굴 모습에 여느때에는 없던 부드러운 곡선을 띠게 했고, 또 세템브리니가
『타타르 인의 관상』이라고 불렀고 특히 『스텝의 늑대의 눈』이라 부른 눈에 알
맞게 조화되어, 그것을 멋지게 드러나 보이게 했다. 일류 러시아 인석은 꽤
흥청거렸다. 이 식탁에서 처음으로 샴페인을 터뜨리는 소리가 났고, 이에 따
라 거의 모든 식탁에서 그 소리가 났다.

사촌들의 식탁에서는 예의 왕고모가 조카와 마루샤를 위해 샴페인을 주문
하여 이것을 모든 사람에게 권했다. 요리는 특별히 정선된 것으로, 치즈가 든
과자와 봉봉으로 끝났지만, 모두들 뜨거운 커피와 리큐르를 추가했다. 가끔
전나무 가지에 촛불이 옮겨 붙어 끄지 않으면 안 되었고, 그때마다 요란스런
소동으로 변했다. 세템브리니는 여느때와 같은 복장을 하고 축하 식사 마지
막에 이르러 이쑤시개를 사용하며 사촌들의 식탁에 잠시 머물면서 슈퇴르 부
인을 놀려 댄 뒤에, 인류의 스승에 관해 두세 가지 지껄여 댔다. 그 인물이
과연 실재의 인물이었는지 어떤지는 잘 모르지만, 그 당시에 탄생하여 오늘날
에 이르기까지 끊임없이 승리의 길을 걷고 있는 것은, 개인의 영혼의 가치와
평등의 관념, 한마디로 말하면 개인주의적 민주주의의 정신으로, 자기는 그런
의미에서 권하는 술잔을 다 마셔 버린다고 말했다. 슈퇴르 부인은 세템브리니
의 이 말을 애매하고 인정미가 없다고 말했다. 그녀는 이렇게 항의하며 의자
에서 일어섰는데 다른 식탁의 사람들이 이미 담화실로 옮기기 시작했기 때문
에 사촌들의 식탁 사람들도 이들을 따랐다.

그날 밤의 모임은 크누트 청년과 밀렌동크 양을 거느리고 30분 가량 얼굴을
내민 고문관에게 기념품을 증정하는 식으로 말미암아 무게와 활기를 주었다.
증정식은 광학 응용의 오락 기구가 놓여 있는 살롱에서 행해졌다. 러시아 인
끼리 준비한 기념품은 은제품 한가운데에 고문관의 이름을 새긴 굉장히 크고
둥근 쟁반으로 얼른 보아서는 아무 쓸모 없는 것으로 느껴졌다. 러시아 인들
을 제외한 손님들이 증정한 침대 의자는 이불도 쿠션도 없고 커버가 덮여 있
을 뿐이었지만, 아무튼 그 위에 누울 수만은 있었다. 그리고 머리를 얹는 부
분은 높일 수도 낮출 수도 있어, 베렌스는 누운 기분을 시험해 보려고, 아무
쓸모 없는 물건을 옆구리에 끼고 길게 그 위에 누워 눈을 감고, 보물을 받는
파프니르라고 말하고는 기계톱 같은 코고는 소리를 냈다. 모두 일제히 환호성
을 올렸다. 쇼샤 부인도 그 연기를 보고 웃었지만, 웃을 때에 눈이 가늘어지
면서 입을 벌렸는데, 이것은 프리비슬라프 히페가 웃을 때와 꼭 같다고 한스
카스토르프는 생각했다.

원장이 사라지자 손님들은 곧 카드대에 앉았다. 러시아 인들은 예에 따라
작은 살롱으로 물러갔다. 몇몇 손님들은 크리스마스 트리에 둘러서서 짧아진
양초가 금속제의 작은 접시 속에서 사라져 가는 것을 비리보기도 하고, 매달
아 놓은 케이크를 집어서 먹기도 했다. 내일 첫번째 아침 식사 준비가 다 되
어 있는 식탁 여기저기에는 손님들이 서로 멀리 떨어져 앉아 저마다 팔꿈치를
괴고 생각에 잠겨 있었다.

크리스마스의 첫날은 안개가 끼고 축축한 날이었다. 베렌스는 사방을 둘러
싸고 있는 것은 구름이며, 이 위에는 안개 같은 것이 없다고 주장했다. 그러
나 구름이든 안개든 아무튼 심한 습기였다. 쌓여 있는 눈의 표면이 녹아 곳곳
에 구멍이 생겼고 질퍽해졌다. 요양 근무를 할 때에는, 얼굴과 손이 맑고 추
운 날씨보다 훨씬 더 시렸다.

그날은 밤의 음악회가 있었다는 점에서 평일과는 달랐다. 본격적인 음악회
여서 의자가 여러 줄로 놓여졌고 인쇄된 프로그램까지 준비되었는데, 『베르
크호프』 당국이 이 위의 사람들을 위해 제공해 준 것이었다. 가곡의 밤으로,
가수는 이곳에 살면서 개인 교수를 하고 있는 여류 전문 성악가였다. 그녀는
무용복의 가슴을 열어젖힌 옆으로 메달을 두 개 달고, 장대같이 가느다란 팔
을 드러낸 가수였는데, 그 묘하게 힘없는 목소리는 그녀가 이 위에 정착하게
된 원인에 대한 서글픈 사정을 말해 주고 있었다. 그녀는 노래를 불렀다.

나의 사랑은 한시도
나에게서 떠나지 않네.

반주하는 피아니스트도 이곳 사람이었다. 쇼샤 부인은 맨 앞줄에 앉아 있었
는데, 휴식 시간을 이용하여 도중에 일어나 버렸다. 한스 카스토르프는 그 뒤
로는 가라앉은 기분으로 음악——어쨌든 음악이긴 했다——을 들을 수 있
게 되어서 프로그램에 인쇄된 가사를 눈으로 쫓으면서 듣고 있었다. 세템브리
니는 한동안 옆에 앉아 있었지만, 이곳 가수의 답답한 미성(美聲)에 대해 조
형적인 엄격한 비평을 몇 마디 하고, 환자 모두가 오늘 밤도 이렇게 사이좋게
지낸다고, 조롱조의 만족의 뜻을 표시하면서 이 사람도 모습을 감추어 버
렸다. 한스 카스토르프는 눈이 가느다란 부인과 교육자가 없어져 버려 아무에
게도 구애받지 않고 노래를 들을 수 있게 되어, 사실은 홀가분한 기분이었다.
세계의 어디에도, 어떤 환경에서도, 아마 극지의 탐험 여행에서도, 음악이 연
주된다는 것은 고마운 일이라고 한스 카스토르프는 느꼈다.

크리스마스의 둘째 날은 둘째 날이라는 가벼운 의식을 제외한다면, 보통 일
요일, 아니 보통 요일과 다를 것이 없었다. 그리고 이날이 끝나자, 크리스마
스는 과거지사가 되었다고도 할 수 있었다. 또는 다시 아주 전의 일, 1년 전
의 일이 되었다고도 할 수 있었다. 크리스마스가 돌아올 때까지는 다시 12개
월을 필요로 한다. 그렇다고 해도 그것은 결국 한스 카스토르프가 이 위에서
이때까지 보낸 5개월보다 7개월이 많다는 것뿐이었다.

그런데 금년 크리스마스가 끝나자 곧 새해를 기다리지 않고 아마추어 기수
가 죽었다. 사촌들은 이 쓸쓸한 이야기를 복도에서 알프레다 쉴트크네히트,
통칭 베르타 간호사라 하는, 불쌍한 프리츠 로트바인을 간호하는 간호사에게
서 들었다. 한스 카스토르프는 이 말에 완전히 마음이 사로잡혔다. 그것은 이
아마추어 기수의 기침이 이 위에서의 한스 카스토르프에게 있어 최초의 인상
의 하나, 즉 그 뒤 없어지지 않게 된 얼굴의 상기를 최초로 유발시켰다고 생
각되는 인상의 하나였다는 것 외에, 거기에는 도덕적, 종교적이라고도 할 수
있는 이유가 있었다. 그는 요아힘을 붙잡고 간호사와 한동안 얘기를 했다. 간
호사는 이렇게 말을 걸어오는 것을 매우 좋아했다.

그녀의 말에 따르면, 아마추어 기수가 크리스마스까지 산 것이 기적이었다.
오래 전부터 끈기 있는 신사라는 것을 느끼기는 했지만, 마지막에는 도대체

어떻게 해서 호흡할 수 있었는지 아무도 알 수 없었다. 며칠 전부터 굉장히 많은 양의 산소를 흡입하여 겨우 호흡을 하였고, 어제만 해도 한 개에 6프랑의 산소통을 사십 개나 비웠다. 두 사람도 계산해 보면 알겠지만 이건 대단한 금액이다. 그건 그렇다 해도 생각하지 않을 수 없는 것은, 숨을 거두었을 때에 죽은 사람을 껴안아 주었던 부인이 완전히 무일푼으로 뒤에 남게 되었다는 사실이라고 간호사는 말했다.

요아힘은 쓸데없는 비용 지출을 비난했다. 전혀 희망이 없는 환자를 괴롭히고 대금까지 낭비하여 인공적으로 임종을 연기할 필요가 어디에 있단 말인가? 본인이야 강제적으로 마시게 된 것이니 값비싼 활력 가스를 거리낌없이 마셨다 해도 탓할 것은 없다. 그러나 치료 담당자들은 더 머리를 써서 아무래도 피할 수 없는 여행길이라면 그대로 가게 해야 했을 것이다. 재산 상태를 생각하지 않아도 그렇지만, 그것을 고려에 넣으면 더욱 그러하다. 뒤에 남아서 살아야 하는 자에게도 권리는 있는 것이니 말이다.

여기에 대해 한스 카스토르프는 강경하게 반대했다. 사촌의 말은 세템브리니 씨가 말하는 것과 마찬가지로 고통에 대해서 존경도 외경도 느끼지 않는 말이다. 아마추어 기수는 이미 죽었으니 불손한 말을 입밖에 낼 때가 아니며, 누구나 진지한 감정을 표시하려면 말을 삼가는 것밖에는 별도리가 없는 때이다. 죽은 사람에게는 모든 존경과 경의를 표시해야 하며, 한스 카스토르프로서는 그것을 역설함에 주저하지 않는다. 「베렌스는 임종 때에 아마추어 기수에게 소리지르거나, 입버릇처럼 꾸짖지는 않았을 테지요.」 하고 간호사에게 물었다. 「그럴 필요는 벌써 없었어요.」 하고 쉴트크네히트는 설명했다. 인제 마지막이라고 할 때에, 경솔하게 다소 발버둥을 치면서 침대에서 뛰쳐나오려고 했지만, 아무리 그렇게 해도 소용이 없다는 말을 듣고는 그것으로 완전히 체념했던 것 같았다고 했다.

한스 카스토르프는 이 죽은 자를 목격했다. 그는 주위의 비밀주의에 반항하여, 보지 않고, 듣지 않고, 말하지 않으려는 주위의 이기적인 성향을 멸시하여 행동으로 이것에 항의할 작정으로 죽은자를 목격했던 것이다. 그는 식사 때에 아마추어 기수의 죽음을 화제에 올리려고 했지만, 그 화제는 모든 사람들에게서 일제히 완강히 거부되어 그는 부끄러워졌고 동시에 화가 났다. 슈퇴르 부인 같은 사람은 버럭 화를 내기까지 했다. 무슨 심산으로 그런 말은 꺼내는 것이냐고 슈퇴르 부인은 마구 대들었다. 도대체 당신은 어떻게 자라난 사람인가, 요양원의 규칙으로 환자들은 그런 말을 듣지 않도록 엄하게 보호되

어 있는데, 당신 같은 초심자가 앞으로 나와, 하필이면 불고기가 나와 있는
이때에, 그리고 또 내일 죽을지도 모르는 닥터 블루멘콜 앞에서——슈퇴르
부인도 이 말만은 살짝 말했다—— 큰 소리로 말하다니 두 번 다시 이런 일
이 되풀이되면 고소해 버리겠다고 그녀는 호통쳤다. 이렇게 꾸지람을 받은 한
스 카스토르프는 자기로서는 죽은 동숙자(同宿者)를 방문하여 그 머리맡에서
조용히 명복을 빌어 마지막 경의를 표시할 결심을 하고, 그 결심을 말하며 요
하힘에게도 함께 가자고 강요했다.

　두 사람은 간호사 알프레다의 주선으로 그들의 방 바로 밑에 있는 이층의
초상난 방으로 들어갔다. 두 사람을 맞이한 미망인은 키가 작은 금발머리 부
인으로, 철야 간호로 머리가 흐트러지고 여위었다. 방은 몹시 추워 코가 빨개
져서 두꺼운 외투를 입고 입에는 손수건을 대고 있었다. 스팀은 꺼져 있고 발
코니의 문은 열려진 채로 있었다. 두 청년은 목소리를 낮추어 필요한 인사를
드리고, 그녀의 처량한 손짓을 따라 방을 가로질러 침대에로 가까이 갔다. 구
두의 뒤꿈치를 마루에 닿지 않게 공손히 앞으로 나아가는 발걸음으로 가까이
가서, 깊이 생각하는 자세로 죽은 자의 머리맡에 서서 바라보았다. 요아힘은
군대식으로 움직이지 않고 똑바로 선 자세로 경례하듯 상체를 반쯤 굽히고 있
었고, 한스 카스토르프는 여유 있는 자세로 두 손을 앞으로 마주잡고 멍하니
머리를 옆으로 갸우뚱하고, 언제나 음악을 들을 때 하는 얼굴 표정으로 서 있
었다.

　아마추어 기수는 베개로 머리를 높게 하고 있었는데 그래서 생명의 가늘고
긴 구성물, 복잡한 생식환(生殖環)인 육체는 아래에서 두 다리가 이불 속에
높이 들려 있기 때문에, 더한층 넓적하게, 거의 판자처럼 넓게 보였다. 화환
이 한 개 무릎 근처에 놓여 있고, 그 화환에서 툭 튀어나온 종려나무의 가지
하나가 움푹 파진 가슴 위에서 마주잡힌 크고 누런 뼈가 앙상한 손에 닿아 있
었다. 머리가 벗겨지고, 매부리코에다 광대뼈가 뾰족한 얼굴은 누렇고 앙상해
있었으며 숱이 많은 불그레한 금발 콧수염이 그루터기처럼 덮여 회색 볼의 움
푹함을 더욱 깊어 보이게 하고 있었다. 두 눈은 부자연스러울 만큼 굳게 감겨
져 있었다. 그것은 감은 것이 아니라 억지로 감겨진 것이라고 한스 카스토르
프는 생각하지 않을 수 없었다. 이 관습은 죽은 사람을 위해서라기보다, 오히
려 뒤에 남은 사람의 기분을 위로하려고 하는 것이지만, 죽은 사람에의 마지
막 성의라 생각하고 있었다. 더욱이 이것은 죽으면 곧 해야만 하는 성의로서
근육 속에 근소 형성(筋素形成)이 진행하여 버리면 이미 때를 놓치고 말아,

죽은 자는 누워서 계속 응시를 하게 되어 영면이라는 의미심장한 느낌이 없어지고 말기 때문이다.

한스 카스토르프는 경험자답게, 그리고 여러 가지 의미에서 안정감을 느끼면서, 모든 것을 다 알고 있는 듯한 그러면서 경건한 기분으로 침대 앞에 서 있었다.

「잠을 자고 계시는 것 같습니다.」

그는 이렇게, 사실과 아주 달랐지만 미망인의 기분을 위로하여 말을 했다. 그리고 그는 목소리를 낮추어 미망인과 이야기를 시작했다. 그녀 남편의 병고의 역사, 마지막 며칠과 몇 분간의 모습, 뒤에 남아 있는 일, 즉 유해를 캐른텐으로 옮기는 일에 대해 의학적·종교적·윤리적 관심과 지식을 생각케 하는 종류의 질문을 했다. 미망인은 오스트리아 사람답게 느릿느릿하고 약간 콧소리 섞인 말씨로 때때로 울먹이면서, 젊은 사람이 남의 불행에 이렇게도 관심을 가져 주는 것은 드문 일이라고 말했다. 여기에 대해 한스 카스토르프는 그도 사촌도 병을 앓고 있고, 자기 자신은 어릴 때부터 근친의 죽음을 여러 번 당한 일이 있으며, 부모 없는 고아로서 어릴 때부터 말하자면 죽음과는 친근한 사이라고 말했다. 직업이 무엇이냐고 미망인은 물었다. 그는 기술자였습니다라고 대답했다. 『였습니다라니요?』하고 그녀가 계속해서 반문하자, 『그렇습니다, 지금은 이렇게 병 때문에 앞으로 얼마나 더 이곳에 있어야 할지 그것은 모르겠습니다만 이것이 중대한 고비, 아마 일생의 분기점과 같은 것이 되지 않으리라고는 장담 못 하겠기에 기술자였습니다』라고 말했다고 한스 카스토르프는 대답했다. 요아힘이 깜짝 놀라 사촌의 얼굴을 살피듯이 쳐다보았다.

「그러면 사촌은요?」

「사촌은 평지에서 군인이 되려 하는 사관 후보생입니다.」

그는 사촌 대신 대답을 했다.

「아, 그러세요. 군인의 임무란 진지함을 필요로 하는 일이지요. 경우에 따라서 군인은 언제 죽음에 직면할지 모르니까 일찍부터 죽음의 모습을 보아 익혀 두는 것이 좋을 거예요.」

미망인은 말했다. 그녀는 두 사람의 청년을 감사의 말과 침착하고 상냥스런 태도로 맞이했는데, 그녀의 현재의 곤궁, 특히 주인이 남겨 놓은 고액의 산소 대금을 생각하면, 이 태연함은 존경을 느끼게 하지 않을 수 없었다. 사촌들은 삼층으로 돌아왔다. 한스 카스토르프는 이 방문에 만족한 듯했고, 방문에서 얻은 인상에 종교적인 흥분을 느끼고 있는 것 같았다.

「그대여, 평안히 잠들지어다.」그는 라틴어로 이렇게 말했다.

「그의 시체여, 평안히 쉴지어다. 주여, 그에게 영원한 휴식을 주소서. 죽음이라는 것이 문제가 되어, 죽은 자에게 말을 한다든지, 죽은 자에 관해 말하게 될 때면 라틴어가 다시 효력을 가지기 시작하는 거야. 라틴어는 이런 경우의 공용어로, 이로 말미암아 죽음이 얼마나 특별한 것인가 하는 것을 느끼게 하는 거지. 그러나 죽음을 위해 특별히 라틴어를 사용하는 인문주의적 범절에서만은 아닌 것이야. 죽음이라는 말로서 라틴 어는 교양을 위한 라틴 어는 아니야. 이것과는 전혀 다른, 정반대라고 할 수 있는 정신에서 생긴 라틴어야. 즉 종교사의 라틴어, 성직자의 용어, 중세기적인 음산하고 단조로운 지하의 노래라고도 할 수 있지. 세템브리니의 마음에 들 수 없는 라틴어야. 인문주의자, 공화주의자, 그런 교육자에게는 맞지 않고, 이것과는 다른 사고에서 나온 라틴어야. 내 생각으로는, 우리들은 여러 가지 사고, 더 정확하게 말하면 여러 가지 느낌을 각각 명확하게 구분해 두어야 해. 경건한 느낌과 자유로운 느낌이 있다는 걸 말이야. 어느 쪽에도 각기 그 좋은 점이 있지만, 내가 자유로운 느낌, 즉 세템브리니 식의 느낌에 대해 불만스러운 점은 그것이 인간의 존엄성을 자기 혼자서 떠맡은 것처럼 생각하는 것으로, 이것은 좀 지나쳐. 또 하나의 느낌에도 형태는 다르지만, 역시 인간의 존엄성이 다분히 포함되어 있어. 예의범절 등 고귀한 형식을 깊게 해주는 것으로, 이 점에서는 자유로운 느낌을 능가하고 있을 정도야.

경건한 느낌은 인간의 약점과 허망함을 특히 염두에 두고, 죽음과 분해의 관념이 중요한 역할을 차지하고 있는 사고인 거야. 자네는 연극《돈카를로스》를 본 일이 있나? 이 연극에서 필립 왕이 완전히 검은 옷을 입고, 가터 훈장과 금양피 훈장을 달고 들어와, 오늘날의 실크 모자와 거의 같은 모양의 모자를 천천히 벗고, 그것을 이렇게 위로 들어, 『쓰시오, 경들.』하는 장면을 볼 때 스페인의 궁정 공기가 어떤 것이었는가? 모든 것이 이를 데 없이 질서정연하다고 말할 수 있고, 될 대로의 방종 같은 것은 조금도 느낄 수 없으며, 오히려 그 반대였어. 그래서 왕비도 『내가 태어난 프랑스에서는 이렇지는 않았어요.』라고 말하는 거야. 물론 왕비에게는 모든 것이 너무 엄격하고 까다롭기 때문에, 그녀는 더 밝고 인간적인 것을 희망한다고 말하는 거야. 그러나 인간적이란 무엇을 말하는 것일까? 모든 것이 인간적이야. 스페인적인 경건, 겸허하고 장중한 까다로운 생활도 인간성의 아주 고귀한 형식일 것이며, 또 거꾸로 인간적이라는 말로 모든 칠칠치 못한 것과 해이한 것도 위장할 수 있어. 자네도 여기에는 동감이지.」

「동감이고 말고.」 요아힘은 말했다. 「나도 칠칠치 못한 것과 해이한 것은 물론 참을 수가 없어. 규율이 없어서 말이야.」

「그렇지, 자네는 군인이니까 그렇게 말하는 것이 당연해. 하지만 군대에서 규율을 엄격하게 말하고 있는 것은 나도 인정하고 있어. 자네들의 임무는 진지한 것으로, 언제나 비상 사태에 대처할 수 있는 각오가 필요하다고 미망인도 말했지만, 사실 그렇지. 자네들은 정돈되어 있고 단정한 제복을 입고 있어. 딱딱한 깃이 자네들을 말쑥하게 해주고 있지. 더욱이 자네들에게는 계급과 복종의 의무로 깍듯이 서로 경례를 하지만 이것은 스페인 식 정신, 즉 경건한 느낌이기 때문에 나도 그것이 싫지는 않아. 우리들 시민 사이에서도 그러한 정신은 더 살려져야 해. 우리들의 범절과 태도에도 말이야. 나는 그것에 호감이 가고 또 그렇게 돼야 한다고도 생각하고 있어. 이 세계와 인생이란 모두 검은 옷을 입고 자네들의 깃보다도 오히려 더 풀을 먹인 주름이 잡힌 목도리를 두르고, 진지하고 조용히, 예의바르게 죽음을 염두에 두고 서로 교제하는 성질의 것이라고 나는 생각해. 그것은 내 기분에 꼭 들어맞고, 도덕적이라고도 느껴져. 어떤가, 자네. 그 점에서도 세템브리니의 그릇된 생각과 오만을 지적할 수 있지.」 그는 다시 말을 이어나갔다.

「또 한 가지 말이야, 자네와 말하는 동안 이 점에 대해서 언급할 수 있게 되어 정말 잘되었어. 그는 인간의 존엄성을 자기 혼자서만이 대표하고 있는 것처럼 생각하고 있을 뿐만 아니라, 도덕에 대해서도 그렇게 생각하고 있으니 말이야. 그의 『인생의 실제적인 일』과 진보의 일요일의 축제와——일요일에까지 진보 같은 것을 생각하지 않아도 그밖에 생각할 일이 있을 터인데 말이야—— 그리고 고뇌의 조직적인 해소 같은 것 말이네. 물론 자네는 이 해소에 대해서는 아직 아무것도 듣지 못했겠지만, 나에게는 교화의 목적으로 들려주었어. 조직적으로 고뇌를 해소한다는 것이야. 백과사전을 가지고 말이야. 그러나 내가 이것이야말로 부도덕하다고 느낀다면, 그렇다면 어떻게 되겠나? 물론 나는 그에게 이것을 말하지는 않아. 그러면 그는 또 예의 조형적인, 유명한 말투로 간곡히 설교를 하면서 『나는 당신에게 경고합니다, 엔지니어.』라고 할 거야. 그러나 생각하는 것은 각자의 자유야. 경들이여, 나에게 사상의 자유를 줄지어다. 그건 그렇고, 나는 자네에게 할 말이 있어.」

그는 이렇게 말을 맺었다. 두 사람은 요아힘의 방으로 돌아가, 요아힘은 안정 요양 준비를 했다.

「내가 계획하고 있는 것을 자네에게 들려 주지. 우리들은 여기서 죽어가는 사람들과 비참한 불행이나 슬픔과 이웃하여 살고 있는데, 아무도 그런 것은 알 바 아니라는 얼굴을 하고 있을 뿐이야. 그뿐만 아니라 주위로부터도 우리 들이 그것을 상관하지 않고 보지도 않고, 지낼 수 있게 위로와 보호를 받고 있어. 아마추어 기수도 아마 우리들이 저녁 식사나 아침 식사하러 간 사이에 살짝 처리되어 버릴 게 틀림없어. 내 생각으로는 이것이야말로 부도덕이라는 거야. 슈퇴르 부인은 내가 그 사나이가 죽었다는 것을 말한 것만으로도 미친 사람처럼 화를 냈으니 말이야. 말도 안 되지. 아무리 교양이 없는 부인이기로 서니── 요전의 식당에서처럼 『은밀하고도 은밀한 거룩한 선율』이란 가사가 《탄호이저》(독일의 작곡가 리하르트 바)에 나온다고 믿고 있는 그런 부인이라 할지라도 좀 그녀(1813~1883)의 가곡 더 도덕적으로 느낄 듯도 한데 말이야. 이것은 다른 친구들도 마찬가지야. 그래서 내 계획 말인데, 나는 앞으로도 요양원에 있는 중환자와 위독 환자에 게 접근하기로 했네. 나에게도 좋으리라고 믿고 있어. 오늘 문상한 것만으로 도 상당히 기분이 좋았어. 언젠가, 그 불쌍한 로이터 군 말이야, 여기에 왔을 때 문틈으로 들여다본 25호실 사람 말이야. 그 사람은 아마 벌써 오래 전에 저승으로 가버려 몰래 처치되었을 거야. 그때만 해도 눈이 유달리 컸었지. 그 러나 그 사람 말고도 다른 사람들이 얼마든지 있어. 요양원 안에 우글거리고 있어. 새로 들어오는 환자에 부족을 못 느낄 정도야. 알프레다 간호사, 간호 원장, 그리고 베렌스 자신까지도 우리들을 도와서 누구할 것 없이 관계를 맺 게 해줄 거야. 그렇게 어려운 일은 아니니까. 가령 위독 환자 중의 한 사람이 생일을 맞이했는데 우리가 그것을 알았다고 하자. 그거야 물어서 알아 내는 것도 나쁠 것은 없지. 그래서 말인데, 우리가 그에게 또는 그녀에게 화분을 방으로 보내면 어떨까? 같은 병을 앓고 있는 두 사람의 무명씨로부터의 성의 로써 진심으로 완쾌를 빈다고 말이야. 완쾌라는 말은 의례상 어떤 경우에도 사용할 수 있는 말이니까. 물론 우리의 이름은 결국 그 환자에게 알려질 테 지. 그리고 그는, 또는 그녀는 마음이 쓸쓸해 있을 때이니만큼 문 너머로 다 른 사람을 통해 우리들에게 감사의 말을 하게 될 것이고, 어쩌면 우리를 잠깐 만이라도 방안으로 들어가게 하겠지. 그렇게 되면 우리는 그 환자가 분해되어 없어지기 전에 인간다운 말을 몇 번 교환하게 될 거야. 나는 이렇게 생각하고 있는데 자네는 찬성인가? 나는 무슨 일이 있어도 시작해 보려네.」

요아힘은 그 계획에 대해 이러니저러니 말을 할 수가 없었다.

「여기 규칙에 위반되는 일인데. 자네는 말하자면 그것을 깨뜨리는 것이 돼. 그러나 특례로서, 그리고 자네가 희망하는 것이니 베렌스도 그것을 허락해 줄 거야. 예의 의학적 흥미를 이유로 하면 될 거야.」

「그렇지, 특히 그것을 이유로 해서 말이야.」

한스 카스토르프는 대답했다. 그의 희망은 사실 여러 가지 동기에서 생긴 것이었다. 주위의 이기주의에 대한 항의는 그런 여러 가지 동기의 하나에 불과했다. 이밖의 동기로는 고뇌와 죽음을 진지하게 생각하고 존경하려고 하는 정신적 욕구가 가장 큰 것이었다. 그러한 욕구를 만족시키고 그것을 강화하고자 여러 가지 굴욕적인 견문에 거스르는 의미에서 그는 감히 중환자나 위독 환자에게 접근하려 하였던 것이다. 굴욕적인 견문에 관해 말한다면 그것은 세템브리니의 일종의 비평을 유감스럽게도 입증하려는 것처럼 도처에 언제든지 기다리고 있었다. 그 실례는 너무나도 많았다. 한스 카스토르프가 그것을 질문받는다면 『베르크호프』의 주민들 가운데 분명히 아무 데도 아픈 곳은 없는데 가벼운 피로를 구실로 하여——사실은 다만 즐기기 위해, 즉 환자 생활이 성미에 맞기 때문에——정말 미쳐서 여기에 머무르고 있는 사람들을 첫번째로 들었을 것이다. 예컨대 지금까지도 잠깐 소개한 헤센펠트 미망인도 그 중 한 사람으로, 이 명랑한 부인의 도락은 내기였다. 그녀는 남자들과 모든 것에 내기를 했다. 내일의 날씨에, 이번 식사의 요리에, 종합 진단의 결과에, 누구에게 몇 개월이 판결되는가 등. 운동 경기에서는 어떤 쌍썰매·빙상 썰매·스케이트 선수·스키 선수에게 걸고, 손님들 사이에 벌어지고 있는 연애 사건의 전망에 대해서도 걸었다. 내기에 거는 것은 아무것이라도 좋았으므로 초콜릿 내기, 나중에 식당에서 화려하게 음식이 나올 때를 예상하여 샴페인과 캐비아 내기, 돈 내기, 영화관 입장권 내기, 키스하기 내기까지도 했다. 요컨대 그녀는 이 내기 도락으로 식당의 공기를 긴장시키고 활기를 띄게 했지만, 한스 카스토르프 청년은 그녀의 행실에 대해서 물론 그렇게 진지하게 느낄 수 없었을 뿐 아니라 그녀가 여기에 있는 것까지도, 고뇌의 장소의 엄숙성을 손상시키는 것으로 느꼈다.

한스 카스토르프는 이 엄숙성을 지키고 자기만이라도 그것을 잃지 말자고 마음에 굳게 맹세를 했지만, 이 위에 반 년 가까이 있는 현재로는 이것은 힘에 겨운 일이었다. 반 년 사이에 이 위의 사람들의 생활과 행실, 습관과 사고 방식에 관해 차츰 견문하여 얻은 결과는 그의 결심을 그다지 격려해 주는 것은 되지 못했다. 예컨대 저 『막스와 모리츠』라고 불리는 17세와 18세의 날씬한 두 멋쟁이들 말인데, 이 두 사람은 밤이 되면 슬그머니 빠져 나가 부인들과 포커를 하고 술을 마신다고 해서 많은 화제에 올라 있었다. 요즈음도, 다시 말해 새해 들어 1주일 가량 지난 다음의 일이지만── 우리들이 이야기하고 있는 중에도 시간은 조용히 흘러 멈추지 않는다는 것을 잊지 말아 주기 바란다── 요즈음도 아침 식사 때 이런 소문이 퍼졌다. 즉, 마사지 선생님이 아침에 이 두 사람이 구겨진 사교복 차림 그대로 침대에 누워 있는 것을 발견했다는 것이었다. 한스 카스토르프도 그것을 듣고 웃기는 했지만 이것도 그의 결심을 주저하게 만드는 말이었다.

그러나 이 같은 말은 위테르보그의 아인후프 변호사의 이야기에 비한다면 그렇게 대단한 것은 못 되었다. 아인후프는 염소 수염을 기르고, 손에는 꺼먼 털이 나 있는 40세 남짓한 사나이로 얼마 전부터 세템브리니의 식탁의, 완쾌하여 퇴원한 스웨덴 인의 좌석에 앉아 있었는데, 매일 밤 술에 만취하여 요양원으로 돌아올 뿐만 아니라 요즈음에는 아예 돌아오지도 않고 풀밭에서 자고 있는 것을 발견했다는 것이었다. 위험한 난봉꾼이라는 소문도 있었는데, 슈퇴르 부인은 아인후프의 방으로부터 털외투 밑에 개량 팬티만을 입은 모습으로 모 시각에 나오는 것을 목격한 젊은 부인── 더구나 평지에 약혼자가 있는── 을 가리킬 수 있다는 것이었다.

이것은 불쾌한 이야기였다. 막연하게 도덕적 의미에서 볼 때 불쾌했을 뿐만 아니라, 한스 카스토르프 개인에게도 그의 정신적 노력에 굴욕적인 이야기였다. 더욱이 또 그는 아인후프 변호사 일을 생각하면 몇 주일 전에 당당한 시골 귀부인 타입의 어머니와 함께 올라온 프랜츠헨 오베르당크라는 머리에 가리마를 탄 처녀를 생각하지 않을 수 없었다. 프랜츠헨 오베르당크는 이 위에 올라왔을 때 처음에는 병이 가볍다는 진단이었는데, 그녀의 경우에도 공기가 처음에는 병을 고치는 것보다도 폭발시키는 데 적합했는지, 또는 무슨 정사와 흥분에 말려들어가 그것이 몸에 지장을 주었는지, 아무튼 4주일 뒤에 다시 진단을 받고 식당에 들어왔을 때는 핸드백을 높이 던지며 밝은 목소리로 「만세, 나는 1년 여기 있어야 한대요.」하고 외쳐, 그것을 듣고 식당 사람들은 일제히 폭소를 떠뜨렸다. 그러나 2주일 뒤에 아인후프 변호사가 프랜츠헨 오베르당크에게 파렴치한 행동을 했다는 소문이 퍼졌다. 물론 파렴치라는 말은 우리들이 또는 기껏해야 한스 카스토르프가 사용한 말로, 소문을 낸 사람들에게는 그다지 놀랄 만한 성질의 것이 아니고, 또 그렇게 강렬한 말로 부를 것은 못 되었다. 더욱이 사람들은 그러한 사건에는 본래 두 당사자가 필요하다는 것, 그 두 사람의 당사자 어느 쪽의 소망과 의지에 반대되는 일이 행해졌을 리는 없다는 것을, 어깨를 으쓱이면서 암시했다. 적어도 문제의 사건에 대한 슈퇴르 부인의 태도와 견해는 이러했다.

이 카롤리네 슈퇴르는 어이없는 부인이었다. 한스 카스토르프의 진지하고 성실한 정신적 노력을 흐트러지게 하는 것이 있다고 한다면, 그것은 특히 이 부인의 존재와 인물됨이었다. 그녀가 매일 하는 교양 없는, 말의 오류만으로도 충분했다. 그녀는 『단말미(斷末味)』라고 했고, 누군가가 철면피라는 것을 『철인피(鐵人皮)』라고 하고, 일식을 일으키는 천문 현상에 대해 터무니없는 엉터리 말을 했다. 적설(積雪)에 대해서는 『대단한 용적』이라고 했고, 어느 날 세템브리니 씨에게 요양원의 도서실에서 빌린 책을 읽고 있는데, 이것은 그에게도 관련이 있는 책으로 『실러 번역의 베네데토 체넬리』라고 말해 세템브리니 씨는 한동안 벌어진 입을 다물지를 못했다. 그녀는 유행어를 즐겨 써 이것도 한스 카스토르프 청년에게는 몰취미하고 진부스럽고 속되게 느껴져 신경을 건드렸다. 가령 『그것은 최고예요』 또는 『상상도 못 해요』라는 유행어였다. 새로운 말을 좋아하는 사람들이 『멋지다』 또는 『훌륭하다』라는 의미로 오랫동안 사용했던 『굉장하다』라는 말은 빛과 박력을 완전히 잃어, 더럽혀지고 낡아 버렸기 때문에 슈퇴르 부인은 가장 첨단적인 『견딜 수 없어요』라는 말에 덤벼들어 그 뒤부터는 정당한 의미에서든지, 익살의 의미에서든지 아무튼 모든 것에, 썰매의 코스에도, 푸딩에도, 그녀 자신의 체온에도 모두 『견딜 수 없어요』로 한데 묶어 버렸는데, 이것도 구역질이 났다.

더욱이 그녀는 일대 가십광이었다. 그녀의 말에 의하면 잘로몬 부인이 지금 최고급 레이스의 속옷을 입고 있는 까닭은 오늘 진찰을 받는 날이기 때문이며, 아름다운 속옷 차림으로 의사들의 눈앞에서 교태를 부리려는 것이란다. 이쯤되는 가십이면 그럭저럭 참을 만했다. 한스 카스토르프 자신도 진찰 시간에 그 결과와는 관계없이 부인들이 진찰 때문에 요사스러운 화장을 하는 듯한 인상을 받고 있었다. 그러나 슈퇴르 부인은 척수 결핵인 듯한 포젠에서 온 레디쉬 부인이 매주 한 번 고문관의 눈앞에서 완전 나체가 되어 10분 동안 실내를 걸어다녀야 한다고 단언했는데, 이에 대해선 무엇이라 말해야 할 것인가? 이 가십은 바보스러운 것과 꼭 마찬가지로 외잡한 것이기도 했지만, 슈퇴르 부인은 그것이 맹세코 사실이라고 주장하고 단언하기도 했다. 이 뻔뻔스러운 슈퇴르 부인은 자기와 관련된 문제만으로도 마음 괴로운 일이 너무나 많을 텐데 왜 이런 일에 그토록 힘을 들여 강조를 하고 옳다고 우기는 것인지 이해하기가 곤란했다. 그녀는 나날이 심해진다는 『노곤함』 때문인지, 또는 체온의 곡선이 계속 올라갔기 때문인지 가끔 마음이 약해져 훌쩍훌쩍 울면서 불안한 발작에 빠지기도 했다. 피부가 거친 빨간 볼을 눈물로 적시고 흐느껴 울면서 식탁으로 와 손수건을 입에 대고 외치면서 말했다. 베렌스는 자기가 침대를 떠나지 않기를 바라는데 자기는 베렌스가 무엇을 의미하는지 알고 싶다, 자기는 어디가 나쁘며 자기의 용태는 어느 정도인가, 자신은 진실을 직시하고 싶다고 말했다. 어느 날 그녀는 자기 침대의 발치 쪽이 방 입구를 향해 놓여진 것을 보고 깜짝 놀라 그 발견으로 인해 거의 경련이 일어날 지경이었다는 것이다. 사람들은 그녀의 분개와 공포의 의미를 당장은 알아차리지 못했다. 특히 한스 카스토르프에게는 곧 이해될 수가 없었다.

그것이 어쨌다는 것일까? 왜 그럴까? 왜 침대가 그렇게 놓여져서는 안 된다는 것일까? 「아이구, 어떻게 하면 좋지요? 이 사람은 모르고 있는 것일까? 시체가 다리부터 운반되어 나갈 때처럼…….」 그녀가 너무나 소란을 피웠기 때문에 곧 침대의 방향을 바꾸지 않으면 안 되었다. 그 때문에 눈 위로 직사광선을 받으면서 누워 있어야 했으므로 잠자는 데 방해가 되었지만.

이 모든 것은 성실치 못하여 한스 카스토르프의 정신적 욕구를 격려해 주지 않는 것뿐이었다. 그 무렵 식사 때에 일어나는 무서운 사건들은 청년에게 깊은 인상을 주었다. 이 위에 온 지 얼마 안 되는, 마르고 조용한 포포브라는 교사가 역시 마르고 조용한 신부(新婦)와 함께 일류 러시아 인석에서 식사하기로 되어 있었는데, 식사가 한창일 때 이 포포브가 간질병이라는 것이 확실해졌다. 처절한 발작이 일어나 많은 책에 묘사되어 있는 악마적이고 비인간적인 소리를 지르며 마루 위에 넘어져 의자 밑에서 허우적대며, 몸이 오싹할 정도로 몸을 비틀면서 손과 다리를 뒤틀었다. 그때 마침 나온 요리가 생선 요리였기 때문에 포포브는 경련 도중 생선뼈에 목구멍이 찔릴 염려가 있었다. 이 소란은 글로 표현할 수 없었다. 부인들은, 슈퇴르 부인을 필두로 하여 잘로몬 부인, 레디쉬 부인, 헤센펠트 부인, 마그누스 부인, 일티스 부인, 레비 양과 그밖의 모든 부인들도 앞을 다투어 광태를 보였고, 두세 부인은 거의 포포브 씨에게 지지 않는 광태에 빠졌다. 부인들의 소동은 대단했다. 곳곳에 경련적으로 닫혀진 눈, 멍하니 벌어진 입, 뒤틀어진 상체가 있었다. 어떤 부인은 조용히 기절하였다. 모두가 요리를 씹고 넘기고 있을 때에 이런 처참한 사건이 일어났기 때문에 여기저기서 질식 발작(窒息發作)이 일어났다. 일류 러시아 인석 사람들의 일부는 출구로 도망을 가고, 바깥은 아주 축축하고 추웠지만,

베란다로 나가는 문에서 밖으로 뛰어나간 사람도 있었다.

그러나 이 사건의 전체가 처참하다는 느낌 외에 무언가 특수한 애처로운 느낌을 띠고 있었다. 닥터 크로코브스키가 요전에 강연에서 말한 것이 모든 사람들의 머리에 떠올랐기 때문이다. 이 정신 분석 학자는 질병 형성력으로서의 사랑에 관한 강연에서 바로 얼마 전 월요일에 간질병에 대해 언급했다. 정신 분석이 행해지지 않았던 시대의 인류는 이 병을 무언가 신성한 예언자적인 수난이라든가 마귀에 들렸기 때문이라고 생각했지만, 크로코브스키는 절반 시적이고 절반 엄정한 과학적인 말로 간질병을 사랑의 등가물(等價物), 뇌수의 색정 증가(色情增加)라고 단정했던 것이다. 요컨대 그는 이 병을 무언가 귀찮은 병처럼 말했기 때문에 그 강연을 들은 사람들은 포포브 교사의 광태를 그 강연의 실연(實演)이라고 느끼고, 그것을 무언가 음탕한 계시, 신비스런 스캔들처럼 느끼고 따라서 광태에 놀라 도망친 부인들의 모습에는 어떤 수치의 빛까지 보였다. 식사 때에 그 자리에 있었던 고문관 자신이 새파래져서 거품을 물고 빳빳해진 채 경련을 하고 있는 황홀 상태의 포포브를 밀렌동크와 일류 러시아 인석의 팔힘이 센 두셋의 젊은 사람들을 시켜 식당에서 홀로 운반해 갔다. 그리고 홀에서 의사와 간호원장, 그밖의 직원이 의식을 잃고 있는 교사를 간호하고 있는 것이 보였는데 곧 교사는 들것으로 실려 나갔다. 그러나 얼마 안 있어 교사는 침착하고 명랑한 얼굴로, 역시 침착하고 명랑한 얼굴의 신부와 함께 일류 러시아 인석으로 돌아와 아무 일도 없던 것처럼 점심 식사를 마치고 있는 것이 보였다.

한스 카스토르프는 이 사건을 표면으로는 외경에 찬 공포의 기색을 띠고 보고 있었지만, 내심으로는 이 사건에서도 진지한 인상을 받지 못한 것을 어떻게 할 수 없었다. 포포브는 입에 넣고 있었던 생선 요리가 목구멍에 걸릴 염려가 충분히 있었는데도 실제는 그런 일은 없었다. 그렇게 자기를 잊고 광란과 도취에 빠져 있었으면서도 역시 남몰래 좀 주의를 하고 있었음에 틀림없었다. 그리고 지금 그는 명랑한 얼굴로, 미친 듯이 날뛴 전사(戰士) 또는 난폭한 술주정꾼처럼 소란을 피운 흔적도 없이 식사를 하고 있었는데 그것을 기억하지 못하는 듯한 태도였다. 포포브의 태도도 한스 카스토르프의 고뇌에 대한 외경심을 강하게 해주는 것은 아니었고, 형태는 다르지만 역시 성실치 않은 방종한 인상을 강하게 했을 뿐이었다. 그래서 한스 카스토르프는 그런 인상에 반항하기 위해서도 주위의 관습을 무시하고 중환자와 위독 환자에게 더 가까이 접촉을 하여 그 인상에 대항하려고 희망했던 것이다.

사촌들과 같은 삼층의, 그들 방에서 그다지 떨어지지 않은 방에 라일라 게른그로스라는 이름의 소녀가 누워 있었는데, 알프레다 간호사의 말에 의하면 내일이라도 죽을 것 같은 용태였다. 10일 동안에 네 번이나 심한 객혈을 하여 그녀의 부모들은 살아 있는 동안만이라도 딸을 고향으로 데려가려고 올라왔었는데 불쌍하게도 고문관은 게른그로스 소녀를 움직이는 것이 불가능하다고 말했다. 열여섯일곱 살 가량의 소녀였다. 한스 카스토르프는 완쾌를 비는 말과 화분을 보내는 계획을 실행할 수 있는 좋은 기회라고 생각했다. 라일라의 생일은 한스 카스토르프가 알아 낸 것에 의하면 봄이었기 때문에 아직 생일은 멀었으므로 인간의 예상으로 한다면 라일라가 다시 한 번 맞이할 전망은 없을 것 같았다. 그러나 한스 카스토르프는 그러한 것은 동정에 의한 친절을 표시하는 데 장애물은 되지 않을 것이라고 단정해 버렸다. 정오에 요양 호텔 근방을 산보갔을 때 그는 사촌과 함께 꽃집에 들어가 흙 냄새와 꽃 향기가 자욱한 축축한 공기를 흠뻑 들이마시면서 아름다운 수국(水菊) 화분을 골라 『진심으로 완쾌를 빌면서…… 두 사람의 동숙자로부터』라고 쓴 종이쪽지를 덧붙여 작은 위독 환자의 방으로 전하도록 부탁했다. 한스 카스토르프가 꽃집에 들어갔을 때 바깥은 몹시 추웠기 때문에 들어서자 꽃향기와 안의 따뜻한 공기로 인해 얼었던 눈물이 흘러내렸다. 그 때문에 그는 기분 좋고 황홀해져서 그의 작은 계획의 모험성과 대담성과 유익성을 의식하면서 그 계획에 상징적인 의의를 남몰래 느끼고 기쁜 마음으로 모든 것을 끝마쳤다.

라일라 게른그로스는 개인 간호사가 없이 폰 밀렌동크 양과 의사들이 직접 간호하고 있었지만, 알프레다 간호사가 그 방을 출입하고 있어서 청년들은 두 사람의 호의의 효과를 그 간호사에게서 들었다. 절망적인 위독 상태에 있었던 소녀는 남의 호의를 어린아이처럼 기뻐했다. 수국 화분을 머리맡에 놓고, 소녀는 그것을 눈과 손으로 애무하고 물을 주라고 신경을 쓰면서 심한 기침 발작중에도 고민에 찬 눈길로 꽃을 바라보고 있었다. 그녀의 양친인 퇴역 소령 게른그로스 부부도 감동하고 기뻐했지만, 그들은 요양원에 아는 사람이 한 사람도 없었다. 때문에 알프레다 쉴트크네히트는 차마 보다 못해 익명으로 보내 준 사람의 이름을 가르쳐 주었다고 사촌들에게 고백했다. 그녀는 사촌들에게 소녀의 방을 방문하여 고맙다는 감사의 인사를 받아 달라는 게른그로스 가(家) 세 사람의 부탁을 전하여, 사촌들은 다음날 간호원의 안내로 라일라의 수난의 방을 발끝으로 걸어 들어갔다.

죽음에 임박해 있는 이 소녀는 아주 사랑스러운 금발머리의 아가씨로 물망

초와 꼭 같은 푸른 눈을 하고 있었다. 심한 객혈이 계속되어 기능을 가진 폐 조직의 일부분만으로 호흡을 하고 있었다. 가냘프긴 했지만 비참한 느낌은 없었다. 그녀는 감사의 인사를 하고, 어느 정도 쉰 듯한 목소리로 말했다. 볼에는 장밋빛의 붉은 기운이 돌고 있었는데 언제까지나 없어지지 않았다. 한스 카스토르프는 동석한 부모와 소녀에게 꽃을 보낸 방법에 대해 예정대로의 설명을 하고 그것을 약간 변명도 하였다. 그는 환자의 침대 옆에 무릎을 꿇고 싶은 심정이었다. 아무튼 그러한 충동이 생겼다. 줄곧 라일라의 손을 꼭 잡고 있었지만 그 뜨거운 손은 축축하다 못해 거의 젖어 있었다. 발한이 심해 많은 수분을 땀으로 계속 분비하였기 때문에 옆 테이블 위의 유리병에 들어 있는 레모네이드를 정신없이 마셨는데, 수분을 보급하지 않았으면 몸은 벌써 시들어 버리고 말았을 것이다. 부모는 슬픔에 차 있으면서도 사촌들의 신상을 물어 보고, 그밖의 화제를 찾아내어 세상의 의무에 따라 짧은 회화를 중단하지 않으려고 했다. 소령은 어깨가 벌어지고, 이마가 좁으며 윗수염을 거꾸로 세우고 있었다. 이 대장부의 체질은 딸의 연약한 체질과 수용성에는 책임이 없다는 것을 말해 주고 있었다. 딸의 체질에 책임이 있는 쪽은 오히려 어머니였다. 분명히 결핵성 체질의 몸이 작은 부인으로 그런 체질로 시집온 것을 괴로워하고 있는 것 같았다.

라일라가 10분 뒤에 피로의 기색이라기보다 흥분의 징조를 보여──볼의 장밋빛이 짙어지고, 물망초 그대로의 눈이 불안스러운 빛을 띠게 되었다──사촌들이 알프레다 간호사의 눈길에 독촉을 받고 작별 인사를 했을 때, 소령 부인은 두 사람을 입구까지 배웅나와 거기서 장황하게 슬픈 자책의 심정을 피력하였는데 이것이 한스 카스토르프에게 이상한 감명을 주었다. 그녀의 책임, 그녀만의 책임이라고 소령 부인은 괴로운 듯이 하소연하였다. 불쌍한 딸은 어머니에게서 모든 것을 물려받았으며, 남편은 전혀 관계가 없고 아무런 책임이 없다고. 그러나 단언할 수 있지만 자기는 처녀 시절에 잠깐 가벼운 병을 앓은 적이 있었는데 의사도 증명하였듯이, 자기는 그것을 극복했다고 말했다. 결혼을 하자, 살아가고자 하는 소망이 컸기 때문에 그 소망대로 되어 자기는 완전히 건강해져서 그런 것을 꿈에도 모르는 건강한 사랑하는 남편과 결혼 생활에 들어갔던 것이다. 그러나 병이 없고 건강한 체질의 남편의 힘으로도 불행을 막을 수는 없었다. 묻혀지고 잊혀진 무서운 병은 딸의 몸에 나타나 딸은 그것을 극복하지 못하고 이로 인해 죽는 것이었다. 어머니인 자기가 뛰어넘어 불안이 없는 안정된 연령에 도달했는데도, 불쌍한 사랑스런 딸

은 틀림없이 죽을 것이다. 의사들도 단념하고 있다. 그리고 어머니인 자기만
이 처녀 시절의 병 때문에 책임을 느끼는 것이다.

청년들은 소령 부인을 위로하려고 병세가 호전되지 못할 리가 없다고 말
했다. 그러나 소령 부인은 흐느껴 울 뿐으로 다시 한 번 두 사람의 호의와 수
국에 대해서, 그리고 문병으로 딸의 기분을 조금이라도 전환시켜 주고 기쁘게
해준 데 대해 감사를 했다. 세상의 젊은 아가씨들이 인생을 즐기고, 젊고 스
마트한 청년들과 댄스를 하며 지내고 있을 때 불쌍하게도 저 딸은 병이 나서
댄스를 추고 싶은 생각이 간절할 터인데도 괴로워하면서 혼자 누워 있는 것
이다. 두 분께서는 그런 딸에게 햇빛을, 아아! 이 세상에서 마지막 햇빛을
가져다 주었던 것이다. 수국은 그녀에게는 즐겁고 가벼운 사랑의 희롱을 받는
것이었다. 어머니인 게른그로스에게는 그것을 확실히 느낄 수 있다.

이것은 한스 카스토르프에게는 불쾌한 인상을 주었다. 특히 소령 부인은 사
랑의 희롱(Flirt)이라는 말을 영어식으로 정확하게 『플러트』라고 발음하지 않
고 독일어 식으로 『플리르트』라고 발음했기 때문에 이것이 그의 신경을 몹시
건드렸다. 더욱이 한스 카스토르프는 멋진 기사가 아니라, 주위의 이기주의에
반항하는 기분과, 의학적·종교적인 관심에서 라일라 소녀를 방문한 것뿐이
었다. 요컨대 소령 부인의 방문에 대한 해석에는 좀 불만이었지만, 그밖에는
계획을 수행한 것에 마음이 들떠 행복했다. 이 방문에서 특히 두 가지가 그의
기분과 감각에 인상을 남겼다. 그것은 꽃가게의 흙 냄새를 품은 꽃 향기와 라
일라의 작은 손의 습기였다. 이것으로 그의 계획이 궤도에 올랐기 때문에 한
스 카스토르프는 그날로 알프레다와 상담하여 그녀가 간호하고 있는 프리츠
로트바인을 방문하기로 했다. 이 환자는 얼마 남지 않은 그의 임종을 자기의
간호사와 함께, 견딜 수 없을 정도로 지루해 하고 있었다.

선량한 요아힘의 생각은 완전히 무시된 채 사촌과 행동을 같이 하는 수밖에
없었다. 한스 카스토르프의 열의와 동정에 의한 행동 정신은 사촌의 혐오감
보다 더 강했다. 게다가 요아힘은 그 혐오감을 설명하려면 그리스도교적 정신
의 부족을 광고하는 것이 되어 버리기 때문에 묵묵히 눈을 아래로 까는 것으
로 그의 기분을 암시할 뿐이었다. 한스 카스토르프는 그것을 확실히 느꼈기
때문에 이것을 이용했다. 그는 사촌의 군인다운 혐오감의 의미를 정확히 이해
했다. 그러나 한스 카스토르프 자신이 그 계획으로 활기를 찾고 행복을 느끼
며 유익하다고 느낀다면? 그렇다면 요아힘의 무언의 저항을 무시하는 수밖
에 없었다.

한스 카스토르프는 요아힘에게 이번 위독 환자인 프리츠 로트바인 청년에게 남성이지만 꽃을 보낼 것인가, 직접 가지고 갈 것인가를 의논했다. 한스 카스토르프로서는 꽃을 보내기를 희망했다. 이러한 경우에 꽃은 당연히 따라가는 것이라고 그는 생각했다. 저 모양이 좋은 자줏빛 수국의 취향이 유난히도 마음에 들었다. 그래서 그는 로트바인은 최후의 상태에 있기 때문에 남녀의 구별은 없어졌고, 죽음에 임박한 인간은 그대로의 상태로 언제나 탄생을 맞이한 어린아이라고 생각해야 하며, 생일이 아니더라도 꽃을 보내는 것이 상관없다고 단정했다. 그는 이렇게 단정하고 사촌과 함께 흙 냄새 나는 꽃향기 가득 찬, 습기차고 따뜻한 분위기의 꽃가게를 방문했다. 그리고 방금 물을 준 향기 높은 장미와 카네이션과 아라세이도 꽃다발을 가지고 두 사람의 방문을 알린 알프레다 쉴트크네히트에 안내되어 로트바인 씨의 병실로 들어갔다.

이 중환자는 아직 20세 정도밖에 안 되었지만 벌써 머리가 좀 벗겨졌고 흰 머리칼이 섞여 있었으며, 창백한 얼굴이 초췌했다. 손이 크고, 코도 귀도 큰 사나이였지만 그들의 방문과 기분 전환을 눈물을 글썽이며 기뻐했다. 두 사람에게 인사를 하고 꽃다발을 받을 때에는 마음이 약해 정말로 울었지만, 이 꽃다발과 관련하여 거의 속삭이듯이 낮은 목소리로 유럽에 있어서의 꽃 매매와 현재 높아가고 있는 꽃 수요에 대해 곧 말을 시작했다. 니스와 칸느에서 반출되는 막대한 꽃과 그곳에서 전세계에 매일 발송되는 객차편과 소포편에 대해 말했고, 파리와 베를린의 도매 시장, 러시아에의 수출에 대해 말했다.

로트바인 씨는 아직 살아 있는 한 그의 관심은 그쪽 방면에 향해 있는 것 같았다. 코부르크의 인형 제조 공장 주인인 아버지로부터 학업을 위해 영국에 보내져 거기서 병을 얻었다고 가냘픈 목소리로 말했다. 의사는 그의 발열성 질병을 티푸스라고 오진하여 그쪽 치료를 계속했다. 즉, 물처럼 묽은 수프의 식사 요법을 하여 이것으로 인해 완전히 쇠약해져 버렸다. 이 위에 와서부터는 먹을 수 있게 되고, 많이도 먹고, 이마에 땀을 흘려가며 침대에 앉아 영양을 취하는 데에 노력했다. 그러나 이미 때는 늦어 유감스럽게도 장(腸)도 병독에 침해되어 고향에서 보내오는 소의 혀와 찐 장어도 헛수고로, 장은 아무것도 받아들이지 못했다. 베렌스로부터 전보를 받고 아버지가 코부르크에서 오고 있는 중이었다. 죽느냐, 사느냐의 수술인 늑골 절개를 해보기로 되어 있었다. 성공률은 거의 희박하지만 아무튼 해보자는 것이었다. 로트바인은 이것에 관해서도 아주 실무적으로 따져 수술 문제도 채산이 맞느냐 어떠냐의 관점에서만 생각했다. 숨이 남아 있는 한은 모든 것을 그 관점에서만 생각하려는 것이었다. 비용에 있어서는…… 하고 속삭였다. 척수의 마취비까지 포함해서 1천 프랑으로 낙찰되었다. 흉부의 거의 전부, 늑골을 여섯 개 내지 여덟 개를 잘라내는 것인데 문제는 그 수술이 어느 정도 채산이 맞는 투자인지 어떤지였다. 베렌스는 어느 쪽이든지 손해가 없으므로 그것을 자꾸 권하지만 이와는 반대로 로트바인 씨의 손득(損得)은 확실치 않아, 지금 그대로 늑골을 달고 조용히 죽는 편이 현명할지 모른다는 것이었다.

그에게 좋은 조언을 해준다는 것은 곤란한 일이었다. 고문관의 비범한 의과적 수완을 계산에 넣어 생각해야 할 것이라고 사촌들은 말했다. 아무튼 기차로 가까이 오고 있는 늙은 로트바인의 결정에 따르기로 낙착되었다. 사촌들이 일어나자 프리츠는 또다시 울었다. 마음이 약해서 운 것이었지만, 볼을 적신 눈물은 재미 없고 실질적인 사고 방식과는 이상한 대조를 이루었다. 로트바인 씨는 손님들에게 또 방문해 달라고 말했다. 사촌들도 곧 그것을 약속했지만, 그것은 약속만으로 끝나 버렸다. 그날 밤에 인형 공장주가 도착하여 다음날 오전에 수술을 했고, 그 뒤로는 프리츠 청년은 면회사절이 되어 버렸기 때문이었다. 그리고 이틀 뒤 한스 카스토르프가 요아힘과 함께 그 앞을 지나가자 로트바인의 방은 소독 중이었다. 알프레다 간호사는 숨을 돌릴 사이도 없이 다른 요양원의 위독 환자 방으로 다시 배치되어 작은 트렁크를 가지고 벌써 베르크호프에서 자취를 감추어 버렸다. 그녀는 한숨을 지으면서 코안경의 끈을 귀에 걸고 새 환자한테로 옮겨간 것인데 이것이 그녀의 전도에 열려 있는 유일한 생활이었다.

식당으로 가는 도중이라든가, 외출을 하는 도중에 지나가다 보면 『사람이 없어져 버린』 방, 비어 있는 방——가구가 쌓여 있고, 이중문이 열려 있고, 소독되어 있는 방——은 의미심장했으나 흔히 보는 광경으로 거의 감명을 주지 않았다. 특히 그 다음 사람이 이렇게 막 『없어져 버린』 소독된 방을 할당받아 거기서 안정하고 있는 경우에는 더욱 그러했다. 그런 방에 누가 기거하고 있었는가를 알고 있는 경우도 가끔 있어, 그런 경우에는 역시 생각하게끔 했다. 로트바인 씨 경우가 그러했고, 1주일 뒤에 한스 카스토르프가 지나가면서 게른그로스 소녀의 방이 소독되고 있는 것을 보는 순간에도 거기에서 사람들이 분주하게 움직이고 있는 의미를 이해하지 않으려 했다. 그가 계속 서서 멍하니 생각에 잠겨 있을 때 그곳에 고문관이 지나갔다.

「여기서 소독하고 있는 것을 보고 있습니다. 」

한스 카스토르프는 말했다.

「안녕하십니까? 고문관님, 라일라 씨는……」

「글쎄.」

베렌스는 대답하고 어깨를 으쓱했다. 어깨를 으쓱한 효과가 계속되는 동안 가만히 있다가 그는 덧붙였다.

「당신은 문이 닫히기 직전에 정식으로 저 아가씨에게 잘해 주셨다지요. 감사하게 생각합니다. 비교적 아직 건강한 당신이 나의 폐조류(肺鳥類)들을 그 새장으로 방문해서 다소 수고를 해주셨지요. 당신의 좋은 점입니다. 이것이 당신 성격의 아주 아름다운 일면이라는 것을 이 기회에 인정하기로 하지요. 나도 가끔 좀 안내를 할까요? 나는 이밖에도 여러 가지 병아리를 기르고 있습니다. 흥미를 가지고 계시다면 말입니다. 가령 이제부터 『너무 많이 넣은』 방을 잠깐 들여다보러 가는 길입니다. 함께 가시겠습니까? 동정심 있는 동병자라고만 당신을 소개하겠습니다.」

한스 카스토르프는 고문관이 자기에게 꺼낸 말은 이쪽에서도 고문관에게 부탁해 보려고 마음먹고 있었던 것이라고 대답했다. 그럼 기꺼이 동행하겠는데 그 『너무 많이 넣은』이란 누구를 말하는 것이며, 어떤 의미로 그 이름이 붙여졌는가 한스 카스토르프는 물었다.

「문자 그대로입니다.」

고문관은 말했다.

「완전히 글자 그대로의 뜻이지 조금도 상징적인 점은 없습니다. 그러나 거기에 관해서는 그들이 직접 말하게 해드리지요.」

얼마 안 가서 『너무많이 넣은』 방에 다다랐다. 고문관은 자기 동행자에게 기다려 달라고 해놓고 이중문으로 들어갔다. 이와 동시에 방안으로부터 숨이 가쁜 듯한, 그러나 밝고 명랑한 웃음소리와 지껄이는 소리가 들려왔으나 곧 문소리에 막혀 버렸다. 그러나 이삼 분 뒤에 동정심이 많은 방문객이 방으로 안내되어 베렌스로부터 침대에 누워 있는 금발 부인에게 소개되었을 때, 그 부인은 손님을 호기심에 찬 푸른 눈으로 바라다보고, 똑같은 웃음소리를 냈다. 베개를 등에 대고 반쯤 누운 자세로 계속 불안해 하면서, 구슬을 굴리는 듯한 아주 높은 소리로 가쁘게 숨을 쉬며 호흡 곤란 때문에 흥분하여 간지러운 것같이 웃었다. 고문관이 손님을 소개한 말이 우습다고 웃고, 고문관이 방에서 나갈 때 뒤에서 손을 흔들며, 『안녕히 가세요, 고맙습니다. 그러면 또다시.』를 여러 번 되풀이하였다. 급속적인 한숨을 내쉬면서 은방울을 분주하게 흔들 듯 웃고는, 린네르 속옷 밑에서 출렁이는 가슴을 두 손으로 누르고, 두 다리를 한시도 가만두지를 않았다. 그녀는 짐머만 부인이라고 했다.

한스 카스토르프는 이 부인을 본 일이 있어, 그녀를 알고 있었다. 그녀는 잘로몬 부인과 대식가인 학생의 식탁에 이삼 주일 앉아 있었는데, 그때부터 잘 웃었다. 얼마 안 되어 모습이 사라지긴 했지만 청년은 그것을 개의치 않고 있었다. 그녀가 보이지 않는다고 생각했어도 퇴원했겠지 하는 정도로 그쳤던 것이다. 그런 그녀가 여기에 『너무 많이 넣은』 이라는 이름으로 누워 있어 한스 카스토르프는 그 이름의 의미가 설명되기를 기대하고 있었다.

「하하하…….」 하고 그녀는 간지러운 듯이 가슴을 떨면서 구슬을 굴리는 듯이 말했다.

「이 베렌스 씨는 정말 우스운 사람이에요. 어처구니없이 우습고 재미있는 사람이에요. 뱃가죽이 뒤틀려 병이 날 지경이에요. 제발 앉으세요, 카스텐 씨. 카르스텐 씨? 그렇지 않으면 뭐라고 부를까요? 당신 이름은 우스워요. 하하. 용서하세요. 내 발밑 의자에 앉으세요. 그렇지만 발을 흔드는 것을 용서하세요. 나는 저, 하하.」

입을 벌려서 한숨을 쉬고는 다시 구슬을 굴렸다.

「나는 발을 가만히 둘 수가 없답니다.」

그녀는 미인이라고 해도 좋았다. 이목구비가 너무 정돈되어 있다는 인상을 주기는 해도 호감이 가는 얼굴을 하고 있었고, 턱이 두 턱져서 사랑스러웠다. 입술이 푸르고 코끝도 푸르렀지만, 이것은 분명히 호흡 곤란 때문이었다. 호감이 가는 가냘픈 손은 잠옷 레이스의 소맷자락 때문에 더욱 아름답게 보였으나 이것도 발과 마찬가지로 가만히 있지 않았다. 목은 소녀의 목 같았고, 날씬한 쇄골 위에는 속된 말로 『소금단지』라고 하는 움푹한 데가 있었고, 웃음과 가쁜 숨 때문에 린네르 밑에서 심하게 헐떡이는 가슴도 가련한 소녀의 가슴 같았다. 한스 카스토르프는 그녀에게도 아름다운 꽃을, 니스와 칸느로부터 수입되어 물을 뿌린 향기로운 꽃을 보낼 것인가, 직접 가지고 갈 것인가를 생각했다. 그는 짐머만 부인의 헐떡이는 숨가쁜 웃음에 좀 불안한 기분으로 박자를 맞추고 있었다.

「당신은 여기서 중환자들을 방문하고 다닌다지요. 얼마나 유쾌하고 친절한 분인지 모르겠어요. 하하하, 그렇지만 나는 병이 중하지도 않고 아무렇지도 않아요. 즉, 사실은 그렇지 않았어요. 얼마 전까지만 해도요. 아무렇지도 않았어요……. 얼마 전에 이런 일이…… 들어 주세요. 당신도 이런 우스운 이야기는 난생 처음…….」

그리고 숨을 헐떡이며 구슬을 굴리는 듯 웃으면서 그녀는 자기에게 일어난 일을 이야기했다.

그녀가 여기에 올라왔을 무렵에는 병이 가벼웠다. 물론 여기에 올라올 정도면 병이 있다는 것은 틀림이 없었다. 아무튼 대단히 가볍다고 할 정도는 못 되어도 가벼운 편이었다. 발명이 된 지 아직 얼마 안 되었지만, 일약 외과 의학의 총아로 되어 버린 기흉법은 그녀의 경우에도 훌륭한 성과를 보였다. 수술은 일대 성공으로 짐머만 부인의 용태는 눈에 띄게 좋아져 갔고, 그녀의 남편은──그녀는 아이는 없었지만 기혼이었다──3개월 내지 4개월이 지나면 그녀를 팔에 껴안을 수 있을 듯했다. 그래서 그녀는 기분 전환으로 취리히로 여행을 했다. 정말로 이 여행은 기분 전환을 하는 외엔 목적이 없는 여행이었다. 그녀는 실제로 마음껏 기분을 풀었지만 폐에 가스를 공급받아야 한다는 것을 느끼고 그곳 의사에게 이것을 부탁했다. 호감이 가는 젊고 익살스런 의사였지만, 그 결과는 어떤 것이었을까? 의사는 너무 많이 넣었다. 그밖에는 달리 말할 수 없이 문자 그대로 너무 많이 넣었다는 것이었다. 의사는 그녀에 대한 지나친 호의로 인해 방법을 잃어버렸던 것 같았다. 아무튼 그녀는 바람을 너무 많이 넣은 상태가 되어, 즉 심장을 압박받아 호흡 곤란 상태로 이 위에 이르러 베렌스에게 몹시 꾸지람을 듣고 곧 침실로 보내지고 말았던 것이다. 이번에야말로 중병이 되어 버렸다. 사실은 중환자 정도는 아니었는데 실수로 인해 만사를 망치고 말았다.

「하하하, 당신은 왜 그런 얼굴을 하시지요?」

그녀는 한스 카스토르프의 얼굴을 가리키면서 웃어 대더니, 이마까지 새파래지고 말았다. 그러나 무엇보다도 우스운 것은, 하고 그녀는 말했다. 베렌스의 화내는 모양과 거친 태도로──너무 많이 넣은 것을 알았을 때부터 나는 그것을 생각하고 웃지 않을 수 없었다.

「당신은 정말이지 생사의 경계선을 헤매고 있습니다.」

베렌스는 분명히 곰처럼 호통을 쳤던 것이었다. 하하하, 히히히, 용서하세요.──고문관의 호통 선고의 어디가 그렇게 우스워서 구슬을 굴리는 것인지 모를 일이었다──그 선고의 호통이 우스웠는지, 그리고 그녀에게는 그것이 사실은 생각 밖의 일이었는지, 그렇지 않으면 그것을 사실이라고 믿고 있어도──믿지 않을 수 없었기 때문에──사실 그 자체가, 즉 그녀가 생사의 기로를 헤매고 있다는 사실이 그녀에게는 말할 수 없이 우습게 느껴진 때문인지 어느 쪽도 확실치 않았다. 한스 카스토르프에게는 후자가 아닌가 하고 느껴져, 그녀가 사실은 단순히 어린아이 같은 무분별과 지능이 낮은 여자의 무지에서 구슬을 굴리듯 웃고 있는 것 같은 인상을 받아 그녀를 위해 그것을 유감으로 생각했다. 그래도 그는 그녀의 방에 꽃을 보내게 했지만 이 웃기를 좋아하는 짐머만 부인을 본 것은 그것이 마지막이었다. 그녀는 그 뒤 며칠 동안 산소의 힘으로 살아 있다가, 전보로 불려온 남편의 품에 안겨 정말로 죽어 버렸던 것이었다. 그것을 한스 카스토르프에게 말해 준 고문관이 스스로 덧붙여 말했듯이, 그녀는 말도 못 하게 어리석은 부인이었다.

그러나 짐머만 부인이 죽기 전에 한스 카스토르프는 동정에서 나온 행동 정신에서 고문관과 간호사들의 협력에 의해 요양원 안의 중환자들과 차례로 연관을 맺어, 요아힘도 거기에 동행하지 않으면 안 되었다.

요아힘은 『둘 다』의 아들로 아직 살아남은 둘째아들의 방에도 동행했다. 옆에 있던 장남의 방은 벌써 깨끗이 소제를 하고 H₂CO로 소독이 되어 있었다. 요아힘은 얼마 전까지 프리드릭 대왕 학교라는 학교에 있다가 병세로 말미암아 이곳에 올라온 테디 소년의 방에도, 또 독일계 러시아 인으로 보험 회사원이며 선량한 인내자인 안톤 카를로비치 페르게 씨의 방에도, 그리고 또 아주 불행한 부인인데도 교태를 부리는 폰 말린크로트 부인 방에도 함께 갔다. 이 부인에게도 이상에 언급한 사람들과 마찬가지로 꽃을 보냈을 뿐만 아니라, 요아힘의 눈앞에서 한스 카스토르프가 직접 죽을 여러 번 입에 떠넣어 주었다.

이윽고 사촌들은 사마리아 인(누가 복음 제10장 참고. 자비로운 형제 성 요한 교트가 창설한 자비로운 단체로 주요 임무는 병자의 간호였다)으로 소문나게 되었다. 세템브리니도 어느 날 한스 카스토르프에게 그런 의미의 말을 했다.

「아니, 엔지니어. 요새 당신의 행동에 대해 이상한 말을 듣고 있습니다. 당신은 자선 행위를 하고 계신다지요? 착한 행실로 당신의 행위를 정당화하려는 것입니까?」

「그렇게 말씀하실 정도의 것은 아닙니다, 세템브리니 씨. 칭찬을 받을 것은 조금도 없습니다. 사촌과 내가 함께…….」

「사촌까지 끌어들이는 일은 그만두십시오. 두 사람 일이 화제가 될 때엔 책임자는 언제나 당신입니다. 그것은 틀림없습니다. 소위는 존경할 만한 인물이지만 본래 단순하고 정신적으로 위험성이 없는 인물로 교육자에게는 거의 불안을 느끼지 않게 하는 인물입니다. 그 사람이 솔선해서 한다고 말씀해도 나는 믿지 않습니다. 두 사람 중에서 중요한 것은, 그리고 그렇기 때문에 더 위험한 것은 바로 당신입니다. 이렇게 말씀드려도 괜찮을지 모르겠습니다만 당신은 인생의 걱정거리 자식입니다. 당신은 돌보아 주는 사람이 있어야 합니다. 한데 당신은 나에게 당신을 돌볼 것을 허락해 주셨더랬지요?」

「물론입니다, 세템브리니 씨. 절대로 그렇습니다. 정말 고맙습니다. 『인생의 걱정거리 자식』은 멋진 말입니다. 문필가는 무슨 말이든 척척 생각해 내는 군요. 그런 칭호를 받아 자랑스럽게 생각해야 할지 어떤지 잘 모르겠습니만, 아무튼 좋은 말입니다. 그건 확실합니다. 그렇습니다. 나는 얼마 전부터 『죽음의 자식들』과 좀 관련을 맺고 있습니다만, 당신은 아마 그것을 말씀하시는 것이겠지요. 시간이 있을 때 여가에 하는 일로 요양 근무에 거의 지장이 없는 한도에서 중환자와 위독 환자들을 가끔 들여다보고 있습니다. 다만 기분 전환을 위해 방종한 생활을 하고 있는 그런 사람들이 아니라, 여기서 죽어가는 사람들을 위해서 말입니다.」

「그러나 성서에도 적혀 있습니다. 죽은 자는 죽은 자로 하여금 장사를 지내도록 하라고요.」

이탈리아 인은 이렇게 말했다.

이에 대해서 한스 카스토르프는 두 팔을 들고 성서엔 무슨 일에 대해서든 이것저것 여러 가지가 씌어 있어서 그 가운데에서 올바른 것을 골라 내어 그것을 따라간다는 일은 어렵다는 얼굴을 해보였다. 물론 손풍금장이는 방해되는 견해를 고의로 골라 낸 것인데 이상한 일이 아니었다. 한스 카스토르프는 세템브리니의 말에 귀를 기울이고 그의 가르침을 참고한다는 의미에서 들을 가치가 있다고 생각했고, 실험하는 의미에서 그로부터 교육적 영향을 받으려는 마음의 자세는 현재에도 변함이 없었지만, 그러나 어떠한 교육자적인 견해에도 현재의 계획을 그만둘 생각은 추호도 없었다. 그의 계획은 게른그로스 어머니의 인품, 그녀의 『즐겁고 가벼운 사랑의 희롱』이라는 말, 불쌍한 로트바인 청년의 무취미한 성품, 『너무 많이 넣은』 우둔한 은방울 부인 등의 일도 있었지만, 그에게는 현재도 무언가 유익하고 중요한 의의가 있는 것처럼 느껴졌던 것이었다.

『둘 다』의 아들은 라우로라는 이름을 가졌다. 라우로에게도 흙 냄새가 나는 니스의 오랑캐꽃이 『마음으로부터 완쾌를 빌면서, 동정하여 마지않는 두 사람의 동숙자』라는 익명으로 보내졌지만 요즘은 익명은 형식뿐으로 보내 준 사람이 누구라는 것을 모두가 알고 있었기 때문에, 멕시코에서 온 검은 옷에 창백한 얼굴을 한 어머니 자신도 사촌들을 복도에서 만나면 감사하다는 말을 하고, 그녀 아들의——그녀의 마지막 남은, 형처럼 죽어가고 있는 자식의——입으로 직접 감사하다는 인사를 하게 해달라고 애원했다. 이것은 즉

시 실행으로 옮겨졌다. 좌우에 불타는 눈과, 콧방울이 벌렁거리는 매부리코와 꺼먼 콧수염이 자욱이 난 풍염한 입술을 한 잘생긴 청년이었지만 너무 과시하는 듯한, 지나치게 극적인 표정을 보였기 때문에 방문객인 한스 카스토르프도 요아힘 짐센도, 병실에서 나왔을 때에는 정말 안심할 수 있었다. 어머니인 『둘 다』가 검은 캐시미어 옷을 입고 검은 베일을 턱 밑에 매고는, 좁은 이마에 주름살을 지으며 새까만 눈밑에 큰 눈물을 드리우고 무릎을 굽혀서 방안을 걸어다니며, 큰 입 가장자리를 슬픈 듯이 이지러뜨리고 환자의 머리맡에 앉아 있는 사촌들에게 이따금 가까이 와서 예의 프랑스 어로 슬프게 「둘 다입니다 ……. 처음에 하나, 그리고 지금 또 하나입니다.」 하고 넋두리를 되풀이하고 있는 동안에 아름다운 라우로도 역시 프랑스 어로 넌더리가 날 만큼 요란한 높은 어조로 연설을 해댔다. 「나는 영웅처럼 죽을 작정이다. 영웅처럼, 스페인 식으로. 한 발 먼저 스페인의 영웅처럼 죽은 젊고 용맹스러운 페르난도 형처럼.」 하고 소리를 지르고 표정을 써가면서 가슴팍을 열어제치고는 죽음의 마수에게 누런 가슴을 드러냈다. 얼마 뒤에 기침의 발작이 시작되어, 입술에서 붉은 거품을 뿜는 바람에 겨우 호언장담이 끝나게 되어 사촌들은 이것을 기화로 발끝 걸음으로 밖으로 나와 버렸다.

두 사람은 그 뒤 라우로 방문에 대해서는 서로 이야기를 나누지 않았고, 두 사람 다 제각기 머릿속에서도 라우로의 태도에 대해 비평하는 것을 사양했다. 이와는 반대로 페테르스부르크에서 온 안톤 카를로비치 페르게를 방문했을 때에는 두 사람 다 기분 좋은 인상을 받았다. 페르게 씨는 선량해 보이는 탐스러운 콧수염을 기르고 역시 선량해 보이는 툭 튀어나온 결후(結喉)를 드러내고서 침대에 누워 있었다. 전번 기흉 수술 때, 하마터면 수술대 위에서 생명을 잃을 뻔한 일이 있었는데 그 뒤로는 좀처럼 쇠약한 상태로부터 회복이 뜻대로 되지 않고 있었다. 그는 그 수술로 인해 수술에 따르는 합병증 현상인 심한 흉막 진탕(胸膜震盪)에 급습되었던 것이다. 그의 경우에는 그 진탕이 예외적으로 위험한 형태로 되어, 완전한 허탈과 극히 우려할 만한 실신 상태를 동반하여, 요컨대 심한 진탕이었기 때문에 수술을 중지하고 한동안 연기해야만 했다.

페르게 씨는 그때 일이 몹시 무서웠던 모양으로 그때 이야기를 할 때마다 선량한 회색 눈을 크게 뜨고 얼굴빛은 흙색이 되어 버리곤 했다.

「전신 마취도 하지 않고 말입니다. 그건 좋습니다. 우리 같은 사람은 전신 마취에는 견딜 수 없기 때문에 그건 금물이지요. 분별이 있는 사람이라면, 그러려니 생각하고 단념합니다. 그러나 국부 마취는 깊숙이까지 미치지 못합니다. 외부 살만 마취되어 있을 뿐으로 절개되는 것을 느낄 수 있습니다. 물론 누른다든지 으깨는 것을 느낄 뿐입니다만 나는 아무것도 보지 못하도록 얼굴에 헝겊을 덮고 누웠고, 조수가 오른쪽에서 간호원장이 왼쪽에서 누르고 있었습니다. 나는 눌리고 으깨지는 것을 느꼈습니다. 살이 절개되고 핀셋으로 뒤집혀진 것입니다. 나는 그때 고문관이 『이제 시작.』이라고 하는 것을 들었습니다만 그 순간 고문관이 둔한 기구로 —— 혹시 다른 데를 찌르거나 하였을 때 다치는 일이 없도록 하기 위해 둔한 기구를 쓰는 것입니다—— 늑막을 찾기 시작했습니다. 구멍을 뚫어서 가스를 넣기에 적절한 장소를 찾기 위해 늑막을 이리저리 만지고 있을 때, 여러분, 나는 죽는 줄만 알았고, 무어라고 형용할 수 없는 상태로 되었습니다. 늑골은 만지는 것이 아닙니다. 절대로 손을 대서는 안 되는 것입니다. 살로 덮여 있고 격리되어 있어 접근할 수 없게 되어 있습니다. 그런데도 고문관은 그것을 드러내 놓고 찾았지 뭡니까. 그래서 나는 뭐라고 말할 수 없이 기분이 나빠졌던 겁니다. 생각만 해도 몸이 오싹합니다. 그처럼 고약하고 몸서리날 만큼 싫은 기분은 지옥을 빼놓고는 이 세상에 없을 것 같더군요. 나는 기절해 버렸습니다. 한꺼번에 세 번의 기절을 말입니다. 녹색, 갈색, 자색의 기절을 한꺼번에. 게다가 그 기절의 악취야말로 뭐라고 말하면 좋을까, 흉막 진탕이 코를 찔렀던 것입니다. 코가 삐뚤어질 정도로, 그야말로 지옥의 악취처럼 유화 수소의 냄새가 지독했다는 것입니다. 그런데, 나는 기절을 하면서 내가 웃는 소리를 들었지 뭡니까. 그것도 인간이 웃는 그런 목소리가 아니라 지금까지 아직 한 번도 들어 본 적이 없는 가장 음탕하고 구역질나는 웃음이었습니다. 즉, 늑골을 주무르면 이건 정말 못 견디게 간지러운 법이거든요. 네, 바로 그런 간지럼을 동반하는 것이 흉막 진탕이라는 것입니다. 가급적이면 여러분께서는 그런 걸 모르고 지내게 되시기를 빌겠습니다. 그 정도로 몸서리나는 것이랍니다, 흉막 진탕이라는 것은.』

안톤 카를로비치 페르게는 『말할 수 없이 싫은 경험』을 가끔 이야기하여 들려 주었는데, 그럴 때마다 그는 흙빛 공포의 표정을 보이며 두 번 다시 그런 경험을 하고 싶지 않다고 말했다. 더우이 그는 단순한 사람이라는 것을 처음부터 인정하고 『고상한 것』과는 전혀 인연이 없는 인간으로 그는 자신이 정신과 정서면에 어려운 주문을 누구에게도 하지 않는 대신 그도 그런 주문을 누구에게서도 받고 싶지 않다고 했다. 그것을 양해받은 뒤에 그가 병 때문에 그만두어야 했던 생활, 어떤 화재 보험 회사의 사원으로 출장 여행을 하면서 다닌 생활에 관해 꽤 재미있는 이야기를 들려 주었다. 페테르스부르크를 중심으로 러시아 전토를 종횡으로 구석구석까지 여행하며 계약된 공장 중에서 경제적으로 수상쩍은 공장을 찾아 내는 것이 그의 역할이었다. 그도 그럴 것이 공장 화재의 대부분이 공창의 경영난으로 일어나는 것이 통계적으로 증명되기 때문이었다. 그래서 그는 여러 가지 구실을 만들어 공장의 실정을 정탐하여 그 결과를 회사에 보고해서 가장 고액의 화재 보험이나 프리미엄 분배 등에 의해 입을 심한 손해를 미연에 방지하려는 것이었다. 그는 광막한 러시아의 겨울 여행에 대해 이야기했다. 무섭게 추운 밤에 양가죽의 방한구를 뒤집어쓰고 침대 의자가 달린 썰매로 여러 날 밤을 달리는 여행에 대해 이야기했다. 눈을 뜨면 눈으로 덮인 평원 위에 별처럼 반짝이는 늑대의 눈을 볼 수 있다는 것이었다. 양식은 야채 수프도 빵도 모두 얼려서 상자에 넣어 휴대하고 역에서 말을 바꿀 때 녹혀서 먹는데, 빵은 갓 구운 것처럼 신선한 맛이 난다는 것이다.

다만 도중에서 갑자기 해동 기온이 되면, 덩어리로 휴대한 야채 수프가 녹아서 상자에서 흘러나온다는 것이다.

이렇게 페르게 씨는 말했지만 도중에 가끔 한숨을 쉬면서 말을 중단하고 기흉 수술을 또다시 하지 않으면 얼마나 좋겠는가 하고 탄식했다. 페르게 씨의 이야기는 어느 것 하나 고상하지는 않았지만 모두 실제적인 이야기여서 꽤 들을 만했고, 특히 한스 카스토르프에게는 러시아라는 나라와 그 생활 양식에 대해 이야기를 듣는다든지 사모바르, 러시아 식 파이, 카자흐 인, 그리고 또 많은 양파 같은 탑이 솟아 있어 버섯과 비슷하게 보이는 목조로 된 교회의 이야기를 듣는 것이 웬일인지 유익한 것처럼 느껴져 흥미진진했다. 그는 페르게 씨에게 러시아 인의 특성을 그들의 북방적인, 그 때문에 그에게는 더욱 몽상적으로 느껴지는 이국적인 인상에 대해 이야기해 달라고 했다. 러시아 인의 혈액의 아시아적 요소, 튀어나온 광대뼈, 핀란드적이고 몽고인적 눈매에 대해 이야기해 달라고 하여 그 말을 인종학적인 흥미를 갖고 러시아 어로 경청했다. 이 동방 언어는 페르게 씨의 선량한 콧수염 밑에서, 선량하게 튀어나온 결후에서 빠르게 무슨 말인지 알 수 없게 뼈도 없이 흘러나왔다.

한스 카스토르프 청년은 그가 지금 빙빙 돌아다니고 있는 세계가 교육적으로 금단의 세계였기 때문에 한층 더 강한 흥미를 느꼈다. 젊은 사람이란 언제나 이런 것이다.

두 사람은 안톤 카를로비치 페르게를 15분 가량 여러 번 방문했다. 그밖에는 프레드릭 대왕 학교의 테니 소년을 문병했다. 이 소년은 14세 된 우아한 소년으로 금발이고 세련되었고 개인 간호원을 데리고 있었다. 끈으로 가장자리를 장식한 흰 비단 파자마를 입고 있었다. 소년 자신의 말로는 고아이지만 부자였다. 병균의 침입을 받은 부분을 시험삼아 제거하여 보자는, 꽤 큰 수술을 받기로 되어 있는데, 기분이 좋을 때에는 가끔 한 시간 가량 병상을 떠나 아름다운 스포츠복 차림으로 아래 모임에 참가하는 일도 있었다. 부인들은 즐겨 소년과 놀고 싶어하였고, 소년은 또 부인들이 하는 이야기, 가령 아인후프 변호사, 개량 팬티를 입은 아가씨, 프랜츠헨 오베르당크에 관한 이야기에 귀를 기울였다. 그리고는 다시 병상으로 돌아가는 것이었다. 이렇게 테디 소년은 매일을 멋지게 보내면서 그밖의 인생은 기대하고 있지 않는 것같이 보였다.

그런데 25호실에는 폰 말린크로트 부인이 누워 있었다. 이름은 나탈리에라고 했다. 까만 눈에 금귀걸이를 하고 교태를 부리면서 멋을 내고 다녔다. 게다가 라자로(^{누가 복음제}
16장 20절 참고)와 욥(^{욥기}
주인공)처럼 갖가지 병을 앓고 있었다. 유기체가 병독의 소굴과 같아, 모든 병이 번갈아가며 그리고 동시에 그녀를 괴롭혔다. 피부도 병독으로 완전히 침해받아 거의 전표면이 습진이었는데, 그것이 참을 수 없을 정도로 가려워, 긁어서 여기저기가 출혈되어 있었다. 입 주위도 그러했기 때문에 숟가락을 넣기도 어려웠다. 늑막, 신장, 폐장, 골막이 교대로 내염증을 일으키고 뇌수까지도 염증을 일으켜 실신한 일이 있었다. 열과 통증으로 심장이 쇠약해졌다. 그 때문에 가슴이 답답하여, 가령 음식물을 삼킬 때 그것이 내려가지 않아 식도 입구에서 막혀 버리는 것이었다. 요컨대 말린크로트 부인은 이것만으로도 심한 고통이었는데 거기다 의지할 곳이라곤 없는 신세였다. 그들이 그녀에게서 들은 바로는, 그녀는 아직 어린애와 같은 젊은 사람 때문에 남편과 아이들을 버렸는데 나중엔 그녀도 젊은 사람으로부터 버림을 받았다는 것이다. 그녀에게 배반당했던 남편이 돈을 보내 주어 무일푼은 아니었지만 돌아갈 집이 없었다. 그녀는 자기를 올바른 인간이라고 생각하지 않고 부끄러움을 모르는 죄 많은 여자라고만 생각하고 있었기 때문에, 남편의 근엄함과 변치 않는 애정을 자만심 없이 받아들이고 그것에 의지하며 모든 육적인 괴로움을 놀랄 만한 인내와 끈기, 여성 특유의 강인한 저항력을 갖고 버티고 있었다.

그리고 갈색을 띠고 있는 육체의 비참한 상태에도 여자답게 이겨내고, 무언지 불길한 이유에서 머리에 두르고 있어야 하는 흰 가제 붕대까지도 잘 어울리는 장식처럼 두르고 있었다. 그녀는 쉬지 않고 장신구를 바꾸었는데, 아침에는 산호로 시작하여 밤에는 진주로 끝나는 식이었다. 한스 카스토르프에게서 꽃을 받은 것을 동정이라기보다도 무언가 낭만적인 선물이라고 생각한 모양으로 그것을 아주 기쁘게 생각하고 두 청년에게 머리맡에서 차를 마시자고 청했다. 그리고 엄지손가락도 남기지 않고 손가락이라는 손가락에는 관절 위에까지도 오팔, 자수정, 에메랄드의 반지를 낀 손으로 빨대 달린 그릇으로 차를 마셨다. 이윽고 그녀는 귀걸이를 흔들면서 자기 신상 이야기를 하기 시작했다. 점잖지만 따분한 남편 이야기, 아버지를 닮아 얌전하지만 따분한 아이들에게 진심으로 애정을 느끼지 못하는 이야기, 함께 도망을 친 젊은 남자와 그의 시적인 섬세한 애정에 대해서 이야기했다. 그러나 그의 친척들은 간계와 폭력으로 그를 그녀에게서 떼어 놓았고 그도 그때부터 여러 형태로 갑작스레 나타난 그녀의 병에 싫증을 느꼈을 것이라고 말했다. 두 분께서도 싫증을 느끼시지 않아요? 하고 그녀가 교태를 부리면서 물어 볼 때 그녀의 여자다운 점이 얼굴 절반을 덮고 있는 습진을 능가하고 있었다.

한스 카스토르프는 싫증을 느꼈다고 하는 젊은 애인을 멸시한다는 표시로 어깨를 으쓱해 보였다. 그리고 그 자신으로 말하면 그 시적인 젊은 애인의 의지 박약을 반대로 자극제로 삼아 기회있을 때마다 불행한 폰 말린크로트 부인을 여러 번 찾아가, 전혀 예비 지식을 필요로 하지 않는 세세한 일을 해주도록 힘썼다. 가령 죽을 먹을 때 숟가락을 조심해서 입으로 날라 주었고, 음식이 목에 막히면 빨대 달린 그릇에서 물을 먹이고, 침대에서 돌아누울 때에도 도와 주었다. 그녀는 다른 고통에다 수술의 상처 때문에 누워 있는 데에도 곤란을 겪고 있었다. 한스 카스토르프는 식당으로 가는 도중이나 산보에서 돌아올 때는 요아힘에게 50호실 환자를 잠시 감독 좀 해야겠다고 하며 먼저 가게 하고는 그녀의 방을 찾아가 돌보아 주면서 가슴이 터질 듯한 행복감을 느꼈다. 그 기쁨은 그의 행위의 유익성과 남모를 의의에 근거를 두고 있는 기쁨이었고 그의 행위가 훌륭한 그리스도교적 색채를 띠고 정말로 아주 경건하고 갸륵한 감탄할 성질의 행위이며, 군대적 견지에서도 인문주의적 교육의 견지에서도 이렇다 할 비난을 할 수 없다는 것을 흐뭇해 하는 기분도 섞여 있었다.

카렌 카르슈테트에 관해서는 아직 한 번도 이야기하지 않았지만 한스 카스토르프와 요아힘 짐센은 이 소녀를 특히 잘 돌보아 주었다. 이 소녀는 고문관의 사적인 원외 환자로 두 사람은 고문관으로부터 잘 돌보아 주도록 부탁을 받았던 것이다. 4년 전부터 이 위에 있었지만 돈 한푼도 없이 냉담한 친척들의 신세를 지고 있는데, 이 사람들은 아무래도 죽을 것이라고 하여 한 번은 그녀를 여기에서 데리고 돌아갔는데, 고문관의 주선으로 다시 이곳에 돌아온 것이다. 마을의 싼 하숙집에서 기거하고 있었다. 19세의 가냘픈 몸매였다. 기름을 발라서 빗은 머리, 소모성(消耗性) 볼의 붉은 기(氣)와 같은 광채를 조심스럽게 감추려고 하는 눈, 특징이 있는 기분 좋게 들리는 쉰 목소리를 가지고 있었다. 그녀는 끊임없이 기침을 했으며, 모든 손가락도 중독이 되어 입을 벌리고 있는데 그래서 손가락 끝에는 고약이 붙여져 있었다.

마음이 착한 두 사람이니 하는 고문관의 간곡한 부탁도 있고 해서 두 사람은 이 소녀에게는 특히 정성을 다했다. 꽃을 보낸 것이 계기가 되어 다음에는 마을의 작은 발코니로 불쌍한 카렌을 찾아갔고, 이에 계속하여 세 사람은 스케이트 경기, 쌍썰매 경기를 구경하는 등 예외적인 계획을 가끔 꾸몄다. 이 고원에서는 겨울 스포츠의 계절이어서 일대 성황을 이루고 있었다. 이때까지 사촌들은 이런 여흥과 구경거리를 어떤 기회에 잠깐 보았을 뿐이었고 거의 돌아보지도 않았다. 요아힘은 이 위에서는 모든 놀이를 싫어했다. 그런 것 때문에 이 위에 있는 것이 아니었다. 대체로 재미있게 지낸다든지 여기의 생활을 유쾌하고 즐거운 것으로 하고 여기 생활에 익숙해지기 위해 여기에 머물러 있는 것이 아니고 하루라도 빨리 병독을 몰아 내어, 평지에서 근무에 종사할 수 있도록 하기 위해, 그것도 현재와 같은 대용물의 요양 근무가 아니라──그 대용물도 요아힘은 한 번도 게을리하지 않았다──참된 의미에서의 근무에 종사하기 위해 여기에 머물러 있는 것이었다. 요아힘은 자기는 겨울 스포츠를 하는 것이 금지되어 있는데다가 우두커니 그것을 구경하는 것도 좋아하지 않았다. 한스 카스토르프로 말하면 그는 엄밀한 의미에서 자기를 이 위의 사람들의 하나라고 느끼고 있었기 때문에 이 고원을 운동장과 동일시하고 있는 사람들이 하는 스포츠에는 이해도 흥미도 가질 수 없었다.

그러나 불쌍한 카르슈테트 소녀에 대한 자선적인 동정심은 한스 카스토르프 주위에 어느 정도 변화를 가져왔고 요아힘도 비그리스도교적인 인간으로 보이지 않으려면 반대할 수가 없었다. 두 사람은 환자를 마을의 보잘것없는 하숙집에서 데리고 나왔다. 태양이 강하고 기분 좋게 비치고 있는 추운 날씨에 앙글르테르 호텔 이름을 따서 붙인 영국 거리에는 썰매가 방울 소리를 울리며 달리고 세계 각국에서 모인 부유한 향락가와 유한인(有閑人)들, 요양 호텔과 그밖의 일류 호텔의 투숙자들이 멋지고 값비싼 천으로 만든 유행되고 있

는 스포츠복을 입고 모자를 쓰지 않은 채, 겨울의 햇빛과 눈빛에 그을려 구릿
빛이 된 얼굴로 걸어다니고 있었다. 그들은 이 번화가의 훌륭한 상점 사이를
지나 요양 호텔에서 멀지 않는 골짜기 아래에 있는 스케이트장으로 내려갔다.
스케이트장 너머에는 정자 같은 목조 건물이 서 있고 요양 호텔 소속의 악단
이 그곳에서 연주하고 있었다. 사촌들은 입장했다. 스케이트장을 삼면에서 둘
러싼 관객석에 앉아 있는 관중들 사이를 헤쳐 지나가 공석을 찾아냈다. 피겨
스케이트 선수들은 몸에 딱 붙는 검은 메리야스 바지와 털로 가장자리를 두른
짧은 저고리 차림으로 흔들리듯 춤추듯 미끄러지면서 피겨를 그리고 점프를
하고 팽이처럼 몸을 돌리고 있었다. 프로그램 이외의 여흥으로 전문가인 남녀
선수 한 조가 온 세계에서 아무도 할 수 없는 재주를 부려 보여 나팔의 축주
(祝奏)와 관중의 박수를 받았다. 스피드 경기에서는 각기 다른 나라의 대표자
인 여섯 청년이 몸을 구부리고 두 손을 등에 돌리고, 가끔 손수건을 입에 물
고 넓은 사각형의 스케이트장을 여섯 번 돌았다. 악기 소리에 섞여 종이 울
렸다. 가끔 관중이 응원의 환성을 지르고 갈채를 하여 떠들썩했다.
  세 사람의 환자, 사촌들과 그 피보호자의 주위는 마치 인종 전시회 같았다.
스코틀랜드제 모자를 쓰고 흰 이빨을 드러낸 영국인들이 짙은 향수 냄새를 풍
기는 부인들과 프랑스 어로 말을 하고 있었다. 부인들은 위에서부터 아래까지
화려한 털로 짠 옷을 입었는데 그 중 몇 사람은 바지를 입고 있었다. 머리가
작은 미국인이 머리칼을 딱 붙여 빗고 마도로스 파이프를 입에 물고 거친 털
가죽을 표면에 댄 외투를 입고 있었다. 수염을 기르고 스마트하고 아주 부자
같은, 러시아 인과 말레이지아 인의 피가 섞인 것 같은 네덜란드 인이 독일인
과 스위스 인의 관중 속에 끼여 있었고 프랑스 어로 말하고 있는 발칸이나 근
동(近東)의 인종, 즉 한스 카스토르프에게는 마음에 끌리는 대상이었으나 요
아힘에게는 귀찮고 절제가 없다는 이유로 관심 밖이 된, 이렇다고 규정할 수
없는 각종 인종이 도처에 흩어져 있었다. 여흥에 아이들이 한쪽 발에 스키를
또 한쪽 발에는 스케이트를 신기도 하고, 남자아이가 귀여운 여자아이를 썰매
에 태워 밀어 대는 익살스러운 경기를 하여 스케이트장 위에서 넘어지기도
했다. 아이들이 아직 타고 있는 양초를 손에 쥐고 달리는 경기도 있었는데,
그것을 꺼지지 않게 결승점으로 가지고 온 아이가 이겼다. 스케이트로 미끌어
지면서 장애물을 뛰어넘는다든지 나란히 있는 물뿌리개에 큰 숟가락으로 감
자를 떠넣는 어린아이들의 경기도 있었다. 어른 관중들은 환호성을 올렸다.
관중들은 어린아이들 중에서 가장 부잣집 어린아이, 유명한 사람들의 어린아

이, 귀여운 어린아이들을 서로 가리키고 있었는데 그 가운데에는 네덜란드의 백만장자의 영양, 프러시아 왕자의 영식, 세계적 샴페인 회사와 같은 이름을 가진 12세의 소년도 있었다. 불쌍한 카렌은 환성을 지르고는 이내 기침을 했다. 그녀는 아주 기뻐 손가락 끝을 벌린 형태로 두 손을 모아 박수를 쳤다. 카렌은 진심으로 행복한 것 같았다.

사촌들은 카렌을 쌍썰매 경기에도 데리고 갔다. 거기는 베르크호프에서도, 카렌 카르슈테트의 하숙집에서도 멀지 않았고, 샤츠알프에서 내려와 마을의 서쪽 비탈 부락에서 끝나는 코스였다. 거기에 심판소가 세워져 있고, 각 썰매의 출발이 산꼭대기에서 전화로 알려져 왔다. 눈으로 얼어붙은 둔덕 사이의, 금속처럼 번쩍이는 코스의 경사면을 흰 털스웨터의 가슴 둘레에 각국의 국기를 찍은 장식띠를 두른 남녀의 평평한 썰매가 상당한 거리를 두고 한 대씩 위에서부터 미끌어져 내려왔다. 탑승자의 긴장된 빨간 얼굴에 눈이 내리는 것이 보였다. 빠른 속력으로 내려오다가 모퉁이에 부딪혀 넘어져 탑승자를 눈 속에 던져 버리는 썰매를 관중은 사진 찍었다. 여기서도 음악이 연주되었다. 관중은 작은 의자에 앉기도 하고 코스를 따라서 눈을 헤치고 만들어진 작은 길에 행렬을 짓기도 했다. 이 작은 길은 아래쪽에서 코스 위에 걸려 있는 나무다리로 통하고 있었다. 이 다리 위에도 구경꾼들이 모여서 가끔 아래로 소리를 내면서 미끄러져 내려가는 쌍썰매를 구경하고 있었다. 위의 요양원에서 숨을 거둔 환자의 시체도 역시 이 코스를 지나서, 소리를 내면서 나무다리 밑을 통해 아래의 골짜기로 내려가는 것이라 생각하고 한스 카스토르프는 그것을 입밖에 내어 말했다.

마을의 영화관에도 사촌들은 어느 날 오후 카렌 카르슈테트를 데리고 갔다. 그녀가 그런 것을 아주 좋아했기 때문이었다. 세 사람은 청명한 공기에 익숙해 있었기 때문에 영화관 안의 탁한 공기가 생리적으로 심한 반응을 일으켜 숨이 막히고 머리가 멍하니 안개가 긴 것처럼 되었다. 그 공기 속에서 세 사람의 어른어른하는 눈앞에 갖가지 생활이 세분되어, 성급하고 분주히, 쉬지 않고 팔딱팔딱 뛰고 멈추고 곧 사라져 버리면서 스크린 위를 가벼운 음악과 함께 명멸하여 갔다. 그 음악은 현재의 시간을 분할하면서 성급히 과거의 현상을 되살리고 한정된 곡목으로 장중, 화려, 열정, 야성, 정욕의 모든 느낌을 교묘히 소화시키고 있었다. 세 사람이 본 것은 사랑과 암살의 숨막히는 이야기, 동양의 어떤 폭군의 궁정에서 전개되는 무성 드라마로 호화와 나체, 지배욕과 정신적인 예속욕, 잔인과 욕망과 무서운 정욕에 찬 작품이었다. 목 자르는 망나니의 팔 근육의 억센 모양을 크게 비추는 장면에서는 천천히 사실적이 되었지만, 그밖에서는 모든 것이 성급히 나타나서는 사라지고, 요컨대 세계 모든 나라의 문명국에서 모여든 관객의 남모를 욕망을 이해하고 그것에 영합하게끔 만들어진 작품이었다. 비평가 세템브리니 같으면, 이런 반인문적인 흥행을 엄하게 거부하고 이러한 인간 오욕의 관념을 뒷받침하기 위해 기술을 악용하는 것을, 예의 알기 쉬운 고전적인 야유로 비난하였을 것이라고 한스 카스토르프는 생각하고, 그런 의미의 말을 사촌에게 속삭였다. 그러나 세 사람에게 별로 떨어져 있지 않은 좌석에서 역시 구경하고 있던 슈퇴르 부인은 완전히 열중해 있는 것 같아 교양이 없는 빨간 얼굴이 황홀하게 이지러져 있었다.

더욱이 주위의 모든 얼굴들은 한결같이 황홀해 있었다. 그러나 화면이 계속 명멸하여 마지막 장면이 사라지고 장내에 전등불이 켜져 이때까지 환영이 움직여 돌아가고 있던 스크린이 하얗게 관객 눈앞에 나타났을 때 사람들은 박수를 칠 수도 없었다. 박수를 쳐서 그 수고를 위로하고 싶어도, 연기를 칭찬해서 앙코르를 하고 싶어도 그 상대방이 아무도 없었다. 이때까지 관객들 앞에서 연기를 하고 있던 배우들은 벌써 흔적도 없이 사라지고 없었다. 관객들은 배우들의 연기가 남기고 간 그림자, 즉 무수한 상(像)과 순간마다의 스냅을 보았을 뿐, 배우들의 연기는 이 무수한 상과 스냅으로 분해되어 언제나, 얼마든지 빨리 성급한 경과로 시간의 흐름에 맡겨지는 것이었다. 환영이 지나간 뒤의 관객의 침묵에는 어딘지 넋빠진 것 같은 어두운 것이 있었다. 사람들은 대상 없이 멍하니 응시하고 있었다. 눈을 비비고 허공을 쳐다보고 밝음을 계면쩍게 생각하며 다시 컴컴해지기를 기다렸다. 과거가 새로이 현재로 되살아나, 음악에 장식되어 다시금 등장하기를 기다리고 있었다.

폭군은 자객의 단도에 찔려 입을 벌리고 들리지 않는 신음 소리를 내면서 죽었다. 이어서 세계 각국의 뉴스가 상영되었다. 프랑스 공화국 대통령이 실크 모자를 쓰고 대훈장을 차고 사륜마차의 좌석에서 환영사에 답하는 장면, 인도 왕의 결혼식에 열석한 인도 총독, 포츠담 병영에서의 독일 황태자가 등장했다. 노이메클렌부르크 섬(비스마르크 군도에서 두번째로 큰 섬으로 1885년부터 1920년까지 독일 식민지였다가 1921년부터 오스트리아의 신탁 통치령으로 되었다. 섬 이름도 현재는 영국식으로 뉴아일랜드라고 한다)의 토인 부락의 생활과 풍습, 보르네오의 닭싸움, 콧구멍으로 피리를 부는 나체의 미개인, 야성의 코끼리 사냥, 샴(옛 타일랜드의 이름)의 궁정 의식, 기생들이 나무로 된 격자 뒤에 앉아 있는 일본의 홍등가가 비쳤다. 털가죽 외투를 입은 사모예드 인들이 아시아 북부의 황량한 설원을 순록에게 썰매를 끌게 하고 달리는 장면, 러시아의 순례인들이 헤브론(^{예루살렘의 남방에 있는 곳으로} ^{여기에 아브라함의 묘지가 있다})에서 기도를 드리고 있는 장면, 페르시아의 죄인이 발바닥에 태형을 받고 있는 장면이 비쳤다. 관객은 마치 이 모든 장면에 동석하고 있기라도 하는 것처럼 화면을 들여다보고 있었다. 시공(時空)의 격차가 사라져 버리고 먼 과거의 사건에 음악이 반주되어서 급하고 분주하게 현재의 눈앞의 사건으로 변한다. 모로코의 젊은 여성이 줄무늬의 비단옷을 입고 목걸이, 팔찌, 반지로 단장을 하고, 풍만한 가슴을 절반 드러내고 갑자기 등신대(等身大)의 크기로 가까이 왔다. 새하얀 이빨을 보이며 웃고, 손톱이 살보다도 더 희게 보이는 한쪽 손을 눈 위에 대고, 또 한쪽 손으로 관객을 오라고 손짓을 했다. 관객은 그 매혹적인 환영의 얼굴에 당황하여 바라보았다.

그 얼굴은 이쪽을 보고 있는 것 같으면서도 실은 보고 있지 않아서 이쪽의 눈길을 조금도 느끼지 않았으며, 웃으며 오라고 손짓을 하고 있는 것도 현재의 관객에게가 아니고 과거의 어느 곳의 사람들에게 향해진 것이었기 때문에 이것에 대답하는 것은 아무 의미가 없는 것처럼 느껴졌다. 이것이 아까도 말했지만 관객의 즐거움 가운데에 어딘지 넋빠진 것 같은 기분을 섞이게 했다.

그리고 환영은 사라졌다. 흰빛이 스크린에 퍼지고 그 빛 속에 『끝』이라는 글자가 나타나고, 프로그램의 1회분이 끝났다. 관객들은 다른 관객들이 같은 것을 보기 위해 영화관 안으로 들어오는 속을 뚫고 묵묵히 바깥으로 나왔다.

영화 구경을 하고 난 뒤 세 사람은 한패가 된 슈퇴르 부인에게 끌려서 불쌍한 카렌을 기쁘게 하기 위해――카렌은 너무나 기뻐 두 손을 꼭 잡고 있었다――요양 호텔의 카페로 들어갔다. 여기서도 음악이 연주되고 있었다. 빨간 연미복 차림의 작은 악단이 연주를 하고 있었다. 이것을 지휘하는 체코 인 아니면 헝가리 인 같은 제1바이올리니스트가 혼자서 떨어져 춤추고 있는 여러 조의 남녀 사이에 서서 몸을 열광적으로 비틀면서 바이올린을 켜고 있었다. 사교적인 분위기가 어느 테이블에서나 감돌고 있었다. 비싼 음료가 나오고 있었다. 무덥고 먼지가 많았기 때문에 사촌들은 자기들과 피보호자를 위해 찬 오렌지에이드를 주문하고 슈퇴르 부인은 단 브랜디를 주문했다. 슈퇴르 부인의 말에 의하면, 이 카페의 분위기는 이 시각에는 아직 절정에 도달해 있지 않다는 것이었다. 밤이 깊어짐에 따라 댄스는 훨씬 활기를 띠고 여기저기의 요양원의 수많은 환자, 호텔과 이 요양 호텔에 투숙하고 있는 방종한 환자들이 지금보다 더 많이 댄스에 가담하며, 지금까지만 해도 중환자의 몇 사람들이 여기서 인생 예찬의 술잔을 기울이며 마시자, 노래부르자 하다가 마지막

객혈을 토하고 춤을 추면서 저 세상으로 퇴장해 갔다는 것이었다.

슈퇴르 부인이 이 『마시자, 노래부르자』에서 나타낸 무식에는 정말 어이없었다. 처음의 『마시자(dulci)』라는 말을 음악가인 남편의 이탈리아 음악 용어를 차용해서 『감미롭게(dolce)』라고 바꾸고, 다음 말인 『노래부르자(jubilo)』를 『화재(Feuerjo)』 또는 『50년제(Jubeljahr)』라는 이상한 말로 바꾸었다. 이 라틴어가 등장한 순간, 사촌들은 두 사람 다 동시에 컵의 스트로를 물어 버렸으나 슈퇴르 부인은 태연하게 있었다. 오히려 그녀는 가늘고 긴 이빨을 보기 흉하게 드러내고, 익살과 빈정거림으로 젊은 세 사람의 관계를 탐지해 내려고 무던히 애를 썼다. 슈퇴르 부인에게 말하게 한다면, 불쌍한 카렌의 입장에서 본 관계는 아주 명백하며 카렌으로서는 간단한 산책에도 이렇게 스마트한 기사를 양쪽에 두고 그 사이에 끼여서 걷는 것은 기분이 나쁘지는 않을 것이다. 이와 반대로 사촌들을 중심으로 생각한 관계는 그녀로서도 확실하게 파악할 수 없었다.

그러나 어리석고 무지하긴 했지만 역시 여자 특유의 직감력에서 엉거주춤하고 평범한 견해이긴 했지만 어느 정도 진상을 간파하고 있었다. 세 사람의 관계에서 사실은 한스 카스토르프가 기사이고, 요아힘 짐센은 단지 들러리를 서고 있다는 것, 그리고 한스 카스토르프는——그의 쇼샤 부인에 대한 기분은 슈퇴르 부인도 알고 있었다——목표로 삼고 있는 부인에게 공공연히 가까이할 수 없기 때문에 그것을 메우려고 불쌍한 카르슈테트를 상대로 하고 있다는 것을 슈퇴르 부인은 간파하고 그것을 빈정대면서 싫은 소리를 했다. 정말 그녀다운 견해로서 윤리적인 깊이도 없고 극히 피상적이고 평범한 직감이었기 때문에 한스 카스토르프는 그녀가 상스럽게 빈정댔을 때, 질린 듯한 멸시의 시선을 던졌을 뿐이었다. 불쌍한 카렌을 상대로 하고 있는 것은, 그의 자선 행위의 모든 것이 그러했듯이 물론 그에게는 일종의 보충이며 조금이라도 자기의 본래의 희망에 도움이 될 만한 방편임에는 틀림없었다. 그러나 그와 동시에 그것 자체의 목적을 갖고 있지 않은 것도 아니었다. 병의 소굴과 같은 말린크로트에게 죽을 떠서 먹였을 때, 페르게 씨의 지옥과 같은 흉막 진탕의 괴로움을 들어 주었을 때, 불쌍한 카렌이 기쁜 나머지 손가락에 고약을 붙인 손으로 손뼉치는 것을 보았을 때, 한스 카스토르프가 느낀 만족감은 비록 그 원인이 복잡해서 순수한 것이 아니었다 할지라도, 그것은 동시에 또 그것 자체가 목적이기도 한 순수한 기쁨이기도 했다. 그 기쁨은 카스토르프 청년이 실험 채택을 활용하여 볼 가치가 있다고 생각한 어떤 교육 정신에서 유래하는 것이었다. 물론 그 교육 정신은 교육자로서의 세템브리니가 대표하고 있는 정신과는 정반대의 입장에 선 정신이긴 했지만 말이다.

한편 카르슈테트가 하숙하고 있는 집은 예의 개울과 철도 선로에서 멀지 않고 마을로 가는 길가에 있었기 때문에 사촌들이 아침 식사 뒤의 규정된 산책에 그녀도 데리고 가려고 마음이 내킬 때면 들르기에 아주 편했다. 주요한 산책길로 나가기 위해 마을 쪽으로 걸어가자면 앞으로는 소(小)쉬아호른 산이 보였고 훨씬 오른쪽에는 세 개의 뾰죽한 산꼭대기가 보였다. 이것은 『푸른 탑』이라고 불리었는데 지금은 이것도 눈에 덮여 눈부시게 햇빛을 받고 있었다. 그리고 또 오른쪽에 도르프베르크의 둥근 봉우리가 보였고 그 비탈의 4분의 1 가량의 높이에 묘지가 보였다. 이것은 마을의 묘지인데 돌담이 쳐 있고, 전망이, 아마 호수의 전망이 좋은 위치에 있어 그 때문에 산책의 목적지로 택해질 수 있는 장소였다.

사촌들 세 사람도 어느 화창한 날 오전에 그곳으로 올라가 보았다. 한동안 좋은 날씨가 계속되어 바람도 없고 화창하여 하늘은 푸르렀다. 따뜻하기도 하고 춥기도 했지만 눈이 하얗게 반짝이고 있었다. 사촌들은 한 사람은 적동색, 또 한 사람은 청동색의 얼굴을 하고 이 맑은 날씨에 외투는 짐스러울 것 같아, 평상시의 옷차림으로 떠났다. 짐센 청년은 스포츠복에 고무 설화(雪靴), 한스 카스토르프는 구두는 사촌과 같았지만, 짧은 바지를 입을 만큼 스포츠맨은 아니었기 때문에 긴 바지를 입고 있었다. 신년의 2월 초와 중순 사이쯤이었다. 그렇다. 한스 카스토르프가 이 위에 와서부터 해가 바뀌어 지금은 다른 해, 다음해가 되어 있었다. 우주의 대시계(大時計)의 긴 바늘이 한 단위 전진하고 있었다. 그렇다고 해서 가장 긴 바늘, 예컨대 천 년 단위의 바늘이 아니라──지금 살아 있는 인간으로 그 바늘이 그 다음으로 전진하는 것을 경험하는 인간은 아마 없을 것이다──백 년 단위의 바늘도 아니고 10년 단위의 바늘도 아니었다. 그러나 1년을 가리키는 바늘이 요즈음 한 단위만 전진하여──한스 카스토르프는 이 위에 1년 있었던 것이 아니라, 반 년하고도 조금 더 있었을 뿐이었지만──어떤 시계의 분초가 5분마다 한 번 전진하는 것과 마찬가지로 다음으로 또다시 전진하기까지 우선 정지하고 있었다. 그러나 이 연침(年針)이 다음으로 전진하기까지는 월침(月針)이 앞으로 10회 전진해야만 했다. 즉, 한스 카스토르프가 이 위에 와서부터 전진한 횟수보다도 이삼회 더 많이 전진해야 했다──한스 카스토르프는 2월은 계산에 넣지 않았다. 쓰기 시작한 돈은 써버린 것이나 마찬가지인 것처럼, 시작이 된 달은 이미 지나간 것과 마찬가지였다.

그런데 세 사람은 어느 날 도르프베르크의 묘지에도 산책을 했다. 이야기를 자세히 하기 위해 이 산책에 관해서도 말해 두기로 하자. 이 산책의 제안자는 한스 카스토르프였다. 요아힘은 처음에는 불쌍한 카렌에게 묘지에의 산책은 어떨까 해서 주저했지만, 그러나 그녀를 상대로 사실을 알리지 않으려고 한다든지, 비겁한 슈퇴르 부인처럼 죽음을 생각하게 하는 것을 보지도 않으려고 전전긍긍해 하는 것은 아무 의미가 없다는 것을 깨닫기도 하고 인정하기도 했다. 카렌 카르슈테트는, 말기적 증상에 있는 환자의 자기 기만에 조금도 사로잡히지 않고 자기의 용태가 어떤 것이며 손가락 끝의 중독이 어떤 성질의 것인가 잘 알고 있었다. 또 냉담한 친척들이 그녀의 유해를 고향으로 보내는 사치를 용서해 줄 리도 없고 숨을 거둔 뒤의 그녀는 마을의 묘지에서 검소한 안식처를 얻게 될 것이라는 것도 알고 있었다. 요컨대 이 산책의 목적지는 카렌에게는 다른 장소, 예컨대 쌍썰매의 출발이나 영화관보다는 윤리적으로 적합한 장소라고 할 수 있었다. 그리고 묘지를 단지 전망이 아름다운 장소, 단순한 산책장이라고 생각하지 않는다면, 거기에 잠들고 있는 사람들에게 한번 호의를 표시하는 것은 동료로서 당연한 예의임에 틀림없다.

눈 속에 만들어진 길은 세 사람이 나란히 걸을 만큼 넓지 못해, 한 사람씩 앞뒤로 서서 천천히 올라갔다. 비탈에 있는 별장의 마지막 별장, 가장 높은 위치에 있는 별장을 뒤로 하고 또 그것을 아래로 하고 올라감에 따라 아침저녁으로 보아 오던 경치가 겨울의 멋진 단장을 하고 예전과는 좀 다른 원근 관계로 보이기 시작하면서 시야가 열려 왔다. 동북쪽으로 골짜기의 입구를 향해 시야가 열리기 시작하고, 기대했던 호수가 숲에 에워싸여, 얼어붙은 원형 수면이 눈에 덮인 모습으로 보였다. 그 가장 먼 기슭 저편에는 겹겹으로 된 산의 경사면이 지면에서 서로 만난 듯이 보였고, 그 사면 뒤에는 보지 못한 연산(連山)의 봉우리가 눈에 덮여 푸른 하늘을 배경으로 키를 다투고 있었다, 세 사람은 묘지 입구의 돌문 앞에서 눈 속에 서서 그 경치를 바라보고는 문에 그냥 걸쳐 놓았을 뿐인 쇠창살문을 열고 묘지 안으로 들어갔다.

묘지 안에는 좁은 길이 눈 한가운데에 만들어져 있었다. 돌이나 금속 십자가, 원형의 조각과 비문으로 장식된 작은 비석이 서 있는, 정성드려 정연하게 깔아 놓은 침소(寢所) 사이, 철책을 두르고 눈을 담뿍 이고 있는 묘 사이에 이 좁은 길이 나 있었지만, 사람의 모습은 보이지 않았고 목소리도 들리지 않았다. 이 장소의 한적하고 방해받지 않는 고요는 여러 가지 의미에서 깊은 신비를 느끼게 했다. 숲속 어떤 곳에 돌로 만든 작은 천사, 동자상(童子像)이 작은 머리에 눈 모자를 비스듬히 얹고 서서 손가락으로 입술을 막고 있었는데 이것은 이 장소의 정적의 수호신이었을 것이다. 즉, 침묵의 수호신, 그것도 지껄임의 거부를 강하게 느끼게 하는 침묵, 즉 영원한 침묵을 느끼게 하면서 도 그러나 공허하고 단조롭게 느끼게 하지 않는 침묵의 수호신이었다.

두 청년이 모자를 쓰고 있었다면 그 모자를 벗어야 했을 것이었다. 그러나 두 사람 다, 한스 카스토르프도 모자를 쓰고 있지 않았기 때문에 경건한 태도 로 몸무게를 발끝에 두고, 오른쪽과 왼쪽에 가볍게 인사하는 걸음거리로 카렌 카르슈테트를 선두로 일렬이 되어 따라갔다.

묘지는 모양이 불규칙하여 처음은 남으로 장방형으로 뻗어 있고, 그리고 좌 우로 사방형으로 퍼져 있었다. 여러 번 확장할 필요성 때문에 옆에 있는 밭을 묘지화한 것을 곧 알 수 있었다. 그러나 인제 묘지는 만원에 가까웠고 그것도 돌담에 가까운 장소뿐만 아니라 더 장소가 나쁜 깊숙한 곳도 그러했다. 만일 의 경우에 어디에 한 사람분의 안식처가 남아 있는지 간단히 알 수 없을 정도 였다. 세 사람의 방문객은 비석 사이의 좁은 길과 통로를 한동안 경건하게 걸 어다니다가 가끔 걸음을 멈추고 비석에 새겨진 이름·생년월일·사망 날짜를 읽어 보기도 했다. 비석도 그렇고 십자가도 검소한 것으로 보아 그다지 비용 이 든 것은 아니었다. 묘비명에는 세계 방방곡곡에서 모여든 각기 다른 이름 들이 있었다. 영국인 이름, 러시아 인 이름 또는 막연하게 슬라브 인 이름, 그리고 독일인 이름, 포르투갈 인 이름, 그밖에 갖가지 이름들이 있었지만 매 장된 날짜는 얼마 되지 않았고 향년은 대체로 아주 짧아 탄생에서 사망까지의 햇수는 모두 20년 또는 그것을 그다지 넘지 않았다. 거의 젊은 사람들만이 이 렇듯 세계 각지에서 이곳으로 몰려와서 영원한 수평 생활에 들어가 이 침소에 누워 있는 것이었다. 나이를 먹은 사람이 거의 없었다.

혼잡을 이루고 있는 묘의 안쪽 풀밭 중앙 가까이에 비석에 조화로 된 화환 을 걸고, 높이 만들어진 두 개의 묘 사이에는 사람의 키 정도 길이의 평평한 지면이 아직 아무에게도 점령되지 않은 채 남아 있었다. 세 사람의 손님은 무 의식중에 그 앞에 멈추어 섰다. 세 사람은 선 채로 좌우에 있는 조그만 비석 의 햇수를 읽었다. 소녀는 두 청년보다 조금 앞에 나와 서고 한스 카스토르프 는 편안한 자세로 두 손을 앞으로 모으고 입을 벌리고 졸린 눈을 하고 있었 고, 짐센 청년은 부동의 자세로 똑바로 섰다기보다 오히려 몸을 뒤로 젖히고 서 있었다. 그리고 두 사람은 똑같이 호기심에 끌려 카렌 카르슈테트의 얼굴 표정을 살짝 엿보았다. 그녀는 그것을 곧 알아차리고 머리를 좀 비스듬히 앞으로 내밀고 부끄러운 듯이 얌전하게 서서 눈을 바쁘게 깜박거리면서 입술을 오므리고 점잔을 빼면서 미소지었다.

발푸르기스의 밤

　앞으로 며칠 안 있으면 한스 카스토르프 청년이 이 위에 올라온 지도 7개월이 되는 날이었다. 한스 카스토르프가 여기에 왔을 때 이미 5개월을 여기서 지냈던 사촌 요아힘은 12개월, 즉 만 1년을 여기에 있은 것이 되었다. 소형이지만 견인력이 센 기관차에 태워져 여기에 온 이후 지구가 또다시 공전을 한 회 끝마치고 원위치로 돌아갔다고 하는 우주적인 의미에서 만 1년이 되었다. 그리고 지금은 사육제(謝肉祭)의 시기였다.
　사육제의 밤이 목전에 다가와 한스 카스토르프는 그것이 어떤 것인가를 여기에 만 1년 있은 사촌에게 물었다.
　「굉장합니다.」
　아침 산책을 그날도 사촌들과 함께 한 세템브리니가 대신하여 대답했다.
　「현란하고도 호화롭답니다!」 하고 그는 대답했다.
　「비엔나의 프라터 유원지처럼 유쾌하답니다. 두고 보십시오, 엔지니어. 그때가 되면 우리들도 곧 윤무(輪舞)에 가담하는 멋쟁이가 됩니다.」
　이렇게 그는 탄력 있는 말로 독설을 퍼붓기 시작했는데 팔과 머리와 어깨를 움직이면서 교묘한 몸짓을 하였다.
　「정신병원에서도 바보나 천치들을 위해 무도회를 가끔 개최한다지 않습니까. 어디서 읽은 일이 있습니다. 상상이 되시리라 믿습니다만 프로그램엔 각양 각색의 죽음의 무도가 포함되어 있습니다. 그러나 유감스럽게도 작년에 여기서 축제 때 참가한 사람들의 일부가 (축제는 9시 반에 끝나지만 망자들이 이 세상에 다시 돌아올 수 있는 것은 오후 12시부터 날이 밝아질 때까지이기 때문에) 금년에는 참가하지 못한다는 점입니다. 축제가 9시 반에 끝나 버리기 때문이지요.」
　「당신이 말씀하시는 것은…… 아, 그렇군요. 이건 걸작인데요.」
　한스 카스토르프는 웃으면서 말했다.

「농담을 잘 하시는군요——9시 반에는——자네 들었나? 즉 너무 빨리 끝나 버려. 작년에는 사람들의 일부가 한 시간 가량 참가하고 싶어도 시간을 맞출 수 없다고 세템브리니 씨는 말씀하시는 거야. 하하, 기분이 으시시한데. 일부란 요 1년 동안 삶에 영원한 작별을 고한 사람들을 말하는 거야. 내 농담 알겠나? 그러나 아무튼 기다려지는군요. 나는 여기서 축제가 돌아오는 것을 차례로 맞이하여, 세상에서 하는 대로 단락, 즉 매듭을 하나하나 확실하게 하여 단조로운 시간이 안 되도록 하는 것을 타당한 일이라고 생각하고 있습니다. 단조로운 시간이란 묘한 것일 테니까요. 우리들은 크리스마스를 축하하고 새해가 왔다는 것을 알았고, 이번에는 사육제가 오고 있습니다. 그리고 부활절 전의 일요일이 가까이 와(여기에도 그때에 먹는 둥근 빵이 있습니까?) 성주간, 부활절, 그리고 6주일 뒤에는 오순절이 되고 그렇게 되면 1년 중에서 가장 낮이 긴 날 하지(夏至)가 됩니다. 그렇지요. 그리고는 가을이 가까이 옵니다……」

「그만하십시오. 그만, 그만.」세템브리니는 얼굴을 위로 쳐들고 손바닥으로 관자놀이를 눌렀다. 「그만하십시오. 그렇게 고삐를 늘어뜨리고 달리는 것을 나는 엄금합니다.」

「용서하십시오. 나는 오히려 그 반대되는 것을 말했는데요. 그건 그렇고 베렌스는 나의 병독을 없애기 위해 결국 주사를 감행하려는 모양입니다. 나는 여전히 열이 37도 4부, 5부, 6부, 또는 7부입니다. 아무리 해도 내려가지 않습니다. 나는 역시 인생의 걱정거리 자식인가 봅니다. 물론 나는 장기에 걸친 환자는 아니라고 생각합니다. 라다만트는 나에게 확실한 형기를 아직 선고하지 않고 있지만 내가 이 위에 인제 이만큼 있었으니 말하자면 이만큼 시간을 투자했기 때문에 도중에서 요양을 중단하는 것은 아무 의미가 없는 것이라고 말하고 있습니다. 게다가 그가 내 기한을 정해 준다 해서 그것이 무슨 소용이 있습니까? 별반 의미가 없을 거라고 생각합니다. 그가 가령 반 년이라고 선고했다 해도 그것은 최소한도의 전망이지 사실은 더 오래 있게 될 것을 각오해야만 할 것입니다. 내 사촌의 경우도 그렇습니다만, 이 사람은 이달 초에 끝이 날——완쾌하다는 의미입니다만——예정이었으나 요즈음은 완쾌하려면 앞으로 4개월은 걸린다고 말했습니다. 그래서 말입니다. 4개월이 지나면 어떻게 되겠습니까? 아까도 말씀드렸지만 하지입니다. 그리고 하지에서 다시 겨울을 맞습니다. 그러나 우선 지금 당장은 물론 사육제입니다. 아까도 말씀드렸습니다만 나는 여기서 모든 것을 달력에 있는 대로 차례로 충실하게 축하하는 것을 아주 좋은 일이라고 생각하고 있습니다. 슈퇴르 부인의 말로는 수위실에서 장난감 나팔을 팔고 있다지요?」

사실 그러했다. 멀리서 이렇다 하게 딱 정한 시간도 없이 갑자기 찾아온 사육제 화요일에는, 아침 일찍 첫번째의 아침 식사 때부터 식당에서 장난감 악기의 갖가지 소리가 삐삐 뿌뿌 하고 울려 와 벌써 점심 식사 때에는 갠저, 라무스센, 클레펠트의 식탁에서 종이 테이프가 날아다니기 시작했고, 몇몇 사람들은, 예컨대 둥근 눈을 한 마루샤는 역시 현관 수위실에서 예의 절름발이가 팔고 있는 종이 모자를 쓰고 있었다. 그리고 밤에는 식당과 담화실에서 축제의 밤 모임이 시작됐고, 이 사육제의 모임이 한스 카스토르프의 행동 정신의 덕택으로 마지막에 어떤 결과로 끝나게 되었는지 그것은 현재로는 우리들만이 알고 있다. 그러나 우리들은 알고 있다는 것에 좋은 기분이 되어서 이때까지의 신중성을 잃지 않도록, 모든 것을 신뢰할 수 있는 시간의 손에 맡기고, 너무 서두르지 말도록 하자. 오히려 우리들은 그 결말에 도달하는 것을 한동안 자제하고 있던 한스 카스토르프 청년의 윤리적 주저에 동감을 느끼기 때문에 그 결말을 이야기하는 것을 될 수 있는 한 늦추고 싶은 심정이다.

오후에는 거의 모두가 사육제의 거리 광경을 구경하러 읍내로 갔다. 피에로와 가짜 목검(木劍)을 딸랑거리면서 휘둘러 대는 익살 광대의 가장들이 걷고 있었다. 방울을 울리면서 지나가는 단장한 썰매에 탄 가장한 사람들과 보행자들이 작은 석고(石膏) 공이나 종이쪽지를 서로 던졌다. 이렇게 해서 베르크호프의 주민들도 완전히 들뜬 기분이 되어서 읍내의 그런 명랑한 기분을 저녁 식사 때에 작은 그룹에서나마 유지하자고 하며 일곱 개의 식탁에 둘러앉았다. 수위가 팔고 있는 종이 모자, 삐삐 뿌뿌 부는 것이 날개돋친 듯이 팔렸다. 먼저 파라반트 검사가 꽤 손이 간 가장의 선두를 끊었다. 여자옷을 입고, 주위의 떠드는 소리로 미루어 부름브란트 총영사 부인의 물건인 듯한 가발을 머리에 쓰고, 콧수염을 인두로 지져 비스듬히 아래로 드리우고 정말로 중국인 그대로의 모습으로 나타났다. 경영자측도 이에 지지 않았다. 일곱 식탁이 모두 종이로 된 초롱으로 장식되었는데, 그 속에 촛불이 켜져 있어 채색된 달 같았기 때문에 세템브리니는 식당으로 들어와 한스 카스토르프의 식탁 옆을 지나가면서 그 일루미네이션에 관해 시인의 말을 인용하여,

보십시오, 울긋불긋 불이 타고 있습니다.
유쾌한 무리들이 모여 있습니다.

괴테 《파우스트》 제1부 〈발푸르기스의 밤〉 장면

하고 섬세하고 냉정한 미소를 띠며 읊으면서 그의 식탁으로 가다가 향수를 채운 얇은 가죽으로 된 작은 공, 부딪치면 터져서 향수를 퍼붓는 작은 수류탄의 일제 사격을 받았다.

요컨대 축제 기분은 처음부터 아주 강렬했다.

웃음소리가 가득 찼고 샹들리에에서 드리워진 종이 테이프가 공기의 움직임에 따라 펄렁거렸고, 불고기 소스 속에는 작은 색종이 공이 떠 있었다. 이윽고 난쟁이 식당 아가씨가 그날 밤 처음 나오는 샴페인 병을 냉각기에 넣어 바삐 갖고 가는 것이 보였다. 모두는 아인후프 변호사의 신호에 따라 샴페인에 부르군트 산 포도주를 타서 마셨다. 그리고 식사가 거의 끝날 무렵에 천장불이 꺼지고 초롱불만이 오색의 희미한 불빛으로 식당을 이탈리아의 밤처럼 비췄을 때 축제 기분은 절정에 이르렀다.

한스 카스토르프의 식탁에는 세템브리니가 한 장의 종이쪽지에 다음 시구를 연필로 써 보내와——그는 그 종이쪽지를 그에게 아주 가까이 앉아 녹색 비단 종이로 된 기사모를 쓰고 있던 마루샤에게 주었다——대갈채를 받았다.

　　그러나 잊지 마십시오. 오늘은 산 속이 미친 듯이 야단이오니
　　도깨비불에 길잡이를 시키더라도
　　사소한 잘못은 눌러 보아 주셔야겠습니다.
　　　　〈발푸르기스의 밤〉 시행 3868~3870

다시 용태가 악화되었던 닥터 블루멘콜이 전과 같은 얼굴 모양이라기보다 입 모양을 하고 무언가 중얼거렸는데 그 시구는 대체 어떤 시구인가고 물어 보고 있는 것 같았다. 한스 카스토르프는 그 시구에 답례의 시구를 써야겠다고 느껴, 물론 아주 보잘것없는 답례 시구가 될 것 같았지만, 이쪽도 마음이 들떠 그 종이쪽지에 무언가 답례 시구를 쓰기로 했다. 그래서 호주머니에 손을 넣어 연필을 찾았지만 없었다. 요아힘에게서도 여교사에게서도 빌릴 수가 없었다. 그의 뻘겋게 충혈된 눈은 구원을 청하듯이 동쪽으로, 식당 왼쪽 안구석으로 향했는데 처음의 가벼운 착상이 이윽고 심각한 연상(聯想)으로 바뀌어져 그 때문에 얼굴이 창백해지고 처음 목적은 완전히 잊어버리고 말았다.

창백해진 이유는 다른 데에도 있었다. 저쪽 깊숙이에 있는 쇼샤 부인은 사육제의 차림을 하고 새 옷, 적어도 한스 카스토르프는 처음 보는 옷을 입고 있었다――검다기보다 오히려 새까만, 때때로 밤빛으로 빛나는 엷은 비단옷인데 목둘레가 소녀의 옷같이 작고 둥글게 되어 있어 앞쪽은 목과 쇄골이 붙은 짬이 보이고 뒤로는 목덜미의 흩어진 머리칼 밑으로 목을 좀 앞으로 내밀었기 때문에 약간 튀어나와 있는 경추골이 조금 보일 정도였지만, 클라브디아의 팔은 어깨 있는 데까지 드러나 있었다――날씬한 동시에 풍만하여 모든 점에서 차디찬 느낌이었다. 그 팔은 검은 비단옷에서 빠져 나온 것처럼 희게 돋보여서 이것을 본 한스 카스토르프가 눈을 감고 소리 없이 아, 하고 속삭이지 않을 수 없을 정도로 마음을 움직이는 모습이었다. 그는 이러한 재단의 옷을 본 일이 없었다. 이때까지 어깨와 목을 더 대담하게 드러낸 무도복을 본 일은 있어도 그 노출상은 정장으로서 허락되어 있었고 오히려 범절로서 요구되어 있어서 이처럼 센세이셔널한 느낌은 조금도 주지 않았다. 한스 카스토르프는 언젠가 엷은 망사를 통해 이 팔을 본 일이 있었는데 그때에 이 팔의 유혹적인 매력, 그 매력은 그가 그때 사용한 말을 빌리면 엷은 망사의 그럴 듯한 『변용』이 없었더라면 아마 그렇게 강하지는 않았을 거라고 생각했는데, 그 비평이 무엇보다도 그릇된 것이라는 것을 알았다. 그릇된 생각이었다. 있을 수 없는 오해였다. 병균으로 침식된 유기체의 이 요염한 팔, 풍만하게 눈부실 정도로 드러난 팔은 언젠가의 변용보다도 훨씬 강렬한 매력을 갖고 있어서 머리를 내려뜨리고 소리없이 『아』를 되풀이하는 수밖에 다른 말이 나오지 않았다.

얼마 뒤에 또다시 종이쪽지가 돌아왔는데 거기에는 다음과 같이 적혀 있었다.

뛰어난 분들입니다.
정말 훌륭한 신부들입니다.
그리고 총각들도 모두 제각기
유망한 젊은이들입니다.
　〈발푸르기스의 밤〉 시행 4295~4298

「브라보, 브라보!」하고 모두가 외쳤다. 식사는 벌써 갈색 사기 그릇에 담아 서비스되는 모카 커피, 또는 리큐르로 옮겨져, 달콤한 술을 무엇보다 좋아하는 슈퇴르 부인 같은 사람은 리큐르를 마시고 있었다. 사람들은 뿔뿔이 흩어지고 내왕하기 시작했다. 서로 찾아가기도 하고 식탁을 바꾸기도 했다. 손님 일부는 벌써 담화실로 물러갔고, 또 일부 손님은 아직 식당에 남아 샴페인에 탄 포도주를 계속 마시고 있었다. 세템브리니는 커피잔을 손에 들고 이쑤시개를 입에 물고 이번에는 자기가 와서 한스 카스토르프와 여교사 사이에 끼여 식탁 구석에 앉아 자리를 같이했다.

「하르츠 산 그대로입니다.」 그는 말했다.

「시르케와 엘렌트 근방(〈발푸르기스의 밤〉의 무대)입니다. 내가 말한 것이 지나친 과장이었습니까, 엔지니어. 큰 장터가 선 거나 다름없습니다. 그러나 조금만 기다려 주십시오. 우리들의 장난의 밑천은 아직도 떨어진 것이 아닙니다. 아직도 최고조에 달하지 않고 있습니다. 끝났다니 어림도 없습니다. 여러 방면으로부터의 정보에 의하면 아직도 더 가장 인물이 나타난다는 것입니다. 어떤 사람들이 모습을 감추었습니다만 크게 기대해도 좋을 것입니다. 인제 두고 보십시오.」

정말 새로운 가장 인물이 나타나 희가극식으로 불룩한 남장을 하고, 태운 코르크 마개로 얼굴에 꺼멓게 콧수염을 그린 부인들, 이와는 반대로 부인복을 입고 스커트에 걸려 비틀거리는 남성들이 등장했다. 가령 학생인 라스무센은 검은 구슬을 한쪽에 단 검은 부인복을 입고, 부스럼투성이인 어깨와 목을 드러내고 등 있는 데까지 부채질을 하고 있었다. 다리가 구부정한 거지가 목발에 몸을 의지하여 등장했다. 흰 속옷과 펠트의 부인 모자로 피에로 의상을 만들어 입고 눈이 이상하게 보일 정도로 얼굴에 분을 바르고 입술 연지를 빨갛게 칠한 남성도 있었다. 이것은 새끼손톱을 길게 기른 소년이었다. 이류 러시아 인석의 아름다운 다리를 한 그리스 인은 엷은 자색 메리야스 바지를 입고 짧은 외투를 걸치고 접시 모양의 종이로 된 목도리를 하고, 속에 칼이 든 지팡이를 들고 스페인의 대공 아니면 동화에 나오는 왕자 모습으로 조용히 등장했다. 모든 복장이 식사가 끝난 뒤에 바삐 속성으로 만들어진 것이었다. 슈퇴르 부인도 의자에 가만히 앉아 있을 수 없었다. 그녀는 자취를 감추었나 했더니 얼마 안 있어 스커트를 들고 소매를 걷어올리고 종이 모자의 리본을 턱 밑에 매고 물통과 빗자루를 쥔 소제부 모습으로 돌아와서 곧 도구를 사용하여 젖은 걸레를 식탁에 앉아 있는 사람들의 발 사이에 들이밀었다.

「바우보 할머니 혼자서 등장.」(〈발푸르기스의 밤〉에 나오는 한 장면. 시행 3962~3963) 하고 세템브리니는 슈퇴르 부인을 보고 암송하고는 다음 시구도 분명하게 조형적으로 덧붙였다. 슈퇴르 부인은 이 말을 듣고 세템브리니를 『이탈리아의 칠면조』라고 욕을 하고 가장회의 자유로운 분위기에 따라 그를 『댁』이라 부르고 『음탕한 언사』를 삼가하라고 요구했다. 식사 때부터 모두들 『댁』이니 『자네』니 하고 서로 부르고 있었다.

세템브리니가 그녀에게 응수하려고 했을 때 현관 홀 쪽에서 웃음과 요란한 소리가 들려 와 세템브리니는 입을 다물고, 식당에 있는 사람들은 일제히 활기를 띠었다.

지금 막 가장을 끝냈다고 생각되는 두 가지의 기묘한 모습을 한 사람이 담화실 사람들에 둘러싸여 식당으로 들어왔다. 하나는 간호사의 제복을 입고 있었는데, 그 검은 옷에는 흰 끈의 선이 목에서부터 단까지 가로로 꿰매져 있었는데 짧은 선이 좁은 간격을 두고 평행으로 나란히 있는 그 군데군데에 더 긴 선이 역시 가로로 나와 있어 체온계의 도수를 표시하고 있었다. 그리고 퍼렇게 칠한 입술에 집게손가락을 대어 침묵을 표시하고, 오른손에 체온표를 가지고 있었다. 다른 가장은 일체가 모두 푸른색으로 입술, 눈썹 이외에도 얼굴과 목의 모든 부분이 푸르게 칠해져 있고 푸른 털실 모자로 귀를 덮어 비스듬히 쓰고, 푸른 한 장의 삼베로 만든 옷 같기도 하고 덧옷 같기도 한 것을 입고 그 발목을 끈으로 매고 뱃속에 무언가를 넣어서 불룩하게 하고 있었다. 이들이 일티스 부인과 알빈 씨라는 것을 알았다. 두 사람 다 목에 마분지를 걸었는데 거기에는 각기 『무한정』, 『푸른 하인리히』라고 적혀 있었다. 두 사람은 비틀비틀 걸으면서 식당을 나란히 돌아다녔다.

박수갈채가 터졌고 환성이 소용돌이를 쳤다. 슈퇴르 부인은 빗자루를 옆구리에 끼고, 두 손을 무릎에 얹고 소제부의 가장을 평계로 지나칠 정도로 야비하게 웃었다. 세템브리니만은 차디찬 얼굴을 하고 있었다. 일대 성공을 거둔 두 사람의 가장에 잠깐 시선을 던지고는 아름답게 치켜오른 콧수염 밑의 입술을 꼭 다물었다.

이 『푸름』과 『무한정』 뒤를 따라 담화실에서 식당으로 돌아온 사람들 가운데 클라브디아 쇼샤의 모습도 보였다. 부드러운 머리의 타마라와 같은 식탁의 가슴이 들어간 야회복 차림의 불리긴인가 하는 신사와 함께 쇼샤 부인은 한스 카스토르프 식탁 옆을 새 옷 차림으로 지나갔다. 동행의 두 사람은 아까의 비유적인 가장의 뒤를 따라 식당에서 나가 버렸지만 쇼샤 부인만은 갠저 청년과 클레펠트의 식탁에 비스듬히 가까이 와 그 식탁에서 멈춰 서서 두 손을 등에 돌리고 가느다란 눈을 하고 웃고 지껄였다. 쇼샤 부인도 사육제의 모자를 쓰고는 있었지만, 그것은 산 모자가 아니라 아이들에게 접어 주는, 흰 종이를 간단히 삼각형으로 접은 모자였다. 그러나 그것을 옆으로 쓰고 있는 모습은 무어라 말할 수 없이 사랑스러웠다. 밤빛으로 빛나는 검은 비단 밑으로 발이 보였는데 스커트는 테를 넣어 약간 불룩하게 만들어져 있었다. 팔에 관해서는 인제 말을 안 하기로 하지만, 좌우간 어깨 있는 데까지 드러나 있었다.

「저 여자를 잘 보십시오.」하고 세템브리니 씨가 말하는 것을 한스 카스토르프는 멀리에서처럼 들었다. 한스 카스토르프는 쇼샤 부인이 다시 유리문으로 해서 식당을 걸어 나가는 것을 눈으로 쫓고 있던 터였다.

「저것은 릴리트입니다.」

「누구라고요?」한스 카스토르프는 되물었다.

괴테의 《파우스트》에 나오는 대사와 우연히 같은 순서가 되었으므로 문학자는 아주 기뻐했다. 그는 대답했다.

「아담의 첫 마누라입니다. 조심해야 합니다.」

두 사람의 식탁에는 닥터 블루멘콜이 그들로부터 떨어진 자기 자리에 앉아 있을 뿐이었다. 식탁의 다른 멤버들은 요아힘까지도 담화실로 옮겨가 버렸다. 한스 카스토르프는 말했다.

「오늘의 댁은 시와 노래로 가득하군요. 그 릴리트라는 것은 무엇입니까? 그렇다면 아담은 두 번 결혼했습니까? 그건 전혀 몰랐는데요.」

「헤브라이 전설은 그렇게 전하고 있습니다. 이 릴리트는 밤의 도깨비가 되는데 젊은 남성들에게는 특히 그 아름다운 머리칼 때문에 위험한 존재입니다.」

「그래요? 아름다운 머리칼을 가진 밤의 도깨비라. 댁은 그런 것은 견딜 수 없다, 이 말씀이군요? 그래서 댁은 들어와서 말하자면 전등불을 켜고 젊은 사람들을 본정신으로 돌아가게 한다, 이 말이군요.」한스 카스토르프는 꿈을 꾸듯이 말했다. 그는 칵테일을 꽤 많이 마셨다.

「엔지니어, 제발 댁이라는 말투는 그만두십시오.」세템브리니는 눈썹을 찡그리면서 명령을 하듯이 말했다. 「죄송하지만 교양 있는 유럽에서 보통 쓰는 제3인칭 복수형의 호칭『당신』을 사용해 주십시오. 지금 사용하고 있는『댁』이란 말은 당신에게는 조금도 어울리지 않습니다.」

「그건 또 왜 그렇습니까, 오늘 밤은 사육제가 아닙니까. 오늘 밤은 누구에게든지 댁이라 불러도 상관없지 않습니까.」

「네, 그것은 음탕한 자극을 노리고 하는 것이지요. 당연히『당신』이라고 불러야 할 타인이 『댁』이라고 부르는 것은, 이것은 저주할 야만적 행위입니다. 원시 시대를 농락하는 아주 난잡한 유희입니다. 내가 그걸 싫어하는 것은 그 것이 근본적으로는 문명이나 진보한 인간성에 역행하기 때문입니다. 참으로 부끄럽기 짝이 없는 역행을 뜻하기 때문입니다. 나도 당신을 댁이라고 부르지 않았습니다. 잘못 생각하지도 말아 주십시오. 나는 당신 나라의 문학의 걸작 에서 어떤 부분을 인용했을 뿐입니다. 즉 나는 시적(詩的)으로 말했을 뿐입 니다.」

「나도 마찬가지입니다. 나도 시적으로 말하고 있는 겁니다. 이 순간이 그렇 게 하는 데에 적합한 순간처럼 느껴져서, 그래서 그렇게 말했던 것입니다. 나 로서도 댁을 『댁』이라고 부르는 것이 자연스럽고 간단하다고 생각하고 있는 것은 절대로 아닙니다. 오히려 그 반대여서 그렇게 부르는 데는 일종의 극기 가 필요합니다. 그렇게 부르는 데는 상당히 노력을 해야 합니다만, 나는 그 노력을 조금도 아끼지 않습니다. 정말 진심으로 기꺼이……」

「진심으로라고요?」

「그렇습니다. 정말 진심으로입니다. 우리들은 벌써 이만큼 이 위에서 함께 지냈습니다. 댁도 계산을 해보십시오. 7개월 동안입니다. 이 위에서의 우리들 의 시간 관념으로 본다면 그렇게 많지 않은 시간입니다만, 아래 평지의 관념 으로 생각한다면 역시 상당한 시간입니다. 우리들은 인생에 의해 여기에 함께 불려 와서, 그 7개월을 함께 지냈고, 거의 매일 얼굴을 맞대어 재미있는 이야 기를 나누고, 내가 평지에 있었더라면 전혀 알 수 없으리라고 생각되는 대상 에 관해서 이야기를 나누었습니다. 그것이 여기서는 아주 잘 이해되어 나에게 는 아주 중요하고 절실한 문제였기 때문에, 나는 둘이서 토론을 할 때에 언제 나 진지했던 것입니다. 토론을 했다기보다 오히려 댁이 인문주의자로서 여러 가지를 나에게 설명하여 주었습니다. 나는 이때까지 경험이 적었기 때문에 제 대로 말을 할 수가 없어서, 댁이 말하는 것을 언제나 듣고, 재미있다고 생각 하면서 듣는 것이 고작이었습니다. 댁 덕분으로 나는 여러 가지를 배웠고 이 해도 할 수 있었습니다. 카르두치에 관한 이야기는 이 가운데에서 가장 사소 한 것이었지만, 예컨대 공화제는 아름다운 문체와 어떤 관계에 있다든지, 시 간은 인류의 진보에 어떻게 관계가 있는가라든지, 이와는 반대로 시간이 없으 면 인류의 진보도 있을 수 없으며, 세계는 물이 괸 물구덩이 아니면 썩은 늪 같을 것이라든가, 이런 것에 관해 댁이 없었더라면 나는 무엇을 알았겠습니 까? 나는 댁을 『댁』으로만 부르고 이밖에 달리 부를 수가 없습니다. 댁은 거기에 앉아 있고, 나는 댁을 『댁』이라고만 부릅니다. 이것으로 충분합니다.
댁은 아무개라는 일개인이 아니라 한 사람의 대표자입니다, 세템브리니 씨.
이 위에 있어서, 그리고 내 옆에 계신 대표자입니다. 댁은 그러한 사람입
니다.」 하고 한스 카스토르프는 되풀이하여 테이블보 위를 손바닥으로 두드
렸다. 「그래서 나는 댁에게 여기서 감사의 말씀을 드리고 싶습니다.」 하고
계속하여 샴페인에 부르군트 산 포도주를 탄 술잔을 세템브리니의 커피잔 쪽
으로, 말하자면 식탁 위에서 마주치려고 들이밀었다. 「댁은 7개월간 그렇게
도 친절하게 나를 돌보아 주었습니다. 여러 가지 경험을 차례로 맞지 않으면
안 되었던 젊은 신입생을 위해, 정말 무료로, 어떤 때는 실화의 형식으로, 어
떤 때는 추상적인 형식으로, 실험과 연습의 수고를 하여 교정적인 영향을 주
려고 하신 데 대해 감사의 말씀을 드리고 싶습니다. 나는 노고에 대해, 그리
고 그밖의 모든 것에 대해 감사의 말씀을 드립니다. 내가 나쁜 학생이며 댁이
말한 것처럼 『인생의 걱정거리 자식』이었다고 한다면, 그것을 사과드려야 할
순간이 왔다는 것을 확실히 느낍니다. 댁이 그렇게 말했을 때 나는 어떻게 감
동했던지 지금도 그것을 생각할 때마다 감동하게 됩니다. 걱정거리 자식, 정
말이지 나는 당신에게, 그리고 언젠가 첫날 댁이 말씀해 주신 댁의 교육자적
인 기질에 대해서도 걱정거리 자식이었을 것이라고 생각합니다 —— 물론 이
것 인문주의와 교육의 관계도 역시 댁에게서 배운 관계의 하나입니다
만 —— 그러는 사이에 반드시 이밖에 또 여러 가지 배운 것이 머리에 떠오르
리라 믿습니다. 나를 너무 나쁘게 생각지 말아 주십시오. 행복을 빕니다, 세
템브리니 씨. 건강을 빕니다. 나는 인류의 고뇌를 제거하려고 하는 댁의 문화
적 정신을 위해 건배를 드립니다.」
　이렇게 말을 맺고 몸을 뒤로 젖히고 혼합주를 두세 모금 꿀꺽 들이마시고
일어섰다.
　「자, 그럼 다들 모여 있는 곳으로 갑시다.」
　「아니 엔지니어, 내가 당신의 기분을 건드렸습니까?」 이탈리아 인은 놀란
눈으로 이렇게 말하고 마찬가지로 식탁을 떠났다. 「작별 인사처럼 들리는데
요…….」
　「아닙니다. 왜 작별이란 말입니까?」 하고 한스 카스토르프는 피했다. 그는
비유적으로 말을 피했을 뿐만 아니라 몸도 상반신을 크게, 호를 그리듯이 하
며 피하여, 두 사람을 맞이하러 온 여교사인 엥겔하르트 양을 상대하기 시작
했다. 고문관이 경영자측의 대접인 펀치 술을 피아노실에서 몸소 나누어 주고

있다고 여교사가 알려 주었다.

여러분들도 한 잔 마시고 싶으면, 곧 가자고 그녀는 말했다. 그래서 그들도 그쪽으로 갔다.

정말 그 방에서는 베렌스 고문관이 귀가 달린 컵을 내밀고 있는 손님들에게 둘러싸여 흰 테이블보를 덮은 중앙의 원탁 뒤에 서서, 양푼에서 김이 오르고 있는 음료를 국자로 뜨고 있었다. 그도 복장을 사육제답게 좀 꾸미고, 수술복은 연중무휴의 직업 때문에 오늘도 입고 있었지만 진짜로 빨간 터키 모자를 머리에 쓰고, 그 검은 술을 귀 위에 덜렁덜렁 드리우고 있었다. 이 꾸밈만으로도 그에게는 충분한 분장으로, 그냥 있어도 이상한 고문관의 풍채는 이 두 가지 때문에 정말로 기묘하고 익살스러운 모습이 되었다. 희고 긴 진찰복이 고문관의 키를 과장돼 보이게 했고, 고개가 숙여진 것을 고려하여 그것을 곧게 펴고, 자세를 일직선으로 뻗쳐 본다면 정말 거인과 같은 크기가 되는데, 그 몸 위에 아주 독특한 눈과 코를 지닌 조그만 머리가 얹혀 있었다. 이 사자코를 한 납작하고 창백하게 상기한 얼굴, 엷은 금발 눈썹 아래에 젖은 푸른 눈이 나와 있고, 활 모양으로 위로 구부러진 입술 위에 엷은 색의 콧수염이 한쪽만 치켜올라간 얼굴이 적어도 한스 카스토르프 청년에게는 엉터리 모자를 쓰고 있는 오늘 밤만큼 이상하게 보인 적은 없었다. 고문관은 양푼에서 올라오는 김에서 얼굴을 돌리고, 설탕이 든 갈색 펀치 술을 국자로 호를 그리면서, 내민 컵 속에 붓고 있었다. 그러는 동안에도 예의 명랑한 농담을 쉬지 않고 연발하여, 그 테이블 주위에서는 한 잔씩 파는 술을 둘러싸고 폭소가 일어났다.

「염라대왕께서 군림하고 계십니다.」 세템브리니는 고문관을 가리키며 작은 목소리로 말했는데, 곧 한스 카스토르프 쪽으로 끌어당겨졌다.

닥터 크로코브스키의 얼굴도 보였다. 몸이 작고 딱 벌어진 강건한 체구를 한 그는 검은 무명지의 진찰복을 그 소매에 팔을 끼지 않고 어깨에 걸쳤기 때문에 그것만으로 무도회 외투를 입고 있는 것 같았는데, 이런 모습으로 그는 팔목을 구부리고 컵을 눈 높이에 쳐들어, 가면을 쓴 일단의 사람들과 즐겁게 지껄이고 있었다.

음악이 시작되었다. 만하임 인의 피아노 반주로 맥(貘) 같은 얼굴을 한 부인 환자가 헨델의 라르고를 바이올린으로 연주하고, 다음에는 그리스의 국민적인 살롱에 알맞은 소나타를 연주했다. 사람들은 호의적인 박수를 보냈다. 샴페인병이 든 냉각기를 옆에 두고, 펼쳐진 두 대의 브리지대에서 카드를 하고 있던 사람들도——가장한 사람도, 가장하지 않은 사람도 있었다——박수를 보냈다. 모든 문은 열려 있었고 홀에도 사람들이 있었다. 펀치 양푼의 원탁 주위에서는 일련의 사람들이 무언가 실내 유희를 소개하고 있는 고문관을 바라보고 있었다.

고문관은 눈을 감고 선 채로 테이블 위에 몸을 구부리고, 얼굴만은 눈을 감고 있다는 것을 누구에게나 보이도록 위로 올리고, 한 장의 명함 뒤에 연필로 무슨 그림을, 눈을 감은 채로 그리고 있었다. 그의 큰 손이 눈의 도움을 빌리지 않고 그린 그림은 돼지의 선화(線畫), 옆에서 본 돼지를 그린 것으로 좀 단순하고 사실적이라기보다 오히려 관념적인 그림이었지만 돼지의 그림임에는 틀림없고 더욱이 고문관은 그것을 이런 어려운 조건에서 그린 것이었다. 실과 같은 눈은 대체로 붙을 곳에 붙었다. 코끝에 좀 너무 가까이 가 있지만 대체로 적당한 위치에 붙어 있었고 머리에 달린 뾰죽한 귀, 둥근 배에 달린 짧은 발도 마찬가지였다. 역시 등의 선이 둥글게 그려졌고, 그 꼬리가 재치 있게 둥글고 짧게 꽁무니에 붙여졌다. 그림이 다 그려지자,' 모두 『와』 하고 환성을 질렀고, 선생과 어깨를 겨누어 보려고 야심에 끌려 앞을 다투어 돼지를 그려 보려고 했다. 그러나 눈을 뜨고도 돼지를 그릴 수 있는 사람은 거의 없었기 때문에 눈을 감고 그려질 리가 없었다. 웬일일까. 실패작들만 탄생할 뿐이었다. 눈은 머리 밖으로 튀어나왔고, 발은 뱃속으로 들어갔고, 그 배는 선이 맞추어져 있지 않을 뿐만 아니라, 꼬리는 이상하게 몸통과 유기적인 연관을 조금도 가지지 않아, 어딘가 옆에 둥글게 그것만으로 독립한 무늬 모양을 하고 있었다. 구경하는 사람들은 배를 쥐고 웃어 댔다. 그 테이블 주위에는 사람들이 모여들었다.

브리지대 사람들도 떠들어 대며 손에 카드를 부채 모양으로 쥐고 무슨 일이 일어났느냐는 얼굴을 하고 나타났다. 구경꾼들은 돼지를 그리고 있는 자가 눈을 끔벅이고 있는지 어떤지 눈꺼풀을 감시하고——사실 두세 사람은 안심할 수 없어서 눈을 가느다랗게 뜨는 유혹에 지고 말았다——당사자가 제멋대로 실패작을 그리고 있는 동안 킥킥 웃기도 하고 웃음을 참으려고 숨을 몰아쉬기도 했지만 당사자가 눈을 떠 괴상한 작품을 보는 순간 주위의 사람들도 와 하고 웃음을 터뜨렸다. 누구나 자기 같으면 하는 자부심에 끌려 경기에 참가했다. 명함은 대형(大型)이었으나 곧 앞과 뒤가 그림으로 뭉개지고 실패작들로 겹쳐졌다. 고문관은 명함 지갑에서 명함을 또 한 장 서비스하였고 그 위에 파라반트 검사가 혼자서 심사숙고를 하고 나서 단숨에 돼지를 그리려 했지만 그 결과는 이때까지의 누구의 것보다도 나빴다. 돼지는커녕 이 세상의 어떤 것도 닮지 않은 것이었다. 환성, 폭소, 축사의 폭풍이었다. 사람들은 식당에서 메뉴 카드까지 가지고 왔다. 이번에는 몇몇 남녀가 동시에 그릴 수 있었다. 각각 그리는 사람에게 감시인과 구경꾼이 붙고, 그 감시인과 구경꾼 모두가 지금 사용하고 있는 연필을 받아 그릴 권리를 가지고 있었다. 연필은 세 자루밖에 없어 서로 연필을 빼앗았다. 세 자루 다 손님들의 연필이었다. 고문관은 새로 소개한 유희가 인기를 모으고 있는 것을 보고 조수와 함께 모습을 감추어 버렸다.

한스 카스토르프는 사람들이 모인 속에 서서, 한쪽 팔꿈치를 요아힘의 어깨에 대고, 그쪽 다섯 손가락으로 턱을 잡고, 다른 손을 허리에 대고 사촌 어깨 너머로 경기자의 한 사람을 관찰하고 있었다. 그는 지껄이기도 하고 웃기도 하였다. 그도 그려볼까 생각하고 그것을 큰 소리로 신청하여 연필을 받았지만, 그것은 아주 몽당연필이라 엄지손가락과 집게손가락으로 가까스로 잡고 그릴 수 있는 정도였다. 한스 카스토르프는 짧은 연필을 불평하고 욕하면서 단숨에 종이 위에 놀라운 그림을 마구 그렸는데, 기운이 남아 종이 바깥까지 튀어나와 테이블보 위에까지 그려 버렸다. 「이건 연습이야.」한스 카스토르프는 주위의 당연한 폭소에 대해 외쳤다. 「이런 연필로 어떻게…… 이런 연필은 치워 버려야지.」이렇게 말하고 죄 없는 연필을 펀치 양푼 속에 던져 버렸다. 「누가 제대로 된 연필을 가지고 있는 분이 없습니까? 빌려 주실 분은 없습니까?」그는 왼쪽 팔을 테이블에 기대고 오른손을 높이 들어 흔들면서 좌우로 외쳤다. 아무도 빌려 주지 않았다. 한스 카스토르프는 한 바퀴 돌아서서 큰 소리로 연필은? 하고 외치면서 방 깊숙이로, 클라브디아 쇼샤 곁으로 곧장 다가갔다. 그가 알고 있었던 바대로 클라브디아 쇼샤는 작은 살롱으로 들어가는 커튼에서 얼마 떨어지지 않은 곳에 서서, 펀치 양푼 테이블 주위의 놀이를 미소지으면서 보고 있었다.

한스 카스토르프는 뒤에서 유창한 이탈리아 어로 부르는 소리를 들었다. 「여보시오 엔지니어, 기다리시오. 왜 그런 짓을. 엔지니어, 좀 이성을 가지시오. 정신이 나갔구먼, 저 청년은.」그러나 한스 카스토르프는 뒤에서 들려오는 목소리를 연필은? 하는 외침 소리로 지워 버렸다. 세템브리니 씨는 팔꿈치를 들고, 그쪽 손을 머리 위로 던지는 것처럼 하고 ── 이것은 이탈리아에서 흔히 볼 수 있는 몸짓으로, 그 의미는 말로 표현하기 어려우나 『아』라는 장탄식으로 끝나는 몸짓이었다 ── 사육제의 모임에서 모습을 감추어 버렸다. 그러나 한스 카스토르프는 옛날 벽돌을 깐 교정에 섰던 때처럼 튀어나온 광대뼈 위에 있는 청색과 회색과 녹색이 섞인 것 같은 눈, 안쪽으로 뜨는 사팔뜨기 눈을 바로 옆에서 보면서 이렇게 말했다.

「댁은 연필을 가지고 계시는지요?」

그는 죽은 사람처럼 얼굴이 창백했다. 언젠가 혼자서 단행한 산책에서 피투성이가 되어 강연장으로 돌아왔을 때처럼 창백한 얼굴을 하고 있었다. 얼굴에 파생하고 있는 맥관 신경이 작용을 해, 그 때문에 핏기를 잃어버린 피부가 차갑게 위축되어, 코가 뾰족하고 눈 밑의 피부가 죽은 사람처럼 납빛이 되었다. 그러나 심장은 교감 신경으로 뛰어, 규칙적 호흡은 말도 아니게 되었고, 몸의 피지선이 모낭과 함께 일어섰다. 그 때문에 청년은 계속 오한에 빠졌다.

종이로 된 삼각 모자를 쓴 부인은 그를 미소지으면서 머리에서 발끝까지 보았지만, 그 미소에는 그의 처참한 모습을 동정하는 기색도 걱정을 하는 기색도 없었다. 여성은 정열의 처참한 모습을 보아도 대체로 그런 동정이나 걱정을 느끼지 않는 법이다. 여성에게 있어 정열이란, 날 때부터 그것에 익숙하지 않은 남성에게 있어서보다 훨씬 가까운 감정이므로, 그래서 남성이 그것 때문에 고민하는 것을 보면, 냉소와 얄미운 기쁨을 금하지 못하는 것이다. 그렇지만 남성으로서도 그 일로 여성에게서 동정받는다든지, 걱정을 받는 것은 오히려 귀찮은 것이다.

「내가요?」 팔을 드러낸 부인 환자는 『댁』이라고 부른 데 대해 대답했다. 「아마 있을 거예요.」 그리고 역시 그녀의 목소리에도, 미소에도 오랫동안 무언의 교제가 계속된 뒤 비로소 말을 걸어 왔을 때에 느끼는 흥분이 다소 나타나 있었다. 그 흥분은 그때까지의 무언의 교제까지를 남김없이 남몰래 내포시키려는 교활한 흥분이었다.

「댁은 대단한 야심가이시군요. 댁은…… 대단히…… 열심이세요.」

외국인답게 r음과 너무 벌린 e음으로, 이국적인 발음을 하면서 계속 놀렸지만, 약간 흐리고 명쾌한 쉰 목소리는 『야심가』(ehrgeizig의 올바른 발음은 악센트가 제1음절에 있다)라는 말의 제2음절에 악센트를 두고 발음했기 때문에 완전히 외국어처럼 들렸다. 그리고 그녀는 가죽 핸드백을 뒤져, 안을 들여다보면서 찾더니 처음에 끄집어 낸 손수건 밑에서 은대의 작은 연필을 끄집어 냈다. 가늘고 망가지기 쉬워 거의 실용적이지 못한 장식품이었다. 옛날 교정에서 히페로부터 빌린 연필 쪽이 더 쓰기 쉽고 그럴 듯한 연필이었다.

「자요.」 하고 그녀는 프랑스 어로 말하고 연필 끝을 엄지손가락과 집게손가락으로 쥐고, 그것을 가볍게 달랑달랑 흔들면서 한스 카스토르프의 눈앞에 내밀었다.

그녀는 연필을 주는 것도 아니고, 안 주는 것도 아닌 모양이었기 때문에 그도 그것을 받는 것도 아니고 안 받는 것도 아닌 모양으로, 즉 손을 연필 높이에, 연필의 바로 옆에 올려 손가락으로 그것을 잡으려 하면서도 잡지 않고 납빛의 움푹한 눈으로 연필과 클라브디아의 타타르 인 같은 얼굴을 번갈아 보고 있었다. 그는 핏기 잃은 입술을 연 채 입술을 놀리지 않고 말했다.

「역시 가지고 계셨군요.」

「조심하세요. 좀 망가지기 쉬우니까요.」그녀는 프랑스 어로 말했다. 「나사를 틀어서 심을 내는 거예요.」

두 사람은 머리를 맞대듯 연필 위에 몸을 구부리고, 그녀는 연필의 너무나 잘 아는 구조를 설명했다. 나사를 돌리면 안에서 바늘처럼 가늘고 딱딱한, 그어질 것 같지도 않은 심이 나왔다.

두 사람은 머리를 맞대듯 몸을 구부리고 서 있었다. 한스 카스토르프는 연미복을 입고, 딱딱한 칼라를 하고 있었기 때문에, 거기에 턱을 괴고 있을 수 있었다.

「작지만 댁의 거요.」그는 클라브디아와 이마를 맞대듯하고 연필에 눈을 떨구면서 입술을 놀리지 않고, 그러기에 입술음을 내지 않고 말했다.

「아유, 댁은 농담도 잘 하시는군요.」하고 그녀는 얼굴을 들고, 급기야 연필을 주면서 짧은 웃음소리를 냈다(그의 머릿속에는 한 방울의 피도 남아 있는 것 같지 않았는데 어떻게 이런 농담을 할 수 있었는지 하느님만이 알 일이었다). 「그러면 어서 가서 그림을 그리세요. 잘 그려서 창피를 당하지 않도록.」그녀도 농담을 하며 그를 쫓아 보내다시피 했다.

「하지만 댁도 아직 그림을 안 그리지 않았어요. 댁도 그림을 그려야 해요.」하고 그는 『해요』라는 입술음을 생략하고, 그녀를 끌어당기듯이 한 걸음 뒤로 물러섰다.

「내가요?」그녀는 이번에도 놀란 듯이 말했지만 그것은 그의 권유에 놀란 것만은 아닌 것 같았다. 그녀는 좀 당황한 듯 미소짓고 서 있었지만, 이윽고 그의 최면술적인 후퇴에 끌려 들어 펀치 양푼이 있는 원탁 쪽으로 몇 발짝 걸어갔다.

그러나 원탁 주위 놀이는 지루해져서 끝장이 되어가고 있는 것을 알았다. 누군가가 아직 그림을 그리고 있었지만, 구경하고 있는 사람은 한 사람도 없었다. 메뉴 카드는 어느 그림 할것없이 실패작으로 메워져 있었고, 모두 자기의 무능을 시험한 뒤라 테이블 주위는 고요했다. 특히 다른 것이 사람들을 끌기 시작했기 때문이었다. 의사가 없어진 것을 확인하자 갑자기 춤을 추자는 소리가 요란해졌다. 테이블이 한쪽 구석으로 치워졌다. 글쓰는 방과 피아노실 입구 바깥에 망을 보는 사람이 정해지고, 『늙은이』 아니면 크로코브스키 또는 간호원장이 가까이에 오면 신호를 하여 댄스를 그치도록 했다. 슬라브 청년이 호도나무로 된 작은 피아노 건반을 열정적으로 두드리기 시작했다. 처음 몇 쌍이 구경꾼들이 앉아 있는 의자와 안락의자에 둘러싸인 어설픈 원 속에서 춤을 추기 시작했다.

한스 카스토르프는 치워진 테이블에 「자, 그러면······.」하고 손을 흔들어 작별했다. 그리고 작은 살롱에 남아 있는 의자와, 오른쪽 커튼 옆 사람들이 잘 안 보는 한쪽 구석을 턱으로 가리켰다. 피아노 소리가 너무 요란했기 때문에 그는 아무 말도 하지 않았다. 거친 벨벳을 덮은 나무 의자, 말하자면 개선 의자를 쇼샤 부인을 위해 끌어당기고 몸짓으로 가리킨 장소에 그것을 놓고, 자기는 등을 둥글게 감아 팔걸이가 달린 빽빽 소리가 나는 등의자를 골라, 그녀와 나란히 그녀 쪽으로 몸을 구부리고 앉아, 두 팔을 팔걸이에 얹고 그녀의 연필을 두 손으로 쥐고, 두 발을 의자 밑에 깊숙이 넣고 있었다. 클라브디아는 거친 벨벳 의자의 등에 깊숙이 기대어 양쪽 무릎이 높이 들려 있었지만, 두 다리를 모으고 한쪽 발을 허공에 대고 흔들고 있었다. 검은 비단 양말에 덮인 복숭아뼈가 검은 에나멜 구두 가장자리에서 엿보였다. 두 사람 앞에는 다른 사람들이 앉아 춤추러 일어나거나, 춤을 추어 피로한 사람에게 좌석을 양보하고 있었다. 왔다갔다하는 사람들로 주위는 혼잡을 이루고 있었다.

「새 옷이군요.」 그녀를 바라볼 구실을 만들려고 한스 카스토르프는 이렇게 말했다. 그리하여 그녀가 그 말에 대답하는 것을 들었다.

「새 것이라고요? 댁은 내가 가지고 있는 옷을 잘 아시는군요.」

「내 말이 맞지요?」

「그래요. 얼마 전에 맞췄어요. 마을의 루카세크 양장점에서요. 루카세크는 이 위의 부인들의 옷을 많이 만들고 있어요. 이거 마음에 들어요?」

「아주 마음에 들어요.」 한스 카스토르프는 이렇게 말하고, 다시 그녀의 모습을 한눈에 바라보며 눈을 아래로 깔았다. 그리고는 「춤추지 않겠어요?」 하고 덧붙였다.

「춤을 추고 싶으세요?」 그녀는 눈썹을 올려 미소지으면서 반문했다. 한스 카스토르프는 대답했다.

「댁이 춤을 추면 나도 추지요.」

「댁은 보통내기가 아니군요.」 그녀는 이렇게 말했지만, 그가 무슨 소리요 하는 식으로 크게 웃는 바람에 「댁의 사촌은 벌써 방으로 돌아갔어요.」 하고 덧붙였다. 「그래요, 그 사람은 내 사촌이지요.」 그는 당연한 말을 했다. 「나도 그가 물러간 것은 알고 있어요. 아마 누워 있겠지요.」

「그 사람은 아주 거북스럽고, 아주 성실하고 아주 독일적인 청년이에요.」

「거북스럽고 성실해요?」 한스 카스토르프는 상대의 말을 되풀이하며 물었다. 「나는 프랑스 어는 말하는 것 이상으로 잘 알아들어요. 댁은 그를 옹졸하다고 하는군요. 댁은 우리 독일 사람들을 옹졸하다고 생각하고 있군요. 우리 독일 사람 모두를.」

「우리는 당신의 사촌에 대해 이야기하고 있어요. 그렇지만 글쎄요, 당신들은 소시민적이에요. 당신들은 자유보다도 질서를 사랑하지요. 이것은 전유럽의 정평이에요.」

「사랑한다…… 사랑한다…… 사랑한다는 건 무슨 말인가요. 정의를 내릴 수 없는데요, 이 말은. 인간은 가지고 있지 않는 것을 사랑하지요. 독일 격언에도 있어요.」 한스 카스토르프는 역설했다. 「나는 얼마 전부터……,」 하고 계속했다. 「자유에 관해 가끔 생각했지요. 즉 그 말을 가끔 듣고 있기 때문에 그것에 대해 생각하게 되었지요. 그것에 대해 생각한 것을 댁에게 프랑스 어로 말해 보지요. 유럽의 모든 사람들이 자유라고 부르고 있는 것은 우리들이 질서를 욕구하는 기분에 비해 아주 옹졸하고 소시민적인 것이 아닐까, 이것이 결론입니다.」

「정말 재미있군요. 그렇게 색다른 것을 당신은 사촌을 염두에 두고 하시는 말씀이에요?」

「아니오, 그 사람은 아주 선량한 인간으로 단순하고, 근심 걱정이 없는 성실한 인간이지요. 단 그는 소시민적이 아니라, 군인이지요.」

「근심 걱정이 없다니요?」 그녀는 발음하기 어려운 듯이 반문했다.

「당신은 그 사람이 아주 건강하여 근심 걱정이 전혀 없다고 말씀하시는 거예요? 그렇지만 정말 그 사람은 몸이 나빠요. 불쌍한 사촌 말이에요.」

「누가 그렇게 말했어요?」

「여기서는 서로의 비밀을 잘 알고 있어요.」

「베렌스 고문관이 댁에게 그렇게 말했어요?」

「글쎄요, 아마 그림을 보여 줄 때일 거예요.」

「즉, 댁의 초상화를 그리면서 말이죠!」

「글쎄요, 그 그림 잘 그려졌다고 생각하세요? 내 초상화 말이에요.」

「그거야 아주 훌륭한 그림이지요. 베렌스는 댁의 피부를 그대로 재현하고 있어요. 정말 아주 충실하게요. 나도 베렌스처럼 초상화가였더라면 하는 생각이 들어요. 나도 베렌스처럼 댁의 피부를 연구할 수 있게요.」

「좋으시다면 독일어로 말씀하세요.」

「아니오. 나는 독일어로 말하고 있어요. 프랑스 어로 말하고 있기는 해도요. 저런 연구는 일종의 예술적이고 의학적인 연구여서, 한마디로 말해 인문주의적 연구라고 할 수 있지요. 어떠세요, 춤추지 않으렵니까?」

「싫어요. 너무 유치해서요. 의사의 눈을 속여 가면서 춘다는 건요. 베렌스가 모습을 나타내면, 한 사람도 빠지지 않고 놀라서 의자로 달려가는 걸요. 추태도 그런 추태가 어디 있어요.」

「댁은 그를 그렇게 존경하고 있어요?」

「누구를요?」 그녀는 이 『누구를』 하는 의문사를 짧게 외국인답게 발음했다.

「베렌스 말입니다.」

「베렌스, 베렌스는 그만해 주세요. 그리고 춤추기에는 너무 좁아요. 더욱이 융단 위에서는요. 우리는 가만히 보고만 있습시다. 춤추는 것을 말이에요.」

「아, 그렇게 하지요.」

그는 찬성하고 창백한 얼굴과 할아버지와 똑같은 창백하고 명상적인 눈으로 클라브디아의 곁에 앉아, 이 살롱과 저쪽 글쓰는 방에서 가장한 환자들이 춤추고 있는 것을 구경하고 있었다. 『무한정』이 『푸른 하인리히』와 춤을 추고, 연미복에 흰 조끼를 입은 무도회의 사회자 차림을 한 잘로몬 부인은 셔츠의 가슴을 높이 부풀게 하고, 콧수염에 외알 안경을 끼고, 검정 남자용 바지 밑에 하이힐의 작은 에나멜 구두를 이상하게 드러내고, 희게 칠한 얼굴 속에 입술을 빨갛게 하고, 토끼처럼 빨간 눈을 한 피에로와 춤추고 있었다. 짧은 외투를 어깨에 걸친 그리스 인은, 어깨와 목을 드러낸 검은 구슬이 번쩍이는 옷을 입은 라스무센을 껴안고, 엷은 자색 바지 밑에 덮인 각선미를 흔들고 있었다. 일본 기모노 차림의 검사와 부름브란트 총영사 부인과 갠저 청년 세 사람은 팔을 서로 껴안고 셋이서 춤추고 있었다. 슈퇴르 부인은 빗자루와 춤을 추면서 빗자루를 가슴에 껴안고, 그 가시털을 인간의 머리칼인 양 애무하고 있었다.

「그렇게 하지요.」 한스 카스토르프는 기계적으로 되풀이했다. 두 사람은 피아노 소리가 울리는 가운데 낮은 목소리로 말했다. 「우리들은 여기 앉아서 꿈 속에서처럼 구경이나 합시다. 이렇게 둘이서 앉아 있다니 꼭 꿈만 같습니다. 특별히 깊은 꿈만 같습니다. 이런 꿈을 꾸려면 아주 깊은 잠이 들지 않으면 안 되기 때문이지요. 사실대로 말하자면 이것은 아주 잘 알고 있는 꿈, 줄곧 보아온 꿈, 오랫동안의 영원한 꿈이지요. 그렇고말고. 이렇게 댁 곁에 앉아 있는 것은 영원한 옛날부터입니다.」

「시인이군요.」 그녀는 말했다. 「소시민이고, 인문주의자이고, 시인, 게다가 더할나위없는 독일 사람이고요. 이상적인, 그렇지요?」

「우리들이 과연 이상적이라는 말을 들을 수 있을까요?」 한스 카스토르프는 대답했다. 「어느 점으로 보나 말입니다. 아마 우리들은 단지 인생의 걱정거리 자식일 뿐일 겁니다. 단지 말이지요.」

「재미있는 말이군요, 그것. 그렇다면 묻겠는데요. 이런 꿈이라면 좀더 빨리, 더 쉽게 꿀 수가 있지 않았을까요? 이 보잘것없는 여자에게 말을 걸려고 한 생각이 너무 늦으셨어요.」

「말이 무슨 필요가 있을까요?」 그는 말했다. 「말하는 것이 무엇 때문에 필요하단 말입니까? 이야기하고, 토론하고 하는 것, 그게 공화적인 것은 틀림없습니다. 그것은 나도 인정해요. 그러나 그것이 역시 시적인 것이기도 한지 어떤지는 의심스럽습니다. 내 친구라고 할 수 있게 된 세템브리니 씨는…」

「아까 댁에게 무어라고 부른 사람 말이군요.」

「그렇습니다. 그는 확실히 웅변가임에 틀림없습니다. 게다가 아름다운 시구를 많이 인용합니다. 그러나 그렇다고 그를 시인이라고 부를 수 있을까요?」

「나는 그 신사하고 아직 한 번도 말을 한 일이 없어서 정말 유감이에요.」

「그렇겠지요.」

「아니, 그렇겠다니요.」

「왜 그러십니까? 지금 말한 건 전혀 무의미한 말입니다. 나는 댁도 아시겠지만, 보통 때는 프랑스 어를 사용치 않아요. 그러나 댁하고는 독일어보다 프랑스 어로 말하고 싶어요. 프랑스 어로 말하는 것은 내게는 말하지 않고 말하는 것이니까 말입니다. 어떤 의미에서, 그렇지, 책임 없이라고 할까. 혹은 꿈 속에서 말하는 것 같기 때문입니다. 이해하시겠어요?」

「대강은요.」

「그러면 됐어요. 말을 한다는 것은……,」 하고 한스 카스토르프는 계속했다. 「가엾은 일이지요. 영원 속에서는 말 같은 건 필요치 않아요. 영원 속에서는 돼지 새끼를 그릴 때처럼 하는 거예요. 말하자면 머리를 뒤로 젖히고 눈을 감는 거예요.」

「아주 재미있는 표현이군요, 그 말씀은. 당신은 영원에 대해 밝으시군요. 사실이에요. 당신은 영원을 너무나 잘 알고 계세요. 당신은 정말 특이하고 사랑스러운 몽상가이시군요. 그건 인정해야겠어요.」

「그리고 내가 더 빨리 댁과 이야기를 나누었더라면 나는 댁을 『당신』이라고 부르게 되었을 겁니다.」

「아니, 당신은 이제부터 계속 나를 댁이라고 부를 작정이에요?」

「물론이지요. 나는 언제나 댁을 댁이라고 부르고 있었고 이제부터도 영원히 그렇게 부를 겁니다.」

「정말이지 '그건 좀 지나친데요. 어떻든간에, 당신이 나를 『댁』이라고 부를 수 있는 것도 앞으로 얼마 안 남았어요. 나는 떠납니다.」

이 말이 한스 카스토르프의 머리에 들어오기에는 한참 시간이 필요했다. 그리고 그는 꿈에서 깨어난 것처럼 주위를 공허한 눈으로 돌아보고 몸을 일으켰다. 두 사람의 대화는, 한스 카스토르프가 프랑스 어를 주저하면서 생각을 하며 말하는 것처럼 어색하게 말했기 때문에, 아주 천천히 진행되고 있었다. 잠시 동안 침묵을 지키던 피아노가 슬라브 청년과 교대한 만하임의 사나이의 손에 의해 악보가 펼쳐지고 다시 울리기 시작했다. 엥겔하르트 양이 곁에 앉아 악보를 넘겨 주고 있었다. 댄스는 김이 빠져 있었다. 요양객의 대부분은 수평 상태에 들어간 것 같았다. 한스 카스토르프는 두 사람 앞에 아무도 앉아 있지 않았다. 독서실에서는 카드를 하고 있었다.

「어떻게 한다고요?」 한스 카스토르프가 멍하니 물었다.

「떠나요.」 그녀는 그가 깜짝 놀라는 것이 이상하다는 듯이 미소짓고 되풀이했다.

「무슨 말씀. 농담이시지요?」

「농담이 아니에요. 진담이에요. 나는 여행을 떠납니다.」

「언제요?」

「내일, 점심 식사를 끝마치고요.」

한스 카스토르프의 마음속에서 모든 것이 일시에 무너지기 시작했다. 그는 말했다.

「어디로?」

「아주 먼 곳에.」

「다게스탄 말이지요?」

「당신은 꽤 자세히 알고 계시는군요. 아마, 한동안…….」

「그러면 댁은 병이 나았어요?」

「그 점은…… 아직 낫지 않았어요. 그렇지만 베렌스는 내가 여기에 더 있어도 당분간은 별로 효과가 없다는 거예요. 그래서 나도 결단을 내려 장소를 좀 바꿔볼까 생각해요.」

「그러면 댁은 또 여기에 돌아오시겠군요.」

「그것이 문제예요. 무엇보다도 언제 돌아올지요. 나라는 인간은 그렇습니다. 자유를 무엇보다도 사랑하고 있어요. 특히 거처할 장소를 택하는 자유 말이에요. 당신은 도저히 이해하지 못하실 거예요. 자유가 없이는 가만히 있을 수 없는 기분이 어떤 기분인지 말이에요. 이것은 민족적인 기분일 거예요, 필경.」

「그래서 다게스탄에 있는 댁의 남편은 댁에게 허락해 주는군요, 댁의 자유를?」

「나에게 자유를 주는 것은 병이에요. 여기에 있는 것도 이것으로 세번째예요. 이번에는 여기에 1년 있었어요. 또 여기 돌아오게 될지 모르겠어요. 그렇지만 그땐 당신이 이미 멀리 가버렸겠지요.」

「댁은 그렇게 생각해요, 클라브디아?」

「아니, 내 이름까지. 당신은 정말 사육제의 풍습에 충실하군요!」

「댁은 내가 어느 정도 나쁜지 알고 있어요?」

「알고 있어요──알고 있지 않다고도 할 수 있군요──여기서 서로의 증세를 안다고 할 경우는 언제나 이런 식이니까요. 당신은 몸에 약간 침윤된 부분이 있고 열도 좀 있어요. 그렇지요?」

「점심 때 지나면 37도 8부에서 9부.」 이렇게 한스 카스토르프는 말했다. 「그런데 댁은?」

「내 경우는 그래요, 좀 복잡해요……. 그렇게 단순하지 않아요.」

「인문적 분과 중에서 의학이라고 부르는 분과에는 임파선의 결핵성 전색(結核性栓塞)이라고 부르는 현상이 있지요.」

「어마, 당신 정탐을 했군요. 틀림없이 그래요.」

「그래서 댁은…… 아니 기다려요. 댁에게 들려 줄 것이 있어요. 이번에는 독일어로 꼭 묻고 싶은 것이! 언젠가 내가 식당에서 진찰을 받으러 갔을 때 말인데요. 6개월 전에 말이지요. 그때 댁은 나를 뒤돌아보셨지요. 기억하세요?」

「대단한 질문이군요! 6개월보다 더 전의 일인데요.」

「그때 댁은 내가 어디로 가는지 알고 있었어요?」

「알고 있었어요. 정말 우연한 일로 말예요.」

「베렌스에게서 들은 거지요?」

「또 베렌스군요.」

「아, 그는 댁의 피부를 그렇게도 정확하게 그려 내고 있어요. 게다가 볼을 상기시키고 있는 독신 남성으로 아주 독특한 커피 세트를 비장하고 있는 사람이지요. 그는 댁의 몸을 단지 의사로서뿐만 아니라 더 다른 인문적 분과의 식자로서도 알고 있음에 틀림없어요.」

「정말 당신은 꿈속에서 말하고 있는 것 같다고 말씀하실 만한 데가 있군요.」

「글쎄요, 댁이 출발한다는 경종 덕분에 내 꿈은 무참하게 깨졌습니다. 그러나 나에게 다시 한 번 꿈을 꾸게 해주십시오. 7개월 동안 댁 곁에서 지낸 나……. 그리고 지금 겨우 댁과 서로 알게 된 순간에 댁은 떠난다고 하니…」

「그러니 말씀드리지 않았어요. 우리들은 좀더 일찍 말을 나누고 지낼 수 있었던 거예요.」

「댁은 그것을 원했을까요?」

「내가요? 도망을 쳐도 안 돼요. 도련님. 문제는 당신이에요. 당신은 여기서, 꿈속에서 말을 주고받는 여자에게 접근할 용기가 없었지요? 그렇지 않으면 누군가가 당신에게 그것을 못 하게 했던가요?」

「아까 말한 대로입니다. 나는 『댁』을 당신이라고 부르고 싶지 않았기 때문입니다.」

「원 세상에 그러면, 대답해 주세요. 그 웅변가 말이에요. 밤의 모임에서 도중에 물러가 버린 이탈리아 인 말이에요. 그 사람은 아까 당신에게 무엇을 떠들어 댔지요?」

「나는 정말 아무것도 듣지 못했지요. 나는 댁의 모습을 눈앞에 보고 있으면, 그외의 일은 거의 염두에 없어요. 더욱이 댁은 잊어버리고 있어요. 이 환경에서 댁에게 그렇게 간단하게 접근할 수 있는 것이 아니라는 걸 말입니다. 그리고 내게는 언제나 사촌이라는 끄나풀이 달려 있어요. 그는 여기서 즐겁게 지내려는 생각은 조금도 없어요. 그는 평지로 돌아가 군인이 되는 것 외에는 딴 생각은 없습니다.」

「불쌍해요. 그 사람은 자기가 생각하고 있는 것보다는 훨씬 중병이에요. 게다가 당신의 이탈리아 친구도 역시 중병이에요.」

「그건 그 사람도 그렇게 말하더군요. 그러나 내 사촌은……. 그게 정말이라면 무서운 일인데요.」

「평지에서 군인이 되면 아마 죽을 거예요.」

「그가 죽어 버린다고! 죽음, 이건 정말 무서운 말입니다. 그렇지 않습니까? 그런데 이상하군. 나는 그전처럼 그것에 깊은 인상을 받지 않아요. 그 말에 말입니다. 무서운 일이라고 말했지만 그건 이런 경우에 누구나가 입밖에 내는 아무 의미가 없는 말에 지나지 않아요. 죽음이란 생각은 나를 위협하지 않아요. 그 말을 들어도 나는 아무렇지도 않아. 나는 동정을 느끼지 않아. 착한 요아힘이 죽을지 모른다는 말을 들어도 요아힘에게도 나에게도 연민의 정을 느끼지 못하고 있어요. 요아힘의 체질과 내 체질이 비슷하다고 합니다만 요아힘의 상태가 사실이라 할지라도 나는 별로 무섭지 않아요. 그는 위독한 환자이고 나는 사랑에 괴로워하는 사나이. 좋아, 언젠가 댁은 뢴트겐 사진의 아틀리에에서 나의 사촌에게 말을 건 일이 있지요, 대합실에서. 기억하고 계세요?」

「어렴풋이 생각나요.」

「그때 베렌스는 댁의 투시 사진을 찍었어요.」

「네, 그래요.」

「아, 하나님. 지금도 그것을 여기 가지고 있어요?」

「아니오, 방에 있어요.」

「아, 방에 두셨군요. 내 것은 언제나 지갑에 넣어 가지고 있어요. 보여 드릴까요?」

「고마워요. 나는 그다지 호기심이 강하지 않아요. 보나마나 아주 단순한 사진일 테지요.」

「나는 댁의 외면적 초상은 이제 다 보았으니까 그보다도 댁의 방에 보관하고 있다는 내면 초상화를 더 보고 싶어요. 그러면 다른 걸 묻게 해주세요. 거리에 투숙하고 있는 러시아 신사가 댁을 가끔 찾아온다는데요. 어떤 사람이지요? 어떤 목적으로 오는 것이지요, 그 사람은?」

「당신은 정말 정탐하는 덴 선수이시군요. 손을 들었어요. 좋아요, 대답하겠

어요. 그분은 같은 병을 앓는 같은 나라 사람으로 친구의 한 사람이에요. 나
와 그 사람은 다른 요양지에서부터 친했어요. 이삼 년 전이에요. 우리들의 관
계요? 글쎄요. 우리들은 둘이서 차를 마시고 담배를 두세 대 피우고, 지껄이
고 철학을 논하고, 인간, 신, 인생, 도덕 등 여러 가지에 대해 이야기를 나누
지요. 이것으로 내 보고는 끝났습니다. 만족하셨어요?」

「도덕에 관해서도. 그렇다면 댁네들은 도덕에 대해 어떤 결론에 도달했지
요?」

「도덕? 당신은 그런 것에도 흥미가 있어요? 글쎄요. 우리들은 생각하는
거지요. 우리들은 도덕을 덕 속에서 즉 이성, 질서, 양풍, 성실 같은 것에서
찾을 것이 아니라 오히려 그 반대의 것, 요컨대 죄 속에서 찾아야 할 것이라
고요. 위험한 것 속에 몸을 던져서, 즉 우리들을 파멸시키는 것 속에 뛰어 들
어감으로써 말이에요. 우리들에게는 일신의 안전을 도모하기보다도, 일신을
파멸시키고 손상하기까지 하는 것이 훨씬 도덕적인 것이라고 생각돼요. 위대
한 도덕가는 덕이 있는 사람이 아니라 악의, 악덕의 모험가로서, 비참한 것
앞에 그리스도교적 정신으로 무릎을 꿇는 것을 가르쳐 주는 위대한 죄인이
었다고 말이에요. 이런 생각은 당신 마음에는 들지 않겠지요. 그렇지요?」

그는 말이 없었다. 그는 여전히 처음 자세로 의자에 앉아, 두 다리를 모아
삐걱대는 의자 밑에 깊숙이 들이밀고, 종이로 된 삼각 모자를 쓰고 눕듯이 앉
아 있는 부인 쪽에 몸을 구부리고 그녀의 연필을 손가락 사이에 쥐고 인기척
이 없어진 방을 한스 로렌츠 카스토르프에게서 물려받은 푸른 눈으로 보고 있
었다. 손님들은 흩어져 버렸다. 비스듬히 저쪽 구석의 피아노도 만하임에서
온 환자의 한쪽 손만으로 연주되고 있어, 낮고 띄엄띄엄 울릴 뿐으로 그 옆에
여교사가 앉아서 무릎 위의 악보를 넘기고 있었다. 한스 카스토르프들의 대화
가 중단되자 피아니스트들도 완전히 연주를 그만두고, 건반에 가볍게 놓인 손
을 무릎에 내려 놓았다. 엥겔하르트 양은 악보를 계속 보고 있었다. 사육제의
모임에서 남은 네 사람의 그림자는 움직이지 않고 계속 앉아 있었다.

침묵은 몇 분간 계속되었다. 그 침묵의 중압에 눌려 피아노 앞의 두 사람의
머리는 조용히 드리워져서 만하임 인의 머리는 건반 위에, 엥겔하르트 양의
머리는 악보 위에 놓여졌다. 드디어 두 사람은 묵계가 이루어진 것처럼 동시
에 살짝 조심스럽게 일어나, 아직 사람 그림자가 있는 방구석을 돌아보지 않
으려고 하면서 목을 움츠리고 두 팔을 몸에 딱 붙이고 발끝으로 걸어 발소리
를 죽이면서 글쓰는 방과 담화실을 지나 함께 모습을 감추었다.

「모두들 물러갔어요.」쇼샤 부인은 말했다.

「이제 그 두 사람이 마지막 두 사람이에요. 늦었군요. 그렇죠, 이것으로써 사육제는 끝났어요.」그녀는 두 팔을 올려 땋은 머리를 화관처럼 머리 둘레에 감은 붉은 빛의 머리칼에서 삼각 모자를 벗어 버렸다.「그 결과는 당신도 알고 계시는 대로예요.」

그러나 한스 카스토르프는 눈을 감고 자세를 바꾸지 않고 머리를 흔들었다. 그는 대답했다.

「결코, 클라브디아, 나는 결코 댁을『당신』이라고 부르지 않겠어, 생사를 걸고서라도. 이런 말이 허락된다면 말이오, 괜찮겠지요? 교양이 있는 인문적 문명의 유럽이 사람을 부르는 데에 사용하는『당신』이라는 형식은 나에게는 아주 소시민적이고 옹졸하게 느껴져요. 도대체 무엇을 위한 형식이란 말인가? 형식 같은 건 속물 근성 그 자체요. 댁들이, 댁과 같은 나라의 신사가 도덕에 대해 생각한 결론, 댁은 내가 그것 모두에 정말로 놀랄 거라고 생각하는지. 댁은 이 나를 어떤 바보라고 생각하고 있겠지요? 말해 줘요. 댁은 도대체 나를 사나이라고 생각하고 있습니까?」

「그건 별로 어려운 문제는 아니지요. 당신은 점잖고 착한 도련님이에요. 양가의 자제로 예의가 바르고, 선생들에게 순종하는 학생이고, 얼마 안 있으면 평지로 돌아가 오늘 밤 꿈속에서 이야기를 나눈 것은 깨끗이 잊어버리고, 조선소에서 성실한 작업을 하면서 당신 나라를 위대하고 강하게 하는 데에 도움을 줄 인물이에요. 이것이 당신의 내면 사진이에요? 도구 없이 찍은 거지요? 있는 그대로 잘 찍혀 있다고 생각지 않으세요?」

「베렌스가 발견한 사항이 두셋 빠져 있어요.」

「아, 의사는 무엇이든지 발견하지요. 그것이 직업이니까요.」

「댁은 세템브리니 씨 같은 말을 하는군요. 그러면 내 열은? 이것은 도대체 어떤 열일까요?」

「안 돼요. 그런 열은 아무렇지도 않은 열, 곧 없어지는 열이에요.」

「틀려요, 클라브디아. 댁이 하는 말이 사실이 아니라는 것은 댁도 잘 알고 있을 겁니다. 댁은 확신이 없이 그것을 입밖에 내고 있어요. 나는 알고 있어요. 내 몸의 열, 피로해져 있는 심장의 고동, 수족의 오한, 이것은 우연한 것이 아니라 이것은 다름 아닌…….」한스 카스토르프의 창백한 얼굴은 입술을 떨면서 그녀의 얼굴 쪽으로 더한층 기울어졌다.「이것은 다름 아닌 당신에 대한 나의 사랑입니다. 그렇지, 내가 이 눈으로 댁을 본 순간, 내 마음을 사

404

로잡은 사랑, 아니 그보다도 내가 댁을 안 순간 마음에 살아난 사랑이지. 그리고 나를 여기에 데리고 온 것도 분명히 그 사랑이야……」

「엉터리없는 망상!」

「아, 사랑이 망상이 아니라면, 미친 금단의 열매가 아니라면, 악의 모험이 아니라면 사랑은 보잘것없는 것이겠지요. 진부하고 하찮은 것으로 평지의 감상적인 한가한 노래에 알맞은 대상일 뿐이겠지요. 그러나 내가 댁을 댁이라고 알고 댁에의 사랑을 다시 느낀 것은…… 그렇지, 바로 그렇습니다. 나는 옛날부터 댁을 알고 있었어요. 댁을, 댁의 무어라고 말할 수 없이 기울어진 눈을, 댁의 입술을, 댁의 말하는 목소리를 훨씬 이전부터 알고 있었어요. 전에도 한 번 내가 아직 학생이었을 때 나는 댁으로부터 연필을 빌려 쓴 일이 있었어요. 댁과 마침내 사회적인 의미에서도 서로 알려고 해서 말입니다. 왜냐하면 나는 이성을 잃을 정도로 댁을 사랑하고 있었기 때문입니다. 그리고 베렌스가 내 몸에서 발견한 흔적, 내가 이전에도 병을 앓았다는 것을 증명하는 흔적은, 이것은 의심할 여지가 없이 거기에서 온 흔적입니다. 댁에 대한 나의 묵은 사랑이 남긴 흔적인 거예요……」

그의 이빨은 덜덜 소리를 내고 있었다. 그는 헛소리처럼 계속 지껄이면서 삐걱대는 의자 밑에서 한쪽 발을 끌어 내었다. 이번에는 그 발을 앞으로 내밀고, 다른 발의 무릎을 굽히고 전신을 떨었다.

「나는 댁을 사랑하고 있습니다.」 하고 그는 더듬거리며 말했다. 「나는 늘 댁을 사랑하고 있었습니다. 왜냐하면 댁은 나의 생명, 나의 『댁』, 나의 꿈, 나의 운명, 나의 소망, 나의 영원한 동경이기 때문입니다……」

「그만두세요, 그만두세요.」 그녀는 말했다. 「당신 선생들이 당신의 그 모습을 보면……」

그러나 그는 융단 위에 얼굴을 묻고 심하게 흔들면서 말했다.

「나는 그런 것에는 신경을 쓰지 않아요. 나는 카르두치도, 웅변을 잘 하는 공화제도, 시간의 흐름 속에서 실현되어지는 인류의 진보도, 모두 멸시합니다. 댁을 사랑하고 있기 때문이죠.」

그녀는 그의 후두부의 짧게 깎은 머리칼을 살짝 어루만졌다.

「귀여운 소시민님.」 그녀는 말했다. 「약간 침윤된 얼룩이 있는 멋진 소시민님, 당신이 나를 그토록 사랑하고 있다는 것은 정말이에요?」

그녀의 손이 닿아 한없이 기쁜 한스 카스토르프는 드디어 두 무릎을 꿇고 머리를 뒤로 젖히고 눈을 감고 계속 지껄였다.

「아, 사랑이란…… 육체, 사랑, 죽음, 이 셋은 원래 하나인 것입니다. 왜냐하면 육체는 병과 쾌락이며, 육체야말로 죽음을 초래하는 것이기 때문이지요. 그렇습니다. 사랑과 죽음, 이 둘은 양쪽 다 육체적인 것으로, 거기에 이 둘의 무서움과 위대한 마술이 있는 것이지요. 그러나 죽음은, 한편으로는 의심스럽고 염치를 모르는, 얼굴을 붉히게 만드는 것임과 동시에, 한편으로는 또 아주 장중하고 존엄한 힘인 것으로, 돈을 벌고 부화뇌동하여 흥겨워 웃어 대는 삶보다 훨씬 고귀한 것입니다. 시간에 관해 쓸데없는 말을 하는 웅변적인 진보보다 훨씬 존경할 만한 것이지요. 왜냐하면 죽음은 역사적인 것이며, 고귀하고 경건하며 영원, 신성한 것으로 우리들이 모자를 벗고 발끝으로 걷지 않으면 안 되는 것이기 때문입니다. 이와 마찬가지로 육체도, 그리고 육체에의 사랑도 음탕하고 싫은 성질의 것으로 육체는 자기를 두려워하고 자기를 부끄러워하여 그 표면을 붉게 물들이는 것이지만, 그러나 이와 동시에 육체는 또 위대하고 존경할 만한 빛인 것으로 유기 생명의 멋진 형상, 형태와 미의 신성한 기적입니다. 이에 대한 사랑, 인체에의 사랑은, 역시 아주 인문적인 관심이며 세계의 모든 교육학보다도 교육적인 힘인 것이지요.

아, 멋진 유기미(有機美), 화구(畵具)나 돌로 구성된 것이 아니고 생명과 부패성의 살아 있는 물질로 구성되어 있고, 생명과 부패의 열성(熱性)의 비밀에 찬 유기미, 인체라는 건축의 멋진 균형을 보시지요. 양쪽 어깨와 허리, 가슴 좌우의 꽃과 같은 젖꼭지, 그리고 두 개씩 나란히 있는 늑골, 부드러운 복부의 중앙에 있는 배꼽과 다리 사이의 검은 보고(寶庫), 등의 비단과 같은 피부 밑에서 견압골이 움직이는 모양, 등골이 싱싱하고 풍만한 두 궁둥이를 향해 내려가고 있는 모양, 맥관과 신경의 굵은 가지가 몸 기둥에서 겨드랑이를 통해 사지로 달리고 있는 모양, 두 팔의 구성이 두 다리의 구성에 대응하고 있는 모양을 보시지요. 아, 팔꿈치와 무릎 관절 안쪽의 부드러운 부분과 살의 쿠션에 싸인 그 부분의 많은 유기적 비밀! 인체의 이 감미로운 부분을 애무하는 것은 얼마만한 『제전(祭典)』이겠어요. 죽어도 한이 없는 환희! 아, 정교한 관절 주머니가 지방을 분비하고 있는 댁의 무릎의 피부 냄새를 나에게 맡게 해주십시오. 댁의 넓적다리의 전면에서 율동하고, 훨씬 아래에서 경골(脛骨)의 두 개의 동맥에 갈라져 있는 대퇴부 동맥에 나의 입술을 경건하게 닿게 해주시오. 댁의 털구멍의 발산물을 냄새 맡고 댁의 부드러운 털을 애무하게 해주십시오. 물과 단백질로 이루어지고 묘혈의 분해를 경험하는 운명을 가진 인간상이여, 댁의 입술에 나의 입술을 댄 채로 나를 영원히 죽게 해주십시오!」

그는 말을 마치고 나서도 눈을 감고 있었다. 그는 여전히 같은 자세를 흐트러뜨리지 않고, 머리를 쳐들고 은대의 연필을 쥐고 있는 손을 앞으로 내민 채두 무릎을 꿇고 몸을 떨면서 크게 흔들리고 있었다. 그녀는 말했다.

「당신은 정말 심각한 독일식 설득 방법을 알고 있는 멋쟁이군요.」

이 말과 더불어 그녀는 그의 머리에 종이로 된 삼각 모자를 씌웠다.

「안녕히 계세요. 나의 사육제의 왕자님. 오늘 밤 당신 열의 곡선은 굉장히 올라갈 거예요. 예언하겠어요.」

이렇게 말하고 그녀는 의자에서 일어나 미끄러지듯 융단 위를 입구까지 걸어가, 문턱에 서서 드러난 한쪽 팔을 들어 그쪽 손을 문의 핸들에 대고는 몸을 절반쯤 이쪽으로 돌려 주저하고 있었다. 그리고 어깨 너머로 낮은 목소리로 말했다.

「연필을 잊지 마시고 돌려주러 오세요.」

그리고는 나가 버렸다.

마(魔)의 산 I

■ 저　자 / 토 마 스　　만
■ 역　자 / 오　　계　　숙
■ 발행자 / 남　　　　용
■ 발행소 / 一信書籍出版社

주소 : 1 2 1 - 1 1 0 서울 마포구 신수동 177 - 3
등록 : 1969. 9. 12. NO. 10 - 70
전화 : 영업부 703 - 3001～6
　　　편집부 703 - 3007～8
　　　FAX　703 - 3009
대체구좌 / 012245 - 31 - 2133577

값 12,000원